Fantasy

Herausgegeben von Friedel Wahren

Von JENNIFER ROBERSON erschienen in der Reihe HEYNE SCIENCE FICTION & FANTASY:

Der Schwerttänzer-Zyklus

Schwerttänzer · 06/5072
Schwertsänger · 06/5073
Schwertmeister · 06/5074
Schwertmagier · 06/5178

Der Cheysuli-Zyklus

Wolfsmagie · 06/5671
Das Lied von Homana · 06/5672
Das Vermächtnis des Schwerts · 06/5673
Die Fährte des weißen Wolfs · 06/5674
Die Ehre der Prinzen · 06/5675 (in Vorb.)
Die Tochter des Löwen · 06/5876 (in Vorb.)
Der Flug des Raben · 06/5877 (in Vorb.)
Ein Gobelin mit Löwen · 06/5878 (in Vorb.)
Löwenmagie · 06/5879 (in Vorb.)

Jennifer Roberson

Das Vermächtnis des Schwerts

Dritter Roman
des Cheysuli-Zyklus

Deutsche Erstausgabe

WILHELM HEYNE VERLAG
MÜNCHEN

HEYNE SCIENCE FICTION & FANTASY
Band 06/5673

Titel der Originalausgabe
LEGACY OF THE SWORD
CHRONICLES OF THE CHEYSULI: BOOK THREE
Übersetzung aus dem Amerikanischen von
Karin König

Das Umschlagbild malte Attila Boros
Die Karte auf Seite 6/7 zeichnete Erhard Ringer

Umwelthinweis:
Dieses Buch wurde auf
chlor- und säurefreiem Papier gedruckt.

Redaktion: Joern Rauser

Erstausgabe bei DAW BOOKS, INC., New York

Printed in Germany 1997
Umschlaggestaltung: Atelier Ingrid Schütz, München
Technische Betreuung: M. Spinola
Satz: Schaber Satz- und Datentechnik, Wels
Druck und Bindung: Presse-Druck, Augsburg

ISBN 3-453-11982-7

Dieses Buch ist C. J. Cherryh gewidmet,
die ganz einfach die Beste ist.

Ozean von Thule
algaard
Atvia
Andemir
Rondule
Kilore
Homana
Erinn
Mujhara
Lestra
Idrianischer Ozean
Solinde
Hondarth
N
Kristallinsel

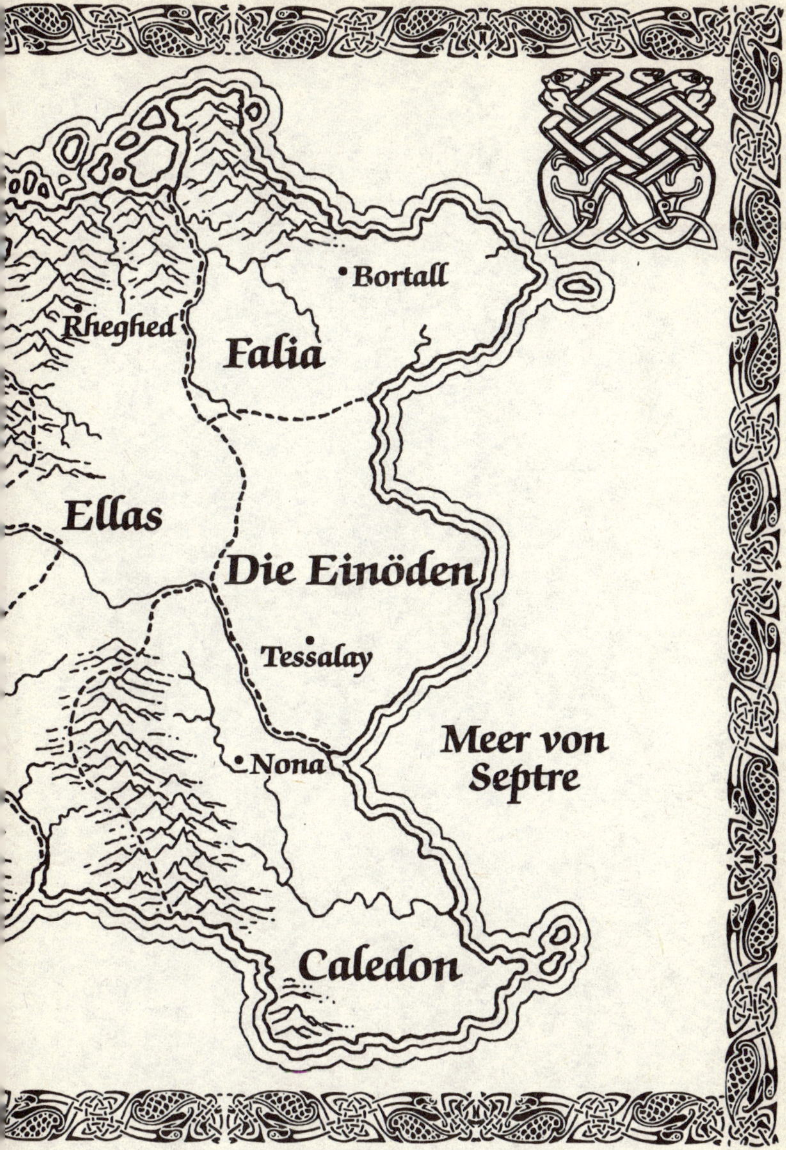
Bortall
Rheghed
Falia
Ellas
Die Einöden
Tessalay
Meer von
Septre
Nona
Caledon

Teil I

Kapitel Eins

Hondarth erinnerte weniger an eine Stadt als an eine Herde Schafe, die über fliederfarbenes Heidekraut auf den dahinter liegenden, glasgrauen Ozean zustrebte. Von den sanft abfallenden Hügeln aus, die die bogenförmige Bucht umgaben, drängten sich mit grauen Strohdächern versehene Hütten in scheinbar idyllischer Vertrautheit zusammen.

Hondarth war einst nur ein kleines Fischerdorf gewesen, jetzt aber war es eine blühende Stadt, deren Wohlstand sie sowohl allen Arten von Außenhandel als auch jahreszeitlich bedingten Geschäften verdankte. Täglich legten Schiffe an, und es wurden Handelskarawanen in verschiedene Teile Homanas entsandt. Und mit den Schiffen strömten fremde Seeleute und Händler herein, so daß Hondarth fast weltbürgerlich wurde.

Der Preis des Wachstums, dachte Donal. *Aber ich frage mich, ob auch Mujhara jemals so … vom Zufall bestimmt war?*

Er lächelte. Es erschien ihm undenkbar, daß die königliche Stadt des Mujhar – deren Palast Homana-Mujhar ein Edelstein in der prachtvollen Krone war – jemals *vom Zufall bestimmt* sein könnte. Hatten nicht ursprünglich die Cheysuli die Stadt erbaut, die nun die Homaner für sich beanspruchten?

Noch immer lächelnd, führte Donal seinen kastanienbraunen Hengst durch die Menge von Fußgängern, die sich auf der gewundenen Straße drängten. *Nur wenige Städte besitzen die Erhabenheit Mujharas. Aber ich glaube, ich würde Hondarth bevorzugen, wenn ich überhaupt eine Stadt kennenlernen müßte.*

Und ob er Städte kennengelernt hatte. Und Mujhara kannte er wahrhaftig gut genug, auch wenn er es vorzog, nicht dort zu leben. Er hatte in letzter Zeit wenig Möglichkeiten gehabt, sein Leben zu gestalten.

Donal seufzte. *Ich denke, Carillon wird dafür sorgen, daß meine Flügel gestutzt und meine Krallen beschnitten werden … oder er wird mich vielleicht in einen Hundezwinger sperren wie seine Jagdhunde.*

Aber wer würde sich schon über solch einen edlen Zwinger wie Homana-Mujhar beklagen?

Die Frage blieb unausgesprochen, wenn Donal sie auch deutlich bevorstand. Er hatte ähnliche Bemerkungen viele Male zuvor von anderen gehört. Aber in diesem Fall kam die Bemerkung nicht von einem menschlichen Begleiter, sondern von einem Wolf, der neben dem Hengst einhertrottete.

Er trottete, er schlich nicht so, als wollte er unerwünschte Berührungen vermeiden. Er pirschte sich nicht an, er jagte nicht, er lief nicht von Mann und Pferd fort. Er paßte sich dem Schritt des Hengstes an wie ein gut gezähmter Hund, der einen geliebten Herrn begleitet, aber der Wolf war kein Hund. Und er war auch nicht besonders zahm.

Er war kein zierliches Tier, aber mager, ohne zusätzliches Fleisch auf den Knochen – außer dem, was seiner natürlichen Kraft und Schnelligkeit förderlich war. Das messingfarbene Sonnenlicht eines nebligen Spätnachmittags an der Küste färbte die Spitzen seines rötlichen Fells schwach bronzefarben. Seine Augen waren halb von den Lidern verdeckt, so daß nur schwarzbraune Halbmonde zu sehen waren.

Ich würde mich über jeden Zwinger beklagen, ungeachtet seiner Beschaffenheit, erklärte Donal. *Und das würdest du auch tun, Lorn.*

Das Echo eines Lachens hallte über die Verbindung hinweg, die Mann und Tier vereinte. *Das würde ich auch tun*, stimmte der Wolf Donal zu. *Aber Homana-Mujhar wird für mich genauso zum Zwinger werden wie für dich, wenn du erst den Thron innehast.*

Das ist nicht der Grund, widersprach Donal. *Der Grund ist, daß Carillon allmählich immer mehr meiner Zeit fordert. Er hält mich vom Keep fern. Treffen des Konzils, politische Sitzungen … und diese langweiligen Petitionsanhörungen …*

Aber der Wolf unterbrach ihn. *Hat er eine Wahl?*

Donal öffnete den Mund, um laut zu antworten, bereit, die Frage abzuwehren. Aber er zog es vor zu schweigen, da ihn erneut das vertraute Schuldgefühl überkam, das seine wenig nachsichtigen Gedanken über den Mujhar von Homana stets begleitete. Er regte sich im Sattel, brachte die Zügel in Ordnung, versicherte sich, daß der grüne Wollumhang gerade um seine Schultern hing … eingeübte Bewegungen, die die Schuld überspielen sollten, sie statt dessen aber doch verstärkten.

Und dann überließ er wie immer dem Wolf den Sieg in dieser Schlacht.

Manchmal denke ich, daß er bei allem eine Wahl hat, Lir, sagte Donal seufzend. *Ich sehe ihn Entscheidungen treffen, die für mich höchst unverständlich sind. Und doch verstehe ich ihn manchmal auch fast … fast …* Donal lächelte zaghaft und verzerrt. *Aber meistens fehlt mir, glaube ich, jeglicher Sinn und Verstand, auch nur einen von Carillons Beweggründen zu begreifen.*

Dieser Grund ist genausogut wie jeder andere, um an Treffen des Konzils, an politischen Sitzungen und an langweiligen Petitionsanhörungen teilzunehmen …

Donal betrachtete den Wolf stirnrunzelnd. Lorn klang unerträglich selbstgefällig. Aber es half Donal nicht, mit seinem *Lir* zu streiten, denn Lorn gewann immer – genau wie Carillon.

Genau wie Taj. Donal suchte am Himmel nach dem goldenen Falken. *Ich bin wie immer in der Minderheit.*

Dir fehlt Sinn und Verstand, und du mußt beides von uns leihen. Tajs Stimmlage unterschied sich in der Verbindung von der Lorns. Kein Cheysuli konnte die Resonanzen der *Lir*sprache ohne weiteres erklären, weil sogar der Alten Sprache die erforderliche Genauigkeit dazu fehlte. Genau wie alle anderen Krieger, *kannte* Donal die Sprache der Verbindung in all ihrer Unbegreifbarkeit. Aber nur er konnte sich mit Taj und Lorn unterhalten.

Ich werde an meinen Platz verwiesen. Donal gab wie immer nach – mit geübter Demut und der üblichen Ergebung. Dieses Verhalten war nichts Neues.

Die kleine Straße mündete wie Dutzende andere auf den Marktplatz. Donal fand sich fast gegen seinen Willen auf den Platz gedrängt und war plötzlich von einem Durcheinander von den Schreien und eintönigen Aufforderungen der Fisch- und Straßenhändler umgeben. Viele verschiedene Sprachen waren zu hören, deren Silben so kreuz und quer schwirrten, daß sie nicht mehr zu verstehen waren. Aber Donal konnte die meisten dieser Sprachen ohnehin nicht verstehen, da er nur Homanisch und die Alte Sprache der Cheysuli sprach.

Der Geruch traf ihn wie ein Schlag. Da er den üppigen Erdgeruch des Keep und die feineren Aromen Mujharas gewohnt war, runzelte er jetzt unwillkürlich die Stirn. Öl. Ein schwacher Geruch nach Früchten, der von den eng zusammenstehenden Marktständen herüberwehte. Ein Hauch von Blumenduft, Moschus und anderen, unbekannten Aromen schwebte vom Stand eines Duftstoffhändlers heran. Aber hauptsächlich roch Donal Fisch, überall roch es nach Fisch – in allen Ecken. Er konnte nicht einmal mehr den vertrauten Geruch seiner Lederkleidung, des Goldes und der Wolle vom durchdringenden Geruch des Fischs unterscheiden.

Der Hengst verfiel in Schritt, da er von Menschen, Schubkarren, Ständen, Buden, Vieh und gelegentlich anderen Pferden behindert wurde. Die meisten Leute gingen zu Fuß, und Donal wünschte sich allmählich, *ebenfalls* zu Fuß zu sein, wenn er auf diese Weise nur mit der

Menge hätte verschmelzen können, anstatt zu Pferde so hoch über ihr aufzuragen.

Lorn? fragte er.

Hier, erwiderte der fast unter dem Bauch des Hengstes einhertrottende Wolf mürrisch. *Hättest du keinen anderen Weg wählen können?*

Wenn ich einen aus diesem Durcheinander heraus finde, werde ich es tun. Er verzog das Gesicht, als ein anderer Reiter, der in dem Gewühl zu nahe vorbeiritt, sein Pferd anrempelte. Ihre Knie stießen schmerzhaft gegeneinander. Der Mann, der leise fluchte, während er sich ein grau verhülltes Knie rieb, schaute auf, als wollte er sich entschuldigen.

Aber er tat es nicht. Statt dessen starrte er Donal einen Augenblick unverwandt an, wich dann im Sattel zurück und spie auf die Straße. »*Gestaltwandler!*« zischte er zwischen zusammengebissenen Zähnen hervor. »Kehre in deinen Waldschlupfwinkel zurück. Wir wollen hier in Hondarth *keinen* von deiner Art haben!«

Donal war über diese Worte äußerst erstaunt, sprachlos und wie betäubt von der Schärfe des Tonfalls.

»Ich sagte: *Kehre zurück!*« wiederholte der Mann. Sein Gesicht war rot vor Zorn – ein pockennarbiges Gesicht, nicht jung, nicht alt, aber voller Wucht. »Der Mujhar gewährt euch vielleicht die Freiheit, die Straßen Mujharas in welcher Tiergestalt auch immer zu beschreiten, aber hier ist es anders! Verschwinde aus dieser Stadt, Gestaltwandler!«

Nein. Das war Lorn, der dicht neben dem Hengst stand. *Was würde es nützen, ihn zu töten, außer daß die Gründe seines Hasses neue Nahrung bekämen?*

Donal schaute hinab und sah, daß seine rechte Hand auf dem Goldheft seines Langmessers ruhte. Vorsichtig, ganz vorsichtig, lockerte er die verkrampften Kiefermuskeln, nahm die Hand von seinem Messer und mißachtete das Rumoren in seinem Bauch.

Es gelang ihm, ruhig zu dem Homaner zu sprechen.

»Shaines *Qu'mahlin* ist beendet. Wir Cheysuli werden nicht mehr gejagt. Es steht mir frei zu kommen und zu gehen, wie ich will.«

»*Hier* nicht!« Der in edles graues Tuch gekleidete Mann, der aber keinerlei Zeichen von Macht oder Rang trug, schüttelte seinen dunkelbraunen Kopf. »*Ich* sage, daß du besser verschwinden solltest.«

»Wer seid Ihr, daß Ihr das sagen könnt?« fragte Donal eisig. »Maßt ihr euch die Macht des Mujhar in Homana an, über mein Kommen und Gehen zu bestimmen?«

»Ich bestimme, wann und wo ich will, wenn es euch Gestaltwandler betrifft.« Der Homaner beugte sich im Sattel vor. Er ergriff mit einer Hand die Zügel des Kastanienbraunen, um Donals Pferd festzuhalten. »Hörst du mich? Verschwinde von hier. Hondarth ist nichts für euresgleichen!«.

Ihre Knie berührten sich noch immer. Durch diese, wenn auch sehr schwache Berührung konnte Donal die Anspannung des Mannes spüren und erkannte, was den anderen zu einer solch übereilten Handlungsweise veranlaßte.

Er hat Angst. Er handelt nicht aus falsch verstandenem Gerechtigkeitssinn oder aus einem persönlichen Rachegefühl, sondern er hat einfach Angst. Und ein Mensch, der Angst hat, wird alles tun. Das war Taj, der scheinbar müßig über dem bevölkerten Platz kreiste. *Lir, sei freundlich zu ihm.*

Nach dem, was er zu mir gesagt hat?

Hat er dir Schaden zugefügt?

Als er in die braunen, feindseligen Augen des anderen sah, wußte Donal, daß dieser nicht nachgeben würde. Er konnte nicht nachgeben. Homanerstolz war nicht wie Cheysulistolz, aber er war dennoch eine mächtige Kraft. Vor so vielen Leuten – vor so vielen Homanern und angesichts eines gefürchteten Cheysuli – würde der Mann niemals nachgeben.

Aber wenn ich nachgebe, werde ich mehr als nur meinen

Stolz verlieren. Dann wird es für jeden Krieger, der nach Hondarth kommt, noch viel schwerer werden.

Also gab er nicht nach. Er beugte sich näher zu dem Mann heran, was den Homaner veranlaßte zurückzuweichen, und flüsterte kaum hörbar: »Ihr seid wahrhaftig ein Narr zu glauben, daß Ihr *mich* in die Wälder zurückjagen könnt. Ich komme und gehe, wie ich will. Wenn Ihr mich daran hindern wollt, werdet Ihr es mit mir selbst und mit meinen *Lirs* zu tun bekommen.« Mit einer kurzen Geste machte Donal den Mann auf den ohnehin gereizten Wolf und auf Tajs wachsamen Flug aufmerksam. »Was sagt Ihr mir *jetzt?*«

Der Homaner betrachtete Lorn, der seine rötliche Schnauze verzog und scharfe Zähne zeigte. Dann schaute er zu Taj hinauf, der seine Kreise langsam, so langsam, zur Straße herunter beschrieb.

Schließlich betrachtete er den ihm gegenüberstehenden Cheysulikrieger: ein junger Mann von dreiundzwanzig Jahren, sogar im Sattel groß, schwarzhaarig, dunkelhäutig, *gelb*äugig, beherrscht von einem starken Gefühl für Anmut, Vertrauen und Kraft, das fast barbarisch wirkte. Er machte einen ausgesprochen stolzen und entschlossenen Eindruck, wodurch sich Cheysuli allgemein von anderen Menschen unterschieden – durch das Aussehen eines räuberischen Wesens.

»Ich bin unbewaffnet«, sagte der Homaner schließlich.

Donal blieb ernst. »Wenn Ihr das nächste Mal einen Cheysuli beleidigen wollt, schlage ich Euch vor, es *bewaffnet* zu tun. Wenn ich gezwungen wäre, Euch zu töten, würde ich es vorziehen, es in einem gerechten Kampf zu tun.«

Der Homaner ließ die Zügel des Hengstes los. Dann riß er so heftig an den Zügeln seines eigenen Pferdes, daß dessen Maul aufgerissen wurde und es in schweigender Abwehr große Zähne bleckte. Zurück, zurück ... Eisenbeschlagene Hufe schabten über Stein und zerkratzten das Pflaster. Der Mann achtete nicht auf die Leute, die er fast niedertrampelte, oder auf den Einsturz eines schwankenden Obststandes, dessen Stützen das Pferd umstieß. Und er mißachtete auch die Schreie des verärgerten Händlers.

Aber bevor er den Platz verließ, spie er noch einmal auf die Straße.

Donal saß starr im Sattel und betrachtete den Speichel auf einem einzelnen Pflasterstein. Er war sich einer quälenden Leere in seinem Bauch bewußt, die sich dann langsam mit dem Schmerz der Erschütterung und des verletzten Stolzes füllte.

Er ist es nicht wert, getötet zu werden. Aber etwas schwang mit, das sich verdächtig sehnsüchtig anfühlte.

Taj, der noch immer seine Kreise zog, stieg wieder in den Himmel auf. *Du wirst so etwas noch häufiger erleben. Hast du geglaubt, von solchen Dingen frei zu sein?*

»Frei?« fragte Donal laut. »Carillon hat Shaines *Qu'mahlin beendet*!«

Die beiden *Lirs* antworteten nicht sofort.

Donal erschauderte. Er fror. Er fühlte sich elend. Er wollte genauso ausspeien wie der Homaner, wollte nur den sauren Geschmack der Erschütterung loswerden.

»Es ist beendet«, wiederholte er. »*Jedermann* in Homana weiß, daß Carillon der Verfolgung ein Ende gesetzt hat.«

Lornes Stimme klang grimmig. *Es gibt Narren auf der Welt und Wahnsinnige – Menschen, die von einfältigen Vorurteilen und Angst getrieben werden.*

Donal schaute über den Platz hinweg und schüttelte bedächtig den Kopf. Rund um ihn drängten sich die Homaner, denen er bisher nur allzu bereitwillig getraut hatte, da er kaum Grund gehabt hatte, es nicht zu tun. Aber jetzt, während er beobachtete, wie sie ihren Geschäften nachgingen, fragte er sich, wie viele von ihnen ihn wegen seiner Rasse haßten, ohne wirklich zu verstehen, was er war.

Warum? fragte er seine *Lirs. Warum speien sie vor mir aus?*

Du bist das greifbarste Ziel, belehrte Taj ihn. *Nicht wegen eines Rangs oder Titels.*

Ein homanischer *Rang und Titel,* betonte Donal. *Können sie nicht zumindest das anerkennen? Es ist immerhin ihr eigener Rang und Titel.*

Wenn du ihnen sagst, wer und was du bist, stimmte Lorn ihm zu. *Dann vielleicht. Aber er sah nur einen Cheysuli.*

Donal lachte leise, aber es klang wenig Belustigung darin mit. *Es ist der reinste Hohn, nicht wahr? Dieser Mann hatte keine Ahnung, daß ich der Prinz von Homana bin … Er sah einen Gestaltwandler und spie aus. Wenn er es gewußt hätte, wäre sein Mund aus Achtung vor dem Titel vielleicht geschlossen geblieben. Aber andere,* andere *Homaner, die wissen, zu was Carillon mich gemacht hat, lehnen mich wegen dieses Titels ab.*

Eine vorübergehende Frau murmelte etwas von Bestien und Dämonen und machte ein Schutzzeichen gegen den Gott der Unterwelt. Das Zeichen war gegen Donal gerichtet, als denke sie, *er* sei ein Diener Asar-Sutis.

»Bei den Göttern, die Welt ist verrückt geworden!« Donal starrte hinter der Frau her, während sie auf dem bevölkerten Platz verschwand. »Halten sie mich für einen *Ihlini*?«

Nein, sagte Taj. *Sie wissen, daß du ein Cheysuli bist.*

Laßt uns sofort von hier verschwinden. Aber gerade, als Donal diese Worte aussprach, fühlte und hörte er einen Schlag an seiner Schulter.

Und er roch auch den Geruch.

Er wandte sich sofort und von dem hinterhältigen Angriff erschreckt im Sattel um. Aber er sah keinen einzigen Schuldigen, sondern nur einen dicht mit Menschen bestandenen Platz. Einige beobachteten ihn. Andere nicht.

Donal griff nach hinten und zog seinen Umhang über

eine Schulter, um zu sehen, was ihn am Rücken getroffen hatte, obwohl er es zu wissen glaubte. Er zog eine Grimasse, als er die Überreste frischer Pferdeäpfel entdeckte. Er schüttelte den Umhang angewidert von dem Mist frei und ließ ihn dann wieder über die Schulter gleiten.

Wir verlassen diesen Platz, sagte er zu seinen *Lirs. Obwohl ich es vorziehen würde, diese ganze Stadt zu verlassen.*

Donal lenkte sein Pferd in die erste Straße hinein, die er sah und folgte ihrem Verlauf. Sie verengte sich beträchtlich und wand sich zwischen getünchten, mit grauem Stroh gedeckten Häusern zum Meer hinab. Er roch Salz, Fisch und Öl und den Seetang des dahinter liegenden Meeres. Möwen schrien heiser, weiß vor dem schiefergrauen Himmel, und sangen ihren einsamen Gesang. Das Hufklappern seines Pferdes hallte in der engen Straßenschlucht wider.

Willst du anhalten? fragte Taj.

Wenn ich ein Wirtshaus finde ... ah, da vorn ist eines. Seht ihr das Schild? Es heißt ›Zum Roten Pferd‹.

Es war ein kleines Wirtshaus, ebenfalls früher weißgetüncht und mit einem Dach, das an einigen Stellen beschädigt war. Das Holzschild in der Form eines karmesinroten Pferdes baumelte an einem einzigen Lederband von seiner Halterung herab.

Hier? fragte Lorn zweifelnd.

Dieses ist genausogut wie jedes andere, vorausgesetzt, daß ich eintreten darf. Donal spürte seinen Zorn und das Unbehagen erneut aufwallen und war enttäuscht, daß nicht einmal Carillon – bei allem, was er erreicht hatte – in der Lage gewesen war, das *Qu'mahlin* vollständig zu beenden. Aber noch während der Wolf sprach, erkannte Donal, was er meinte: Das Wirtshaus ›Zum Roten Pferd‹ schien nicht gerade vornehm. Die beiden Hornfenster waren schmutz- und rauchverschmiert, und das Strohdach stank nach Fischöl, woran zweifellos die Laternen im Innern schuld waren. Sogar die Tünche schien grau vor Ruß und Dreck.

Du bist der Prinz von Homana. Das war Taj, der stets auf prinzliche Würde und Schicklichkeit achtete.

Donal lächelte. *Und der Prinz von Homana ist hungrig. Vielleicht ist wenigstens das Essen gut.* Er schwang sich von seinem Pferd und band es an einem für diesen Zweck gedachten Ring in der Hausmauer fest. *Wartet hier bei dem Pferd. Wir sollten nicht noch mehr Menschen mit eurer Anwesenheit beunruhigen.*

Du *wirst hineingehen.* Lorns Augen glitzerten nur einen kurzen Augenblick.

Donal gab dem Pferd einen Klaps und sah den Wolf dann stirnrunzelnd an. *An mir ist nichts Bedrohliches.*

Bist du kein Cheysuli? fragte Taj selbstgefällig, während er sich auf dem Sattel niederließ.

Die Wirtshaustür wurde aufgerissen, als Donal gerade die Hand ausstreckte, um die Klinke niederzudrücken. Ein Körper kam durch die Öffnung geschleudert. Donal, der ihm im Weg stand, fluchte, stolperte rückwärts und umklammerte in dem Versuch, sie beide am Fallen zu hindern, dessen Arme und Beine. Er stieß leise und zischend eine Cheysulischmähung aus und schob den Körper wieder von sich. Es handelte sich um einen Jungen, nicht um einen Mann, und Donal bemerkte, daß ihn jener erschreckt anstarrte.

Der Wirt stand mit gespreizten Beinen und über der Brust gefalteten Armen im Eingang. Sein bärtiges Kinn war kampflustig vorgereckt. »Ich will solchen Pöbel in meinem angesehenen Wirtshaus nicht haben!« grollte er. »Geh deiner Dämonenart anderswo nach, Balg!«

Der Junge kroch in sich zusammen. Donal legte ihm eine Hand auf die schmale Schulter, damit er nicht strauchelte. Aber seine Aufmerksamkeit war hauptsächlich auf den Wirt gerichtet. »Warum nennt Ihr ihn einen Dämon?« fragte er. »Er ist nur ein Junge.«

Der Mann betrachtete Donal mit verengten braunen Augen von oben bis unten. Donal wartete darauf, daß die zuvor ausgesprochene Bezeichnung auch auf ihn angewandt würde, aber anstatt beleidigt zu werden, wurde er nur abschätzig betrachtet. Er merkte, daß der Wirt ihn nach dem Gold an seinem Ohr und der Farbe seiner Augen beurteilte. Die *Lir*bänder waren unter dem schweren Umhang verborgen, aber seine Herkunft war stets auffällig.

Innerlich lachte Donal verächtlich. *Homaner! Wenn sie uns nicht wegen des Gestaltwandels als Dämonen verurteilen, beurteilen sie uns nach unserem Gold. Wissen sie nicht, daß wir es für das ehren, was es verdeutlicht und ganz und gar nicht wegen seines Wertes?*

Die Homaner beurteilen dein Gold nach dem, was es ihnen einbringen könnte. Taj richtete sorgfältig seine Schwingen. *Die Freiheit von den Cheysuli.*

Der Wirt wandte den Kopf und spie auf den Boden. »Dämon«, sagte er nur.

»Der Junge oder ich?« fragte Donal übertrieben sanft, und er war auf jede mögliche Antwort vorbereitet – und hatte auch selbst eine parat.

»Ich meine ihn. Seht Euch seine Augen an. Er ist wahrhaftig Dämonengezücht.«

»Nein!« schrie der Junge. »Das bin ich *nicht!*«

»Seht Euch seine Augen an!« brüllte der Mann. »Und sagt mir, was Ihr seht!«

Der Junge wandte das Gesicht ab und bedeckte es mit einem Arm. Sein Haar war schmutzig und wirr und fiel ihm in die Augen, als wollte er sie verstecken. Donal konnte nur eine gekrümmte Schulter sehen, als wollte der Junge einen Schlag abfangen.

»Möchtet Ihr eintreten?« fragte der Wirt gereizt.

Donal sah ihn aufrichtig überrascht an. »Ihr werft *ihn* hinaus, weil Ihr ihn – wegen seiner Augen – für einen Dämon haltet, und doch bittet Ihr *mich* hinein?«

Der Mann brummte. »Hat der Mujhar Euch nicht von allem Makel freigesprochen? Euer Geld ist genauso gut wie das Geld jedes anderen Mannes.« Er hielt inne. »Ihr habt doch Geld?« Sein Blick schweifte erneut zu Donals Ohrring.

Donal lächelte erleichtert, denn er war froh zu entdecken, daß zumindest ein Mann in Hondarth ihn eher aus habsüchtigen Gründen als aus einem Vorurteil heraus beurteilte. »Ich habe Geld.«

Der andere nickte. »Dann tretet ein und sagt mir, was Ihr wollt.«

»Rindfleisch und Wein. Weißen Faliawein, wenn Ihr habt.« Donal hielt inne. »Ich komme gleich herein.«

»Ich habe weißen Faliawein.« Der Mann warf dem Jungen einen langen Blick zu, spie erneut aus, ging ins Wirtshaus zurück und zog die Tür hinter sich zu.

Donal wandte sich an den Jungen. »Erkläre es mir.«

Der Junge war dünn, hatte schwarze Haare und trug schmutzige dunkle Kleider, denen deutlich anzusehen war, daß der Junge zwar gewachsen war, seine Kleider aber nicht mit ihm. Das Haar hing ihm ins Gesicht. »Meine Augen«, sagte er schließlich. »Ihr habt den Mann gehört. Es ist wegen meiner Augen.« Er schaute schnell zu Donal hoch und dann wieder fort. Und dann, als wollte er die erwartete Antwort herausfordern, schob er sich das wirre Haar aus dem Gesicht und offenbarte es Donal vollkommen. »Seht Ihr?«

»Aha«, sagte Donal. »Ich sehe. Und ich verstehe. Es ist nur zufällig so, aber unwissende Leute verstehen das nicht. Sie weisen lieber Schuld zu, selbst wenn gar keine zuzuweisen ist.«

Der Junge sah aus höchst gewöhnlichen Augen zu ihm auf – nur daß das eine braun und das andere deutlich strahlend blau war. »Dann ... haltet Ihr mich nicht für einen Dämon und ein Wechselbalg?«

»Nicht mehr, als ich mich selbst dafür halte.« Donal lächelte und spreizte seine Hände.

»Ihr glaubt nicht, daß ich Euch verhexe?«

»Nur wenige Menschen haben diese Fähigkeit. Ich bezweifle, daß du einer dieser Menschen bist.«

Der Junge sah ihn weiter an. Er hatte das Gesicht eines Straßenjungen, ganz hohl und spitz und dünn. Seine knochigen Handgelenke staken aus zerrissenen Ärmeln hervor, und seine Füße waren nur mit Lederstreifen umwickelt. Er zupfte mit schmutzigen abgebrochenen Fingernägeln an seinem fadenscheinigen Hemd herum.

»Warum?« fragte er mit kaum hörbarer Stimme. »Warum wolltet Ihr nicht hören, daß ich beschimpft wurde? Ich habe es gemerkt.« Er warf schnell einen Blick auf Donals Gesicht. »Ich konnte den Zorn in Euch spüren.«

»Vielleicht weil solche Vorurteile auch *mich* treffen«, sagte Donal grimmig. »Und es gefällt mir eben genausowenig, wenn ein anderer dieses Schicksal erleidet.«

Der Junge runzelte die Stirn. »Wer sollte *Euch* beschimpfen? Und warum?«

»Ohne jeglichen Grund. Aus Unwissenheit. Wegen eines Vorurteils. Aus Dummheit. Aber hauptsächlich weil ich wie du, und nicht genauso bin wie *sie*.« Donal blieb ernst. »Weil ich ein Cheysuli bin.«

Die verschiedenfarbigen Augen weiteten sich. Der Junge verkrampfte, wich zurück, als sei er geschlagen worden, und erstarrte dann. Er sah Donal unverwandt an, und sein schmutziges Gesicht wurde blaß und fleckig vor Angst. *»Gestaltwandler!«*

Donal spürte, wie sich sein Magen langsam umstülpte. *Sogar dieser Junge …*

»Bestienaugen!« Der Junge machte die zur Abwehr von Bösem gedachte Geste und stolperte einen Schritt zurück.

Donal spürte allen Zorn und alle Erschütterung erneut aufwallen. Mit großer Willensanstrengung drängte er sie zurück. Der Junge war ein Kind, das die Beschimpfungen weitergab, die es gehört hatte, als man es selbst damit gemeint hatte.

»Hast du Hunger?« fragte Donal und mißachtete die

Angst und das Mißtrauen in den seltsamen Augen des Jungen.

Der Junge sah ihn an. »Ich habe schon gegessen.«

»Was hast du gegessen? Reste vom Abfallhaufen des Wirtshauses?«

»Ich *habe* gegessen!«

Sein Zorn wich Bedauern. *Daß sogar solch ein Junge dieser allumfassenden Angst zum Opfer fällt …* »Nun gut.« Er sagte es schärfer als beabsichtigt. »Ich wollte dir etwas zu essen geben, aber ich möchte nicht, daß du glaubst, ich würde dir deine Seele rauben. Vielleicht findest du einen anderen Wirt, der weniger boshaft ist als dieser.«

Der Junge schwieg. Nach einer langen Zeit erschütterter Stille wandte er sich schnell um und lief davon.

Kapitel Zwei

Am Morgen fand Donal nur einen Mann, der bereit war, ihn über die Bucht zur Kristallinsel zu bringen, und sogar dieser würde erst am darauffolgenden Tag aufbrechen. Da er also zunächst noch sich selbst überlassen war, stellte Donal sein Pferd in einen Stall ein und wanderte zur Kaimauer hinab. Er lehnte sich darauf und schaute über die hohen Wellen hinweg.

Er richtete seinen Blick auf den dunklen Höcker Land, der sich rund drei Meilen vor der Bucht aus dem Idrianischen Meer erhob. *Götter, wie wird Electra sein? Was wird sie zu mir sagen?*

Er konnte sich kaum an sie erinnern – obwohl er sich sehr wohl ihrer sagenhaften Schönheit entsann –, denn er war noch ein Junge gewesen, als Carillon seine solindische Frau wegen Verrats verbannt hatte. Und er hatte sie, nach dem, was die Homaner erzählten, auch wegen Ehebruchs verbannt. Die Cheysuli hielten nicht viel von dieser Maßnahme, denn sie hatten nichts dagegen, wenn ein Mann zusätzlich zu seiner Ehefrau auch eine Gespielin besaß. Bei den Stämmen erfuhren *Cheysulas*, Ehefrauen, und *Meijhas*, Gespielinnen, gleiche Ehre. Bei den Stämmen war die Geburt von Kindern wichtiger als das, was die Homaner Schicklichkeit nannten.

Verrat. Ja, man konnte es so nennen. Electra von Solinde, die als Prinzessin geboren worden war, hatte versucht, ihren königlich homanischen Ehemann töten zu lassen, damit Tynstar seinen Platz hätte einnehmen können. Tynstar der Ihlini, Anhänger Asar-Sutis, des Gottes der Unterwelt.

Donal unterdrückte ein Schaudern. Er wußte es besser, als daß er das plötzliche Frösteln der vom Meer landeinwärts wehenden, salzigen Brise zugeschrieben hätte. Kein einigermaßen kluger Mann bezeichnete die Ihlini einfach nur als Magier, nicht solange Tynstar sie anführte.

Er will Carillon stürzen und Homana übernehmen. Er schloß einen Augenblick die Augen. Es war so klar, so vollkommen klar, als es aus seiner Erinnerung aufstieg: das Bild von Tynstars Gefolgsleuten, wie sie seine Mutter gefangengenommen hatten. Sie hatten Alix betäubt, um ihre Cheysuligaben in die Gewalt zu bekommen. Torrin, ihren Pflegevater, hatten sie auf grausame Weise getötet. Und ihren Sohn hatten sie mit einem Halsring aus schwerem Eisen fast erdrosselt.

Donal führte eine Hand zum Hals. Er erinnerte sich sogar noch fünfzehn Jahren danach sehr gut daran. *Als wäre es gestern gewesen und als wäre ich noch ein Junge.* Aber das Gestern war vergangen, und er war der Kindheit längst entwachsen.

Er öffnete die Augen und schaute erneut zu dem Ort hinüber, den die Leute die Kristallinsel nannten. Sie war einst ein Cheysuliort gewesen, wenigstens hatten das die *Shar Tahls* immer gesagt. Aber jetzt war sie kaum noch mehr als ein Gefängnis für Carillons treulose Frau.

Die Königin von Homana. Donal verzog das Gesicht. *Götter, wie konnte er nur mit ihr verheiratet bleiben? Ich weiß, daß die Homaner es nicht schätzen, wenn ein Mann seine Frau fortschickt – das steht sogar in ihren Gesetzen geschrieben –, aber die Frau ist eine Hexe! Tynstars Gespielin.* Er strich sich mit einer Hand durchs Haar und spürte den Wind auf seinem Gesicht. Ein kühler, feuchter, vom Geruch des Meeres erfüllter Wind. *Wenn er ihr die Gelegenheit dazu gäbe, würde sie ihn* erneut *zu töten versuchen.*

Taj kreiste müßig in der Luft. *Vielleicht war es sein Tahlmorra.*

Homaner haben keines, nicht auf die Art, wie wir es ken-

nen. Donal schüttelte den Kopf. *Sie nennen es* Schicksal, Bestimmung … *und behaupten, sie gestalteten es ohne die Hilfe der Götter selbst. Nein, die Homaner haben kein Tahlmorra. Und Carillon ist durch und durch Homaner, so sehr ich ihn auch achte.*

Jenes *Blut fließt auch in dir,* erwiderte der Vogel.

Ja. Er verzog den Mund. *Aber ich kann nichts dagegen tun, so sehr ich es auch lieber ganz vergessen würde.*

Es macht dich zu dem, was du bist, sagte Taj. *Das und andere Dinge.*

Donal öffnete den Mund, um laut zu antworten, aber Lorn unterbrach ihn drängend. *Lir, es gibt Schwierigkeiten.*

Donal richtete sich auf, schwang die Beine über die Mauer und stand sofort. Er schaute in die von Lorn mit der Schnauze angezeigte Richtung und sah eine Gruppe von Jungen auf den Pflastersteinen kämpfen.

Er runzelte die Stirn. *»Sie spielen, Lorn.«*

Mehr als das, belehrte Lorn ihn. *Sie versuchen sich ernsthaft Schaden zuzufügen.*

Taj schwebte näher an den Haufen übereinanderkletternder Körper heran. *Der Junge mit den seltsamen Augen ist dabei.*

Donal brummte. »Ich bin nicht gerade sein bester Freund.«

Du könntest es werden, schlug Lorn ihm vor, *wenn du ihm die Hilfe zuteil werden ließest, die er braucht.*

Donal warf dem klugen Wolf einen zweifelnden Blick zu, aber dann ging er davon, um einzugreifen. Auch wenn sich der Junge am Tag zuvor nicht bei ihm beliebt gemacht hatte, konnte er doch nicht zulassen, daß er geschlagen wurde.

»Es reicht!« Er stand über der wimmelnden Masse von Armen und Beinen. »Laßt ihn los!«

Langsam entwirrte sich die Masse, und er sah fünf homanische Jungen mit verschiedenen Gesichtsausdrücken der Angst und des plötzlichen Unmuts vom

Boden aus zu ihm hochstarren. Das Opfer betrachtete ihn überrascht, wie er bemerkte.

»Laßt ihn los«, wiederholte Donal ruhig. »Es hat keine Bedeutung, daß er mit seltsamen Augen geboren wurde. Es hätte ohne weiteres einem jeden von euch so ergehen können.«

Die anderen standen schnell auf, nahmen ihre zerrissene Kleidung zusammen und wischten sich die schmutzigen Gesichter. Zwei von ihnen trieb es schnell davon, und sie zerrten zwei andere mit sich, die ihnen hastig folgten, aber der größte, ein rothaariger Junge, stellte sich Donal herausfordernd entgegen.

»Was habt *Ihr* uns schon zu sagen, Gestaltwandler?« Er ballte die Fäuste, und sein sommersprossiges Gesicht rötete sich. »Ihr seid nicht besser als *er!* Mein Pa sagt, daß Menschen wie Ihr nichts anderes als Dämonen sind. *Gestaltwandler!*«

Donal streckte die Hand aus und ergriff den Jungen an der Schulter. Er hörte den schrillen Angstschrei, aber achtete nicht auf ihn, zog den Jungen vielmehr näher zu sich heran. Er hielt den Rotschopf für vielleicht vierzehn oder fünfzehn: aber er war unterernährt – wie sie alle. »Was sagt dein Vater noch?«

Der Junge starrte ihn an. Er krümmte sich ein wenig, denn Donal hielt noch immer seine Schulter fest, wurde aber bald schon wieder trotzig. »D-daß Shaine der M-Mujhar recht hatte! Daß Ihr alle getötet werden solltet – wie *Bestien!*«

»Tatsächlich?« fragte Donal nachdenklich, aber es verlangte ihn nicht nach weiteren Antworten. Er empfand bei der Heftigkeit dieses offenkundigen Hasses Übelkeit. Er wiederholte nur die Worte seines Vaters, aber es genügte, um wieder einmal zu spüren, daß nicht alle Homaner bereit waren, die Cheysuli anzuerkennen, egal was Carillon unternommen hatte, um die Verfolgung zu beenden.

Fast zwanzig Jahre sind vergangen, seit Carillon aus dem

Exil zurückgekehrt ist, um uns wieder einzugliedern, indem er das Qu'mahlin *für beendet erklärte. Und* trotzdem *hassen die Homaner uns immer noch!*

Lorn kam heran und drängte sich an sein Bein, als wollte er ihn trösten. Das brachte ihn sofort wieder in die Wirklichkeit zurück, und er erkannte, daß er noch immer die Schulter des Rotschopfs festhielt. Er betrachtete den eingeschüchterten Jungen grimmig.

Aber er ist nicht so eingeschüchtert, daß er seine Vorurteile vergessen würde… Donal atmete tief durch und versuchte seine Stimme ruhig zu halten. »Glaubst du, daß ich dich fressen werde, Junge? Glaubst du, daß ich mich vor deinen Augen in eine Bestie verwandeln und dir die Kehle aufreißen werde?«

»M-mein Vater sagt…«

»*Genug* von deinem *Jehan*, Junge!« schrie Donal. »Du stehst jetzt *mir* gegenüber, nicht deinem Vater. Du wirst die Strafe erhalten, die ich für diese Beleidigung als angemessen erachte.«

Der Junge begann zu weinen. »F-freßt mich nicht! *Bitte* freßt mich nicht!«

Donal schüttelte ihn angewidert. »Ich werde dich nicht fressen! Ich bin keine Bestie, wie dein Vater behauptet. Ich bin ein Mensch, genau wie er. Und ein *Mensch* wird ärgerlich, wenn kleine Jungen ihr Benehmen vergessen.«

Lir, sagte Lorn besorgt.

Donal hieß ihn durch die Verbindung schweigen und hielt seine Aufmerksamkeit weiter auf den Jungen gerichtet. »Welche Strafe verdienst du? Die Strafe, die ich meinem eigenen Sohn für eine solche Ungezogenheit angedeihen lassen würde. Und wenn du nach Hause läufst, um es deinem *Pa* zu erzählen, dann erzähle ihm auch, daß du einem unschuldigen Jungen Schaden zufügen wolltest. Und dann sieh, was er dazu sagen wird.«

Donal verzog innerlich das Gesicht, während er dies

sagte. *Höchstwahrscheinlich wird er seinen Sohn losschicken, damit er sich eine andere hilflose Seele sucht. Verachtung und Haß erzeugen noch mehr Verachtung und Haß.* Er festigte seinen Griff um die Schulter des Rotschopfs. »In Zukunft wirst du vielleicht besser auf dein Benehmen achten.«

Donal riß den Jungen schnell herum und hielt ihn mit seinem linken Arm gefangen. Bevor der Rotschopf widersprechen konnte, schlug Donal ihn zweimal fest und ließ ihn dann auf die Straße zutaumeln. »Geh nach Hause. Geh nach Hause und lerne ein wenig Benehmen.«

Der Junge rannte die Straße hinab und verschwand schnell. Donal wandte sich sofort dem Opfer zu und wollte ihm aufhelfen, aber dann überlegte er es sich anders. *Warum sollte ich ihm eine zweite Chance geben, mich für meine Rasse zu beschimpfen.*

Aber der Junge verachtete ihn offensichtlich nicht mehr wie zuvor. Er stand mühsam auf, versuchte seine zerrissene und schmutzige Kleidung annähernd in Ordnung zu bringen und sah Donal mit zögerlicher Anerkennung an. »Ihr mußtet das nicht tun.«

»Nein«, stimmte Donal ihm zu. »Aber ich wollte es tun.«

»Sogar nachdem ... nachdem ich Euch beschimpft hatte?«

»Ich bin nicht nachtragend.« Plötzlich grinste Donal. »Außer vielleicht Carillon gegenüber.«

Die verschiedenfarbigen Augen weiteten sich erschreckt. »Ihr tragt dem *Mujhar* etwas nach?«

»Gelegentlich – und üblicherweise aus sehr gutem Grund.« Donal grinste erneut verstohlen, denn die Antwort des Jungen belustigte ihn.

»Er ist der Mujhar! Der König von Homana und der Herr über Solinde!«

»Und ein Mann wie ich selbst, und wie du es eines Tages sein wirst.« Er streckte eine Hand aus und berührte die häßliche Schwellung, die die Haut unter dem blauen Auge des Jungen schon dunkel färbte. Das braune Auge war unverletzt. »Das wird sehr weh tun, fürchte ich.«

Der Junge schreckte vor der Berührung zurück. »Es ... tut nicht weh.«

Donal, der die Angst des Jungen heraushörte, nahm seine Hand fort. »Wie heißt du? Ich kann dich nicht immer nur ›Junge‹ oder ›Balg‹ nennen, wie der Wirt es getan hat.«

»Sef«, flüsterte der Junge.

»Und wie alt bist du?«

Seine Wangen röteten sich. »Dreizehn ... glaube ich.«

Donal umfaßte sanft eine dünne Schulter und achtete nicht auf das plötzliche Zurückzucken des Jungen. »Dann geh deines Weges, Sef, da du meine Gesellschaft nicht wünschst. Aber du solltest solche Begegnungen in Zukunft meiden, wenn du willst, daß deine Knochen heil und dein Gesicht makellos bleiben.«

Sef rührte sich nicht, als Donal seine Hand fortnahm. Er stand ganz starr, ganz still, die verschiedenfarbigen Augen waren ängstlich geweitet, und er beobachtete, wie Donal sich zum Gehen wandte.

»Wartet!« rief er. »Wartet ... *bitte* ...«

Donal schaute zurück und wartete. Der Junge kam langsam und mit abwehrend hochgezogenen Schultern auf ihn zu, während er mit beiden Händen das Zugband seiner dünnen Tuchhose verdrehte.

»Was ist los?« fragte Donal freundlich.

»Was wäre ... was wäre, wenn ich sagte, daß ich *doch* mit Euch zusammenbleiben möchte?«

»Mit mir?« Donal hob die Brauen. »Ich schenke dir gern eine Mahlzeit – sogar für eine Woche, wenn es sein muß, oder ich gebe dir genug Geld, daß du in eine andere Stadt ziehen kannst –, aber ich wollte dich nicht mit mir nehmen.«

»Bitte ...« Er hob eine Hand und ließ sie dann wieder

sinken. Er zuckte die Achseln. Diese Geste wirkte nackt und unendlich verletzlich, wie er so in seiner zerrissenen Kleidung vor Donal stand. »Ich habe niemanden. Meine Mutter ist … tot, und meinen Vater habe ich niemals gekannt.«

Donal runzelte die Stirn. »Ich lebe nicht hier.«

»Das ist gleich. Hondarth ist nicht meine Heimat. Nur … nur ein Ort, an dem ich lebe, bis ich einen besseren Ort finde.« Das schmale Gesicht glühte vor plötzlich aufkeimender Hoffnung. »Nehmt mich mit Euch! Ich werde für meinen Lohn arbeiten. Ich kann mich um Euer Pferd kümmern, Mahlzeiten zubereiten und hinterher abwaschen! Ich werde *alles* tun.«

»Wirst du auch meinen Wolf füttern?« Donal blieb ernst.

Sef wurde blaß. Er betrachtete Lorn einen Augenblick wie blind, aber dann nickte er heftig.

Donal lachte. »Nein, nein … Lorn sorgt selbst für seine Nahrung. Ich wollte dich nur aufziehen, Sef.«

Der Junge strahlte. »Dann nehmt Ihr mich *tatsächlich* mit Euch?«

Donal schaute zur Kristallinsel zurück. Bei dem, was Carillon ihm als Aufgabe übertragen hatte, war kein Platz für einen Jungen, aber vielleicht später. Es wäre zweifellos hilfreich, einen Jungen zu haben, der sich um sein Pferd und um andere kleine Arbeiten kümmerte.

Und in Homana-Mujhar ist immer Platz für Dienstboten. Er wandte sich zu Sef um und nickte. »Ich werde dich mit mir nehmen. Aber du mußt noch einiges über den Dienst wissen, den du übernehmen willst.«

Sef nickte sofort. »Ich werde tun, was immer Ihr sagt.«

Donal seufzte. »Zunächst einmal werde ich kein sinnloses Geschwätz mit anderen Jungen dulden, die du vielleicht triffst. Ich verstehe, was Stolz und was Jugend bedeuten und wie beides einen Jungen – einen *jungen Mann* – in Umstände bringen kann, die sich seiner Kontrolle entziehen, aber dies ist ein besonderer Fall. Ich bin nicht für unnütze Verwicklungen und mag keine Förmlichkeiten, aber beides wird von Zeit zu Zeit nötig sein. Auch du wirst sie kennenlernen. Aber du darfst der Versuchung nicht nachgeben, mit anderen Jungen über Dinge zu sprechen, über die du nicht sprechen solltest.«

Sef runzelte angestrengt die Stirn. »*Andere* Jungen? Habt Ihr so viele Diener?«

Donal lächelte. »Ich habe keine Diener – zumindest nicht in dem Sinn, wie *ich* das Wort verstehe. Aber wo wir hingehen, wenn ich meine Angelegenheit hier erledigt habe, gibt es Edelknaben und Leibdiener, und du mußt mir versprechen, über meine Belange Stillschweigen zu bewahren.«

Sefs schmutzverschmiertes Gesicht wurde noch blasser. »Weil Ihr … ein Cheysuli seid?«

»Nein. Und ich spreche auch nicht von *geheimen* Dingen, sondern nur von Dingen, die sehr persönlich sind – und manchmal sehr wichtig.« Er betrachtete Sefs Gesicht und hielt dann seine rechte Hand in das gedämpfte Sonnenlicht. »Siehst du dies? Sage mir, was es ist.«

Sef runzelte die Stirn. »Es ist ein Ring.«

»Sicherlich kannst du noch genauer beobachten.«

Er runzelte die Stirn stärker. »Es ist ein goldener Ring mit einem roten Stein darin und einem schwarzen Tier in dem Stein, ein … Löwe.« Sef nickte. »Ein schwarzer Löwe …«

»Ein wilder Löwe auf dem scharlachroten Feld des Mujhar«, beendete Donal Sefs Satz. »Weißt du, was das bedeutet?«

Sef wollte schon den Kopf schütteln, aber dann hielt er inne. »Ich habe einmal einen Soldaten gesehen. Er trug eine rote Tunika über seinem Kettenpanzer, und auf der Tunika war ein Löwe zu sehen, ein schwarzer, hoch aufgerichteter Löwe.« Er deutete auf den Ring. »Wie dieser.«

Donal lächelte. »Jener Soldat war Carillons Mann, wie sie alle – und auch ich. Aber … ich bin kein Soldat. Kein Soldat, wie du sie kennst.«

»Ein Krieger.« Sef neigte den dunklen Kopf. »Ich weiß von den Cheysuli.«

»Du weißt nicht genug, aber du wirst es lernen.« Donal lächelte, streckte die Hand nach Sefs Kinn aus und hob es an. »Mein Name ist Donal, Sef, und ich bin der Prinz von Homana.«

Sef wurde schneeweiß. Dann wurde er rot. Und dann fiel er schließlich, bevor Donal ihn auffangen konnte, zu Boden und stieß sich seine knochigen Knie auf den salzüberkrusteten Pflastersteinen. *»Mylord!«* flüsterte er. »Mylord … *der Prinz von Homana!*«

Donal unterdrückte ein Lachen. Es wäre nicht gut, den Jungen in Verlegenheit zu bringen, nur weil er solche Ehrfurcht vor einem königlichen Rang empfand. »Ich mag keine Förmlichkeiten. Diene mir gut, wie du jedem anderen Mann dienen würdest, und ich werde zufrieden sein.«

»Mylord …«

Donal griff hinab, umfaßte eine Handvoll dünnen Tunikastoff und zog Sef vom Pflaster hoch. »Sei nicht so … *überwältigt*. Ich bestehe genauso aus Fleisch und Knochen wie du.« Er grinste. »Wenn du mir dienen willst, mußt du lernen, daß ich nicht irgendein unbedeutendes Herrchen bin, das in der Demut anderer Erhöhung sucht. Du kannst als mein Freund mit mir kommen, aber nicht als mein Diener. Ich habe ausreichend viele Diener in Homana-Mujhar zurückgelassen.« Seine Stimme klang freundlich. »Verstehst du, was ich meine?«

»Ja«, flüsterte Sef. »O … Mylord … ja!«

Donal ließ die zerrissene Tunika los. *Ich werde ihm bessere Kleidung kaufen müssen, vielleicht in Carillons Farben … nun, das wird warten müssen. Aber eine wenigsten vorläufige Kleidung kann nicht warten.* »Du wirst dir deine

Reise *verdienen* müssen, Sef.« Donal betrachtete den Jungen ernst. »Bist du bereit, dafür zu arbeiten?«

»Ja, Mylord.«

»Gut.« Donal drückte eine schmale Schulter. »Ich verlange nur deine Gesellschaft. Komm mit mir.«

»Mylord!«

Donal wandte sich wieder um. »Ja?«

»Mylord ...« Sef brach ab und zupfte erneut an seiner überhaupt nicht passenden, verschmutzten Kleidung. »Mylord ... ich möchte nur sagen ...« Er brach erneut und offensichtlich verwirrt ab, während lebhafte Röte seine Wangen überzog.

Donal lächelte ihm ermutigend zu. »Mir gegenüber kannst du sagen, was du möchtest. Wenn du zur Unzeit sprichst, werde ich es dir sagen, aber ich werde dich niemals schlagen. Sag, was du willst, Sef.«

Der Junge atmete tief ein. »Ich wollte Euch nur dafür danken, daß Ihr mir zu Hilfe gekommen seid, und Euch sagen, daß ich Kämpfe üblicherweise *gewinne*.«

Donal unterdrückte ein Lachen. »Natürlich.«

»Sie haben mich zu fünft angegriffen«, erklärte Sef ernsthaft.

»Ich habe sie gezählt. Du hast recht.« Donal nickte ernst.

Sef betrachtete Donal einen Augenblick lang forschend. Dann fragte er ängstlich: »Ihr sagtet, ich sollte *sagen*, was ich möchte. Glaubt Ihr, ich könnte auch fragen, was ich möchte?«

»Du kannst immer fragen. Aber ich antworte vielleicht nicht immer.«

Der Junge lächelte zögerlich. »Dann ... möchte ich Euch fragen, was Ihr gegen fünf Männer unternehmen würdet, wenn *Ihr* jemals angegriffen würdet.«

»Ich?« Donal lachte. »Nun, das wäre eine andere Lage. Wie du siehst, habe ich zwei *Lirs*.«

»*Sie* würden auch kämpfen?« Sef sah Lorn erstaunt an und wandte seine verschiedenfarbigen Augen dann gen

Himmel, um Taj zwischen den schreienden Möwen zu suchen.

»Sie würden stets kämpfen, um mir zu helfen. Das ist die Aufgabe der *Lirs*.«

Das, und andere Dinge, erinnerte Lorn ihn trocken.

»Also könnten fünf Männer Euch nicht aufhalten?«

Donal verstand, wonach Sef fragte, auch wenn der Junge es nicht aussprach. »Ich bezweifle nicht, daß du gut gekämpft hast, Sef, und daß du durch Pech verloren hast. Du mußt dich dafür nicht entschuldigen. Und was mich betrifft, so mußt du daran denken, daß ich ein Cheysuli bin. Wir lernen von Geburt an zu kämpfen.« Sein lächelnder Mund wurde zu einer schmalen Linie. »Es gibt ausreichende Gründe dafür. Selbst jetzt noch, wie ich allmählich glaube.«

»Ein Cheysuli«, echote Sef. Er stand ganz still. »Werdet Ihr mir erzählen, wie es ist, ein Cheysuli zu sein?«

»Ich will es dir erklären, so gut ich kann. Aber das ist niemals eine leichte Aufgabe.« Donal deutete mit dem Kopf in Tajs Richtung und zeigte dann auf den Wolf. »*Dort* liegt das Geheimnis der Cheysuli, Sef, in Taj und in Lorn. Wenn du verstehst, was es bedeutet, einen *Lir* zu haben, dann weißt du, was es bedeutet, von den Göttern gesegnet zu sein.«

Sef betrachtete ihn zweifelnd. »Von den *Göttern*? Ich glaube nicht, daß es welche gibt.«

»Ah, aber natürlich gibt es welche. Ich bin kein *Shar Tahl*, der sein Leben der Prophezeiung und dem Dienst an den Göttern widmet, aber ich kann dir erzählen, was ich weiß. Ein anderes Mal.« Donal lächelte. »Komm mit.«

Dieses Mal ging Sef mit ihm.

Kapitel Drei

Am Morgen brach der Kapitän des Schiffes, der großzügigerweise im voraus mit frisch geprägten Goldmünzen bezahlt worden war, nur zu bereitwillig zur Kristallinsel auf. Donal befragte ihn und erfuhr, daß aller Verkehr zu der Insel von Männern im Dienst des Mujhar streng überwacht wurde. Der Mann hatte erst zugestimmt, Donal und Sef hinüberzubringen, nachdem er den königlichen Siegelring genau betrachtet hatte. Zum ersten Mal war Donal froh, daß Carillon ihn dazu veranlaßt hatte, ihn zu tragen.

Der Kapitän war ein gesprächiger Mann, der es genoß, die kurze Reise damit zu verbringen, Donal alles über die Gefangenschaft der Königin von Homana zu erzählen. Er vertraute ihm an, daß Cheysuli auf der Insel bei Electra waren, damit sie keine ihrer Hexengaben gebrauchen konnte und damit Tynstar sie nicht retten konnte. Er schien von dem Wissen, den Prinzen von Homana selbst zu befördern, wenig beeindruckt, sondern beschäftigte sich eher mit der Frage, wie er dieses Wissen zu seinem besten Vorteil nutzen konnte, indem er eine unterhaltsame Geschichte voller Gerüchte und Anekdoten erdachte. Donal bezweifelte nicht, daß eine sicherlich stark ausgeschmückte Geschichte seines Besuches auf der Insel bald in den Wirtshäusern die Runde machen würde. Er wurde die einseitige Unterhaltung schnell leid, zog sich in aller Höflichkeit zurück und wandte dem Mann den Rücken zu, um über die gläserne Bucht zu schauen.

Hondarth blieb hinter ihnen zurück. Die getünchten Hütten verschmolzen in leuchtendem Weiß, das im Nebel vor einem samtenen Hintergrund heidekrautbewachsener Hügel lumineszierend wirkte. Vor ihnen begann sich die Insel deutlicher abzuzeichnen, während das Schiff sich näherte, aber Donal konnte kein besonderes Zeichen ausmachen, nur einen auf dem Wasser treibenden, von Nebelschwaden umkränzten Umriß.

Er bemerkte, daß Sef nahe an ihn herantrat. Der Nebel umhüllte sie beide und setzte sich in ihrer Kleidung fest, so daß Sef, der einen dunkelblauen Umhang trug, den Donal ihm am Vortag zusammen mit einigen anderen neuen Kleidungsstücken gekauft hatte, mehr wie ein Spuk als wie ein Mensch aussah. Das schwarze Haar ringelte sich um sein dünnes – jetzt sauberes – Gesicht, und seine verschiedenfarbigen Augen betrachteten angestrengt die Insel.

»Sie sollte dir keine Angst machen« sagte Donal ruhig. »Es ist nur eine Insel. Ein Ort.«

Sef betrachtete die seltsam stille Decke aus Gischt und Morgendunst. Sogar das Schreien der Möwen klang in dem Nebel gedämpft. »Aber es ist ein verwunschener Ort. Ich habe davon gehört.«

»Also kennst du die alten Legenden?«

Sef schien zu zögern. »Einige davon, nicht alle. Ich… stamme nicht aus Hondarth.«

»Woher stammst du *dann*?«

Der Junge schaute wieder fort und betrachtete das Deck. Dann hob er langsam den Kopf. »Aus vielen Orten. Meine Mutter verdiente sich ihren Unterhalt durch… durch…« Er brach unsicher ab. Sein Gesicht rötete sich, so daß er jünger wirkte als dreizehn. Seine Stimme war jetzt fast nur ein Flüstern. »Durch… Männer. Wir… sind niemals lange an einem Ort geblieben.« Er zuckte die Achseln, als könnte er damit alles loswerden. Aber Donal wußte, daß solche Dinge niemals ganz vergessen werden konnten, selbst im Erwachsenenalter nicht. »Sie starb vor fast einem Jahr, und ich konnte nirgendwo anders hingehen. Also… blieb ich.«

Donal hörte die unterschwellige Scham und Einsamkeit in Sefs Stimme. »Nun, reisen paßt zu einem Mann«, sagte er plötzlich, bemüht, den Jungen zu trösten, ohne ihn mit Zuneigung zu beleidigen. Bei den Stämmen mieden die Cheysuli unnötige Gefühle. »Du bist in einem Alter, in dem man die Welt kennenlernen sollte, und Hondarth ist genausogut wie jeder andere Ort geeignet, damit zu beginnen.«

Sef sah ihn nicht an. Er betrachtete statt dessen die Kristallinsel, während sie heransegelten. Der Nebel verdichtete sich, als sie näher kamen, und legte sich um das Schiff, bis er in jedem Spalt und an jedem Mast hing und in dem so gedämpft messingfarbenen Sonnenlicht glitzerte. Tröpfchen schmückten die Reling und ihre Umhänge, liefen an dem Öltuch hinab und fielen aufs Deck. Ihre Gesichter wurden von dem ständigen Inselwind gekühlt, den die Cheysuli den Atem der Götter nannten.

»Werdet Ihr mich immer noch bei Euch behalten?« fragte Sef sehr sanft.

Donal sah ihn mit gerunzelter Stirn scharf an. »Ich habe gesagt, daß ich dich bei mir behalte. Warum fragst du?«

Sef wich seinem Blick aus. »Aber ... das war bevor Ihr wußtet, daß ich ein ... *Bastard* bin.«

Donal winkte ab. »Du vergißt, Sef ... ich bin ein Cheysuli, kein Homaner.« Innerlich verschloß er seine Ohren vor der Stimme, die gegen das leichtfertige Leugnen seines homanischen Blutes protestierte. »Bei den Stämmen gibt es keine uneheliche Herkunft. Ein Kind wird geboren, und sein Wert wird danach bemessen, wie es seinem Stamm und der Prophezeiung dient, und nicht nach seinen Eltern.« Donal schüttelte den Kopf. »Es ist mir gleich, ob dein *Jehan* – dein Vater – ein Dieb oder ein Schuster oder ein Soldat war, solange *du* dir deinen Unterhalt verdienst.«

»Dann sind die Cheysuli klüger als die meisten.« Die Verbitterung in Sefs junger Stimme bewog Donal, eine

Hand auf die schmale Schulter des Jungen zu legen, um ihn zu besänftigen, aber dann tat er es doch nicht. Der Junge war offensichtlich ebenso stolz auf seine neue Stellung wie er deshalb verunsichert war, und Donal hatte mehr Grund als die meisten, dieses Gefühl zu verstehen.

Er deutete auf die Insel. »Sage mir, was du darüber weißt, Sef.«

Sef schaute hin. »Sie sagen, sie wären Dämonen, Mylord.«

Donal lächelte. »Tatsächlich? Nun, sie irren sich. Dies ist ein Cheysuliort, und es gibt keine Cheysulidämonen, nur Götter und die Menschen, die sie erschaffen haben.«

»Welche Menschen?«

»Jene von uns, die als die Cheysuli bekannt sind. Einst waren wir etwas anderes, etwas ... Besseres.« Wie der Junge, schaute auch er über das glasgraue Meer zu der nebelverhangenen Insel. Schließlich trat sie daraus hervor, wurde deutlicher. Sie war dicht bewaldet und unter lilafarbenem Heidekraut verborgen. Eine silberweiße Fläche schimmerte schwach durch die Bäume. »Die Erstgeborenen, Sef, jene, die die Götter zuerst erschufen, wie ihr Name schon sagt. Später, viel später, wurden die Cheysuli geboren.«

Sef runzelte angestrengt die Stirn, so daß die schwarzen Brauen seine seltsamen Augen überschatteten. »Wollt Ihr damit sagen, daß es einst *gar keine* Menschen gegeben hat?«

»Die *Shar Tahls* – unsere priesterlichen Historiker – lehren uns, daß das Land einst ohne Menschen war. Es war eine Entscheidung der Götter, Menschen auf die Kristallinsel zu setzen und sie ihnen frei zu überlassen. Und diese ursprünglichen Menschen nennen wir die Erstgeborenen. Aber sie entwuchsen der Kristallinsel bald – wie Menschen es nun einmal tun, wenn Frauen unter ihnen sind – und gingen nach Homana: ein größeres Land für ihre wachsende Anzahl. Sie errichteten dort ein phantastisches Reich, regierten es gut, und die Götter waren erfreut. Als Zeichen ihrer Gunst sandten sie ihnen die *Lirs*. Und die Erdmagie setzte die Erstgeborenen in die Lage, sich mit den *Lirs* zu verbinden und zu lernen, was *Lir*gestalt bedeutet …«

»Gestaltwandler«, unterbrach Sef ihn ungewollt und erschauderte, während er das Wort aussprach.

Donal seufzte. »Der Name ist schnell entstanden, aber wir selbst gebrauchen ihn nicht. *Cheysuli* ist ein Wort der Alten Sprache und bedeutet *Kinder der Götter*. Aber Menschen – Homaner –, die ungesegnet sind, gebrauchen dieses Wort zu häufig als Beleidigung.« Er dachte erneut an den Homaner auf dem Marktplatz, an die Frau, die das Zeichen gegen das Böse gemacht hatte und daran, wie man seinen Umhang mit Mist beworfen hatte. Und das alles, weil er sich von einem Menschen in ein Tier verwandeln konnte.

Sicherlich würden die Götter uns niemals solche Gaben schenken, wenn die Möglichkeit bestünde, daß wir sie zum Bösen verwendeten! Warum müssen nur so viele Menschen glauben, daß wir es täten?

Sie verstehen nicht. Taj schwebte leicht dahin, helles Gold im silbernen Nebel. *Sie sind ungesegnet und blind für die Magie.*

Warum machen die Götter sie nicht sehend?

Blindheit erfüllt häufig einen Zweck, erklärte Lorn. *Ein wiedererlangter Blick ist oft wertvoller, als wenn man die Gabe von Anfang an besitzt.*

Donal sah Sef an. »Gestaltwandler«, sagte er deutlich. »Ja, das ist wahr – ich verändere bewußt meine Gestalt. Ich werde ein Wolf oder ein Falke. Aber unterscheidet mich das *so sehr* von dir? Ich bezweifle nicht, daß *du* Dinge tun kannst, die ich nicht vermag. Sollte ich dich dafür tadeln?«

Sef erschauderte erneut. »Das ist nicht dasselbe. Das ist nicht das*selbe*. *Ihr* werdet ein Tier, während ich …« Er schüttelte heftig den Kopf, als wollte er das Bild abschütteln »... während *ich* ein Junge bleibe. Ein gewöhnlicher, *menschlicher* Junge.«

»Und nicht gesegnet«, stimmte Donal ihm zu, einen Augenblick in seinem Stolz befangen.

Schließlich sah Sef ihn an und betrachtete angestrengt sein Gesicht. Sein bestürzter Blick wanderte von den gelben Augen zu dem goldenen Ohrring, und er schluckte sichtbar. »Die ... die Erstgeborenen«, begann er, »wo sind sie jetzt?«

»Die Erstgeborenen leben nicht mehr. Und die meisten ihrer Gaben sind verloren.«

Sef runzelte die Stirn. »Wohin sind sie gegangen? Was ist geschehen?«

Die Heckreling knarrte, als Donal sein Gewicht verlagerte. »Das ist eine zu lange Geschichte. Eines nachts werde ich dir das alles erzählen, das verspreche ich dir, aber jetzt wirst du dich *damit* zufriedengeben müssen.« Er sah den Jungen an und merkte, wie aufmerksam er zuhörte. »Ich wurde belehrt, daß die Erstgeborenen zuviel Inzucht betrieben und ihre Gaben zu schwinden begannen. Und so übergaben sie ihren Kindern, bevor sie schließlich ausstarben, was immer ihnen möglich war, und hinterließen ihnen eine Prophezeiung.« Er war kurze Zeit von der Ernsthaftigkeit dessen berührt, was seine Rasse übernommen hatte – und auch von der Wichtigkeit dieses Dienstes. »Wir wollen die Erstgeborenen zurückholen, indem wir das Blut stärken. Eines Tages, wenn die richtige Mischung gefunden ist, werden wir wieder einen Erstgeborenen unter uns haben, und alle Magie wird wiedergeboren werden.« Er lächelte. »Und so lautet die Prophezeiung: *Eines Tages wird ein Mann aller Rassen vier kriegführende Reiche und zwei magische Völker in Frieden vereinen.*« Anmutig machte er die Geste des *Tahlmorra* – die rechte Handfläche nach oben gerichtet, die Finger gespreizt –, um die verkürzte Form des Satzes in der Alten Sprache zu verdeutlichen, der auf Homanisch folgendes bedeutete:

Das Schicksal eines Menschen liegt immer in Händen der Götter.

»Ihr sagtet ... sie hätten ihre Gaben *verloren* ...?«

»Die meisten von ihnen. Die Erstgeborenen waren weitaus mächtiger als die Cheysuli. Sie hatten nicht nur einen *Lir*. Sie sprachen mit allen *Lirs* und nahmen jede gewünschte Gestalt an. Aber jetzt ist jeder Krieger nur auf einen *Lir* beschränkt.«

»*Ihr* habt zwei!« Sef schaute sich nach Lorn und Taj um. »Seid Ihr also ein Erstgeborener?«

Donal lachte. »Nein, nein, ich bin ein Cheysulimischling oder, genauer gesagt, zu drei Vierteln Cheysuli.« Er grinste. »Aber meine halb homanische *Jehana* trägt das Blut der Erstgeborenen in sich – ebenso wie einige der Gaben –, und indem sie ein Kind von meinem Cheysuli*jehan* empfangen hat, hat sie den Teil von sich vererbt, der die Erstgeborenenmagie innehat. Ich habe durch sie zwei *Lirs* und kann mit allen anderen *Lirs* sprechen, aber mehr nicht. Ich bin auf diese zwei Gestalten beschränkt.«

Sef wandte sich um und betrachtete die Insel. »Dann ... ist das Euer Geburtsort.«

»Sozusagen.« Donal schaute ebenfalls zur Insel. »Es ist der Geburtsort der Cheysuli.«

»Deshalb geht Ihr dorthin?« Sefs seltsame Augen waren geweitet, als er zu Donal hochsah. »Um zu sehen, wo Eure Leute geboren wurden?«

»Nein, obwohl das zweifellos jeder Cheysuli tun sollte.« Donal seufzte, und machte ein trauriges Gesicht. »Nein, ich gehe dorthin, um etwas für den Mujhar zu erledigen.« Er spürte, wie sich ein elendes Gefühl in seinem Bauch ausbreitete. »Ich werde den Thron von Homana sichern.«

»Ihn sichern ... ?« Sef runzelte die Stirn. »Aber der Mujhar hat ihn inne. Er gehört ihm.«

»Es gibt Menschen, die Carillons Haus vernichten und ein anderes errichten wollen«, belehrte Donal ihn grimmig. »Selbst jetzt, in Solinde … Wir wissen, daß sie einen Krieg planen.«

Sef starrte ihn an. »*Warum?* Wer würde so etwas tun?«

Donal hätte beinahe nicht geantwortet. Aber Sef war neugierig, und er würde die Wahrheit ohnehin auf die eine oder andere Weise erfahren, wenn er erst in Homana-Mujhar wäre. »Du hast von den Ihlini gehört, nicht wahr?«

Sef wurde blaß und machte die Geste gegen das Böse. »Solindische Dämonen!«

»Ja«, stimmte Donal tonlos zu. »Tynstar und seine Günstlinge würden den Thron gern selbst übernehmen und die Prophezeiung zunichte machen. Er will die Herrschaft über Homana erlangen – und über alle anderen Reiche, da bin ich sicher –, um Asar-Suti zu dienen.« Er hielt inne. »Asar-Suti ist dein Dämon, Sef, und mehr als das … Er ist der Gott der Unterwelt. *Der Sucher*, wird er von jenen genannt, die ihm dienen, *derjenige, der die Finsternis geschaffen hat und darin lebt*.« Er sah die Angst Sefs Gesicht verzerren. »Im Namen seines Dämon-Gottes will Tynstar Solinde von Carillon zurückerobern und das Reich als Tribut an Asar-Suti zu seinem eigenen machen. Und natürlich hört sein Ehrgeiz hier noch nicht auf, denn er will auch Homana. Er plant die Übernahme jetzt, in diesem Augenblick, aber wir wissen es, so daß wir nicht unvorbereitet sind. Wir sind als Regenten in Solinde nicht selbstgerecht. Aber solange Carillon den Thron innehat – und seine Nachkommen nach ihm – werden Tynstars Pläne mißlingen. Der Löwenthron gehört uns.«

Sef umklammerte fest die Reling. »*Ihr* werdet den Thron eines Tages innehaben, nicht wahr? Ihr seid der Prinz von Homana!«

Er sah zu dem aufmerksamen Jungen hinab. »Verstehst du jetzt, warum ich dich lehren muß, Stillschweigen zu bewahren? Ehrlichkeit ist schön und gut, aber in Königshäusern kann zuviel Ehrlichkeit zum Nährboden für einen Krieg werden. Du mußt sowohl mit dem, was du sagst, als auch damit, zu wem du es sagst, vorsichtig sein.«

Sef nickte bedächtig. »Mylord ... ich habe Euch versprochen, Euch gut zu dienen. Ich versichere Euch meiner Treue.«

Donal lächelte und berührte ihn kurz an einer der schmalen Schultern. »Und mehr brauche ich im Augenblick nicht.«

Er ließ seine Hand noch länger auf Sefs Schulter ruhen. Der Junge brauchte ausreichende Ernährung, um die Höhlungen in dem kränklich blassen Gesicht auszufüllen und ein wenig Fleisch auf die Knochen zu bringen, aber seine Haltung war gut. Tatsächlich war sie sehr gut für einen Jungen, der ein Bastard war und von der Hand in den Mund lebte.

Donal kaute an seiner Unterlippe. *Da er noch kaum mehr als ein Bengel ist, ist er der Aufgabe möglicherweise nicht gewachsen. Er verträgt sich vielleicht nicht gut mit den anderen Jungen. Aber andererseits kann ich Menschen nicht danach beurteilen, wie sie sich anderen anpassen – wie langweilig ein solches Leben wäre –, und so werde ich es auch bei Sef nicht handhaben. Ich werde ihm jede nur mögliche Chance geben.* Er lächelte, und dann lachte er. *Vielleicht habe ich jemanden gefunden, der mir genausogut dienen wird, wie Rowan Carillon dient.*

Der Gefangenenpalast auf der Kristallinsel stand auf einem sanften, mit aschfarbenem Adlerfarn und fliederfarbenem Heidekraut bestandenen Hügel. Der Fuß des Hügels war waldig und verbarg den Palast weitgehend, aber die weißgetünchten, von ewigem Silberdunst umgebenen Mauern schimmerten durch die Bäume. Von den weißen Sandstränden aus erstreckte sich ein Pfad aus zerstoßenen, rosa- und fliederfarbenen, hellblauen, goldenen und warm elfenbeinfarbenen Schalen von Meerestieren durch den windbewegten Wald.

Donal stand sehr still am Strand und schaute landeinwärts zum Wald. Er betrachtete nicht den Palast – der natürlich jünger als die Insel selbst und von Homanern erbaut worden war –, sondern statt dessen die von den Göttern erschaffenen Dinge. Dann schloß er die Augen und überließ sich seinen Empfindungen.

Der Wind umspielte sanft seinen Körper und liebkoste ihn kaum wahrnehmbar. Er schien ihm etwas zu versprechen. Er wußte ohne den geringsten Zweifel, daß die Insel voller Träume und Magie war und, wenn er richtig darüber nachdachte, vollkommenen Frieden und Einsamkeit bot. Carillon hatte seine untreue Ehefrau vielleicht auf diese Insel verbannt, aber sie war dennoch ein geheiligter Ort. Donal hatte geglaubt, daß die Verbannung die Kristallinsel vielleicht entweiht hätte.

Aber er spürte kein Elend, keine Unzufriedenheit in dem ihn umspielenden Wind. Vielleicht wurde die Insel für homanische Zwecke benutzt, aber im Grunde war sie noch immer ein Cheysuliort, immer noch ein Teil der Erstgeborenen. Sie wartete nur. Eines Tages würde jemand sie wieder ihrem ursprünglichen Zweck zuführen.

Donal wagte es zuerst nicht, die zerstoßenen Schalen auf dem Pfad zu betreten, deren zarte Schönheit er bewunderte, aber er entdeckte keinen anderen Weg zu dem Palast auf seinem grünen und fliederfarbenen Hügel. Er nahm nichts mit sich außer seinen *Lirs* und Sef – und, wie er hoffte, seinem Mut.

Die Insel war voller Geräusch. Es war ein sanfter, zarter Ton, ein friedliches Rauschen. Er und Sef und Lorn schritten über die zerstoßenen Schalen. Sie gingen zwischen Bäumen hindurch, die seufzten und knarrten und im Wind wisperten. Sie hörten die Stille der Tiefen, als wenn selbst die Tiere sich zu Ehren der Heiligkeit des Ortes ruhig verhielten.

Sef stolperte über seine eigenen Füße und fiel hin, wobei er perlmuttartige Schalen verstreute, so daß sie die Ränder des Pfades und die bogenartige Ausgewogenheit zerstörten. Er kauerte erschrocken auf Händen und Knien und betrachtete das, was er angerichtet hatte.

Donal streckte eine Hand aus, ergriff seinen Arm und zog ihn hoch. Er sah Verwirrung und Scham auf dem Gesicht des Jungen, aber auch noch mehr. »Es gibt hier nichts, was du fürchten müßtest, Sef«, versprach er ruhig. »Hier sind keine Dämonen.«

»Ich … ich *spüre* etwas … Ich *spüre* es …« Er brach ab, während er steif vor Donal stand. Seine Augen waren geweitet und starr. Er hielt den Kopf ein wenig geneigt, als lausche er. Als *höre* er.

»Sef …«

Der Junge erschauderte. Das Zittern durchlief seinen schlanken Körper wie Schüttelfrost. Donal spürte es deutlich in seiner Hand, die auf Sefs Arm ruhte. Sein schmales Gesicht war kreideweiß. Er sagte Worte, die Donal weder hören noch verstehen konnte.

»Sef …«

Sef entriß seinen Arm Donals Hand. Einen Augenblick, nur einen flüchtigen Moment wandten sich seine Augen nach innen, als wolle er die Welt ausschließen. Er hob nutzlos so fest geballte Fäuste, daß seine Knöchel durch die dünne angespannte Haut hindurchschimmerten. Und er entblößte einen Augenblick lang auf fast barbarische Art die Zähne.

»Sie *wissen*, daß ich hier bin …« Und genauso plötzlich brach er wieder ab. Seine Augen mit den fast schwarzen Pupillen waren erstaunt auf Donal gerichtet. »Mylord …?«

Donal atmete aus. Der Junge hatte so seltsam ausgesehen, als habe er einen persönlichen Kampf mit sich selbst geführt. Aber jetzt schien er sich wieder gefangen zu haben, wenn er auch noch ein wenig angegriffen wirkte. »Ich wollte gerade sagen, daß nur der Wind und dein eigener Aberglaube die Ursache sind«, sagte Donal zu ihm. »Aber ... dies ist die Insel der Götter, und wer bin ich, daß ich sagen könnte, sie würden nicht zu dir sprechen?«

Besonders wenn er ein Cheysuli ist. Donal spürte den kühlen Wind durch sein Haar wehen und es ihm aus dem Gesicht streichen. Der Wind war stärker als zuvor, als wolle er ihm von Dingen jenseits seines Wissens erzählen.

»Sie wissen es«, sagte Sef hohl. Und dann schloß sich sein Mund, er preßte die Lippen zusammen, als habe er beschlossen, einen Feind zu überwältigen. »Es ist *unwichtig.*«

Donal spürte den Atem der Götter im Nacken. Er erschauderte. Dann half er Sef, dessen Kleidung wieder in Ordnung zu bringen. »Ich will nicht abstreiten, daß ich auch etwas spüre, aber ich bezweifle, daß Zorn darin liegt. Ich glaube, wir haben nichts zu befürchten. Ich bin, ohne eingebildet sein zu wollen, immerhin ein Abkömmling der Erstgeborenen.«

»Und ich bin es nicht«, sagte Sef tonlos. Dann flackerte etwas in seinen Augen auf, und sein Verhalten änderte sich. Er betrachtete Donal eindringlich, und zuckte dann die schmalen Schultern. »Ich weiß nicht, *was* ich bin.«

Donal strich dem Jungen das schwarze Haar glatt, obwohl der Wind es sofort wieder in Unordnung brachte. »Die Götter wissen es. Das ist das einzige, was zählt.« Er gab Sef einen Klaps auf den Rücken. »Komm weiter. Wir sollten die Lady nicht warten lassen.«

Das Innere des weitläufigen Palastes war mit weißen Marmorsäulen ausgestattet. Seidene Wandteppiche in Regenbogenfarben bedeckten die weißen Wände, und edle Teppiche hatten die Binsenmatten ersetzt, die, wenn sie auch wohlriechend waren, doch zu schnell alt und scheußlich wurden. Donal wußte nicht, wie viele der Annehmlichkeiten von Electra – oder, was wahrscheinlicher war, von Carillon – hierher beordert worden waren, aber er war beeindruckt. Homana-Mujhar wirkte trotz seiner Großartigkeit manchmal ein wenig streng. Dieser Ort, dachte er, würde ein besseres Heim darstellen.

Nur daß es ein Gefängnis ist.

Reihen duftender Bienenwachskerzen beleuchteten die Weite der Eingangshalle. Diener liefen in Erfüllung ihrer jeweiligen Aufgaben an ihnen vorbei, wie auch gelegentliche, in Carillons schwarze und karmesinrote Farben gekleidete Wächter. Donal sah einige wenige Cheysulikrieger im üblichen Leder und Gold, aber die meisten seiner Kriegergefährten verhielten sich unauffällig.

Als die Frau vortrat, um Donal zu begrüßen, sah er, daß sie eine fremde, in den Stoff ihres Gewandes eingearbeitete Krone trug: Electras weißer Schwan auf kobaltblauem Feld. Die Frau war schlank und dunkel, mit Augen, fast in der Farbe ihres Gewandes. Er fragte sich, ob sie es absichtlich gewählt hatte. Und er erinnerte sich, daß Carillon die solindischen Frauen der Königin ebenfalls verbannt hatte.

Er wunderte sich über die Entscheidung. *Wäre es nicht besser gewesen, die Frauen nach Hause zu schicken? Hier bei Electra konnten sie alle zusammen einen schrecklichen Plan ersinnen, den Mujhar zu stürzen.*

Wie? fragte Taj, während er sich auf der Rückenlehne eines Stuhls niederließ. *Carillon läßt sie gut bewachen.*

Ich traue ihr nicht, Lir.

Carillon traut ihr auch nicht, belehrte Lorn ihn. *Es gibt für sie kein Entkommen. Hier sind Cheysuli.*

Die Solinderin neigte den Kopf, während sie vor Donal stehenblieb. Sie sprach gutes Homanisch und war höflich, aber er bemerkte einen verächtlichen Unterton. »Ihr wünscht die Königin zu sehen. Natürlich. Hier entlang.«

Donal paßte seinen Schritt dem der Frau an. Sie hielt

vor einer peinlich genau gehämmerten und in Tausende kleinster Umrisse facettierten Messingtür inne. Die Frau klopfte zaghaft an und trat dann weich und geschickt beiseite. »Hier hindurch. Aber der Junge muß draußen warten – dort, auf der Bank. Die Königin empfängt niemanden ohne ausdrücklichen Befehl – und ich bezweifle, daß sie *ihn* zu sehen wünscht.«

Donal zügelte sein Bedürfnis, etwas zu erwidern, paßte sich statt dessen dem tüchtigen, sogar eifrigen Verhalten der Frau an, indem er den Kopf gerade ausreichend weit neigte, um zu zeigen, daß er ihre Worte vernommen hatte. Dann wandte er sich an Sef. »Warte hier auf mich.«

Sefs dünnes Gesicht war blaß und ängstlich, als er sich langsam auf die schmale Steinbank neben der Tür setzte. Er verschränkte die Hände im Schoß, kauerte sich in seinem Umhang zusammen und wartete schweigend.

»Hab keine Angst«, sagte Donal sanft. »Niemand will dir Schaden zufügen. Du bist der Gefolgsmann des Prinzen.«

Sef schluckte und nickte, lächelte aber nicht. Er betrachtete nur seine Hände und war offensichtlich bereit, mit der Geduld zu warten, die man von ihm erwartete.

Da Donal wußte, daß er nicht mehr tun konnte, bemühte er sich nicht weiter, sondern schritt durch die beeindruckende Tür. Sie schlug dumpf hinter ihm zu.

Taj saß auf seiner rechten Schulter, und Lorn lief neben seinem linken Bein. Er war rundum von den *Lirs* geschützt und fühlte sich dennoch unbehaglich. Immerhin würde er Electra gegenübertreten.

Die Hexe. Tynstars Meijha. *Mehr als nur eine Frau.* Aber er ging weiter, durchschritt die Länge der höhlenartigen Halle.

Electra erwartete ihn. Er sah sie am Ende der Halle auf einem Marmorpodest – und er blieb jäh stehen.

Er hatte, wie alle anderen auch, gehört, daß Electras

sagenhafte Schönheit überwiegend unwirklich war, daß Tynstar sie ihr zusammen mit der Gabe der Jugend und der Unsterblichkeit verliehen hatte. Solange sie nicht getötet wurde, würde sie – genau wie Tynstar – niemals sterben. Er hatte gehört, daß die Schönheit vergehen würde, da sie jetzt von Tynstar getrennt war. Aber Donal wußte, welche Macht Gerüchte hatten – genauso wie er wußte, wie wenig sie der Wahrheit entsprachen –, und als er die Frau jetzt zum ersten Mal seit fünfzehn Jahren wiedersah, konnte er nicht sagen, ob sie menschlich oder unsterblich, ob sie behext oder wirklich war.

Bei den Göttern ... die Trennung von Tynstar hat ihre Schönheit nicht geschmälert, hat die Magie nicht *zunichte gemacht!*

Ihre hellgrauen Augen betrachteten ihn, während er sich dem Podest näherte, die langlidrig schläfrigen Augen, die von Beischlaf sprachen. Ihr Haar war noch immer weißblond und hatte weder seinen Glanz noch seine Gestalt verloren. Es floß wie ein Umhang lose über ihre Schultern und wurde von einem einfachen Haarband aus goldenen, miteinander verbundenen Schwänen aus dem Gesicht gehalten. Ihre Haut zeigte noch immer die zarte Schönheit der Jugend, und ihre Anziehungskraft war genauso stark wie zu dem Zeitpunkt, als sie Carillon in ihren Bann geschlagen hatte.

Donal sah sie an. Da er kein Junge mehr war, betrachtete er Electra so, wie ein Mann eine Frau betrachtet: abschätzend, beurteilend und sich stets fragend, wie es wäre, wenn sie jemals sein Bett teilen sollte. Er konnte sie nicht ohne Wollust betrachten. Es war nicht so, daß er sie begehrte, sondern so, daß Electra diese Gedanken auf magische Weise zu binden schien.

Ich war blind, erkannte er. *Ich kann Carillon nicht mehr sagen, daß ich nicht verstehen kann, warum er sie bei sich behalten hat, auch als er ihre Absicht erkannte.* Er schluckte schwer. *Ich war solch ein Narr ...* Aber er würde es ihr gegenüber – oder Carillon gegenüber – niemals zugeben.

Electra trug ein einfaches Gewand aus silbergrauem Samt, darüber aber hatte sie einen weinroten Umhang aus reiner, perlmuttartiger Seide drapiert. Sie beobachtete ihn unbeweglich. Während Donal ihr ansah, wie sie ihn beobachtete, entschloß er sich, sie zu besiegen.

»Nun kommst du also doch.« Ihre Stimme klang leise und weich, voller solindischer Kadenzen. »Ich hatte angenommen, Carillons kleines Wölfchen würde in seinen Wäldern bleiben.«

Donal gelang es, einen unbeteiligten Gesichtsausdruck zu wahren, als er vor dem Podest stehenblieb. Ein Wort von ihm über die Verbindung zu Taj veranlaßte den Falken, sich auf der Lehne des nächststehenden Stuhls niederzulassen. Lorn stand an Donals rechtem Knie, und sein rötliches Fell sträubte sich an den Schultern.

Als würde auch er die Macht dieser Frau spüren.

Electra war keine große Frau, obwohl ihre enorme Selbstbeherrschung den Anschein erweckte. Das Podest ließ sie noch größer wirken, aber selbst Marmor konnte nicht mit Donals Cheysuligröße konkurrieren.

Es war ein seltsamer Augenblick. Sie stand vor ihm, unglaublich schön und unsterblich jung. Zu jung. Er war gekommen, um über ihre Tochter zu sprechen, obwohl sie selbst kaum alt genug schien, eine Tochter zu besitzen.

Er lächelte. *Ich habe dich, Electra, und du weißt es nicht einmal.*

Sie beobachtete ihn. Die klaren, hellgrauen Augen wichen nicht von seinem Gesicht, als beurteile sie ihn nur nach seinen Augen. Nun, er wußte, was sie sah: ein klares, seltsam vollkommenes Gelb, tierhafte und unheimliche Augen, voll seltsamer angeborener Weisheit und Wildheit und einer fanatischen Hingabe an die Prophezeiung der Erstgeborenen.

Wir sind Feinde. Wir brauchen einander nichts zu sagen. Es ist einfach da. Es war vom Tag meiner Geburt an da, als wüßte sie, was ich für sie und den Ihlinifürst, dem sie dient, mit der Zeit bedeuten würde.

»Ich bin gekommen, um Eure Tochter nach Hause zu holen, Lady«, sagte er ruhig. »Es ist an der Zeit, daß wir heiraten.«

Electras Kopf bewegte sich nur unmerklich auf ihrem schlanken Hals. Ihre Stimme klang ruhig und gefaßt. »Ich erlaube nicht, daß diese Farce fortgeführt wird. Nein.«

»Ihr habt keine Wahl …«

»Das glaubst du vielleicht.« Schmale, zarte Hände glätteten die Seide ihres Umhangs und zogen seinen Blick auf die verführerische Bewegung. »Denkst du, ich werde meiner Tochter erlauben, einen Cheysuligestaltwandler zu heiraten? Nein.« Sie lächelte dazu. »Ich verbiete es.«

Er biß die Zähne zusammen. »Verbietet was Ihr wollt, Electra, es wird Euch wenig nützen. Wenn Ihr mich für Euer Schicksal verantwortlich machen wollt, dann schlage ich vor, daß Ihr Euch den Grund Eurer Verbannung vor Augen führt. Wegen *Euch* hat Carillon mich zum Erben Homanas und Ehemann Eurer Tochter bestimmt. *Wegen Euch,* Lady. Weil Ihr Euch gegen ihn verschworen hattet.«

Finger mit langen Nägeln kneteten den weinroten Stoff ihres Umhangs. Ihre Augen behielten einen bösartigen Glanz. »Eure Prophezeiung besagt, daß ein Cheysuli auf dem Löwenthron von Homana sitzen muß, bevor sie erfüllt werden kann. Zweifellos denken alle Gestaltwandler, daß du dieser Mann sein wirst, da Carillon jedermann hat wissen lassen – wie heimlich auch immer –, daß er beabsichtigt, dich zum Erben zu ernennen. ›Prinz von Homana‹, wirst du so nicht schon vor der Zeit genannt?« Electra lächelte. »Aber das ist nicht die Prophezeiung, der Tynstar dienen will … *und es ist auch nicht die meine!* Wir werden keinen Cheysuli auf den Löwenthron bringen, sondern statt dessen einen ihlinigeborenen Mann, und wir werden für Carillons Tod sorgen.«

»Das habt Ihr bereits versucht«, sagte Donal mit einer Ruhe, die er vortäuschte. »Ihr habt ihn schon zuvor zu töten versucht, aber es mißlang. Ist Tynstar so dumm? Ist er ein machtloser Magier? Oder hat der Sucher sein Gesicht von seinem Diener abgewendet, so daß Tynstar ein Herr fehlt?« Er wartete, aber sie antwortete nicht. Sie war sogar in ihrem Zorn noch großartig. Er bemerkte, wie sich seine Lenden zusammenzogen, und verspürte sowohl Verärgerung über sich selbst, als auch über die Frau. »Electra, ich frage Euch: Habt Ihr das auch Eurer Tochter gesagt? Habt Ihr *ihr* erzählt, was Ihr zu tun beabsichtigt? Er ist immerhin ihr Vater.«

»Aislinn geht dich nichts an.«

»Aislinn wird meine *Cheysula* werden.«

»Gebrauche mir gegenüber keine Gestaltwandlerworte!« fauchte sie. »Carillon hat mich vielleicht hierher verbannt, aber dies ist *meine* Halle, *mein* Palast! *Ich* regiere hier!«

»Was regiert Ihr?« fragte er. »Einige wenige kümmerliche Morgen Land, die nur von jenen bestellt werden, die dem Mujhar dienen, außer Euren treuen Frauen. Ein beeindruckendes Reich, Electra.« Er schüttelte den Kopf. »Es ist schade, daß Ihr nicht Hof haltet. Statt dessen habt Ihr nur die Erinnerungen an das, was Ihr einst befehligt habt.« Er lächelte spöttisch. »Die Erhabenheit von Bellams Palast in Solinde und die Großartigkeit von Homana-Mujhar. Aber all das ist fort, Electra, von Eurem Verrat und Eurer Hinterlist verbannt. Verflucht mich und meinesgleichen nicht für das, wofür Ihr an erster Stelle Euch selbst verfluchen müßtet.«

Zum ersten Mal hatte er ihre Fassung zutiefst erschüttert. Er konnte es sehen. Sie bebte vor Zorn und umklammerte ihren Seidenumhang so stark, daß der Stoff zerknitterte und riß. Ihr Gesicht war stark gerötet. »Zuerst mußt du sie *heiraten*, Gestaltwandler, um das richtige Blut mischen zu können. Aber was noch nicht geschehen ist, wird auch ungeschehen *bleiben* … und die Prophezeiung wird sich nicht erfüllen.«

Electra streckte eine Hand in seine Richtung aus. Er bemerkte das ganz schwache Knistern und Flackern einer purpurfarbenen Flamme um einen deutenden Finger, aber die Farbe erstarb wieder. Die Hand war nur eine Hand. Vor einem Cheysuli schlugen die Künste fehl, die Tynstar sie gelehrt hatte.

»Tynstars Magie erhält Euch jetzt jung, Electra«, sagte Donal sanft. »Aber Ihr solltet folgendes bedenken: Ihr seid eine fünfundfünfzigjährige Frau. Eines Tages wird Euch dieses Alter einholen.« Er ging langsam auf das Podest zu, stieg hinauf, obwohl sie gerade anfing, ihn zu beschimpfen, und schritt langsam um sie herum. »Eines Tages wird er getötet werden, und was wird dann aus Euch? Ihr werdet altern, genauso wie Carillon altert. Eure Knochen werden steif werden und Euer Blut wird träger fließen. Eines Tages werdet Ihr nicht mehr in der Lage sein, Euch zu erheben, da Ihr zu schwach geworden seid, und Ihr werdet an Stuhl oder Bett gefesselt sein. Und dann werdet Ihr nur endlos leere Stunden verbringen, in denen Ihr Eure haltlosen Netze spinnen werdet.« Er blieb unmittelbar vor ihr stehen. »Das ist Euer *Tahlmorra,* Electra … Ich wünsche Euch alles Gute dafür.«

Electra schwieg. Sie lächelte nur unsicher.

»Was ist mit *mir?*« fragte eine Stimme aus einer mit einem Vorhang verhangenen Öffnung. »Was wünscht Ihr *mir?*«

Kapitel Vier

Donal fuhr herum und sah – in ein schneeweißes Gewand gekleidet – die junge Frau. Ein Gürtel aus Gold und Granaten hing vorn über ihre Röcke hinab und stieß klingend gegen den Saum. Rotgoldenes Haar floß lose und herrlich wirr über ihre Schultern. Die strahlend weiße Haut und die grauen Augen hatte sie von ihrer Mutter, den Stolz aber von Carillon.

»Aislinn!« Mehr konnte er nicht hervorbringen. Er hatte sie zwei Jahre lang nicht gesehen und nur aus ihren Briefen an Carillon etwas über sie erfahren. Und in jenen zwei Jahren hatte sie die Schwelle von der Mädchenzeit zum Frausein überschritten. Sie war noch immer jung – zu jung zur Heirat, wie er dachte –, aber ihre linkische Zeit war vorüber.

Er lächelte sie an, bereit ihr zu sagen, wie sehr sie sich verändert habe… und wie sehr zu ihrem Vorteil. Aber sein Lächeln schwand allmählich, als sie die Halle betrat.

Aislinn ließ den Stoffvorhang aus einer langfingrigen Hand fallen. Die Edelsteine an ihrem Gürtel blitzten im Kerzenschein auf. Gold schimmerte. Ein Vermögen umgab ihre schlanke Taille und baumelte über ihre Röcke. Und Donal, der wußte, daß sich Carillons Geschenke an seine Tochter auf Zwergfalken, Hundewelpen und Katzenkinder beschränkten, folgerte, daß der Gürtel demnach ein Geschenk von Electra war.

Er betrachtete Aislinns Gesicht. Es war angespannt und verschlossen, die Züge zu hart für eine junge Frau von sechzehn Jahren, aber wenn sie seine letzten Worte an Electra gehört hatte, durfte es ihn nicht überraschen, wenn sie ihn mit einer gewissen Feindseligkeit betrachtete.

Der Gürtel klang, als sie sich bewegte. Und Donal fragte sich mit Unbehagen, ob Electra sich die Treue ihrer Tochter wohl erkauft hatte.

Carillon hätte sie niemals hierherschicken dürfen … nicht für so lange Zeit, nicht zwei Jahre lang. Die Götter wissen, daß er es gut gemeint hat, da er erkannte, daß das Mädchen seine Mutter brauchte … aber er hätte sie viel eher zurückbringen lassen sollen, ungeachtet all der Briefe mit der Bitte, länger bleiben zu dürfen. Zwei Jahre sind eine zu lange Zeit. Die Götter wissen, wie die Hexe Aislinns Treuegefühl beeinflußt hat.

Das Mädchen blieb vor ihm stehen und betrachtete kurz den Wolf. Donal dachte, sie würde ihren alten Freund vielleicht begrüßen, aber sie machte keinerlei Anstalten hinzuknien und Lorns Ohren zu kraulen, wie sie es früher getan hatte.

Aislinns Stolz war sichtbar. »Nun? Was sagtest du, Donal?« Ihr Tonfall entsprach dem ihrer Mutter, kühl und vollkommen kontrolliert. »Was ist mit *mir?*«

»Bei den Göttern, Aislinn!« sagte er überrascht. »Ich habe keinen Streit mit *dir*. Deiner *Jehana* fehlen die Manieren!«

Das war offensichtlich nicht, was sie von ihm zu hören erwartet hatte. Alle Kühle fiel von ihr ab, und sie sah ihn erstaunt an. »Wie *kannst* du es wagen, meine Mutter anzugreifen!«

»Donal.« Electras Stimme klang gefährlich belustigt, und er beobachtete sie wachsam. »Bist du sicher, daß du meine Tochter heiraten *willst?*«

Er wollte einen Fluch ausstoßen. Er tat es nicht, sondern schloß den Mund bei der ersten Silbe sofort wieder. Er sah Electra an. »Spielt keine Spiele mit mir, Lady. Aislinn und ich sind seit fünfzehn Jahren verlobt. Und wir sind seit genauso langer Zeit Freunde.«

Electra lächelte wie eine Katze vor einem Mauseloch.

»Freunde, ja – zu einer Zeit. Aber bist du so sicher, daß sie diejenige ist, die du für den Rest deines Lebens zur Frau haben möchtest?«

Nein, sagte er innerlich zu sich selbst. *Nicht Aislinn … aber welche Wahl habe ich?*

Er biß die Zähne zusammen und beschloß, diesen Kampf nicht zu verlieren, nicht an Electra. Er wußte, daß sie niemanden mehr gefangennahm. »Ich kann mir vorstellen, daß Ihr alles nur mögliche getan habt, um Aislinn in den zwei Jahren, die Ihr sie jetzt schon beherbergt, gegen diese Heirat einzunehmen.« Er betrachtete das Mädchen und sah Verachtung in ihren Augen – Electras so kühle und gescheiten Augen –, Verachtung, die die kindliche Bewunderung ersetzt hatte. »Ja«, sagte er grimmig, »ich sehe, daß Ihr es getan habt. Aber ich habe größeres Vertrauen in Aislinns Treue.«

»Treue hat damit nichts zu tun«, sagte Electra freundlich. »Frage Aislinn, wie sie darüber denkt, widernatürliche Kinder zu gebären.«

Entsetzen befiel ihn. Er sah die Frau erschüttert an. *»Widernatürliche Kinder …«*

»Frage Aislinn, was sie von Kindern hält, die mit Fängen und Krallen und Schwänzen und den Merkmalen von Bestien auf ihren Gesichtern geboren werden«, schlug Electra sanft vor. »Frage Aislinn, wie sie darüber denkt, Mutter – nein, die *Jehana* – …« Sie verzerrte die Alte Sprache auf grausame Weise. »… für ein *Wesen* zu spielen, das nicht vollständig Mensch und nicht vollständig Tier ist, sondern statt dessen eine Bestie.« Der vollendet gestaltete Mund lächelte. »Frage Aislinn, mein Prinz von Homana, wie sie darüber denkt, das Bett mit einem Mann zu teilen, der seine Gestalt nicht kontrollieren kann – weder *im* Bett, noch außerhalb.«

Er trat einen einzigen taumelnden Schritt von dem Podest und der Frau fort. »Welchen *Unsinn* habt Ihr ihr erzählt …?«

»Unsinn?« Electra hob die blonden Brauen. »Nur die Wahrheit, Gestaltwandler. Oder willst du das Gold um deine Arme und in deinem Ohr verleugnen ... und die Tiere, die eure Art *Lirs* nennt?« Mit einer ausdrucksvollen Geste umfaßte sie das Gold, den Wolf und den Vogel.

Er fühlte sich elend. Er wollte dieser Frau den Rücken zukehren und der Halle entfliehen, aber er konnte es nicht tun. Er würde es nicht tun. Er würde ihr den Sieg nicht überlassen. »Das sind alles Lügen«, sagte er tonlos. »Und Aislinn weiß es. Habt Ihr vergessen? Sie kennt mich schon seit ihrer Geburt.«

»Ich vergesse nichts.« Electra lächelte mit aller Arglosigkeit eines Kindes. »Aber du hast natürlich recht ... Aislinn kennt dich gut.«

Donal hielt ihr stand. »Wir haben als Kinder zusammen gespielt, Electra. Zerkratzte Knie, Insektenstiche, das Brot miteinander teilen ... Glaubt Ihr, *Lady*, daß solche Erinnerungen mit nur wenigen Worten zerstört werden können?«

»Ich habe sie seit zwei Jahren bei mir, Donal.« Electra ließ den veilchenblauen Mantel auf ihre Hüfte hinabgleiten, so daß der tiefe Ausschnitt ihres Gewandes und darin die helle Haut ihrer Brust sichtbar wurden. »Erinnerst du dich, was ich mit Carillon in *zwei Monaten* getan habe?«

Er erinnerte sich. Und er wandte sich sofort an Aislinn. »Zwei Jahre sind mehr als genug Zeit, deinen Kopf mit Lügen vollzustopfen, und dazu ist sie imstande. Aber vergißt du deinen *Jehan*? Du hast vierzehn Jahre lang bei Carillon gelebt, bevor du zu Electra gekommen bist.«

Eine helle Hand richtete die von Aislinns Gürtel herabhängenden, granatbesetzten Ketten zurecht. Ihr angespannter Gesichtsausdruck verriet ihm, daß sie sich tatsächlich ihrer beider Kinderfreundschaft und der mädchenhaften Ausstrahlung auf ihn erinnerte. »Ich ...

glaube, daß meine Mutter mir die Wahrheit gesagt hat. Wir sind keine Kinder mehr… und warum sollte sie *mich* belügen?«

»Um dich zu benutzen.« Es war keine Zeit für ein taktvolles oder diplomatisches Vorgehen. »Bei den Göttern, Mädchen, bist du blind? Vergißt du, warum sie hier ist? Sie wird Carillon auf jede nur mögliche Weise zu stürzen versuchen. Selbst jetzt ist sie sich nicht zu schade, *dich* entsprechend zu beeinflussen!«

Finger verhakten sich in den granatbesetzten goldenen Ketten. »Aber… sie spricht nicht von dem Mujhar, Donal… sie spricht von *dir*. Vor *dir* warnt sie mich, weil sie deine tierischen Triebe kennt…«

»Tierische Triebe!« Er war entsetzt. »Bist du verrückt geworden? Du *kennst* mich, Aislinn… von welchen *Trieben* sprichst du?«

Ihr Gesicht rötete sich stark, als wolle es mit der farblichen Üppigkeit ihres Haars konkurrieren. »Damals waren wir Kinder… jetzt sind wir erwachsen. Du bist… ein Mann… und sie hat mir gesagt, was mich erwartet.« Sie wandte ihren Blick von ihm ab und sah angestrengt zu Boden. »Ich brauche mir nur Finn anzusehen, wenn ich wissen will, wie du werden wirst.«

»Finn?« Er starrte sie an. »Was hat *Finn* damit zu tun?«

Aislinn gelang es, ihn erneut anzublicken, obwohl das Klingen ihres Gürtels ihm zeigte, wie sehr sie zitterte. »Willst du leugnen, daß er deine eigene Mutter *geraubt* hat, weil er sie begehrte… wie ein Tier ein anderes? Willst du leugnen, daß er auch die Schwester des Mujhar geraubt hat –, die später aufgrund seiner Vernachlässigung starb?« Aislinn atmete zitternd ein. »Ich betrachte Finn, Donal, deinen Onkel… und sehe, wie du werden wirst.«

Bei den Göttern, Electra hat sie in den Wahnsinn getrieben… Er spürte, wie sich seine Hände zu Fäusten ballten, öffnete sie mühsam und versuchte, über sein Erstaunen und seinen Zorn hindurch zusammenhängend zu sprechen.

»Darüber werden wir … ein anderes Mal sprechen. Ausführlich. Aber jetzt muß ich dir befehlen, deine Sachen packen zu lassen.«

»Bist du verrückt geworden?« fragte sie. »Denkst du, ich würde mit *dir* mitgehen?«

»Das denke ich«, sagte er grimmig. »Der Mujhar wünscht es, nicht ich. Aislinn … er wünscht, daß wir unsere Verlobungszeit beenden. Die Zeit für unsere Heirat ist gekommen.«

Eine Weile sah sie ihn nur an. Er merkte, wie sie ihn maß, genau wie ihre Mutter es getan hatte. Er konnte nicht erkennen, was sie sah. Aber ihr Gesicht war sehr blaß, und echte Besorgnis lag in ihrem Blick.

Sie wandte sich schnell ihrer Mutter zu. »Er kann mich nicht zwingen zu gehen, wenn ich bei dir bleiben will.« Obwohl sie damit eine Feststellung getroffen hatte, wurde die unausgesprochene Frage darin durch ihren Tonfall dennoch deutlich.

»Du warst jetzt zwei Jahre lang bei deiner *Jehana,* Aislinn … länger als vorgesehen«, erklärte Donal. »Carillon hat dir zu bleiben erlaubt, weil du es wolltest. Er war überaus großzügig, denke ich … aber jetzt ist es an der Zeit, daß du zu ihm zurückkehrst.«

Electra glättete die zarte Seide ihres purpurfarbenen Umhangs. »Er ist ein Gestaltwandler, Aislinn … Er kann Männer und Frauen dazu veranlassen, *alles* zu tun, was er will.« Ihre kühlen Augen glitzerten, während sie ihn ansah. »Nicht wahr?«

Er verspürte den grimmigen Wunsch, sie auf der Stelle und sogar vor ihrer Tochter zu töten.

Electra lächelte nur.

»Ich werde *nicht* mitkommen«, erklärte Aislinn. »Ich werde nirgendwo hingehen, wo ich nicht hingehen will.«

Innerlich seufzte er. »Dann stellst du dich gegen deinen *Jehan*, Aislinn. Carillon will, daß du nach Homana-Mujhar zurückkommst.« Ich nicht, dachte er. O Götter, ich nicht.

»Und du willst das *nicht?*« fragte sie triumphierend, als habe sie den Kampf bereits gewonnen.

Donal lachte ohne jegliche Belustigung. »Nein«, sagte er darauf. »Warum sollte ich es auch wollen?«

Langsam, ganz langsam, wich alle Farbe aus ihrem Gesicht. Ihre grauen Augen schienen plötzlich dunkle Höhlen der Erkenntnis. Ihr Gesicht rötete sich erneut. »*Willst du damit sagen …*«

»Ob ich damit sagen will, daß ich dich nicht begehre?« unterbrach er sie grob. »Ja, so könnte man es zusammenfassend ausdrücken. Also spare dir deine Torheiten, Aislinn, und lasse deine Sachen packen. Carillon will, daß du nach Hause kommst.«

Ihr Atem rasselte. »Warte … *warte* …« Sie schloß den Mund, versuchte ein wenig ihrer verlorenen Haltung zurückzuerlangen und sah ihn stirnrunzelnd an. »Du brauchst *mich*, um den Thron zu bekommen.«

»O ja«, stimmte er ihr zu, »aber habe ich jemals gesagt, daß ich ihn haben *will?*«

»Aber … es ist der *Thron* …« Sie machte eine Geste. »Der Thron ganz Homanas … und jetzt auch Solindes. Der *Löwen*thron.« Ihr Stirnrunzeln vertiefte sich. »Und doch sagst du mir, daß du ihn *nicht willst?*«

»Das sage ich nicht«, betonte er. »Verstehst du jetzt? Wir wurden miteinander verlobt, weil Carillon keine Söhne besaß, nur eine Tochter, und keine *Cheysula* – keine *richtige Cheysula* –, die sein Bett mit ihm geteilt und ihm weitere Kinder geboren hätte.« Sein Blick wanderte zu Electra, die starr auf dem Podest stand. »Und so, indem er seine Tochter mit dem Sohn seines Cousins verlobte, bekam Carillon einen Erben für den Thron von Homana.« Er spreizte die Hände. »Mich.« Er ließ die Hände sinken. »*Darum* bin ich hier, egal was deine *Jehana* dir erzählt.«

Aislinn nahm den schweren Gürtel mit beiden Händen hoch, so daß sich die Kettenglieder in die weiche Haut ihrer Handflächen drückten. Sie war blaß. Er dachte, daß sie vielleicht weinen würde. Aber sie tat es nicht. Er sah, wie sie in sich selbst nach einer Möglichkeit suchte, ihre Haltung wiederherzustellen.

Sie blickte zu ihrer Mutter. Sie blickte zu ihrer Mutter und wartete ab.

Als Donal dazu in der Lage war, schaute er ebenfalls zu Electra. Sie stand nur zwei Schritte von ihm entfernt, nahe genug, daß er seine Hände ausstrecken und sie erdrosseln könnte. Er erfuhr zum ersten Mal von der Sinnlosigkeit, die Carillon erfahren hatte, und wußte, daß es Narrheit war, die Frau zu unterschätzen.

Götter … sie gibt selbst jetzt *noch nicht auf. Sie wird ihn in den Tod treiben …* Er hielt jäh in seinen Gedanken inne. *Und genau das will sie. Selbst jetzt noch. Selbst jetzt, wo sie auf dieser Insel gefangen ist, wird sie noch alles tun, um ihn zu töten … sogar mit Hilfe ihrer Tochter.* Er fühlte sich elend. *Damit kann ich nicht umgehen …*

Electra betrachtete ihn ruhig. »Verstehst du?« fragte sie. »Du kannst rechtzeitig einen Teil von ihr zurückgewinnen – das erwarte ich natürlich auch –, aber einen anderen Teil von Aislinn werde stets ich behalten.« Sie schrieb mit der rechten Hand spielerisch eine unsichtbare Rune in die Luft und lächelte gelassen. »Ihre *Seele*, Cheysuliwölfchen. Ich habe sie mir vollständig angeeignet … und was mir gehört, gehört auch Tynstar.«

Donal beobachtete, wie sich ihre so schlanke und blasse Hand über der unsichtbaren Rune schloß. *Bei den Göttern, was hat sie Aislinn angetan?*

Er betrachtete das Mädchen. Sie stand ganz still und blickte angestrengt zu ihrer Mutter, und Donal spürte vor Kälte erschaudernd Erkenntnis in sich aufsteigen. *Hier sind Cheysuli – Electra kann keine Magie anwenden.* Und doch wußte er, als er die Frau betrachtete, daß sie ein gewisses Maß ihrer Macht behalten hatte. Wieviel oder wie wenig, konnte er nicht sagen, aber es war Macht in ihrem Blick. Und Aislinn, die Homanerin und Solinderin war, blieb ihrer Mutter gegenüber vollkommen ungeschützt und verletzlich.

Die Ihlini verlieren angesichts eines Cheysuli einen großen Teil ihrer Macht. Aber sie verlieren sie nicht ganz! Sie können noch immer Tricks anwenden. Electra kennt vielleicht nur die Tricks, die Tynstar ihr beigebracht hat, da sie selbst keine Ihlini ist, aber ich merke, daß sie nicht so hilflos ist, wie wir gedacht haben ...

Donal betrachtete Aislinn genau. Er sah, wie blaß sie war, als sie weiter den goldenen Gürtel mit all seinen üppigen, kalten Steinen umklammerte. Ihre Hände zitterten, und doch klang ihre Stimme ganz fest und ruhig.

Als habe sie eine Entdeckung gemacht, die sie stärkt.

»Wolltest du mich deshalb hierbehalten?« Aislinn rührte sich nicht. »Für die Ihlini?« Sie mißachtete Electras nutzlosen Versuch zu widersprechen. »Und bist du so *sicher*, daß deine böse Magie bei mir gewirkt hat?«

Donal starrte Aislinn an. Und Electra tat es ihm nach. Es herrschte vollkommene Stille in der Halle.

Die Granate klimperten, als Aislinn den Gürtel noch fester umklammerte. »Ich habe Donal gerade zugehört. Ich habe auch dir zugehört, als du all die Dinge ausgesprochen hast, die du mir während dieser zwei Jahre erzähltest. Und ... ich kenne dich besser als jemals zuvor: Ich *erkenne* dich.«

»Aislinn«, begann Electra.

»Hör mir zu!« Aislinns Schrei hallte in dem Raum wider. »Ich will keine Lügen mehr über meinen Vater hören ... *keine Lügen mehr.* O ja ... ich weiß, was du versucht hast ... Ich weiß, warum du versucht hast, es zu *tun.* Du wolltest die Tochter als Waffe gegen den Vater benutzen.« Aislinns Stimme schwankte. »Er hat es mir erzählt ... Er hat es mir *erzählt:* Er hat dich einst wahrhaft geliebt. Aber du hast dich Tynstar hingegeben. Du hast dich an einen Ihlinimagier verschwendet! Und jetzt

willst du mich im Geist verheeren, wie Tynstar meinen Vater körperlich versehrt hat?« Sie lachte hysterisch, und der Klang füllte die Halle vollkommen aus. »Ich kenne Donal *tatsächlich* ... und er ist *nicht*, was du von ihm behauptest!«

Electras Lippen waren bleich. Sie stand ganz still auf dem Marmorpodest. »Er ist ein *Gestaltwandler*. Ich habe dir die Wahrheit gesagt.«

Aislinn schüttelte heftig den Kopf. »Du hast mir *Lügen* erzählt! Hast du gedacht, ich wüßte das nicht? Hast du wirklich geglaubt, ich würde diesem abscheulichen Unsinn zuhören, den du ausgespien hast, obwohl ich Donal doch länger kenne als *dich?*« Aislinn lachte erneut. »Du wirst deinem Ruf nicht gerecht, *Mutter!* Ich bin überrascht, wie leicht ich deine Pläne durchschauen konnte.«

Electras Gesicht war schneeweiß. Plötzlich sah sie trotz ihrer außergewöhnlichen Schönheit alt aus.

Aber sie brachte noch immer ein Lächeln zustande. »Dann werde ich dir in einem Punkt die Wahrheit sagen, Aislinn ... und *paß gut auf*, ich lüge nicht. Was mir gehört, gehört auch Tynstar, und ich habe *dich mir angeeignet*.« Sie hob ruckartig eine Hand, um einer verärgerten Bemerkung Aislinns Einhalt zu gebieten. »Warte, Kind, und du wirst es sehen. Versuche nicht, meine Macht zu verunglimpfen, wo du sie doch kaum kennengelernt hast.« Jetzt lachte Electra. »Also lauf und packe deine Sachen. Vielleicht ist es *tatsächlich* an der Zeit, dich zu dem Krüppel zurückzuschicken, der eine nutzlose Tochter gezeugt hat, obwohl er doch nur einen Sohn wollte.«

»Aislinn, nicht.« Donals ruhiger Tonfall unterdrückte Aislinns beginnenden Aufschrei. »Laß es gut sein. Du weißt, was sie ist.« Er berührte das Mädchen am Arm. Er spürte, wie sie zitterte. »Geh. Packe deine Sachen. Und freue dich darauf, deinen *Jehan* wiederzusehen, der dich wirklich liebt.«

Mit bleichem Gesicht und Tränen, die die Reinheit ihrer Wangen befleckten, wandte sie sich um und lief aus der Halle ihrer Mutter.

Als er sich wieder in der Gewalt hatte, wandte sich Donal erneut Electra zu. »Ich bin Euch dankbar.« Er sagte es sehr ruhig. »Ihr habt das Mädchen selbst deutlich erkennen lassen, was Ihr seid, und ich muß nichts mehr dazu sagen. Ihr habt mir meine Arbeit erleichtert, Electra. Dafür danke ich Euch.«

»Tatsächlich?« Ihre überwältigende Schönheit war zurückgekehrt und alle seltsame Zerbrechlichkeit verbannt. Electra war wieder sie selbst. »Das gibt mir Mut. So wird der Sieg noch viel süßer, wenn meine Pläne erst ganz erfüllt sind.«

Donal schüttelte den Kopf. »Ihr habt Macht, Lady – das gebe ich gern zu –, und Tynstar hat Euch zweifellos gelehrt, wie Ihr sie benutzen müßt, aber Ihr vergeßt etwas. Ihr vergeßt etwas sehr Wichtiges.« Er zwang sich zu einem Lächeln. »Aislinn liebt ihren Vater, Electra ... Und die Macht dieser Liebe könnt Ihr niemals zerstören.«

Electra dachte einen Augenblick lang darüber nach. »Vielleicht nicht«, räumte sie ein, »aber müssen wir eigentlich immer von Carillon sprechen? Warum sprechen wir nicht statt dessen von dir?«

»Ist das wichtig?« fragte er. »Ihr habt sie vollständig verloren.«

»Tatsächlich? Nein, das denke ich nicht. Sie glaubt es jetzt vielleicht – und ich gönne ihr diese unschuldige Haltung –, aber sie wird bald erkennen, daß sie mich nicht verleugnen kann. Ich bin nicht wie andere Frauen, die ihre Muße darin finden, kleine Liebeszauber zu ersinnen. Nein, nein ... ich bin viel mehr. Tynstar hat mich dazu gemacht.« Sie nahm gemächlich den purpurfarbenen Umhang auf und drapierte ihn über eine samtbedeckte Schulter. »Aislinn gehört ganz mir. Du wirst es sehen. Und sie auch. Und am Ende werde ich siegen.«

»Was könnt Ihr tun?« fragte er spöttisch. »Welchen Zauber glaubt Ihr heraufbeschwören zu können? Ihr habt Eure Tochter gesehen und gehört, Electra ... Sie gehört Euch nicht. Wie wollt Ihr uns hindern?«

Die Frau lächelte kaum merklich und mit allem verlockenden Zauber ihrer Seele. »Ganz leicht, wie du sehen wirst.« Electra lachte erneut. »Sicher kennst du das Gesetz, Donal: *Keine Heirat ist bindend, wenn sie nicht vollzogen wird.*«

Kapitel Fünf

Das Schiff knarrte, als es auf dem Weg zurück zum Festland die Wellen durchbrach. Die nebelverhangene Insel blieb hinter ihnen zurück. Die Sonne schien jetzt wieder heller, selbst als sie dem Horizont entgegensank und das Meer entflammte.

»Es tut mir leid, was ich in der Halle zu dir gesagt habe.« Aislinn, die vor Donal stand, der an der Heckreling lehnte, achtete nicht auf seine abwehrende Geste. »Ich habe diese Worte gesagt, weil meine Mutter wollte, daß ich sie ausspreche, obwohl ich das in dem Augenblick nicht erkannt habe. Sie hatte mir so viel über dich erzählt, und ich habe ihr fast geglaubt.« Die untergehende Sonne ließ ihr Haar leuchten. »Ich… schäme mich für mein Verhalten, das einer Prinzessin nicht angemessen war.« Ihre Stimme zitterte. »O Donal… ich *schäme* mich so…«

»Aislinn…«

»Nein.« Sie machte mit der rechten Hand eine kurze Geste. Ihr junges Gesicht war fleckig und vom Weinen angeschwollen, so daß der größte Teil ihrer aufblühenden Schönheit durch einen Ausdruck des Schmerzes verwischt wurde. »Ich habe ihr *fast* geglaubt, obwohl ich dich schon so lange kenne. Und dann, als ich ihr Eingeständnis hörte – als ich hörte, wie sie mich hatte *benutzen* wollen –, konnte ich es nicht ertragen! Ich dachte, als ich dir ins Gesicht sah, an meinen Vater, und ich wußte, was sie vorhatte.«

Donal wandte sich von der Reling zu ihr um. »Willst du damit sagen, daß du vor dem heutigen Tag nicht gewußt hast, was sie plante?« Er stellte die Frage freundlich, wohl wissend, daß sie gestellt werden mußte, und ebenso wohl wissend, daß sie hinsichtlich des Schmerzes, den solche Fragen hervorriefen, äußerst verletzlich war.

Der Wind spielte mit Aislinns rotgoldenem Haar, obwohl sie es für die Reise zu einem Zopf geflochten hatte. Dieser Zopf reichte ihren Rücken hinab bis zur Taille und hob sich hell von dem stumpfen Braun ihres Reiseumhangs ab. Vereinzelte Locken hatten sich aus dem Zopf gelöst und kräuselten sich um ihr Gesicht.

Sie strich sie mit einer Hand ungeduldig zurück und wischte damit auch weitere Tränen fort. »Ich wußte ... ein wenig von dem, was sie beabsichtigte. Zumindest ... glaubte ich es zu wissen.« Aislinn zuckte leicht die Achseln. »Vielleicht ist es nur so, daß ich jetzt leugnen möchte, welchen Einfluß sie auf mich hatte, damit ich ein wenig Stolz zurückerlangen kann.« Sie wandte sich von ihm ab. »Gegen Ende, während der letzten Tage, begann ich besser zu verstehen, was sie vorhatte. Und ich wußte, daß ich nicht daran teilhaben wollte. Aber ich hatte ... Angst. Ich dachte ... daß sie mir verbieten würde, zu meinem Vater zurückzukehren. Also ... wartete ich ab. Und als ich hörte, daß du gekommen warst, dachte ich, daß ich dich bitten könnte, mich wieder mit zurückzunehmen. Aber ... ich hörte, was du zu ihr sagtest, wie du sie beschimpftest, und ich erinnerte mich all der Dinge, die sie mir erzählt hatte – über das, was die Cheysuli tun können –, und ich bekam erneut Angst.« Sie senkte den Blick.

Sie war jung, sehr jung. Er war nicht überrascht darüber, daß Electra sie hatte benutzen wollen, und noch weniger, daß Aislinn so leicht von ihr hatte eingefangen werden können. Er konnte sich kaum vorstellen, wie sie sich in Homana-Mujhar gefühlt hatte, als Prinzessin geboren und von ihrem Vater, dem Mujhar, aufgezogen, sich aber jederzeit der Tatsache bewußt, daß ihre Mutter auf die Kristallinsel verbannt worden war.

»Aislinn.« Er streckte die Hände aus, zog sie von der

Reling fort und umfaßte ihre Schultern. »Es tut mir leid, daß du die Szene mit deiner *Jehana* mit ansehen mußtest. Aber das ist jetzt vorbei, und du kannst dich den Dingen stellen, die vor dir liegen.«

Er fühlte sich fast augenblicklich lächerlich – er war nicht der Vater dieses Mädchens, sondern ihr Verlobter –, denn er stand hier und sprach wie ein weiser alter Mann, und war doch eher ein törichter junger Mann.

Donal lächelte. »Hör dir das an, Aislinn. Man könnte denken, wir würden einander kaum kennen.«

Sie trat trostsuchend näher an ihn heran. »Vielleicht kennen wir einander wirklich kaum.« Sie sah ihn flehend an. »Wirst du Geduld mit mir haben? Ich bin noch so unerfahren.«

»Und ich bin manchmal ein dummer Junge.« Donal strich ihr das wehende Haar aus dem Gesicht. »Wir werden zusammen erwachsen werden müssen.«

Aislinn lachte weich. »Aber du bist bereits erwachsen, egal was du sagst, während ich mich wie ein Kleinkind fühle.«

»Das kann kaum wahr sein. Du solltest dich im Spiegel betrachten.«

Ein Schimmern stieg in Aislinns Augen auf. »Das habe ich bereits getan.«

Er zog an ihrem Zopf. »Und du warst über den Anblick entsetzt, nicht wahr?« Er lachte, als sie sofort protestierte. »Ich bin kein Schmeichler, Aislinn, aber soviel kann ich dir sagen: Du bist jetzt eine Frau, und noch dazu eine wunderschöne Frau.«

Sie berührte seinen bloßen Arm. »Ich danke dir, Donal. Ich hatte Angst … ich hatte Angst, daß ich dir nicht gefallen würde. Und ich möchte dir gefallen.«

Er hörte Ernsthaftigkeit und Ehrlichkeit aus ihrer Stimme heraus, aber keine Verlockung. Und doch verlieh ihr sogar ihre Schlichtheit einen mächtigen Zauber. Ihr fehlte Electras Arglist, aber nichts von der Macht ihrer Mutter, einen Mann zu binden.

Er löste sich so leicht er konnte von ihr und trat zurück. Er konnte es sich nicht leisten, in ihrem Bann zu stehen.

Derselbe Homaner, der sie zur Insel gebracht hatte, brachte sie auch wieder zum Festland zurück, aber jetzt schwieg er vor Erstaunen darüber, was er gehört hatte und von wem er es gehört hatte. Sef saß auf einer zusammengerollten Spule in der Nähe und beobachtete Donal und Aislinn mit der gespannten Aufmerksamkeit eines Jagdhundes, der seinen Herrn bewacht. Taj hockte auf einem Mast hoch über ihnen. Lorn lief immer wieder auf dem Schiff umher, als beunruhige ihn etwas.

Lir? fragte Donal.

Da ist etwas. Irgend etwas. Ich kann es nicht beschreiben. Und mehr sagte Lorn nicht.

Taj?

Die Stimme des Falken klang besorgt. *Ich weiß auch keine Antwort.*

Aislinn umklammerte haltsuchend die Heckreling, als das Schiff Wellen durchbrach. Donal streckte die Hand aus und legte einen Arm um ihren Rücken. »Vergib mir, Aislinn… was ich dich jetzt fragen muß, ist hart, das weiß ich…, aber du mußt verstehen, andere wußten schon seit Jahren, was Electra ist. Wie kann es dir entgangen sein?«

Ihr junger Mund verzog sich verbittert. »O ja, ich habe all die Geschichten gehört. Wie hätte ich ihnen in Homana-Mujhar auch entgehen sollen? Wir alle haben die Weisen der Harfenspieler gehört – wie es war, als die Königin von Homana ihren Ehemann zu töten versuchte.« Aislinn schaute von ihm fort und betrachtete statt dessen das Festland. »Ich habe sie alle gehört«, murmelte sie, »aber Electra ist meine Mutter, und sie wollte ich in ihr sehen. O wie sehr ich sie sehen wollte!«

»Weil sie in Legenden besungen wird?« Er konnte das nicht unbesprochen lassen.

Aislinn hob abwehrend das Kinn. »Auch darum. Sie

war *Electra von Solinde*, Bellams Tochter, von Tynstar behext.« Sie errötete vor Scham. »Und ich fragte mich: Habe ich etwas von dieser solindischen Hexe in mir? Ich kam nicht umhin, mir diese Frage zu stellen.«

»Nein.« Donal stützte sich auf die Reling.

»Aislinn … du mußt wissen, daß ich dir nichts vorwerfe. Ich kann nicht behaupten, Electra gut zu kennen – ich kenne sie, genau wie du, nur aus den Legenden –, aber ich weiß *sicher*, daß sie deinem Geist die Worte eingegeben hat, die du ausgesprochen hast. Sie ist eine Hexe mit Mächten, die wir nicht alle verstehen können.«

»Und du bist ein Cheysuli.« Aislinns Blick aus den grauen Augen war, wenn auch durch den Schmerz verzerrt, sehr fest. Ihre Gesichtszüge ähnelten eher Electras als Carillons, aber er erkannte in ihrem Stolz und ihrer Zuversicht auch ihren Vater. »Kann deine Magie die ihre nicht besiegen?«

»Sie kann mir gegenüber keine Magie benutzen, weil ich Cheysuliblut in mir habe«, stimmte er ihr zu. »Aber dir gegenüber kann sie gebrauchen, was immer sie will. Du bist Homanerin …«

»… *und* Solinderin.« Sie sagte das deutlich. »Fragst du dich jetzt, ob ich auch ein Feind bin? Wenn das, was sie über mich gesagt hat, wahr ist, dann bin ich vielleicht *tatsächlich* nicht mehr als ein Werkzeug, das gegen meinen Vater eingesetzt werden kann … oder vielleicht sogar gegen dich.«

»Electra sagt niemals die Wahrheit.« Donal zog erneut an ihrem Zopf, ließ seine Hand dann unter das Haar gleiten und preßte sie gegen den Umhang und ihren Rücken unter dem Stoff. »Wir müssen heiraten, du und ich, dem Reich deines *Jehan* zuliebe. Aber wenn du auch nur das kleinste bißchen von Carillon in dir hast, brauche ich Electras Einfluß nicht zu fürchten.«

Aislinn betrachtete angestrengt die Küste. »Du sagtest, daß du den Thron nicht begehrst.« Ihre Stimme zitterte nur ganz leicht. »Du sagtest – und das sehr deutlich –, daß du *mich* nicht begehrst.«

Er war nicht aus Stein und konnte ihre Worte nicht übergehen. Aber er konnte sie auch nicht belügen, nicht einmal um ihren Stolz zu retten.

»Es war die Wahrheit«, sagte er sanft. »Nein, ich begehre dich nicht. Ich betrachte dich als *Rujholla* und nicht als *Cheysula*.«

»Ich bin nicht deine Schwester.« Ihr Rückgrat wurde unter seiner Hand starr. »Und ich betrachte *dich* nicht als Bruder.«

Das hatte sie niemals getan, und er wußte es. Er hatte es von Anfang an gewußt. Bevor sie alt genug war zu wissen, was eine Verlobung bedeutete, hatte sie schon beschlossen, ihn zu heiraten.

Aislinn wandte sich um und sah ihn an. »Wir waren eine kurze Zeit zusammen jung, aber dann bist du zu schnell erwachsen geworden. Du hattest bereits deinen *Lir* … du warst ein Krieger, kein Junge mehr, und warst es zu bald leid, mit kleinen Mädchen zu spielen. Mit mir. Mit deiner Schwester. Mit Meghan.« Sie zuckte die Achseln. »Du hast uns alle zurückgelassen. Aber jetzt – *jetzt* – versuche ich dich einzuholen.«

Er wußte, was sie wollte. Ein wenig Bestätigung jetzt könnte die Liebe zwischen ihnen wecken. Aber er wußte, daß er sie nicht anbieten konnte.

Ich werde sie verletzen. Eines Tages … werde ich es tun müssen.

»Aislinn … laß es zu seiner Zeit geschehen, wenn die Götter es wünschen. Du bist jung. Es ist noch Zeit.«

»Ich bin jung«, stimmte Aislinn ihm zu, »aber ich bin alt genug. Die Priester werden darauf achten.«

Donal berührte erneut ihren Zopf. »Ja, das werden sie tun. Es tut mir leid, Aislinn. Aber ich will dich nicht belügen oder dir falsche Hoffnungen machen.«

Sie wandte sich jäh um und sah ihn an. »Bedeute ich dir *überhaupt* nichts?«

Er wollte nachgeben, aber er tat es nicht. Er schuldete ihr mehr, egal wie entsetzlich er sich fühlte. Und er fühlte sich entsetzlich, weitaus entsetzlicher, als er für möglich gehalten hätte. Er mochte Aislinn, er mochte sie sehr. Sie war immer ein reizendes Mädchen gewesen, und er hatte ihre Gesellschaft stets genossen. Aber es war das Verhältnis eines Mädchens zu einem Mann, nicht das eines Mannes zu einer Frau – dafür gab es eine andere Frau.

»Aislinn«, sagte er schließlich. »Was du von den Geschehnissen zwischen Männern und Frauen weißt, ist von deiner *Jehana* verzerrt worden. Du tätest gut daran, mit meiner Mutter darüber zu sprechen, um die Wahrheit über diese Dinge zu erfahren.«

Aislinn spannte ihr Kinn an. Es war weiblich zart gestaltet, aber er vergaß nicht, welcher Mann daran beteiligt gewesen war. »Alix ist deine Mutter«, erklärte Aislinn. »Sie wird dabei nur an *dich* denken und gar nicht an mich.«

»Sie ist nicht blind für meine Fehler«, belehrte Donal sie bedauernd. »Sie kennt mich sehr gut.«

»Aber würde sie das mir gegenüber offen zugeben?«

Er lachte. »Denkst du, es seien so viele Fehler?«

»Manchmal denke ich das.« Sie strich sich Haarsträhnen aus dem Gesicht. »Es heißt, du seist Finn sehr ähnlich. Und was ich über *ihn* gehört habe ...«

»Hast du es von *Electra* gehört?« Donal war versucht auszuspeien. »Götter, Aislinn, zwischen ihnen besteht nichts als Haß.«

»Ich habe es von anderen gehört. Du weißt, was die Diener in Homana-Mujhar erzählen.«

Er fiel ihr sofort ins Wort. »Die meisten dieser Geschichten stimmen nicht. Sie sind erfunden, es sind Märchen, die dazu dienen, jene zu unterhalten, die solch belanglosen Unsinn mögen.« Er schüttelte den Kopf. »Glaubst du, daß dein *Jehan* einen Gefolgsmann bei sich behalten würde, der alle die Dinge getan hat, die in den Märchen über Finn behauptet werden?«

»Er ist dein Onkel«, erwiderte Aislinn. »Du würdest nicht zugeben, daß *er* Fehler hat.«

Donal lächelte verzerrt. »O ja, mein *Su'fali* hat Fehler. Er hat viele Fehler … aber nicht so viele, wie alle diese Leute ihm so bereitwillig zuschreiben.« Er seufzte und runzelte leicht die Stirn. »Aber Carillon sagt, ich ähnelte eher meinem *Jehan* …« Diese letzten Worte wurden wehmütig ausgesprochen, und er gab damit mehr von seinen Gefühlen preis, als ihm bewußt war. Er wußte nur, daß er seinem Vater so ähnlich werden wollte wie möglich.

Aislinn betrachtete ihn scharf. Kurz darauf wandte sie den Blick wieder ab. »Du sprichst niemals über deinen Vater. Du hast es niemals getan oder zumindest nicht oft.«

»Nein.« Donal wandte sich ab und lehnte sich gegen die Heckreling, wobei seine Gürtelschnalle über das Holz schabte. »Nein. Lange Zeit konnte ich nicht über ihn sprechen. Und jetzt, wo ich eigentlich über ihn sprechen könnte, stelle ich fest, daß ich diese Dinge lieber für mich behalte.«

»Weil er auf diese Weise dir allein gehört und du ihn nicht teilen mußt.« Aislinn stand neben ihm. Ihre Nähe – und ihr unerwartetes Verständnis – verwirrten ihn. Er hätte es vorgezogen, eine andere Frau hätte neben ihm gestanden, eine blonde statt einer rothaarigen Frau, aber sie war nicht da. Aislinn war da. »Ich habe Duncan niemals kennengelernt«, sagte er leise. »Ich war zu jung, als er starb.« Sie sah ihn zunächst nur von der Seite, aber dann auch in sein Gesicht, als fordere sie ihn heraus. »Er ist *gestorben*, nicht wahr?«

»Er ist gestorben. Weil ein Cheysuli ohne *Lir* stirbt.« Er hatte barscher geantwortet als beabsichtigt. Aber es war schwer, über das Schicksal seines Vaters zu sprechen, weil sein Verlust ihn so sehr aufbrachte. Er erinnerte sich zu deutlich daran, wie Carillon ihm die Nachricht überbracht und ihm gesagt hatte, daß Tynstar Duncans *Lir* getötet hatte. Und ein toter *Lir* bedeutete den Tod des Cheysuli – so einfach war das.

Aber es war nicht wirklich so einfach. Er wußte – wie jeder Cheysuli es weiß –, daß der Tod die Folge des *Lirverlustes* war, aber niemand wußte, wie es geschah, wie das Leben letztendlich beendet wurde.

Dein Vater ist tot, hatte Carillon gesagt. *Tynstar hat seinen Lir getötet.*

Es war kaum mehr nötig gewesen, obwohl Carillon es dennoch gesagt hatte. Sogar in seinem damaligen Alter von acht Jahren hatte Donal genau verstanden, was der Verlust eines *Lir* bedeutete.

»Wie war er?« fragte Aislinn.

»Er war der Stammesführer der Cheysuli. Ein Krieger. Er diente der Prophezeiung.« Er dachte, daß das genügte – zumindest für sie.

»Das beschreibt, *was* er war, aber nicht, *wer* er war.«

Donal atmete mühsam durch eine verengte Kehle. »Er war… *mehr, mehr* als die meisten. Ein Mann kann behaupten, er sei der beste Jäger, ein anderer mag behaupten, er sei der beste Schütze, ein weiterer, er sei der beste Fährtensucher. Aber mein *Jehan* war alles das zusammen. Er war bereits in meinem Alter Stammesführer, weil er der klügste jener jungen Krieger war, die Shaines *Qu'mahlin* überlebt hatten. Er empfand größere Hingabe, er wußte, was den Cheysuli bevorstand, und führte sie hindurch. Er ließ Carillon erkennen, was er war, was er sein mußte. Götter… er hat seine eigene Freiheit aufgegeben, um der Prophezeiung zu dienen, wohl wissend, daß er sterben würde, wohl wissend, daß Tynstar ihren persönlichen Kampf gewinnen würde.«

»Er *wußte* es!« Aislinn war bestürzt. »Wie kann ein Mann seinen eigenen Tod voraussehen und dann *hinein*gehen?«

Donal streckte die rechte Hand aus und machte die

Cheysuligeste: die Handfläche nach oben gerichtet, die Finger gespreizt, die Unendlichkeit umfassend. »*Tahlmorra*«, sagte er. »Mein *Jehan* hatte eine klarere Sicht der Dinge als die meisten, und er wich nicht von seinem Weg ab. Er wußte, was er tun mußte. Er wußte, welchen Preis er bezahlen mußte.«

»*Tynstar* hat ihn getötet.« Sie betrachtete angestrengt die Küste. »Es gibt so viele Legenden um diesen Magier.«

»Tynstar hat seinen *Lir* getötet.« Er zuckte die Achseln. »Aber das ist letztlich ein und dasselbe.«

Aislinn betrachtete ihn scharf. »Dann … hat er getan, was ein *lirloser* Cheysuli tut? Er ging einfach fort?«

Er war ziemlich überrascht, daß sie soviel wußte. Es wurde nicht oft darüber gesprochen, nicht einmal in den Stämmen. Cheysuli *wußten* es einfach. Aber er hatte nicht erwartet, daß Aislinn es wußte.

»Er vollzog das Todesritual.« Donals Hände schlossen sich fest um die Reling. »So ist es üblich. Aber es ist für jeden Krieger eine persönliche Angelegenheit.«

Aislinn erschauderte. »Ich könnte es niemals tun.«

»Du wirst es niemals tun müssen.«

Kurz darauf streckte sie die Hand aus und berührte seinen Arm, als wollte sie ihn trösten. »Also bist du nach dem Tod deines Vaters nach Homana-Mujhar gekommen.«

»Nein. Carillon hat mich geheißen, einige Zeit dort zu verbringen, aber nicht, um dort zu *leben*. Meine Heimat ist der Keep.«

Aislinn sah ihn fest an. »Und wenn wir verheiratet sind? Glaubst du, *ich* könnte an einem solchen Ort leben?«

Er schüttelte den Kopf. »Nein, natürlich nicht. Du wirst wie bisher in Homana-Mujhar leben. Aber du mußt wissen, daß es Zeiten geben wird – vielleicht *häufige* –, in denen ich mich im Keep aufhalten werde. Ich habe dort … Verwandte.«

Aislinn nickte. »Ich verstehe. Mein Vater hat gesagt, ich könne nicht erwarten, daß du das Blut in deinen Adern vergißt.« Sie schüttelte den Kopf. »Ich verstehe nicht – wie es sein mag, ein Cheysuli zu sein –, aber er hat gesagt, daß ich dir nach Möglichkeit deine Freiheit lassen muß, daß man einen Cheysuli zähmt, indem man ihm die lange Leine läßt.« Sie lächelte bei der Vorstellung.

Donal lächelte nicht. Er zog sogar innerlich eine Grimasse. Und doch segnete er Carillon dafür, daß er das Mädchen auf seine Zeiten der Abwesenheit vorbereitet hatte, egal welche Bilder dazu verwendet wurden.

Aber sie wird es eines Tages erfahren müssen. Ich kann sie nicht ewig unwissend lassen.

Er schaute an ihr vorbei zur Küste. »Aislinn… wir sind da. Du bist wieder nach Hause, nach Homana, zurückgekehrt.«

Sie wölbte ihre rötlichen Brauen. »Also gehört die Insel nicht zu Homana?«

»Die Kristallinsel ist… etwas anderes.« Er wollte es eigentlich dabei belassen, aber das konnte er nicht, als er ihren grüblerischen Gesichtsausdruck bemerkte. »Die Insel war schon lange, bevor Homana von den Erstgeborenen gegründet wurde, ein Cheysuliort.«

Sie machte eine schnelle, abwehrende Geste. »Deine Geschichte ist anders als meine.«

»Ja«, stimmte er ihr spöttisch zu. *Sie ist weitaus anders, als du dir vorstellen kannst.*

»Was tun wir jetzt?« fragte sie, während das Schiff gegen das Dock stieß.

»Wir sorgen dafür, daß dein Gepäck abgeladen wird, und dann sollten wir uns ein Wirtshaus suchen, das deinen königlichen Gewohnheiten entspricht.« Er nahm ihren Ellbogen. »Es genügt, wenn wir morgen nach Homana-Mujhar aufbrechen.«

Er hatte ursprünglich vorgehabt, auf der Kristallinsel zu übernachten, aber nach seinem Streit mit Electra hatte er nur noch abreisen und Aislinn schnell zum Festland bringen wollen. Das Mädchen hatte befürchtet, daß ihre Mutter mit Magie versuchen würde, sie gegen ihren Willen zum Bleiben zu zwingen. Und so hatte Donal sie nur mit Sef und seinen *Lirs* von der Insel fortgebracht, da Aislinn keine der solindischen Frauen ihrer Mutter bei sich behalten wollte. Und jetzt stand ihnen die Weiterreise ohne angemessene Begleitung für die Prinzessin von Homana bevor.

Nun, Sef wird der Reise zumindest ein gewisses *Maß an Ehrbarkeit verleihen. Hoffentlich.*

Donal beobachtete schweigend, wie Aislinns Gepäck abgeladen und auf dem Dock in Hondarth abgesetzt wurde. Sef stand neben ihm, was ihm bereits zur Gewohnheit geworden war. Der Junge war ungewöhnlich still gewesen, seit er Donal aus Electras Palast heraus gefolgt war, aber andererseits wußte Donal, daß er selbst auch nicht die beste Gesellschaft geboten hatte. Das Zusammentreffen mit Electra hinterließ einen üblen Geschmack in seinem Mund, besonders da die Umsetzung ihres Plans fast gelungen wäre.

Sie hat fast erreicht, daß ich ihre Tochter in Zweifel gezogen hätte. Sie hat mich fast dazu gebracht, mich zu fragen, wieviel ihrer Seele Aislinn noch selbst gehörte. Aber ich danke den Göttern, daß das Mädchen einen eigenen Willen hat, der sie vor den Machenschaften ihrer Mutter retten konnte.

Er sah Sef an. Der Junge war noch immer blaß, noch immer in sich verschlossen, während er beobachtete, wie der Kapitän alle die Kisten aufstapelte. Die seltsam verschiedenfarbigen Augen schienen in die Ferne gerichtet, als habe ihn die Insel sonderbar berührt, und als sei er noch immer in ihrem Zauber verloren.

Nun, vielleicht ist das der Fall. Vielleicht begreift er allmählich, was es bedeutet, ein Cheysuli zu sein – wie schwer das Gewicht der Geschichte wiegt. Wenn er mir dienen will, wird er es verstehen müssen.

Auf dem Dock herrschte rege Betriebsamkeit. Donal

wandte sich einem der Männer zu, heuerte ihn mit einem Kopfnicken an und deutete auf den anwachsenden Stapel von Kisten. »Heuere Männer und Pferde an, und bringe diese Kisten nach Homana-Mujhar in Mujhara.« Er zeigte kurz den Rubinsiegelring mit dem wilden schwarzen Löwen. Die Augen des Mannes weiteten sich. »Achte darauf, daß keine der Kisten verlorengeht, denn die Tochter des Mujhar schätzt ihre Habe… und der Mujhar schätzt die Zufriedenheit seiner Tochter.«

Der Mann verbeugte sich hastig und verwirrt und nahm die pralle Geldbörse entgegen, die Donal ihm gab, aber sein Blick glitt zu Aislinn, die unbeholfen die Planke hinunterlief. Sie war in ihren schweren braunen Reiseumhang gehüllt, aber sie konnte durch ihr helles Haar, die unbewußte Würde und ihr geziertes Verhalten, das ihren Rang in gewisser Weise noch unterstrich, ihre Abstammung kaum verbergen.

»Sorge dafür, daß es so geschieht, wie ich gesagt habe«, sagte Donal deutlich. »Der Mujhar wird dich reich belohnen.«

Der Mann betrachtete ihn erneut, bemerkte die gelben Augen und auch den goldenen Ohrring. Der Umhang verbarg Donals Lederkleidung und das restliche Gold, aber es war auch nicht nötig, dies zusätzlich noch zu zeigen. Seine Rasse stand ihm im Gesicht geschrieben. Ein Cheysuli trägt die königliche Größe wie seine Haut, auch wenn er seinem Stamm, und nicht einem Thron geboren wurde.

Der Mann verbeugte sich erneut hastig und wandte sich dann geschwind seiner Aufgabe zu.

Aislinn, die neben Donal getreten war, beobachtete den Mann genau. »Sie dienen dir aus Angst«, sagte sie deutlich, als verkünde sie eine Offenbarung. »Nicht aus Treue. Sie wissen nicht einmal, daß du der Prinz bist.« Sie sah Donal ins Gesicht. »Sie dienen dir, weil sie Angst haben, es *nicht* zu tun.«

»Auf einige Männer trifft das zu«, räumte er ein, denn er zog es vor, nicht zu lügen. »Das ist eine Tatsache, der die meisten Cheysuli gegenüberstehen. Was mich betrifft … mir ist es gleich.«

Sie senkte die kupferfarbenen Brauen. »Aber ich habe gemerkt, daß dir seine Angst zu schaffen macht. Ich habe gemerkt, wie sehr du wünschst, daß es anders wäre.«

»Das stimmt«, gab er zu. »Ein Mann, der Angst auf den Gesichtern seiner Diener sehen *will*, ist kein richtiger Mann.«

»Und du bist es?« Sie lächelte neckend und fröhlich, wobei kleine und regelmäßige Zähne sichtbar wurden. »Welcher *richtige* Mann nimmt *Tier*gestalt an?«

Er war erleichtert, die Belustigung und Lebhaftigkeit auf ihrem Gesicht zu sehen. Und daher, um auf ihre Neckerei einzugehen, öffnete er den Mund zu der Erwiderung, daß sie besser als die meisten wissen müßte, was es bedeutete, ein Cheysuli zu sein. Sie war im Palast ihres Vaters mit ausreichend vielen Cheysuli in ihrer Nähe aufgewachsen.

Aber dann erinnerte er sich, daß sie *ihm* ihre Fragen gestellt hatte, und daran, wie widerwillig er sie beantwortet hatte. Sie war noch ein Kind gewesen, ein kleines Mädchen. Er war älter und bereits mit seinen *Lirs* gesegnet – und daher als Krieger angesehen worden. Damals hatte er wenig Zeit für eine Cousine mit solchen Fragen zu haben geglaubt, wo es doch andere, wichtigere Belange gegeben hatte.

Jetzt wußte er, daß er sich geirrt hatte, auch wenn er auf ihre Neckerei einging. Er würde Zeit mit ihr verbringen müssen, er würde sie unterrichten müssen, damit sie verstehen konnte. Besonders wenn sie die manchmal verwirrenden Bräuche der Cheysuli verstehen sollte, die den homanischen, die sie so gut kannte, häufig entgegenstanden.

Er fragte sich mit Unbehagen, ob er sie alle angemessen erklären könnte.

»Hier können wir nicht bleiben. Wir müssen uns ein Wirtshaus suchen, etwas essen und in der Nacht ausreichend ruhen, damit wir am Morgen die Rückreise nach Homana antreten können.« Er sah Sef an. »Du kennst Hondarth besser als ich. Nenne uns ein für die Prinzessin von Homana geeignetes Wirtshaus, und dann geh und kümmere dich um mein Pferd, während ich die Dame begleite.«

Sef dachte darüber nach. »Der Weiße Hirsch«, sagte er schließlich. Er deutete in eine bestimmte Richtung. »Nur ein kleines Stück dort hinauf und um die Ecke … es ist ein hübsches Wirtshaus. Ich kann allerdings nicht behaupten, daß ich die schönsten Räume davon zu sehen bekommen hätte.« Er lächelte. »Aber ich bin sicher, daß es der Prinzessin gefallen wird. Ich werde mich um Euer Pferd kümmern. Und soll ich mit dem Stallknecht gleich darüber sprechen, ein weiteres Pferd für die Prinzessin zu kaufen?«

Donal lächelte. Sef nahm sich seinen Dienst zu Herzen, indem er alles zu tun versuchte, was Donal einem erwachsenen Mann auftragen würde. »Und für dich selbst? Oder hast du die Absicht zu laufen?« Er lachte über Sefs gerötetes Gesicht. »Nimm mein Pferd, und rede mit dem Stallknecht. Vielleicht hat er zwei gute Reittiere zu verkaufen.«

Sef nickte, verbeugte sich unbeholfen in Aislinns Richtung und kletterte dann die Dockrampe zum jenseitigen Kai hinauf, wo er bald verschwand.

Aislinn runzelte die Stirn. »Ich habe früher nicht bemerkt, daß du Jungen beschäftigst, besonders nicht *solche*.«

»Ich habe Sef in meinen Dienst genommen, weil er ernsthaft und willig ist … und weil er ein Zuhause braucht.« Donal beugte sich hinab, um seine Finger in Lorns dichtes Fell zu legen. »Er ist ein guter Junge. Gib ihm eine Chance, und du wirst, glaube ich, erkennen, wie nützlich er sein kann.« Er warf ihr einen schiefen

Blick zu. »Gehört es nicht zu den Aufgaben einer Prinzessin zu helfen, wo Hilfe gebraucht wird?«

Sie errötete. »Natürlich. Und ... ich werde ihm eine Chance geben.« Sie zog den pelzbesetzten Umhang fester um ihren Körper, wandte ihm den Rücken und eilte auf die Dockrampe zu.

Donal lachte in sich hinein und folgte ihr.

Seevögel schrien im Sturzflug auf das Wasser. Fischer säumten das Ufer und holten ihre Fänge ein. Der durchdringende Geruch nach Fisch hing über allem. Aislinn rümpfte die Nase mit den vier goldfarbenen Sommersprossen und legte eine Hand über den Mund. »Wie weit ist es noch?«

Donal streckte eine Hand aus und ergriff beruhigend ihren Ellbogen. »Sef sagte, das Wirtshaus befände sich hinter dieser Ecke.«

»Haben wir die Ecke, die er meinte, nicht bereits umrundet?«

»Nun, vielleicht meinte er eine andere Ecke. Komm weiter, es kann nicht mehr weit sein.«

Die Sonne sank unter den Horizont und ließ die weißgetünchten Gebäude purpurfarben glühen. Laternen wurden entzündet und in ihre Halterungen gesteckt oder auf die Fenstersimse gestellt, so daß die gewundenen Straßen voller Licht und Schatten waren. Aislinns Haar wurde von der untergehenden Sonne plötzlich dunkel gefärbt und mit golden leuchtenden Kränzen umgeben.

Das vom Sonnenuntergang glasartig bronzefarben verzauberte Meer lag hinter ihnen. Weiße Möwen gaben schwarze Silhouetten. Ihre Schreie hallten in den Myriaden von Straßenschluchten wider. Die unebenen, gebrochenen Pflastersteine wurden zu einem trügerischen Untergrund, da sie in Licht und Dunkelheit verborgen blieben, bis Donal Aislinns Arm fester umfaßte und ihr über die schlimmsten Stellen hinweghalf.

»Vielleicht hat er *diese* Ecke gemeint«, sagte Aislinn, als sie wieder eine weitere umrundeten.

Lir, sagte Taj, der über ihnen flog. Dann drängender: *Lir!*

Fünf Männer traten auf die Straße. Sie drangen schwer bewaffnet aus den Schatten heran. Drei befanden sich hinter ihnen und zwei vor ihnen. Donal fluchte leise.

Aislinn zögerte und sah dann zu ihm hoch. Er festigte seinen Griff um ihren Arm und hoffte, ohne Schwierigkeiten weitergehen zu können, aber die Männer gingen aufeinander zu. Alle Auswege waren blockiert, es sei denn, er flöge über ihre Köpfe. Aber dann bliebe Aislinn allein zurück.

Ein Mann grinste und zeigte dabei seine von einem harzartigen Gummi, das er sogar beim Sprechen kaute, geschwärzten Zähne. »Gestaltwandler«, sagte er, »wir haben dich beobachtet. Dich und dein hübsches Mädchen.« Das Grinsen wich nicht. Er zeigte immer noch die Zähne. »Gestaltwandler, warum kommst du aus deinem Wald heraus? Warum verpestest du unsere Straßen?«

Donal schaute schnell zurück und versuchte, die Lage einzuschätzen. Dank Taj und Lorn war er kaum in Gefahr, aber er mußte an Aislinn denken.

Der Mann trat näher heran, und die anderen taten es ihm nach. »Gestaltwandler«, sagte er, »homanische Mädchen sind nichts für dich.«

»Und für euch ebensowenig.« Schweigend befahl Donal Taj, weiterhin außer Reichweite zu kreisen. Lorn trat von seiner Seite fort, um ihren Sicherheitskreis auszuweiten.

»Donal!« schrie Aislinn. »Sage ihnen, wer du bist!«

»Nein.« Er wußte, daß sie das nicht verstehen würde. Aber Männer wie diese, die bis jetzt nur auf den ein wenig fragwürdigen Spaß erpicht waren, könnten vielleicht erkennen, welche Möglichkeiten sich ihnen böten, wenn sie die Tochter des Mujhar in ihrer Gewalt hätten. Dadurch könnten sie ein Vermögen machen.

»Donal …!«

Schwarzzahn lachte. »Wer bist du denn? Was sollst du, ihrer Meinung nach, sagen?«

»Tritt zurück, Aislinn«, sagte Donal. »Sie wollen mich, nicht dich.«

»Tatsächlich?« fragte Schwarzzahn. »Was tut ein Mann, wenn er eine Frau vor sich hat, die sich mit dem Feind verbündet?«

»Donal … halte sie *auf* …!«

Einer der Männer nahm einen Stein hoch und warf ihn auf Donal. Er hörte ihn durch die Luft pfeifen und drehte sich, versuchte sich darunter hinwegzubeugen, aber obwohl ihn dieser Stein verfehlte, traf der nächste. Er schlug auf seinem Wangenknochen auf. Und dann warfen alle Männer Steine.

Er hörte Aislinn aufschreien. Aber hauptsächlich hörte er den schrecklichen Haß in den Stimmen der Männer, die ihn verhöhnten.

»Gestaltwandler!« riefen sie. *»Dämon …!«*

Taj, fragte er, *wo bist du?*

Ich werde den Anführer aufspießen …

Lorn …?

Kannst du den Mann nicht schreien hören?

Er konnte ihn hören. Einer der Männer wirbelte herum und umklammerte Donals rechtes Bein. Lorn ließ ihn los, sprang nach einem Arm und biß in das Handgelenk. Der Mann schrie erneut auf, rief um Hilfe, aber die anderen waren zu beschäftigt.

Schwarzzahn wich langsam zurück und griff sich an den Rücken. Taj saß noch immer mit den in die Haut versenkten Klauen auf seiner Schulter. Donal stellte sich mit gezogenem Messer den letzten drei Männern.

Sie warfen keine Steine mehr. In ihren Händen lagen Messer. Er stand nicht mehr Homanern gegenüber, die einen Cheysuli ärgerten, sondern Männern, die seinen Tod wollten.

Er war zornig, tödlich zornig. Er spürte den Zorn in sich aufsteigen und seinen Bauch ausfüllen. Er hatte noch niemals einem Mann gegenübergestanden, der auch nur seine Geldbörse stehlen wollte. Er hatte noch niemals einem Mann gegenübergestanden, der einfach kämpfen wollte, wie Männer es manchmal tun. Er hatte noch niemals einem Mann gegenübergestanden, der ihm das Leben nehmen wollte. Und jetzt, da es soweit war, erschreckte es ihn.

Aber er würde den Schreck überwinden oder in Stärke verwandeln. Der Zorn machte ihm am meisten zu schaffen, der Zorn, der aus dem Wissen rührte, daß sie ihn wegen seiner Rasse angriffen und ihn deshalb zum Tode verurteilten.

Wenn ein Mann stirbt, sollte er aus einem guten Grund sterben … nicht wegen dieses sinnlosen Vorurteils …

Und während in ihm vor Zorn und Unduldsamkeit etwas riß, rief er die Magie herbei.

Kapitel Sechs

Er wußte, wie die Homaner und wie Aislinn es wahrnahmen. Eine undeutliche Stimme. Ein verschmelzendes Nichts. Wo vorher ein Mann gestanden hatte, wenn auch ein Cheysuli, befand sich jetzt ganz und gar nichts.

Es genügte, hatte Carillon einmal gesagt, um einen Mann zum Erbrechen zu bringen. Der Mujhar hatte diesen Vorgang schon früher beobachtet, als Finn *Lir*gestalt angenommen hatte. Offensichtlich entsprach seine Einschätzung der Wahrheit, denn einer der Männer schrie auf und übergab sich schon, als Donal sich verwandelte.

Es war so leicht. Er streckte sich von innen aus und suchte die vertraute Macht. Er versenkte jeden seiner Sinne in die Erde und wurde sofort von dem Geschmack, der Berührung, dem Geruch, dem Klang und all den leuchtenden Farben der Magie überwältigt. Er war nicht mehr Donal, kein Mensch mehr, nicht mehr erkennbar. Er war eine Facette der Erde, klein und bescheiden und unglaublich unwichtig – bis man betrachtete, was er getan hatte und noch tun würde, und welche Wirkung dies auf andere haben könnte. Kein Cheysuli, der sich seines Platzes im Plan der Götter vollkommen bewußt war, konnte die Notwendigkeit, treu zu dienen, leugnen. Donal, der stärker in den Plan eingebunden war als die meisten, dachte nicht einmal daran.

Die Magie entsprach sofort seinem Ruf und erfüllte ihn, bis er zu bersten glaubte. Er spürte die Anspannung und die Dringlichkeit – die äußerste Not, einen körperlichen Zwang. *Sul'harai* nannten die Cheysuli es. Da es kein homanisches Wort gab, um den Vorgang des

Gestaltwandels zu beschreiben, glichen sie den Begriff dem Moment vollkommenster Liebe zwischen Mann und Frau an. In diesem Augenblick, wenn er weder Mensch noch Tier war, war Donal vollständiger als zu jeder anderen Zeit, da er sich in die Obhut der Erde begab und von ihr eine andere Gestalt bekam.

Er spürte, wie Fleisch und Knochen zerschmolzen, von seinem Körper abfielen und in die Erde eingingen. Dort würden sie sicher aufbewahrt werden, wodurch ihm gestattet war, die Angst um den Verlust seiner menschlichen Gestalt abzulegen, während er eine andere Gestalt annahm. Es war eine Art Handel, wie er wußte. Während die Erde seine menschliche Gestalt aufbewahrte, gab sie ihm als Ersatz eine andere. Aber er wußte nicht, welche besser war … oder welche tatsächlich die Essenz des wahren Donal enthielt.

Er spürte die Veränderung in Sehnen und Haut. Er spürte die Ganzheit, die mit dem Vollständigwerden einherging. Er spürte die tiefe Lebenskraft durch verwandelte Adern, Muskeln und Haut fließen. Er war nicht mehr der Donal, den die anderen kannten, da er dessen Wesen freiwillig abgelegt hatte. Statt dessen war jetzt ein gelbäugiger Wolf mit silbernem Fell zu sehen. Und als er die Schreie hörte, wußte er, daß der Wandel vollzogen war.

Donal beugte die mächtigen Hinterläufe und ließ alle seine Kraft in den rückwärtigen Teil seines Körpers fließen. Er spannte sich an, und das Fell richtete sich vom Hals bis zum Schweif auf. Und dann warf er sich gegen die Brust des nächsten Mannes, das Maul geöffnet, um Reihen gezackter Zähne zu zeigen.

Der Mann stürzte und brach unter Donals Gewicht zusammen. Er schlug auf dem Boden auf, und die geschwärzten Zähne klapperten, während er unverständliche Worte des Schmerzes und des Entsetzens ausstieß.

Ich könnte ihm die Kehle durchtrennen – sie herausreißen – und beobachten, wie sein Blut die Pflastersteine tränkt. Was würde es schaden? Er hat mich *zu töten versucht. Warum soll ich jetzt nicht ihn töten?*

Donal stand in Wolfsgestalt über dem Mann, den Kopf gesenkt, die Zähne gebleckt, fast geifernd. Ein Nebel aus Zorn und Blutdurst stieg vor seinen Augen auf. Alles, was er betrachtete, war am Rande verschwommen, als verschmelze es zu einer anderen Gestalt. Das gurgelnde, entsetzte Stöhnen des Mannes mit den schwarzen Zähnen hörte auf, als Donal dem wölfischen Grollen, das in seiner Kehle aufstieg, nachgab. Und die anderen Männer, deren vom Entsetzen hervorgerufene Lähmung jetzt schwand, wichen zurück.

Donal konnte Schwarzzahns Angst riechen. Sie stieg ihm in die Nase, bis er in den beißenden Geruch eintauchte. Mit heraushängender Zunge konnte er das Entsetzen *schmecken.* Es floß aus dem Körper des Mannes heraus wie Dunst aus einer Seuchengrube. Und eine lange Zeit schwankte Donal. Er war zornig, *zu* zornig, er verlor sich schnell. In einem klaren Augenblick voller Unglauben sah er sich deutlich: ein Wolf, kein Mensch, eine Bestie, kein Tier.

Götter, meinten sie das, als sie mir sagten, ich solle niemals Lir*gestalt annehmen, wenn ich zornig bin?*

Er zog sich sofort zurück, riß sich vom Wahnsinn los. Er erkannte, wie nahe er der schmalen Grenze zwischen Kontrolle und tierischer Raserei gekommen war. Ein Krieger in *Lir*gestalt bewahrte eigentlich sein eigenes Bewußtsein und Verständnis der Dinge, aber dieses Gleichgewicht war jetzt wahrhaftig gefährdet. Donal war viele Male zuvor gewarnt worden, daß die *Lir*gestalt ihr eigenes Maß an Gefahren barg. Wenn ein Krieger *so* zornig wurde, daß er vollkommen in der *Lir*gestalt aufging, verlor er auch das Bewußtsein seines Selbst. Er wurde ganz zum Wolf, mit aller rohen Macht des Wolfes, aller furchteinflößenden Kraft und ohne das menschliche Wertgefühl.

Er konnte dann nicht mehr auf die menschliche Gestalt zurückgreifen.

Donal wich innerlich und äußerlich vor dem wimmernden Mann zurück. Er hörte seinen eigenen Atem rauh in seiner Wolfskehle rasseln und merkte, daß er verzweifelt keuchte. Er hörte auch den Widerhall seines eigenen Zorns und seines Verlangens, den Mann zu töten.

Ich bin zu nahe herangekommen, zu nahe … bei den Göttern. Ich habe mich fast verloren …

Er versuchte sofort wieder seine menschliche Gestalt anzunehmen. Das geschah schleppend und schmerzhaft. Er war dem Rand zu nahe gekommen. Die Essenz des Wolfes in ihm wollte seine Gestalt nicht aufgeben.

Es tat weh. Donal keuchte und krallte sich in die Erde. Er wollte nicht in der Wolfsgestalt gefangen bleiben, denn er sollte ein Mensch sein.

Dann gelang der Gestaltwandel plötzlich doch. Er kauerte auf einem Knie und hatte eine Hand auf die Pflastersteine aufgestützt. Die Pfoten verwandelten sich in Hände und Füße, das Fell in Haare und das Wolfsgebiß in menschliche Zähne. Er hatte wieder Menschengestalt angenommen, aber er war nicht sicher, wieviel von dem Wolf übriggeblieben war.

Lir!

Der Ruf hallte über die Verbindung hinweg. Es waren Taj und Lorn, die ihn beide gleichzeitig warnten.

Er fuhr herum, stieß sich hoch und hob eine Hand, um den Schlag abzuwehren. Dann sah er Aislinn, die er ganz vergessen hatte, mit einem wilden Ausdruck auf dem Gesicht dastehen und ihn mit ihrem Messer erstechen wollen.

Aislinn …

Im rötlichen Schein des Sonnenuntergangs sah er das Aufblitzen der Klinge, die sie seitlich anhob, nicht von oben nach unten zustoßend, wie Anfänger es sonst taten. Sie wollte von unten nach oben zustoßen, als wüßte sie genau, was sie tat.

Sie weiß es … bei den Göttern … sie weiß *es …*

Einen unheilvollen Augenblick zögerte er. Aber sie zögerte nicht. Sie riß das Messer gerade dann hoch, als er ihr aus dem Weg springen wollte, und die Klinge schnitt über die Knöchel einer Hand. Er fluchte, sprang zurück, und dann sah er, wie sich Sef auf Aislinn stürzte. »Nein … *nein!* Ich werde nicht zulassen, daß Ihr ihn verletzt!«

Aislinn schrie auf. Donal sah die Klinge erneut aufblitzen, als Sef seine Zähne in ihr Handgelenk stieß. Das Messer befand sich gefährlich nah an dem mageren Gesicht des Jungen. Aber Sef achtete nicht darauf, sondern verbiß sich in die Haut, und Aislinn schrie vor Schmerz auf.

Donal griff sofort ein. Aber Sefs Zähne hatten ihre Arbeit bereits getan, das Messer fiel klappernd auf die Straße. Donal trat es vorsichtshalber fort, ergriff dann Aislinns Arm und eine von Sefs Schultern.

»Genug … *genug!* Sef … laß los … ich habe sie jetzt.« Donal faßte Aislinn unter beide Arme, drückte sie an eine Mauer und hielt sie mit der linken Hand fest. Die rechte führte er zum Mund und saugte an den blutenden Knöcheln. Er schmeckte den beißenden Salzgeschmack des Blutes und die Bitternis dieser Sinnlosigkeit.

»Aislinn … *Aislinn!*« Er hielt sie gegen die Mauer gepreßt, während sie ihm schwach zu entkommen versuchte. »Welch ein Unsinn ist das?«

»Hexerei«, flüsterte Sef. »Seht Euch ihre *Augen* an.«

Donal sah hin. Ihm erschienen sie vollkommen schwarz vor Angst und Unverständigkeit. Ihr Gesicht war totenbleich. »Aislinn … das ist *Wahnsinn* …«

Aber sie schwieg.

Das war Electra. Das muß *Electra gewesen sein! Götter, wird die Frau niemals aufgeben?* Während er Aislinn noch immer festhielt, betrachtete er den Mann auf dem Boden. Schwarzzahn war allein, von seinen Gefährten verlassen. Aber er blieb unzusammenhängend vor sich hinplappernd liegen.

War das alles *geplant?* fragte sich Donal plötzlich. *Dieser Angriff, wohl wissend, wie Hondarth über die Cheysuli denkt, und dann, als er fehlschlug, der Angriff von Aislinn selbst?*

Dieser Gedanke verursachte ihm Übelkeit. Er spürte das langsame Rumoren in seinem Bauch und die Leere in seiner Brust.

Er sah Aislinn erneut an. *Hatte Electra die Wahrheit gesagt? Hatte sie Aislinn zu einer Waffe gegen ihren Vater – oder auch gegen mich – verhext?*

Aislinn war noch immer seine Gefangene. Sie war in Schweigen verfallen und starrte blind zu Boden. Die Kapuze war ihr vom Kopf geglitten und entblößte rötlichgoldenes Haar. Es schimmerte hell im Sonnenuntergang.

Donal schloß die Augen. Er fühlte sich unruhig, von dem Überfall aus dem Gleichgewicht gebracht. Aber andererseits hatte ihn noch niemals zuvor jemand zu töten versucht, und diese Tatsache konnte einen Mann wahrhaftig beunruhigen. *Das möchte ich nicht noch einmal erleben.*

Aber vielleicht mußt du es in Zukunft, erklärte Taj. *Feinde gibt es an jeder Ecke.*

Einschließlich meiner Verlobten?

Die *Lirs* zogen es vor, nicht zu antworten – was Donal genügte.

»Mylord?« Das war Sef. »Was tun wir jetzt?«

Donal schaute erneut zu Aislinn. Einer der Steine, die die Männer geworfen hatten, hatte sie getroffen, so daß sie an der Stirn blutete. Er hob seine verletzte Hand, um das Blut fortzuwischen, tat es aber dann doch nicht. Er ließ die Hand wieder sinken. *Ich verschließe mich ihr gegenüber so lange, bis ich weiß, was sie vorhat.* Er betrachtete Sef. »Hast du mein Pferd fortgebracht?«

Sef zeigte eine Richtung an. »Dorthin.«

Der kastanienbraune Hengst stand geduldig in den Schatten. Donal nickte. »Dann zeige uns das Wirtshaus, das du vorgeschlagen hattest.«

Sef betrachtete Schwarzzahn, der sich noch immer blutend und hilflos auf den Pflastersteinen krümmte. Seine Augen wirkten in dem dünnen, blassen Gesicht riesig. »Was ... was werdet Ihr mit ihr tun?«

»Ich weiß es nicht.« Donal machte eine entsprechende Geste. »Sef, führe uns zu diesem Wirtshaus.«

Sef beugte sich herab und hob das Messer auf. »Mylord ...?«

»Behalte es«, wies Donal ihn an. »Aber gib es niemals der Prinzessin, sonst werde ich vielleicht mehr als nur ein wenig Haut verlieren.« Er saugte erneut an dem Schnitt an seinen Knöcheln.

»Aber warum?« flüsterte Sef. »Warum sollte sie Euch töten wollen?«

»Ich glaube, daß sie von ihrer *Jehana* ... *beeinflußt* wurde.«

»Von der *Königin?*« Sefs Augen weiteten sich noch stärker. »Wollt Ihr damit sagen, daß die *Königin* ihre eigene Tochter auf Euch angesetzt hat?«

»Oder Tynstar hat es durch seine *Meijha* veranlaßt, wenn es stimmt, was Electra mir erzählt hat.« Donal gestikulierte erneut. »Sef ... lauf los. Ich möchte mich hier keinen Augenblick länger aufhalten.«

Und Sef hielt sich nicht länger auf.

* * *

Sefs Beschreibung des Weißen Hirschen stimmte in jeder Weise. Es gab gutes Essen, noch besseren Wein, warme Betten und geräumige Zimmer. Donal nahm eines für sich selbst und ein anderes für die Prinzessin.

Er führte Aislinn zu ihrem Zimmer und hieß sie sich auf das Bett setzen. Dann wischte er ihr mit einem – zusammen mit einer Schüssel Wasser vom Wirt geborgten – sauberen Tuch sanft den Schmutz und das Blut vom Gesicht. Aislinn saß auf dem Bett und ließ sich von ihm helfen, obwohl sie zuerst vor seiner Berührung zurückgeschreckt war.

Als sie wieder sauber – wenn auch zu blaß – war, ließ er Sef die Schüssel zurückbringen. Dann wandte er sich an Aislinn. »Begreifst du, was du getan hast?«

Er war nicht sicher, daß sie antworten würde. Sie hatte seit dem Angriff nicht mehr gesprochen.

Aber nun brach sie ihr Schweigen. Sie schaute langsam auf und sah ihn an, und er bemerkte, daß ihr Blick umwölkt und wirr war. »Was ich getan habe? Was habe ich denn getan?«

»Erinnerst du dich nicht daran?«

Seine Fragen schienen sie zu verwirren. »Woran sollte ich mich erinnern?«

Donal streckte eine Hand aus. Sie zuckte zurück, ließ sich aber dann von ihm berühren. Sanft betastete er die Beule an der Stelle, wo der Stein sie getroffen hatte. Es war kaum zu sehen, was geschehen war, obwohl er sicher war, daß die Stelle auf ihrer hellen Haut bis zum Morgen verfärbt sein würde.

Dennoch glaubte er nicht, daß der Stein sie fest genug getroffen hatte, um ihr die Erinnerungen zu nehmen. *Es sei denn, sie wären schon zuvor zerstört gewesen … von jemandem, der einen Grund hat, dies zu tun.*

Aislinns Augen, Electras Augen, betrachteten ihn fast blind. Langsam zog er mit den Fingerspitzen erst eine, dann die andere Augenbraue nach. »Aislinn, vertraust du mir?«

»Sie sagte, ich sollte es nicht tun … sie warnte mich, es zu tun, aber … ich vertraue dir.« Sie runzelte leicht die Stirn. »Ist das in Ordnung?«

»Ja«, sagte er rauh, »es ist in Ordnung. Ich würde dir niemals Schaden zufügen. Aber … ich glaube, jemand anders hat es getan. Ich denke, daß jemand in deinen

Geist eingedrungen ist.« Er beugte sich näher zu ihr. »Aislinn … es gibt etwas, was ich tun muß. Aber ich werde es nicht tun, ohne daß du es weißt … oder ohne daß du es willst. Du sagst, du vertraust mir … dann laß mich dieses Vertrauen prüfen.«

Ihr Blick wirkte fast leer. »Was soll ich tun?«

Er befeuchtete seine Lippen, bevor er sprach. »Erlaube mir, deinen Geist zu berühren.«

Sie hob eine Hand. Ihre Finger berührten seine. Aber sie gebot der sanften Bewegung seiner Finger über ihre Stirn nicht Einhalt. »Du willst deine Magie gebrauchen.«

»Ja«, gab er zu. »Ich muß es tun. Ich muß erfahren, was Electra getan hat.«

Ihre völlige Verwirrung schien seine Vermutungen zu bestätigen. Aislinn zuckte nur die Achseln.

Er befeuchtete erneut die Lippen. Er umfaßte ihren Kopf mit beiden Handflächen. Langsam, mit großer Sorgfalt und Sanftheit, entglitt er seinem Geist und schlüpfte in ihren, während er die Kraft seiner Magie ausübte.

Götter, laßt nicht zu, daß ich sie verletze. Wenn Tynstar oder Electra eine Falle errichtet haben … Er brach diesen Gedanken sofort ab. Die Folgen wären zu gewaltig. Es war sehr wohl möglich, daß in Aislinns Geist eine Falle errichtet worden war, die darauf wartete, ihn – oder jeden anderen Cheysuli, der in ihren Geist eindringen wollte – zu treffen und zur späteren Verfügung festzuhalten.

Es sei denn, die Falle wäre gestellt worden, um ihn zu töten.

Er ließ auch diesen Gedanken fallen. Wenn eine solche Falle bestand, war es bereits zu spät.

Er spürte, wie seine Verbindung zur Erde allmählich entstand. Er rührte die Quelle der Cheysulimagie an, sog sie durch eine unsichtbare Röhre in sich ein, bis sie ihn mit Macht und Kraft erfüllte. Er gelangte mühelos durch Aislinns Schranken und glitt in ihren Geist hinein – und wurde zum ersten Mal in seinem Leben dem vollen Wissen seiner Macht und seiner Fähigkeiten ausgesetzt. Er mußte nur hier etwas *umwenden*, dort etwas *berühren*, und Aislinns Wille würde durch seinen ersetzt werden.

Aber dieser Gedanke erschien ihm wie ein Fluch. Er war ein Cheysuli, kein Ihlini.

Aislinns Augen weiteten sich und schlossen sich dann. Er sah, wie blaß sie war, wie ihr Kinn erschlaffte, so daß sich der Mund leicht öffnete und Teile ihrer oberen Zahnreihe sichtbar wurden. Sie war vollständig sein …

Oder ist sie …? Jemand anderer war schon vor mir hier …!

Er zog sich sofort zurück, sprang aus ihrem Geist wieder in seinen zurück, zutiefst erschreckt über das, was er empfunden hatte. Reste. Ein Widerhall. Ein *Gefühl* anderer Empfindungen.

Götter … ist es Tynstar? Hat Electra die Wahrheit gesagt?

»Mylord?« Es war Sef, der neben dem Bett kniete. Donal sah, wie blaß das Gesicht des Jungen war, wie starr seine seltsam gefärbten Augen schauten, und daß die Angst in jeder Faser seines Körpers fieberte. »*Mylord* … seid Ihr verletzt?«

Donal schloß die Augen. Er brauchte Zeit, um wieder vollständig zu sich zu kommen. Aber er hatte keine Zeit. Er nahm seine Hände von Aislinns Kopf und lächelte dem Jungen erschöpft zu. »Es geht mir recht gut. Aber ich hätte dich vorwarnen sollen …«

»War das … *Magie?*« Sefs Augen weiteten sich. »Habt Ihr hier in *diesem Raum* einen Zauber heraufbeschworen?«

»Es war kein Zauber. Wir beschwören keine *Zauber* herauf. Wir … borgen uns von der Erde Macht. Das ist alles.« Donal sah Aislinn an. »Ich mußte wissen, ob bei ihr Magie angewandt worden ist, und daher gebrauchte ich meine eigene Magie.«

»War es so?« flüsterte Sef.

Donal hörte ihn nicht. Er beobachtete Aislinn und runzelte leicht die Stirn, als er bemerkte, daß sie allmählich wieder zu sich kam. Ihre Wangen bekamen wieder Farbe.

»Mylord? War es so?«

Donal schaute wieder zu ihm. »Was? O ja. Es war so. Aber ich konnte nicht alles entdecken und auch nicht erkennen, wer da am Werk gewesen ist. Wahrscheinlich Electra … oder durch Electra Tynstar selbst.« Er unterdrückte ein Schaudern. »Aber jetzt ist es, denke ich, an der Zeit, ein wenig Ruhe zu bekommen, besonders für die Prinzessin.« Er sah wieder zu ihr. Sie schien fast in das Bett einzusinken, obwohl sie noch immer saß. Donal legte ihr eine Hand auf die Schulter. »Aislinn, ich weiß, daß du nur ihr Spielball warst, aber egal wie klein deine Rolle dabei war, dadurch kann großer Schaden entstehen.«

Er stand auf. *Wie, im Namen aller Götter, soll ich Carillon beibringen, was Electra seiner Tochter angetan hat?*

Und dann, als er sich zum Gehen wandte, spürte er eine Hitzewelle seinen Körper durchströmen. Und er brach zusammen.

Kapitel Sieben

Der Mujhar selbst goß zwei Becher dampfenden, gewürzten Weins ein. Er hatte den Diener entlassen und sogar auch Rowan, was ein deutliches Zeichen dafür war, daß die Unterhaltung besonders vertraulicher Natur sein würde. Donal nahm den Becher behutsam entgegen und wartete ab.

Carillon wandte sich um. »Erzähle mir, wie es Sorcha und Ian geht.«

Schweißgebadet und schmerzerfüllt warf sich Donal in seinem Bett herum. Er stöhnte, weil er sich insgeheim schämte, schwach zu sein, und wußte doch, daß er nichts dagegen tun konnte. Die Magie hatte ihn eingesogen. Er konnte sich nur in Erinnerungen verlieren, die er lieber vergessen hätte.

»Ian hat ein Fieber«, erzählte er Carillon. »Eine Kinderkrankheit, wurde mir gesagt, aber es geht ihm schon wieder besser. Und Sorcha fühlt sich auch wohl.« Er hielt inne. »Meine Jehana sagt, daß das Kind in vier Wochen geboren werden wird. Ich wäre gern bei ihr, wenn die Wehen einsetzen.«

Carillon nippte gemächlich an seinem Wein. Aber seine zur Hälfte hinter faltigen Lidern verborgenen Augen wirkten hell und gewitzt. »Wenn du bis dahin zurückgekehrt bist, habe ich nichts dagegen.«

»Zurückgekehrt!« Donal senkte seinen allmählich auskühlenden Becher. »Wohin soll ich denn gehen?«

»Zur Kristallinsel.«

»Zur Kristallinsel?« Donal konnte keinen Grund erkennen, warum er dorthin gehen sollte. Die Insel war nicht mehr als ein bequemer Ort für Carillon, an dem er seine verbannte Frau gefangenhalten konnte. »Warum willst du mich *dorthin*

schicken?« Er grinste. »Oder habe ich dir in letzter Zeit Mißfallen bereitet?«

Carillon erwiderte sein Lächeln nicht. »Du gefällst mir recht gut ... für einen Prinzen, der mehr Neugier für Cheysuliangelegenheiten als für homanische Belange aufbringt.«

»Ich bin *ein Cheysuli ...«*

»... und ein Homaner!« beendete Carillon seinen Satz. »Vergißt du, daß deine Mutter meine Cousine ist? In deinen Adern fließt auch homanisches Blut, und es wird Zeit, daß du es anerkennst.«

Carillon stellte seinen Wein ab und schritt zur Feuergrube. Er streckte seine vom Alter und der Krankheit gezeichneten Hände in die Wärme, und Donal sah die Ränder der Lederarmschutze, die er um beide Handgelenke trug. Die meisten dachten, sie seien als Zierde gedacht, um die alten atvianischen Fesselnarben zu verbergen. Aber Donal wußte es besser. Carillon brauchte sie, um seine schwindenden Kräfte zu schützen.

»Ich erkenne es an.« Donal zügelte seine Ungeduld und Enttäuschung. »Aber ich habe Lirs *und eine Verantwortung meinem Stamm gegenüber. Meinem* Su'fali *gegenüber, der der Stammesführer ist. Meiner* Jehana *gegenüber, meinem Sohn gegenüber und sicherlich auch meiner* Meijha *gegenüber.« Er hielt inne. »Willst du, daß ich meinem Erbe und* Tahlmorra *den Rücken kehre?«*

»Ein Teil dieses Erbes bedeutet für dich den ersten Platz in der Reihe der Erbfolge«, sagte Carillon tonlos, während er sich noch immer am Feuer wärmte. »Wie auch dein von den Göttern bestimmtes Schicksal. Ich möchte, daß du dich aller *deiner Verantwortlichkeiten erinnerst, denn du trägst auch den Homanern gegenüber Verantwortung. Nicht nur dem Keep und deinem Stamm gegenüber.«*

Donal wand sich im Bett. Sein ganzer Körper schmerzte und er wollte vor Qual aufschreien. Feuer hatte sich in seiner Magengrube ausgebreitet, brannte unaufhörlich, und er begann sich gegen seinen Willen zusammenzukrümmen. Fäuste gruben sich in seinen

Bauch und versuchten den Schmerz fortzukneten, aber er wich nicht.

»Willst du damit sagen, daß ich Homana verleugne?« flüsterte er durch seinen Schmerz hindurch.

»Ja, das will ich damit sagen.« Carillon wandte sich um und sah ihn an. »Du verleugnest meine Tochter, die deine Frau werden wird.«

Donal starrte ihn an. Der Weinbecher in seinen Händen war vergessen. Enttäuschung und aufsteigender Zorn fielen von ihm ab und wurden zu Entsetzen. »Aislinn?« sagte er schließlich. »Aber … du hast sie fortgeschickt, damit sie ihre Jehana *besucht.«*

»Ja. Und ich möchte, daß du sie nach Homana-Mujhar zurückbringst, damit ich sie wieder bei mir habe.«

Donal spürte eine Woge der Erleichterung durch sich hindurchströmen. Wenn Carillon sie nur zur Gesellschaft zurückgebracht haben wollte, würde es nicht so schlimm sein, sie zurückzuholen. »Ich werde natürlich gehen. Aber … du könntest sicherlich auch Gryffth oder Rowan oder jemand anderen schicken. Ich möchte bei Sorcha sein, wenn das Kind geboren wird.«

»Ich werde dir dafür freigeben, wenn du mit Aislinn rechtzeitig zurückkommst. Das sagte ich bereits.« Carillons Stimme klang fest. »Aber ich halte es auch für an der Zeit, daß du daran denkst, meine Tochter zu heiraten.«

Donal versuchte zu lächeln. »Ich habe *bereits daran gedacht. Viele Male. Aber Aislinn ist noch sehr jung …«*

»Nicht mehr so jung. Und alt genug, um geheiratet und entjungfert zu werden.« Carillons Tonfall wurde nicht milder. »Und war Sorcha nicht erst sechzehn, als sie dein erstes Kind geboren hat?«

»Und es ist gestorben«, schrie Donal heraus und schlug auf das Bett ein. Hände hielten ihn fest, drückten ihn auf die Matratze, aber er erkannte die dazugehörigen Menschen nicht. »Das Kind ist gestorben und Sorcha beinahe auch! Auch Ian war eine schwere Geburt. Und jetzt, wo sie *wieder* gebären wird …«

»Das ist unwichtig.« Carillons Stimme klang unerbittlich. »Es ist höchste Zeit, daß du einen Erben bekommst.«

Donal machte eine Geste. »Du bist erst vierzig. Das ist wohl kaum als uralt zu bezeichnen, egal was Tynstars Ihlinikünste dir angetan haben. Ich bezweifle, daß du schon so bald sterben wirst. Gib Aislinn noch ein paar Jahre mehr Zeit ...«

»Nein«, sagte Carillon sanft. »Das kann ich nicht tun. Sieh mich erneut an, Donal, und rede nicht solchen Unsinn. Tynstars Hexerei hat mir zwanzig Jahre meines Lebens genommen, und auch wenn ich mich erst wie vierzig fühle, kann ich die Wahrheit doch nicht ewig leugnen, vor dir nicht und auch vor niemandem sonst.« Er streckte seine mißgestalteten Hände aus. »Sieh dir diese Hände an. Sie werden jeden Tag schlimmer und ebenso meine Knie, mein Rückgrat und meine Schultern. Ein verkrüppelter Mann ist nicht für die Stellung des Mujhar von Homana geeignet.«

»Du würdest niemals abdanken!« Das war angesichts Carillons Stolz unvorstellbar.

»Eine Abdankung ist kaum das Thema«, sagte der Mujhar. »Ich bezweifle, daß mir noch so viele Jahre Zeit bleiben, wie du glauben möchtest. Ich ziehe es vor, den Thron gesichert zu wissen ... und das solltest du auch tun. Das ist immerhin auch für die Cheysuli wichtig.«

Donal runzelte die Stirn. »Du benutzt mich als Instrument, wie Lachlan seine Lady benutzt. Zupfe an dieser Saite oder an jener, und die richtige Melodie ist zu hören. Du bringst mein Cheysulierbe ins Gespräch, und du weißt, was ich tun werde.«

»Dann tue es.« Carillon lächelte flüchtig. »Aislinn ist verwöhnt, weil ich sie verwöhnt habe, aber sie ist auch ein warmherziges und liebevolles Mädchen. Ich denke, es wird dir nicht so schwer fallen, sie zu heiraten.«

Aber nach Donals Meinung konnte der homanische Titel, den ihm der Mujhar versprach, den Verlust der Cheysulifreiheit nicht aufwiegen.

Laut murmelte er: »Ich würde lieber noch warten. Nicht ... lange. Ein halbes Jahr oder vielleicht ein Jahr.«

Donal wand sich. »Sicher kannst du eine Möglichkeit erkennen, mir diese Zeit zu gewähren. Und Aislinn wird Monate der Vorbereitung brauchen ... das ist bei Frauen so, und sie ist ein Prinzessin ...«

»Donal«, sagte Carillon sanft.

»Aislinn ist für mich wie eine Rujholla.«

»Aber sie ist nicht deine Schwester, nicht wahr?«

Er spürte plötzliche Verzweiflung in seiner Seele aufsteigen. »Aber ich möchte lieber Sorcha heiraten!« rief er laut. »Ich will dich nicht belügen ... eigentlich sollte Sorcha meine *Cheysula* anstatt meine *Meijha* sein ...«

»Das bezweifle ich nicht.« Carillon klang jetzt mitfühlender. »Ich stelle ihre Ehre oder ihren Wert nicht in Frage, was du eigentlich auch wissen solltest, Donal. Aber Homana braucht alle Arten von Opfern, und dieses zu bringen ist an dir.«

»Also willst du, daß ich den Hengst für Aislinn als Stute spiele, nur um ein Fohlen zu bekommen.« Er sprach es in dem Raum im Weißen Hirsch deutlich aus. »Nicht einmal die Cheysuli, die mehr Grund als die meisten hätten, so zu handeln, würden es zulassen, daß ihre Frauen wie Zuchtstuten behandelt werden.«

»Ich habe auch Gründe«, erwiderte Carillon sanft. »Ich habe Gründe, ich habe das Recht dazu, ich bin mehr als berechtigt dazu, obwohl bei einem König eine Laune genügte. O ja, ich habe allen Grund der Welt.« Er wandte der Feuergrube den Rücken zu. »Ich muß ein Königreich regieren so gut ich kann. Ich muß Menschen verheiraten, Erben bekommen.« Er lächelte wenig belustigt. »Aber wir wissen ja, daß ich bei dieser Aufgabe versagt habe, nicht wahr? Es gibt nur Aislinn, nur eine Tochter aus meinen Lenden.« Das Lächeln fiel von ihm ab. »Wenn du Aislinn nicht heiratest, wird sie einen fremden Prinzen nehmen. Und dann laufen wir Gefahr, Homana an ein anderes Reich zu verlieren. Die Cheysuli mit ihrer so seltsamen und unheimlichen Magie werden vielleicht erneut zu nicht mehr als einem Spielzeug, gejagte, gebrandmarkte Dämonen ... die getötet werden. Es ist bereits einmal

geschehen, Donal. Kannst du mir garantieren, daß es niemals wieder geschieht?«

Das konnte Donal nicht garantieren. Er wußte, daß dies die Prophezeiung, das *Tahlmorra* seines Volkes ... und vielleicht sogar Homana selbst zerstören würde.

Er schlug um sich, schwitzte und krümmte sich erneut vor Qual zusammen. Schließlich antwortete er dem Mujhar mit großer Anstrengung. »Ich kann nichts garantieren, Carillon. Das weiß ich genausogut wie du. Vielleicht sogar noch besser, da ich das Blut in mir trage.« Er lächelte nicht. Es war kein Scherz. In manchen Kreisen hieß es, Shaines *Qu'mahlin* sollte noch immer Vorrang vor Carillons Friedenspolitik haben.

Mit diesen Kreisen war Donal, in seiner Stellung, nicht persönlich bekannt. Und sie hätten ihn auch getötet.

»Ich tue es dir nicht an.« *Carillon sprach erschöpft. Die Kraft, die ihm sein Rang verlieh, war von der Not des Menschen Carillon erschöpft. »Ich tue es für Homana.«*

Genauso wie er mich zwingt, es für die Cheysuli zu tun. *Kurz darauf nickte Donal. »Ich werde sie zurückholen.«*

Carillon seufzte und rieb sich die Augen. »Ich biete dir folgendes an: Ich gewähre dir acht Wochen Freiheit, wenn du Aislinn zurückgebracht hast. Das ist ... nicht lange. Ich weiß. Aber das ist alles, was ich erübrigen kann.« Verkrümmte Finger fuhren durch eine silberne Stirnlocke. »Ich möchte, daß du rechtmäßig ernannt bist, bevor das Jahr zu Ende geht.«

Donal konnte nur noch nicken, als er hörte, daß der homanische Teil seines Schicksals besiegelt war. Dann schaute er auf und sah das gramzerfurchte Gesicht des Mujhar.

Carillon beobachtete ihn mit einem Hunger und einer Traurigkeit, die Donal nicht verstehen konnte. Ein Schaudern lief sein Rückgrat hinab. Er betrachtete den Mujhar und war sich nicht bewußt, daß sein Gesicht genau den Ausdruck widerspiegelte, der Carillons Schmerz entsprach. »Ich habe dich verloren«, sagte der Mujhar leise. »Ich bin durch mein königliches Erbe genauso grausam gebunden, wie du durch dein

Tahlmorra *gebunden bist, und deshalb habe ich dich verloren.«*

»Mylord?« fragte Donal weich.

Carillon seufzte und winkte mit einer verkrümmten Hand ab. »Es ist nichts. Nur die Erinnerungen eines Mannes, die zermürben.« Er lächelte kaum merklich. »Dein Vater lebt in dir, Donal ... Du hast Duncans ganzen Stolz und Hochmut und seine Überzeugungen. Ich habe ihn nicht ganz verstanden, und ich verstehe dich nicht. Ich weiß nur, daß ich, indem ich dich zu dieser Heirat dränge, auch noch das wenige verloren habe, das ich einst besaß.«

»Du kannst dich noch immer auf mich verlassen.« Donal spreizte die Hände. »Siehst du mich? Ich bin kein Spielzeug. Ich stehe vor dir. Ich werde immer dein Mann sein.«

»Vielleicht.« Carillon blieb ernst. »Es muß einfach sein.«

»Ich weiß, Mylord Mujhar.« Donal streckte seine rechte Hand aus und deutete die Niederlage an. »Tahlmorra, *Carillon.«*

»Bei den Göttern ...«, brach es aus ihm heraus, und er kämpfte gegen die Hände an, die ihn festzuhalten versuchten. Kleine Hände, zwei Paar, eines abgehärtet, eines weich und zart. Sef, wie er wußte, und ... Aislinn?

Er riß die Augen auf, und sah die dunklen Holzwände sich drehen, bis ihn die Bewegung benommen machte. Er schloß die Augen sofort wieder. Säure stieg in seine Kehle auf.

»Lege dich wieder hin«, sagte Aislinn. »Es ist nicht gut für dich, wenn du so heftig um dich schlägst ... dadurch bereitest du dir nur noch mehr Schmerzen.«

Er sah sie an und widersprach nicht, als sie und Sef ihn zurückdrückten. Das Laken unter ihm war schweißgetränkt. Er zitterte. »*Du* warst es ...«

»Nicht ich«, erklärte sie. »O ja, ich war es, die dir in die Hand geschnitten hat, aber ich schwöre dir, daß ich nichts von dem Gift wußte. Ich fürchte, das war das Werk meiner Mutter.«

Schwäche überwältigte ihn. »*Lir*«, sagte er mühsam.

Hier, auf dem Dachbalken, sagte Taj, obwohl Donal nicht die Kraft aufbringen konnte hinzusehen.

Und ich bin hier. Das kam von Lorn, der neben dem Bett saß.

Donal streckte die Hand aus, um die Schnauze des Wolfs zu berühren. Lorn schmiegte sich sanft an und drückte seine Nase dann in Donals schlaffe Hand.

»Donal«, flüsterte Aislinn. »Es tut mir so leid. Ich *wußte* es nicht ... das schwöre ich. O Götter, *stirb* nicht. Was würde dann aus mir?«

Er betrachtete sie aus verengten Augen. Ihr Zopf war zerzaust, als habe sie seit Tagen keine Mühe mehr darauf verwandt. Strähnen hellen Haars hingen ihr ins Gesicht, und er sah, daß sich Sorgenfalten in ihre Stirn gegraben hatten. Ihre hellen kühlen Augen blickten auf sein Gesicht.

Götter ... das sind Electras Augen ... Er schluckte und bemerkte erneut die Enge in seiner Kehle. »Aislinn ... ich schwöre dir ... wenn du mich *anlügst* ...«

»Nein!« Sie beugte sich auf ihrem Stuhl vor und ergriff seine Hand. »O Donal, nein, das tue ich nicht. Sef hat ... mir gesagt, was ich tat und was du danach getan hast ... um herauszufinden, warum ich es getan habe. Er ... er sagte, du habest etwas gefunden.« Sie berührte zitternd ihre Schläfe. »Ist da ... etwas in meinem Kopf?«

»*Jemand*«, sagte er erschöpft. »Ich bezweifle nicht, daß es das Werk deiner *Jehana* ist oder vielleicht sogar Tynstars Werk, das er über die Verbindung zu Electra vollbringt.«

Sie erblaßte. »Dann ... wenn das stimmt, dann tue ich diese Dinge nicht freiwillig. Donal ... glaubst du wirklich, ich könnte dich töten wollen?«

»Ich weiß es nicht, Aislinn.« Leere drohte ihm die Sinne zu rauben. »Ich glaube ... ich glaube, wenn sie sich in deinen Geist gedrängt haben ... bist du zu allem fähig.«

»Gibt es keine Möglichkeit, das *ungeschehen* zu machen?« fragte sie entsetzt.

Er lachte, wobei seine Kehle vor Rauheit schmerzte und er das Geräusch kaum erkannte. »O ja … es gibt immer eine Möglichkeit. Aber ich glaube, sie würde dir nicht gefallen … und ich bezweifle, daß du dem zustimmen würdest.«

Sie sah auf die Hand hinab, die sie festhielt und die dunkler war als ihre, obwohl die Krankheit seine Haut gebleicht hatte. »Ich werde alles tun, was du willst, Donal«, sagte sie ruhig. »Wie sonst soll ich dir beweisen, daß ich an dieser ganzen Angelegenheit unschuldig bin?«

»Und wenn du nicht unschuldig bist?« Er mußte diese Frage stellen. »Wenn du nicht unschuldig bist und diesen Weg suchst, um Tynstar bei der Niederwerfung Carillons zu helfen, solltest du lieber einen anderen Weg gehen.« Er schloß seine Hand fast schmerzhaft um ihre Hände. »Ich bin nicht dafür geeignet … ich bin noch zu jung, und mir fehlt die Erfahrung, die man dazu braucht … aber es gibt jene, die es an meiner Statt tun könnten.« Er sah ihr in die Augen und erkannte, daß sie ihn ebenfalls ansah. Sie schien sehr erschreckt, und es war keinerlei Anzeichen von Befriedigung in ihrer Haltung zu erkennen, wie es das vielleicht gegeben hätte, wenn sie irgendeinen abseitigen Plan verfolgt hätte, um sein Vertrauen zu gewinnen. »Stimmst du zu, ohne Genaueres zu wissen?«

»Ja«, flüsterte sie schließlich. »Ich werde … tun, was du willst.«

Er hob ihre Hand an. »Dann nehme ich dich beim Wort. Du wirst geprüft werden. Hörst du?«

Sie nickte. »Aber … darf ich erfahren, wer es tun wird?«

»Ja«, sagte er unbedacht und ließ ihre Hand los. »Ich werde meinen *Su'fali* bitten, es zu tun.«

Aislinns Kopf fuhr hoch. *»Finn?«*

»Wer wäre besser dafür geeignet?« Er sah sie genau an. »Er ist der Stammesführer der Cheysuli. Und er hat schon früher einige Erfahrungen mit Ihlinifallen gemacht.« Donal blieb ernst.

»Aber ...« Sie brach ab.

»Ich denke«, sagte Donal, »wir werden die Wahrheit letztlich erfahren.«

»Ich schwöre«, flüsterte sie, »ich *wußte* es nicht.«

Schmerz strahlte wellenförmig von seinem Bauch aus. Donal spürte, wie sich seine Muskeln verkrampften und erfuhr erneut diese völlige Hilflosigkeit, als er sich unter dem Brennen zusammenkrümmte. Sogar Taj und Lorn, die ihm Kraft geben wollten, konnten ihn nicht erreichen. Der Schmerz war zu groß.

»Mylord?« fragte Sef, der sich über das Bett beugte. »Mylord ... kann ich *nichts* für Euch tun?«

»Du kannst wachen«, sagte Donal heiser. »Bewache Aislinn für mich.«

Er hörte, wie sie erschreckt einatmete. Aber er hatte nicht mehr die Kraft, seine Grausamkeit zu bedauern. Er wagte ihr jetzt nicht zu vertrauen.

Aber er erholte sich. Sef brachte ihm zunächst heiße Suppe, um die Leere und den Schmerz in seinem Bauch zu besänftigen. Dann Eintopf, als Donal wieder feste Nahrung bei sich behalten konnte, und schließlich, nach zehn Tagen, brachte er ihm Fleisch, Brot, Käse und Wein. Donal aß ein wenig von allem, trank einen halben Becher Wein und stellte dann alles zur Seite.

»Genug, sonst platze ich. Das andere wird warten müssen.«

Er schaute Aislinn an, die still auf einem Stuhl an der anderen Seite des Raumes saß, und sah, daß sie nicht die Absicht hatte zu reden. »Nun, Lady ... ich denke, wir werden morgen früh nach Mujhara aufbrechen.«

Der Schein der Laterne umspielte weich ihr Gesicht.

Er warf strahlende Lichter auf ihr Haar und malte ihr Gesicht ganz hell, golden anstatt silbern, obwohl sie – abgesehen von ihrem hellen Haar – die Blässe ihrer Mutter besaß. Sie hatte das einfache braune Gewand gegen einen ebenso einfachen moosgrünen Umhang eingetauscht, der aber an Kragen und Ärmelaufschlägen kupferfarben bestickt war. Eine Tunika in noch dunklerem Grün verbarg einen großen Teil ihrer Weiblichkeit, obwohl kein Mann sie als Junge ansehen würde. Dafür waren ihre Gesichtszüge zu zart.

Eines Tages wird sie der Schönheit ihrer Jehana *Konkurrenz machen, obwohl sie eine andere Art von Schönheit zeigen wird, eine hellere, herzlichere, weniger kalt und verführerisch als Electras… nun, wenn ich sie zu meiner* Cheysula *nehmen muß, dann sollte sie auch lieber hübsch sein.* Dann mußte er innerlich lächeln, denn er erkannte die Ironie dieser Feststellung. *Du denkst bereits daran, sie zu deiner* Cheysula *zu machen, wie Carillon es will, obwohl sie doch vielleicht dein Leben bedroht. Du Narr.*

Nein, sagte Taj. *Du denkst richtig.*

Und bist bereit, erklang es von Lorn.

Donal setzte sich langsam auf und schwang die Beine an einer Seite aus dem Bett. Er entdeckte, daß er noch immer seine Kleidung trug. Sef hatte zweifellos nicht die Kraft gehabt, ihn von dem schweißgetränkten Leder zu befreien, und es war auch nicht Aislinns Aufgabe gewesen, dies zu tun. Er roch seinen eigenen Geruch und befahl Sef daraufhin, ein Bad vorzubereiten.

Aislinn, die noch immer still auf dem Stuhl saß, errötete und verkrampfte die Hände in ihrem Schoß. »Du wirst mich natürlich hinausschicken.«

»Hattest du nicht deinen eigenen Raum?«

»Du befindest dich darin«, sagte sie sanft. »Als du zusammenbrachst, konnten wir dich nur noch zu meinem Bett ziehen. Sef wollte niemanden in deine Nähe lassen, nicht einmal die Frau des Wirts. Und so haben *wir* uns um dich gekümmert.« Sie zuckte die Achseln. »Wir waren mit dir zusammen hier ... Sef wollte nicht, daß ich allein bleibe, verstehst du.«

Er runzelte die Stirn. »Überhaupt nicht?«

Ihr Blick begegnete dem seinen. »Aber du sagtest doch, er solle mich bewachen«, erklärte sie ihm. »Ich betrachte ihn allmählich als meinen Gefangenenwärter ... oder vielleicht als deinen dritten *Lir*.« Sie blieb ernst. »Er ist ... unbeugsam. Du hast mit ihm eine gute Wahl getroffen, Donal. Ich bezweifle nicht, daß er dir so gut dienen wird, wie Hauptmann Rowan meinem Vater dient.«

»Und so bist du die ganze Zeit hier bei mir gewesen?« Er schüttelte den Kopf. »Vielleicht war es so am besten, aber es tut mir leid, wenn du dadurch Unannehmlichkeiten hattest. Sef ist – nicht an den hochherrschaftlichen Dienst gewöhnt.« Er saß sehr aufrecht, bog aber dann sein Rückgrat durch, um alle Verspannungen zu lösen. Alle seine Muskeln fühlten sich innen wie außen schwach an. Sogar die *Lir*reife um seine bloßen Arme saßen ein wenig zu locker ... er hatte an Gewicht und zehn Tage Zeit verloren.

Er umfaßte jeden der Reife und drückte ihn an seinen Arm. Unter seinen Fingern spürte er die Gestalten von Wolf und Falke, die Taj und Lorn auf die herkömmliche Cheysuliart ehrten. Wenn ein Cheysulijunge zum Mann wurde, was durch die Verbindung zu seinem *Lir* anerkannt wird, legte er die üblichen Armreife und den Ohrring an, um seinen Kriegerstatus zu kennzeichnen. Donal, der seine *Lirs* früher als die meisten bekommen hatte, trug sein Gold schon fünfzehn Jahre lang.

»Es scheint dir erheblich besser zu gehen«, wagte Aislinn zu bemerken.

»Ja. Ich fühle mich zwar noch erschöpft und wund, aber das wird beides bald vergehen.« Er drehte seinen Kopf, um die Verkrampfung der Sehnen zu lösen. »Du brauchst keine *Angst* vor mir zu haben, Aislinn. Ich fordere keine Vergeltung von der Frau, die ich heiraten muß.«

»Die du heiraten mußt«, wiederholte sie, und er sah, wie fest sie das Kinn anspannte. »Das ist es, nicht wahr? Du *mußt* mich heiraten. Mein Vater hat dir keine Wahl gelassen.«

»Du wußtest das.« Er stand vorsichtig auf und hielt sich aufrecht, indem er die Waden gegen den Bettrahmen preßte. Er fühlte sich seltsam und mindestens ebenso alt wie Carillon. »Hast du mir *das* angetan?«

»Was?« fragte sie mürrisch. »Beschuldigst du mich schon wieder?«

»Bin ich alt?« Er versuchte einen Schritt vorwärts zu machen und stellte fest, daß er schwach, wackelig und völlig ohne Anmut und Kraft war. Vor ihm erschien das Gespenst vorzeitigen Alterns und was es Carillon angetan hatte. *»Hast du mich auf die Art verhext, wie der Mujhar verhext worden ist?«*

Aislinn machte eine abwehrende Geste. »Du kannst nur *hoffen* wie mein Vater zu sein ... kein Mann kann ihm das Wasser reichen, Donal. Versuche es gar nicht erst.«

Er hob eine Hand und sah feste, sonnengebräunte Haut, glatt und noch immer jugendlich, obwohl die Handflächen schwielig und rauh waren. Er ballte die Hand zur Faust und merkte, wie schnell die Muskeln sich zusammenzogen. *Also nicht alt ... geschwächt. Aber das wird vorübergehen.*

Er ließ die Hand wieder sinken. »Aislinn ...«

Sie stand auf. Der Stuhl schabte über das genagelte Holz des unebenen Bodens. »Ich möchte wissen, wer sie ist.«

Einen Augenblick lang konnte er sie nur anstarren. »Wen meinst du?«

»Sorcha.« Sie war blaß und sehr starr in ihren Bewegungen. Und jeder Zoll eine Prinzessin. Donal, der sie hatte fragen wollen, was ihre Haltung geändert hatte, verstand es plötzlich überdeutlich.

»Aha.« Er setzte sich langsam auf den Rand des Bettes. »Sorcha.«

»Wer ist sie?«

Er wußte, daß es nichts half, daß die Zeit für die Wahrheit gekommen war... Ausweichen war nicht mehr möglich. »Sorcha ist meine *Meijha*«, antwortete er gleichmütig. »In der homanischen Sprache bedeutete das *Gespielin*.«

Aislinns graue Augen weiteten sich. »Deine *Hure*...?«

»Nein.« Er unterbrach sie sofort. »Bei den Stämmen gibt es keine Huren. Wir haben *Meijhas*, denen genausoviel Ehre zuteil wird wie den *Cheysulas*.«

Aislinn stieg die Röte ins Gesicht. »Siehst du? Es gibt viele Cheysulibräuche, die ich *nicht* kenne.« Das war eine Anklage, aber er ging auf den Vorwurf nicht ein. »Also ist es so: Du kannst deine *Meijha* nicht heiraten, weil wir verlobt sind – und weil mein Vater es niemals erlauben würde, da er keinen anderen männlichen Erben hat. Statt dessen mußt du mich heiraten.« Aislinn stand aufrecht vor ihm: eine kleine, fast zerbrechliche junge Frau, die in ihrem Stolz jedoch plötzlich viel größer schien. »Habe ich damit recht?«

»Ja.« Nur das, denn mehr wäre zuviel gewesen.

»Und ... Ian?«

»Ian ist mein Sohn.«

Aislinn wurde blaß. Er erkannte zu spät, daß Aislinn wahrscheinlich das Gefühl hatte, daß eine Frau mit einem Kind eine größere Bedrohung für sie bedeutete als nur eine Frau. »Ein *Bastard*...«

»Mein *Sohn*.« Er stieß sich vom Bett hoch. »Aislinn ... ich weiß, daß du nur die Worte wiederholst, die du zuvor gehört hast... aber ich werde nicht zulassen, daß meine *Meijha* oder meine Kinder geschmäht werden.«

»Kinder!« Sie sah ihn entsetzt an. »Gibt es *mehrere?*«

Es gab keine leichtere Lösung. Und so erklärte er es ihr so einfach wie möglich. »Sorcha wird noch diesen Monat ein weiteres Kind gebären. Darum möchte ich diesen Ort verlassen und zurück ...«

»... zum Keep eilen.« Sie nickte heftig. »Darum, nicht

wahr? Und nicht, weil du den Wünschen meines Vaters nachkommen willst.«

»Ja«, sagte er freundlich. »Ich möchte zu meiner Familie zurückkehren.«

Sie schaute zu ihm hoch, und es war deutlich, daß sie ebenso betäubt wie verletzt war. Er bemerkte das Zittern ihres Mundes, obwohl sie sich bemühte, es ihn nicht sehen zu lassen. »Dann … gibt es keine Hoffnung für mich. Ich bin an eine lieblose Ehe gebunden … und das alles wegen des *Throns* …«

»Ja«, sagte er sanft. »Du fängst an, das Gewicht zu spüren … das Gewicht dessen, was wir teilen müssen.«

»Dann *will* ich es nicht.« Aislinn legte schnell eine Hand über den Mund. Sie sah ihn an. »Ich werde diese Verlobung lösen.« Die Worte erklangen gedämpft, aber er verstand sie.

Nur kurz verspürte er ein hoffnungsvolles Aufwallen tief in sich. *Wenn sogar* Aislinn *darum bittet, wird Carillon die Verlobung lösen müssen. Und ich werde frei sein.*

Aber die Hoffnung erstarb genauso schnell wieder, und an ihre Stelle trat Leere. »Aislinn«, sagte er hilflos. »Ich bezweifle, daß er zustimmen wird.«

»Er wird zustimmen«, sagte sie. »Er wird das tun, worum ich ihn bitte.« Sie atmete zitternd ein und versuchte, fest zu lächeln. »Er stimmt allem zu, was ich will.«

Donal bewunderte ihren tapferen Versuch, Zuversicht zu zeigen, auch wenn er mißlang. Aber innerlich kannte er die Wahrheit. *Er wird dem nicht zustimmen, meine entschlossene homanische Prinzessin. Nicht wenn das Reich und die Prophezeiung so sehr davon abhängen.*

Aber er hatte nicht den Mut, es ihr zu sagen.

Kapitel Acht

Bei den Göttern!« keuchte Sef ganz außer sich. »*Hier* lebt Ihr?«

Donal betrachtete den Jungen. Sein Mund stand offen, während er über den Innenhof Homana-Mujhars hinwegschaute. Obwohl er bedeutend kleiner war als der Außenhof, wirkte er dennoch beeindruckend. Wuchtige rötliche Mauern ragten aus der Erde heraus, die so dick waren wie der Umfang eines ausgestreckten Mannesarms. Die Außenmauer war sogar noch dicker und mit Brustwehren und Türmen geschützt. Die klaren schlichten Linien der Mauern und Höfe verliehen Homana-Mujhar eine nüchterne Art von Vornehmheit. Aber Donal glaubte, daß die über diesen Palast in Umlauf befindlichen Legenden zumindest zur Hälfte zu seinem sagenhaften Ruf beigetragen hatten.

Und wir Cheysuli haben ihn erbaut. Er lachte innerlich und lächelte dann Sef zu. »Hier leben der Mujhar und die Prinzessin. Ich … komme häufig zu *Besuch* hierher, aber meine Heimat ist der Keep.« Donal deutete gen Osten. »Er ist einen halben Tagesritt von hier entfernt. Wenn du willst, kann ich dich einmal dorthin mitnehmen.«

Aber Sef schien ihn nicht zu hören. Er wandte den strubbeligen Kopf auf dem dünnen Hals, betrachtete die Mauern und Türme und die livrierten Wächter, die in den Gängen an ihnen vorübergingen. Die Kettenpanzer und das Silber ihrer Rüstungen glitzerten in der Mittagssonne hell.

Die eisenbeschlagenen Hufe der drei Pferde klapperten und schabten über schiefergraue Kieselsteine. Donal führte Sef und Aislinn an der Festung vorbei auf den gewölbten Eingang des Palastes zu. Obwohl er selbst es vorgezogen hätte, einen Seiteneingang zu benutzen, um einen übertrieben königlichen Empfang zu vermeiden, würde er Aislinn zuliebe den Vordereingang benutzen.

Und als er dann Carillon aus der offenen Tür treten und oben an den Marmorstufen warten sah, wußte er, daß er die richtige Wahl getroffen hatte.

Donal wandte sich zu Aislinn um, weil er ihr etwas sagen wollte, schloß den Mund dann aber sofort wieder. Er sah, wie sie ihren Vater betrachtete. Er sah das Entsetzen und den Unglauben in ihren Augen. Alle Farbe wich aus ihrem Gesicht, sogar aus den Lippen, und er sah, wie sehr ihre Hände an den Zügeln zitterten.

»Aislinn?«

»Er ist… so *alt* geworden…« flüsterte sie. »Als ich ihn verließ, wirkte er nicht so… so *verbraucht.*« Aislinn wandte sich mit flehendem Gesicht Donal zu. »Was ist mit ihm geschehen?«

Donal runzelte die Stirn. »Du hast die Geschichte gehört, Aislinn: daß Tynstar deinen *Jehan* mit Magie zu töten versucht hat und ihn dabei um zwanzig Jahre hat älter werden lassen. Du siehst das Ergebnis.«

»Er sieht *furchtbar* aus…« Ihre Stimme war kaum ein Flüstern. »*Sieh* ihn dir an, Donal!«

Er betrachtete den Mujhar jetzt näher und erkannte genau, was Aislinn meinte.

Sie sieht mehr, weil sie ihn zwei Jahre lang nicht gesehen hat, während ich, der ich ihn in diesen zwei Jahren so oft gesehen habe, die kleinen Veränderungen nicht bemerke. Aber Aislinn hat recht – Carillon ist *alt geworden. Tynstars Magie bewahrheitet sich.*

Der Mujhar war in Wirklichkeit erst vierzig Jahre alt, aber äußerlich wirkte er durch die vor fünfzehn Jahren gegen ihn eingesetzte Magie wie ein sechzigjähriger Mann. Sein einst lohfarbenes Haar war zu einem stahlartigen Grau verblaßt. Sein Gesicht war abgehärmt und verwittert wie altes Leder, obwohl es von einem dichten silbergrauen Bart verdeckt wurde. Die tiefliegenden blauen Augen waren von vielen Runzeln umgeben. Und obwohl er ein sehr großer und ausgesprochen starker Mann war – *früher* gewesen war –, nahm das Alter seinem Körper allmählich die Lebenskraft. Die Haltung des Kriegers schien weicher geworden. Der Schmerz hatte ihm jegliches Gefühl von Jugend genommen.

Das und Tynstars Vergeltung. Donal beunruhigte das. *Wenn er so schnell so alt wird, was bedeutet das dann für mich?*

Er sah, wie steif Carillons Schultern wirkten, leicht vorgebeugt, als bereiteten sie ihm ständig Schmerzen. Vielleicht war es so. Vielleicht schmerzten seine Schultern jetzt genauso wie seine Knie und Hände, da die Krankheit seine Gelenke schädigte.

Götter, ich hoffe, daß ich niemals solche Schmerzen ertragen muß, dachte Donal inbrünstig. Er mißachtete ein schuldbewußtes Ziehen, das ihm sagte, es sei verfehlt, an sich selbst zu denken, wenn Carillon vor ihm stand. *Erspare mir, was Carillon erlebt. Ich glaube, mir fehlt der Mut, einen Verlust wie seinen zu ertragen.*

Er betrachtete kurz Carillons Hände. Die geröteten Finger waren von den Daumen abgekrümmt, fast als habe ihm jemand alle Knochen gebrochen. Und auf den Knöcheln waren geschwollene Hauthöcker zu sehen. Donal konnte sich nicht vorstellen, wie es ihm gelang, ein Schwert zu halten. Aber er tat es.

Carillon erhält Homana stark … Carillon und die Cheysuli. Wenn er irgendwann in nächster Zeit versagt, bleibt alles mir überlassen … und das will ich nicht!

»Aislinn!« rief Carillon. »Bei den Göttern, Mädchen, du warst zu lange fort!« Er streckte seine verkrümmten Hände aus, und Aislinn, die ihren königlichen Rang und alle Anstandsregeln vergaß, sprang aus dem Sattel, bevor die Stallburschen die Zügel ergreifen konnten.

Donal beugte sich hinüber und hielt die Stute fest, bevor sie dem Mädchen die Marmorstufen hinauf folgen konnte. Er führte sie zurück und übergab die Zügel dann dem ersten Jungen, der herankam, um das Pferd zu übernehmen.

Aislinn raffte ihre Röcke, rannte die von schwarzen Linien durchzogenen Stufen hinauf und lachte dabei. Carillon fing sie oben auf und hob sie in einer freudigen, liebevollen Umarmung in die Luft. Donal, der es beobachtete, bemerkte wieder einmal, wie eng sie miteinander verbunden waren.

Es ist fast so, als hätte sie keine Zeit mit Electra verbracht. Sie läßt mich beinahe glauben, sie sei nichts anderes als ein noch nicht ganz zur Frau gereiftes Mädchen … aber ich wage ihr nicht zu vertrauen, nicht bevor Finn sie geprüft hat.

Der Mujhar erschien nicht mehr wie ein alter Mann, während er sein einziges Kind umarmte. Die verkrümmten Hände drückten den Stoff ihres blauen Umhangs und verfingen sich darin. Sein über Aislinns rechte Schulter blickendes Gesicht wirkte jünger denn je. Aber das Bild schwand, als er sie auf die Füße stellte, und Donal bemerkte noch einmal, wieviel älter Carillon in den letzten zwei Jahren geworden war.

»Donal, steige von diesem Pferd herab und komm herein!« rief Carillon, während ein Arm noch immer Aislinns Schultern umfaßte. »Und erzähle mir, warum euer Gepäck vor euch angekommen ist.«

»Steig ab«, sagte Donal zu Sef. »Du stehst dem Mujhar gegenüber, aber sei nicht zu überwältigt von ihm. Er ist kein Gott, sondern nur ein Mensch.«

Sefs Gesichtsausdruck zeigte Verwirrung. Aber er befreite sich aus den Steigbügeln und glitt aus dem Sattel, wobei sein Bauch am Leder entlangschabte. Ein weiterer Stallbursche übernahm sein Pferd, und ein Dritter ergriff mit einem leisen »Willkommen zu Hause, Mylord« von Donal die Zügel.

»Ich danke dir, Corrick.« Donal machte Sef ein Zeichen. »Komm mit mir.«

»Jetzt?« fragte Sef. »Aber ... Ihr geht mit dem Mujhar!«

»Und du ebenfalls.« Donal bedeutete ihm, die Stufen hinaufzusteigen, und nach kurzem Zögern kletterte Sef hinauf.

»Du kommst ziemlich spät«, sagte Carillon ruhig, als sie das obere Ende der Treppe erreicht hatten. »Gab es Verzögerungen?«

»In der Tat«, bestätigte Donal sanft.

»Er war krank«, erklärte Aislinn. »Jemand hat ihn ... *vergiftet.*«

Carillon rührte sich nicht, drückte keinerlei Bestürzung aus. Sein Gesicht war ein wenig angespannt, aber nur aus Besorgnis. »Nun, dann solltest du lieber hereinkommen. Da du nicht den Anschein erweckst, als würdest du augenblicklich tot zu meinen Füßen sinken, muß ich annehmen, daß du dich wieder vollkommen erholt hast.«

Donal lächelte. »Ja, Mylord, ich habe mich wieder vollkommen erholt.« Aber er hatte noch nie gut lügen können.

Carillon schien es nicht zu bemerken. »Sehr gut, aber wir sollten nicht hier draußen stehenbleiben. Es ist zwar vielleicht Frühling, aber so kalt wie im Herbst.« Er wandte sich um und führte seine Tochter in den Palast hinein, während Donal, Sef und die *Lirs* folgten.

Es ist nicht so kalt, dachte Donal besorgt. *Nicht zu kalt für einen Mann.* Aber das sagte er dem Mujhar nicht. Er folgte ihm nur schweigend in den Palast.

»Ich werde zunächst dafür sorgen, daß ihr etwas zu essen bekommt«, sagte Carillon. »Und dann wirst *du*, Aislinn, dich ausruhen. Du bist sicherlich erschöpft.«

»Ich habe dich zwei Jahre lang nicht gesehen«, widersprach sie, »und dennoch schickst du mich zu Bett wie ein hilfloses Kind.«

»Du *bist* ein hilfloses Kind. Bist du nicht länger von mir fortgeblieben, als ich es wollte?«

Ihr rechter Arm lag um seine Taille, als sie in der Eingangshalle stehenblieben. Sein Gewicht hatte sich mit zunehmendem Alter nicht verändert, aber er war erheblich größer als sie. »Ich muß mit dir sprechen, Vater. Es ist wichtig …«

»Ein anderes Mal.« Carillons Tonfall ließ keinen Raum für Widerspruch, auch nicht von seiten der geliebten Tochter. »Wenn du nicht vorzeitig so aussehen willst wie *ich*, dann brauchst du Ruhe, um dich zu erholen.«

Aislinn entzog sich ihm erschreckt. »*Sage* so etwas nicht! Du bist *nicht alt!*«

Traurig beugte Carillon sich herab und küßte sie auf den Scheitel. »Ach, aber du verrätst dich mit solch tapferem Widerspruch. Aislinn, Aislinn, ich habe in den Spiegel geschaut. Sei ehrlich zu mir, belüge mich nicht. Das schätze ich mehr als Schmeichelei.«

Sie nickte mit Tränen in den Augen. »Ja«, flüsterte sie. »O Götter, ich habe dich vermißt! Es war ohne dich nicht dasselbe!«

Carillon umarmte sie erneut, während sie sich an seine Brust lehnte. Über ihren Kopf hinweg begegnete er Donals Blick. »Ja, ich *kenne* die Wahrheit! Es gibt vieles, worüber wir sprechen müssen.«

Donal nickte stumm. Dann räusperte er sich. »Mylord, ich möchte, daß Ihr Sef kennenlernt. Ich hoffe, daß Ihr ihm erlaubt, in Homana-Mujhar zu bleiben. Laßt ihn als Pagen ausbilden, wenn Ihr wollt, oder vielleicht als einen Eurer Wächter – wenn er alt genug dazu ist. Ich denke, es fließt gutes – wenn auch uns unbekanntes – Blut in ihm.«

Carillon betrachtete den Jungen. Sef war blaß, aber er stand sehr aufrecht, als trüge er bereits ein Schwert und den Löwen im Namen seines Mujhar.

»Möchtest du das?« fragte Carillon. »Ich beherberge keine Jungen, die den Dienst nicht freiwillig antreten.«

»M-Mylord!« Sef ließ sich unbeholfen auf ein Knie

nieder. »Mylord ... wie könnte ein Junge *nicht* seinem König dienen wollen?«

Der Mujhar lachte. »Nun, du wirst deinem Prinz dienen, nicht deinem König ... ich glaube, du wirst mit Donal besser zurechtkommen. Aber ich würde vorschlagen, daß du zunächst ein wenig Fleisch auf die Knochen bekommst und diese Haut eine bessere Kleidung erhält. Du bist zu dünn.«

Donal stellte fest, daß Carillon nicht nach dem Hintergrund des Jungen fragte oder danach, wie es kam, daß er mit dem Prinz von Homana ritt. Er brachte weder den Jungen noch Donal mit unnötigen Fragen in Verlegenheit, sondern nahm Sef einfach an.

Sef, der noch immer kniete, nickte nur. Schwarzes Haar fiel ihm ins Gesicht und verdeckte das blaue Auge. Aber Donal sah jetzt zum ersten Mal, wie Sef das Haar bedachtsam zurückstrich.

Als hätte er sich selber anerkannt. Nun, Carillon ermutigt jedwede Haltung der Ergebenheit. Er lächelte. »Das genügt, Sef ... nur wenige Dinge werden in Ergebenheit und Demut vollbracht.«

Sef rührte sich nicht. »Mylord«, wandte er sich an Carillon, »ist es wahr, daß Ihr den Ihlinidämon fast besiegt hättet?«

»Tynstar?« Carillon schüttelte bedächtig den Kopf. »Wenn das über mich erzählt wird, so ist es falsch. Nein, Sef ... Tynstar hat beinahe *mich* besiegt.«

»Aber ...« Sef schaute schnell zu Donal. Er bat um die Erlaubnis zu sprechen, und Donal nickte ihm aufmunternd zu. »Mylord Mujhar ... ich dachte, *niemand* entkomme einem Ihlini. Zumindest ... nicht *Tynstar*.«

Carillon fuhr durch Sefs windzerzaustes Haar. »Sogar Tynstar ist nicht unfehlbar. Es ist wahr, daß er aufgrund der Macht, die er sich von Asar-Suti geborgt hat, mächtiger ist als die meisten, die ich gekannt habe, aber er ist immer noch ein Mensch. Und wenn er einem Cheysuli gegenübersteht ...« Er lächelte grimmig. »Ich möchte es so sagen: Tynstar ist ein hervorragender Gegner, aber nicht unbesiegbar.«

»Aber …« Sef zögerte wieder, und Donal erlaubte ihm erneut zu sprechen. »Ich habe einmal gehört, daß Tynstar einen Cheysulistammesführer getötet habe.«

Donal spürte, wie sich sein Magen plötzlich zusammenzog. *Das* hatte er nicht erwartet.

Carillon sah ihn an. Sein Blick drückte Mitgefühl aus. »Ja«, antwortete er Sef ruhig. »Tynstar hat Duncans *Lir* getötet, und daher hat Duncan das Todesritual erwählt, wie es der Cheysuliüberlieferung entspricht.«

Sef begann allmählich zu verstehen. Und als er verstand, schwenkte sein Blick sofort zu Donal. Sein Gesicht glich einer Maske bestürzter Erkenntnis. »Wenn also Taj und Lorn getötet würden …«

»… würde auch ich getötet«, beendete Donal seinen Satz. »Ja. Es mag … für einen Ungeweihten schwer zu verstehen sein. Aber das ist der Preis für den *Lir*bund, und wir achten ihn.«

Aislinns Augen weiteten sich. »Du würdest es nicht tun, wenn du der *Mujhar* wärst!«

Es war als Feststellung gemeint, klang aber eher fragend. Donal erkannte in diesem Augenblick, daß sie angenommen hatte, die Cheysulibräuche wären für ihn nicht mehr so bindend, wenn sie erst verheiratet wären. Und er erkannte, daß sie glaubte, er würde vielen dieser Bräuche den Rücken kehren, wenn er erst der Mujhar wäre.

»Doch«, sagte er. »Ob Krieger oder Mujhar, ich bin an die Sitten meines Volkes gebunden. Und ich beabsichtige sie zu achten.«

»Du bist *genauso* Homaner wie Cheysuli …«

»Ich bin vor *allem* Cheysuli.«

Er las Entsetzen, Erkenntnis und Empörung auf ihrem Gesicht. Und eine stumme Abwehr seiner Feststellung.

Carillon legte seine Hände auf ihre Schultern. »Du

bist müde«, sagte er in beruhigendem Tonfall. »Geh zu Bett, Aislinn.«

»Nein«, erwiderte sie. »Wir müssen zuerst noch etwas besprechen …«

»Geh zu Bett«, wiederholte er. »Wir haben später noch Zeit dazu.«

Sie warf Donal einen herrischen Blick zu, als wollte sie ihn auffordern, die Möglichkeit einer Lösung ihrer Verlobung zur Sprache zu bringen. Aber er tat es nicht. Er hatte nicht die Absicht, es zu tun. Als sie lange genug gewartet hatte, raffte sie ihre Röcke und lief hinaus.

Carillon wandte sich zu Sef um. »Du hast sicher Hunger. Ich schlage vor, daß du in der Küche um etwas zu essen bittest.« Er machte eine Geste, und einer der schweigenden Diener, die in der Nähe gewartet hatten, kam sofort herbei. »Begleitet den Jungen zu den Küchen und sorgt dafür, daß er etwas zu essen bekommt, bevor er seine Augen nicht mehr aufhalten kann. Danach kann er sich frei im Palast umsehen, bis der Prinz oder ich nach ihm schicken.«

»Ja, Mylord.« Der junge Mann, der die Livree in Carillons Farben trug, nickte und sah dann Sef an. Er wartete.

Sef, der noch immer kniete, schaute zu Donal hoch. »Mylord?«

Carillon lachte. »Ich sehe, daß er seinen Herrn kennt.«

Donal bedeutete Sef aufzustehen. »Du darfst gehen.«

Schweigend stand Sef auf, verbeugte sich schnell und ging mit dem livrierten Diener davon.

»Es tut mir leid, daß der Junge das gesagt hat.« Carillons Stimme klang sehr mitfühlend. »Du mußt nicht an das Schicksal deines Vaters erinnert werden.«

»Das *Tahlmorra* eines Kriegers wird von seinen Verwandten nicht immer leicht bejaht«, erwiderte Donal unbewegt. »Aber … ich hoffe, daß die Götter mir ein genauso wirkungsvolles Leben gewähren wie ihm.«

»Wirkungsvoll?« Carillon blieb ernst. »Eine bescheidene Art, Duncans Treue und Ergebenheit zu beschreiben. Und es ist seltsam, es von seinem Sohn auf diese Weise ausgedrückt zu hören …«

»Es nützt nichts, dabei zu verweilen«, unterbrach Donal ihn. Er spürte, wie sich sein Magen erneut zusammenzog und sich seine Kehle plötzlich verengte. Er hatte Aislinn mehr von seinem Vater erzählt, als irgend jemandem sonst seit sehr langer Zeit. Und es war Carillon gegenüber nicht leichter, über ihn zu sprechen, obwohl er ihn besser gekannt hatte als die meisten anderen. »Tynstar hat meinen *Jehan* besiegt, aber nicht bevor er vollenden konnte, was zu tun ihm bestimmt gewesen war.«

»*Dich* zu zeugen?« Carillon verzog ein wenig den Mund. »Ja, er hat dich gezeugt … und dadurch das nächste Verbindungsglied der Prophezeiung geschmiedet.«

Die Verbindung, die einen homanischen Mujhar ausschloß. Donal fragte sich zum hundertsten Mal, ob Carillon selbst die Ernennung eines Cheysuliprinzen genauso schwergefallen war wie jedem anderen. So vieles war ihm gegeben worden, obwohl er doch nichts davon verdiente.

Zufall der Geburt. Nicht mehr. Und doch wußte Donal, daß dem nicht so war. Die Götter hatten sein Schicksal entschieden.

Carillon taxierte betrachtend Donal. »Für jemanden, der vergiftet wurde, scheinst du recht gut zuwege zu sein. Stimmt es, was Aislinn erzählt hat?«

»Es stimmt. Und ich habe mich vollkommen wieder erholt.« Das entsprach nicht der Wahrheit, wie Donal selber wußte. Er war vom langen Ritt hierher erschöpft, zu erschöpft. Er brauchte etwas zu essen und Ruhe. Aber sein Stolz hielt ihn davon ab, Carillon dies zu sagen, da es ihm schlechter ging als jedem anderen Menschen, den Donal kannte.

»Gut. Komm und zeige es mir.« Carillon wandte sich jäh um und eilte auf einen Gang zu.

»Ich soll es dir *zeigen?*« Donal folgte ihm. »*Was* soll ich dir zeigen?«

Carillon schritt fest und gleichmäßig aus, mit geradem Rücken. Es waren, bis auf die verkrümmten Finger, keinerlei Anzeichen des fortschreitenden Alters an ihm zu erkennen. »Rowan!« Der Ruf hallte den Gang entlang. Donal, der dem Mujhar eilig folgte, schaute stirnrunzelnd in den kerzenerleuchteten Gang hinein.

Kurz nach einem zweiten Ruf trat Rowan aus einer Tür. Sein schwarzes Haar war zerzaust und feucht, und seine Kleidung etwas in Unordnung, als habe er sie nach einem Bad einfach nur übergeworfen. »Ja, Mylord?«

»Mein Schwert befindet sich in meinen Räumen«, sagte Carillon kurz. »Tu mir den Gefallen und bringe es in den Übungsraum.«

Rowans gelbe Augen zeigten, wie verwirrt er war. »Ja, Mylord. Sofort.«

»Carillon, was hast du vor?« Donal gelangte schließlich neben den Mujhar.

»Ich habe vor herauszufinden, wie gut du dich *wirklich* erholt hast und was du *wirklich* kannst.«

»Mit dem *Schwert?*« Donal, der seinen Schritt erneut beschleunigen mußte, schüttelte den Kopf. »Carillon, du *weißt* ...«

»Ich weiß was? Daß du als Cheysuli behauptest, dem Einsatz eines Schwertes widerstehen zu können, seine Bedrohung nicht fürchten zu müssen?«

»Nein, natürlich nicht.« Donal biß sich auf die Zunge, um seine Verärgerung zurückzudrängen. »Ich kann genauso leicht verletzt werden wie jeder Homaner – es ist nur ... Carillon, willst du etwas *langsamer* gehen ... ?«

»Es ist nur was?« Der Mujhar verlangsamte seinen Schritt nicht. »Ist es *nur*, daß du dich einfach lieber an Bogen und Messer halten würdest?«

»Ich bin ausreichend geübt in beidem!« Donal, dessen

Stolz angegriffen war, blieb jäh stehen. Carillon hielt ebenfalls inne.

»Ja«, stimmte er ihm zu, »du bist ausreichend geübt in beidem. Aber der zukünftige Mujhar von Homana muß auch ein Schwert führen können.« Er streckte seine Hand aus, als Rowan mit einer Scheide in der Hand den Gang herabkam. »*Dieses* Schwert«, sagte Carillon und nahm es von Rowan entgegen.

Donal fuhr sich mit einer Hand durchs Haar und über sein Gesicht. »Carillon.« Seine Stimme klang bei dem Versuch, ruhig zu bleiben, wie erstickt. »Vergißt du, daß ich ein *Cheysuli* bin?«

»Das halte ich für unmöglich.« Carillons jetzt heisere Stimme klang in dem düsteren Gang rauh. »Du gibst dir solche Mühe, mich daran zu erinnern, wann immer eine Möglichkeit besteht.« Er hielt die Scheide wohlüberlegt in der linken Hand und legte die rechte auf das schwere goldene Heft. An den Außenrändern seiner Hand glühte der in die Zacken im Knauf des Heftes eingelassene, totenschwarze Stein, der einst strahlend karmesinrot gewesen war, auf. Ein blutroter Rubin, der das Auge des Mujhar genannt und durch Tynstars Magie verdorben worden war.

Donal schaute zu Rowan. Das Gesicht des Hauptmanns zeigte nur Leere. *Cheysulileere. Er benutzt die Vorteile seiner Rasse sogar gegen mich.*

Schließlich sah er Carillon an. »Du willst, daß ich im Übungskampf gegen dich antrete.«

»Ja, wie wir es auch früher schon getan haben.«

Donal nickte in Richtung des Schwertes. »Du hast *das* früher nicht gegen mich eingesetzt.«

»Dann ist es vielleicht an der Zeit, daß ich es tue. Es ist *in der Tat* das Schwert deines Großvaters.«

»Er hat es *entworfen*«, erwiderte Donal. »Er hat es niemals selbst geführt. Das tun Cheysuli niemals.«

»Hale war vollkommen Cheysuli«, stimmte Carillon ihm zu. »Aber du bist zu einem ganzen Viertel Homaner, und *dieser* Anteil berechtigt dich, den richtigen Gebrauch eines Schwertes zu lernen.«

Donal blickte erneut zu Rowan. Und er sah wieder den leeren Gesichtsausdruck. *Er ist durch und durch Carillons Mann. Obwohl er ein Cheysuli ist, scheint er mehr Homaner zu sein als Carillon selbst!*

Donal schaute gezielt zu dem Schwert, das an Rowans linker Seite in der Scheide steckte – ein homanisches Schwert, das aber von einem Cheysuli geführt wurde.

Rowans dunkles Gesicht rötete sich. Als Cheysuli geboren, als Homaner aufgewachsen, hatte die Not ihn während Shaines *Qu'mahlin* überleben gelehrt, indem er die Wahrheit seiner Herkunft geleugnet hatte. Und jetzt, da er die Bräuche seiner Rasse frei hätte annehmen können, tat er es nicht. Äußerlich war er ein Cheysuli, aber innerlich ein Homaner, Carillons rechte Hand.

Ein richtiger *Gefolgsmann, anstelle meines* Su'fali.

Aber Donal machte es Rowan nicht zum Vorwurf. Nicht wirklich. Finns Entlassung aus Carillons Dienst war durch etwas völlig anderes zustande gekommen und Carillon selbst hatte – wenn auch unbeabsichtigt – nachgeholfen.

Plötzlich spannte sich Rowans Gesicht an. Und Donal schämte sich. *Es ist nicht sein Fehler. Er wurde von den Ungeweihten aufgezogen. Da er keinen* Lir *hat, fehlen ihm auch Herz und Seele. Aber er bemüht sich.*

»Komm schon«, forderte Carillon ihn heraus, »zeige mir, was du kannst.«

Donal betrachtete das königliche Schwert von Homana, wohl wissend, daß es ein Cheysulischwert war. Und dann blickte er zu Rowan.

Schweigend zog Rowan das Schwert aus der Scheide. Er bot das Heft Donal dar.

Kapitel Neun

Der Übungsraum wirkte nicht einladend. Es war ein einfacher Raum aus schlichtem dunkelbraunen Stein, einschließlich des Bodens, der durch Jahre des Schwertkampfes und der Fußarbeit zu einer vollkommen glatten, indigofarben-schiefergrauen Fläche geworden war. An den Wänden befanden sich nur Waffenhalterungen für Schwerter, Langmesser, Speere, Hellebarden, Äxte, Bogen und andere Kriegsgeräte. Entlang der Seitenwände standen Holzbänke für Schüler, die zusehen wollten oder mußten. Dicke Kerzen in Wandleuchtern erhellten den Raum in einem perlenartigen Glanz. Donal war während der letzten fünfzehn Jahre viele Male in diesem Saal gewesen, aber er bevorzugte die Übungsgänge mit Finn und anderen im Keep.

Carillon stand genau in der Mitte der glatten, dunklen Bodenfläche. Er war noch immer vollständig bekleidet und machte sich nicht einmal die Mühe, auch nur sein Wams aus blaurotem Samt abzulegen. Er trug halbhohe Stiefel aus weichem grauen Leder, die nicht die schweren Sohlen der oberschenkelhohen Reitstiefel aufwiesen. Und seine verkrümmten Hände umfaßten das Schwert mit dem Goldheft und dem unheilvoll geschwärzten Auge.

Donal schlug mit der flachen Seite von Rowans Klinge müßig gegen sein lederbekleidetes Bein. Er legte den Umhang ab und ließ ihn auf die nächststehende Holzbank fallen. Seufzend wandte er sich zu Carillon um. »Mylord, dies wird die Farce eines Kampfs.«

»Tatsächlich?« Carillon lächelte. »Ich freue mich, daß du so bereitwillig zugibst, daß dir das Können fehlt, das jeder Krieger besitzen sollte.« Er machte eine scharfe Geste. »Rowan… die Tür. Vielleicht wünscht der Prinz von Homana nicht, daß jemand Zeuge dieser… *Farce* wird.«

Rowan neigte kurz den noch immer feuchten Kopf und zog die Tür dann fest zu. Er kreuzte die Arme und lehnte sich scheinbar unbeteiligt gegen die Wand, obwohl er doch beide Männer sehr genau beobachtete.

Donal hielt das Schwert noch immer nachlässig in einer Hand. Das Heft war unvertraut, da es für Rowans Hand gefertigt war, aber andererseits war ihm jedes Schwertheft unvertraut. Er hatte Stunden mit einem Waffenmeister verbracht und war ausgebildet worden, bis er verrückt zu werden glaubte, war aber stets ein Schüler ohne Ehrgeiz geblieben. Er wußte, daß er mit dem Messer oder dem Cheysulikampfbogen kämpfen würde, wenn die Zeit gekommen wäre.

Oder in Lirgestalt. *Dies ist Narrheit.*

»Komm schon«, forderte Carillon ihn auf. »Und sage mir, wie du vergiftet wurdest.«

Donals kurzes Auflachen klang wie ein Bellen. »Ich kann es dir erzählen, ohne *dies* führen zu müssen, Carillon. Und ich glaube, daß die Antwort nur zu leicht gegeben werden kann. Es war deine *Cheysula*, Mylord Mujhar. Die Königin von Homana persönlich.«

»Komm schon.« Carillons Tonfall duldete keine Verweigerung. »*Ich* zumindest kann während eines Übungskampfs reden. Du nicht?«

Er ködert mich… bei den Göttern, er ködert *mich!*

Donal trat vor. Er war mit seiner weichen Cheysulihose und dem – in einem warmen weichen Gelb gefärbten Wams – bequemer gekleidet als Carillon. Obwohl er den Schwertkampf haßte, konnte er nicht umhin, Abwehrhaltung einzunehmen, als Carillon die runenversehene Klinge bequemer in die Hand nahm.

Carillon brummte. »Electra, nicht wahr? Ich hätte eher den Ihlini dahinter vermutet.«

»O Tynstar hat sie vielleicht dazu bewegt.« Donal griff wiederholt nach Rowans Schwert, bis es besser in seine Hände paßte. »Aber Electra hat es ausgeführt, dessen bin ich ganz sicher. Nur… nicht allein. Sie hatte Hilfe.«

»Wer? Habe ich einen Verräter auf der Insel?«

»Eher eine Verräter*in*… obwohl ich glaube, daß dieses Wort zu hart gewählt ist. Ich glaube, sie tat es unwissentlich.« Donal berührte mit seiner Klinge in kurzem Gruß sanft Carillons Schwert. »Es war Aislinn, Mylord.«

»Aislinn…!« Die Cheysuliklinge wurde leicht gesenkt, bevor Carillon sich wieder fing. »Was soll dieser Unsinn?«

Donal schüttelte den Kopf. »Es ist kein Unsinn, Mylord… es ist die Wahrheit. Frage das Mädchen, oder noch besser: frage Sef. Er hat gesehen, was sie zu tun versucht hat.«

»Greif mich *an!*« keuchte Carillon. »Erzähle mir dies beim Schwertgesang!«

Donal trat auf ihn zu. Er parierte Carillons Eröffnungsmanöver, parierte erneut und duckte sich unter einem heftigen zweihändigen Schlag hinweg, der an seinem Ohr vorbeipfiff. Er zischte bestürzt und überrascht und tänzelte dann wieder zur Seite, als das Schwert zurückgeführt wurde, um ihn mit dem Rückschwung zu erwischen.

»Sage es noch einmal«, befahl Carillon. »Sage *erneut*, daß es meine Tochter war!«

»Es *war* deine Tochter.« Donal sprang beiseite und pries die Schnelligkeit der Cheysuli. Dies war vielleicht ein Übungskampf, aber Carillon übte nicht wie die meisten anderen Männer. Er war stark genug, einen mächtigen Schlag aufzuhalten, auch wenn er dadurch nicht das volle Ausmaß des Manövers verhindern konnte, und so kämpfte er ziemlich rückhaltlos. *Aber er ist nicht mehr so stark, wie er einmal war… Götter! – Er könnte mir mit einem weiteren Streich wie diesem den Kopf abschlagen.*

»Halte dich nicht zurück wie ein ängstliches Kind!« rief Carillon. »Greife mich *an*, Donal! Ich bin der *Feind!*«

Die königliche Klinge hing silbrig verschwommen in der Luft, so daß die Runen in dem Stahl zerliefen und unsichtbar wurden. Donal sah nur den Glanz in der Luft und hörte das Schwingen schneidenden Stahls. Er bewegte sich schnell, antwortete auf Carillons Herausforderung und versuchte den Schlag abzuwehren. Aber seine Klinge wurde fast sofort beiseitegeschlagen und wand sich in den Händen. Seine Handgelenke und Unterarme schrien vor Schmerz, während er weiterhin um den Halt an der Waffe kämpfte – aber das Heft entglitt seinen Händen. Das Schwert fiel auf den Boden.

Carillon trat nur einen Schritt vor. Die Spitze seiner Klinge ruhte leicht an Donals Bauch und kratzte sanft auf dem Gold und Topas seiner Gürtelschnalle. »Es geht um dein *Leben*, Junge«, keuchte der Mujhar. »Du stehst nicht *mir* gegenüber, sondern dem Feind, vielleicht einem solindischen Krieger oder einem atvianischen Speerkämpfer. Keiner von beiden würde dir die Zeit lassen, eine herabgefallene Waffe wieder aufzunehmen.«

»Erwartetest du, daß ich auf eine so durchsichtige List hereinfiele?« fauchte Donal. »Oder willst du behaupten, daß wir *morgen* in den Krieg ziehen?«

Die Spitze drückte drohender auf Donals Bauch. »Nicht morgen, sondern vielleicht übermorgen.« Carillons Kiefer war hart wie Stahl. »Ich habe während der letzten vier Wochen regelmäßig Berichte von Boten aus Solinde erhalten. Royce in Lestra glaubt, daß noch vor Ablauf einer Sechs-Monats-Frist eine ausgewachsene Rebellion stattfinden wird.«

»Eine Rebellion.« Donal spürte, wie sich sein Magen zusammenzog. »Ich weiß, daß du das schon befürchtet hattest … und du hast mich niemals vergessen lassen, was geschehen könnte, wenn Tynstar die Solinder jemals wieder versammeln würde. Aber *warum* sollten sie ihm nach so vielen Jahren des Friedens folgen?«

»Frieden?« Carillon lachte. »*Du* nennst es vielleicht so, da du nicht weißt, was Krieg ist. Aber Solinde ist weit davon entfernt, friedlich zu sein. Royce hat immer wieder Revolten niedergeschlagen, und es geht das Gerücht, daß Tynstar *tatsächlich* Anstalten macht, auch jetzt, die solindischen Aufwiegler zu vereinen.«

»Wenn er das tut …«

»Wenn er das tut, wird es wieder einen Krieg geben. Nicht heute, vielleicht nicht einmal morgen … aber sehr bald.« Carillon betrachtete seinen Erben. »Nun, da du ja so vieles weißt, erzähle mir von Osric von Atvia.«

»*Osric!* Der atvianische König?« Donal runzelte die Stirn. »Er ist zu Hause, nicht wahr, und streitet sich mit Shea von Erinn um einen Inseltitel?«

»Ja«, bestätigte Carillon. »Aber was ist, wenn Osric beschließt, den Tod seines Vaters, den homanische Hände umbrachten, zu rächen – und auch wenn er es leid wird, zweimal im Jahr Zollabgaben an mich zu zahlen – und aufhört mit Shea von Erinn zu streiten, sondern statt dessen beschließt, in Homana einzumarschieren?«

»Verzichte auf die Zollabgaben«, schlug Donal vor. »Damit hätte er einen Grund weniger, solch einen Einmarsch zu erwägen.«

Carillon lächelte wenig belustigt. »Ich habe die Abgaben als Wiedergutmachung für den letzten Angriff gegen uns verlangt. Thorne hat mit seinem Leben dafür bezahlt und seinem Sohn die Nachfolge überlassen. Daher muß der Sohn auch für die Torheit seines Vaters bezahlen. Wenn ich auf die Zollabgaben *verzichte,* wird Osric mich für schwach halten. Es wäre ein Hinweis darauf, daß Homanas alternder Mujhar endlich an Stärke verliert und Osric einen Angriffsweg eröffnet.

Nein, nein ... die Politik gebietet, weiterhin Abgaben von Atvia zu fordern. Wir haben keine andere Wahl.«

Donal wollte sich nicht in die Verworrenheiten der Königschaft verstricken, und sei es in Worten. »Wir sprechen nicht über die Möglichkeit eines Krieges, Mylord, sondern über die Mitschuld deiner Tochter an Electras Angriff gegen mich. Sollten wir dieses Gespräch nicht *zuerst* beenden, bevor wir ein neues beginnen?«

»Götter, du machst mich wahnsinnig!« stieß Carillon durch zusammengebissene Zähne hervor. »*Sieh* mich an, Donal! Was siehst du? Einen alten Mann, der immer älter wird und das schneller, als irgend jemand jemals gedacht hätte.« Er zuckte kurz die Achseln und ein schwaches, schmerzerfülltes Zucken huschte über sein Gesicht. »Dein Vater hatte mir gesagt, daß Tynstar mir nichts antun würde, was ich nicht ohnehin erfahren müßte – daß die Krankheit meinen Körper letztlich verschlingen würde, egal was ich täte ... und so ist es. *O ja ...* sie verschlingt mich. Wer kann sagen, ob ich noch das nächste Jahr erlebe?«

»Jetzt redest *du* Unsinn!« Donal wich vor Carillons Eindringlichkeit zurück. »Ja, du wirst älter, aber du führst selbst jetzt ein Schwert. Selbst *jetzt* bekämpfst du einen Cheysuli!«

»Ja, das stimmt. Und ich habe noch niemals gehört, daß ein Krieger einem Feind so leicht nachgibt.« Die Schwertspitze drückte noch fester gegen Donals Bauch. »Du sprichst von Aislinns Mitschuld? Dann solltest du lieber noch ein wenig deutlicher werden. *Jetzt.*«

Donal seufzte. »Ich kann es nicht sicher sagen, Carillon. Sie war zweifellos – mitbeteiligt. Ihre Hand hielt das Messer.« Er hob *seine* Hand und bewegte die Finger. »Es ist alles schnell wieder verheilt – es war kein so schlimmer Schnitt –, aber ich *wurde* verletzt, weil Aislinn versucht hat, mir ein Messer in den Rücken zu stoßen. Und es *wäre* ihr gelungen, wenn meine *Lirs* mich nicht gewarnt hätten. Und selbst so hat sie mich noch verletzt. Sef hat sie endlich zurückgehalten.«

»Aislinn hat ... *das* getan?« Carillons Blick ruhte auf den sonnengebräunten Knöcheln.

»Ja. Aber ich bezweifle, daß es ihre eigene Entscheidung war ... ich bin sicher, daß sie verhext wurde.«

»Wie?« fauchte Carillon.

»Durch Electra, Mylord ... wen sonst?«

Die faltigen Lider mit den silbernen Wimpern flackerten nur leicht. »Aislinn ist ihre Tochter. Willst du mir erzählen, daß Electra auf solche Verderbtheit zurückgreifen würde?«

Donal lächelte nicht. »Du kennst sie besser als ich. Sage du *mir*, ob Tynstars *Meijha* dies tun würde.«

Carillon atmete plötzlich heftig aus. Es war ein Ausbruch des Unglaubens und erschreckten Begreifens. Die Schwertspitze zitterte an Donals Bauch. »Sie würde es tun«, flüsterte er. »Bei den Göttern, sie *würde* es tun. Und *ich* habe Aislinn dorthin geschickt ...«

»Mylord.« Donal regte sich nicht, denn er wagte nicht einmal angesichts Carillons Empfindungen, sich der Schwertspitze zu nähern. »Was sonst hättest du tun können? Sie war in einem Alter, wo sie ihre *Jehana* sehen mußte ... selbst eine *Jehana* wie Electra.«

»O nein ... ich hätte es ihr verweigern können. Ich hätte es ihr verweigern *sollen*. Und jetzt erzählst du mir, daß Aislinn dich zu töten versucht hat?«

Donal war versucht, beruhigend auf Carillon einzureden, aber die Betroffenheit war zu groß. Er konnte es nicht ertragen, einen so starken Mann von den Intrigen seiner verräterischen Frau überwältigt werden zu sehen. »Es ist ihr zumindest *mißlungen*.«

Carillon war über diese absichtlich milde ausgedrückte Feststellung wenig belustigt. »*Dieses* Mal. Aber wenn sie tatsächlich verhext war, woher soll man dann wissen, daß sie es nicht erneut versuchen wird?«

Donal atmete vorsichtig ein. Er sprach absichtlich heiter und scheinbar unvorbereitet. »Es gibt eine Möglichkeit, das zu erfahren. Ich könnte feststellen, ob die Beeinflussung noch wirkt.«

»Wie?«

»Laß sie mich zum Keep bringen. Mein *Su'fali* kann in ihren Geist eindringen.«

Carillon runzelte die Stirn. »Warum Finn? Warum nicht du? Ich weiß, daß du die Macht dazu hast.«

»Ich habe es versucht«, sagte Donal sanft. »Aber ich habe eine Schranke gespürt, die Reste der Gegenwart eines anderen Menschen.«

»Eine Falle?« fragte Carillon sofort. »Willst du damit sagen, daß Tynstar meine Tochter durch Electra berührt hat?«

»Das ... das sollte besser Finn entscheiden.«

»Dann sollten wir es ihn versuchen lassen«, keuchte Carillon, »aber nur unter einer Bedingung.«

Donal sah ihn an. »Du sprichst von *Bedingungen*, wenn es vielleicht um die geistige Gesundheit deiner Tochter geht?«

»Wenn ich dazu gezwungen bin. Und du zwingst mich dazu, Donal.« Carillon wirkte äußerst ernst. »Ich übertrage dir eine Aufgabe. Eine einfache Aufgabe für einen Cheysuli.« Plötzlich lächelte er. »Finn könnte es tun. Er *hat* es schon getan. Und ich bezweifle auch nicht, daß Duncan es hätte tun können. Und jetzt bist du an der Reihe.« Er lachte. »Bist du nicht aus ihrem Fleisch und Blut gemacht?«

Donal betrachtete ihn mißtrauisch. »Was soll ich tun?«

»Nimm mir das Schwert ab.« Carillon lachte erneut. »Gewinne das Schwert deines Vorfahren von mir zurück!«

»Von *dir?*« Donal schüttelte den Kopf. »Carillon, ich könnte es nicht tun. In allen Königreichen ist bekannt, welch berühmter Kämpfer du bist. Die Harfenisten singen Lieder über dich ... *ich* erinnere mich an Lachlans

Lied von Homana, auch wenn du dich nicht erinnern kannst! Ich wäre ein Narr, wenn ich es versuchen würde.«

»Du wärst ein Narr, wenn du es *nicht* versuchen würdest.« Carillon winkte mit zweien seiner verkrümmten Finger. »Komm, Donal... gewinne dieses Cheysulischwert aus den Händen eines Homaners zurück.«

Donal fluchte leise. Und dann ging er auf die Herausforderung ein, indem er die Kunst anwandte, die er von Finn und anderen Kriegern gelernt hatte. Er mißachtete den Biß des Stahls, blickte statt dessen auf die Überraschung in Carillons Augen und hob mit einer schnellen, ruckartigen Bewegung einen gebeugten Unterarm gegen die flache Seite der Klinge. Und dann, gerade als Carillon seine Haltung leicht veränderte, um einen weiteren Angriff zu führen, hakte Donal ein Bein um seine Knöchel und riß ihn zu Boden.

»Mylord!« Das war Rowan, der von seinem Platz an der Tür herantrat, bis Donal ihm mit ausgestreckter Hand Einhalt gebot.

»Willst du, daß es dir genauso ergeht?« fragte er. »Dies ist eine Sache zwischen Carillon und mir.«

»Donal... du weißt nicht...«

»Ich weiß nur zu gut!« erwiderte Donal. »Er hat mich dazu angestachelt... nun laß ihn ernten, was er gesät hat.«

Carillon richtete sich stöhnend und fluchend langsam auf einen Ellbogen auf. Er schaute zu Donal hoch. Kurz darauf hörte er auf zu fluchen und nickte wie abwesend. »Vielleicht ist es doch nicht so notwendig, daß du die Schwertführung lernst. Du bist *ohne* alles ausreichend gefährlich.«

Donal empfand Schuld und Besorgnis, als er auf den Mujhar hinabschaute. Er sah erneut, wie verkrümmt die schwieligen Hände waren. »Carillon, ich wollte nicht...«

»Es ist mir gleich, was du wolltest oder *nicht* wolltest!« Carillons Stimme hatte nichts von ihrer Festigkeit verloren, auch wenn er dort wenig würdig auf den Steinen lag. »Entschuldige dich niemals dafür, deinen Feind besiegt zu haben. Ich hätte dich mit diesem Schwert töten können. Statt dessen hast du mich entwaffnet.« Er lächelte. »Wie ich es dir befohlen hatte.«

Donal beugte sich herab. »Hier ... nimm meine Hand ...«

»Pflege deine Wunde, Cheysuli«, sagte Carillon barsch. »Du blutest, und ich bin alt genug, allein auf die Füße zu kommen.« Er stand auf, konnte aber nicht verhindern, daß sich sein Gesicht vor Schmerzen verzog.

Donal legte eine Hand auf seinen Bauch und befühlte den Schnitt im Leder und das durch ihn hindurchsickernde Blut. Die Wunde schien nicht tief zu gehen, aber sie schmerzte. Dennoch zuckte er die Achseln. »Es ist nichts ... unwichtig ... eher eine Ehre.« Er grinste, denn er war erleichtert, Carillon offensichtlich unbeschadet vor sich stehen zu sehen. »Es ist eine vom Mujhar von Homana zugefügte Wunde und ein Beweis meiner Leistung. Ich lebe noch. Wie viele andere können das nach einem Zusammentreffen mit dir behaupten?«

Carillon betrachtete ihn mißtrauisch. »Du sprichst mit leichter Zunge. Das mußt du von Alix geerbt haben.«

Donal lächelte unschuldig. »Meine *Jehana* hat mich nur gelehrt, das Königshaus zu achten.«

Carillon murmelte etwas vor sich hin und deutete dann auf das auf dem Boden liegende Cheysulischwert. »Du könntest mir wenigstens meine Waffe zurückgeben. Ich brauche vielleicht noch mehr Übung – für unser *nächstes* Zusammentreffen.«

Donal beugte sich lachend herab und ergriff das Schwert an der Klinge. Er bot es Carillon mit dem Heft voran förmlich dar und erhob die Geste somit zu einer feierlichen Handlung. Der Mujhar streckte die Hand aus, um es mit einem gemurmelten Fluch entgegenzunehmen. Sein Mund verzog sich widerwillig anerkennend, aber bevor sich seine Finger um das Heft schlossen, erstarrte er.

»Der *Rubin!*« Der entsetzte Aufschrei kam von Rowan.

Donal blickte sofort auf den Stein, der so tief in die Zacken des Knaufs eingelassen war. Und dann gefror sein Lächeln.

Das Auge des Mujhar sah ihn ebenfalls wie mit dem starren Blick einer Schlange an. Aber er war nicht mehr von Ihlinimagie schwarz gefärbt, sondern schimmerte üppig blutrot.

Er erschauderte vor Angst und Entsetzen. »Es war *schwarz* ... es ist *immer* schwarz gewesen ...«

»Nein«, sagte Carillon heiser. »Bevor ich das Schwert in die purpurfarbenen Flammen von Tynstars Magie tauchte, war der Stein rot wie das Blut in meinen Adern. Verstehst du? *Das* ist ein Cheysulirubin, Donal, der von der Hand deines Vorfahren eingesetzt wurde. Vollständig und makellos, wie er sein sollte, bis er von Ihlinimagie verfärbt wurde.«

Als Carillon seine Hand um das Heft schloß, ließ Donal die Klinge sofort los. Und der Rubin wurde wieder schwarz.

»*Nein* ...« brach es aus Donal heraus.

»Doch.« Carillons Stimme klang heiser und unsicher. »Bei den Göttern ... ich begreife.« Seine plötzlich erkennenden Augen suchten Donals Blick. »Ich weiß jetzt, was Finn meinte, als er es mir erklärte.«

»Als er dir *was* erklärte?«

Carillon machte eine Geste. »Daß ein Cheysulischwert die Hand seines Herrn erkennt. Und daß es jedem Mann, der es führt, gut dient, weil es dies tun muß – aber nur in den Händen des Kriegers, für den es gemacht ist, wirklich zum Leben erwacht. Kennst du deine eigenen Legenden nicht?«

Donal starrte den schwarzen Stein in dem goldenen

Heft mit seinem wilden homanischen Löwen entsetzt und begeistert an. »Ich … habe sie gehört. Aber ich habe *niemals* einen Beweis für diese Geschichten gesehen …«

»Dann sieh ihn dir jetzt an, Donal. Dieses Schwert wurde für dich gemacht.«

Donal schüttelte zögernd den Kopf. »Oh, das glaube ich nicht … ich glaube es nicht. Ich bin ein Cheysuli, und wir haben mit Schwertern nichts im Sinn.«

»Ein Cheysuli hat es gestaltet … wie auch deine Rasse einst die besten Schwerter der Welt gefertigt hat, obwohl keiner der Krieger sie benutzen wollte.« Carillon nickte. »Finn hat mich vieles über die Cheysuli gelehrt, Donal, und einmal – einen ganz kurzen Augenblick – war ich selbst ein Cheysuli.« Er zuckte angesichts Donals bestürztem und ungläubigem Gesichtsausdruck die Achseln. »Du verstehst es noch nicht, aber das wirst du dereinst. Es wird eine Zeit kommen …« Er schüttelte hastig den Kopf. »Es ist unwichtig. Jetzt sprechen wir darüber, wie dieses Schwert für dich gestaltet wurde.«

»Nein.« Es war ein unfreiwilliger Ausruf, aber er wußte keine andere Antwort. »Es gehört nicht … mir. Es gehört *dir*.«

Carillon wandte das Schwert im Kerzenschein um, so daß die Flammen die Klinge hinabliefen und die Runen entflammten. »Siehst du das? Ich weiß, daß du die Alte Sprache der Cheysuli lesen kannst. Entziffere diese Runen für mich.«

Donal betrachtete sie. Er sah die in den schimmernden Stahl eingearbeiteten Zeichen. Er sah sie deutlich genug, um sie lesen zu können, und dann wich er erneut zurück. »Das werde ich nicht tun.«

»Donal …«

»Ich *kann* es nicht tun!« schrie er. »Bist du blind? Du erzählst mir, daß mein Großvater dieses Schwert für mich gefertigt hat, obwohl er wußte, was geschehen würde, und ich *wage* nicht anzuerkennen, was es bedeutet.«

»Die Runen, Donal. Ich kann sie von jemand anderem entziffern lassen. Ich möchte aber lieber, daß *du* sie für mich liest.«

Er trat einen weiteren Schritt zurück. »Verstehst du nicht? Wenn dieses Schwert wirklich für mich gefertigt wurde, bedeutet das, daß ich dir nachfolgen *muß. Und ich bin mir nicht sicher, daß ich es kann!«*

»Warum kannst du es nicht?« Carillon schaute ihn über das schimmernde Schwert hinweg betroffen an. »Willst du damit sagen, daß ich den falschen Mann gewählt habe?«

Donal schlug beide Hände vors Gesicht. »Nein, o nein, nicht den falschen Mann... den *richtigen* Mann!« Seine Stimme klang durch seine Handflächen hindurch gedämpft. »Aber wie soll ich dir nachfolgen? Nach allem, was *du* getan hast?« Donal strich sich das schwarze Haar aus dem Gesicht. »Götter, Carillon, du bist eine Legende, an der sich alle Menschen messen. Und du *lebst!* Kannst du dir vorstellen, wie sie *mich* beurteilen werden, wenn du fort bist?«

Carillons alterndes Gesicht wurde bleich. »Das ist es also. Du fürchtest, daß du deinem Vorgänger nicht würdig sein wirst.«

»Ja.« Donal seufzte und ließ die Hände wieder sinken. »Götter... wer könnte das erreichen? Du bist *Carillon.«*

»Ich will das nicht!« schrie Carillon. »Götter, Donal, sei nur du selbst! Denk nicht darüber nach, wie andere dich haben wollen.«

»Wie sollte ich nicht? Ich *kann* nichts anderes tun.« Donal rang nach Atem. Der Übungsgang hatte ihm noch mehr seiner Kraft genommen. Der Raum schwankte ein wenig. Er fuhr sich mit einem Unterarm über die Stirn, um den Schweiß fortzuwischen. »Das mußt du doch sehen, Carillon. Das mußt du doch hören – daß sie dich ebenso verehren, wie sie den von dir gewählten Erben verfluchen.«

»Dich *verfluchen ...«*

»Ja.« Donals Kehle war trocken. Seine Stimme klang infolge der Heiserkeit rauh. »Es gibt Zeiten, in denen ich mich beinahe selber hasse. Ich spiele den Spiegel und spiegele die Dinge wider, die sie sehen – einen eingebildeten Cheysuli, der sich für besser hält als alle Homaner. Und noch während sie einander zuflüstern, daß ich den Löwen *geschenkt* bekomme, anstatt ihn mir zu verdienen, frage ich mich, ob ich dein Vertrauen wert bin.« Er schaute dem älteren Mann ins Gesicht. »Götter, Carillon… manchmal will ich nichts mehr, als *dir* den Rücken kehren, damit ich ein Stück von mir selbst bewahren kann.«

»Nein«, sagte Carillon hohl. »Denke nicht einmal daran. Ohne dich geht nichts.«

Donal hob kurz beide Hände und ließ sie dann wieder sinken. »Die *Shar Tahls* sagen, es sei mein *Tahlmorra,* den Löwen von dir entgegenzunehmen. Aber… ich würde eher *nichts* von meinem *Jehan* entgegennehmen wollen.«

Carillon zuckte sichtbar zusammen. Donal sah es und erkannte, daß er den Mann verletzt hatte, obwohl das nicht seine Absicht gewesen war. Er würde Carillon um nichts auf der Welt verletzen wollen, nicht willentlich. Und doch spürte er manchmal, daß seine bloße Gegenwart ihn schmerzte, weil er wußte, daß er ein Zeichen für Carillons Versagen war, keinen rechtmäßigen Sohn aus seinem eigenen Fleisch und Blut gezeugt haben zu können.

»Es ist mir gleich, was andere über dich denken«, sagte Carillon. »Sie sind Narren. Ich bin vielleicht Homaner, aber ich bin nicht blind. Ich habe zu viele Jahre mit Finn verbracht, um nicht an das *Tahlmorra* und an den Platz eines Mannes innerhalb der Pläne der Götter zu glauben.« Einer seiner Mundwinkel verzog sich, während er sich bemühte, seine Stimme ruhig zu halten. »Duncan selbst hat mir einmal gesagt, wie sehr es ihn danach verlangte, seinem *Tahlmorra* den Rücken zu kehren, um sein Leben mit seinem Sohn teilen zu können. Aber seine Bestimmung verbot ihm zu mißachten, was vor ihm lag, und so traf er mit Tynstar zusammen und starb. Aber… du solltest dich nicht nach dem Bild anderer beurteilen, Donal. Niemals.«

Plötzlich überkam ihn Unsicherheit. »Ich weiß, daß ich nicht so sein kann, wie sie mich haben wollen. Ich bin nicht du.«

»Sei *Donal*«, sagte Carillon. »Bei den Göttern, du wirst der erste Cheysulimujhar seit vierhundert Jahren sein!«

»Ja«, stimmte Donal ihm zu. »Eines Tages werde ich deinen Thron innehaben. Das ist mehr als genug. Ich werde dein Schwert *nicht* nehmen.«

»Aber es gehört dir. *Dir*, Donal. Du mußt es jetzt annehmen.«

Donal trat einen Schritt fort. »Nein. Noch nicht.«

»Leugnest du die Wünsche deines Vorfahren?«

»Ja.« Donal betrachtete die Runen, die Runen, die ihm winkten, die Runen, die er leugnen mußte. *Und leugne ich die Macht?*

Carillon atmete rauh ein. »Wirst du es dann… wenn nicht jetzt… bei deiner Ernennung annehmen?« Der Mujhar lächelte. »Shaine gab mir dieses Schwert bei *meiner* Ernennung zum Prinz von Homana. Sicherlich könntest du es dann annehmen.«

»Nein.« Donal wich einen weiteren Schritt zurück. »Carillon… ich möchte dir nicht deine Macht nehmen. Eines Tages werde ich keine Wahl mehr haben, aber jetzt *habe* ich eine Wahl. Und ich habe sie getroffen.«

Carillons Augen, die auf dem schwarzen Rubin ruhten, wirkten in seinem sorgenzerfurchten Gesicht leer. Es war das Gesicht eines Mannes, der sein eigenes Ende sieht, obwohl er gerade erst den Anfang hinter sich gebracht hat. Es war das Gesicht eines Mannes, der sein *Tahlmorra* und all die Bedeutungslosigkeit seines Daseins in den Händen der Götter erkennt. Es war das Gesicht eines Mannes, der weiß, wenn er seinem auserwählten Nachfolger gegenübersteht – und daß dieser Nachfolger bereits seit jeher auserkoren worden war.

Der Mujhar blickte zu Rowan hinab. »Es ist *Donal*«, sagte er deutlich. »Es ist trotz allem Donal.« Er lachte, aber es war ein Klang bittersüßer Erkenntnis. »Nach allem, was Finn und Duncan mir über *meine* Bedeutung innerhalb der Prophezeiung erzählt haben, betrifft es mich überhaupt nicht.« Er schüttelte zögernd den Kopf. »Ich bin für Donal nur der *Verwalter* seines Reichs … bis eines anderen Zeit gekommen ist.«

Kapitel Zehn

Donal saß auf seinem Kastanienbraunen und beobachtete aus den Augenwinkeln, wie Carillon auf seinen grauen Hengst stieg. Obwohl er groß war, schien es ihm Schwierigkeiten zu bereiten, den Steigbügel zu erreichen. Aber er stieg auf – vielleicht weniger anmutig, als Donal es früher gesehen hatte, aber Carillon gelangte in den Sattel.

Der Mujhar ließ ein angestrengtes Keuchen hören, blinzelte in das Morgensonnenlicht und sah dann zu Donal hinüber. »Du wirkst ein wenig erschöpft. Hast du gestern abend dem Wein zugesprochen?«

Donal, der sich um nichts anderes als seine eigenen, durch das Zusammentreffen mit Carillon im Übungsraum erweckten Gedanken gekümmert hatte, schüttelte leicht den Kopf. »Nein. Ich habe nicht geschlafen.«

Carillons silberne Brauen hoben sich. »Hast du nicht geschlafen oder *konntest* du nicht schlafen?«

Donal brummte. »Das war in der letzten Nacht alles dasselbe.«

Der Mujhar nickte. »Mir ging es genauso.« Er schaute über Donals Pferd hinweg zu dem dahinterstehenden kleineren Braunen, dessen Reiter fast außer Hörweite war. »Nun hast du also deinen neuen Diener mitgebracht.«

Donal griff die Zügel fester, als sein Pferd unruhig wurde und mit einem Huf die Pflastersteine des Hofes klopfte. Er schaute sofort nach Lorn, sorgte sich um sein Wohlergehen, aber der Wolf wartete in einiger Entfernung von den Pferden. Taj hockte auf der Mauer, die den Hof umgab.

»Sef kann genausogut jetzt wie zu einer anderen Zeit erfahren, was ein Keep ist«, sagte Donal zu Carillon. »Aber wo ist Aislinn?«

»Sie verzögert die Abreise so lange sie kann«, sagte Carillon trocken. »Sie will nicht mitkommen.«

»Vorher hat sie gesagt, sie wollte mitkommen.«

»Ja. Vorher.« Carillon blieb ernst. »*Bevor* sie etwas von Sorcha und dem Jungen wußte.«

Donal spürte, wie sich sein Magen zusammenzog. »Dann ... hat sie dir gesagt, wie sie es herausgefunden hat.«

»Ja. Sie war ... wenig erfreut darüber.« Carillon sah seinem Erben ins Gesicht. »Wir haben uns niemals etwas vorgemacht, Donal – wir wußten, daß es eines Tages soweit kommen würde. Selbst als Sorcha und du einander näherkamt ... du wußtest es.«

Donal wußte, daß Carillon ihn nicht wirklich anklagen wollte. Aber er war Aislinns Vater, und obwohl er die Cheysulibräuche besser verstand als jeder andere Homaner, empfand er die Beziehung zwischen Donal und seiner Cheysuli*meijha* zweifellos als Beleidigung für seine Tochter.

Donal atmete tief und nur ein wenig unsicher ein. »Ich ... weiß. Wie du schon sagtest, wir haben einander niemals etwas vorgemacht. Und ich will auch jetzt niemanden kränken ... das weißt du sicher.«

»Ich weiß.« Carillon regte sich im Sattel, vielleicht schmerzten seine Muskeln. »Donal ... ich mache mir große Sorgen um meine Tochter. Ich möchte nicht, daß sie verletzt wird. Aber ich möchte auch nicht zu Cheysulibräuchen übergehen.« Er betrachtete seine verkrümmten Hände, die die Zügel und den vorderen Sattelbaum umklammerten. »Aislinn sagte, daß sie die Verlobung lösen möchte. Trotz ihrer Tränen und ihres verletzten Stolzes mußte ich es ihr natürlich verweigern ... ich hatte keine andere Wahl.«

»Es ist für einen *Jehan* zweifellos schwer, seinem Kind

etwas zu verweigern, was es haben möchte.« Donal hielt seine Antwort so verständnisvoll wie möglich.

Carillon lächelte bitter. »Ja, und ich bezweifle nicht, daß auch du das schon nur zu bald erfahren wirst. Ian ist in einem Alter, in dem er seine Bedürfnisse und Wünsche äußern wird.«

»Es tut mir leid, Carillon«, sagte Donal unglücklich. »Ich würde ihr so viel Schmerz und Herzeleid ersparen, wie ich könnte, wenn es eine andere Möglichkeit gäbe.«

»Das weiß ich. Aber ... ich denke, daß der Tag kommen wird, an dem du eine Wahl treffen mußt.« Er deutete mit einem Nicken seines Kopfes auf die Marmorstufen. »Und hier ist meine unpünktliche Tochter.« Carillon bedeutete einem der Stallburschen, den Grauen weiter nach vorn zu bringen.

Aislinns glänzendes Haar war fest geflochten und mit grünem Wollgarn gebunden. Das dicke Band hellen Haars hing über eine braun verhüllte Schulter herab. Ihre dunkelgrünen Röcke waren für den Ritt geschürzt, und die Beine steckten in kniehohen Stiefeln. Sie stieg anmutig und mit natürlichen Bewegungen auf und nahm die Zügel. Wie die meisten homanischen Frauen lehnte auch sie den Damensattel ab und ritt im Herrensattel.

Sie warf Donal einen Seitenblick zu. Er sah, daß ihre ausdrucksvollen Augen gerötet waren, als hätte sie die ganze Nacht geweint. Ihr Gesicht schien ein wenig geschwollen, und ihr Mund drückte Unsicherheit aus. Aber die kecke Nase mit den vier goldenen Sommersprossen war himmelwärts gerichtet. »Reiten wir los? Wir sollten diese Farce beenden.«

Donal spürte ihr Unglücklichsein trotz dieser hochmütigen Worte deutlich. Aislinn war ein junges Mädchen, das tiefe Angst vor dem empfand, was ihr bevorstand, und zu einer Haltung Zuflucht nahm, durch die sie die Angst am besten verstecken konnte. Er verstand das. Er hatte es früher schon selbst so gehandhabt.

Ihr Pferd war dem seinen jetzt nahe. Er beugte sich ein wenig aus dem Sattel, ergriff ihren Nacken und drückte sanft zu. »Es wird alles gut werden.«

Ihr Verhalten schien sogleich weniger überheblich. »Tatsächlich?« flüsterte sie. »Götter ... ich habe solche Angst ...«

»Angst hat ihren angemessenen Platz ... zumindest wurde ich es so gelehrt.« Er ließ sie los und zügelte seinen Hengst. »Aber ich glaube, daß du im Keep keine Angst haben mußt.«

»Aber ... es ist *Finn* ...«

»Er ist der letzte Krieger, den du fürchten solltest. Das kann ich dir versprechen.«

Aislinns mit weichen, bernsteinfarbenen Lederhandschuhen bekleidete Hände griffen fester nach den Zügeln. Die graue Stute bedrängte Donals Kastanienbraunen. »Dann erinnere ich dich an dein Versprechen.«

»Wenn du willst, werde ich Finn begleiten. Du hast meine Sorge schon gespürt. Ich kann nur wenig tun, da mir die nötige Erfahrung fehlt, aber ich kann überwachen, was *er* tut.« Donal zuckte die Achseln. »Würdest du dich dann ein wenig sicherer fühlen?«

Ihre wasserhellen grauen Augen betrachteten ihn eine Weile. Dann nickte sie widerwillig. Er sah, wie sich ihr Mund verzog. »Ja. Ich möchte, daß du dabei bist.«

Er stieß das Maul der Stute von seinem Knie fort, bevor ihn die Metalltrense schmerzhaft treffen konnte. »Dann werde ich dabeisein.«

Aber ihre Angst blieb. Er konnte es sehen.

»Laßt uns losreiten«, sagte Carillon. »Je eher wir aufbrechen, desto eher kommen wir an.« Er nahm seine Zügel auf und wendete den grauen Hengst. Aber bevor er losreiten konnte, rief Rowan von oberhalb der Marmortreppe nach ihm.

»Mylord ... Mylord ... wartet.« Der Hauptmann lief eilig die Treppe hinab. »Carillon ... ein Bote ist gekommen. Von Herzog Royce in Lestra.« Rowan ergriff einen

Zügel und hielt das Pferd des Mujhar zurück. »Ich glaube, Mylord, Ihr solltet Euch besser anhören, was er zu sagen hat.«

Carillon schaute sofort zu Aislinn. Seine Unentschlossenheit war offensichtlich. Aber gerade als sie ihr Pferd näher an seines heranführte, um ihre Bitte vorzubringen, traf er seine Entscheidung. »Aislinn… du wirst bei Donal ausreichend sicher sein. Du hast gehört, was der Hauptmann gesagt hat.«

»Du hast versprochen, *mit* mir zu kommen!«

»Und jetzt kann ich es nicht.« Sein Tonfall war freundlich, aber ebenso unnachgiebig. »Wenn diese Prüfung nicht so wichtig wäre, würde ich sagen, wir könnten sie verschieben. Aber das geht nicht, und dieser Bote kann auch nicht warten.« Er streckte die Hand aus und umfaßte ihren Kopf. »Es tut mir wirklich leid, Aislinn… aber ich weiß, daß du bei Donal sicher bist.«

»Du läßt mir keine andere Wahl«, warf sie ihm unglücklich vor. »Du läßt mir *nie* eine Wahl!« Sie riß ihre Stute herum und eilte auf die Tore zu.

Carillon seufzte tief. »Sei geduldig mit ihr«, belehrte er Donal. »Sie ist jung… und bis jetzt schien ihr Los als meine Tochter kaum mehr als ein wundervolles Spiel. Aber von nun an kennt sie seinen Preis.«

»Ich werde sie vor Einbruch der Nacht zurückbringen«, versprach Donal. »Und was das betrifft, was ihr bevorsteht… es gibt keinen Grund, dir darüber Sorgen zu machen. Finn wird die Prüfung durchführen.«

Carillon lächelte flüchtig. »Nach allen diesen Jahren spielt Finn wieder eine Rolle. Und ich glaube, daß ihn das belustigen wird.« Er stieg langsam aus dem Sattel und tätschelte seinem Pferd die Schulter. »Gute Reise, Donal. Und jetzt solltest du ihr besser folgen, bevor sie soviel Vorsprung hat, daß du sie ganz verlierst.«

Sef, der sein Pferd nahe an Donals herangeführt hatte, bemerkte die Größe des Keep als erster.

»*Überall* sind Zelte.«

Die geölten Zelte, die in warmen Erd- und Waldfarben gehalten und mit Myriaden von *Lirs* bemalt waren, breiteten sich wie verstreute Saat auf dem Boden im ganzen Wald aus. Die Cheysuli ließen die Bäume nach Möglichkeit stehen und errichteten ihre Zelte in Ansammlungen von Eichen und Ulmen und Buchen, in deren Umgebung Kletterpflanzen und Farne wuchsen. Rund um das ständige Lager war eine graugrüne Granitmauer errichtet worden.

»Das scheint jetzt so zu sein«, stimmte Donal ihm zu. »Als ich noch ein Junge war, gab es nicht so viele Zelte wie jetzt. Aber damals lebten wir auch noch auf der anderen Seite des Blauzahnflusses und versuchten von Ihlinivergeltung und Bellams Tyrannei frei zu bleiben.« Er sah sich in dem Keep um, während sie hindurchritten, und führte sein Pferd um Herdfeuer und umherlaufende Kinder herum. »Dies ist jetzt ein wahrer Keep, mit den halbrunden Mauern und den bemalten Zelten. Aber jahrelang – zu lange – lebten wir wie Flüchtlinge und Geächtete.« Er betrachtete die schweigsame Aislinn. »Carillon hat uns die Freiheit gegeben, wieder nach Hause kommen zu können.«

Sefs verschiedenfarbige Augen waren fest auf Donal gerichtet. »Dann ist es kein Wunder, daß sie Lieder über ihn singen und Geschichten von ihm erzählen. Seht nur, was er geschaffen hat.«

Donal spürte plötzlich eine Zuneigung zu Carillon in sich aufwallen, obwohl er gar nicht bei ihnen war. *Wir haben ihn zu einer Legende gemacht, die wir verehren können, und wir haben ihm seine Freiheit genommen. Für ihn muß es noch schwieriger sein, dem Namen gerecht zu werden, den er trägt.*

»Mein Vater ist ein großartiger Mann«, sagte Aislinn tonlos. »Es gibt in keinem anderen Königreich der Welt einen Mann wie ihn. *Niemand* wird ihm jemals das Wasser reichen können.« Ihre blaßgrauen Augen waren absichtlich auf Donals Gesicht gerichtet.

»Aislinn«, sagte er freundlich, »ich stehe nicht im Wettbewerb mit deinem *Jehan*. Und das wird auch dann nicht der Fall sein, wenn sein Thron auf mich übergegangen ist.« Er sah sich, um Ablenkung bemüht, im Keep um. »Er ist jetzt kleiner als zu dem Zeitpunkt, als ich zum ersten Mal hierhergekommen bin. Aber einige der Stämme sind wieder über den Blauzahnfluß gezogen, um in den Nördlichen Keep zurückzukehren.« Er erschauderte unwillkürlich. »Dort war es kalt… der Keep liegt zu nahe an den Einöden. Ich ziehe diesen vor. Und jetzt… hier ist Finns Zelt.«

»Noch ein Wolf«, sagte Sef. Er deutete auf das grüne Zelt mit dem goldenen Wolf an der Seite. »Ist das Lorns Vater?«

Donal blickte grinsend auf den rötlichen Wolf hinab, als Lorn überrascht schnaubte. »Nein, es wäre wohl vielleicht eher sein Großvater gewesen, wenn *Lirs* gewöhnlich altern würden. Aber da sie dies nicht tun, macht es keinen Unterschied.« Als er von seinem kastanienbraunen Hengst herabsprang, ließ Taj sich auf der obersten Querstange des Zeltes nieder. »Steige ab, Sef… hier kann dir nichts geschehen.«

»Das habt Ihr auch auf der Kristallinsel gesagt.« Sef glitt von seinem braunen Pferd herab.

»Und ist dir dort etwas geschehen?« Donal schlang seine Zügel um einen geeigneten Baumast und wandte sich dann hilfreich zu Aislinn um.

»Beinahe«, sagte Sef, »aber ich habe es nicht zugelassen.«

Donal achtete nicht auf die abergläubischen Vorstellungen des Jungen, sondern duckte sich unter den Zügeln hindurch und kratzte am Zelteingang. *»Su'fali«*, rief er. »Bist du da drinnen?«

»Nein. Ich bin noch draußen, aber auch fast schon drinnen.« Finn kam mit Storr neben sich um die Seitenwand des Zeltes herum. Die Schnauze des Wolfes war grau geworden und offenbarte sein Alter so sehr, wie es bei einem *Lir* möglich war, denn seine Lebensspanne entsprach der Finns. Bis sein Krieger starb, alterte Storr kaum.

Finns schwarze Brauen hoben sich unter seinem von Silber durchzogenen, rabenschwarzen Haar. Aber bis auf diese Silberfäden und einigen, bei den Augenwinkeln tief in die Haut gegrabenen Linien wirkte er kaum alt genug, einen dreiundzwanzigjährigen Neffen zu haben. Die dunkle Haut seiner bloßen Arme war fest über harte Muskeln gespannt, und seine *Lir*bänder funkelten im Sonnenschein. »Du bist deinem Keep fremd geworden, Donal. Was führt dich jetzt hierher?«

»Aislinn«, sagte er kurz und spürte sofort ihre Anspannung.

Finn sah sie an. »Seid im Keep willkommen, Lady. Meghan wird erfreut sein, Euch kennenzulernen. Sie ist gerade bei Alix, aber ich kann Storr nach ihr schicken.«

»Nein.« Aislinns Gesicht war vor Besorgnis angespannt. »Ich bin nicht gekommen, um Meghan zu besuchen. Ich bin hergekommen, weil Donal mich zu einem Versprechen gezwungen und mein Vater darauf bestanden hat, daß ich es *halte*.«

»Was man ja auch tun sollte, insbesondere eine Prinzessin.« Aber Finn lächelte nicht mehr, als er erneut Donal ansah. »Dies ist kein gewöhnlicher Besuch.«

»Nein«, stimmte Donal ihm zu. »Wie du weißt, war Aislinn bei Electra auf der Kristallinsel. Sie ... ist beeinflußt worden.«

»Eine Falle?« Finns Hand schoß vor und umklammerte Aislinns Kopf, bevor sie sich rühren konnte. Und *als* sie sich bewegte, aufschrie und zurückweichen wollte, war Finn schon fertig. »Nein. Es ist etwas anderes. Bringe sie hinein.« Er wandte sich um und hielt den Zelteingang auf.

Aislinn zögerte. Sie sah Donal an, und er bemerkte

die schreckliche Angst auf ihrem Gesicht. Sanft legte er ihr eine Hand auf die Schulter. Kurz darauf schlüpfte sie in das Zelt.

Auch Sef zögerte, aber aus anderen Gründen. »Das ist nicht mein *Ort*«, sagte er. »Er wird dort drinnen Magie anwenden. Ich bleibe besser hier draußen.«

»Komm herein«, beharrte Donal sanft. »Nichts, was Finn tut, könnte ich nicht auch selbst tun, und ich bezweifle nicht, daß du es ohnehin früher oder später erleben wirst. Dann kann es genausogut jetzt geschehen.« Er legte eine braune Hand um Sefs Arm und führte ihn in das Zelt. Lorn blieb zurück, um Storr wie üblich zu begrüßen, und Taj blieb zurück, um sich mit den anderen *Lirs* zu unterhalten.

Finn saß auf einem gefleckten Silberfell, das er einem Schneeleoparden abgenommen hatte. Als Stammesführer stand ihm ein großes Zelt zu, und er hatte dieses Recht in Anspruch genommen. Viele Arten von Fellen in allen möglichen Farben polsterten den harten Erdboden, und wunderbar gewebte Teppiche teilten das Zelt in verschiedene Abschnitte. Donal wußte, daß einer dieser Abschnitte Meghan gehörte, Finns halbhomanischer Tochter.

Als er an Meghan dachte, erinnerte er sich daran, daß Finn gesagt hatte, sie sei bei Alix. Und seine Mutter war zweifellos bei seiner *Meijha*. Ganz plötzlich sehnte sich Donal ebenfalls dorthin und wollte am liebsten alles, was Aislinn und ihre Schwierigkeiten betraf, vergessen. Aber er hatte ein Versprechen gegeben, und er brach seine Versprechen niemals.

Vor Finn glühte eine kleine Feuergrube. Der Rauch wurde zur Spitze des Zeltes emporgesaugt, wo er sich durch eine Öffnungsklappe verteilte. Durch den bläulichen Dunst wirkten Finns Augen fast hypnotisch.

Aislinn wandte sich halb um, als wollte sie fliehen, aber Donal versperrte ihr den Weg. Geschlagen wandte sie sich wieder um. Ihre Finger zupften unruhig an dem Wollband in ihrem Haar.

Finn lachte. »Ihr erinnert mich ein wenig an Alix, als sie zum ersten Mal zum Stamm kam, mit ganz großen Augen und ängstlich, aber auch ausreichend keck, um mir ins Gesicht zu spucken. Das würdet Ihr doch am liebsten *auch* tun, nicht wahr, Aislinn ...«

»Ja!« antwortete sie und berief damit ihre eigene Keckheit herauf. »Ich will das alles nicht. Donal behauptet, ich sei ... beeinflußt.« Ihre Stimme schwankte nur leicht. »Er sagt ... sie hätte sich in meinen Geist eingeschaltet.«

Finn blieb ernst. Er schien auch nicht insgeheim amüsiert, wie es so häufig seine Art war. Als er sprach, klang seine Stimme ruhig und ausgesprochen sanft. »Wenn sie das getan hat, Kleines ... werde ich dafür sorgen, daß wir dich davon befreien.« Er betrachtete sie einen Augenblick schweigend. »Du brauchst keine Angst vor mir zu haben, Aislinn. Kennst du mich nicht über meine Tochter? Du und Meghan, ihr seid doch lustige Gefährten.«

Aislinns Augen wirkten in dem gedämpften Licht des Zeltes groß und fast farblos. »Aber ... *ich habe alle die Geschichten gehört.*«

»Alle?« Finn schüttelte den Kopf. »Das glaube ich nicht. Du solltest Carillon lieber nach weiteren Geschichten fragen.« Jetzt lächelte er, nur ein wenig, und schaute an ihr vorbei zu Donal. »Wer ist der Junge, den du mitgebracht hast?«

Donal schob den Jungen vorwärts. »Antworte ihm. Sein *Lir* ist zwar vielleicht ein Wolf, aber das bedeutet nicht, daß er dich verschlingen wird. Nicht wahrscheinlicher, als daß *ich* es tun werde.«

Sef trat drei Schritte vor. Seine Hände krampften sich in die schwarze Wolltunika mit dem kleinen wilden, karmesinroten Löwen über der linken Brust. »Sef«, sagte er weich und hielt seine Augen abgewandt. »Ich bin ... Sef.«

»Und ich heiße Finn.« Finn lächelte sein altes spöttisches Lächeln. »Du siehst fast aus wie ein Cheysuli. Donal hat dich mit nach Hause gebracht, nicht wahr? So wie ich Alix nach Hause gebracht habe?«

Sefs blasses Gesicht rötete sich und wurde dann fast augenblicklich wieder blaß. Seine Augen, eines blau und eines braun, sahen Finn angestrengt an. »Nein«, sagte er zitternd. »Ich bin kein Cheysuli.«

Finn zuckte die Achseln. »Du hast das schwarze Haar und das starkknochige Gesicht der Cheysuli, aber du bist zu hell für einen von uns.« Nur kurz erhellte ein spöttisches Glitzern seine Augen. »Vielleicht bist du nur ein Halbling, der einer armen homanischen Frau heimlich untergeschoben wurde ...«

Finn hielt inne. Donal, der ihn beobachtete, sah, wie das Glitzern in seinen Augen schwand, und hörte, wie das spöttische Necken erstarb. Finn runzelte die Stirn, während er Sef ansah, als suche er die Antwort auf eine unbekannte Frage.

Donal lachte laut auf. »Vielleicht *dein* Halbling, *Su'fali*?«

Finn betrachtete ihn scharf. »Mein Halbling?«

»Du bist kein Priester, der sich von Frauen fernhält, *Su'fali*.« Donal zuckte, noch immer grinsend, die Achseln. »Sef sagt selbst, daß er nicht weiß, wer sein *Jehan* war.«

»Er war *kein* Cheysuli!« erklärte Sef hitzig.

Donal sah ihn hastig und über seine Heftigkeit bestürzt an. »Wäre es so wichtig, wenn er *tatsächlich* ein Cheysuli gewesen wäre?« fragte er. »Was, wenn es Finn selbst wäre?«

Sef stellte sich Finns Blick. Der sah ihn so prüfend an, daß er fast erstarrt wirkte. »Nein«, sagte er. Nur dieses eine Wort, und doch machte der Tonfall, in dem es ausgesprochen wurde, seine Gewißheit deutlich.

»Nein«, stimmte Finn ihm zu, und doch runzelte er weiterhin verwirrt die Stirn. Dann machte Finn eine ablehnende Handbewegung. »Um darauf zurückzukommen: Electra hat sich wieder einmal in jemandes Geist eingeschaltet, und zwar in Aislinns Geist.« Er betrachtete die ängstliche Prinzessin. »Setz dich, Mädchen, und ich werde sehen, was ich tun kann.«

»Donal hat es schon versucht«, brach es aus ihr heraus. »Er konnte nichts erreichen.«

»Ich bin nicht Donal, und ich habe ein wenig mehr ... *persönliche* Erfahrung mit Dingen wie Ihlinifallen.« Er schaute kurz zu Storr, der auf einem Fell in der Nähe lag, als beriefen diese Worte eine gemeinsame persönliche Erinnerung herauf. »Aislinn, ich werde dir keinen Schaden zufügen. Glaubst du, das würde Carillon zulassen?«

Sie betrachtete die Felle unter ihren Füßen. »Nein.«

Donal legte sanft eine Hand auf Aislinns Kopf. »Setz dich. Ich bin hier bei dir, Aislinn.«

Sie schloß einen Augenblick die Augen. Und dann setzte sie sich mit gekreuzten Beinen auf den von Finn bezeichneten Platz auf der anderen Seite der Feuerstelle.

»Nun«, sagte er ruhig, »wenn Donal dies schon mit dir gemacht hat, dann weißt du, daß es nicht wehtun wird.«

»Habt *Ihr* es schon einmal machen lassen?« forderte sie ihn mit einem Trotz heraus, der ihre Angst und Verletzlichkeit nur noch unterstrich.

Ein seltsamer Ausdruck überzog Finns dunkles, kantiges Gesicht. Die sich über seine linke Gesichtshälfte windende Narbe war während der letzten siebzehn Jahre von lebhaftem Purpur zu Silberweiß verblaßt, aber sie zog die Haut immer noch von einem Auge bis zum Kinn zusammen und verlieh ihm den Ausdruck eines räuberischen Menschen. Er hätte auch ohne das schon wie ein räuberisches Wesen gewirkt.

»Nicht ... wirklich«, antwortete Finn schließlich. »Aber man hat Ähnliches mit mir gemacht. Es war ... Tynstar. Und deine *Jehana*. Sie haben mir zusammen eine Falle gestellt und mich beinahe getötet.« Er betrachtete angestrengt und ernst ihr Gesicht. »Aber ich habe überlebt, obwohl etwas anderes es nicht getan hat.«

Aislinn sog bestürzt den Atem ein. »*Was* hat nicht überlebt?«

»Ein Schwur«, sagte Finn tonlos. »Wir haben ihn gebrochen, dein *Jehan* und ich, weil wir nichts anderes tun konnten.« Er streckte die Hand aus und berührte mit zwei Fingern sanft ihre Augenlider. »Du bist nicht deine *Jehana,* Aislinn, und ich bezweifle, daß sie dir viel angetan hat, was nicht rückgängig gemacht werden könnte. Sei ruhig, habe keine Angst und vergiß die Geschichten, die du gehört hast.«

Schweigend kniete sich Donal an Aislinns Seite. Er beobachtete, wie Finn seine Hände durch den Rauch zu ihrem Gesicht ausstreckte. Finn ließ schweigend seine Finger sanft über die zarte Haut ihrer Stirn, über Nase und Augenlider gleiten. Und dann spreizte er die Finger und umfaßte ihren Kopf mit den Handflächen.

Seine Hände hielten ihn vorsichtig fest, die Daumen lagen unter ihrem Kinn und die gespreizten Finger fuhren durch ihr Haar. Eine Weile betrachtete er nur ihr blasses, starres Gesicht mit den fest geschlossenen Augen, und dann wurde sein Mund zu einer grimmigen Linie. Er schaute schnell zu Donal. »Kommst du?«

»Ja, *Su'fali.*«

»Dann komm jetzt.« Die Grimmigkeit wich der Entspannung, und die gelben Augen bekamen einen verschwommenen und losgelösten Ausdruck. Finn war offensichtlich *woanders.*

Donal wußte, was er tat. Finn suchte die Macht der Erdmagie, indem er die Quelle anrührte, wie er selbst es getan hatte, und sie in seinen Körper hinaufsog, bis er sie auf Aislinn sammeln konnte. Er lenkte sie in das Mädchen, suchte das knotige Gewebe der Ihlinibeeinflußung. Wenn er könnte, würde er das Gewebe entwirren und zerstreuen.

Finns Kopf senkte sich ein wenig, wie in einer seltsamen Entsprechung zu Aislinns Haltung. Seine Augen, starr und unbewegt, wurden schwarz, da sich die Pupillen vergrößerten. Sein Mund erschlaffte, das Kinn zuckte einmal, ein leichtes Zittern durchlief seinen Körper.

Donal atmete tief ein und schloß sich der Verbindung vorsichtig an. Er spürte, wie das Wissen um seine Umgebung sofort von ihm abfiel, ins Nichts entschwand, bis er nur noch ein kleiner Partikel pulsierenden Bewußtseins in einer Leere schwarzer Unendlichkeit war. Es war ein *Nichts*, vollständig und allumfassend, und doch war es zugleich die Essenz von allem. Erdmagie, pur und ungelenkt, drängte rundum auf ihn ein und drohte ihn zu ersticken.

Donal schob sie vorsichtig von sich. Er bewahrte sein Bewußtsein und das Wissen dessen, was er tat. Er blieb angesichts solch überwältigender Macht *Donal*. Und langsam wich die Macht zurück und gab ihm Bewegungsfreiheit. Er suchte schnell nach Finn und fand seine Gegenwart in der Leere, in dem strahlend karmesinroten Funken, der Essenz seines Onkels.

Su'fali, begrüßte Donal ihn.

Das, was Finn war, grüßte ihn ebenfalls. Als sie die Verbindung herstellten, spürte Donal das Aufflammen zweier Cheysuliseelen, die in einer seltsamen Art von Gemeinschaft vereint waren. Zusammen würden sie die in Aislinns Geist widerhallenden Überreste der Magie ausmachen und bestimmen, und sie dann davon befreien.

Dort, sagte Finn in der Weite ihrer Verbindung.

Donal sah es. Gefangen in den zahllosen Strängen von Aislinns Unterbewußtsein befand sich eine Masse verwirrter Dunkelheit, ein Spinnennetz. Es wirkte ebenso zart wie alle anderen Fäden, und doch wußte er, daß dies täuschte. Tynstars ›Faden‹ würde so fest halten wie der stärkste Draht.

Langsam, sagte Finn. *Langsam. Wir müssen die Falle vorsichtig sprengen, oder sie wird neue Beute fangen.*

Donal kroch allmählich näher an die Falle heran. Er bereitete sich darauf vor, Finn alle ihm erreichbare Kraft zu geben …

… und spürte plötzlich das schmerzhafte Zucken einer unterbrochenen Verbindung.

Bewußtheit brach als gewaltiger Schauer brennender Teilchen auf, die eines nach dem anderen zischend verlöschten. Donal dachte zuerst, dies sei durch Aislinn verursacht, eine Art von Wachzauber, aber dann spürte er eine Hand auf seiner Schulter. Er war nicht mehr von seinem Körper losgelöst, sondern wieder an ihn gebunden.

Er hörte schwach Aislinns unterdrückten Aufschrei. Finn fluchte. Donal fing sich, bevor er mit dem Gesicht voran in die Flammen fiel und stemmte dann einen Arm haltsuchend auf die Felle. Er war verwirrt, zitterte stark und fühlte sich furchtbar elend.

Er wandte sich verärgert um. »Einen Cheysuli zu berühren, der in geistiger Verbindung steht …«

Aber er brach ab. Er sah, wie Sef auf dem Fell unmittelbar hinter ihm zusammenbrach, das Gesicht leichenblaß in der bläulich rauchigen Luft. Der Junge zitterte krampfartig und sein Mund war weit geöffnet, als könne er nicht atmen. Donal stieß sich mit einer einzigen Bewegung hoch und fing Sef auf, bevor er ins Feuer fiel.

Donal schaute zu Aislinn zurück. Finn hielt sie noch immer fest, und dem Ausdruck seiner Augen nach zu urteilen, hatte er die Verbindung noch nicht abgebrochen. Aislinn war noch immer hypnotisiert, und Finn suchte weiter nach der Falle. Aber zweifellos hatte Donals Unterbrechung der Verbindung auch sie beide beeinträchtigt. Der Bruch war zu heftig gewesen.

Donal schloß eine Weile die Augen. Er fühlte sich noch immer schlecht. In seinen Ohren summte es. In seinen Augen flammten Lichter auf. Aber irgendwie gelang es ihm, mit Sef in den Armen aufzustehen und aus dem Zelt hinauszustolpern.

Er lehnte den Jungen gegen einen Baum. Gerade als er dies tat, begann Sef aufzuwachen. Donal setzte sich auf den Boden, legte den Kopf auf die Knie und versuchte in seine Haltung zurückzufinden.

Lir? Das war Lorn, der seine Nase unter Donals Ellbogen stieß. *Lir?*

Als Sef sich rührte, hob Donal den Kopf. *Die Verbindung wurde unterbrochen,* erzählte er dem Wolf. *Sef hat mich berührt.*

Du hättest ihn vorher belehren sollen, Lir. Du hättest den Jungen warnen sollen.

Es war mein Fehler, sagte Donal und atmete mühsam aus.

Sefs Gesicht bekam wieder Farbe. Er blinzelte, rieb sich benommen die Schläfen und versuchte dann, sich kerzengerade aufzusetzen.

Donal drückte ihn wieder zurück. »Nein. Sei ruhig. Erinnerst du dich an das, was geschehen ist?«

Sef runzelte verwirrt die Stirn. »Ich … ich ertrank. Ich wurde hinabgesogen. Es war so, als würde ich lebendig begraben.« Er sah Donal an. »War das die Magie? Habe ich sie gespürt?«

Donal suchte nach den passendsten Worten. »Sef … was du getan hast, hast du aus Unwissen getan. Das verstehe ich. Und ich hätte dich warnen sollen: Berühre niemals einen Cheysuli, wenn er in den Geist eines anderen Menschen eingedrungen ist.«

Sefs Augen weiteten sich. »Was könnte dann geschehen?«

Donal rieb sich die brennenden Augen. In seinen Ohren summte es noch immer, obwohl der Klang fast vergangen war. »Es können viele Dinge geschehen, je nachdem, wie ernst der Bruch ist und wie tief der Krieger eingedrungen war. Und eine Verbindung ist eine

Verbindung ... als du mich berührt hast, hast du auch Aislinn und Finn berührt. Du hättest uns genauso wie dich selbst verletzen können.«

Sef atmete unruhig ein. »O Mylord, es tut mir *leid* ...«

Donal ergriff seine schmale Schulter. »Quäle dich nicht. Es ist geschehen, aber es scheint kein dauernder Schaden entstanden zu sein, wie ich sehe.«

»Ich hatte solche Angst.« Sef schaute unverwandt zu Boden. »Ich hatte ... Angst.«

»Angst ist nichts, weshalb man sich schämen müßte«, belehrte Donal ihn freundlich. »Sie trifft alle Menschen zum einen oder anderen Zeitpunkt, und sie kann durch vieles hervorgerufen werden. Du drohtest nicht zu ertrinken. Du wurdest nicht lebendig begraben.«

Lorn drängte sich noch immer an Donals Seite. *Der Junge ist mehr als erschreckt, Lir. Da ist noch etwas ... anderes.*

Ist der Junge ein Halbling? fragte Donal.

Der Wolf schien die Achseln zu zucken. *Das weiß ich nicht. Vielleicht ... aber ich überlasse ihn dir.* Lorn wandte sich um und ging zu seinem Platz auf einem Teppich nahe Finns Zelt zurück, den er sich mit Storr teilte.

Sefs Blick ruhte unverwandt auf Donals Gesicht. »Ihr seid ... anders«, sagte er ernst. »Ihr gebt mir niemals das Gefühl, noch ein Kind zu sein. O ja, manchmal verdiene ich Bestrafung, und Ihr laßt sie mir zuteil werden ... aber Ihr behandelt mich niemals, als wäre ich Freundlichkeit nicht wert. Andere tun dies schon.«

Donal lächelte. »Vielleicht kommt das daher, daß ich an Jungen gewöhnt bin, die Fragen stellen. Ich habe einen Sohn, verstehst du, obwohl er zehn Jahre jünger ist als du.«

»Einen ... Sohn?« Sef setzte sich aufrechter hin. »Aber ... ich dachte, Ihr wollt die Prinzessin heiraten!«

»Das stimmt. Aber ich habe eine Cheysuli*meijha*, und sie hat mir einen Sohn geschenkt.« Er schaute zu dem

Zelt zurück und wollte wieder hineingehen, um sich der Verbindung mit Finn wieder anzuschließen.

»Das wußte ich nicht.« Sef senkte nachdenklich die Brauen.

Donal lächelte. »Ist das wichtig? Du bist immer noch mein verschworener Gefolgsmann, nicht wahr?«

»Was ist mit Eurem Sohn?«

»Er ist noch zu jung. Ian kann mir erst in einigen Jahren so dienen wie du es jetzt tust.« Er zog Sef hoch. »Wenn dir das Zelt zu eng ist, oder du Angst hast hineinzugehen, dann warte hier. Ich werde wieder herauskommen, sobald ich kann.« Er ließ Sefs Handgelenk los, aber als er es tat, spürte er plötzlich etwas Weiches und Zartes an seinen Fingern. »Was ist das?« fragte er und zog Sefs Ärmel zurück.

Es war ein schmales Armband aus zusammengebundenen Federn um Sefs Handgelenk, braun, golden und schwarz.

Sef riß sein Handgelenk frei und bedeckte das Armband mit der anderen Hand. »Ein ... Zauber.« Er errötete. »Schutz vor starker Magie.« Sein Blick zuckte zu dem Zelt. »Ich hatte ... Angst. Als ... als mir Zeit gegeben wurde, die ich nach meinem Wunsch verbringen durfte, ging ich in die Stadt. Ich ... fand eine alte Frau, die Zauber und Liebesbeschwörungen anbot.« Er zuckte abwehrend die Achseln. »Ich sagte, ich hätte Angst vor den Cheysuli, und sie gab mir dies.« Er zeigte das fedrige Band kurz her, während sein Gesicht wieder erblaßte. »Schämt Ihr Euch für mich?«

»Nur wenn du ihr dafür all dein Geld gegeben hast«, sagte Donal betroffen. »Hast du das getan?«

Sefs Augen weiteten sich. »O *nein!* Glaubt Ihr, ich sei ein Narr? Ich habe ihr nur die *Hälfte* davon gegeben.«

Donal versuchte nicht aufzulachen, was ihm aber nicht ganz gelang. »Nun gut, du hast einen guten Tausch gemacht. Aber in Mujhara sind die Preise höher als in Hondarth, könnte ich wetten.« Er drückte Sefs

Schulter. »Du brauchst den Zauber nicht. Soll ich ihn von deinem Handgelenk lösen?«

»Nein …« Sef trat einen Schritt zurück. »Nein«, sagte er noch hastiger. »Ich weiß, daß *Ihr* mich niemals verletzen würdet«, murmelte er. »Aber was ist mit all den anderen?«

Donal schüttelte den Kopf und seufzte. »Du mußt noch viel lernen, wie ich sehe. Nun gut, behalte deinen Wachzauber und fühle dich sicher vor Cheysuli›hexerei‹.« Er wandte sich zum Zelt um, schaute aber dann noch einmal zurück. »Du kannst hierbleiben oder dich umsehen, wie du willst. Aber du solltest lieber nicht wieder hereinkommen.«

Sef errötete und erblaßte wieder. »Nein, Mylord, das werde ich nicht tun.«

Donal zog den Zelteingang beiseite und betrat erneut das Zelt. Er sah, daß Aislinn zusammengesunken war und entspannt in Finns Armen ruhte. Er beugte sich sofort herab, um sie ihm abzunehmen.

»Nein«, sagte Finn. »Sie wird bald wieder in Ordnung sein. Es sind nur die Nachwirkungen.« Die Anstrengung hatte neue Furchen in sein dunkles Gesicht gegraben. Genau wie Carillon, war auch er einst von Tynstar berührt worden, und gelegentlich konnte man dies an seinem Aussehen und an seinen verlangsamten Bewegungen erkennen. Aber anders als Carillon, hatte Finn nicht so viele seiner Jahre Zeit. »Es war … schwierig.«

Donal kniete sich schnell hin. »Geht es ihr gut? Hast du die Falle zerstört?«

Finn runzelte die Stirn. »Es gab keine Falle, nicht wie ich sie kenne. Da war etwas, ja – du hast es ebenso gesehen wie ich –, aber es war nichts, was Tynstar gestaltet hätte. Und ich glaube nicht, daß Electra selbst eine Falle errichten kann, auch nicht wenn sie die Künste anwendet, die Tynstar sie gelehrt hat. Aber sie hat bei Aislinn irgendeine Art von Magie angewandt. Es gab keinen Widerhall, nur die Überreste von … *etwas.* Ich konnte nicht alles ergründen... es war zu unbestimmbar. Und als der Junge deinen Teil der Verbindung unterbrochen hatte...« Finn zuckte die Achseln, während er Aislinns Kopf hielt, als wäre sie ein kleines Kind. »Ich glaube, daß Aislinn verhext wurde, um Electras Pläne durchzuführen, aber ich glaube, ich habe dem ein Ende gesetzt.«

»Das hoffe ich wirklich, *Su'fali*«, sagte Donal trocken. »Ich denke, ich wäre wenig geneigt eine Frau zu heiraten, die mich tot sehen will.«

Finn grinste. »Ich bezweifle nicht, daß Aislinn persönliche Gründe hat, dich mit einer Art Mißfallen zu betrachten – da du schon zuvor homanische Frauen gekannt hast –, aber ich glaube kaum, daß du dir im Ehebett Gedanken über ein Messer in deinem Rücken machen mußt.« Dann schwand die Belustigung. »Wer ist dieser Junge?«

»Ein Findling. Er war allein in Hondarth, lebte auf der Straße und aß, was er finden konnte.« Donal zuckte die Achseln. »Er hat darum gebeten, mit mir gehen zu dürfen, als ich ihm einmal geholfen hatte, und so ließ ich ihn mitkommen. Warum? Glaubst du, er könnte wirklich dein Sohn sein?«

Finn warf ihm einen schnellen Blick unter halb geschlossenen Lidern zu. »Ich halte es für möglich.«

Donal setzte sich zurück. »Du glaubst *tatsächlich*, daß er...«

»Ich sagte, daß ich es für möglich halte«, wiederholte Finn fest. »Das bedeutet nicht, daß ich behaupte, er *sei* mein Sohn.«

»Nein«, räumte Donal ein. Er kaute an der Innenseite seiner linken Wange. »Aber... warum solltest du das denken? Seine Haut ist so dunkel, daß er einer von uns sein könnte... aber er hat nicht die gelben Augen.«

»Alix auch nicht. Und viele unserer Halblinge nicht.« Finn zuckte die Achseln. »Vielleicht ist er mein Sohn, vielleicht ist er der Sohn eines anderen. Es ist ganz sicher etwas *Vertrautes* an ihm, aber ich glaube, es ist unwichtig.«

»*Nicht wichtig!*« Donal starrte ihn überrascht an. »Wie kannst du nur so hart sein?«

Finns schwarze Brauen hoben sich. »Ich werde niemandem eine Vaterschaft aufzwingen, Donal. Und er schien nicht sehr erbaut über die Cheysuli.«

»Er hat noch keine Gelegenheit gehabt, uns kennenzulernen. Wenn er genug Zeit bekommt ...«

»Wenn er genug Zeit bekommt, wird er vielleicht damit zufrieden sein, dein Mann zu sein.« Finn lächelte. »Vielleicht kein Gefolgsmann, aber ein treuer Gefährte. Und ich glaube, du brauchst so jemanden.«

»Ich habe meine *Lirs*. Sie genügen mir durchaus.«

»Ja, aber du wirst auch Aislinn haben.« Finn betrachtete die schlafende Prinzessin in seinen Armen. »Seltsam, wie sehr sie ihren beiden Eltern ähnelt – und auch wieder nicht. Ich glaube, es ist die Farbe ... nimm ihrem Haar das Rot und färbe es blond, und sie gleicht Electra.«

Donal streckte die Hand aus und berührte Aislinns Haar, strich es zurück. Sie wirkte im Schlaf jünger, aber sie war kein kleines Mädchen mehr. »Nein. Nicht Electra. Vielleicht hat sie ihre Gesichtszüge, aber nichts von ihrer Hexenart.« Er seufzte und nahm seine Hand fort.

»Donal.« Finn klang seltsam ernst für einen Mann, der nur selten in Ernsthaftigkeit verfiel. »Ich weiß, was dir bevorsteht, jetzt, wo du sie heiraten mußt. Aber du bist Duncans Sohn, und ich weiß, daß du die Kraft dazu hast.«

»Tatsächlich?« Donal betrachtete Aislinn erneut. »Ich bin nicht wie mein *Jehan*, wie gern ich es auch wäre. Und ich könnte nicht einmal *annähernd* behaupten, seine Hingabe zu besitzen.«

»Er wurde mit nicht mehr geboren als jeder andere Mensch«, sagte Finn. »Er hat gelernt, weil er es mußte. Und du wirst auch lernen.« Er deutete mit dem Kopf zum Zelteingang. »Geh und besuche deine *Meijha*. Du schuldest ihr ein wenig Zeit.«

»Und Aislinn?«

»Ich werde sie bei mir behalten.«

Donal spürte, wie ihn Schuldgefühle heftig quälten. »Ich danke dir, *Su'fali*. Es ist genauso schwer, wie du es mir an jenem Tag vor so langer Zeit prophezeit hast.«

Die Narbe auf Finns Wange verzog sich, als er den Kiefer anspannte. »Ich bin nicht dein *Jehan* und kann es auch niemals sein. Aber ich werde dir alle Hilfe geben, die ich dir geben kann. Allerdings – die Belastung mußt du letztlich allein tragen.« Er deutete mit dem Kopf erneut auf den Zelteingang. »Geh und besuche deine *Meijha*. Ich verschaffe dir soviel Zeit wie möglich.«

Kapitel Elf

Donal trat aus dem Zelt heraus, froh, wieder frische Luft atmen zu können und fand seine Schwester in eine ernsthafte Unterhaltung mit Sef versunken. In all der Aufregung über Aislinns Prüfung hatte er Bronwyn vollkommen vergessen. Er hatte sie länger nicht gesehen, als er sich selber zugeben wollte. Aber er verbannte sie auch so häufig wie möglich aus seinem Geist.

Nein, nicht Bronwyn, sondern das, was aus Bronwyn werden könnte.

Sie wandte sich um, als er aus dem Zelt heraustrat. Sie ähnelte hauptsächlich ihrer Mutter, denn sie besaß Alix' bernsteinfarbene Augen und die hellere Hautfarbe – nur ihr Haar war cheysulischwarz.

Oder ihlini*schwarz. Darin könnte sie Tynstar ähneln.*

Donal verbannte den Gedanken sofort. Er konnte sich nicht mehr genau daran erinnern, wie oder wann seine Mutter ihm gesagt hatte, daß Bronwyn nicht Duncans Tochter war, sondern die eines vollkommen anderen Mannes. Und daß dieser Mann nicht einmal ein Cheysuli gewesen war, sondern Tynstar. Tynstar der Ihlini. Nein, Donal erinnerte sich nicht an die Worte, aber er konnte nur zu leicht den Unglauben und das Erstaunen wieder heraufbeschwören, die er dabei empfunden hatte.

Und die Angst.

Eines Tages wird sie erfahren, welche Macht sie besitzt. Sie wird damit zu spielen beginnen …

Er wollte an diesen Tag nicht denken. Es war fünfzehn Jahre her, seit Alix mit dem Kind des Magiers in ihrem Bauch aus Tynstars Lager entkommen war. Bronwyn hatte bisher keinerlei Anzeichen der Ihlinimacht gezeigt, aber sie war in letzter Zeit sehr launisch. Nicht einmal die *Lirs* hatten vorhersagen können, wann sie ihre Kräfte entdecken würde. Sie konnten in ihr nur das Cheysuliblut wittern, das sie von der mütterlichen Seite hatte, als würde Alix' Altes Blut das des Ihlini aufheben. Niemand außer Alix, Finn, Carillon, Sorcha und ihm selbst wußte um das wahre väterliche Erbe, nicht einmal Bronwyn. Aber das Vermächtnis ihres Vaters konnte jederzeit in ihr erwachen, und so beobachteten sie sie mit jedem Tag genauer.

Sie trug ein tief purpurfarbenes Gewand, das ein Muster ineinander übergehender Tiere zeigte und mit weinrotem Garn eingefaßt war. Vögel, Bären und Katzen spazierten an Kragen und Ärmelaufschlägen entlang. Die Vorderseite ihrer Röcke war in den oberen Rändern ihrer Lederstiefel verhakt, als wäre sie gerannt. Da es um Bronwyn ging, traf es vermutlich auch zu. Sie lief selten langsam.

Sie ist wild. So wild. Jemand anders würde vielleicht sagen, es sei die Unbekümmertheit der Kindheit. Aber ... ich kann nicht umhin, mich zu fragen, ob noch mehr daran ist.

»*Rujho.*« Bronwyn lächelte ihn an, wobei ebenmäßige weiße Zähne in einem Gesicht sichtbar wurden, das dunkler als Sefs, aber heller als das Gesicht ihres Bruders war. »Ich bin gekommen, um dich zu sehen, ich wußte aber nicht, daß du beschäftigt warst. Sef hat mir erzählt, was du zu tun versucht hast.« Ihr Lächeln verblaßte. »Geht es Aislinn gut?«

»Es geht ihr gut. Was immer sie befallen hatte, scheint nicht unheilbar gewesen zu sein.« Er sah Sef an. »Ich nehme an, daß ihr euch ausreichend miteinander bekannt gemacht habt?«

»Ich habe ihr meinen Namen gesagt«, antwortete Sef. »Soll ich noch mehr sagen?«

»Nur wenn es mehr zu sagen *gibt*.«

Sef sah wieder zu Bronwyn. Donal, der schon zuvor

Jungen gekannt hatte, die von Mädchen beeindruckt waren, verbarg ein Lächeln. Er hatte das bestimmte Gefühl, daß Sef ihr, wenn es Bronwyn gefiele, mehr über sein Leben erzählen würde als jedem anderen Menschen, einschließlich des Prinzen von Homana.

»Dann überlasse ich euch euch selbst«, sagte er zu ihnen. »Ich muß mich um andere Dinge kümmern.«

»Um Sorcha?« fragte Bronwyn, als er sich zum Gehen wandte.

Donal wandte sich jäh wieder um. Bronwyn wußte genausogut wie jeder andere im Keep, was ihn mit Sorcha verband. Sie wußte auch, daß er mit Aislinn verlobt war, das war bei den Stämmen allgemein bekannt. Aber Bronwyn war Aislinns Freundin, und er bezweifelte nicht, daß sie fast genauso starke Kämpfe durchlebte wie er, wenn auch auf andere Art.

»Ja, um Sorcha«, sagte er schließlich. »Bronwyn ... du wirst Aislinn trösten so gut du kannst ...?«

Bronwyn hob den Kopf. Sie hatte ihr Haar auf eine Art zurückgenommen – sehr straff und ganz mit purpurfarbenem Garn umwunden –, die ihr junges Gesicht sehr ernsthaft wirken ließ. Die Purpurfarbe fiel auf und erinnerte Donal an den Ihlini. Sie erinnerte ihn an Tynstar und an das geisterhafte Feuer, das er aus der Luft heraufbeschwor.

»Aislinn liebt dich«, belehrte Bronwyn ihn. »Wenn wir zusammen sind – ob hier oder im Palast –, erzählt sie mir immer, welche Empfindungen du in ihr hervorrufst.« Sie wandte jäh und verlegen den Blick ab. »Donal ... ich weiß, was zwischen einer *Meijha* und einem Krieger geschieht ... aber ich glaube nicht, daß Aislinn es weiß. Homaner teilen solches Wissen nicht.«

Donal warf einen schnellen Blick zu Sef. Der Junge hörte zu, aber er verbarg seine Neugier hinter einer taktvollen Maske. Soviel wußte er bereits über königliche Bräuche.

»Aislinn muß es lernen«, sagte Donal schließlich,

wohl wissend, daß er kälter klang, als es seinen Empfindungen entsprach, aber er wußte nicht, wie er es sonst sagen sollte. »Du hast es gelernt. Meghan hat es gelernt.«

»Meghan und ich sind aus den Stämmen geboren.« Bronwyn sprach leise, als erinnere sie sich daran, daß sich Aislinn noch im Zelt befand. »Das ist ein Unterschied.«

Donal sah ihr jetzt ins Gesicht. »Du bist fast in Aislinns Alter. Und du und Meghan kennt sie besser als jeder andere. Sage mir, was *du* an Aislinns Stelle tun würdest.«

Bronwyn hatte offensichtlich niemals darüber nachgedacht. Jetzt schaute sie nachdenklich drein, zuckte dann die Achseln und spreizte die Hände. Ihr Gesichtsausdruck zeigte tiefe Besorgnis. »Ich habe gelernt, daß ein Krieger sowohl eine *Meijha* als auch eine *Cheysula* haben darf. Es ist schwer für mich, anders darüber zu denken. Aber … ich habe Aislinn über dich und ihre Träume von der Hochzeit und der Ehe sprechen hören …« Bronwyn brach jäh ab, weil Kummer ihre Augen erfüllte. »O *Rujho*, gehe sanft mit ihr um. Ich glaube, sie wird es niemals verstehen.«

»O Götter …« sagte er laut, und dann wandte er sich um und verließ die beiden.

Er ging zu dem Zelt, das er mit Sorcha teilte, ohne genau darauf zu achten, wie er dorthin gelangte. Er nahm wie aus weiter Ferne die üblichen Geräusche des Keep wahr – lachende und schreiende Kinder, eine singende Frau, einen Krähenruf – und Myriaden anderer Geräusche. Der Keep stand schon so lange, daß der Boden unter seinen Füßen flachgetreten und fein wie Mehl zerrieben war. Gras wuchs nur an einigen Stellen unter den Bäumen. Die Mauer glich einer graugrünen Schlange, die sich durch die Bäume wand und eine Steinflanke darstellte. Donal roch gebratenes Fleisch.

Und dann stand er vor dem schiefergrauen Zelt, auf das er mit silberner Farbe einen laufenden Wolf und einen fliegenden Falken gemalt hatte. Die Brise ließ den geölten Stoff sich bauschen, als er den Zelteingang beiseite zog, dann hindurchtrat und so die Feuergrube zum Rauchen brachte. Blaugrau qualmte der Rauch durch das Innere des Zeltes wie dünner, heimlicher Nebel.

»Sorcha?« Er ließ den Zelteingang hinter sich zufallen.

Eine schlanke Hand umfaßte den Rand des Vorhangs, der den Schlafbereich vom vorderen Bereich des Zeltes trennte. Er sah Sorchas Gesicht, als sie den Vorhang zurückzog, und er sah den weiten Umfang ihres Bauches.

»Götter«, sagte er überrascht und vergaß die vergangenen Monate, während er sie betrachtete. »Bist du sicher, daß du nicht *platzen* wirst?«

Sorcha lachte und breitete eine Hand über ihren Bauch. »Ich werde jetzt genauso wenig platzen, wie ich das letzte Mal geplatzt bin.«

Donal ging zu ihr und küßte sie zärtlich. »Wo ist Ian?« Seine Hände wanderten zu ihrem gelösten Haar und strichen es ihr aus dem Gesicht.

»Er ist bei Meghan. Ich habe ihn mit ihr hinausgeschickt, um ein wenig Ruhe zu haben. Bronwyn wollte es tun, aber …« Sie brach ab. Er wußte, was sie nicht sagen würde, weil sie ihn nicht verletzen wollte. Und er konnte ihr das zunehmende Mißtrauen seiner Schwester gegenüber nicht vorwerfen. Keiner von ihnen konnte es sich leisten, einer Ihlini zu sehr zu vertrauen, ganz gleich wie sie aufgewachsen war.

Bis auf meine Jehana.

Ein kurzer Ausdruck des Schmerzes überzog Sorchas Gesicht. Sie legte eine Hand an ihren Rücken. »Ich glaube, es wird ein Junge. Wieder ein Junge … und bald … sehr bald.«

»*Wie* bald?« Er erschrak über die Blässe ihres Gesichts. Unter seiner forschenden Hand spürte er, wie sich ihr Bauch zusammenzog. »Sorcha… das Kind kommt *schon jetzt!*«

»O ja… es ist ein ungeduldiger kleiner Krieger, nicht wahr?« Ihr Lächeln wankte. »Anders als Ian. Anders als der erste arme Junge.« Sie verzog das Gesicht. »Ich glaube… ich glaube, ich sollte mich besser hinlegen. Hilfst du mir…?«

Er führte sie zu ihrem gemeinsamen Bett aus Fellen. Sorchas lohfarbenes Haar breitete sich über ein Rotfuchsfell aus. Er zog einen Rehfellmantel über sie und schob ihr zur Unterstützung ein zusammengefaltetes Bärenfell unter den Rücken. »Soll ich meine *Jehana* holen?«

»Noch nicht«, antwortete sie atemlos. »Bald. Aber ich möchte dich wenigstens eine kleine Weile mit niemandem teilen müssen.« Sie hatte grüne Augen. Sie war zur Hälfte Homanerin, und ihr Cheysuliblut war ihr nicht anzusehen. Aber sie war beim Stamm geboren und aufgewachsen und hatte die Bräuche der Cheysuli angenommen.

»Aislinn ist hier«, sagte sie. Bitterkeit und eine kaum versteckte Feindseligkeit waren aus ihrer Stimme herauszuhören. Beides hatte er niemals zuvor von ihr gehört. Er hätte sie danach gefragt, aber er sah, wie sich ihr Gesicht vor Anstrengung spannte. Ihre Hand umklammerte seine, während er neben dem Bett kniete.

»Aislinn ist hier«, wiederholte sie, und dieses Mal hörte er ihre Angst heraus.

»Ja, Aislinn ist hier.« Er hatte sie niemals zuvor belogen und würde auch jetzt nicht damit anfangen. Genausowenig wie er Aislinn belügen würde.

»Weiß sie von mir?«

»Ja.«

Sorcha lächelte leicht. »Du stolzer trotziger Krieger, der so schweigsam sein kann… der niemanden sehen lassen will, was in seinem Kopf *oder* in seinem Herzen vorgeht. Aber ich kenne dich, Donal.« Die Anspannung wich aus ihrem Gesicht, als die Wehen aufhörten. »Ich kann mir vorstellen, wie schwer es für dich war, die richtigen Worte zu finden.«

»Jetzt ist nicht die Zeit, um über Aislinn zu sprechen.« Er streichelte mit dem Daumen ihre Hand.

»Erzähle mir, was du ihr gesagt hast.«

»Sorcha …«

»Erzähle mir, was du *gesagt* hast.«

Er strich sich das Haar aus dem Gesicht. Die Dringlichkeit ihres Tonfalls bekümmerte ihn. »Götter, Sorcha … das ist Unsinn … es gibt sicher einen besseren Zeitpunkt, darüber zu sprechen …«

»Es gibt *keinen* besseren Zeitpunkt.« Ihre Finger umklammerten erneut seine Hand. »Ich habe dir zwei Söhne geboren und werde dir jetzt vielleicht einen weiteren Sohn gebären. Ich würde dir bereitwillig noch weitere Kinder schenken. Ich würde alles tun, worum du mich bittest.« Sie schluckte sichtbar. »Aber ich werde dich nicht aufgeben. Ich werde nicht zulassen, daß du von der *homanischen* Tochter dieser Hexe verschlungen wirst.«

»Sorcha … du bist *auch* halb Homanerin«, erinnerte er sie sanft.

Schweiß schimmerte an ihren Schläfen. »Und ich würde mir die Pulsadern aufschneiden, wenn ich wüßte, daß ich mich dadurch von meinem homanischen Blut reinigen könnte. Ich würde mir eine Hand abschneiden, wenn ich wüßte, daß ich mich dadurch von diesem Makel befreien könnte. Aber das würde nicht gelingen – *es würde nicht gelingen* –, und daher kann ich nur meinen Sohn ansehen und den Göttern danken, daß er so wenig Homanisches in sich hat.« Sie sog vor Schmerz hörbar den Atem ein. »Götter, Donal … ich hasse das Homanische in mir! Ich würde *alles* geben, um eine vollkommene Cheysuli zu sein …«

»Aber du kannst es nicht.« Er hatte sie niemals zuvor

so leidenschaftlich, so verbittert und so vorurteilsbelastet sprechen hören. Es schien, als offenbarte der Schmerz ihre Seele. »*Meijha,* hast du vergessen, daß auch in mir homanisches Blut fließt?«

»Götter!« schrie sie. »Bei dir ist das etwas anderes. *Du* bist der Auserwählte – *du* bist derjenige, auf den wir gewartet haben –, du bist derjenige mit dem richtigen Blut, der den Löwenthron von Homana einnehmen und ihn den Cheysuli zurückgeben wird ...«

Sie schloß den Mund, um nicht vor Schmerz zu schreien, und biß sich tief in die Lippe. Ihre Finger gruben sich fest in die Haut seiner Hand. »O Donal, verstehst du? Du wirst uns alle zurücklassen. Du wirst deinem Stamm den Rücken kehren. Du wirst zu einem Spielball der Homaner werden ...« Sorcha wand sich auf dem Bett. »Vergiß *niemals,* daß du ein Cheysuli bist. Vergiß *niemals,* daß du ein Krieger bist. *Vergiß niemals, wer dich gezeugt hat ...* und erlaube der Tochter dieser Hexe *nicht,* dich auf ihre homanische Art gegen dein Erbe einzunehmen ...«

»*Genug!*« Er sagte es schärfer, als er beabsichtigt hatte. »Sorcha, du schadest dir damit nur selbst.«

»Du schadest *dir.*« Ihre Augen waren vor Schmerz fest geschlossen. »Du ... schadest dir ... wenn du den Stamm zurückläßt ...«

»Ich kann Homana nicht vom Keep aus regieren«, sagte er tonlos. »Das würden die Homaner niemals erlauben.«

»Siehst du?« sagte sie verzweifelt. »Sie beginnen dich bereits zu vereinnahmen.«

»Ich *verlasse* euch nicht«, sagte er. »Ich werde so oft hierherkommen wie ich kann. Sorcha ... *noch* bin ich nicht der Mujhar ...«

»Aber du wirst die Tochter des Mujhar heiraten, und er wird dich zu *seinem* Sohn anstatt Duncans machen ...«

»*Niemals.*« Seine Hand umklammerte ihre. »Das wird

nicht geschehen. Niemals. Hältst du mich für so schwach?«

»Nicht schwach«, keuchte sie. »Zwischen deinem Homanerblut und deinem Cheysuliblut gefangen, weil sie dich dazu zwingen. Aber ich bitte dich, Donal, würdest du mir einen Gefallen tun ...«

Er gab es auf, aber nur weil sie ihre Kraft für andere Dinge brauchte. »Ja.«

»Mache den Löwen wieder zu einem Cheysuli ... und deine Söhne und Töchter auch ...«

Entsetzt sah er, wie sie die Knie anzog und die weiche Rehfelldecke ausbeulte. Ihr gewölbter Bauch wand sich, während sie aufschrie. Vergessen war, was er gerade hatte sagen wollen. Er rief Taj über die *Lir*verbindung herbei und sandte ihn dann nach seiner Mutter.

Alix kam sofort und traf unmittelbar hinter dem Zelteingang auf ihren Sohn. »Du mußt gehen«, sagte sie.

»Gehen?«

»Gehen. Irgendwohin. Aber geh fort von *hier.*« Ihre Hände lagen um seinen Arm, und sie versuchte ihn zum Eingang zu ziehen. »Tu, was ich dir sage.«

Er rührte sich nicht, denn er war zu wuchtig, als daß sie ihn noch hätte umherschieben können. »Sorcha liegt in den Wehen. Ich möchte lieber bei ihr bleiben.«

»Deine Treue ehrt dich, Donal ...« Alix hörte auf, ihn zum Eingang zu ziehen, als erkenne sie die Nutzlosigkeit ihrer Bemühungen, und deutete jetzt nur noch auf den Eingang »... aber dies ist kein Ort für einen Mann, der gerade *Jehan* wird.«

»Ich bin schon zweimal zuvor Vater geworden«, erinnerte er sie. »Und da habe ich mich auch schon von dir verscheuchen lassen ... vielleicht hätte ich mich weigern sollen.«

»Donal ... *geh* einfach. Ich habe jetzt keine Zeit für dich.« Alix, die in ihrem rötlichen Gewand noch immer schlank wirkte, wandte sich von ihm ab und zog den Vorhang beiseite. Silberne Klammern schimmerten in ihren dunklen Zöpfen, und dann war sie hinter dem Raumteiler verschwunden. Er hörte sie zu Sorcha sprechen, konnte aber die Worte nicht verstehen.

Sorcha schrie erneut auf. Donal trat aus dem Zelt in das Licht eines strahlenden Tages und bat die Götter um eine sichere Geburt.

Und stand plötzlich Aislinn von Angesicht zu Angesicht gegenüber. Sie trug über einem dunkelgrünen Gewand ihren Umhang, und ihr rotgoldenes Haar glänzte im Sonnenschein bronzefarben. Ihr Gesicht war sehr blaß. »Finn wollte mir nicht sagen, wo du warst«, erzählte sie ihm leise. »Er hat mich bei sich zu behalten versucht. Aber ... Bronwyn hat mir die Wahrheit gesagt. Ich dachte, ich sollte herkommen und meine Rivalin kennenlernen.«

Sie war ganz verletzt und wirkte in dem Licht plötzlich zerbrechlich, eine blasse Lilie auf einem dünnen Stiel mit einer zitternden Blüte. Aber sie blieb auch stolz, ein wenig betroffen, ein wenig erschüttert, aber nichtsdestoweniger stolz. So stolz wie jeder Cheysuli.

Donal atmete so tief ein, daß ihm seltsam benommen zumute wurde. »Aislinn ... die Götter wissen, daß ich dich entehrt habe, indem ich Sorcha verheimlichte, aber jetzt ist nicht der richtige Zeitpunkt, dies zu erörtern.«

Aus dem Zelt erklang der gedämpfte Schrei einer Frau in den Wehen, und Aislinns graue Augen weiteten sich. »Das Kind ...! Du hast mir gesagt, das Kind sollte ...« Sie brach ab, bedeckte den Mund mit einer Hand, und ihre Augen füllten sich mit Tränen. Aber sie blinzelte sie fast genauso schnell wieder fort. »Nein«, sagte sie. »Meine Mutter hat mir gesagt, daß man die Aufmerksamkeit eines Mannes nicht mit Tränen erringen kann. Mit *Stärke*, sagte sie, und mit *Entschlossenheit* ... und mit der Magie jeder geborenen Frau ...«

»Aislinn!« Er ergriff sie an den Armen und schüttelte sie. »Bei den Göttern, Mädchen, ich bin kein Preis, den es zu gewinnen gilt. Und was das betrifft, was *Electra* dir gesagt hat …«

»Wie kann ich denn deine Zuneigung gewinnen?« unterbrach sie ihn. »Soll ich dich an der Leine führen wie einen Hund? Soll ich dich mit einer Kapuze verhüllen wie einen Falken? Soll ich dich zügeln wie ein Pferd?« Ihr Körper erstarrte unter seinen Händen. »Oder übergebe ich dich der Freiheit und weiß, daß ich dich für immer verloren habe?«

Er hörte im Geiste Sorchas warnende Stimme: *… laß es nicht zu, daß dich die Tochter dieser Hexe gegen dein Erbe einnimmt …*

»Nein«, sagte er laut. »Ich bin an erster Stelle Cheysuli.«

»Und Homaner an letzter Stelle?« fragte Aislinn verbittert. »Ist das der Erbe, den sich mein homanischer Vater erwählt hat?«

Seine Hände schlossen sich fester um ihre Arme. Zu fest. Aislinn schrie auf, und er lockerte seinen Griff nur sehr mühsam.

»Du treibst mich zu weit«, warnte er sie durch seine zusammengebissenen Zähne. »Ihr *beide* … ihr treibt mich an und treibt mich an und treibt mich an, zerrt mich hierhin und dorthin und wollt mich zwingen, meine Treuegefühle zu teilen. Was soll ich tun? Soll ich mich zerteilen? Soll ich jedem von euch die Hälfte von mir geben? Was würde euch das *nützen?* Würde es euren verletzten Stolz retten?«

»Gib auf …« Aislinn brach jäh ab. Alle Farbe wich aus ihrem Gesicht.

»Ich soll Sorcha aufgeben? Willst du das damit sagen?« Donal schüttelte den Kopf, denn er hatte das Gefühl, vor allem davonlaufen zu wollen. »Eher würde ich mich selbst aufgeben.« Er lachte, wenn auch mit bitterem Unterton. »Das wäre vielleicht einfacher.«

Aislinn starrte zu Boden, als wünschte sie, darin zu versinken. Die Sonne brannte auf ihr rotgoldenes Haar.

»Ich hatte kein Recht, dich darum zu bitten. Das weiß ich. Du hast mir alles erklärt – die Sache mit den *Meijhas* und den *Cheysulas*. Aber … ich will dich nicht anlügen. Ich will dich für mich allein.« Sie hob den Kopf und sah ihn herausfordernd an. »Sie besitzt dich schon länger, aber ich werde dich dennoch bekommen.«

Donal strich Aislinn müde eine Haarsträhne aus dem Gesicht. »Du sagst das gleiche wie sie. Wenn es nicht um mich ginge, könntet ihr Freundinnen sein.« Und dann erinnerte er sich an Sorchas Voreingenommenheit und wußte, daß es niemals geschehen konnte.

Ein weiterer Schrei erklang aus dem Zelt, aber dieser war nicht von Sorcha ausgestoßen worden. Als er sich in ein Wimmern äußersten Erstaunens verwandelte, wußte Donal, daß die Arbeit getan war.

Ebenso Aislinn. Sie wandte sich mit bleichem Gesicht von ihm ab und schritt aufrecht davon.

Aber er wußte, daß sie am liebsten gelaufen wäre.

Alix schickte ihn nicht fort, als er das Zelt betrat. Sie schien ihn überhaupt nicht zu bemerken, da sie zu sehr mit der Sorge um Sorcha und das Kind beschäftigt war. Er näherte sich vorsichtig dem halb geöffneten Vorhang und blieb dann jäh stehen.

Sorcha hatte die Augen geschlossen. Donal dachte, daß sie schlief. Spuren der Anstrengung waren in ihr Gesicht gegraben. Sie wirkte älter und sehr erschöpft, aber die Entspanntheit ihres Mundes verdeutlichte Friede und Zufriedenheit.

»Ein Mädchen, Donal«, sagte Alix ruhig. »Du hast jetzt eine Tochter.«

Er konnte sich nicht rühren. Er stand erstarrt an seinem Platz, betrachtete das Bündel mit dem rosigen, empörten Gesicht, das an Sorchas Seite geschmiegt lag, und empfand tiefe Demut.

»Ich glaube nicht, daß du dich daran erinnern kannst, daß du einmal ähnlich dagelegen hast«, sagte Alix mühsam. »Ich erinnere mich selbst kaum daran. Aber Raissa hat mir bei deiner Geburt geholfen, wie ich jetzt Sorcha helfe.«

»Die alte Dame«, sagte er mit schlechtem Gewissen, weil er die schon vor so langer Zeit verstorbene Frau fast vergessen hatte.

Er kniete sich vorsichtig neben das Bett und legte einen Finger behutsam auf die vollkommene Weichheit des mit schwarzem Flaum überzogenen Kopfes. Dies war kein homanisches Mädchen. Sie hatte die Farbe ihres Vaters.

»Laß sie beide schlafen. Später kannst du das Mädchen auf den Arm nehmen.« Alix stand auf und schüttelte ihre rosenfarbenen Röcke aus. Donal sah die ersten Silberfäden in Alix' braunem Haar und erkannte, daß seine Mutter, genau wie Finn und Carillon, ebenfalls alterte, aber weniger schnell. Ihre Haut spannte sich noch immer glatt und fest über die klassischen Cheysuliknochen, und wenn sie lächelte, leuchteten ihre bernsteinfarbenen Augen auf. »Man wird sich seiner eigenen Vergänglichkeit gewiß, gleichgültig ob Mann oder Frau – und wie scheinbar unwichtig Dinge wie dynastische Ehen sind, wenn ein Sohn oder eine Tochter geboren wird«, sagte sie sanft. »Nicht wahr?«

Er stand ebenfalls auf. »Du hast Aislinn und mich draußen vor dem Zelt gehört.«

»Ein paar Worte. Ich war zu beschäftigt, um alles verstehen zu können.« Alix schaute zu Sorcha und dem Kind zurück. »Sie werden sehr gut ohne uns zurechtkommen. Ich glaube, wir können sie eine Weile allein lassen.«

Als sie ihn dieses Mal zum Eingang drängte, widerstand er nicht. Er ging bereitwillig mit ihr.

Er folgte ihr an der moosbewachsenen Mauer entlang zum Rand des Keep. Da die Mauer nicht verputzt war, bot sie allen Arten von Pflanzen die Gelegenheit, ihre Wurzeln in Risse und Spalten zu versenken, indem sie

sie zwischen die Steine gruben. Efeu in einem tiefen Rot und einem noch tieferen Grün schirmte das Sonnenlicht von der Mauer ab. Blüten wanden sich die Ranken hinauf und bildeten eine zarte Verzierung, Edelsteine in den Falten des Samtgewandes. Er roch das nasse Moos und die alten Steine, den Geruch des Ortes, den er als seine Heimat erkannte. Nicht Homana-Mujhar, nicht die rötlichen Mauern und die Marmorhallen, in denen leuchtende Banner hingen. Nein, nicht für ihn.

Auch wenn Homana-Mujhar seine Heimat sein würde.

»Aislinn liebt dich schon seit einiger Zeit, seit sie alt genug war zu verstehen, was zwischen einem Mann und einer Frau reifen kann«, sagte Alix freundlich. »Sicherlich hast du das gewußt.«

»Ich dachte, es würde sich legen.«

»Warum sollte es? Wünschst du dir für diese Ehe keine Liebe?« Donals Mutter lachte, als er die Stirn runzelte. »O ich weiß … die Cheysuli sprechen nicht von Liebe, denn sie wollen solche Dinge geheimhalten, was aber nicht möglich ist. Du wirst lernen müssen, damit umzugehen, Donal, wie auch dein *Jehan* und dein *Su'fali* es lernen mußten.« Als er schwieg, weil er keine Antwort für sie hatte, ergriff Alix seine rechte Hand und blieb neben der Mauer stehen. Sie wandte die Hand um, bis die Handfläche und die starken braunen Finger offen vor ihr lagen. »Mit dieser Hand wirst du Homana halten«, sagte sie ruhig. »Du bist die Hoffnung der Cheysuli, Donal, und ein Verbindungsglied in der Prophezeiung. Verweigere diese Heirat, und du verweigerst dein Erbe.«

Er stieß den Atem kurz und hastig aus und machte so einen spöttischen Laut. »Sorcha hat es *anders* gesagt. Sorcha sagte, die Heirat würde mich zwingen, meinem Erbe den Rücken zu kehren.«

Alix drückte seine Hand und ließ sie dann los. »Sorcha ist … verbittert.«

»Sie war es aber niemals zuvor.« Er schüttelte bestürzt den Kopf. »Ist das die Geburt?«

»Zum Teil.« Alix bedeutete ihm mit einer leichten Berührung weiterzugehen. »Ich bezweifle weder, daß sie erschreckt war, noch daß sie überhaupt Schmerzen hatte... die Geburt war ausgesprochen leicht, aber das konnte sie nicht vorher wissen. Und was die Bitterkeit betrifft...« Alix blieb stehen, um eine Blume vom Boden zu pflücken, eine zarte, zerbrechliche Blüte in hellstem Violett. »Alle diese Jahre lang hat sie gewußt, daß du eines Tages Aislinn heiraten würdest und nicht sie, aber es war leicht, dieses Wissen beiseite zu schieben. Jetzt kann sie es nicht mehr leugnen. Jetzt muß sie sich dem stellen, und das will sie nicht.«

»Sie haßt Aislinn. Und ich glaube, daß ich das ohne weiteres verstehen kann. Ich weiß, was Eifersucht ist. Aber... *Jehana,* sie haßt auch die Homaner.« Er schüttelte erneut den Kopf. »Wie soll ich *damit* umgehen, wenn ich Mujhar sein soll?«

Alix umschloß die Blüte mit beiden Händen. »Eine violette Blüte ist unter weißen Blüten leicht zu pflücken, Donal. Sie kann leicht zerdrückt und leicht gebrochen werden. Es gibt keinen Schutz durch andere, wenn du eine andere Farbe trägst.« Sie hob den Kopf und sah ihn statt der Blume an. »Ich spreche nicht von blondem Haar und grünen Augen. Ich spreche vom Blut und der Erkenntnis dessen, was man ist. Sie hat Vorurteile, ja, weil sie mehr Cheysuli als Homanerin ist... und dennoch wird ihr niemand dabei helfen können.«

»Das ist bei den Stämmen unwichtig. Du bist *auch* zur Hälfte Homanerin... hast du deshalb das Gefühl, anders zu sein als alle anderen?«

»Ja«, sagte sie weich. »Ich habe siebzehn Jahre bei den Homanern und vierundzwanzig Jahre bei den Cheysuli verbracht. Aber ich fühle noch immer überwiegend als Homanerin. Und ich zweifle nicht daran, daß Sorcha genauso empfindet.«

»Aber sie wurde dem Stamm *geboren* ...«

»Das ist unwichtig.« Sie hob die zerbrechliche Blüte an. »Diese Blüte ist violett. Sie hat diese Farbe getrieben. Sie wird niemals behaupten können, andersfarbig zu sein, ganz gleich wie sehr sie es versucht.« Sie lächelte und ließ die Blüte zu Boden fallen, wo sie in dem zitternden Teppich schneeweißer Blumen versank. »Vielleicht war sie einmal purpurfarben, aber sie wird niemals weiß sein.«

Donal blieb stehen. Er wandte sich zu seiner Mutter um. »Wenn ich also dann diese violette Blume bin, werde ich mich niemals bei den weißen Homanern einfügen.«

»Nein«, sagte sie. »Aber warum solltest du dich einfügen wollen, wenn du regieren mußt?«

Er wandte sich um. »Wir sollten zurückgehen. Ich möchte meinen Sohn und meine neugeborene Tochter sehen.«

* * *

»Jehan?«

Die sanfte Stimme drängte sich in seine Gedanken. Donal wandte sich um, das Neugeborene in seinen Armen geborgen, und sah seinen Sohn mit Meghan neben sich im Zelteingang stehen. Ians schwarzes Haar fiel wie das aller Cheysulikinder lockig, und seine gelben Augen strahlten, als er seinen Vater ansah. Aber sein Gesichtsausdruck war ausgesprochen zurückhaltend.

Donal streckte eine Hand aus. »Komm her, Ian ... komm und sieh dir deine neue *Rujholla* an.«

Der Junge schritt schnell über die auf dem Boden ausgelegten Felle und ließ sich dann an Donals Seite auf die Knie nieder. Seine Neugier war offensichtlich, aber er berührte das Kind erst, als Donal die Stofflagen zurückzog und ihm das verschrumpelte Gesichtchen zeigte.

Er betrachtete Sorcha, die langsam wieder in den

Schlaf entglitt. »Du bist an der Reihe, *Meijha* … ich habe unserem letzten Kind den Namen gegeben.«

Sorcha lächelte schläfrig. »Dann soll sie Isolde heißen. Ich mag den Klang von – Ian und Isolde.«

Donal lächelte seinen verzückten dreijährigen Sohn an. »Dies ist Isolde, Ian. Und sie wird deinen Schutz brauchen. Siehst du, wie klein sie ist?«

Meghan, die Ian bald nachdem Donal in sein Zelt zurückgekehrt war hierhergebracht hatte, trat vor und reckte den Hals, um Donal über die Schulter zu spähen. »Schwarzes Haar«, sagte sie, »und braune Augen, die nur zu bald heller werden – also eine Cheysuli mit wenig Homanischem in sich.«

Sorchas Lächeln vertiefte sich, und Donal sah Triumph in ihren Augen, obwohl sie sie dann schloß.

Er schaute zu Finns Tochter hoch. Es war keine Bitterkeit in Meghans Stimme zu hören gewesen, nur das Wissen und die Nüchternheit. Es schien Meghan weder zu freuen noch zu stören, daß sie mit ihrem lohfarbenen Haar, den blauen Augen und der hellen Haut das Abbild ihrer homanischen Mutter war, bis auf die Knochen Carillons verstorbene Schwester. Und sie besaß sogar jetzt mit fünfzehn Jahren schon alle vornehme Schönheit und Anmut Tourmalines. Und doch lebte sie bei den Stämmen, mit einem *Jehan*, der Stammesführer war, und sie empfand es nicht als Makel, daß homanisches Blut in ihren Adern floß. Sie empfand es ganz und gar nicht als Makel. Wenn überhaupt, dann war sie mehr Cheysuli als die meisten, weil Finn dafür sorgte, daß es so war.

Keine homanische Heirat für Meghan. Finn wird sie mit einem Krieger verheiraten. Donal lächelte traurig. *Aber ich bin dennoch sicher, daß sie eine gute Auswahl haben wird.*

Er sah Alix bedauernd an. »Willst du Isolde nehmen? So gern ich bliebe, ich habe Carillon versprochen, Aislinn bis Einbruch der Nacht zurückzubringen. Und … es muß noch einiges zwischen uns geklärt werden.«

Als Alix ihm das Kind abgenommen hatte, beugte sich Donal vor und küßte die schlummernde Sorcha sanft auf den Mund. »Schlaf gut, *Meijha.* Du hast dir tiefe Ruhe verdient.«

Er stand auf und nahm Ian auf die Arme. »Und dich umarme ich, kleiner Krieger. Du wirst jetzt viel zu tun haben.« Er sah Meghan an. »Danke, daß du dich um ihn gekümmert hast. Du wirst gewiß bald eigene Kinder zu versorgen haben.«

Sie lachte, und die blauen Augen tanzten in ihrem wunderschönen Gesicht. »Noch nicht so bald, hoffe ich. Ich möchte zunächst ein wenig Freiheit genießen.«

»Gehen wir?« fragte Ian, als Donal ihn aus dem Zelt trug.

»Nein, mein Kleiner, nur ich gehe. Du mußt hierbleiben.« Er sah Lorn von seinem Platz in der Sonne neben dem Zelteingang aufstehen, den schweren Pelz schütteln und herzhaft gähnen.

Ein Männchen und ein Weibchen, bemerkte Lorn. *Wie passend.*

Donal schnaubte. *Ein* Junge *und ein* Mädchen. *Es ist an beiden nichts Wölfisches.*

Es sei denn, der Junge verbindet sich mit einem von meiner Art.

Willst du damit sagen, daß er das tun wird? Donal hoffte plötzlich, mehr über den Vorgang der Verbindung zu erfahren, und fragte sich, ob alle *Lirs* wußten, welcher von ihnen für welchen neugeborenen Cheysuli bestimmt war.

Lorn hielt inne und hob ein Hinterbein, um sich wie ein Hund am Bauch zu kratzen. *Nein. Solche Dinge bleiben den Göttern überlassen.*

Tajs Schatten strich über sie hinweg. *Vielleicht wird er einen Falken für sich gewinnen.*

Oder einen Jagdfalken. Donal nickte. *Ich möchte gern, daß er einen Jagdfalken bekommt. Wie könnte er seinen Großvater besser ehren.*

Wie du deinen Großvater ehrst? fragte Lorn.

Donal, der auf Finns Zelt zustrebte, betrachtete den Wolf scharf. *Wie ehre ich Hale?*

Durch das Schwert, sagte Taj. *Eines Tages wird es dir gehören, wie es schon immer vorherbestimmt war.*

Donal antwortete nicht. Statt dessen beobachtete er Sef und Bronwyn, die zusammen vor Finns Zelt saßen und sich angeregt unterhielten. Der purpurfarben umwickelte Zopf seiner Schwester hing über eine Schulter herab und rollte sich auf ihren Röcken zusammen. Anders als Meghan oder Aislinn, war sich Bronwyn ihrer Weiblichkeit nicht bewußt. Sie bewegte sich und handelte eher wie ein Junge als wie ein Mädchen. Donal wußte, daß sich das legen würde.

Jetzt, während sie lachte und mit Sef schwatzte, sah er, daß ihr die reine Schönheit fehlen würde, die Meghan und Aislinn bereits jetzt besaßen, aber ihre Ausstrahlung bliebe dennoch ungemindert. Sie war seine wiedergeborene Mutter.

Und wer noch? fragte er sich. *Ist ihr Jehan auch in ihr?*

Er blieb bei den beiden stehen, noch immer seinen Sohn haltend, und schaute auf sie hinab, während sie kaum überrascht zu ihm hochsahen. Er sah, daß Sef seinen linken Ärmel hochgerollt hatte, um das fedrige Armband zu zeigen, und daß Bronwyn mit einem zerbrochenen Stock Bilder in den Staub gemalt hatte. Runen, nicht Bilder, wie er bei näherer Betrachtung bemerkte. Aber es waren keine Cheysulirunen.

Brownyn sprang auf, verwischte die Runen sofort und barg dann die Hände hinter dem Rücken, als wollte sie den Stock verstecken. Ihre purpurfarbenen Röcke waren staubbedeckt und hatten sich an der Oberseite ihrer Stiefel verfangen, aber sie achtete nicht darauf. »Ich habe gehört, daß das Kind geboren ist!«

Donal nickte besorgt. »Es ist geboren. Ein Mädchen. Sorcha hat sie Isolde genannt.«

»Darf ich sie sehen?« Ihr Gesicht strahlte vor Erwartung.

»Nein.« Fast verfluchte er seine Barschheit. »Nicht … jetzt. Sie schläft und Sorcha ebenfalls. Sie brauchen allein ein wenig Zeit.« Er sah die Enttäuschung auf ihrem strahlenden Gesicht. »Später, *Rujholla*.« Sie *war* seine Schwester, auch wenn sie Tynstars Tochter war. Er haßte es, sie enttäuschen zu müssen. Sie konnte nichts dafür, wer sie gezeugt hatte. Aber er wagte es nicht, ihr die Möglichkeit zu geben, sich als eine Ihlini zu erweisen.

Langsam wich alle Farbe aus ihrem Gesicht. »Was ist los? Habe ich etwas Falsches getan? Du bist so kurz …«

»Nein.« Er sagte auch dies schärfer als beabsichtigt. Er betrachtete gegen seinen Willen erneut die Runen, die sie in den Staub gezeichnet und dann zu verwischen versucht hatte. Seltsame, fremdartige Runen, die an Magie erinnerten.

»Rujho …?«

»Es ist nichts«, sagte er. »Du hast nichts Falsches getan, Bronwyn … was ist das?« Er würde die Runen nicht länger unbeachtet lassen.

Sie blickte überrascht auf die Zeichnungen im Staub und warf Sef dann einen Blick zu, der unter Lidern und Wimpern kaum als solcher zu erkennen war, aber Sef bemerkte das stumme Zeichen.

Als wollte sie ihn beschützen … »Bronwyn!« Seine Stimme klang befehlend, und er wußte, daß sie das nicht mißachten würde.

»Ein heimliches Spiel«, antwortete sie sofort. »Wir haben geschworen, niemandem davon zu erzählen.« Mit der Spitze eines Stiefels verwischte sie ruhig die Überreste der Runen.

Er blickte ihr ins Gesicht und sah keine Arglist, nur den Ausdruck, den sie sonst auch zeigte. Und diese Maske konnte er nicht heben. »Bronwyn …« Aber er brach ab, als Finn aus seinem Zelt trat. Aislinn war bei ihm, und Donals Brauen schossen überrascht in die Höhe. Er hatte nicht gedacht, daß sie ihn gezielt aufsuchen würde.

Bevor Finn widersprechen konnte, drückte Donal ihm Ian in die Arme. »Wir müssen gehen, sonst wird die Sonne untergegangen sein, bevor wir Mujhara erreicht haben.« Er grinste, als Ian einen Arm um Finns Hals legte und sich enger an ihn schmiegte. Ohne darüber nachzudenken, rückte Finn den Jungen bequemer zurecht. Er hatte dies bei Meghan ausreichend geübt.

Donal beugte sich herüber und küßte Ian kurz auf die Stirn. »Kümmere dich um deine neue *Rujholla*. Ich werde zu dir zurückkommen, sobald ich kann.« Er wandte sich um und half einer schweigend vor sich hinstarrenden Aislinn aufs Pferd. Dann nahm er die Zügel seines eigenen Pferdes auf und schwang sich in den Sattel.

Als er sich zurechtgesetzt hatte, war Lorn sofort an seiner Seite und Taj in der Luft über ihm.

Finn streckte die Hand aus und ergriff einen Zügel. »Wie geht es Carillon?«

Donal bemerkte die echte Sorge auf dem Gesicht seines Onkels. Auch wenn die beiden einander jetzt selten sahen, da sich ihre Wege getrennt hatten. Donal wußte, daß ein Band geblieben war, das Finn und Carillon stets verbinden würde. Prinz und Gefolgsmann hatten zusammen fünf Jahre auf der Flucht verbracht, und weitere zwei Jahre waren dazugekommen, als der Prinz Mujhar geworden war. Verrat hatte sie getrennt und ein gebrochener Schwur hielt sie zusammen.

Donal schaute schnell zu Aislinn. Aber er sah keinen Sinn darin zu lügen. Sie hatte den Zustand ihres Vaters selbst bemerkt. »Er altert«, sagte er ruhig. »Jeden Tag und mehr als die meisten Menschen, glaube ich. Es ist diese Krankheit...«

Er hielt inne. »Kann man nichts dagegen tun?«

Die Sonne wurde von den schweren Goldreifen an Finns Armen gespiegelt, als er dem Kastanienbraunen müßig die Nase streichelte. Er schwieg einen Augenblick, aber dann blickte er ins Sonnenlicht hinauf. Donal bemerkte, wie sehr auch er gealtert war.

Götter, sie haben so vieles geteilt ... und jetzt teilen sie kaum noch etwas.

»Tynstar hat Carillon nichts gegeben, was er nicht eines Tages ohnehin erlitten hätte«, sagte Finn tonlos. »Er hat es nur beschleunigt. Wir können nichts gegen das tun, was die Götter einem Menschen zumuten.«

»Er ist der *Mujhar!*« stieß Donal heftig hervor. »Können die Götter nicht einsehen, wie sehr Homana ihn braucht?«

Finn seufzte. »Zweifellos gibt es dafür Gründe, Donal. Die Götter tun nichts grundlos.« Er versetzte dem Hengst jäh einen Klaps auf die Schulter. »Dann reitet zurück. Bringe Aislinn sicher zu ihrem *Jehan.* Halte sie nicht länger auf, wenn Carillon wartet.«

Er dient ihm noch immer ... er würde es nicht zugeben, aber es ist so. In seinem Herzen, wenn nicht auch ... Er regte sich im Sattel. »Ja, *Su'fali.* Hast du eine Nachricht für ihn?«

Finn hob eine Hand, um das blendende Sonnenlicht auszuschließen. »Ja«, sagte er. »Sage ihm, daß ich nach Homana-Mujhar kommen werde.«

»*Tatsächlich?*« Donal starrte ihn an. »Du bist seit siebzehn Jahren nicht mehr dort gewesen!«

Finn lächelte. »Ich werde doch die Hochzeit meiner *Harani* nicht versäumen. Ich werde nach Homana-Mujhar kommen.«

Donal lachte, und dann streckte er die Hand aus, um den Arm seines Onkels zu nehmen, der Ian ganz festhielt. »Ich danke dir, *Su'fali* ... es ist schon zu lange her. Ich glaube, die Diener vermissen dich.«

»Nein, sie vermissen die *Geschichten,* die sie über mich erzählen konnten ... zweifellos brauchen sie neue Nahrung.« Finn versetzte dem Hengst einen Klaps auf den breiten kastanienbraunen Rumpf. »Reite los. Laß den Mujhar sich nicht um seine Tochter sorgen.«

»Nein«, stimmte Donal ihm zu. *Aber ich werde mich um meine Tochter sorgen, und dabei kann mir niemand helfen.* Er bedeutete Sef, ebenfalls aufzusteigen. »Trödele nicht mehr, Sef. Ich möchte noch vor Einbruch der Nacht in Mujhara ankommen.«

Der Junge nahm seine Zügel von einem Baum und kletterte in den Sattel. Er schaute angestrengt zu Bronwyn hinab. »Vielleicht werde ich dich wiedersehen.«

Sie hielt ihre Arme noch immer hinter dem Rücken verborgen. Ihre bernsteinfarbenen Augen waren gegen das Sonnenlicht zu Schlitzen verengt und wirkten fast gelb. »Ja. Komm wieder. Oder ich werde nach Homana-Mujhar kommen.«

Sef sah Donal an. »Wenn mein Herr es mir erlaubt.«

»Du wirst nach Homana-Mujhar kommen, Bronwyn«, warf Aislinn ein. »Du und Meghan. Wenn ich Königin bin, werde ich Frauen bei mir haben müssen … und ihr beide sollt es sein.«

Finn runzelte sofort die Stirn. »Meghan gehört nicht an den Hof. Ihr Platz ist im Keep.«

»Jehan«, widersprach das Mädchen sanft. »Wenn Aislinn mich braucht, werde ich natürlich gehen.«

Sein Tonfall war unerbittlich. »Dieser Keep ist dein Zuhause, Meghan. Homana-Mujhar würde dich ersticken.«

»Sollte ich das nicht selbst versuchen?« Sie legte eine schlanke Hand auf seinen bloßen Arm, und Donal erkannte, daß sie bereits die Listen einer Frau anwandte. »Der Keep wird stets mein Zuhause sein, genau wie er deines ist. Aber hast du nicht auch Jahre außerhalb des Keep verbracht?«

»Ja«, sagte Finn barsch. »Und du hast gehört, was mir diese Dummheit eingebracht hat.« Sein Blick ruhte auf Aislinn, aber sein Tonfall machte deutlich, daß er nicht das Mädchen sah. »Die Hexe ist vielleicht nicht mehr dort … aber ihre Erinnerung lebt.«

Kapitel Zwölf

Donals Privatgemächer waren vielleicht ein wenig prunkvoll für einen Cheysulikrieger, der eher den Keep gewohnt war – den er auch vorzog –, aber er konnte nicht leugnen, daß dieser Überfluß eine Bequemlichkeit bot, die er gelegentlich schätzte. Dicke gewebte Teppiche in reichen gedämpften Farbtönen polsterten den harten Steinboden. Wollene Wandteppiche aller Schattierungen verbargen die blanken Felswände. Eine einzige dicke Bienenwachskerze auf je einem der vier Fenstersimse verwandelte das gefärbte Glas in edelsteinfarbene Panoramen der homanischen Geschichte.

Es war warm. Donals Leibdiener hatte ein Feuer entzündet, das die Luft mit dem Geruch nach Eiche und Esche tränkte. Zweifellos hatte Torvald auch Wärmpfannen unter die Decken seines bereits vorbereiteten Himmelbettes geschoben, aber Donal hatte nicht die Absicht, schon so bald schlafen zu gehen. Die Sonne war kaum untergegangen, Aislinn sicher nach Hause gelangt: Es war noch früh, und er hatte noch eine andere Aufgabe zu erfüllen.

Auf dem Tisch neben dem Bett standen ein Krug mit vollmundigem, roten ellasischen Wein und vier Silberbecher. Donal füllte zwei der Becher und machte Sef dann ein Zeichen.

Der Junge, der an der halb geöffneten Tür stehengeblieben war, starrte ihn an. »*Ich,* Mylord?«

»Es ist niemand sonst im Raum.« Donal lächelte. »Ich habe dir etwas Wein eingegossen. Magst du mir bei einem Trinkspruch Gesellschaft leisten?«

Sef trat langsam vor. Er nahm den Becher aus Donals

Hand entgegen und spähte in seine weingefüllten Tiefen. Das Licht der Kerzen und des Feuers ließ den Inhalt des Bechers erglühen und badete Sefs blasses Gesicht in einen rötlichen Schein. Das gehämmerte Silber warf Lichtfunken in seine seltsamen Augen. »Mylord«, sagte er, »ein Trinkspruch?«

Donal hob seinen Becher. »Auf meine Tochter. Auf Isolde von den Cheysuli.«

Sefs Atem beschlug das Silber des Bechers, während er Donal unruhig ansah. »Aber … solltet Ihr dies nicht mit jemand anderem als *mir* feiern?«

Donal zuckte die Achseln. »Vielleicht, wenn ich mich um solche Dinge kümmern würde. Aber ich kann den Mujhar kaum bitten, die Geburt meiner unehelichen Tochter zu segnen.« Donal blieb ernst. »*Du* bist hier bei mir, und ich möchte, daß du mir bei meinem Trinkspruch folgst.«

Sef sah ihn über den Rand seines Silberbechers hinweg an. Dann tat er mit einem plötzlichen Grinsen einen tiefen Zug.

Donal beobachtete den Jungen und war froh über seine Gesellschaft. Er fühlte sich ausgelaugt, leer, als sehnte er sich nach einer Erfüllung, die er nicht kannte. Er wußte nur, daß er sich um die Zeit mit seiner *Meijha*, seinem Sohn und seiner Tochter betrogen fühlte und das alles im Namen Homanas.

Sorcha hat recht. Da sie fürchten, daß ich ein Gestaltwandler bin, werden die Homaner alles in ihrer Macht stehende tun, um mir meine Cheysuligewohnheiten zu nehmen und mich zu einem von ihnen zu machen.

Er suchte unwillkürlich Taj und Lorn, obwohl er wußte, daß kein Homaner der Welt ihm *jene* Gewohnheiten nehmen konnte. Denn wenn sie ihm genommen würden, gäbe es keinen Prinzen von Homana mehr. Es gäbe überhaupt keinen Donal mehr.

Lorn lag zusammengerollt auf dem Himmelbett, halb hinter gazeartigen Vorhängen verborgen. Der Wolf mißachtete angebotene Annehmlichkeiten genauso wenig wie Donal. Taj hatte sich auf seinem Platz in einer Ecke des Raumes niedergelassen und glättete mit dem Schnabel sein Gefieder.

»Mylord?« Das war Sef, dessen Oberlippe weinverschmiert aussah, bis er mit der Zunge darüberstrich. »Ihr sagtet einmal, ich könnte Euch alles fragen.«

»Ja.« Donal setzte sich auf einen Stuhl. »Warum? Möchtest du mich etwas fragen?«

Sefs Gesicht wirkte im gedämpften Kerzenlicht sehr ernst. »Ja, Mylord. Ich habe mich gefragt, warum Ihr Eure Schwester nicht mögt.«

Donal ließ beinahe seinen Becher fallen. »Sef! Warum stellst du mir eine solche Frage?«

»Ihr sagtet, ich dürfte fragen.«

Donal, der noch immer bestürzt war, betrachtete den Jungen, dessen fest angespanntes Kinn seinen aufkeimenden Eigensinn zeigte. »Aber … *diese* Frage«, sagte Donal, als er sich wieder in der Gewalt hatte. »Wie kommst du zu dieser Frage? *Natürlich* mag ich meine *Rujholla*.«

Sef wandte den Blick ab und starrte in seinen Becher, als hätte ihn sein Mut wieder verlassen. »Mylord … als wir heute im Keep waren … ich …« Er zuckte niedergeschlagen die Achseln. »Ich … dachte nur, daß Ihr sie vielleicht nicht mögt. Ich meine … Ihr schient durch etwas beunruhigt.« Sein Blick zuckte wieder zu Donal zurück. »War es das, was Bronwyn in den Staub gezeichnet hat?«

Donal trank seinen Rest Wein und setzte den Becher dann schwungvoll ab. Die Worte des Jungen machten ihn zutiefst besorgt, aber nicht, weil Sef sein Erstaunen im Keep bemerkt hatte, sondern weil er es überhaupt gezeigt hatte.

»Es war ein Spiel«, sagte er. »Sie sagte, daß es ein Spiel zwischen euch beiden gewesen sei.«

»Sie sagte mir, daß es … *Magie* sei.« Sef zog die dünnen Schultern ein. »Ich... ich wollte die Zeichen nicht nachmalen, aber sie sagte, wenn ich beweisen wolle, daß ich erwachsen sei...« Er errötete erst und erblaßte dann wieder. »Sie sagte, ich sollte *ihre* Zeichen nachmalen, weil wir die Magie dadurch verstärken könnten. Aber... ich hatte *Angst.*« Sefs Finger umfaßten den Becher fester. »Ich habe mich daran erinnert, daß Ihr mir sagtet, die Cheysuli wollten niemandem Schaden zufügen, aber... ich hatte Angst. Sie sagte, ich müßte es tun. Und dann... lachte sie.« Er trank hastig, und der Wein schwappte über den Rand des Bechers hinweg und tropfte vorn auf seine Kleidung. Dieses Mal leckte er sich nicht die Lippen. »Mylord... Bronwyn ängstigt mich.«

Und mich auch. Aber das sagte Donal nicht.

Er beugte sich herab und nahm seinen Becher wieder auf, erhob sich dann und trat zum Tisch, um ihn erneut zu füllen. Er sah den Jungen nicht an und dachte nicht über die Widersprüche zwischen den Worten des Jungen und seiner früheren Handlungsweise nach, da er zu sehr in seinen Gedanken verloren war, und als er dann die Stimme hörte, hielt er sie zunächst für Sefs.

Aber schließlich erkannte er, daß es Rowan war, der im geöffneten Eingang stand. »Der Mujhar wünscht Euch sofort in der Großen Halle zu sehen.«

Rowans glattes Cheysuligesicht drückte wie immer kontrollierte ruhige Unparteilichkeit aus. Aber Donal hörte eine leichte Anspannung in seinem Tonfall.

Er runzelte die Stirn. »Ich bin gerade erst vom Keep zurückgekehrt. Ist es wirklich so wichtig?« Er deutete auf die verbliebenen Becher. »Möchtest du uns nicht bei einem Trinkspruch auf die Geburt meiner Tochter Gesellschaft leisten?«

Die Kerzen machten ein Licht- und Schattenspiel auf Rowans dunklem Gesicht. Er trug ein einfaches Wams aus dunkelblauem Samt, das am Kragen mit schimmerndem Silber verziert war. »Electra ist frei«, sagte er.

Sef keuchte erschreckt und zog sich dann unbeholfen in die Schatten zurück, als wüßte er, daß es ihm nicht zustand, Prinz und Hauptmann zu unterbrechen. Er umklammerte seinen Becher, trank aber nicht daraus.

Donal unterdrückte eine heftig abwehrende Bemerkung. Er mußte nur Rowans Gesicht betrachten, um die Wahrheit zu erkennen. »Wie?« fragte er statt dessen.

»Wir haben noch nicht alle erforderlichen Mitteilungen. Ein Bote kam ...« Rowan zuckte die Achseln. »Die Nachricht lautete einfach, daß die Königin verschwunden sei.«

»Von der *Kristallinsel?*« Donal schüttelte den Kopf. »Es waren Cheysuli bei ihr!«

»Sie sind tot«, sagte Rowan. »Einfach ... tot. Sie wurden anscheinend vergiftet. Und was die homanischen Wächter betrifft ... als die Cheysuli tot waren, konnte Electra ihre Magie ungehindert anwenden.«

Donal setzte seinen Becher schwankend auf dem Tisch ab. »Cheysuli ... ermordet?«

Er konnte nicht begreifen, wie das geschehen sein konnte. Cheysulikrieger mit aufmerksamen *Lirs* waren nicht durch Gift zu ködern, nicht wenn sie bekanntermaßen eine Hexe bewachten. Nicht wenn sie die Frau bewachten, die Tynstar als die seine beanspruchte.

»Gift«, sagte er angespannt und erinnerte sich seiner eigenen Begegnung. »Kann sie es gezüchtet haben oder ist es von selbst gewachsen?«

»Alle Nahrung wurde von Hondarth herangebracht. *Alle* Nahrung«, sagte Rowan. »Und die Cheysuli haben sie überprüft.«

»Tynstar«, sagte Donal sofort.

Rowan runzelte leicht bestürzt die Stirn. »Es wurden alle Vorsichtsmaßnahmen getroffen.« Seine zuvor ungerührte Stimme klang jetzt besorgter. »Sie wurde genau zu diesem Zweck von den Cheysuli bewacht. *Kein* Ihlini hätte an den Kriegern vorbeigelangen können.«

Donal kaute stirnrunzelnd an seiner Unterlippe. »Ich würde es nicht für unmöglich halten, daß Electra das Gift mit Tynstars Hilfe selbst zusammengebraut hat. Sie stehen miteinander in Verbindung. Wie sonst hätte Electra in Aislinns Geist eindringen können?«

Rowan schüttelte den Kopf. Der Feuerschein brachte die kleinen Silberstellen in seinem dichten schwarzen Haar zum Glänzen. »Alles in allem ist weniger wichtig zu wissen, wie es geschehen konnte, als zu erfahren, wo sie ist. Wo *sie* ist, wird auch Tynstar sein... und er ist derjenige, den wir töten müssen.«

»Dann... bedeutet das Krieg.« Donal spürte den Atem aus seiner Brust entweichen. »Bei den Göttern... *das bedeutet es...*«

»Habt Ihr geglaubt, es würde niemals soweit kommen?« sagte Rowan grimmig. »Habt Ihr geglaubt, der Mujhar habe aus Langeweile von dieser Möglichkeit gesprochen, weil er nichts anderes zu tun hatte?«

Donal hörte den verächtlichen Unterton. Ja, das hatte er von Rowan verdient. Der Hauptmann hatte zu häufig miterlebt, daß Carillons Erbe sich aus seinen prinzlichen Pflichten davonzustehlen versuchte. Zu häufig hatte dieser Erbe Homana-Mujhar den Rücken gekehrt, um seine Zeit im Keep zu verbringen.

Die Götter wissen, daß Rowan genug für seinen Herrn geopfert hat. Er würde das gleiche von mir erwarten.

Aber für den Augenblick schob er die Schuldgefühle beiseite und dachte statt dessen angestrengt nach. »Du willst wissen, wo Tynstar ist?« Er runzelte die Stirn und starrte blind in die Feuerstelle. »Er ist in Solinde. Er wird die Adligen im Namen Bellams, ihres gefallenen Königs, *und* in Electras Namen erheben. Er braucht sie. Für das Volk ist sie die rechtmäßige Königin von Solinde. Und er wird sich magische Hilfe vom Gott der Unterwelt versprechen... und die Solinder, die sich schon früher von diesen Dingen haben einfangen lassen, werden es wieder tun.«

Die dunkle Haut über Rowans hervorstehenden Wangenknochen entspannte sich kaum merklich. Er lächelte nicht, aber ein Gewicht schien von seinen samtbekleideten Schultern genommen. »Ihr seid Euch der Lage bewußter, als ich dachte… ich habe geglaubt, Carillon würde Euch erst alles erklären müssen.«

Donal schüttelte nachdrücklich den Kopf. »Ich habe während der Jahre mehr gelernt, als du wissen kannst, auch wenn ich ein schlechter Schüler zu sein schien. Aber ich sehe jetzt alles klarer.«

Er dachte erneut an Electra, die frei war, an Electra, die Tynstar half. *O Götter, wie sollen wir das Blutbad verhindern, das aus dieser Verbindung entstehen wird?* Er atmete heftig aus und sah Rowan an. »Wir werden nach Solinde ziehen müssen.«

Ein anerkennendes Glitzern war in Rowans Augen zu erkennen. »Wir werden ein Heer nach Solinde bringen. Unsere Grenzen werden zwar bewacht, aber wir müssen Hilfe senden, und das bald. Wir können es uns nicht leisten, Tynstar unsere Grenzen überschreiten zu lassen.«

»Wann?«

»Das muß Carillon bestimmen. Aber ich glaube, Ihr werdet es nur zu bald erfahren, wenn Ihr zu ihm geht.«

»Natürlich…« Donal sah nach dem Jungen. »Sef… du kannst dich allein beschäftigen. Ich werde nach dir schicken, wenn ich dich brauche.«

»Ja, Mylord… *Mylord* …!« Der Junge trat eilig vor, als Donal sich zum Gehen wandte. »Mylord… wenn Ihr in den Krieg zieht… werdet Ihr mich mit Euch nehmen?«

Donal betrachtete den übereifrigen Jungen. »Ein Krieg ist, soweit ich gehört habe, nicht besonders erfreulich. Vielleicht solltest du besser hierbleiben.«

»Ich möchte aber lieber mit Euch gehen.« Sefs Tonfall klang ungewöhnlich trotzig, aber sein schmales Gesicht war hohl vor Angst.

Ich bin seine einzige Sicherheit, erkannte Donal überrascht. *Er würde lieber mit mir der Gefahr entgegengehen als in Sicherheit zurückbleiben.*

Er legte eine Hand auf Sefs dünne Schulter. »Ich werde dich nicht zurücklassen, Sef. Du hast deinen Dienst bei mir zu verrichten.«

Die große Halle lag tief im Schatten. In den Kerzenhaltern steckten dicke helle Wachskerzen, aber sie waren alle gelöscht worden. Donal roch den schwachen Duft von Bienenwachs und qualmenden Dochten, sowie den Geruch verglühender Kohlen. Die Feuerstelle – ein Graben, der sich über die ganze Länge der großen Halle erstreckte – war mit Asche und glühenden Kohlen angehäuft. Die Mitte der Halle wurde nur von der Feuerstelle und einer einzelnen Fackel nahe des Throns erleuchtet.

Einen Augenblick lang glaubte Donal, von den verzerrten Schatten wie nachtblind, der Raum sei verlassen. Er schaute durch die Dunkelheit stirnrunzelnd die Länge der Halle hinab, aber dann – als sich seine Augen an das Glühen der Kohlen in der Feuerstelle gewöhnt hatten – sah er schließlich Carillon.

Er saß eingesunken auf dem uralten hölzernen Thron, der in der Gestalt eines Löwen geschnitzt war. Dieser kauerte auf eingezogenen Pranken, die Krallen ausgestreckt und mit Goldfarbe verziert. Die Rückwand des Throns bestand aus einem fauchenden Gesicht, das über Carillons Kopf aufragte. Der Löwe schien fast aus der Dunkelheit hervorzuspringen, als suche er Beute.

Die Fackel warf flackerndes Licht über das Holz und schimmerte auf dem Gold. Der Widerschein beleuchtete auch Carillons bärtiges Gesicht und kroch zu dem Messer an seinem Gürtel hinab, um auch dies silbern auszuleuchten: ein Cheysulilangmesser mit einem Heft in Gestalt eines Wolfs, das Finn gestaltet und einst auch besessen hatte. Donal blieb vor dem Podest stehen. Er fühlte sich von der riesigen Halle erdrückt. Die gewölbte Stichbalkendecke ragte über seinem Kopf auf, die entgegengesetzte Wand voller Waffen und Kronen und mit Bleifenstern versehen, drohte ihm wie niemals zuvor. Er atmete tief durch und versuchte sein pochendes Herz zu beruhigen.

»Rowan … hat es mir gesagt.« Seine Stimme hallte in der Weite der verdunkelten Halle wider.

Carillon rührte sich nicht. »Tatsächlich? Hat er dir auch gesagt, was das bedeutet?«

Nach kurzem Zögern nickte Donal. »Es bedeutet, daß es nun Krieg geben wird.«

Carillon beugte sich bedächtig vor. Die Fackel hinter dem Thron beleuchtete seinen Rücken und ließ den karmesinroten Samt seines Wamses im Schatten des Podestes wie ein schwaches Signalfeuer leuchten. »Ein Krieg war zu *erwarten*. Diese Nachricht trifft mich nicht unerwartet. Aber … die Art, wie es dazu kommt, ist *un*erwartet.« Er legte seine vom Alter gezeichneten Hände an sein erschöpftes Gesicht, und massierte mit den Fingern die Haut seiner Stirn, dann strich sich er eine Haarlocke aus seinen Augen. »Electra und Tynstar … nach allen diesen Jahren … wir haben gewaltige Schwierigkeiten vor uns.«

Donal trat vor. »Wir haben einen *Krieg* vor uns, Mylord. Wir sollten vergessen, wer daran beteiligt ist, und uns vollkommen auf die notwendigen Vorgehensweisen verständigen.«

Carillon ließ die Hände sinken und lächelte tatsächlich. »Willst du *mich* über den Krieg belehren?« Aber bevor Donal antworten konnte, winkte er mit einer verkrümmten Hand ab. »Nein, nein, sage nichts. Diese Stimmung ist gleich vorüber. Es ist nur so, daß ich mich erinnert habe, was sie mir vor so langer Zeit angetan hat – daß sie mich beinahe kastriert hat, ohne auch nur eine Klinge zu berühren – o nein, ihre Waffe war nur sie selbst. Götter … *aber welch eine Frau sie war.*« Er stand mühsam vom Thron auf. »Ich erwarte nicht, daß du das verstehst. Aber du *mußt* einsehen, daß sie zu zweit doppelt gefährlich sind. Tynstar wird sie dazu benutzen, alle Solinder um sich zu versammeln, die er brauchen kann – die Anzahl der Krieger wird gewaltigen Ausmaßes sein. Es wird eine ausgesprochen schwierige Auseinandersetzung werden.« Er trat zu der Fackel und nahm sie aus ihrer Halterung.

»Donal ... wirst du mir eine Bitte erfüllen?«

Donal beobachtete, wie er von dem Podest heruntertrat und gezielt auf das andere Ende der Halle zuschritt. »Ich erfülle dir gewöhnlich jede Bitte«, antwortete er vorsichtig.

»Dann tue es auch jetzt.« Carillons Stimme hallte in dem großen Raum wider. »Folge mir in den Schoß der Erde.«

Ein Schaudern überlief Donals Rückgrat. Die Haare in seinem Nacken richteten sich auf. »Ich habe ... davon gehört«, sagte er. »In den Geschichten meiner Rasse.«

Carillon nahm die Lichtquelle mit sich und ließ Donal somit in der schattigen Dunkelheit des Thrones zurück. »Jetzt wirst du ihn kennenlernen, Donal. Jetzt wirst du dahin gehen, wo ich hingegangen bin.«

»Du!« Donal wandte sich um und starrte den Mujhar an. »Du warst im Schoß der Erde?«

»Ich, ein Homaner«, Carillons Stimme troff vor beißendem Spott. »Ja, ich war darin. Ich dachte, Finn hätte es dir vielleicht erzählt.«

»Es gibt im Leben jedes Mannes Geheimnisse.« Schließlich folgte Donal Carillon mit einiger Verzögerung. »Mein *Su'fali* erzählt mir nicht alles ... und du anscheinend auch nicht.« Er blieb plötzlich stehen, als Carillon am Rand der Feuergrube haltmachte.

»Hier«, sagte der Mujhar. »Der Eingang ist ... hier.«

Donal runzelte die Stirn. Er deutete auf die Bodenfliesen. *»Hier?«*

»Du bist blind«, murmelte Carillon angewidert. »Du bist ein Cheysulikrieger – und bist blind.« Er reichte

Donal die Fackel und trat über den Rand der Feuergrube hinweg. Bevor Donal seiner Überraschung Ausdruck geben konnte, trat der Mujhar noch nicht entzündetes Holz beiseite und schob die Überreste früherer Feuer fort.

Donal hustete, als eine Schicht Asche in die Luft stieg. Carillon beugte sich herab und ergriff einen staubigen Eisenring, der in den Boden des Grabens eingelassen war. Donal hörte das Knirschen von Metall auf Stein, und dann sank Carillon auf ein Knie. Er atmete abgehackt.

»Carillon?« Donal trat sofort vor und beugte sich hinab, um eine eingezogene Schulter zu berühren. »Mylord …?«

Carillon schüttelte den Kopf und winkte ab. »Nein … nein … ich bin in Ordnung. Aber … ich glaube, es wird ein jüngerer, ein geraderer Rücken nötig sein.« Er stand langsam auf, eine Hand auf sein Rückgrat gepreßt. »Gib mir die Fackel. Du mußt diese Aufgabe erfüllen.«

Donal reichte ihm die Fackel und betrat die Feuergrube. Stirnrunzelnd beugte er sich hinab und ergriff mit beiden Händen den Ring, wobei er halb erwartete, vor der Hitze des Metalls zurückzuzucken. Aber es fühlte sich kühl an, wenn es auch mit Asche und Holzkohle verschmiert war. Er spreizte die Beine und stemmte sie fest auf den Boden auf, um alle seine Kraft zu sammeln. Dann zog er vor Anstrengung stöhnend die Eisenplatte, die als Abdeckung diente, zurück und ließ sie auf den Stein fallen. Er starrte in die Dunkelheit hinab.

Schale Luft stieg ihm ins Gesicht. Er sprang sofort zurück und suchte sicheren Abstand. »Götter«, sagte er, »*dort* sollen wir hinabsteigen?«

»Warum nicht?« fragte Carillon. »Ich war als letzter dort unten.«

Donal runzelte die Stirn. Er wußte, was Carillon tat. Der Mujhar mußte nur Donals Stolz anrufen, und seine Aufforderung wurde zu etwas, was Donal tun *mußte*.

»Ich habe das Licht.« Carillon klang verdächtig heiter. »Ich werde vorausgehen.«

»Sollte ich meine *Lirs* herbeirufen?« fragte Donal ein wenig herablassend, obwohl er noch immer die pure Bestürzung empfand.

»Nein. Dort, wo wir hingehen, gibt es viele davon.« Carillon trat an Donal vorbei und stieg langsam die enge Treppe hinab.

Donal blieb in der Dunkelheit der Halle allein. Und so folgte er sogleich der flackernden Fackel.

Es ist ein Loch in der Erde, dachte Donal. *Ein tiefes, schwarzes Loch, das mich verschlingen will.* Er stieg weiter hinab, folgte dem Mujhar. *Carillon ist verrückt geworden. Die Nachricht von Electras Flucht hat ihn soweit getrieben.* Aber noch während er dies dachte, wußte er, daß es nicht der Wahrheit entsprach. Electras Flucht würde einfach bewirken, daß Carillon sorgfältiger plante.

Er konnte kaum etwas sehen, denn die Fackel in Carillons Hand rauchte stark in der Dunkelheit und warf Schatten auf Flächen und Höhlungen, so daß die Wände flach und sich zuspitzend mit der Decke und den Stufen verschmolzen oder unsichtbar wurden. Er streckte eine Hand zur nächsten Mauer aus, um sich zu beruhigen.

Die Oberfläche war kühl und wurde mit jedem Schritt nasser. Er roch modrige Feuchtigkeit, den Geruch uralten Gesteins. Er erfüllte seine Sinne mit dem Duft des Alters und seinen Bauch mit Angst.

»Es sind einhundertzwei.« Carillons Stimme hallte in dem engen Treppenschacht seltsam wider. »Ich habe sie einmal gezählt.«

»Einhundertzwei?«

»Stufen.« Carillon lachte kurz und rauh auf. »Was hast du gedacht, was ich meine? Dämonen?«

Donal lachte nicht. Seine bloßen Arme und sein Gesicht waren mit klebriger Feuchtigkeit überzogen. Sein Haar hing ihm schlaff auf die Schultern herab und in die Augen. »Wie weit ist es noch?«

»Wir sind da.« Der Widerhall klang jetzt näher. Der Schein der Fackel flackerte auf und beleuchtete den Gang, und Donal sah, daß sie in einem Raum von der Größe eines Kleiderschranks standen. Der Mujhar wartete. Vor der Schwärze und von dem Fackellicht angestrahlt, bildete sein Haar einen silbernen Kranz. »Siehst du?« Carillon deutete auf eine bestimmte Stelle.

Donal sah hin. Er erkannte fast sofort, was der Mujhar meinte: eine in die feuchten Felsmauern geritzte Reihe von Runen. Die Zeit und Sickerwasser hatten die Figuren abgeflacht bis sie kaum noch mehr als schwache grünliche Spuren ihrer eigenen ursprünglichen Gestalt zeigten – aber Donal erkannte sie dennoch.

Er sah Carillon an. »Cheysuli haben diesen Palast erbaut. Es überrascht mich nicht, daß Runen in der Alten Sprache in den Grundfesten verankert sind.«

»Runen der Erstgeborenen.« Carillon blieb ernst. »Dein Vater hat mich hierher gebracht, Donal. Ohne Erklärungen hat er mich hierher gebracht, um mir den Schoß der Erde zu zeigen, damit ich wüßte, was es heißt, ein Cheysuli zu sein.«

In Donals Brust flammte blitzartig Unmut auf. »Du bist ein Homaner. Niemand außer einem Krieger kann wissen, wie es ist, ein Cheysuli zu sein.«

»Vier Tage lang habe ich es gewußt. Es war… notwendig.« Carillon streckte eine Hand zur Mauer aus und suchte den richtigen Stein. Er fand ihn, drückte darauf, und ein Abschnitt der Wand gab nach.

Ein Schwall schaler Luft kam ihnen aus dem Gewölbe entgegen, aber er trug den Geruch von Leben mit sich. Der Raum war vielleicht verschlossen gewesen, aber er war keine Todesfalle. Ein Mann konnte ungestraft hineingehen.

Carillon hielt die Fackel in die Öffnung, und die Flammen erhellten die Dunkelheit. Donal, der noch immer am Fuß der Treppe stand, sah das blaß cremefarbene Gewölbe und darin das Schimmern polierten Marmors.

Das Fackellicht quälte Carillons Gesicht grausam. Donal sah jede Falte, jede Linie, jede von den Flammen betonte Veränderung. Aber seine Augen drückten unendliche Geduld aus.

Er trat an dem Mujhar vorbei in das cremefarbene Gewölbe. Das Fackellicht tanzte und zischte, ließ die Schatten die Wände und die Decke hinauf in Risse und Spalte klettern. Die Wände schienen sich fast zu bewegen, als er eintrat, und er sah, daß die brüllenden Flammen dem golddurchzogenen Marmor Leben einhauchten.

Lirs. Lir auf *Lir,* die aus dem Fels hervorsprangen. Er sah einen Bär und einen Falken, eine Eule und einen Keiler, einen Fuchs, eine Wildkatze und einen Wolf. Er sah alle *Lirs* und mehr noch, die jeden Zentimeter der Marmorwände und der Decke bedeckten. Kein Teil der Oberfläche war unberührt.

»Cheysuli i'halla shansu«, sagte Carillon ganz ruhig. *»Ja'hai, Cheysu, Mujhar.«*

Donal fuhr herum und sah den Mann an. Die Worte waren flüssig und akzentfrei ausgesprochen worden: *Möge dir Cheysulifriede beschieden sein* und *Nimm diesen Mann an, diesen Mujhar.* Er glaubte fast, ein Cheysuli habe die Alte Sprache gesprochen. Aber es war Carillon, Homaner bis auf die Knochen, der ihm in dem Gewölbe gegenüberstand.

Er atmete vorsichtig ein. »Bist du nicht ein *wenig* voreilig?«

»Weil ich die Götter bitte, dich anzuerkennen?« Carillon lächelte. »Nein. Man kann jederzeit darum bitten, anerkannt zu werden, aber es wird nur gelegentlich gewährt.« Er schwieg eine Weile. Als er weitersprach, klang seine Stimme auf vielsagende Art sanft, als spräche er zu einem kleinen Kind. »Donal... du *wirst* Mujhar werden. Aber es bleibt dir überlassen, deinen Frieden damit zu schließen, wenn die Götter dich dulden.«

Erneut flammte Unmut in Donal auf. Er dachte an

Sorcha, die ihn gebeten hatte, sein Erbe nicht im Stich zu lassen. Und hier stand der Homaner Carillon und belehrte ihn desgleichen. »Mein *Tahlmorra* ist eindeutig, Mylord Mujhar«, sagte er sehr betont. »Ich habe es schon vor langer Zeit angenommen, da weder du noch die Götter – *noch* mein *Jehan* – mir jemals eine Wahl gelassen haben.«

Carillon zeigte nicht, ob diese Antwort – oder Donals Tonfall – ihn in irgendeiner Weise beunruhigte. Er schien Donals Gefühlen gegenüber aufs äußerste unbeteiligt, als sei für ihn nicht wichtig, was sein Erbe dachte, wenn man es gegen die Gegenwart und die Zukunft abwog.

»Sieh dich um, Donal«, sagte er sanft. »Kein Mann, der Mujhar werden soll, kann verhindern, sich seinem Erbe zu stellen. Duncan hat mir das bewiesen, als er mich hierherbrachte. Obwohl ich kein Cheysuli bin, hat er mich erkennen lassen, daß es *eure* Rasse war, die Homana stark gemacht hat. Ich habe für kurze Zeit das Geschenk angenommen, das die Götter mir zugestanden haben. Für mich war es in jenen Tiefen zu finden.« Er nickte in Richtung dessen, was hinter Donals Kopf lag. »Für dich verhält es sich vielleicht anders.«

Zögernd sah sich Donal in dem Gewölbe um. Gold und Elfenbein schimmerten. Er dachte schon, er sähe die Flügelspitze eines Falken sich bewegen. Dann bemerkte er den Flecken Dunkelheit am Boden. Es war ein Loch. Ein vollkommen rundes Loch, das sich in die Tiefe erstreckte.

»Ein Verlies«, keuchte er. Er schaute schnell zu Carillon, als ihm klarwurde, was dies alles bedeutete. »Du willst doch nicht sagen …«

Carillons Stimme klang vollkommen gefaßt. »Bei mir war es notwendig. Ob es das bei dir ebenfalls ist, weiß ich nicht. Das ist eine Sache zwischen dir und den Göttern.«

Donal trat näher an das Verlies heran. Das Fackellicht

wurde verschluckt, und er konnte jenseits des vollkommen runden Randes nichts sehen. Überhaupt nichts.

Und doch sah er alles.

Er schloß die Augen. Der eiserne Ring der Erkenntnis war um seine Kehle geschlossen. »Wann wird die Hochzeit stattfinden?«

»Noch in diesem Monat.« Carillon klang weder überrascht noch erfreut, als habe er die Mitteilung erwartet. »Das läßt uns genug Zeit, die Gäste zu versammeln, so daß alles angemessen stattfinden kann. Ich kann nicht zulassen, daß Tynstar glaubt, er habe mich durch Angst zu diesem Zug veranlaßt, nur um den Thron zu sichern.«

»Natürlich.« Donal empfand seltsamerweise fast nichts. Entsetzen? Er glaubte es nicht. Vielleicht war es einfach so, daß kein Raum für Unschlüssigkeit mehr gegeben war. »Und der Marsch nach Solinde?«

»Er wird innerhalb von zwei Monaten nach der Hochzeit stattfinden.« Carillon blieb ernst. »Das verschafft dir genug Zeit, einen Erben zu zeugen.«

Die Flammen brüllten in dem Marmorgewölbe mit seiner elfenbeinfarbenen Menagerie. »Nimmst du die Fackel mit?«

»Natürlich, das gehört dazu.«

Donal nickte. Er empfand seltsamerweise keine Angst, keine Verzweiflung, keinen Groll über Carillons ruhige Bestimmung seines Schicksals. Er spürte nur, daß dies alles getan werden mußte, um die Verbindungen in der von ihnen gemeinsam geschmiedeten Kette herzustellen.

Er lächelte Carillon zu. *»Ja'hai-na,* Mylord Mujhar. *Cheysuli i'halla shansu.«*

Kapitel Dreizehn

Er hörte das Kratzen von Stein auf Stein, das zischende Knirschen der Kalksteinmauer auf dem Marmorboden. Die Fackel war fort und hinterließ nur das Knistern vergehender Flammen in seinen Ohren und die Blüte schwindenden Feuers in seinen Augen. Als Geräusche und Licht verschwunden waren, stand er allein in der Dunkelheit.

Donal erschauderte. Es war kühl in dem Gewölbe, aber er glaubte, daß das Erschaudern noch andere Ursachen hatte. Er hatte nicht wirklich Angst, aber er fühlte sich auch nicht vollkommen wohl. Wenn er noch einmal die Wahl hätte, würde er das Gewölbe verlassen, anstatt hierzubleiben.

Er atmete tief ein, hielt kurz den Atem an und ließ ihn dann wieder ausströmen. Er schloß die Augen und versuchte, die Dunkelheit des Gewölbes an der Dunkelheit zu messen, die alle Menschen beanspruchten, und stellte fest, daß es hinter seinen Lidern heller wurde. Er öffnete die Augen wieder.

»Shansu«, sagte er, um festzustellen, ob das Wort widerhallte. Es hallte wider, aber auf seltsame Art, indem es in das Verlies im Boden des Gewölbes abfiel.

Er streckte eine Hand nach der Wand aus, die den Eingang bildete. Durch die Kunst des Meisters, der die *Lirs* zum Leben erweckt hatte, spürte er Seidenweiche. Der Eingang war aus Marmor gearbeitet, genau wie die Wände außerhalb der Gangseite, die aus narbigem Kalkstein bestand. Trotz der Dunkelheit wußte er, daß diese Seite aus vollkommen cremefarbenem Elfenbein bestand, das mit reinstem Gold durchzogen war. In einem anderen Palast wäre dies ein von allen bewundertes Monument. In Homana-Muhjar war es ein Ort hintergründiger Geheimnisse.

»Ja'hai«, sagte er und trat langsam von der Wand fort. Der Rand der Grube fühlte sich nahe an. Vorsichtig balancierte er daran entlang und kniete dann wieder, um den Göttern zu huldigen. *»Tahlmorra lujhala mei wiccan, Cheysu.«*

Er zog die Füße unter seinen Körper und richtete seine Knie auf dem Marmor aus. Er preßte die Handflächen flach auf den Boden, und die Finger bogen sich über den runden Rand des Kerkers. Er beugte den Kopf und öffnete sich dem, was die Götter ihm schicken würden.

Stille. Dunkelheit. Vollkommene Bewegungslosigkeit.

Er saß da. Er spürte seinen Herzschlag. Er spürte das Blut durch seine Adern rauschen. Er hörte das leise Flüstern seines Atems. Er ließ sich fallen.

Langsam.

Nach und nach.

Er befreite sich von den Bindungen seines Körpers und ließ seinen Geist sich ausbreiten. Er spürte die Wachsamkeit weichen.

Er ließ sie weichen …

… und dann kehrte sie zurück.

Licht flammte in dem Gewölbe auf. Er starrte blind auf die Marmorwand, die so voller schimmernder *Lirs* war, und sah dann den Schatten.

Schlank. Mit einer Kapuze. Mit einem Umhang.

Er kommt auf mich zu …

… und hatte die Fackel erhoben, um ihn niederzustrecken.

Donal stieß sich hoch und machte am Rand des Kerkers auf dem Absatz kehrt. Er sah nur den Umriß der umhüllten Gestalt, kein Gesicht, kaum die beiden zarten schmalen Hände. Und die Fackel. Die Flammen brannten in seinen Augen, die jetzt an die Dunkelheit gewöhnt waren, und er wußte, daß das Feuer ihn blenden würde.

Schweigend hob er seinen bloßen linken Arm. Er spürte die Hitze der Flammen, als sie seine Haut versengten. Er roch den Gestank des Leichenhauses. Schmerz flammte in ihm auf. Er hörte sich schreien.

Die Fackel wurde erneut nach seinem Gesicht ausgestreckt, und er stieß sie wieder fort. Er spürte die verbrannte Haut seines Arms platzen und schmeckte die klebrige Nässe des Blutes.

Der Angriff hatte seine Wirkung gezeigt. Aus dem Gleichgewicht gebracht und am Rand des Verlieses schwankend, streckte Donal die Hand aus, um den Arm seines Angreifers zu erfassen, griff statt dessen aber in die Flammen. Er fiel rückwärts in die Dunkelheit, er breitete mit einem gedämpften Schrei die Arme aus und versuchte, den Rand der Höhle zu fassen.

Die Finger schabten daran entlang. Die Knochen wurden gequetscht. Der klammernde Griff glitt ab und löste sich.

Der weit zurückgeworfene Kopf schlug auf dem Rand der Marmorgrube auf.

Er stürzte.

Er spürte blind, daß sich sein Körper hilflos wand: ohne Orientierung. Eine Hand kratzte kurz an der Wand entlang, ein Ellbogen schlug dagegen. Das Leder seiner Stiefel wurde abgeschabt. Vor allem aber stürzte er und berührte nichts als Luft.

Blind. Taub. Mit dem Geschmack der heißen, beißenden Gallenflüssigkeit in der Kehle.

Und dann öffnete er den Mund und schrie gegen sein Schicksal an.

Sein Arm streifte kurz die seidenweich abgerundete Wand. Die Muskeln streckten sich in Abwehr. Er hörte das klingende Kratzen von Metall auf Marmor.

Sein *Lir*band.

Götter – ich bin ein Cheysulikrieger! Warum soll ich fallen, wenn ich fliegen kann …?

Er streckte beide Arme aus. Menschliche Arme ohne Federn oder Falkenknochen. Er streckte sich aufgeregt nach der *Lir*gestalt aus, aber nichts antwortete seinem Ruf.

Langsam … es geschieht so langsam … ich werde niemals auf dem Grund auftreffen.

Und wenn er nicht auf dem Grund aufträfe, würde er vielleicht auch nicht sterben.

Er spürte die Luft an seinem Körper. Es war kein Wind da, nur die im Fall vorüberziehende Luft. Er erkannte, daß der Falke in ihm, der Teil, der die Muster des Fluges verstand, sich erheblich würde abbremsen müssen, wenn er einen Abwärtssturz in den Aufschwung eines lebensrettenden Fluges verwandeln sollte.

Er wand sich. Schweiß brach auf seinem Körper aus. Er streckte sich erneut nach dem Gestaltwandel aus.

Kopfüber. Der Ruck gestauter Luft unter ausgebreiteten Schwingen.

Er neigte einen Flügel vorsichtig, schwang herum und versuchte einen Aufstieg. Aber das schien unmöglich. Die plötzliche Veränderung in Größe und Verteilung seines Gewichts bewirkte, daß er schon an der Wand die Luft durchschnitt. Sein Fall wurde aufgehalten, aber jetzt drängte ihn die Schwungkraft auf den Marmor zu.

Die Schwingen des Falken versuchten, den Flug auszugleichen. Willenskraft hob ihn aufwärts und führte ihn von der Wand fort. Und doch besiegte ihn allein die Gestalt des Kerkers. Die linke Flügelspitze verfing sich an dem seidigen Marmor, und eine Erschütterung durchlief seinen Körper. Die Richtung änderte sich. Er glitt seitwärts zur entgegengesetzten Seite ab.

Der linke Flügel versagte, unbeholfen.

Er peitschte die Luft. Schmerz schrie durch seine hohlen Knochen und hallte in seinem Schädel wider. Dennoch flog er weiter. Vielleicht war er nicht so tief gefallen, wie er befürchtet hatte. Er flog, breitete verzweifelt seine stoppeligen Federn aus und erreichte den Rand der Grube.

Dann fiel er erneut.

Er spürte den Boden sich erheben, um ihn zu treffen, die zerbrechlichen Knochen zu zerschmettern, und dann verlor er den Gestaltwandel. Donal schlug in menschlicher Gestalt auf dem Stein auf.

Ein Laut erfüllte das Gewölbe. Er hörte ihn deutlich: ein heiseres, rauhes, kehliges Schluchzen wie von einem Menschen, der nicht mehr genug Atem hat, um laut zu schreien.

Er troff vor Schweiß. Seine Lederkleidung war durchtränkt und roch übel nach seiner Angst. Er lag bäuchlings auf dem Boden des Gewölbes und preßte sein Gesicht in den Fels, der die Haut gegen die Knochen drückte.

Kein Licht.

Die Fackel war fort. Er lag in völliger Dunkelheit. Aber jetzt kümmerte es ihn nicht. Er wollte nur wissen, ob er lebte.

Sein linker Arm war gebrochen. Eine Verletzung in *Lir*gestalt, die auf die menschliche Gestalt übergegangen war. Er wußte nicht, wie tief der Knochen gebrochen war. Das dumpfe Knacken seines Falkenflügels ließ vermuten, daß es kein einfacher Bruch war. Möglicherweise war der Knochen zertrümmert. Wenn er verbunden würde, würde er vielleicht heilen, aber schwieriger war es, die verbrannte Haut zu heilen.

»Lirs«, sagte er laut. Das Wort zischte in die Dunkelheit des Gewölbes.

Er sammelte alle ihm verbliebene Kraft und sandte den Ruf über die Verbindung hinweg. *Lirs … bei den Göttern, wie sehr ich euch brauche!*

Als er dazu in der Lage war, zog Donal den gesunden Arm an seinen Körper und stemmte den Ellbogen unter seine Rippen. Er spannte sich an, richtete sich auf und zwang sich dann auf die Knie, um sich auf seine Beine setzen zu können. Er barg den linken Arm kurz an seinem Bauch und wiegte sich wie ein Kind sanft auf den Fersen, aber dann ließ er fast augenblicklich wieder von beidem ab. Es schmerzte zu sehr, sich zu bewegen oder den Arm zu berühren.

»Danke«, sagte er laut und hörte, wie heiser seine Stimme war. »Wenn das die Prüfung war ... ich möchte sie nicht wiederholen.«

Er versuchte, seinen Atem zu beruhigen, und versuchte, die schwindende Kraft zu sammeln. Er wußte, daß die *Lir*gestalt verschwunden war. Er hatte zu starke Schmerzen, um eine der beiden möglichen Gestalten zu bewahren. Aber es hätte auch wenig genützt. In geschlossenen Räumen wären sogar der Wolf und der Falke gefangen gewesen.

Er spürte den Schweiß der Anstrengung von seinem Gesicht herabtropfen. Er schloß die Augen und wartete ab.

»Donal.«

Dumpfer Schmerz umgab seine Stirn wie ein Stirnband aus schwerem Eisen. Seine Lippen bluteten an der Stelle, wo er sie gebissen hatte. Er schmeckte den Salz-Kupfer-Geschmack. Schweiß lief sein Gesicht herab.

Er wagte nicht den Mund zu öffnen, nicht einmal, um seinen Lippen Erleichterung zu verschaffen.

»Donal.« Es war Carillons Stimme. Er stand neben seinem Bett. »Donal ... Finn ist hier.«

Er öffnete ruckartig die Augen. Durch einen Fiebernebel und seine Schmerzen hindurch sah er Finn den Raum betreten.

»Su'fali«, flüsterte er heiser, »sage ihnen, sie sollen aufhören, sage ihnen, sie sollen *aufhören* ...« Er wand sich auf dem Bett und versuchte dem Schmerz zu entfliehen. *»Su'fali,* sage ihnen, sie sollen aufhören. Sie wollen mir den Arm abnehmen.«

Carillon sah Finn mitfühlend an, aber seine Stimme klang angestrengt. »Die Knochen sind gebrochen. Und die Verbrennungen könnten ihn innerhalb von drei Tagen vergiften.«

»Ihr dürft ihm den Arm nicht abnehmen.« Finn trat auf das Bett zu, und Storr begleitete ihn. »Du weißt es besser, Carillon.«

»Was weiß ich? Meinst du den Unsinn, daß ein verstümmelter Krieger kein nützlicher Mensch mehr ist?« Carillon streckte ruckartig seine verkrümmten Hände vor. »Siehst du sie? *Ich* bin verstümmelt, Finn … aber ich regiere Homana dennoch!«

Finn beugte sich über seinen Neffen. »Ein verstümmelter Krieger kann nicht kämpfen. Er kann nicht jagen. Er kann sich nicht um sein Zelt kümmern. Er kann seine Frau und seine Kinder nicht beschützen. Er kann sich selbst nicht beschützen.« Er fühlte nach Donals glühender Stirn. »Du weißt das alles, Carillon … ich habe es dich gelehrt. Ein verstümmelter Krieger kann seinem Stamm nicht dienen, und er kann auch der Prophezeiung nicht dienen. Er ist nutzlos für sein Volk.«

Carillon stand neben dem Bett. Er zitterte, wie Donal an seinen Händen, in seinem Gesicht und an der Starre seines Rückgrats erkannte. Die graue Blässe des Entsetzens wurde langsam von der Röte aufsteigender Verärgerung verdrängt. »Genau diese Prophezeiung bedrohst du, indem du ihn zum Tode verurteilst.«

»Ich verurteile Donal zu gar nichts. Ich werde ihn heilen. Hast du nicht deshalb nach mir gesandt?«

»Und wenn du ihn nicht heilen kannst?« forderte Carillon ihn heraus. »Manchmal gelingt es nicht.«

»Manchmal nicht, wenn die Götter es für angemessen halten, die Heilung zu verweigern.« Finn hatte keinen Blick für den Herrn übrig, dem er einst so treu gedient hatte. »Donal … was ist geschehen?«

Sein Arm schmerzte. »Carillon hat mich in den Schoß der Erde geführt«, sagte er atemlos. »Er hat mich dort zurückgelassen. Ich … habe mich den Göttern übergeben. Aber dann kam jemand. Jemand … griff mich mit einer Fackel an. Ich … fiel.« Er schloß die Augen. »Als ich dazu in der Lage war, nahm ich *Lir*gestalt an, aber … ich konnte den Sturz nicht abfangen. Ich … konnte nicht … wirklich fliegen. Und so … prallte ich gegen die Wand.«

Finn nickte. Er sah sich nach einem Stuhl um, fand einen und zog ihn mit der Stiefelspitze zu sich heran. Das Gold seines *Lir*bandes schimmerte im Schein eines Dutzend Kerzen. »Sage nichts mehr«, sagte er ruhig und setzte sich auf den Stuhl. »Sage nichts mehr, bis ich fertig bin und der Arm wieder geheilt ist.« Er lächelte kurz. »*Shansu*, Donal … ich werde dir den Schmerz nehmen.«

»*Ru'shalla-tu*«, sagte Donal schwach. *So soll es sein.*

Er schloß die Augen. Er spürte die Ermutigung seiner beiden *Lirs* und auch Storrs Anwesenheit. Finn berührte ihn nicht – er saß nur auf dem Stuhl und sah Donal an –, aber nach kurzer Zeit wirkten seine Augen durchscheinend und losgelöst. Das Gelb wurde zu Schwarz.

Donal schwebte, körperlos, von nichts gebunden außer von Schmerz. Er flammte auf und erstarb, pulsierte mit seinem Herzschlag. Er fragte sich, ob sie miteinander verbunden waren. Aber dann, ganz allmählich, spürte er, wie der Schmerz nachließ und das Pochen gänzlich aufhörte.

Bin ich tot? fragte er sich kurz und stellte fest, daß es ihn nicht kümmerte.

Schweben …

… Schmerzlosigkeit verschlang ihn.

Nach der Heilung schlief Donal drei Tage lang, und am vierten Tag stand er auf. Als er sich anzog, entdeckte er, daß sein geheilter Arm nicht mehr schmerzte und die Knochen nicht mehr steif waren. Nur neue Haut war zu sehen, die rosiger als die sonnengebräunte ältere Haut war.

Sollen wir mit dir gehen? fragte Lorn, als Donal seine Stiefel anzog.

Nein. Ich besuche nur Carillon.

Taj, der so aufgeplustert war, daß er auf seiner Stange doppelt so groß wie üblich wirkte, stieß einen zustimmenden Laut aus. Lorn gähnte, streckte sich und erhob sich dann, um einen wärmeren Platz in Donals Bett zu suchen. Wie bei einem Wolf üblich, drehte er sich dreimal auf der Stelle, bevor er sich niederließ. Wie bei einem *Lir* üblich, dankte er Donal für die überlassene Wärme.

Donal ging sofort zu Carillons Sonnenraum, um über das zu sprechen, was geschehen war, und fand Finn und Alix ebenfalls dort vor. Er konnte sich unsicher daran erinnern, daß sie neben seinem Bett gestanden und sich über seinen Gesundheitszustand unterhalten hatten. Er erinnerte sich auch daran, daß er einmal versucht hatte, sie fortzuschicken, um etwas schlafen zu können. Er hatte geschlafen, aber er wußte nicht, ob sie seiner Aufforderung gefolgt waren.

Alix saß auf einem dreibeinigen Stuhl vor der Feuerstelle, die indigofarbenen Röcke um ihre Füße ausgebreitet, einen Becher heißen Wein in Händen. Donal konnte den schwachen Dampf von der Oberfläche aufsteigen sehen. Finn hockte auf einer breiten Fensterbank, eine Silhouette vor dem Sonnenlicht, von gemeißeltem Stein umrahmt. Storr lag mit geschlossenen Augen zu seinen Füßen. Carillon saß in einem Ledersessel und hatte die Beine vor sich ausgestreckt. Donal erkannte an der fest angespannten Haut um die Augen des Mujhar, daß er Schmerzen hatte.

»*Ein* Gutes hatte das Ganze…« Donal schloß die schwere Tür. »Es hat meinen *Su'fali* nach Homana-Mujhar zurückgebracht.«

Finn schwenkte einen Stiefel. Er lächelte kaum merklich. »Ich habe gesagt, daß ich zu deiner Hochzeit kommen würde. Es geschah also nicht so vorzeitig.«

»Solltest du schon aufstehen?« fragte seine Mutter. »Finn sagte uns, du würdest vielleicht tagelang schlafen.«

»Das habe ich auch getan.« Er winkte ab, als sie sich erheben wollte. »Und ja, ich sollte schon aufstehen ... oder ich werde in diesem Bett Wurzeln schlagen.« Er kratzte die neue Haut über und unter dem goldenen *Lir*band. »Nun, zumindest könnt ihr beiden alternden Krieger auf diese Weise über frühere Zeiten sprechen, ohne daß hundert Speichellecker jedem Wort lauschen.«

Carillon regte sich im Sessel und umklammerte mit einer Hand die Lehne. »Die alten Zeiten können warten. Jetzt sollten wir erst einmal genau erfahren, was geschehen ist.« Er setzte sich aufrecht hin und streckte die eingesunkenen Schultern. »Götter ... wenn ich daran denke, wie Lorn geheult hat ... und Taj wollte nicht aufhören, in der Halle herumzufliegen ...« Er schüttelte den Kopf. »Ich habe dich in dem Gewölbe zurückgelassen, weil es so geschehen mußte. *Ohne Lirs.* Vollkommen allein. Ich hatte Befehl gegeben, daß *niemand* die Halle betreten durfte. Wie konnte jemand es erfahren haben?«

»Das Gewölbe ist nicht völlig geheim«, erklärte Finn. »Alle Cheysuli wissen davon ... obwohl sie nicht genau wissen, wo es sich befindet. Wir werden bereits als Kinder darüber belehrt. Es ist eine der ersten Lektionen, die die *Shar Tahls* uns erteilen.« Er runzelte die Stirn. »Dennoch ... ich bezweifle, daß andere Homaner außer dir etwas davon wissen. Wer befindet sich noch in diesem Palast?«

»O Finn, du kannst nicht von uns erwarten zu glauben, daß jemand aus Carillons *Gefolge* dies getan hat!« Alix schüttelte den Kopf. »Sie sind Carillon zu treu ergeben.«

»Sie sind Carillon und *Homana* treu ergeben«, sagte Finn ruhig. »Aber wenn man den Rang unbeachtet läßt, gibt es einen grundsätzlichen Unterschied zwischen Carillon und Donal.«

Alix sah ihn an. Ihr Gesicht lag ganz im Sonnenschein, der die Schatten aus den Flächen und Winkeln vertrieb und ihr wieder ein jugendliches Aussehen verlieh. Donal konnte fast das siebzehnjährige Mädchen sehen, das Finn Carillon gestohlen und dann an seinen älteren Bruder verloren hatte.

Aber der Augenblick verging. Donal schaute von seiner Mutter zu seinem Onkel und sah nur noch einen Krieger und eine Frau, die über ihren Vater miteinander verwandt waren. Sie trugen Hales Züge.

Und wären nicht dieser Jehan und Carillons närrischer Cousin gewesen, dann stünde keiner *von uns hier.*

»Also Fremde.« Carillon kratzte seinen Bart. »Nun, da ist Gryffth. Der Ellasier Lachlan hat ihn mir geschickt… vor fünfzehn Jahren?« Er runzelte die Stirn, denn er war offensichtlich erschrocken, wieviel Zeit vergangen war. »Aber er ist zur Zeit der einzige Fremde im Palast. Und Gryffth würde ich *mein* Leben genauso anvertrauen wie Donals. Er hat Duncan und mir geholfen, Alix von Tynstar zu befreien.« Carillon schüttelte den Kopf. »Nein, nicht Gryffth.«

»Nein«, stimmte Finn ihm zu. Er tippte mit einer Stiefelhacke gegen die Wand.

Donal setzte sich auf den Rand eines massiven Tisches und goß sich Wein ein. »Ich könnte nicht einmal eine ungefähre Vermutung äußern. Ich weiß, daß es Homaner gibt, die lieber etwas *anderes* in mir sähen, als Carillons Erbe… und im Keep… zweifellos…« Er zuckte die Achseln und verzog den Mund. »Aber ich bezweifle doch, daß jemand von ihnen mich *tot* sehen wollte…« Er stellte den Weinbecher jäh ab. »Nein… vielleicht irre ich mich. Mein Empfang in Hondarth war nicht sehr… herzlich.«

»Was willst du damit sagen?« Carillon setzte sich in seinem Sessel auf. »Was hast du mir verschwiegen?«

Donal bemerkte, wie aufmerksam Finn und Alix seine Antwort erwarteten. Und so erzählte er ihnen kurz von der Begegnung mit den Homanern und der Art, wie sie sich ihm gegenüber verhalten hatten. »Ich hielt es nicht für wichtig genug, um es dir zu erzählen«, sagte er schließlich zu Carillon. »Es war… unerfreulich, aber nichts, was den Mujhar betroffen hätte.« Er drehte den Becher auf der hölzernen Tischplatte im Kreis und beobachtete müßig seine Bewegungen. »Aber… ich fange jetzt *tatsächlich* an zu erkennen, daß sich nicht ganz Homana mit der Beendigung des *Qu'mahlin* abgefunden hat.«

»Und das wird auch niemals der Fall sein«, stimmte Finn ihm zu.

Alix zupfte stumm, aber offensichtlich besorgt an ihren indigofarbenen Röcken.

»Das überrascht mich nicht«, fuhr Finn ruhig fort. »Ich glaube, vielen Homanern ist es gleichgültig, ob wir überhaupt *leben* – sie können nichts daran ändern, außer ein weiteres *Qu'mahlin* anzuzetteln –, aber ich glaube auch, daß sie einem Cheysulimujhar heftigen Widerstand entgegensetzen würden. Und du bist jetzt an der Reihe.«

Donal runzelte die Stirn. »Aber würden sie versuchen, mich *töten* zu lassen?«

Alix sah Finn mit grimmigem Gesichtsausdruck an. »Würden sie es tun?«

Er zuckte die Achseln. »Es ist möglich. Shaines *Qu'mahlin* war eine mächtige Angelegenheit. Es hat Haß und Angst gezüchtet und Gewalt und Dummheit Nahrung verschafft.« Er schaute zum Mujhar. »Ich erinnere mich daran, wie es war, als Carillon und ich aus Caledon zurückkamen. Die Verfolgung schien vorüber, aber viele Homaner wollten mich tot sehen.« Zum ersten Mal war eine Spur Schärfe in seiner Stimme zu hören. »Wir sollten die Möglichkeit, daß es das *Qu'mahlin* für einige Menschen immer noch gibt, lieber nicht außer acht lassen.«

»Sogar *jetzt?*« fragte Donal. »Du und Carillon, ihr seid vor fast zwanzig Jahren zurückgekommen. Es ist viel Zeit vergangen. Die Dinge ändern sich. Die Menschen werden älter und milder.« Er zuckte die Achseln. »Vielleicht sind einige Fanatiker übriggeblieben, aber sicherlich nicht ausreichend viele, um Homana Schaden zuzufügen.«

Finn sah ihn an. »Ich bin fünfzig und damit in deinen Augen *alt, Harani,* aber würdest du *mich* als friedlichen Menschen bezeichnen?«

Fünfzig. Donal hatte in letzter Zeit nicht mehr über Finns Alter nachgedacht. Für ihn war Finn alterslos. Und sicherlich nicht weniger kämpferisch denn je. »Nein«, sagte er entschieden, und Finn lächelte sein ironisches Lächeln.

Carillon rieb sich müde die Stirn. »Götter ... wird es *niemals* aufhören? Was wird noch alles geschehen, wenn ich tot bin?«

»Wenn du tot bist, wird es Donals Problem sein.« Finn streckte einen Fuß aus und berührte mit der Stiefelspitze Storrs linkes Ohr. »Bevor das alles auf uns zukommt, müssen wir uns noch um ein anderes kümmern.«

»Zum Beispiel die Frage: Wer hat meinen Sohn zu töten versucht«, sagte Alix tonlos. »O ja, wir sollten unsere Aufmerksamkeit *darauf* richten.«

Donal schüttelte den Kopf. »Ich habe nichts Deutliches gesehen. Nur Licht und Feuer und ... einen Umriß. Jemanden, der einen Umhang mit Kapuze trug.«

»Denk daran zurück«, wies Finn ihn an. »Ruf die Erinnerung herauf. Denke an das, was du sahst, bevor du fielst.«

»Feuer«, wiederholte Donal, der sich nur zu gut erinnerte. »Flammen von der Fackel. Ich wurde damit angegriffen ... ich riß meinen Arm hoch, um sie abzuwehren.« Er beschrieb, was geschah. »Ich verlor das Gleichgewicht ... ich trat zurück ... und fiel.« Er erschauderte, als er sich an das Gefühl der Gewichtslosigkeit erinnerte. »Ich habe nicht einmal gehört, daß sich die Wand geöffnet hätte.«

»Denk noch einmal nach«, sagte Finn geduldig. »Du sahst eine mit einem Umhang und einer Kapuze bekleidete Gestalt. Groß? Klein? Dick? Dünn?« Er streichelte mit dem Zeh Storrs Ohr, bog es zurück und richtete es wieder auf. »Denke an alles, was du sahst... an jede kleinste Einzelheit. Wenn es an diesem Ort einen Mörder gibt, wird er es wahrscheinlich wieder versuchen.«

Donal war sich bewußt, daß die anderen mehr von ihm erwarteten. Er runzelte die Stirn und berief die lebhafte Erinnerung herauf. »Viel kleiner als ich... sogar als du, *Su'fali.* Schlank. Der Umhang war nicht groß. Und ich erinnere mich an die Hände.« Er setzte sich so jäh auf, daß er beinahe den Tisch umwarf. »Die Hände! Die Hände um die Fackel!« Er starrte Finn wie blind an und sah nur die Hände um die Fackel. »Schmale, blasse, zarte Hände, die eine scheinbar zu schwere Fackel zu unbeholfen für einen Mann umklammerten ...« Er brach jäh ab. Wie betäubt wandte er sich an Carillon. »Mylord ... es war eine *Frau* ...«

Alle Farbe wich aus Carillons Gesicht, und zurück blieb eine bärtige Totenmaske. »Bei den Göttern ... *sage nicht, daß es Electra war ...*«

Finn schüttelte den Kopf. »Electra ist nicht hier. Glaube mir ... ich würde es wissen. Die Falle hat uns für immer verbunden.«

Donal schaute noch immer zu Carillon. »Aber ... was wäre, wenn es *Aislinn* war ...«

»O Donal, *nein!*« rief Alix, während Carillon sich erhob.

»Bist du verrückt geworden?« fragte der Mujhar rauh. »Glaubst du, *Aislinn* könnte dich in den Schoß der Erde stoßen wollen?«

»Nicht mehr, als *Bronwyn* es könnte«, sagte Alix.

Donal, der nach dem Becher gegriffen hatte, stieß diesen jäh um. Er hörte das dumpfe Klingen des Silberrandes auf dem dunklen Holz. Aber er machte keinerlei Anstalten, den umgekippten Becher wieder aufzuheben. Statt dessen sah er seine Mutter wie unter Schock an.

»Woher sollen wir das wissen?« fragte er. »Woher sollen wir *sicher* wissen, daß Bronwyn das niemals tun würde?«

Alix erhob sich von ihrem Stuhl. »Bist du *verrückt* geworden?« Ohne es zu merken wiederholte sie damit Carillons Worte. »Sie ist deine *Schwester* ...«

»Und Tynstars Tochter, vergiß das nicht.« Das kam von Finn, der noch immer auf dem Sims saß. »Alix ... *bevor* du Carillons Messer auf mich schleudern willst, überlege einen Augenblick klar.« Er schwenkte erneut müßig seinen Fuß. »Sie ist Tynstars Tochter. Sie ist sowohl eine Ihlini als auch eine Cheysuli, egal wie sehr du dich bemühst, diese Tatsache vor ihr und vor allen anderen geheimzuhalten. Wer kann sagen, wozu Bronwyn in der Lage ist, wenn der Ihlini in ihr die Oberhand gewinnt?«

»Nein«, sagte Alix angespannt. »Nicht Bronwyn. Wie könnte sie? Sie ist im Keep.«

»Nicht *Aislinn*«, sagte Carillon. »Denke dir einen anderen Schuldigen aus.«

»Aislinn hat mich in Hondarth zu töten versucht«, erinnerte Donal ihn sofort und sah das Entsetzen auf dem Gesicht seiner Mutter. »Ja, ich habe es dir nicht erzählt. Es war Electras Hexerei. Aber wer weiß, ob sie es nicht wieder versucht hat?«

Carillon deutete in Finns Richtung. »Du hast gesagt, er hätte sie *geprüft!*«

»Ja, ich habe sie geprüft.« Finn glitt von dem Fenstersims herab und stellte sich vor seinen Mujhar. »Ich schwöre es ... ich habe sie geprüft. Da war ein Widerhall ... eine Resonanz ... ich dachte, ich hätte sie davon befreit.«

Donal nahm den herabgefallenen Becher auf und stellte ihn wieder aufrecht hin. »Und wenn es dir nicht gelungen ist?«

»Wenn es mir nicht gelungen ist und sie *tatsächlich* Tynstars Waffe ist, gibt es noch eine andere Prüfung«, sagte Finn einfach. »Wir sollten es noch einmal versuchen.«

Donal öffnete den Mund zu einem heftigen Protest, aber seine Absicht wurde von einer dünnen Stimme durchkreuzt, die auf der anderen Seite der Tür erklang. »Mylord! Mylord! Eine Nachricht vom Keep für Euch!«

»Sef«, sagte Donal und trat zu der schweren Tür.

Sef fiel fast in den Raum hinein, als Donal die Tür öffnete. Sein Haar war ihm aus dem Gesicht geweht worden, und er atmete, als sei er den ganzen Weg die dreistöckige Wendeltreppe hinauf gerannt. »Mylord ... eine Nachricht vom Keep, von Eurer *Meijha.*« Er hielt inne, um wieder zu Atem zu kommen. »Sie läßt Euch ausrichten, daß Eure Schwester vermißt wird. Bronwyn ist nicht mehr im Keep.«

Donal hörte, wie Alix hinter ihm schnell den Atem einsog. »Was sagt Sorcha noch?« fragte sie den Jungen.

»Sie sagt, Ihr solltet besser nach Hause kommen, um Bronwyn zu suchen. Sie ist schon seit gestern verschwunden.«

O ... Götter ... war alles, was Donal angesichts der Angst seiner Mutter denken konnte.

Aber Finn hatte eine Antwort. »*Lir*gestalt«, sagte er nur. »Das ist schneller als ein Pferd.«

»Also Wolfsgestalt«, sagte Alix. »Du kannst keine Zuflucht zu Flügeln nehmen.«

Lirs, rief Donal und ging aus dem Sonnenraum hinaus voran.

Und während sie den alten Mann und den Jungen verließen, stieß Carillon hinter ihnen seine Verwünschungen aus.

Fünf Wölfe und ein Falke eilten durch den Sonnenschein in die Schatten des Sonnenuntergangs hinein. Der silberfellige Storr und der rötliche Finn, der rötliche

Lorn und der graufarbene Donal liefen Schulter an Schulter mit Alix, dem hell silberfarbenen Wolfsweibchen mit der schwarzen Schweifspitze. Und über ihnen flog ein flinker goldener Falke.

Donal war sich in *Lir*gestalt einer geschärften Wahrnehmung bewußt. Er fürchtete sich vor dem, was sie vielleicht vorfinden würden, wenn sie Bronwyn erst fänden, aber er machte sich auch Sorgen darüber, daß sie sie vielleicht überhaupt nicht finden würden. Und wenn ihnen dies nicht gelang und sie endlich ihren Anteil an der Macht ihres Vaters übernommen hatte, wußten nur die Götter, was Bronwyn ihnen allen antun konnte.

Aber die gesteigerte Wahrnehmung gewann allmählich Überhand über die Angst und bewirkte neue Empfindungen. Zorn. Enttäuschung. Ungeduld und Hilflosigkeit. Und all das trieb ihn an den Rand der Unermeßlichkeit.

Was wäre, wenn ich die Wolfsgestalt beibehielte? fragte er sich. *Was geschieht, wenn ein Krieger seine menschliche zugunsten der anderen Gestalt, die er beanspruchen kann, aufgibt?*

Innerlich schreckte er vor diesen Fragen zurück. Alle Cheysuli, Männer und Frauen gleichermaßen, wurden gelehrt, daß die *Lir*gestalt nur eine zeitweise Verkleidung war, von der Erde geborgt. *Und wenn er sie sich borgt, muß er sie auch wieder zurückgeben.* Donal hatte diese Lehre stets für überflüssig gehalten. Wenn man sich etwas borgte, *mußte* man es zurückgeben, sonst war es Diebstahl. Sogar als Kind hatte er diese Logik schon gut verstanden.

Aber jetzt, da er so tief im Wesen der Gestalt verloren war, fragte er sich, wie es als Diebstahl angesehen werden konnte, wenn das, was er trug, ein zugehöriger Teil seines *Selbst* war.

Ein lirloser Cheysuli ist kein Mann, sondern ein Schatten. Er lebt in der Dunkelheit des Geistes und des Körpers. Er wird durch den Verlust wahnsinnig und übergibt sich dem Tod.

Es gab natürlich ein Ritual, sonst gälte es als Selbstmord, wenn man sein Leben den Göttern überantwortete, und das war verfemt.

Ranken schlugen Donal ins Gesicht. Ein Dorn ritzte seine Schnauze blutig. Die gebogenen Krallen gruben sich tief in die feuchte kühle Erde, schlugen Furchen darein und hinterließen so Spuren. Aber es waren die Spuren eines Wolfes, nicht die eines Menschen.

Er hörte sich keuchen. Aber wie konnte er müde sein? In dieser Gestalt hatte er fast endlose Ausdauer, weil er seine Kräfte einzuteilen wußte.

Gerüche stiegen ihm in die Nase. Feuchte Erde, altes Holz, verrottende Rinde, ein nahe gelegener Fluß... aber vor allem roch er Angst – an sich und an den anderen.

Kann ein Krieger die Lir*gestalt so lange beibehalten wie er will?*

Diese Frage hatte er als Kind seinem Vater gestellt. Duncan hatte ihm gesagt, daß ein Krieger die *Lir*gestalt wahrscheinlich solange beibehalten konnte, wie er wollte, und vielleicht auch noch *länger* als er wollte.

Letzteres hatte ihn geängstigt. Er hatte sofort verstanden. Ein Mann, der die *Lir*gestalt zu lange beibehielt, würde vielleicht niemals wieder in die menschliche Gestalt zurückkehren können.

Aber wäre das so schlimm?

Nein. Aber was, wenn er seine Meinung wieder ändern sollte und sich dann für immer im Körper eines Wolfes oder eines Falken eingeschlossen fände?

Nein, entschied er. *Nein.*

Er war müde. So müde. Sein linkes Vorderbein schmerzte. Und dann erinnerte er sich daran, wie es verbrannt und gebrochen worden war, in menschlicher Gestalt. Die Heilung konnte ihm nicht zurückgeben, was verloren war. Die Magie war nicht allmächtig. Er hatte dem verletzten Bein nicht genug Zeit zum Heilen gelassen.

Er gab die Botschaft durch die *Lir*verbindung an Lorn weiter. Er mußte stehenbleiben. Stehenbleiben. Es war jetzt dunkel, aber der Vollmond war aufgegangen, und sie hatten ihr Ziel fast erreicht. Sie konnten den restlichen Weg als Menschen zurücklegen.

Donal blieb stehen. Er keuchte mit hängendem Kopf und zog den Schweif zwischen die Beine. Langsam, ganz langsam veränderte der Gestaltwandel seinen Körper. Er stand den anderen wieder als Mensch gegenüber.

Er lehnte sich in Menschengestalt an den nächststehenden Baum. »Tut mir leid«, sagte er. »Bin zu müde – können wir rasten?«

Alix legte ihm eine Hand auf den Arm. Eine Hand, keine Pfote. »Wir hätten wenigstens die halbe Strecke reiten sollen.«

Donal schüttelte den Kopf. »Nein. Wir mußten so schnell wie möglich nach Hause kommen.«

Finn lächelte ganz schwach. »Sorcha sollte sich keine Sorgen machen, du wirst stets ein Cheysuli bleiben.«

»Weil ich den Keep als Zuhause bezeichne?« Donal lachte atemlos. »Ja… ich könnte auch dann kein vollständiger Homaner werden, wenn die Prophezeiung es befähle.«

Alix sah sich um. »Wir sind fast da. O Götter, hoffentlich hat sich das Mädchen einfach nur *verlaufen* …«

»Das ist unwahrscheinlich.« Aber Finns Stimme klang freundlich. »Sie ist *deine* Tochter, Alix… mit all deiner Sturheit. Vielleicht…«

»Vielleicht *was*, Finn?« Alix strich sich wirres Haar aus dem Gesicht. »Vielleicht hat sie beschlossen, einen anderen Keep zu besuchen? Nein. Sie hat Sorcha mit dem Kind geholfen.«

Finns Hand umfaßte sanft ihre Schulter. »*Meijha*, sorge dich nicht so…«

Donal mußte fast über Finns Gebrauch des falschen Ausdrucks lächeln. Alix war niemals Finns *Meijha* gewesen, aber das hatte ihn nicht von der Hoffnung abgehalten, daß sie vielleicht eines Tages ihre Meinung ändern könnte.

»Sorgst du dich nicht von Zeit zu Zeit um Meghan?« fragte Alix gereizt. »Du bist ein *Jehan*, Finn, genauso wie ich eine *Jehana* bin. Sage mir, daß du nicht weißt, welche Verpflichtung das ist.«

Donal betrachtete sie und sah zwei besorgte Menschen. Sie waren besorgter als sie ihn wissen lassen wollten. Nur einen Augenblick lang erkannte er die Möglichkeiten in ihren Augen:

Bronwyn, eine Ihlini, die ihre wachsenden Kräfte zu nutzen versuchte … oder bloß ihren Vater suchte.

»Aber sie hält *Duncan* für ihren *Jehan*.« Er sprach es laut aus, bestimmt. Alix und Finn sahen ihn überrascht an.

»Ja, natürlich, aber …«

Finn legte eine Hand auf Alix' Mund und brachte sie so zum Schweigen. Mit der anderen Hand machte er eine Ruhe gebietende Geste, und sie gehorchten sofort.

Sie warteten schweigend. Und schweigend hörten sie den anderen herannahen.

Denn bei Nacht im Wald verkündet vollkommene Stille eine herannahende *Gegenwart*.

Bronwyn? fragte sich Donal kurz. *Sie kann sich genauso leise vorwärtsbewegen wie jeder andere …*

Aber es war nicht Bronwyn. Es war keine Frau. Es war ein Mann. Ein Mann, der einst ein Cheysuli gewesen war.

Er war ein Schatten in den Schatten, ein Geist zwischen den Bäumen. Kein Laut war zu hören, nur Stille, die aus dem Vorüberziehen eines Geistes auf seinem Weg zur Nachwelt geborene Stille. Nicht stofflich, dachte Donal, und doch hatte er Substanz. Es war kein

Geist, sondern ein Mensch. Kein Schatten, sondern ein Mann, der einst ein Krieger gewesen war.

Ein Krieger ohne *Lir*.

Aus den Schatten trat ein Mann in den Schein des Mondes, und sie konnten sein Gesicht deutlich sehen: alt/jung, menschlich/unmenschlich, von Sorgen und bittersüßer Freude durchzogen. Und das Gesicht im Mondlicht war Donals Gesicht, aber es war aus älterem, härterem Holz geschnitzt.

»Vergebt mir«, sagte er, nur zwei Worte, aber voller Qual und Not.

Donal fühlte seine Sinne schwanken. Einen Augenblick lang schien sich der Boden unter seinen Füßen zu bewegen. Er streckte eine Hand aus, um sein Gleichgewicht wiederherzustellen, und als seine Finger den Stamm des nächsten Baumes berührten, wandte er sich um und preßte sich daran. Er klammerte sich regelrecht daran. *Er klammerte sich daran,* als könnte er es nicht ertragen.

Und er wußte, während er sich an den Baumstamm klammerte, daß er es auch wirklich nicht ertragen konnte. Er konnte nur sein Gesicht an die Rinde drücken und sie in seine Haut einschneiden lassen.

Jehan? Jehan? Aber er konnte die Frage nicht laut stellen. Er hatte keine Stimme mehr. Keine Zunge. Keine Zähne. Keinen Mund. Er hatte die Fähigkeit zu sprechen verloren.

Er schloß die Augen. Ganz fest. So fest, daß er Karmesinrot und Gelb und Weiß sah. Als er die Augen wieder öffnen konnte, blinzelte er erneut gegen den Schreck des Sehens an und erkannte, daß das Unmögliche blieb.

Es ist mein Jehan … Und doch wußte er, daß es nicht sein konnte.

Alix bewegte sich zuerst. Donal hätte erwartet, daß sie auf Duncan zulaufen, ihn umarmen, küssen, festhalten, seinen Namen und ihre Liebe herausschreien würde. Aber sie tat nichts dergleichen.

Sie wandte sich statt dessen wieder um.

Donal sah auf ihrem Gesicht den inneren Aufruhr. »Wenn ich hinsehe – wenn ich *hinsehe* – wird er fort sein … fort … *wieder.* Wenn ich hinsehe … wird er *fort* sein.«

Fort … wiederholte Donal. *Aber wie kann er überhaupt* da *sein?*

Die Rinde des Baumes schnitt weiterhin in sein Gesicht ein. Aber er hieß den Schmerz willkommen, denn er hinderte ihn daran, das Bewußtsein zu verlieren.

Finn streckte langsam die Hand aus und schloß sie um Alix' Arm. Donal sah, daß sich seine Finger in den Stoff ihres Gewandes drückten … drückten, *drückten* –, bis Donal dachte, sie würde vor Schmerz aufschreien.

Aber das tat Alix nicht.

Finn tat es.

»Nein«, sagte Duncan. »O nein …«

»Du.« Finns Stimme klang zerrissen. »*Du* Abtrünniger …«

»Nein …« Alix entzog sich Finns Griff und wandte sich ruckartig wieder Duncan zu. »Wie kannst du ein *Wunder* Abtrünnigkeit nennen …?«

»Er kann es so nennen«, sagte Duncan. »Er muß es so nennen, weil es die Wahrheit ist.«

»Weil du *lebst?*« Alix schüttelte den Kopf. Donal sah, daß sie zitterte. »Ich bat dich, nicht zu gehen. Warum ein Leben verschwenden? Aber du hast mir widersprochen. Du sagtest, du müßtest gehen, weil dein *Lir* getötet worden sei.« Sie versuchte ihre Stimme ruhig zu halten. »Wie kannst du jetzt zurückkommen? Warum bist du *fort*geblieben … wenn das Todesritual übergangen werden konnte?«

Finn hinderte sie daran, zu dem Mann zu gehen. »Warte.«

»Warten?« Sie versuchte sich loszuwinden. »*Warten*? Bist du verrückt geworden? Das ist *Duncan* …«

»Tatsächlich?«

Duncan trat einen Schritt näher an sie alle heran. Sein Gesicht war jetzt von den Schatten befreit und für sie alle deutlich sichtbar.

Es war in den Augen zu sehen. Donal sah es genauso wie Finn und Alix. Leere: ja. Sorge: ein Übermaß davon. Einen Schmerz, wie ihn ein geistig gesunder Mensch niemals erfahren konnte.

Aber es war Duncan kein gesunder Geist geblieben.

O Götter … o Götter …! Donal schloß die Augen. Er spürte, wie seine Glieder zu zittern begannen und sein Magen rumorte. *Er ist zurückgekommen … er ist zurückgekommen … und doch ist er nicht mein* Jehan …

Finn zog Alix ruckartig hinter sich. »*Rujho*«, sagte er, »halt ein.«

Duncan hielt inne. Er wandte den Kopf schnell, kaum merklich, und seltsam von einer Seite auf die andere, während sein Kinn auf eine Schulter aufschlug. Zweimal, nicht mehr. Sonderbar, dachte Donal benommen. Er kannte andere Menschen, die darunter litten. Aber … dies war mehr.

»Ich brauche euch«, sagte Duncan. *»Ich brauche euch alle.«*

»Warum?« fragte Finn tonlos. »Warum braucht ein toter Krieger die Hilfe von Menschen?«

»Finn …«, erklang es entsetzt von Alix, aber er unterbrach sie erneut.

»Ein *lir*loser Mann ist ein toter Mann, der für seinen Stamm keinen Wert mehr hat. Er ist halb ein Mensch und halb eine leere Hülle ohne Geist und Seele.« Finns Worte klangen fast verbittert. »Ist das nicht unser Glaube?«

Unser Glaube … unser Glaube … Donal bleckte die Zähne. *Aber* wie *glauben wir? Mein* Jehan *ist zu uns zurückgekommen …*

Duncan zuckte erneut zusammen. Kurz, ganz kurz. Donal übersah es fast. Aber dann bemerkte er gebannt und entsetzt ein weiteres Zucken.

»Ich brauche eure Hilfe.« Duncans Haar schimmerte im Mondlicht silbern. »Ich brauche eure Hilfe. Ich muß die Magie finden, die mich wieder heilt.«

»Heilung? Du bist *lirlos*. Wie kannst du geheilt werden?«

»Finn!« schrie Duncan. »Willst du, daß ich darum *bettle?*«

Bettle nicht, bettle nicht … nicht du … nicht Duncan von den Cheysuli … dieser Mann bettelt nicht …

Ohne eine Antwort abzuwarten, fiel Duncan auf die Knie. Sein aufwärts gerichtetes Gesicht drückte seinen stummen Appell aus. Er flehte seinen Bruder, seine Frau und seinen Sohn an. »Könnt ihr nicht *verstehen*, warum ich hier bin?«

Jetzt konnten sie es verstehen. Zweifellos. Es war in den Augen zu lesen, in den veränderten Pupillen. Es zeigte sich in der Haltung seiner Schultern, die so weit zusammengezogen waren, daß sie einander fast berührten. Es zeigte sich an der fleckigen Haut seiner Arme, die bloß und ohne *Lir*gold waren. Es zeigte sich an den Knochen seiner Hände: zerbrechliche, brüchige Knochen, die unter der Haut hervorstanden, sich zusammenfügten und die Finger in Klauen verwandelten.

Er war kein Mensch mehr, aber auch kein Falke. Irgend etwas zwischen beidem.

»Cai war *tot!*« schrie Finn. »Wie ist das möglich?«

»Ich bin ein Scheusal«, sagte Duncan. »Könnt ihr mich nicht wieder heilen?«

»Aber … du bist *lirlos*.« Die ersten Risse begannen sich in Finns hartem Panzer zu zeigen. »*Rujho*, du bist *lirlos* …«

»Du kannst mich wieder heilen.«

Alix zitterte und sank vor dem knienden Mann ebenfalls auf die Knie. Sie streckte ihre Arme aus und zog ihn an sich, bis sein Gesicht an ihrer Brust lag. »*Shansu*«, sagte sie, »*ruhig*. Wir können dich wieder heilen.«

»Er ist *lirlos!*« Das brach fast unverständlich aus Donal hervor.

Alix hörte es nicht. »Ich verspreche es dir. Ich verspreche es dir. Wir werden dich wieder heilen.«

»Tynstar hat den Körper genommen. Tynstar hat den Körper genommen«, sagte Duncan an ihrer Brust. »Ich konnte meinem *Lir* den Weg zu den Göttern nicht weit genug ebnen.«

»O Götter«, sagte Finn. »O … *Götter* …«

»Ich konnte nicht sterben«, sagte Duncan. »Es gab kein Ritual. Tynstar hatte den Körper, und es gab kein Ritual.«

»Shansu«, sagte Alix. »Wir werden dich wieder heilen.«

»Nicht ohne Cais Körper«, sagte Finn. »O *Rujho,* das mußt du doch verstehen!«

Duncan zuckte in Alix' Armen. Er hob in einer flehentlichen Geste die klauenartigen Finger.

Donal löste sich schließlich von dem Baum und trat ihnen allen gegenüber. »Die Erdmagie!« rief er. »Wir sind zu dritt, und wir haben die *Lirs.* Das ist mehr als genug, nicht wahr? Wir können die Heilung heraufbeschwören und ihn wieder gesund machen.«

Alix strich über Duncans Silberhaar. »Siehst du? Unser Sohn ist dir sehr ähnlich. Er wird ein weiser Mujhar sein.«

»Donal …«, begann Finn, und dann schloß er die Augen.

»Macht mich wieder *gesund*«, bat Duncan.

Lir. Lorn sprach zum ersten Mal. *Lir, seine Bitte birgt Gefahren.*

Aber es ist möglich, sie zu erfüllen?

Die Erde hat große Macht, sagte Taj von einem nahegelegenen Baum aus. *Wenn ihr drei sie heraufbeschwört und durch drei Lirs verstärkt, stehen euch mächtige Quellen zur Verfügung. Aber dieser Vorgang birgt Gefahren.*

Und es ist sie wert, sagte Donal. *Es geht um meinen* Jehan!

Finn ließ sich langsam nieder. Er beugte ergeben den Kopf.

Gefährlich, sagte Lorn.

Donal trat erschüttert zu der knienden Dreiergruppe. Er wollte seinem Vater so viele Dinge sagen, dem Vater, den er fünfzehn Jahre lang nicht gesehen hatte. So viele, *viele* Dinge, und er dachte, daß nichts davon gesagt werden könnte.

»Vereint eure Hände«, sagte Finn. »Die Verbindung muß sowohl körperlich als auch in Gefühl und Geist erfolgen. Was wir jetzt tun, wird die Grenzen der Macht bis zum Äußersten erweitern. Wenn diese Grenzen brechen, wird alles entfesselt werden. Die Magie wird ungezähmt sein.«

Donal, der zwischen Vater und Onkel kniete, sah Finn scharf an. »Ungezähmt ...?«

»Bevor es Männer und Frauen auf der Welt gab, war Magie im Überfluß vorhanden. Und diese ganze Magie war ungezähmt. Sie machte die Welt zu dem, was sie ist. Aber sie muß in Schach gehalten werden, wenn *wir* auf der Welt leben wollen.«

»Dann ... könnte *dies* die Welt zerstören ...«

»Das würde Duncan niemals riskieren«, sagte Alix plötzlich. Sie betrachtete den silberhaarigen Mann. »*Würdest* du das wagen? Würdest du so viel riskieren?«

Seine verkrümmten Hände zitterten in ihrer Hand, in Donals Hand. »Ich bin ein Scheusal. Macht mich wieder gesund.«

»*Duncan* würde es nicht in Kauf nehmen«, sagte Finn ruhig. »Aber dieser Mann ist nicht Duncan.«

Mit bleichem Gesicht sah Alix im Mondlicht Finn an. »Dann ... ist es *falsch,* was wir tun.«

»Tatsächlich?« Finn sah Donal an. »Ist es falsch, dies zu tun, *Harani*?«

Donal schaute gezielt in die Augen des räuberischen Wesens, das einst sein Vater gewesen war. »Es ist nicht falsch, wenn wir die Magie kontrollieren können. Es ist nicht schlecht, die Grenzen auszudehnen, wenn wir aus dem lernen, was wir tun. Nichts zu wagen bedeutet, daß niemals etwas Wesentliches dazugelernt werden wird.« Donal atmete zitternd ein. »Ich sage, wir müssen es tun.«

»Hinab«, flüsterte Finn. »Hinab ... und hinab ... und hinab ...«

Schweben.

... schweben ...

... hinab ...

Er sank durch Schichten von Erde, Fels, *Fels*, schwebte, schwebte hinab, bis er nur noch ein kleiner Partikel Empfindung inmitten allwissender Unendlichkeit – und sich nur seiner Bedeutungslosigkeit im Gefüge der Dinge gewiß – war.

Allein?

Nein. Da waren noch andere kleine Flecke, schwarz und glasig grau, als hätten sie sich selbst ausgebrannt. Als wäre die Unendlichkeit auf einmal endlich geworden und als hätte sich die Empfindung entleert.

Hinab.

... hinab ...

... hinab ...

Jehan, fragte er, *bist du hier?*

Hinab.

Er spürte, wie sich die Leere nach ihm ausstreckte. Sich ausstreckte und ihn erfaßte. Ihn fing, ihn in sich hineinzog, zog und zog, bis er ein Fisch an einer Angel war, eine Katze in der Falle, ein Mann am Ende eines Schwertes ...

... während das Heft in Händen eines anderen Mannes ruhte.

Schmerz.

Das Schwert durchschnitt Haut, Muskeln, kratzte über Rippenknochen. Und drang in den Käfig um sein Herz ein.

... Schmerz ...

Er schrie auf. Der kleine Fleck inmitten der Leere schrie den anderen kleinen Flecken zu, daß er Schmerzen habe, *Schmerzen*, und er wußte, daß es nicht so sein sollte.

Die Angelschnur war durchtrennt, die Falle war aufgesprungen, das Schwert war zerbrochen. Und Donal, der durch die Unendlichkeit zurückgeschleudert wurde, um wieder Endlichkeit zu verspüren, hörte die laut aus dem Munde seiner Mutter dringenden Worte: »Eine *Ihlinifalle ...*«

Und da erkannte er die Wahrheit.

Also ist er doch nicht mein Jehan?

Schmerz.

Er lag auf dem Gesicht. Sein Mund war voller Schmutz und Blätter. Er spie aus. Das Geräusch hallte in seinem Schädel wider.

Lir. Das war Lorn, der seine Schnauze fest an Donals Hals drückte und ihn anstieß. Donal spürte die Spitze eines Zahns auf der Haut seines Nackens. Lorns Nase war kalt.

Lir. Das war Taj, der Donal mit der Kraft seiner schlagenden Schwingen Schmutz ins Gesicht wirbelte. Der Falke saß auf dem Boden, aber seine Schwingen schlugen weiterhin.

Er spürte eine Hand auf seinem Arm. »Donal. *Donal!*«

Finns Stimme. Heiser. Donal ließ sich an der Hand vom Boden hochziehen. Er kippte hintenüber auf den Rücken.

Durch gesenkte Lider und verklebte Wimpern sah er Finns Gesicht. Die Narbe wurde im Mondlicht zu einem schwarzen, die Haut durchfurchenden Graben. Die andere Seite seines Gesichts war schmutzig. Zerkratzt. Als sei er heftig zu Boden geschleudert worden. Seine Lederkleidung war mit Schmutz und Blättern verunstaltet.

»*Götter ...*« Donal stemmte sich vom Boden hoch. Er

schwankte und preßte eine Hand auf die Erde. Und dann sah er seine Mutter. *»Jehana …?«* Er kroch steif über die Lichtung. *»Jehana?«*

Finn setzte sich jäh in den Schmutz, als könne er nicht länger stehen. Die starren Finger einer Hand fuhren durch silbern gesprenkeltes Haar. Er strich es sich aus den Augen. Er strich sich die Sorge um seinen Neffen, der es noch immer nicht glauben konnte, aus dem Gesicht. Storr setzte sich neben Finn und lehnte sich ein wenig an ihn, als wüßte er, daß Finn ohne seine Unterstützung hinfallen würde.

»Er ist *gesandt* worden«, sagte Finn. »Das war nicht mein *Rujho*. Nicht dein *Jehan*. Nicht der *Cheysul* meiner *Rujholla*. Das war eine Ihlini*vergeltung*.« Er hob den Kopf und sah Donal an. »Er wurde *erlöst*, und er wurde *gesandt*. Und wir leben nur dank Alix.«

Donal konnte nur den Körper seiner Mutter anstarren.

Finns Stimme sprach eintönig weiter. »Wir leben, weil sie uns aus der Falle hinausgeworfen hat, als sie erkannte, daß diese uns alle verschlingen würde. Die Falle war stark genug, um vier*hundert* Cheysuli zu töten, *vierhundert* … nicht nur *vier* … aber … sie hat uns aus der Verbindung hinausgeworfen … und sich in die Falle gestürzt.«

Donals Blick schwankte. Er blinzelte. Er wußte nicht, ob es Tränen oder die Nachwirkungen des Erlebten waren. Er dachte: vielleicht beides.

Alix war tot. Sie lag ausgestreckt auf dem Rücken, die Arme und Beine verdreht und im Tod seltsam aus ihrer Kleidung herausragend. Blut drang noch immer träge aus ihrer Nase, aus den Ohren, aus dem Mund. Ihre bernsteinfarbenen Augen waren geschlossen.

Donal schaute wie betäubt langsam von der Mutter zum Vater. Duncan lag, genau wie Alix, ebenfalls ausgestreckt im Schmutz. Die schweigenden Schatten hingen über ihm und verbargen die verkrümmten Hände, die eingezogenen Schultern, die räuberischen Augen.

Aber sie verbargen nicht die Tatsache, daß Duncan nicht – *ganz* – tot war.

Donal zuckte entsetzt zusammen, als das Leben wieder in den Körper zurückströmte. Er kroch unbeholfen zu seinem Vater hinüber. Er sah das Blut in Duncans Nasenlöchern. Er spürte es in seinen eigenen.

»Jehan?« Seine Stimme war ein zerrissenes Flüstern, während er sich neben die Gestalt kauerte. *»Jehan …* haben wir dich wieder gesund gemacht?«

»Ein Spielzeug«, sagte Duncan mit belegter Stimme, und seine Augen, seine menschlichen Cheysuliaugen waren einen kurzen Augenblick klar. »Tynstar … hat mich zu … *einem Spielzeug* gemacht …«

»Jehan …?«

»Fünfzehn Jahre lang … ein *Spielzeug* …«

Fast wahnsinnig zog Donal Duncans Kopf und Schultern auf seinen Schoß. Zögernd strich er mit den Händen über das Silberhaar seines Vaters. *»Jehan«*, bat er, *»geh* nicht … ich habe dich doch gerade erst wieder*gefunden …*«

Doch sein Vater starb in seinen Armen.

Kapitel Vierzehn

Donal saß im Zelt seiner Mutter. Um ihn herum warteten die Habseligkeiten auf ihre Rückkehr: mit Kleidung und Schmuck gefüllte Holzkisten, der Teppich, den sie vor so vielen Jahren sorgfältig für seinen Vater angefertigt hatte, Kochtöpfe, das Geschmeide, das sein Vater ihr geschenkt hatte, und viele andere Dinge. Und sie alle erzählten von Alix.

Sie hatte Duncans Sachen mit den Jahren zu den ihren gemacht, vieles davon auch ihrem Sohn gegeben. Das Zelt war nicht mehr das des Stammesführers, denn der war jetzt Finn. Aber dieses Zelt hatte einst das Lachen beherbergt, das die drei miteinander geteilt hatten, die Tränen, die Abende der Geschichten und Zukunftspläne. Einst war es voll gewesen. Jetzt stand es leer.

Er hatte die lange Nacht mit Sorcha verbracht, die seinen Kummer mit Worten und mit ihrer Weiblichkeit zu lindern versucht hatte. Sie hatte ihn getröstet, wie nur sie es konnte, und doch hatte er gemerkt, daß er sich nach einer vollkommen anderen Frau sehnte, nach der Frau, die Sorcha nicht sein konnte.

Sie hatten von seinem Vater gesprochen, davon, was und wer Duncan einst gewesen war, aber nicht von Tynstars Wesen. Für Donal war die Erinnerung an die vorige Nacht zu lebhaft, zu nah. Er brauchte Zeit, um es zu verstehen und einzuordnen. Wenn er überhaupt jemals einordnen konnte, was er erlebt hatte.

Am Morgen hatte er Sorcha, seine Kinder und seine *Lirs* verlassen. Er ging allein zum Zelt seiner Mutter und setzte sich auf das zerschlissene Bärenfell, das sie so lange bewahrt hatte, weil Duncan es ihr geschenkt hatte und sie es niemals entbehren wollte. Er hatte schon als

Kind darauf gesessen, und jetzt saß er als erwachsener Mann wieder darauf, aber er fühlte sich genauso hilflos wie das Kind, das er einst gewesen war.

Eine schlanke Hand schob den Zelteingang beiseite. Donal hörte das raschelnde Schaben von Stoff auf Stoff. Er beobachtete schweigend und wartete ab, während Bronwyn in das Zelt schlüpfte. Ihr schwarzes Haar war zerzaust und hatte sich aus dem Zopf gelöst. Einige Haare hingen ihr ins Gesicht und verbargen den größten Teil davon. Sie lächelte, als kenne sie ein Geheimnis. Ihre bernsteinfarbenen Augen wirkten wie von einem inneren Wissen erleuchtet. Aber sie war anders, ganz anders. Donal dachte, daß sie, abgesehen von der Tatsache, daß sie die Lederkleidung eines Kriegers anstatt der üblichen Röcke trug, lebendiger wirkte als er sie je erlebt hatte.

Sie sah ihn und blieb jäh stehen. »Donal!«

Er wartete ab.

Der halbgeschlossene Zelteingang verfing sich an Bronwyns Schulter. Aber sie befreite sich nicht daraus und trat auch nicht fort. Sie stand in den Schatten des Eingangs und betrachtete ihren schweigenden Bruder.

»Geht es dir wieder gut?« fragte sie. »Ist dein Arm wieder in Ordnung?«

»Er ist wieder in Ordnung«, sagte Donal. »Bronwyn. Wo warst du?«

Sie wandte den Blick ab und starrte auf den mit Fellen bedeckten Boden. Sie errötete und erblaßte wieder. Und dann schien sie sich entschlossen zu haben, sich ihm zu stellen. Sie hob erneut den Kopf. »Ich wollte wissen, ob ich es tun kann. Und ich *kann* es tun. Ich habe auch das Alte Blut.«

Er sah sie leeren Blickes an, zu sehr vom Tod seiner Mutter und seines Vaters erfüllt. Er konnte nichts von dem begreifen, was Bronwyn sagte. »Das Alte Blut?« Er dachte nur an Tynstars Blut.

»Ja«, sagte sie fest. »*Jehana* hat gesagt, ich wäre vielleicht eines Tages in der Lage zu lernen, was *sie* gelernt hat. Und so habe ich beschlossen, genau das zu tun.«

»Was zu tun?« fragte er träge. Die Nachwirkungen der Befreiung aus der Falle waren noch nicht ganz gewichen. Er fühlte sich noch immer schwach. Und verwirrt.

»*Lir*gestalt anzunehmen. Ich bin fortgegangen, um es zu versuchen.«

Sofort erwachte sein Geist wieder. »*Lir*gestalt? *Du*?«

Bronwyn errötete erneut. »Ja! Glaubst du, ich sei es nicht wert, weil ich eine Frau bin?«

Donal sprang auf. »Rede im Angesicht des Todes unserer *Jehana* nicht solchen Unsinn!«

Er hatte das nicht so heftig, so grausam sagen wollen, aber er konnte nur daran denken, daß seine Mutter gestorben war, um sie alle zu retten, während Bronwyn ihre Spiele gespielt hatte.

Aber vielleicht waren es keine Spiele. Nicht wenn sie gestaltwandeln *konnte*. Und er durfte diese Möglichkeit nicht unberücksichtigt lassen. Alix hatte die Gabe besessen. Wenn ihre Tochter sie auch besaß, konnte das Alte Blut noch immer dem Ihlinianteil in ihr entgegenwirken.

»*Tot*«, keuchte Bronwyn. »Unsere *Jehana* ...«

»Letzte Nacht.« Er sah, wie sich ihr Gesicht aus Entsetzen verzog, als sie zu verstehen begann. »Es war eine Ihlinifalle.«

Bronwyn zuckte sichtbar zusammen. »Ihlini! Aber *wie?*«

Er konnte ihr nicht sagen wie. Es hätte bedeutet, daß er ihr auch von seinem Vater hätte erzählen müssen. Und das konnte er nicht tun. Es war zu schmerzhaft. Zu nah. Der Schmerz gehörte nur ihm.

»*Donal ...*«

»Tynstar hatte eine Falle gestellt. Er wollte auch Finn und mich ... aber er hat nur unsere *Jehana* bekommen.«

»*Tynstar ...*« Bronwyns bernsteinfarbene Augen waren tränenerfüllt. »*Tynstar* hat unsere *Jehana* getötet …?«

»Der Weg zu den Göttern wurde ihr geebnet.« Zusammen mit Duncan, aber das sagte Donal nicht.

Bronwyn fiel wie aufgelöst auf die Knie. Sie starrte blind in die verglühte Feuerstelle. Donal, der noch immer nach Hinweisen der Schuld suchte, nach einem verborgenen, verräterischen Zeichen, sah nur Kummer und Bestürzung. »Warum sollte er unsere *Jehana* wollen? Was sollte er mit ihr tun wollen? Warum sollte er unsere *Jehana* töten … ?«

Er wußte, daß sie ihn nicht hören würde. Und so versuchte er es gar nicht erst. Er trat einfach zu seiner Schwester, kniete sich hin und zog sie an seine Brust, damit sie nicht allein trauern müßte.

»*Rujho*«, bat Bronwyn, »warum wollte er unsere *Jehana* töten?«

»Vergeltung«, antwortete er schwankend. »Die *Ihlini* brauchen keinen Grund.«

»Tot«, flüsterte sie. »Tot? Aber … ich wollte ihr alles darüber erzählen. Ich wollte ihr sagen, was ich getan habe. Ich wollte, daß sie weiß, daß ihr Blut auch in mir fließt. Das *Alte* Blut … genauso wie in ihrem Sohn.« Bronwyn preßte ihr Gesicht an seine Schulter. »Ich wollte kostbar werden … ich wollte jemand sein, der *zählt* … ich wollte *anders* sein …«

O Bronwyn, klagte er, *du bist ganz anders, als du wissen kannst.*

Ihr zerzaustes Haar lag weich unter seinem Kinn. Er strich ihr über das Haar, als sei sie ein Kind, und er wußte im Herzen, daß sie ungeachtet ihres Alters tatsächlich noch ein Kind war. Genauso sehr wie er in seinem tiefen Kummer ein Kind war.

»Ich wollte, daß sie es weiß«, schluchzte Bronwyn, »und jetzt wird sie es niemals erfahren.«

»*Shansu*«, sagte er, »*Shansu*. Du kannst versichert sein, daß sie es weiß.«

Kurz darauf zog sich Bronwyn von ihm zurück. »Donal… was geschieht jetzt mit *mir?* Was wird aus mir?«

Er strich ihr ein letztes Mal eine Locke aus dem Gesicht. »Du kannst hierbleiben, wenn du willst. Der Keep ist dein Zuhause. Finn und Meghan sind hier, ebenso Sorcha und die Kinder und alle deine Stammesgefährten. Aber… wenn es dir lieber ist… kannst du auch nach Homana-Mujhar kommen. Aislinn könnte deine Gesellschaft gebrauchen. Sie muß eine Hochzeit vorbereiten… in kürzerer Zeit, als mir lieb ist.«

Er spürte das widerwillige Ziehen in seinem Magen. Fünfzehn Tage waren es nur noch. Aber er wußte es besser, als daß er Carillon um Aufschub gebeten hätte, selbst unter diesen Umständen nicht. Homana stand auf dem Spiel.

»Eine Hochzeit«, echote Bronwyn. »Ich fühle mich nicht sehr nach einer Hochzeit, auch nicht nach einer königlichen Hochzeit. Nicht ohne meine *Jehana*…« Aber sie sagte nicht mehr – als könne sie es nicht wagen, auszusprechen, was sie empfand.

Er stand langsam auf und zog sie mit sich. »Es tut mir leid, aber ich muß zurückgehen…«

»*Jetzt?*« Sie starrte ihn an. »Nach dem, was geschehen ist?«

Donal seufzte, wollte vor dem tiefen Schmerz in ihrer Stimme fliehen. Aber er konnte es ihr nicht vorwerfen, denn auch er wollte lieber bleiben. »So gern ich bleiben würde, Carillon würde mir den Kopf abreißen. Es gibt Verantwortlichkeiten.«

Aber er erklärte sie ihr nicht. Sie würde es in ihrem Kummer niemals verstehen. »*Rujholla*… vergiß unseren *Su'fali* nicht. Vielleicht tröstet es dich, wenn du ihn trösten kannst.«

Kurz darauf nickte Bronwyn. »Sage Aislinn, daß ich kommen werde. Aber… noch nicht jetzt. Ich glaube, ich könnte es nicht ertragen.«

Er beugte sich herab und küßte sie auf die Stirn, in der Hoffnung, damit Trost spenden zu können. Aber er fand nur Zweifel. *O Götter … was ist, wenn ich mich irre? Was ist, wenn das Alte Blut in ihr von anderem Blut verdorben ist?*

Und doch wußte er, daß er seiner Schwester vielleicht zutiefst unrecht tat. Er hatte keinen Beweis dafür, daß Bronwyn im Schoß der Erde gewesen war. Er hatte überhaupt keinen Beweis. Die Möglichkeit erschien ihm jetzt, da er wußte, wo Bronwyn gewesen war, ziemlich abwegig.

Und Aislinn? Wo war sie?

Er sagte nichts mehr zu Bronwyn. Er überließ sie allein ihrem Kummer – wie es der Cheysuliüberlieferung entsprach.

Die Gäste hatten sich versammelt. Die Schwüre waren geleistet. Die Ernennung war erfolgt. Im Zeitraum einer Stunde überschritt Donal die Schwelle vom unbekannten Prinzen von Homana zu etwas wesentlichem. Es war ein blitzschneller Wandel. Er konnte es in der Luft spüren. Eine Spannung. Eine zitternde Dringlichkeit. Es war keine *Allerwelts*sache mehr. Homana würde einen Cheysulimujhar haben.

Als die Festlichkeiten vorüber waren und die Halle für den feierlichen Tanz vorbereitet wurde, entdeckte Donal, daß er jetzt die Beute vieler Schmeichler wurde. In seiner Zeit als noch nicht erwählter Erbe hatten die am Hofe Carillons lebenden Männer ihn überwiegend zu übersehen versucht. Zweifellos hatten sie gedacht – oder, was eher wahrscheinlich war, *gehofft* –, daß der Mujhar einen unehelich geborenen Sohn anerkennen und Donal in den Keep zurückschicken würde. Aber das hatte der Mujhar nicht getan. Donal war sich nicht sicher, ob es überhaupt uneheliche Söhne *gab*, obwohl Gerüchte umgingen, daß es so sei. Und so war der Kreis halbwegs geschlossen. Der Gestaltwandler war Prinz von Homana.

Sie bedrückten ihn, die Adligen von Homana. Sie erstickten ihn mit ihrer plötzlichen, unehrlichen Aufmerksamkeit, als sie zur Eröffnung Beileidsbezeugungen für den Tod seiner Mutter aussprachen. Er hielt dem stand so lange er konnte, indem er die homanischen Höflichkeitsregeln gebrauchte. Er hatte dies genauso von Alix gelernt, wie durch die während seiner Zeit in den Palastmauern miterlebte Diplomatie. Aber Höflichkeit und Diplomatie ließen nach. Er zog sich zurück. Und endlich, als sie seines ausweichenden Verhaltens müde waren, ließen sie ihn in Ruhe.

Sie kennen mich nicht, obwohl sie mich alle seit Jahren kennen. Sie wissen, daß sie sich eines Tages mit mir auseinandersetzen müssen, und würden es lieber jetzt *schon tun, damit sie den Grundstock zu meinem Dasein als Marionettenprinz und als Mujhar legen können, der dann – wenn es soweit ist – nach ihrer Pfeife tanzen soll.*

Er wußte auch, daß die gerade errungene Freiheit nicht für immer bestehen würde. Nur zu bald würden sie seine Stimmungen und Gewohnheiten erlernen und ihn wie eine Harfe spielen.

Donal hatte sich ganz von der Tanzfläche, dem Gelächter und Gelage zurückgezogen. Er stand gegen die verhangene Wand gelehnt und beobachtete schweigend, während er über seinen neugewonnenen Rang nachdachte. Und gegen seinen Willen berührte er das goldene Diadem auf seiner Stirn.

Carillon hatte es ihm während der Zeremonie aufgesetzt. Es zeigte seinen prinzlichen Status und die Zukunft Homanas an.

Ein einfaches Diadem aus schlichtem, unbearbeitetem Gold, dem das bedeutsame Gewicht fehlte. Doch es genügte, um ihn für immer an sein *Tahlmorra* zu binden.

Donal lächelte. *Aber wenn sie von mir erwartet haben, ein homanischer Prinz zu sein, hat meine Lederkleidung sie ohne Zweifel schockiert. Gut so.*

Als Zugeständnis zu Homana trug er die königlichen

Farben. Sein Wams bestand aus karmesinrotem Wildleder, seine Hose war schwarz, und die ebenfalls schwarzen Stiefel waren scharlachrot bestickt. Ein Gürtel aus mit daumennagelgroßen Rubinen verziertem, in Filigran gearbeitetem Gold umgab seine Taille. Aber bis auf diesen Schmuck, sein *Lir*gold und das Diadem war er ein herkömmlicher Cheysuli. Andere Krieger traten nicht so unauffällig auf.

Er lehnte weiter an der Wand. Aber jetzt beobachtete er Aislinn, die ihre Frauen zum Tanz verließ. Er beobachtete sie, wie sie mit einem schillernd jungen, homanischen Adligen hin- und herschwang, wie sich ihre Fingerspitzen berührten und sie kokett tanzten.

Sie bewegte sich mit einer fast fremdartigen Anmut. Aislinn war, während sie aufwuchs, stets ein ausgelassenes Mädchen gewesen, auch wenn sie königliche Würde zu wahren versucht hatte. Seit ihrem Aufenthalt bei Electra auf der Kristallinsel hatte sie sich eine neue und auffallende Anmut angeeignet, die einer fast reinen Lockung glich. Es war nichts Ausgelassenes mehr an ihr. Das üppige helle Haar schwang bei jeder Bewegung um ihre Hüften. Wie einem Mädchen entsprechend, floß es ungebunden lose über ihre Schultern und umhüllte das hellblaue Gewand. An den Ohren, am Hals und um die Taille schimmerten in Silber eingelassene Saphire.

Electras Hochzeitsschmuck, den sie vor langer Zeit von Carillon bekommen hat. Es ist nicht verwunderlich, daß Carillon Aislinn fast veranlaßt hätte, ihn abzunehmen. Aber selbst ein Mujhar kann nicht zurückverlangen, was freiwillig geschenkt wurde, und so hat sie ein Vermächtnis von ihrer Jehana.

Er betrachtete sie näher, während sie mit dem Adligen tanzte. In den Wochen, seit Finn seinen verbrannten und gebrochenen Arm geheilt hatte, war Aislinn eifrig mit den Vorbereitungen für die Hochzeit beschäftigt gewesen. Sie hatten einander kaum gesehen. Als er sie jetzt beobachtete, dachte er, daß die Vorbereitungen gut getroffen worden waren, denn sie war wunderschön.

Sie war fast eine Frau und ihre Mädchenhaftigkeit schien beinahe völlig verbannt.

Was mir gehört, gehört auch Tynstar.

Er hörte die Worte so deutlich, als würden sie ihm ins Ohr gesprochen. Er richtete sich ruckartig auf, trat von der Wand fort und suchte Electra in der Menge.

Aber er sah nur Aislinn, die sich langsam im Tanz drehte.

Er betrachtete sie. Ihr üppig rotgoldenes Haar schien vor seinen Augen zu verblassen. Er sah, wie es verschwamm und in eine dumpfere Farbe überging, von Rot zu Silbergrau. Und dann wurde das Silber zu Weiß.

Aber nicht das Weiß des Alters, sondern das helle Weißblond der Jugend, Electras verhexter Jugend.

Aislinns Blick verfing sich in seinem. Sie sah ihn an, während sie leichtfüßig das Tanzmuster ausführte. Er wußte nicht, was sie dachte, er sah nur ihre Augen. Electras Augen, hell wie Wasser und voller geheimnisvoller Versprechungen. Aber die Träume, die sie versprach, waren Alpträume.

Der schwere Gürtel löste sich von ihren wirbelnden Röcken. Er sah, wie das Silber hinabfiel, hörte, wie es klirrte, das dumpfe Klingen von gelösten Gliedern. Das Klappern von Steinen, als die Saphire auf den Boden aufschlugen. Und dann lachte er.

Was vernichtet ist, soll vernichtet bleiben... *was mir gehört, gehört auch Tynstar.*

Donal zuckte zusammen, als ihm ein Weinbecher in die Hand gedrückt wurde.

»Trink einen großen Schluck«, riet ihm Finn. »Es wird eine lange Nacht werden, bevor du deine Braut zu Bett bringen kannst.«

Er schaute erneut und bis aufs Mark erschüttert zu Aislinn hinüber. *Götter... ist Electra irgendwo* hier?

»Ich möchte dir einen glückbringenden Kuß geben!« Das war Bronwyn, die seine Arme umfaßte. »Beuge dich herab, Donal... du bist zu groß für mich!«

Er sah, wie die blau emaillierte Halskette und die dazu passenden Ohrringe auf ihrer Haut glitzerten. Sie hatte nicht die dunkle Färbung der Cheysuli, sondern statt dessen die Hautfarbe der Homaner.

Oder der Ihlini? Er beugte sich langsam herab, noch immer gefangen von dem, was er in seinem Kopf gehört hatte. »Bist du sicher, daß das gelingen wird?«

»Jedermann sagt, daß es so sei. Es muß getan werden, weißt du.« Sie küßte ihn geräuschvoll auf eine Wange und lachte dann zu ihm auf. »Jede Frau, die einen *Cheysul* haben möchte, muß den frischgebackensten Bräutigam küssen.«

»*Jede* Frau ...?« Er wich in übertriebenem Entsetzen zurück.

»Jede alleinstehende Frau.« Sie wandte den Kopf, um in der Menge jemanden zu suchen. »Dort ... Meghan wird zweifellos die nächste sein.«

»Meghan! Meghan ist zu jung, um an Heirat zu denken ... und du übrigens auch.«

Bronwyn lachte. »Ich bin nur ein Jahr jünger als Aislinn. Vielleicht werde ich, bis *ich* sechzehn bin, auch einen *Cheysul* gefunden haben.« Ihre bernsteinfarbenen Augen glitzerten. »Ich tanze immerhin mit *Männern*, nicht mit Jungen. Ich habe mit Gryffth getanzt, und Rowan *selbst* hat mich bereits zweimal aufgefordert.«

»Rowan ist nur höflich.« Donal löste sich aus ihrer Umarmung. »Dann geh wieder tanzen, *Rujholla*. Laß deine Partner nicht warten.«

Lachend wirbelte sie in einem Gewirr himmelblauer Röcke herum und eilte zu der Gruppe junger Frauen zurück.

»Sie ist fast erwachsen«, sagte Finn leise. »Sie hat recht gehabt ... vielleicht ist sie im nächsten Jahr schon verheiratet.«

Ein unbehagliches Ziehen machte sich in Donals Magen breit. »Vielleicht wäre es am besten, wenn wir sie nicht heiraten lassen. Wir ... wissen nicht, welche

Kräfte sie vielleicht in den nächsten Jahren entwickeln wird.«

Finn sah ihn verwirrt an. »Wenn du sie unterdrückst, Donal ... wenn du versuchst, sie festzuhalten, mit welch leichter Kette auch immer, wirst du gewiß ihren Geist beeinträchtigen. Im Augenblick hat sie nichts von Tynstar.«

»Aber wenn es einmal dazu kommen sollte?«

»*Wenn* es dazu kommen sollte ... werden wir uns dann damit auseinandersetzen.«

»So wie wir uns mit ihrer Fähigkeit auseinandersetzen müssen, *Lir*gestalt annehmen zu können?«

Finn sah Donal scharf an. »*Bronwyn?* Bist du sicher?«

»Sie behauptet es. Hat sie es *dir* nicht erzählt?«

»Nein.« Finn schaute stirnrunzelnd in seinen Weinbecher. »Sie ... hat sich seit Alix' Tod ziemlich abgesondert. O ... sie verbringt einige Zeit mit Meghan, aber wenig mit mir. Ich habe es versucht ...« Er brach ab. Sein dunkles Gesicht war starr, als bedauere er es zutiefst, daß er mit Alix' Tochter nicht zurecht kam. »Sie verbringt mehr Zeit mit Storr als mit mir, aber wenn sie gelernt hat, *Lir*gestalt anzunehmen, dann ist sicherlich das der Grund.«

»Hat Storr dir nichts gesagt?«

»Storr hat mir auch nichts gesagt, als *Alix* gestaltzuwandeln lernte.« Finns Stimme klang bekümmert, und Donal sah Spuren des damaligen Schmerzes in den Augen seines Onkels. »Die *Lirs* beschützen die Menschen mit dem Alten Blut, und zwar stärker, denke ich manchmal, als sie Menschen ohne dieses Blut beschützen.«

Donal runzelte die Stirn. »Dann könnten sie sie auch vor sich selbst beschützen?«

»Wenn sie Anzeichen von Ihlinimacht zeigen würde?« Finn zuckte leicht die Achseln. »Wer weiß? Wir wissen nur, daß die *Lirs* keine Ihlini angreifen, ganz gleich welche Umstände gegeben sind.«

»Götter«, sagte Donal, »was steht meiner armen *Rujholla* nur bevor ...«

»Das wissen wir nicht«, sagte Finn bedächtig. »Vielleicht hat sie nichts Böses in sich, auch *mit* dem Blut nicht.«

Donal schüttelte den Wein in der Enge seines Bechers umher. »Ja, aber ...« Er brach ab. Ein Fremder näherte sich ihnen, und er wollte Bronwyns Abstammung mit niemandem außer Finn besprechen.

»Darf ich mich Euch anschließen?« fragte der Fremde.

Finn wandte sich ihm zu und wich dann einen Schritt zurück. Einen Augenblick stand blankes Entsetzen in seinen Augen. »Carillon hat mir nicht gesagt, daß *Ihr* kämt.«

»Ich war auch nicht sicher, ob es gelingen würde.« Der Mann – groß, sehr blond, mit einem Silberdiadem um den Kopf – lächelte Donal an. »Ich glaube, Euer Neffe erinnert sich nicht an mich. Aber warum sollte er auch? Es ist fast sechzehn Jahre her, seit er mich zum letzten Mal gesehen hat, und damals war er noch ein Junge.«

Donal stieß lachend den Atem aus. »Ich erinnere mich an Euch, Lachlan! Wie könnte ich auch *nicht?* So viele von uns haben in dem Sommer nach Eurer Abreise Euer *Lied von Homana* gesungen.« Er schüttelte den Kopf. »Jetzt seid Ihr nicht mehr der bescheidene Harfenist – mit diesen feinen Kleidern und dem Schmuck.«

Er deutete mit der Hand auf den blauen Samt und die blitzenden Edelsteine. »Ihr verbergt Euren Rang nicht mehr, sondern seid jetzt in all Eurer Macht und Anmut der Hochprinz von Ellas.«

»Ist er nicht redegewandt?« bemerkte Finn fröhlich. »Ich glaube, das hat er von mir.«

Lachlan lächelte warm und sehnsüchtig. »Wenn er überhaupt etwas von *Euch* hat, Finn, dann sicherlich Eure Gabe, Vertrauen zu erwecken.« Es war sanfter Spott, aber der Stachel war deutlich. Und dann war es vorbei. »Ich komme gerade von Carillon. Donal … ich bedaure Alix' Tod. Ich habe sie sehr bewundert und geachtet. Aber … was *Carillon* betrifft …« Er schaute kurz über die Schulter. In der Nähe eines der Tische ragte Carillon mit Kopf und Schultern über die sich um ihn scharenden Männer auf. Es waren überwiegend Homaner, aber auch einige solindische Gäste standen dabei. »In seinen Briefen erzählte er, Tynstar habe ihm seine Jugend gestohlen, aber ich hatte nicht gedacht, daß er *das* damit meinte.« Lachlans Stimme klang fest, aber Donal hörte doch den besorgten Unterton heraus. »Kann man nichts dagegen tun?«

Finn zuckte die Achseln. »Er altert. Alle Menschen altern. Tynstar hat es bei ihm lediglich früher geweckt.«

Lachlan betrachtete Finns ausdrucksloses Gesicht genau. »Und habt Ihr versucht, die Entwicklung mit Eurer Magie aufzuhalten?«

»Das gelingt nicht«, sagte Finn tonlos. »Ihlinikräfte und Cheysuligaben sind genau entgegengesetzter Natur. Wir können nicht zunichte machen, was ein Ihlini geschaffen hat, und besonders dann nicht, wenn es etwas so Gewaltiges ist.« Sein Blick schweifte kurz zum Mujhar. Und seine Augen straften seinen Tonfall Lügen. »Ich glaube, er hat es angenommen.«

»Vielleicht kann ich mit Lodhis Hilfe …«

»Nein.« Finns Stimme klang tonlos und unbeugsam. »Es ist Teil seines *Tahlmorra*.«

»Lodhi«, murmelte Lachlan, »Ihr und Euer *Schicksal* …!«

Donal räusperte sich. »Lachlan … wo ist Eure Harfe? Habt Ihr sie nicht mitgebracht?«

Das blonde Haar des Ellasiers schimmerte in dem kerzenerleuchteten Raum. Anders als Carillon oder Finn, schien er überhaupt nicht gealtert zu sein, bis auf einige feine Spuren in den Winkeln seiner blauen Augen und einige schwache Fältchen um den Mund. Sein blondes Haar wirkte in dieser Umgebung fremd. Donal erinnerte sich aus einer Zeit an ihn, als er das helle Haar dunkel gefärbt hatte.

»Nein. Sie befindet sich in meinen Gemächern. Warum? Wollt Ihr von mir unterrichtet werden?« Lachlan lächelte. »Als Ihr mich als Junge danach gefragt habt, sagte ich Euch, daß Ihr eher die Hände eines Kriegers als die eines Harfenspielers habt.« Er betrachtete seine zarten Hände. »Und was die heutige Nacht betrifft, so habt Ihr sicherlich *andere* Dinge zu bewältigen.«

Finns Stimme klang leicht spöttisch, als er fragte: »Und was habt *Ihr* bewältigt, seit wir uns das letzte Mal gesehen haben?«

»Ich?« Lachlans hübsches Gesicht wurde ausdruckslos und er antwortete ausweichend: »Ich habe das Glück bewältigt, Finn... und Ihr?« Der Tonfall änderte sich kaum merklich. »Wie ist es mit *Euch*... jetzt, da Tourmaline tot ist?«

Donal sah, wie sich die fest angespannten Muskeln an Finns Kinn kaum merklich entspannten. Donal wußte, daß ihn diese Worte getroffen hatten. Finn war zwar nicht leicht zu erschüttern, aber bisher hatte in seiner Gegenwart auch noch niemand seine tote *Cheysula* ausdrücklich erwähnt.

Finns Gesicht blieb leer, aber nur der gewöhnliche Ernst der Cheysuli machte ihm diese Kontrolle möglich. Donal durchschaute sie nur zu leicht.

Aber dann wich der Ernst. Donal sah die Augen seines Onkels zum ersten Mal unverhüllt, und die Tiefe seines Schmerzes bestürzte ihn.

Finn sah Lachlan an. »Wenn es noch einmal dazu käme, würde ich sie zu Euren Gunsten aufgeben.«

Der Hochprinz von Ellas war offensichtlich erschreckt. »Lodhi... *warum?* Torry wollte *Euch*. Sie ging freiwillig mit Euch.«

Finns Stimme klang hohl, als er sagte: »*Ihr* hättet sie am Leben halten können.«

Alle Farbe wich aus Lachlans Gesicht. Seine Hand, in

der er einen mit vollmundigem roten Wein gefüllten Goldbecher hielt, zitterte so sehr, daß das Metall schimmerte. »Aber ... sie wollte Euch. Immer schon. Carillon hat mir das sehr deutlich gemacht.«

»Und Euch hätte sie nehmen sollen.« Finn sah Donal an. »Es ist ... schwer zuzugeben, wenn man einen Fehler gemacht hat. Ich war zu selbstsüchtig, zu stolz. Duncan hatte Alix erobert ... ich wollte nicht zulassen, daß Torry *auch* zu einem anderen Mann ging, als ich sie begehrte. Ich war ... im Irrtum. Aber sie mußte den Preis bezahlen.«

»Es tut mir leid«, sagte Lachlan schließlich. »Ich hatte kein Recht, es zu erwähnen. Dies ist nicht die Zeit für Beschuldigungen ... ich habe sie schon vor langer Zeit aufgegeben.« Er lächelte kurz. »Und ich bin jetzt selbst verheiratet ... mit einer wunderbaren Frau. Sie liebt mich sehr, und ich bin zufrieden mit ihr.«

Finn lächelte ironisch. »Wo solltet Ihr eine *solche* Närrin gefunden haben?«

Lachlan grinste unbeeindruckt zurück. »In Caledon natürlich, da unsere Königreiche endlich Frieden geschlossen haben. Wir haben zwei Söhne.«

Finn verzog mißmutig den Mund. »Ja, Euer Haus bringt stets Jungen hervor. Wie viele Brüder habt Ihr?«

»Fünf. Und fünf Schwestern.« Lachlan lachte, als Donal verwirrt dreinschaute. »Da wir gerade davon sprechen: Würdet Ihr gern einen weiteren Sohn Rhodris kennenlernen?«

»Wen?« fragte Finn mißtrauisch. »Ist er auch Harfenspieler?«

»Nein. Nicht einmal ein Priester Lodhis, obwohl er predigt, wenn er muß, und zugibt, sich auf den Allweisen zu berufen. Dies geschieht gewöhnlich, wenn er dringend Hilfe braucht.« Lachlan wandte sich um und winkte. Ein junger Mann näherte sich ihnen: blauäugig, dunkelhaarig, gut gekleidet, in warmes Braun, und mit wenig Schmuck. Er bewegte sich mit Lachlans geschmeidiger Anmut. Er war nicht so groß, und seine Gesichtszüge schienen weniger makellos, aber er sah doch recht gut aus, und sein Mund war auf ausdrucksvolle Art beweglich.

Er sah seinen Bruder fragend und mit einem Schimmern in den verträumten Augen an. »Ja, Mylord?«

Lachlan seufzte. »Dies ist Evan, mein jüngster Bruder. Uns trennen zwanzig Jahre, aber wir stehen uns dennoch näher als alle anderen, denn das sind pflichtbewußte Söhne. Evan und ich sind die Rebellen der Familie.« Er lächelte seinen Bruder an. »Er hat beschlossen, nach Homana zu kommen, weil er alle die Weisen gehört hat, die ich über Carillons Taten gesungen habe. Er sagte, er müsse diese Cheysulikrieger kennenlernen, um herauszufinden, ob die Geschichten stimmen.«

Evan machte vor dem verdutzten Donal eine anmutige Verbeugung. »Ich muß zugeben, daß ich nicht gerade solch *zivilisiertes* Verhalten von Euch erwartet habe, Mylord. Ich dachte, Cheysuli kämen mit Schweifen und Fängen auf die Welt.«

Einen Augenblick glaubte Donal, daß er diese Worte ernst gemeint hätte. Dann erkannte er die spöttische Belustigung in Evans Tonfall. Er lächelte. »Hütet Euch vor uns … bei Vollmond rauben wir gerade die Seelen von Männern wie Euch.«

Evan grinste, nahm seinem Bruder den Becher aus der Hand und trank fast den ganzen Wein, bevor Lachlan widersprechen konnte. Er gab ihn mit herausforderndem Lächeln zurück und nickte dann Donal zu. »Sie ist eine wunderschöne Braut, Mylord.«

»Mein Name ist Donal. Aber ja … sie ist wunderschön.«

Evan musterte ihn kurz. »Ich würde gern auf Eure Zukunft trinken … wenn ich etwas Wein hätte.«

Donal hob seinen Weinbecher an. »Dann sollten wir welchen besorgen. Mein Becher ist auch fast geleert.«

»Und ich habe überhaupt keinen«, erklärte Evan.

Sie traten an den nächststehenden Tisch, der alle Arten von alkoholischen Getränken bot. Donal blieb vernünftigerweise bei seiner Weinsorte. Evan, der ganz anders vorging, probierte zunächst vier Sorten, bevor er den Wein fand, der ihm zusagte. Dann brachte er in der rauhen, fast unverständlichen Sprache des östlichen Nachbarn Homanas mehrere kunstvolle Trinksprüche zu Ehren des Prinzen von Homana und seiner Braut aus. Danach kehrte er zur homanischen Sprache und zu seinem Wein zurück.

Der ellasische Prinz war guter Laune, von süßem Wein und trockenem Humor. Donals Rang oder Kriegerstatus beeindruckten ihn offensichtlich nicht. Er war zu sehr darauf bedacht, sich amüsieren zu wollen. Für Donal, der an einen vorsichtigen Umgang mit Homanern gewöhnt war, da sie häufig von seinem Gestaltwandeln verstört oder von seinem Rang beeinflußt waren, bedeutete dies eine neue Erfahrung. Er entspannte sich in Evans Gegenwart, wie nur selten in Gegenwart anderer. Er dachte, daß sie *geistesverwandt* wären, durch beiderseitige Zuneigung, Achtung – und die Umstände zueinander hingezogen.

Evan beobachtete die Tänzer. Donal beobachtete Evan. »Werdet Ihr den ellasischen Thron erben?«

Evan brach in Gelächter aus und vergoß fast den Wein. »Ich? *Niemals.* Es gibt noch vier Brüder zwischen Lachlan und mir, und *er* hat zwei Söhne. Und seine Frau ist wieder schwanger. Wahrscheinlich wird es noch mal ein Junge, und ich werde noch weiter vom Thron entfernt sein.« Er grinste. »Nur wenn ein Krieg, eine Hungersnot oder eine Seuche *sie* alle töten würde und nur ich übrigbliebe, dann würde ich Ellas erben.« Er zuckte die Achseln und klang unerträglich zufrieden mit seinem Los. »Ich bin in meinem Haus nicht wichtig. Und ich habe festgestellt, daß es mir so lieber ist.«

»Warum?« fragte Donal gespannt.

»Wie Lachlan schon sagte – ich bin ein etwas rebellischer Sohn. Solange ich unwichtig bin, habe ich – innerhalb der Grenzen der Vernunft – die Freiheit zu sein, wer ich will, und zu tun, was ich will. Natürlich gibt es Zeiten, in denen mein Vater vergißt, als wievieltes Kind ich geboren wurde – war ich das vierte Kind? Nein? Das fünfte? – aber alles in allem ist es mir so dennoch lieber.« Seine verträumten blauen Augen waren hinter dunklen Wimpern verborgen. »Lachlan ist der Erbe... Ihr müßt ihn Euch nur ansehen, um zu erkennen, was der Titel bedeutet. Es wäre ihm weitaus lieber, wenn er ein Priester Lodhis des Allvaters und ein einfacher fahrender Harfenist sein dürfte, aber er ist der Erstgeborene und daher der Hochprinz von Ellas. Jene Jahre, die er bei Carillon verbracht hat, bedeuteten für ihn Freiheit. Jetzt muß er unserem Vater ein angemessener Sohn sein.«

Donal schaute zu Lachlan, der sich noch immer mit Finn unterhielt. »Und stört es ihn?«

Evan lachte und trank weiteren Wein. »Lachlan stört nichts. Dazu ist er nicht... schlecht genug. Keiner von uns ist das.« Er grinste und wölbte die Augenbrauen. »Das ist Ellas für Euch, Donal: ein Land voller Lachen und glücklichen Menschen.« Sein Blick folgte dem Tanz. »Eure Frau vergnügt sich mit zahllosen homanischen Adligen. Wäre es nicht an der Zeit, daß *Ihr* mit ihr tanzt?«

»Es ist üblich, daß die Braut mit allen anderen Männern tanzt, bevor sie mit ihrem Ehemann tanzt.« Er zuckte die Achseln. »Zumindest wurde mir das gesagt. Tanzen ist ein homanischer Brauch. Ich habe es erlernt, weil ich es lernen mußte.«

Evan beobachtete, wie Aislinn die Muster gestaltete. »Aber sie sollte unmittelbar nach der Hochzeit nicht so viel Freiheit haben. Sie wird sie viel zu häufig suchen.«

Donal betrachtete ihn belustigt. »Was wißt *Ihr* von Frauen, Evan? Ihr seid jünger als ich.«

»Zwanzig«, sagte er unbeeindruckt. »Ich kenne mehr

Frauen als Ihr glaubt. Und jetzt gibt es *dort* eine Frau, die ich gern besser kennenlernen würde, als es noch der Fall ist.«

Donal schaute hin. Er schüttelte sofort den Kopf. »Meghan niemals.«

»Warum nicht?« fragte Evan schelmisch. »Denkt Ihr, ich könnte sie nicht erobern?«

»Um *sie* zu erobern, müßtet Ihr ihren Vater erobern ... und das würde Euch niemals gelingen.«

Evan trank einen Schluck Wein. »In Ellas hatte ich häufig mit Vätern zu tun. Wenn sie erfuhren, wer ich war, gab es keine Schwierigkeiten mehr.«

»Ich fürchte, Finn wäre weniger beeindruckt von Eurem Rang als von Euren Absichten auf seine Tochter.«

Evan wandte ruckartig den Kopf. »Finn? Der Cheysuli?«

»Mein *Su'fali* ...« Donal lächelte. »Das heißt auf Homanisch *Onkel*.«

»Dann ... ist sie Carillons Nichte ...« Evan runzelte die Stirn. »Vielleicht habe ich zu hoch geschaut. Sie ist dennoch ein hübsches Wesen ... nein, ich glaube nicht. Warum sollte man sich einen Cheysuli oder einen Mujhar zum Gegner machen?« Er tippte mit dem Silberbecher an seine Zähne. »Was ist mit *ihr?*«

Donal schaute hin. Und er schüttelte erneut den Kopf. »Nein.«

Evans Brauen schossen unter seinem dunkelbraunen Haar in die Höhe. »Nein? Warum sagt Ihr nein? Steht auch *sie* dem Mujhar nahe?«

»Sie steht *mir* nahe, Ellasier. Bronwyn ist meine Schwester.«

Evan fluchte angewidert. »Gibt es hier *keine* Frauen, die nicht mit dem Königshaus verwandt sind?«

»Nur sehr wenige.« Donal grinste und reichte seinen Becher Evan. »Ich denke, ich werde Eurem Vorschlag folgen und mit Aislinn tanzen ... bevor Ihr ein Auge auf *sie* werft.«

Kapitel Fünfzehn

Bevor Donal mit Aislinn tanzen konnte, hielt Carillon ihn auf. »Donal ... komm mit mir. Du solltest einige Männer treffen.«

Staatsmänner natürlich.

»Ich möchte mit Aislinn tanzen.« Er dachte, daß ein Appell an Carillons elterliche Befangenheit die Notwendigkeit solcher Gespräche hinauszögern würde.

Carillon lächelte, denn er durchschaute ihn sofort. »Aislinn kann noch einige Augenblicke warten. Dies sind Männer, die du kennen mußt.« Die Hand des Mujhar lag auf Donals Arm, während er ihn vom Tanzboden ablenkte. »Ich weiß, daß dies deine Hochzeitsfeier ist ... aber du wirst nur zu bald erfahren, daß solche Gelegenheiten Möglichkeiten eröffnen, die du zu anderen Zeiten nicht geboten bekommst.«

Donal folgte ihm widerwillig zu einer Gruppe Adliger. Er kannte zwei von ihnen bereits, hatte sie jahrein, jahraus in Homana-Mujhar gesehen, während sie Carillon um den Bart strichen. Die drei anderen waren ihm fremd, aber sie sprachen mit solindischem Akzent.

Carillon übernahm die gegenseitige Vorstellung mit uneingeschränkter Würde. Durch leichte Abweichungen bei der Vorstellung wollte der Mujhar, wie Donal erkannte, offensichtlich betonen, daß dieser Cheysuli jetzt der Prinz von Homana war. Wenn die Solinder ihn mißachten wollten, würden sie den Mann mißachten, der eines Tages ihr Reich beherrschen würde.

Aber vor allem die Homaner beobachteten Donal genauer. Er erwartete von den Solindern Feindseligkeit, und es erschreckte ihn nicht, als sie, wenn auch verborgen, spürbar wurde. Aber die beiden Homaner, die ihn schweigend beobachteten, schienen angespannt und erwartungsvoll.

Götter … es ist schlimmer, als ich erwartet hatte. Sicherlich kann auch Carillon das erkennen. Diese Männer werden mich niemals als Mujhar anerkennen.

Carillons Hand lag auf Donals Schulter. »Natürlich sind wir uns alle darüber im klaren, daß das Bündnis zwischen unseren beiden Reichen jeden weiteren Krieg ausschließt …« Er lächelte völlig unbefangen. »Also wird Donal niemals einen Krieg kennenlernen. Er wird den dauerhaften Frieden gewiß genauso wertschätzen wie ich.« Carillon neigte den Kopf in Richtung der solindischen Adligen. »Es wird bezeichnend für Donals Amt als Mujhar sein, daß seine Regierung nur Frieden kennen wird und keine kleinlichen Zänkereien mehr braucht.« Seine Hand legte sich fester auf Donals Schulter. »Ich wäre sehr froh zu wissen, daß ich einen Nachfolger habe, der den Frieden so hochhält.«

»Friede ist tatsächlich das, was wir alle wollen«, murmelte ein scharlachrot gekleideter Solinder.

»Ich bezweifle natürlich nicht, daß das Volk von Solinde durch den Aufstieg eines Cheysuli anstelle ihres eigenen solindischen Hauses in gewisser Weise beunruhigt ist.« Carillon lächelte erneut und etwas spöttisch. »Aber vielleicht werden sie sich mit Donal ausgesöhnt haben, wenn es soweit ist.«

Es erfolgte ein schneller Austausch von Blicken unter den Solindern *und* den Homanern, wie Donal bemerkte.

»Vielleicht ist es an der Zeit, daß ich Herzog Royce von Lestra nach Hause zurückberufe«, sann Carillon. »Er hat Solinde mehr als fünfzehn Jahre lang regiert … und er ist nicht mehr jung. Ich glaube, Solinde würde durch einen anderen, jüngeren Mann gewinnen.« Als er die Solinder jetzt ansah, lächelte er nicht mehr. »Wie könnte man ein Reich besser an seinen zukünftigen Mujhar gewöhnen, als wenn man ihm den Mann jetzt schickt?«

Götter … ist das sein Ernst? Aber Donal wagte seine Überraschung über Carillons Absichten nicht zu zeigen.

Einer der Homaner sah Carillon an. »Ihr wollt ihn *jetzt* dorthin schicken?«

Donal wußte, daß das nicht die Antwort war, die Carillon erwartet hatte, zumindest nicht von den Homanern.

Der Mujhar zuckte die Achseln. »Zunächst sollen er und meine Tochter einige Zeit zusammen verbringen, wie es sich für frisch Verheiratete gehört – in Joyenne, denke ich, bevor sie dann nach Lestra gehen.« Carillons Hand legte sich noch stärker um Donals Schulter, als wollte er ihn in einer kurzen Umarmung elterlicher Anerkennung zu sich heranziehen.

Und dann schrie eine Frau.

Donal fuhr im selben Augenblick herum wie Carillon. Er sah ein Durcheinander von Farben, starrenden Augen und geöffneten Mündern der Menschen, die alle in der Halle zusammengedrängt waren und dann alle entsetzt und wie betäubt durcheinanderliefen. Und dann sah er den Mann mit dem Schwert in der Hand.

Seine Gedanken schlugen Purzelbäume. *… er greift Carillon an … ein Schwert … bei einer Hochzeitsfeier …? Aber … niemand darf in Gegenwart des Mujhar ein Schwert tragen … und alle Wächter befinden sich im Gang …*

Seine Hand zuckte zu seinem Langmesser und kam stahl- und goldgefüllt wieder hoch. Auch Carillon, der neben ihm stand, hatte sich bewaffnet. Aber das Schwert des Feindes, das gerade als Leuchten schimmernden Stahls die Luft durchschnitten hatte, entfiel der Hand des Angreifers. Und der Mann selbst, der so nahe an den Mujhar herangekommen war, fiel einen Augenblick später neben seine Waffe auf den Boden.

Ein Messer, das bis zum Heft eingedrungen war, ragte genau in der Mitte des Rückgrats aus dem Rücken des toten Mannes heraus. Donal erkannte die Klinge sofort: ein königliches homanisches Messer mit dem wilden

Löwen und dem Rubinauge. Und er wußte, wer es geworfen hatte.

Carillon stand über dem Körper. Aber er betrachtete ihn nicht. Statt dessen sah er den Krieger an, der das Messer geworfen hatte.

Finns bloße Arme waren über seiner Brust gefaltet. »Anscheinend fehlt Euch ein geeigneter Gefolgsmann, Mylord.«

»Ja«, stimmte Carillon ihm zu. Seine Stimme klang in der stillen Halle heiser, auch wenn er betont unbeschwert sprach. »Seit ich meinen langjährigen Gefolgsmann verloren habe, konnte ich keinen anderen mehr finden.«

Sein Tonfall sagte, daß dies eine Frage sei. Donal sah Finn an und spürte eine seltsam wilde Hoffnung in seiner Brust aufsteigen.

Götter ... wenn Finn zu Carillon zurückkehrte ... dann wäre wieder alles, wie es früher gewesen ist ... Aber er wußte, daß dies nicht geschehen würde. Die Zeit hatte sie beide verändert.

Finn lächelte schwach und düster. »Ja«, stimmte er zu. »Es ist schwer, einen Mann zu finden, der für diesen Posten geeignet ist. Ich habe es immer so empfunden, daß ein Gefolgsmann ... unersetzlich ist.«

»Es sei denn, der Posten wird wieder mit dem ursprünglichen Krieger besetzt.« Carillons Gesicht blieb vollkommen ausdruckslos.

Donal sah jetzt nicht mehr Finn an, sondern Rowan. Der treueste und ergebenste aller Hauptleute Carillons trug, genau wie Donal, die Farben des Königreichs. Aber Rowans Kleidung war nicht das Cheysulileder, sondern die Seide und der Samt Homanas.

Und doch war es nicht die Kleidung, die Donals Blick anzog, sondern Rowans Gesicht. Das sonnengebräunte Cheysuligesicht, das plötzlich seine Farbe verloren hatte und vor Entsetzen aschgrau geworden war. Rowans Hand lag auf dem Heft seines Langmessers, als hätte er die Absicht gehabt, es zu Carillons Verteidigung zu ziehen. Und doch… er betrachtete nicht Carillon. Er betrachtete statt dessen Finn.

Er wartet, erkannte Donal plötzlich. *Er wartet auf Finns Antwort. Obwohl er kein geeigneter Gefolgsmann ist, ist er für Carillon doch alles andere. Er hat ihm alle diese Jahre treu gedient. Ich bezweifle nicht, daß er Finns Platz in geringerem Umfang – oder vielleicht auch in größerem – eingenommen zu haben glaubte, und jetzt erkennt er, daß Finn an Carillons Seite zurückkehren könnte.* Donal stieß geräuschvoll den Atem aus. *So würde ich nicht leben wollen – immer am Rande. Immer unsicher.*

Aber schließlich konnte der Unsicherheit ein Ende gesetzt werden.

Finn schaute auf den toten Mann hinab. Das goldene Heft schimmerte im Fackellicht. »Nein«, sagte er schließlich, und seine Stimme klang ein wenig bedauernd. »Ich glaube, daß diese Zeiten vorüber sind. Ich habe einen Stamm zu führen und Krieger auszubilden.« Er schaute auf und begegnete Carillons Blick. Eine Weile schienen sie eine unausgesprochene Unterhaltung zu führen. Finn betrachtete kurz die verkrümmten Hände und die zusammengezogenen Schultern Carillons. »Aber ich *kann* dir etwas anbieten. Wenn du es mir erlaubst.«

»Ja«, sagte Carillon, »wenn ich meine Halle von dem Geschmeiß befreit habe.« Er steckte sein Messer – ein Cheysulilangmesser mit einem Wolfskopf – an seinen Platz zurück, beugte sich dann herab und zog das blutige Messer aus dem Rücken des Angreifers heraus. Er übergab die königliche Klinge Finn und machte dann den Wächtern, die auf den Schrei der Frau herbeigeeilt waren, ein Zeichen. Schnell und gekonnt nahmen zwei von ihnen den Körper und das Schwert auf und trugen beides aus der Halle. Die anderen sechs Wächter warteten auf Carillons Befehl.

Er schaute nicht zu den solindischen Adligen, die sich

inmitten der Menge zusammengeschart hatten. »Nehmt sie mit…« – ein Winken schloß sie alle ein – »… und begleitet sie zu ihren Quartieren. Sie werden am Morgen heimkehren.«

»Aber … Mylord Mujhar …!« Der grauhaarige Herr in scharlachrotem Samt spreizte seine schmuckbeladenen Hände. »Mylord … *wir* hatten nichts damit zu tun …!«

»Ich bin am Hochzeitstag meiner Tochter in meiner eigenen Halle angegriffen worden«, sagte Carillon unbeugsam. »Es sollte keine Diplomatie mehr zwischen uns geben, Voile – unsere beiden Königreiche werden gewiß bald Krieg gegeneinander führen. Wäre dieser Mordversuch heute abend gelungen, dann wäre der Krieg vielleicht für Solinde entschieden gewesen, noch bevor er begonnen hat. Aber der Versuch ist fehlgeschlagen, und Ihr seid entdeckt – wie eine Made unter einem Fels –, Euer Plan ist vereitelt.« Er bedeutete seinen Wächtern, die solindischen Adligen einzukreisen.

Donal beobachtete, wie die Wächter die Solinder fortbrachten. In leisem Befehlston ließ Carillon Musik und Tanz wieder beginnen, die Feier würde weitergehen. Dann verließen er und Finn die Halle, und Donal steckte sein Messer zurück in die Scheide.

Er wandte sich um, um einen Diener mit Wein zu suchen, und stolperte dabei fast über Bronwyn, die ihm im Weg stand. Er ergriff ihre Arme, betrachtete sie und bemerkte, wie blaß sie war.

Sie streckte die Hand aus, um ihn zu berühren. »Donal … wie geht es dir?«

»Gut«, sagte er. »Bronwyn … es ist jetzt vorbei.«

Ihre Finger umklammerten die Halskette aus blauem Emaille. »Das Schwert kam so *nahe heran* …«

»Es geht mir gut«, wiederholte er. »Komm, du solltest am besten zu deiner *Jehana* zurückgehen.«

Aber Bronwyn blieb stehen. »Warum glaubt Carillon, daß der Meuchelmörder *ihn* erwischen wollte?«

Donal runzelte die Stirn. »Es *war* so, Bronwyn. Wen sonst sollte ein solcher Mann erwischen wollen?«

»Dich«, sagte sie bestimmt. »O Donal … ich habe bemerkt, wie der Mann dich angesehen hat und nicht den Mujhar.« Ihre bernsteinfarbenen Augen begannen sich mit Tränen zu füllen. »Er wollte *dich, Rujho.* Ich schwöre – ich habe es an seinem Gesicht gesehen.«

»Bronwyn …« Er schaute an ihr vorbei zu der Tür, durch die Finn und Carillon hinausgegangen waren. »Bronwyn … bist du ganz sicher?«

»Ja.« Ihre Ohrringe blitzten auf, als sie nickte. »Ich habe mit ihm getanzt, *Rujho.* Er hat mir Fragen über dich gestellt. Ich habe mir nichts dabei gedacht. Die meisten Leute kennen dich noch nicht. Aber dann hat er mich verlassen. Er hat die Halle verlassen. Und als er zurückkam, hatte er ein Schwert.«

Donal runzelte die Stirn. »Bist du bei all den Fragen des Solinders nicht mißtrauisch geworden?«

Sie sah ihm ins Gesicht. »Aber … Donal … er war Homaner.«

Er spürte, wie das Blut in seinen Adern zu Eis gefror. Die Haut zog sich über seinen Knochen zusammen. »Bronwyn … *bist du sicher?*«

»Ja«, sagte sie. »O Donal, ich habe *Angst* …«

Ich nicht weniger, Rujholla. Aber das sagte er nicht laut. Statt dessen hielt er nach seiner jungen Ehefrau Ausschau. »Wo ist Aislinn?«

Bronwyn machte eine Geste. »Dort – siehst du sie? Dort drüben in der Ecke.«

Er sah sie. Er sah, daß sie abseits von der Menge stand, als könne sie nicht ertragen, ein Teil von ihr zu sein. Saphire und Silber glitzerten. Sie hielt einen gehämmerten Becher in beiden Händen und hob ihn dann an den Mund. Er sah ihr angewidertes Gesicht, als sie getrunken hatte. Aber er wußte nicht, ob der Wein oder der mißglückte Mordversuch die Ursache dafür war.

Aislinn … ich glaube, es gibt zwischen uns einiges zu klären.

Donal schaute zu Bronwyn hinab. »Bleibe hier bei den anderen. Ich glaube, es ist an der Zeit, daß ich meine *Cheysula* aus der Menge befreie.«

»Aber … was ist mit der Hochzeitsnacht?«

Er lächelte grimmig. »Ich glaube, es wäre besser für Aislinn, wenn wir sie verschieben.« Und er sagte nichts davon, daß er dabei mehr im Sinn hatte als nur eine einfache Hochzeitsnacht.

Er ließ seine Schwester zurück und bahnte sich ruhig seinen Weg durch die Menge. Der Gedanke ans Tanzen war ihm völlig entfallen, obwohl es vom Prinzen und seiner Prinzessin erwartet würde. Der Mordversuch hatte seine Freude an dem Fest verdorben.

Als er Aislinn erreicht hatte, nahm er ihr den Becher aus den Händen. Sie sah ihn überrascht an. »Willst du ihn? Oder *brauchst* du ihn?« Das Mißtrauen machte ihn grausam.

»Was?«

Er sah ihr ins Gesicht. Er sah ein hellrötliches Schimmern unter der Blässe ihrer Wangen und das hektische Glitzern in den grauen Augen. Es waren sinnliche Augen, wie er wußte. Obwohl sie noch jung war, hatte sie von ihrer verführerischen Mutter ein wenig von den Künsten einer Frau gelernt.

Er streckte die Hand aus und ergriff eines ihrer schlanken Handgelenke. »Du zitterst, Aislinn. Um mich oder um deinen *Jehan?*«

»Ich dachte, er wollte meinen Vater töten …«

»Er wollte nicht Carillon töten. Der Mörder war hinter *mir* her.«

»Hinter *dir!* Warum wollte er *dich* töten?«

Ihre Überraschung war echt. Daran bestand kein Zweifel. Es war vielleicht nicht sehr schmeichelhaft – auf seltsame Art –, daß sie ihn für ein so unbedeutendes Ziel hielt, aber er war erleichtert. Er glaubte nicht, daß ihre Empfindung vorgetäuscht war.

»Es gibt Männer, die mich vielleicht lieber tot sehen würden«, belehrte er sie ruhig und noch immer erfreut über ihr Staunen. »Und zweifellos auch einige Frauen. Vielleicht Electra?« Er sah, wie alle Farbe aus ihrem Gesicht wich. »Carillon wird alt. Er wird den Löwenthron nicht ewig innehaben. Wie könnte man der rechtmäßigen Familienlinie den Thron besser entreißen, als wenn man den Mann tötet, der ihn vom Mujhar erben wird?«

»O *Götter*«, flüsterte sie. »Wird es immer so bleiben?«

Das war nicht genau die Antwort, die er von jemandem erwartete, der an der Verschwörung gegen ihn nicht beteiligt war. »Ich hoffe nicht«, antwortete er inbrünstig. »Wenn der Rang *das* beinhaltet ...«

»Du glaubst nicht, daß du dem gewachsen bist?« Ihre Stimme klang sehr kühl. Mit dem Silber- und Saphirschmuck wurde sie ihrer Mutter mit jedem Augenblick ähnlicher.

»Nun«, sagte er. »Ich glaube, daß Carillon noch jahrelang regieren wird. Wenn er bereit ist, den Löwenthron aufzugeben, *sollte* ich der Aufgabe gewachsen sein.« Er lächelte sie offen an. »Du verbirgst dich hier in der Ecke, Aislinn. Wolltest du mir aus dem Weg gehen?«

Sie errötete. Ihr Handgelenk wurde in seiner Hand starr.

»Ist es so?« fragte er überrascht.

»Ein ... bißchen. Mir wurde gesagt, was ich in der Hochzeitsnacht zu erwarten habe.«

Es klang, als fühlte sie sich sowohl ein wenig angewidert als auch unbehaglich. Er lächelte. »Ja. Sie würden alles in ihrer Macht Stehende tun, um Braut und Bräutigam zu verwirren. Das ist ein homanischer Brauch, wie mir gesagt wurde. Bei den Stämmen zieht eine Frau in das Zelt eines Kriegers ein, und das ist alles.«

»Das ist *alles?*« Ihre grauen Augen weiteten sich. »In diesem Augenblick wäre mir eine Cheysulizeremonie lieber.«

»Dann sollten wir es zu einer solchen machen.« Er

umfaßte ihre Hand mit seiner. »Komm mit mir. Wir werden den räuberischen Wesen entfliehen.«

Man hatte dafür gesorgt, daß ihnen eine königliche Zimmerflucht in dem Stockwerk über ihren getrennten persönlichen Gemächern zur Verfügung stand. Niemand begleitete sie, sogar der Flur war menschenleer. Sie gingen in vollkommener Abgeschiedenheit. Aber Donal verriegelte dennoch vorsichtshalber die Tür.

Aislinn stand an einem der schmalen, glaslosen Fenster. Er fragte sich, was sie sah, da sie so angespannt hinaus schaute. Ihr Rücken war ihm zugewandt, und er konnte die starre Anspannung ihres Rückgrats deutlich erkennen.

Sie wandte sich um. Der schwere Gürtel klirrte. Er hörte in der Dichte ihrer Röcke das Klappern von Saphiren.

Im Zimmer lagen nur Schatten. Das verhangene Bett war eine Höhle voller Versprechungen. Er konnte die geflüsterten Liebkosungen und die Seufzer befriedigter Liebender fast hören.

Aislinn sah ihn schweigend an. Der Schein einer einzelnen Kerze ließ ihr Haar golden schimmern. An ihrem Hals funkelte die Silberkette mit den glänzenden Saphiren. »Ich habe … ein wenig Angst.«

Er lehnte sich gegen die Tür, so daß sich das geschnitzte Holz in sein Rückgrat bohrte. Er beobachtete sie schweigend, und konnte im Augenblick nichts sagen. Er war zu sehr überrascht. Er hatte das starke Verlangen nicht erwartet, das er plötzlich empfand.

Verlangen nach Aislinn? Wo es doch Sorcha gibt, die mir alles bedeutet?

Vielleicht war es so. Aber jetzt gab es auch Aislinn.

Langsam trat sie vom dunkler werdenden Fenster weg zum Tisch. Dort standen eine Flasche Wein und zwei schimmernde Stielgläser, ein Geschenk des atvianischen Königs. Die Kelche der Stielgläser waren aus

Glas, die Stiele in Silber gearbeitet – letztere zogen sich in der Gestalt von Rabenschwingen um den Boden jeder Glasschale herum. Der Wein in der Karaffe war rot wie Blut.

Aislinn füllte die Gläser und reichte dann eines Donal. »Teilst du den Hochzeitspokal mit mir?«

Er stieß sich von der Tür ab, und näherte sich ihr. Er sah, wie sich ihre langen Nägel um das weingefüllte Kristall bogen. Als er sie erreicht hatte, streckte er die Hände aus und schloß sie über ihren Händen.

»Shansu«, sagte er. »Glaubst du, ich wollte dich verletzen, Aislinn?«

»Du würdest mich niemals verletzen«, antwortete sie. »Ich habe den Ausdruck in deinen Augen gesehen.« Dann lächelte sie unerwartet.

Donal, der noch immer ihre beiden Hände und das Glas umfaßt hielt, hob es an ihren Mund. »Ich hoffe, es ist ein guter Wein.«

Der Rand lag an ihren Lippen. Sie errötete. »Das Weinfaß war ein Geschenk meiner Mutter.«

Er riß das Glas jäh fort. Wein ergoß sich über sie beide und färbte die hellblaue Seide von Aislinns Gewand blutrot. Er spürte die Spritzer auf seinem Arm, auf seinem Gesicht. Der Wein war lauwarm – wie Blut. Er mußte bei dem schweren Geruch fast würgen.

Das Glas fiel herab. Es traf auf dem Teppich auf und zerbrach.

»Wagst du dein Leben ebenfalls?« fragte er.

»Wagen? Welches Wagnis meinst du? Es war ein *Geschenk* ...«

»Für dich? Oder war es für mich gemeint?«

Alle Farbe wich aus ihrem Gesicht. Weintropfen glitzerten auf der glatten Haut einer vollkommen gestalteten Wange, rollten herab und tropften dann auf ihr Gewand. »Hast du vergessen, mein *Ehemann*, daß ich *auch* davon trinken sollte?«

»Genauso wenig wie ich vergesse, daß du zwei Jahre

bei dieser Hexe auf der Kristallinsel verbracht hast«, antwortete er. »Woher soll ich wissen, daß sie dir nicht jeden Tag, nach und nach von dem Gift gegeben hat, bis du unempfindlich dagegen geworden bist?«

»Du *Narr*«, fauchte sie. »Glaubst du, daß ich deinen Tod will?«

»Ich beschuldige dich nicht.« Er konnte sie noch nicht beschuldigen, es gab noch keinen Beweis für ihre Mittäterschaft.

»Finn hat mich *geprüft!*« schrie sie. »Du warst selbst dabei. Bin ich nicht von dem Makel der Hexerei freigesprochen worden?«

»Du bist geprüft worden.« Soviel konnte er ihr zugestehen.

»Aber du mißtraust mir noch immer.« Das kräftige Haar verdeckte ihr Gesicht von beiden Seiten. »Ist es nicht so? Denkst du, daß der Angreifer auch mein Werk war? Glaubst du wirklich, daß ich dich tot sehen will, wo ich doch nur *dich begehre?*«

Er machte drei Schritte, streckte die Hand aus und ergriff ihr Handgelenk. Er betrachtete die schlanke zarte Hand. Er konnte es wieder vor seinen Augen sehen: das cremefarbene, golddurchzogene Gewölbe mit all seinen Marmor*lirs* und die Hände, die die Fackel hielten, die ihn in den Tod stoßen sollte.

»Aislinn«, sagte er, »du machst mir Angst. Ich weiß nicht, was du tun wirst.«

»Du bist ein Narr.« Sie sagte es ohne Heftigkeit. »Du bist ein Narr, wenn du Angst hast, weil ich dich niemals töten würde. Ich würde jeden töten, der es *versuchte*. Ich liebe dich, Donal.«

Er glaubte ihr. In diesem Augenblick war er sicher, daß sie die Wahrheit sagte. Und Finn *hatte* sie geprüft.

Schweigend löste er Halskette und Gürtel. Er ließ beides auf den dunklen Holztisch fallen. Und dann brachte er sie zu Bett.

Er löste langsam die Schnüre ihres Gewandes und

entblößte ihren glatten, hellen, zarten Rücken. Ihre Haut zitterte leicht, als er sie berührte.

Sie lag nackt auf den Laken. Sie beobachtete ihn mit dem Blick einer Frau, die einen Mann begehrt. Und so entledigte er sich auch seiner Kleidung und schlüpfte neben ihr ins Bett. *Vielleicht ist es nach allem doch keine so unpassende Verbindung ...*

Aber als er eine Hand auf ihre Brust legte, schrie Aislinn auf.

Er wollte ihr den Mund zuhalten. Aber sie entzog sich ihm, bevor er es tun konnte, und kroch in die entfernteste Ecke des Bettes.

»*Aislinn ...*« Er sprang sofort aus dem Bett, aus Angst, er könnte sie noch mehr erschrecken.

»Wolf.« Sie sagte es mit eiskalter Absicht. »Dein Blut ist das Blut eines Wolfs ... deine Hände die Krallen eines Wolfs ... dein Gesicht das *Gesicht* eines Wolfs ... *glaubst du, ich würde mit dir schlafen ...*?«

Er sah sie entsetzt an, und seine Haut zog sich zusammen.

Aislinn zuckte zurück. Er sah eine Veränderung in ihren Augen, ganz kurz, die Feindseligkeit verging und wurde zu Bestürzung. Aber als er den Mund öffnete, um ihren Namen auszusprechen, zuckte sie erneut zurück, und die Worte sprudelten aus ihrem Mund.

»Bestie, nicht Mann ... kein *menschlicher* Mann ... sie hat mir gesagt ... sie hat mir gesagt ... sie hat gesagt, es wäre wie ...«

»Aislinn, *nein* ...«

»Sie hat gesagt, du würdest mich als Wolf nehmen, weil du mich auf keine andere Art nehmen könntest.« Ihr Körper erschauderte. »Donal? Donal? Was ist los? Donal?« Eine zitternde Hand legte sich über ihren Mund. »Was ist *los?*«

»Aislinn ...« Er trat langsam einen Schritt näher an das Bett heran: »... sie hat deinen Geist mit Lügen gefüllt ...«

Aislinns Augen waren schwarz. »Wolf ... *Wolf* ... nicht Mensch ... nicht Mensch ... statt dessen ein *Dämon* ... der mich als Wolf nehmen will ...«

»Aislinn, ich *verspreche* dir ...«

»Donal ...« Sie zuckte weiter zurück. »Glaubst du, ich würde mit *dir* schlafen?«

Er spürte, wie er selbst zu zittern begann. Er konnte es auch vor ihr nicht verhindern. Sie kauerte sich wie ein Tier am Baldachin des Bettes zusammen, die Knie unter das Kinn gezogen und eine Hand in ihrem glänzenden Haar. Dann hob sie plötzlich die andere Hand und machte die Geste gegen Cheysuliübel.

»Bessstie«, zischte sie. *»Ich werde keine Dämonenkinder gebären!«*

Angesichts solcher Angst und solchen Hasses war er vollkommen seiner Männlichkeit beraubt. Jeglicher Gedanke daran, mit ihr zu schlafen, wie zärtlich auch immer, entglitt seinem Geist. Er starrte sie an und sah nur Electra. Electra auf dem Podest des Palastes auf der Kristallinsel, die ihm trotzig entgegentrat:

»Keine Ehe ist bindend, wenn sie nicht vollzogen wird.«

»Aislinn«, sagte er, »o Aislinn, erkennst du, was sie getan hat?«

Tränen liefen ihr Gesicht herab. »Donal ... ? Was ist los? *Was hat sie mir angetan ...?«*

»Sie hat dich *verkehrt* ...« Aber er brach ab. Aislinn konnte nicht verstehen.

Donal fühlte sich elend. Er zog seine Lederkleidung wieder an. Und dann wandte er sich erneut zu ihr um. »Aislinn ...«

»Ich werde nicht mit einem Wolf schlafen!«

Donal entriegelte unbeholfen die Tür und verließ den Raum. Dann stand er elend und verloren in dem dunklen Gang und leckte nur die Wunde des verletzten Stolzes. Er dachte sofort an Sorcha und sehnte sich nach ihren tröstenden Armen. Aber er konnte nicht zum Keep gehen. Nicht in seiner Hochzeitsnacht.

Ein Geräusch. Er schaute sogleich auf und bemerkte eine Bewegung in den Schatten. Er hörte das Zischen von Seide auf Stein. Eine Hand wanderte sofort zu seinem Messer. Er zog es halb heraus und sah dann, wie die Schatten die Gestalt von einem Mann und einer Frau annahmen, die einander umschlungen hielten. Das Geräusch wurde zu einem weiblichen Kichern.

Kurz darauf kam das Paar noch näher, trat in den Lichtschein der Fackel. Der Mann schaute auf, als er das Gleiten und Klicken eines wieder in die Scheide zurückgesteckten Messers hörte.

»Was ... ist das Donal? Haben wir die Braut und den Bräutigam gestört?« Sie kamen noch näher, und der Mann war zu erkennen.

»Evan.« Donal konnte nicht mehr hervorbringen.

Der Ellasier kam noch näher, einen Arm um die Frau gelegt. Donal kannte sie nicht. Er wußte nur, daß sie Homanerin war. Evan hatte anscheinend seine Vorliebe für Frauen, die mit dem Königshaus verwandt waren, aufgegeben und ein williges Mädchen adliger Herkunft gefunden.

»Haltet Ihr Euch hier *draußen* auf, während Eure Braut wartet? Oder hat sie Euch fortgeschickt, während sie sich ihrer Kleidung entledigt?« Evan küßte das Mädchen schnell und grinste Donal dann schelmisch an. Aber dann erstarb sein Grinsen.

Er küßte das Mädchen erneut und geräuschvoller als zuvor und tätschelte dann ihre Seidenröcke. »Geh zurück«, sagte er mit nur leicht bedauerndem Unterton in der Stimme. »Ich habe etwas mit dem Prinzen zu besprechen.«

Ihre Abwehr verschwand. Sie warf einen Blick aus dunklen Augen in Donals Richtung, raffte dann ihre Röcke und eilte den Gang entlang zurück.

Evan sah Donal ins Gesicht. »Ihr müßt nichts sagen. Ich brauche mir nur Euer Gesicht anzusehen.« Seine träumerischen blauen Augen zeigten keinerlei Belustigung. »Ich kenne ein Mittel, Mylord, wenn Ihr mich begleiten wollt.«

Schließlich regte sich Donal. »Dafür gibt es kein Mittel.«

»Ah, aber ja. Ich verspreche Euch, es gibt eines.« Evan lächelte. »Wollt Ihr mir die Wirtshäuser von Mujhara zeigen?«

»*Alle* Wirtshäuser, Ellasier?«

Evan zuckte nur die Achseln. »So viele, wie Ihr mir zeigen könnt... und zwar vor Tagesanbruch.«

Donal lächelte zögerlich. »Wir sollten diese Stadt auf den Kopf stellen.«

Kapitel Sechzehn

Die Cheysuli waren eigentlich keine Streithähne, sondern Krieger, die für den Ausnahmefall aufgezogen und gelehrt wurden, schnell und wirkungsvoll zu töten, um die Verwandten, den Stamm und den König zu beschützen. Aus reiner Freude an solchen Dingen zu kämpfen, schien ihnen äußerst dumm. Und doch befand sich Donal, der so viel starken Wein getrunken hatte, daß er nichts mehr deutlich erkennen konnte, plötzlich mitten in einer Wirtshausschlägerei.

Er konnte sich nicht genau daran erinnern, wie es begonnen hatte. Er wußte nur, daß er eine auf ihn und seine Rasse gemünzte Beleidigung gehört hatte – und Wiedergutmachung nötig geworden war. Er erinnerte sich dunkel, daß der Beleidiger nur zu schnell zu Boden gegangen war … und daß sich dann alle anderen in dem Raum an der Rauferei beteiligt hatten.

Er spürte, wie er schwankte. Dann bohrte sich eine Schulter in sein Rückgrat und stützte ihn. Er wußte, ohne hinzusehen, daß es Evan war, der ihm half, so gut er konnte.

Und ich brauche Hilfe …

Das Wirtshaus lag in Scherben. Stöhnende Gestalten lagen unter Tischen und umgestürzten Bänken verstreut und zählten ihre Quetschungen und Schnitte. Andere Gestalten, die noch immer schlaff in den Ecken des Raumes lagen, bewegten sich überhaupt nicht. Donal war sich dunkel der Tatsache bewußt, daß er und Evan für all die Trümmer verantwortlich waren, und dieses Wissen machte ihn auf eine trunkene Art glücklich. Er hielt die Ehre seiner Rasse aufrecht.

Der Ellasier kämpft wie ein Cheysuli ... schade, daß er jetzt, da die Hochzeit vorbei ist, mit Lachlan nach Hause zurückkehren muß ...

Ein schweres Gewicht landete von hinten auf ihm. Er brach darunter zusammen, wobei er etwas überrascht war, als sein Gesicht über die weinbefleckten Bohlen des Holzbodens schabte. Er kämpfte kurz gegen das Gewicht an, spürte, wie ihm ein Arm auf den Rücken gedreht wurde und brummte vor unerwartetem Schmerz. Dann wurde er hochgerissen und von einem starken, um seine Kehle gelegten Arm ganz still gehalten.

Er sah, daß sich Evan in der gleichen Lage befand. Der fremde Prinz war voller blauer Flecke und Blut und sein Gesicht schien zerschlagen, aber er lächelte. Offenbar war er durch die plötzliche Einstellung der Kampfhandlungen oder dadurch, daß er so leicht aufgehalten worden war, nicht übermäßig beunruhigt.

»Ich werde für den Schaden bezahlen«, verkündete er. »Es besteht kein Grund, uns festzuhalten.«

Ein kleiner gedrungener Mann in der rauhen Wolltunika und Hose eines Talbewohners bahnte sich seinen Weg durch die Trümmer und blieb vor Donal stehen. Er war untersetzt, ein gewöhnlicher Mann, mit kleinen braunen Augen und einem schmalen, verzerrten Mund. Der Mund formte die Worte auf seltsame Art, und sie klangen zudem durch den Dialekt des dicken Talbewohners sonderbar.

Er betrachtete Donals zerschlagenes Gesicht. »Gestaltwandler sind hier nicht willkommen.« Er spuckte auf Donals Stiefel.

Donal schluckte. »Ich war hier willkommen«, sagte er, »bevor die Homaner zu verlieren begannen.«

Kleine braune Schweinsaugen, bösartig und starr. »Shaine der Mujhar hat für Eure Art die Verfolgung befohlen, Gestaltwandler. Das war schon vor Jahren ... und wir hier drinnen halten uns immer noch dran.«

Donal war benommen und verwirrt, aber allmählich wichen die Nebel aus seinem Geist. Er starrte den schweinsäugigen Mann benommen und verwundert an. »Shaine ist tot. *Carillon* ist der Mujhar.«

»Dämonengezücht«, sagte der kleine Mann. »Ihr und Eure Art werdet im Namen von guten und reinen homanischen Göttern, die von der Schlechtigkeit der Gestaltwandlerdämonen unberührt sind, brennen.«

Donal hörte benommenen Unglauben aus Evans Stimme heraus. »Ihr würdet einen Mann wegen seiner *Rasse* töten?«

»Dämonen«, wiederholte der Mann und spie erneut auf den Boden. Schleim verunstaltete Donals Stiefel. »Ich bin Harbin, der Anführer dieser Männer. Wir alle hier drinnen dienen dem Gedächtnis des *rechtmäßigen* Mujhar von Homana.«

»Shaine ist *tot!*« wiederholte Donal. »Und Carillon regiert an seiner Statt.«

»Carillon ist ein schwächlicher König, der von der Cheysulimagie verhext wurde. Wir folgen ihm nicht.«

Donal wurde sich der Stimmung im Wirtshaus bewußt. Dies war keine einfache Meinungsverschiedenheit oder ein reines Mißvergnügen über den Ausgang des Kampfes. Er atmete vorsichtig ein und spürte, wie sich der Arm fester über seine Kehle legte und den eingesogenen Atem unterbrach. »Carillon hat das *Qu'mahlin* für beendet erklärt. Wenn Ihr mich tötet, tötet Ihr einen dem Mujhar verschworenen Mann.«

Harbin schaute zu ihm hoch. Dicke Arme waren über seiner wollebekleideten Brust verschränkt. Seine schweren Stiefel hatte er fest auf den Holzboden gestellt. »Verflucht sei Carillon. Deshalb hat er Homana unter sich, wegen seiner Herren, den Gestaltwandlern. Selbst jetzt plant er, den Thron wieder in die Hände – in die *Klauen!* – des Dämonengezüchts zu legen. An Carillon können wir nicht herankommen, aber wir können an Cheysuli herankommen.« Seine Augen schimmerten im Kerzenschein. »Einen nach dem anderen werden wir töten. Und wir fangen mit Euch an.«

»Nein!« schrie Evan. »Ihr wißt nicht, wen Ihr bedroht!«

Harbin ignorierte ihn und sah weiterhin fest auf Donal. Dann öffnete er seine Lippen über den gelblichen Zähnen weit, während sein Blick die *Lir*bänder, den Gürtel und das Diadem, sowie den in schwarzem Haar schimmernden Ohrring verschlang. »Ihr seid immerhin ein *wohlhabender* Dämon.« Er nickte den anderen zu. »Nehmt ihm sein Gold ab.«

Donal kämpfte kurz, wurde festgehalten und mußte dann starr dastehen, während Hände nach Gürtel und Messer und Diadem griffen. Aber als sie die *Lir*bänder von seinen Armen und das Gold von seinem Ohr zu ziehen versuchten, schrie Evan ihnen zu: »*Seht* ihn Euch an! Er ist der Prinz von Homana!«

Harbins Kopf fuhr herum. »Welchen Unsinn erzählt Ihr mir, Fremder?«

»Er ist Carillons Erbe ...« Evan verzog das Gesicht, als ihm ein Arm fast die Stimme nahm. »Er ist Euer Prinz, Ihr Narr ... er ist *Donal von Homana* ...«

Harbin schaute streng zu Donal zurück. Er hieß den Männern bis auf diejenigen, die Donal festhielten, zurückzutreten.

»Ist das wahr?« fragte eine Stimme.

»Halt den Mund!« fauchte Harbin. Er trat näher an Donal heran. Sein breites, stoppeliges Gesicht war nachdenklich gefurcht. »Ist das wahr? Wollt Ihr behaupten, daß Ihr unser Prinz seid, ja? Carillons eigener Erbe? Ihr tragt genug *Gold* dafür!« Er lachte plötzlich rauh auf. »Donal von Homana, nicht wahr? Wir haben uns einen Preis gefangen, der es *wert* ist zu brennen!«

»Wenn er *wirklich* der Prinz ist ...« begann ein Mann.

»Ruhe!« schrie Harbin. »Er ist ein Gestaltwandler. Seht ihr das Bestiengold um seine Arme und an seinem Ohr? Er trägt die Zeichen der *Dämonen*.« Harbin atmete jetzt rascher und geräuschvoller als zuvor. »Er muß dafür verbrannt werden. Er muß geopfert werden.«

»Wir können ihn nicht *hier* verbrennen…« protestierte ein anderer schwach.

Die Schweinsaugen des Talbewohners verengten sich, während er in seinen gelblichen Zähnen puhlte. »Nein. Aber er kann trotzdem hier getötet und sein Körper für die richtige Opferung fortgebracht werden.« Er nickte. »Ja, ja… niemand wird von einem betrunkenen Mann Notiz nehmen, der mitten in der Nacht aus einem Wirtshaus hinausgetragen wird.« Er fuhr plötzlich herum und sah Evan an. »Ihr fürchtet um Euer *eigenes* Leben, Fremder? Nein. Wir sind keine *schlechten* Menschen. Wir verbrennen nur Dämonen.«

Evans lebhaftes Gesicht verfärbte sich durch die Quetschungen allmählich. Sein Mund verzog sich, als er deutlich zu sprechen versuchte. »Er ist Euer *Prinz*…«

»Darin liegt das noch größere Opfer.« Harbin wandte sich erneut um und deutete auf einen langen Holztisch, der noch immer aufrecht inmitten des Raumes stand. »Legt ihn dorthin und haltet ihn fest. Legt ihn auf den Rücken, damit seine Kehle den Göttern dargebracht wird. Wir werden dieses Opfer so bringen, wie unsere Alten es getan haben.«

Donal spürte Finger sich in seinen Arm graben, deren abgebrochene und schmutzige Fingernägel seine bloße, verletzliche Haut zerkratzten. Er zeigte einem Mann die Zähne und sah ihn entsetzt zurückweichen. Aber die anderen trugen ihn zum Tisch.

Finger verhakten sich in den schweren Bändern um beide Arme. Er spürte die Nägel in seine Haut einschneiden. Das *Lir*gold wurde gewaltsam von seinen Armen gezogen, bis er ohne jegliches Band nackt war. Aber als ein Mann Hand an seinen Ohrring legte, versuchte Donal den Kopf fortzuziehen.

»Legt ihn hin!« rief Harbin. »Haltet ihn auf dem Holz fest!«

Sie warfen ihn nieder und streckten ihn flach auf dem Rücken aus. Seine Schultern prallten auf den Tisch, als sie ihn mit unzähligen Händen festhielten und seinen Kopf zurückzwangen, so daß er vom Ende der Tischplatte herabhing.

Ihn schwindelte. Er hörte Evan rufen. Voller Angst trat er mit einem Stiefel um sich, aber sie ergriffen ihn und hielten ihn fest, rissen seine Beine auseinander, bis er weit ausgestreckt und vollkommen hilflos dalag. Hände griffen in sein Haar und rissen den Kopf nach unten, um seine Kehle den geschwärzten Dachbalken darzubieten.

Donal schrie heiser auf, wobei er unwillkürlich auf die Alte Sprache seiner Rasse zurückgriff. Er wand sich auf dem Tisch, versuchte freizubrechen, aber er wurde zu fest gehalten.

Lirs! schrie er. *Warum habe ich euch zurückgelassen?* Blut strömte in seinem Mund, als er sich in die Wange biß. *Bei den Göttern ... ich habe mich* selbst *getötet ...*

Harbin zog ein Schermesser aus seinem Gürtel und näherte sich Donal, den Blick auf den freien Teil seiner Kehle gerichtet. Donal sah den Talbewohner auf dem Kopf stehend und bemerkte nur das vom Wahnsinn verzerrte Gesicht und das Anheben der Klinge.

Götter ... ich hätte bei Aislinn bleiben sollen ...

Er öffnete den Mund, um sich schreiend zu wehren ...

... ein klagendes Heulen wirbelte in die Ecken des Raums und hallte in den Dachsparren wider.

Dann erklang ein weiteres Heulen, noch näher, und keiner der Männer wagte sich zu rühren.

Das Hornfenster wurde zerschmettert, als der rötliche Wolf hindurchsprang, gezielt auf Harbin zuschoß und ihn an der Kehle packte. Das Messer fiel in dem Augenblick herab, als Harbin stürzte, und der erstickte Schrei, der aus seiner Kehle drang, war der letzte Laut, den er jemals ausstoßen sollte.

Ein zweiter Mann schrie auf, als ein angreifender

Raubvogel durch das zerbrochene Fenster strich, niederstieß und mit erhobenen Krallen auf weitgeöffnet starrende Augen einschlug.

Starre Hände ließen starre Haut los. Donal, der jetzt frei war, richtete sich auf dem Tisch mühsam auf. Er stand auf dem Holz, ragte über ihnen allen auf, den Atem zischend zwischen fest zusammengebissenen Zähnen hervorstoßend. Er spürte ein furchtbares Aufwallen von Zorn und die gewaltigen Nachwirkungen der Angst. Er löste sich, berief die Magie herauf und ließ seine Gestalt vor ihnen allen verschwimmen.

Männer rannten schreiend aus dem Raum und stolperten übereinander, während sie versuchten, dem Alptraum zu entkommen. Einige schafften es nicht, denn Evan hatte ein herabgefallenes Schwert aufgenommen und schnitt damit mehreren fliehenden Männern den Weg ab, indem er sie in eine Ecke trieb und dort festhielt.

Lorn, blutbespritzt und vor Zorn flammend, tötete den dritten Mann. Er wandte sich um und suchte weitere Beute. Taj, der einem Mann die Augen ausgekratzt und das Gesicht eines anderen aufgeschlitzt hatte, schrie von den Dachbalken herab.

»Haltet ein!« rief Evan. »Donal… es ist *vorbei!*«

Donal, in der Wolfsgestalt gefangen, hörte den Ruf als verschwommenen Laut, der ihm nichts sagte. Er war in der reinen Blutgier befangen und knurrte in wilder Freude, während er an einen bereits blutenden Mann heranschlich. Krallen kratzten über fleckiges Holz. Der Schweif war gesträubt, das Nackenhaar aufgerichtet. Die Ohren lagen flach an dem wild glänzenden Silberkopf an.

»Donal«, keuchte Evan atemlos. »Es besteht kein Grund mehr zu kämpfen. Seht Euch um!«

Der Wolf wich von dem Mann zurück, der mitleiderregend an einer umgestürzten Bank zusammengesunken war und weinte und zitterte. Eine Weile starrte der

Wolf den Ellasier unverwandt an, die gelben Menschenaugen unheimlich und halb wahnsinnig. Aber dann schien er zu verstehen. Die Tiergestalt verschwamm und hinterließ eine Leere in der Luft. Dann stand Donal auf seinem Platz. Blut lief ihm aus dem Mund und befleckte seine nackten Arme, aber er war unversehrt und wieder menschlich.

Vier Männer schienen entkommen zu sein. Evan hielt drei an der Wand fest. Fünf lagen tot und zwei weitere schwer verwundet da. Donal, der inmitten des Wirtshauses stand, erschauderte einmal und war dann still.

»Wenn ich ein nachtragender Mensch wäre...« sagte er heiser, »... wenn ich ein Mensch wie Harbin wäre, würde ich meinen *Lirs* befehlen, euch alle zu töten.«

Evan sah ihn an. »Donal... tut es nicht. Beschmutzt Eure Rasse und Euren Namen nicht.«

Donal rieb sich mit einem Unterarm die schweißfeuchte Stirn und schob klebrige Haare beiseite. Er hinterließ eine Blutspur. »Sollte ich es nicht tun? Sollte ich sie gehen lassen?« Er schloß die brennenden Augen. »Götter... was ist hier geschehen?« Er öffnete die Augen wieder und sah sich entsetzt in dem Wirtshaus um. »Welcher Wahnsinn hat Homana befallen?«

»Donal«, sagte Evan.

Er schüttelte den Kopf. »Nein. Ich werde sie nicht töten. Ich werde meine Rasse und meinen Namen nicht beschmutzen.« Er strich sich erneut feuchtes Haar aus dem zerschlagenen Gesicht. »Aber ich werde sie erkennen lassen, was es heißt, ein Cheysuli zu sein.« Er trat auf die drei Männer zu, die Evan in der Ecke festhielt. »Tretet von ihnen zurück, Ellasier. Dies betrifft nicht Euch.«

Evan ließ das Schwert angewidert fallen und tat, wie ihm geheißen. Er trat an das zerbrochene Fenster und beobachtete, wie Donal langsam näher an die Männer herantrat. Er hielt sie nur mit seinen Augen fest, nagelte sie damit an die Wand.

»Wir besitzen drei Gaben«, belehrte er die Männer deutlich. »Eine ist die Gabe, *Lir*gestalt annehmen zu können, die ihr Gestaltwandel nennt. Eine zweite ist die Gabe des Heilens, an die zu glauben ihr euch weigert. Statt dessen glaubt ihr, daß wir Dämonengezücht und das Böse sind. Und die dritte, die letzte Gabe ist wahrhaft furchtbar.« Donal atmete zitternd ein. »Sie verleiht uns die Macht, den Willen eines Menschen zu bezwingen, ihn durch unseren eigenen Willen zu ersetzen. Das ist die Gabe zu *zwingen.*« Seine Stimme peitschte durch den Raum. *»Seht mich an.«*

Sie sahen ihn an. Sie konnten nichts anderes tun.

Donal hielt sie alle fest. »Nehmt eure Verwundeten und kümmert euch um sie. Erzählt euren Frauen und Kindern, was ihr heute abend getan habt, und was ihr tun wolltet, und was ihr euch mit beidem eingehandelt habt. Und wißt, daß ihr niemals wieder in böser Absicht Hand an einen Cheysuli legen werdet.« Er betrachtete ihre ausdruckslos schlaffen Gesichter, die leeren Augen. Er hatte ihnen den Willen und die Entschlußkraft genommen und in einem durch seine Magie entstandenen Leerraum seinen eigenen Willen hinterlassen. Der Zorn wallte jetzt so heftig in ihm auf, daß er sie nur alle vernichten wollte, ihren Geist mit einem einzigen, wilden Gedanken zerstören wollte, aber er tat es nicht. »Geht fort von hier«, sagte er mit belegter Stimme, wandte sich ab und lehnte sich gegen den Tisch, der fast sein Totenbett geworden wäre.

Die Männer sammelten nach und nach ihre Toten und Verwundeten ein und trugen sie aus dem Wirtshaus hinaus. Als sie fertig waren und Donal mit Evan und den *Lirs* allein war, führte er eine Hand an seinen schmerzenden Kopf. »Nun habt Ihr gesehen, was es bedeutet, ein Cheysuli zu sein.«

Evan setzte sich langsam auf einen wieder aufgestellten Stuhl und nickte. »Ich habe es gesehen.«

»Und übertreiben Lachlans Weisen?«

»Nein.« Evan lächelte schwach. »Ich glaube, selbst Lachlan kann nicht vermitteln, wie man sich fühlt, wenn man einen Menschen zu einem Tier gestaltwandeln sieht. Aber ich glaube auch, daß die Magie einen Preis von *den* Menschen fordert, die es *wirklich* erkennen.«

Donal beugte sich herab. Er nahm die heruntergefallenen *Lir*bänder auf. In seinen Händen schien das Gold seinen Glanz zurückzugewinnen. »Sie ... fordert einen Preis«, stimmte Donal ihm zu. Er schob beide Bänder vorsichtig über seine Unterarme hinauf, bis sie wieder an ihrem Platz über den Ellbogen ruhten. »Ich bin zu nahe an den Rand des Wahnsinns herangegangen.« Er beugte sich erneut herab. Er nahm seinen Gürtel, das Messer und das goldene, seinen Rang anzeigende Diadem auf. Und dann setzte er sich hin, da er zu müde war, um sich wieder aufzurichten, und lehnte sich an den Tisch.

Lorn kam sofort zu ihm und preßte seine Schnauze gegen Donals Brust. Donal legte einen blauen Arm um den Hals des Wolfes und drückte ihn kurz, legte sein blutiges Gesicht an den rötlichen Kopf des Wolfes. Taj flatterte von den Dachsparren herab und ließ sich auf dem Tisch nieder, wobei er Donal leise zupfiff.

»Was sagen sie?« fragte Evan.

»Sie sorgen sich um mich«, sagte Donal. »Sie wünschten, ich hätte mich aus der Auseinandersetzung herausgehalten. Sie wünschten, ich hätte es nicht für angemessen erachtet, mit einem ellasischen Prinzchen loszugehen, wenn ich statt dessen vielleicht in Homana-Mujhar hätte bleiben können, wo ich vor solcher Gewalt sicher gewesen wäre.« Er lächelte. »Sie wünschen mir nichts, was ich mir nicht bereits selbst gewünscht hätte.«

»*Ich* hätte nicht wissen können, daß der Abend so enden würde!« Evan fühlte sich offensichtlich angegriffen. »In Ellas gibt es keine frei umherlaufenden Wahnsinnigen, die andere wegen ihres Blutes opfern.«

Donal legte den mit Filigranarbeit versehenen Gürtel über einen Unterarm und stützte den Ellbogen auf ein Knie auf. Die Rubine schimmerten dumpf in dem fackelbeleuchteten Raum. Wie Blut. Wie all das Blut an seinen Armen. Er verwischte es wie abwesend auf der Haut und befleckte damit auch das Gold.

»In Homana«, sagte er, »gibt es zwei Rassen, die um einen Thron wetteifern, der einst ein Cheysulithron war und den wir vor vierhundert Jahren zugunsten der Homaner aufgegeben haben. Für den Frieden. Weil sie unsere Magie fürchteten. Und jetzt fürchten sie uns wegen Shaine erneut und wollen uns unterdrücken.«

»Ihr *werdet* König von Homana sein.«

Donal sah den Ellasier an. »Eines Tages, eines Tages, wenn Carillon tot ist… Und wenn *ich* dann noch lebe.«

»Es wird immer Narren und Wahnsinn auf der Welt geben.« Evan deutete auf Harbins Körper. »Ihr werdet sie verjagen müssen, Donal. Bevor sie Euch verjagen.«

Donal rieb mit einem Handballen seine brennenden Augen. »Evan«, sagte er. »Götter… ich bin todmüde. Was ich heute abend tat, habe ich nicht leichtfertig auf mich genommen. Ich werde den Preis für diese Magie bezahlen.« Er sah den Ellasier verschwommen an. »Werdet Ihr dafür sorgen, daß ich sicher nach Hause gelange?«

»Natürlich«, antwortete Evan überrascht. »Aber warum fragt Ihr?«

Donal gelang ein schnelles, schwaches Lächeln. Dann fiel er seitwärts zu Boden.

Am ersten Tag baute er einen Schutz aus jungen Bäumen. Er flocht sie mit Ranken zusammen. Er nahm Steine vom Boden auf und bildete inmitten des Schutzes eine Feuerstelle. Er entzündete ein Feuer und streute Kräuter in die Flammen, bis Rauch aufstieg und den kleinen Schutzraum erfüllte.

Er entledigte sich seiner Lederkleidung und faltete sie zu einem Stapel außerhalb des Schutzes zusammen. Er nahm die Armreife und Ohrringe ab und legte sie auf den Kleiderstapel. Nackt, lirlos *und allein betrat er den Schutz, setzte sich mit gekreuzten Beinen und ließ sich von dem Rauch umhüllen.*

Es wurde wärmer in dem Schutzraum. Zu warm. Die Haut, die sich zunächst durch den Frost der Dämmerung zusammengezogen hatte, trieb jetzt Schweiß, der in Tropfen perlte, über sonnengebräunte Haut lief und auf die Erde floß. Seine Atmung wurde beschwerlich und rauh.

Er schloß die Augen nicht. Rauch geriet hinein. Brannte, brannte, bis sie zu tränen begannen. Tränen liefen sein Gesicht hinab und tropften auf seine Brust, wo sie sich mit dem Schweiß vereinten.

Er saß da. Er wartete. Als die Kräuter und das Holz verbrannt waren und die Steine der Feuerstelle auskühlten, wartete er noch immer. Er aß nicht. Er schlief nicht. Er bewegte sich überhaupt nicht.

Am zweiten Tag pirschte er sich an einen Silberwolf heran und tötete ihn. Er ließ das Blut aus dem Körper des Wolfs fließen und rieb seine Haut von Kopf bis Fuß damit. Es trocknete. Es juckte. Es wurde schuppig. Aber er achtete nicht darauf.

Er aß das warme Herz des Wolfs roh.

Der Geschmack war scheußlich.

Aber er achtete nicht darauf.

Am dritten Tag badete er in einem Teich, schwarz wie Glas. Mit schwerem Sand scheuerte er das Blut, den Schleim und den Rauchgeruch von seiner Haut. Blut trat hervor, wo er zu heftig scheuerte, sein Blut, das Blut, das jetzt genauso gereinigt war wie seine Haut und sein Geist, das Blut, das ihn zum Cheysuli machte.

Er hatte die Unreinheiten aus sich herausgeschwitzt.

Er hatte sein anderes Selbst getötet, hatte das vernichtet, was beinahe ihn vernichtet hätte, hatte das Selbst erneuert, das er in dem blutigen Taufritual getötet hatte.

Er war gereinigt.
I'toshaa-ni.

»Fünf Tage«, sagte Rowan. »Du hättest es dem Mujhar vielleicht sagen sollen.«

Donal, der Ian in den Armen hielt, während er vor seinem Zelt stand, begegnete Rowans Blick ruhig. »Es gab etwas, was ich tun mußte.«

Ein Muskel zuckte an Rowans Kinn. »Du hättest es dem Mujhar vielleicht sagen sollen«, wiederholte er unerbittlich. »Der ellasische Prinz kam zurück und erzählte eine Geschichte von einem Mord, der fast gelang und von Gewalt … und doch hieltest *du* es für angemessen, die Stadt ohne ein Wort zu irgend jemandem zu verlassen.«

»Ich hielt es für angemessen.« Donal ließ Ian, der unruhig wurde, herunter. Der Junge lehnte sich gegen das lederbekleidete Bein seines Vaters und lief dann davon, um einen gerade flügge gewordenen Falken zu jagen, der auf dem Wind zu reiten versuchte.

Rowan hielt die Zügel von zwei Pferden in Händen. Eines davon war Donals kastanienbrauner Hengst. »Du hast keine Wahl«, sagte er.

»Ich habe immer eine Wahl.« Donal blieb ernst. »Ich fliehe nicht, Hauptmann. Ich bin auch nicht vor Carillons Zorn davongelaufen. Ich bin zu meinem Keep zurückgekehrt, weil ich dort etwas zu erledigen hatte. Eine Art Sühne.« Sein Gesicht trug noch immer Spuren der Wirtshausschlägerei, obwohl der größte Teil der Verletzungen verheilt waren. »*I'toshaa-ni*, Rowan … oder schließt deine homanische Art Verständnis aus?«

Rowan errötete, wodurch seine straffe, braune Haut noch dunkler wurde. Einen ganz kurzen Augenblick sah Donal die fest zusammengebissenen, weißen Zähne des Hauptmanns, als dieser die Lippen öffnete, als wolle er sprechen. Aber er tat es nicht. Er preßte nur die Lippen wieder fest zusammen und hielt Donal die Zügel des Kastanienbraunen hin.

»Vielleicht ziehe ich die *Lir*gestalt vor«, sagte Donal ruhig.

»Willst du mich herausfordern?« Rowans Stimme spiegelte zunehmend seine Empfindungen wider. Es war Zorn darin, reiner, anwachsender Zorn. »Willst du *mich* herausfordern?« Er unterbrach Donals Antwort mit einer scharfen Geste. Eine Cheysuligeste, die sehr harsch war und Schweigen von dem anderen forderte. »Ja, ich weiß, was du tust. Du schaust von deinem Cheysulistolz und deiner Anmaßung herab und siehst in mir einen Unwissenden. Ich bin ungesegnet, nicht wahr? Ein Mann ohne *Lir*. Glaubst du, ich wüßte das nicht? Glaubst du, ich *spürte* deine Ansichten über mich nicht?«

Rowan sah Donal mit dem herausfordernden Blick eines räuberischen Wesens an, mit dem festen Blick eines überlegenen Wolfes, der einem Welpen gegenübersteht, der um die Herrschaft über das Rudel kämpfen will. »Ich bin vielleicht *lirlos*, Donal, aber – *bei den Göttern* – ich bin Carillons Mann! Was ich tue, tue ich für Homana. Du solltest mich lieber als jemanden betrachten, der dein Bestes will, anstatt mich als Wächter anzusehen.«

Donal spürte Groll in sich aufsteigen. Aber auch Schuld und eine Spur ehrlichen Bedauerns. Er nahm stumm die Zügel aus Rowans Händen entgegen. »Ich brauchte eine Läuterung«, sagte er leise. »Rowan … ich brauchte *I'toshaa-ni*.«

»Zweifellos wirst du es noch zwei- oder dreimal benötigen, bevor dieser Krieg vorüber ist.« Rowan schwang sich auf sein Pferd und zog seinen karmesinroten Umhang über dem schimmernden Rumpf des großen weißen Hengstes zurecht. Er schaute zu Donal hinab, und sein Gesicht wirkte sehr grimmig. »Carillon hat keine Zeit mehr für die jugendlichen Torheiten seines Erben. Und ich, glaube ich, auch nicht.«

»*Du!*« Donal stieg auf und wandte sein Pferd, so daß

er Rowan ins Gesicht sah. »Du gehörst nicht zu meinem Stamm – zu meiner Verwandtschaft –, du bist nicht einmal ein richtiger Krieger. Ja, ich schaue mit Cheysulianmaßung auf dich herab ... wie sollte ich nicht? Du bist ein *lirloser* Mann, und doch lebst du. Du lebst, während der *Lir*, den du vielleicht gehabt hättest, schon all diese vielen Jahre lang tot ist.«

»Wäre es dir lieber, wenn *ich* tot wäre?« Rowans Hand ergriff die Zügel von Donals Pferd. »Bei den Göttern, Junge, du bist vielleicht Duncans Sohn, aber du hast nichts von seiner Empfindsamkeit. Ich höre eher *Finn* in dir ... du beurteilst einen anderen zu schnell nach deinen eigenen Gefühlen.« Er hielt den sich sträubenden Hengst noch immer fest. Staub stieg in die Luft. »Glaubst du, ich hätte keine Empfindungen? Hältst du mich für Carillons Marionette und denkst, ich hätte meinen Titel nur aus Gefälligkeit erhalten?« Rowan verzog die Lippen. »*Ku'reshtin*! Du solltest es besser wissen. Ich habe mir meinen Rang *verdient*, was du von dir nicht behaupten kannst. *Nein* ...« Er verbot Donal mit derselben barschen Geste erneut das Wort. »Ich wurde, genau wie du, im Stamm geboren. Aber zu der Zeit tobte Shaines *Qu'mahlin*, und mein Leben war von dem Augenblick an in Gefahr, da mein Atem einsetzte. Meine Verwandten wurden auf der Flucht getötet, und ich blieb bei den Ellasiern, die mich fanden. Bin ich darum ein minderwertiger Mann? Bin ich weniger Mensch, weil ich keinen *Lir* besitze?«

Sein Blick hielt Donals Blick ruhig stand. »Weniger *Krieger*, ja, so wie du einen Krieger beurteilst ..., aber nicht weniger *Mann* als du. Ich bin, was ich aus mir gemacht habe. Und ich bin zufrieden damit.« Da festigte sich seine Hand um die Zügel von Donals Pferd. »Einige Menschen nennen mich eine homanische Marionette. Aber wie werden sie dich nennen? *Du* beanspruchst auch homanisches Blut ... während ich *vollkommen* Cheysuli bin.«

Donal starrte ihn an. »Ich beanspruche nur die Gunst der Götter.«

Rowan lachte. Es klang rauh, und dann warf er Donal die Lederzügel wieder zu. »Tatsächlich? Bist du also besser als andere?« Aber er hörte auf zu lachen. Die spöttische Belustigung wich aus seiner Stimme. Donal sah die Anspannung um Rowans Mund und hörte den glatten Unterton sorgfältiger Herablassung. »Und hält dich deine Göttlichkeit davon ab, mit deiner Frau zu schlafen?«

Donal spürte allen Atem aus sich entweichen. Er sah Rowan ebenfalls an und bemerkte leichten Ekel in dessen Augen.

Ekel … vor mir … »Was hat Aislinn gesagt?«

Rowan zuckte geübt gleichgültig die Achseln und nahm seine Zügel auf. »*Das* wirst du Carillon fragen müssen.«

»Dann sollten wir das tun.« Donal gab seinem Pferd die Sporen. »Bei den Göttern, *wir sollten es tun …*«

Kapitel Siebzehn

Carillon saß in seinem Lieblingssonnenzimmer, die in weichen Stiefeln steckenden Füße lagen auf einem dreibeinigen Hocker, und der Körper ruhte in den Tiefen eines gepolsterten Samtstuhls. Er hielt einen Becher mit hellgelbem Wein in Händen. Er hob ihn vorsichtig und nippte fast abwesend daran. Eine Karaffe stand auf dem Tisch neben seinem Stuhl.

Donal sah ihn an und wurde ungeduldig. Er hatte den Mujhar aufgesucht, um ihn zu fragen, was Aislinn über ihre fehlgeschlagene Hochzeitsnacht gesagt hatte. Carillon hatte nichts geantwortet, sondern ihm nur Schweigen geboten, als müßte er nachdenken. Und so wartete Donal ab.

Taj hockte auf der Lehne eines zweiten Stuhls. Lorn lag schläfrig und gelöst auf den Steinen vor der Feuerstelle. Beide schwiegen, und Donal dachte, daß sie ebenfalls abwarteten.

Carillon starrte unbewegt, fast träumerisch in den halbleeren Becher mit hellem Wein. Donal fand, er wirke verloren, als wäre er in Gedanken weit entfernt. Sein Geist schien verbraucht, weniger lebhaft als Donal es früher gewohnt gewesen war. Aber kurz darauf rührte er sich. »Man hat mir erzählt, daß du Aislinn verlassen hast, um dein Vergnügen in Gesellschaft von Lachlans Bruder zu suchen und daß du in eine Schlägerei verwickelt warst, die schnell zu mehr als einem Mißverständnis wurde. Evan sagt, du hättest Glück gehabt, daß du noch lebst.«

»Ja.« Donal hielt seine Stimme mühsam unter Kontrolle. »Ich hatte … Glück. Aber ich habe Aislinn nur verlassen, weil sie nicht mit mir schlafen wollte. Es gab … Hindernisse.«

»Hindernisse?« Carillon richtete sich in seinem Stuhl auf. Eine Hand umfaßte den Becher, die andere klammerte er um den Knauf der hölzernen Armlehne. »Wenn du von der natürlichen Schüchternheit einer jungen Braut sprichst, solltest du wissen, daß ein liebevoller Ehemann *solche* Hindernisse überwinden kann.« Er blieb ernst. »Du und Sorcha wart recht jung, als ihr zum ersten Mal miteinander geschlafen habt. Und doch hast du es geschafft. Warum ist es dir bei Aislinn nicht gelungen?«

Donal spürte, wie Widerwille und Verlegenheit sich in seinem Magen breitmachten. »Sie wollte es nicht«, sagte er leise. »Sie schwor heftig, daß sie es nicht tun wollte. Es waren … beleidigende Worte. Worte, die verletzen sollten, die mich erniedrigen sollten … und das ist ihr auch gelungen.« Donal sah den Mujhar offen an. »Es waren Electras Gedanken, die ich da hörte, Electras Worte aus Aislinns Mund, und ich lehne es ab, mit *ihr* zu schlafen.«

Carillon beugte sich in seinem Sessel vor, beugte sich vornüber und umfaßte mit beiden Händen den Becher. »Electra«, sagte er rauh. »*Bei den Göttern*, ich wünschte, diese Frau wäre tot!«

Donal trat vor. »Aber sie ist es nicht«, sagte er tonlos. »Sie lebt, und sie lebt gut, und zweifellos unterstützt sie Tynstar, wenn er Homana anzugreifen versucht.« Er blieb vor dem Mujhar stehen, einem Mann, der vor seiner Zeit gealtert war und selbst jetzt noch zu schnell alterte. »Aber … sie ist auch hier, Mylord … im Geist Eurer Tochter. Und solange sie dort weilt, wird es keine Erben für den Löwenthron geben.«

Die verkrümmten Hände um den Becher zitterten nur kurz. Wein wurde vergossen und tropfte auf das weiche Leder von Carillons Stiefeln. »Und so werden sie dieses Königreich erobern, weil es keine Kinder von meiner Tochter und ihrem Ehemann gibt«, sagte er. »Ein Krieg wird … nebensächlich, sogar unnötig. Weil sie uns auf andere Art vernichten können.« Carillon trank den Wein wie Wasser und goß sich dann einen zweiten Becher ein. Aber jetzt starrte er nur hinein, das Gesicht von Verbitterung und Bedauern gezeichnet.

Und dann sah er Donal an. »Kannst du sie nicht aussperren? Kannst du sie nicht aus Aislinns Geist aussperren?«

Donal zuckte die Achseln. »Sie ist der Schmarotzer und Aislinn der Wirt. Ein raubgieriger Schmarotzer … und ein zerbrechlicher, ungefestigter Wirt.«

Carillon seufzte und schloß die Augen. Er schwieg lange Zeit. Dann sagte er: »Nenne mich ein Ungeheuer, wenn du willst, aber ich muß dich bitten, Gewalt anzuwenden. Benutze die Macht, die du beanspruchen kannst.«

Donal sah ihn entsetzt an. »Du willst, daß ich deine Tochter zwinge?«

»Du sollst sie nicht *vergewaltigen*.« Carillon schüttelte den Kopf. »Nein, das niemals. Benutze die dritte Gabe. *Zwinge* sie, mit dir zu schlafen. Ich weiß, daß du ihr nicht weh tun wirst.« Er stieß sich aus dem Sessel hoch. »Arme Aislinn … sie hat sich nicht ausgesucht, was Electra ihr antat. Sie ist zu einem wertvollen Spielzeug geworden, einem Spielzeug, das Electra benutzen kann, um das Haus Homana zu vernichten. Sie *quält* Aislinn jetzt, so daß Aislinn gegen ihren Willen das beachtet, was Electra vorhat und was sogar einen Mordversuch einschließt.« Er fuhr mit gekrümmten Fingern durch sein stark ergrautes Haar. »Aber eine Möglichkeit sicherzustellen, daß Electra keinen Erfolg haben wird, ist, sie mit Magie zu überwältigen, die stärker ist als ihre von Tynstar erlernte Hexerei.«

»Es bedeutet *Gewalt*«, sagte Donal. »Vergewaltigung oder etwas noch Schlimmeres … Du forderst von mir, daß ich ihr ihren Willen nehme und ihn durch meinen eigenen ersetze.«

Carillon stellte den Becher auf dem Tisch ab und trat langsam an eines der sonnenüberfluteten Fenster. Er schaute hinaus, aber Donal wußte, daß er nichts sah. »Es ist nicht Gewalt, wenn sie durch Bereitschaft ersetzt wird.«

Donal trat zum Tisch, nahm Carillons Becher auf und wollte mit einem Schluck des süßen Weins den üblen Geschmack aus seinem Mund vertreiben. Aber der Mujhar, der sich wieder umgewandt hatte, sah es.

»Nein!« sagte er scharf. »Nein ... es tut mir leid ... das ist mein Lieblingswein, und das Faß ist fast leer. Bevor mehr davon geliefert wird, bleibe ich ohnehin auf einen Becher pro Abend beschränkt ... und ich bin ein selbstsüchtiger Mensch.« Carillon lächelte. »Ich glaube, du solltest dich heute nacht besser vom Wein fernhalten und daran denken, was dich in deinem Bett erwartet.«

Donal schüttelte den Kopf. »Das gefällt mir nicht.«

»Ich bitte dich nicht darum, damit es dir *gefällt*«, sagte Carillon barsch. »Ich bitte dich nur darum einen Dienst zu erweisen, den jedermann sofort und bereitwillig erweisen sollte.«

»Sofort und bereitwillig!« schleuderte Donal ihm entgegen. »Es geht um deine *Tochter*, Carillon ... nicht um irgendein einfältiges Stubenmädchen!«

»Glaubst du, ich wüßte das nicht?« schrie Carillon zurück. Seine Stimme zitterte ein wenig, und Donal sah die Qual in seinen verblassenden blauen Augen. »Ach, Götter, hätte ich diese Frau doch niemals geheiratet, dann wäre das nicht nötig. *Hätte ich doch nur jemand anderen geheiratet ...*« Er brach ab. Tränen schossen ihm in die Augen. »Sie haben mich gewarnt. Vor allem Finn. Und Duncan. Sogar Alix und meine Schwester. *Heirate Electra nicht*, sagten sie, *sie ist Tynstars Meijha und wird dich zu töten versuchen.* O ja, sie hatten recht ... und jetzt bezahle ich den Preis.«

Donal atmete tief ein, wohl wissend, daß er den Mann trösten mußte. »Du hast sie für das Bündnis zwischen

Homana und Solinde geheiratet. Du hast diese vergangenen fünfzehn Jahre damit verbracht, mir die Grundlagen der Königschaft beizubringen ... ich glaube, ich verstehe zumindest ein wenig davon. Du hast sie geheiratet, weil du sie heiraten mußtest.«

»Weil ich sie heiraten mußte?« Carillon lächelte verzerrt und bittersüß. »O ja ... ich mußte es tun. Für das Bündnis ..., aber auch noch für etwas anderes.« Er schaute in seinen Becher. »Ja ... es war Magie und Zauberei, aber auch noch viel mehr an dieser Frau. Sie war ... anders als alle, die ich jemals gekannt hatte. Selbst jetzt noch. Und ... ich glaube, ich habe sie sogar geliebt ... eine kleine Weile lang.« Er hob langsam den Becher und trank den Rest des hellen, süßen Weins. »Tu, was du tun mußt«, sagte er schließlich, »aber gehe sanft mit ihr um, Donal.«

Donal sah ihn an und spürte ein furchtsames Frösteln im Rückgrat. *Götter ... gewährt mir Gesundheit, gewährt mir die Gnade,* niemals *solche Entscheidungen treffen zu müssen.*

Er wartete ab, bis es sehr spät war und alle Diener zu Bett gegangen waren. Dann befahl er seinen *Lirs,* in seinem Zimmer zu bleiben, schritt den Gang entlang zu Aislinns Zimmerflucht und stieß die schwere Tür auf. Er hatte fast erwartet, daß sie verschlossen sein würde. Aber vielleicht dachte Aislinn, er würde nicht zu ihr zurückkehren, da sie sehr wohl wußte, daß ihr Verhalten ihn auf die Straßen der Stadt und dann zu Sorcha in den Keep getrieben hatte. Und so fand er den Weg unversperrt, als er den verdunkelten Raum betrat.

In der der Tür gegenüberliegenden Ecke brannte eine Kerze. Donal hatte die Neigung der Homaner niemals verstanden, Kerzen brennen zu lassen, wenn sie schlafen wollten. Wenn es Dämonen gäbe, die einen Menschen vereinnahmen konnten, würden Kerzen sie nicht aufhalten. Und wenn sie sterbliche Feinde fernhalten sollten, ermöglichte das Licht eine bessere Sicht, und das Opfer war verwundbarer denn je.

Aber er blies die Kerze nicht aus. Er wollte, daß Aislinn ihn erkannte, wenn sie ihn bemerkte.

Er trat geräuschlos zu dem verhangenen Bett. Er konnte durch den Seide- und Gazeglanz hindurch nichts sehen. Aber er hörte sie atmen.

Götter ... weiß Carillon, was er von mir verlangt? Aber er wußte, daß der Mujhar sich darüber im klaren war.

Donal zog schnell die Stiefel und die Lederkleidung aus. Nackt glitt er durch die Vorhänge, bereit ins Bett zu schlüpfen ...

... und fand Aislinn wartend vor, inmitten der Falten der Decke kniend.

In den Schatten des verhangenen Bettes wirkten ihre Augen wie dunkle Höhlungen. Das trübe Kerzenlicht bahnte sich seinen Weg durch die Vorhänge und färbte ihr rotgoldenes Haar bronze. Sie trug ein seidenes Nachtgewand, nichts sonst, nur noch ihren Stolz.

»Du wußtest es«, sagte er.

»Ich wußte es. Es hat mir niemand gesagt, aber ... ich wußte es.« Sie atmete zitternd ein. »Mein ganzes Leben lang wurde ich in dem Wissen erzogen, daß es meine Aufgabe wäre, meinem Herrn Kinder zu gebären. Mein ganzes Leben lang wußte ich, daß mein erstgeborener Sohn an seines Vaters Statt Mujhar werden würde, wie *du* es werden wirst, wenn mein Vater tot ist. Nun ... es wird keinen Sohn geben, wenn ich nicht mit dir schlafe.«

Sie hatte Angst, auch wenn sie ein verzerrtes kleines Lächeln hervorzauberte. Er konnte ihre Angst erkennen. Aber sie hatte Angst vor *sich selbst*, nicht vor ihm. »Es liegt nicht an *dir*, Aislinn«, belehrte er sie. »Es liegt daran, was die Hexe dir angetan hat.«

Sie schluckte sichtbar. »Das weiß ich. Aber ... es zu wissen, macht nicht ungeschehen, was sie getan hat.«

Er fragte sanft: »Du weißt, was *ich* tun muß?«

Aislinn schloß kurz die Augen. »*Götter*, Donal… ich würde fast alles darum geben, daß dieser Schlaf für uns beide angenehm würde! Glaubst du, ich *will* solche Gemeinheiten aussprechen?« Ihre Finger waren in den Halssaum ihres Nachtgewandes verschränkt und drehten den Stoff. »So lange ich mich erinnern kann, warst du der Mann, den ich wollte. Sogar schon als Kind wußte ich, daß ich alles für dich tun würde. Und jetzt… *jetzt*, wo ich dich haben kann… treibe ich dich statt dessen zu *ihr*.«

Zu *ihr*. Aislinn wußte sehr gut, welche Konkurrenz Sorcha bedeutete. Und doch sah er jetzt keine Eifersucht auf ihrem Gesicht. Nur zerschlagene Hoffnungen und verzweifelter Selbsthaß, denn Aislinn machte sich selbst Vorwürfe.

Er hätte beinahe eine Hand nach ihr ausgestreckt, um ihr Haar zu berühren, ihre Schulter zu streicheln, aber er hielt inne. »Aislinn«, sagte er sanft, »wenn es eine andere Möglichkeit gäbe, würde ich sie versuchen. Dies gefällt mir auch nicht.«

Sie nickte. Und dann sah sie ihn flehend an. »Glaubst du… es wäre möglich, daß das, was meine Mutter mir angetan hat, vorbei ist? Vielleicht… vielleicht galt es nur für die Hochzeitsnacht.«

»Vielleicht.« Er wußte es besser – sie griff nach einem Strohhalm –, aber er sagte es nicht. »Aislinn, komm und setz dich neben mich.« Er setzte sich selbst auf den Rand des Bettes, wohl wissend, daß diese Haltung unbedrohlich war. Und kurz darauf folgte sie seiner Bitte.

Sie lachte ein seltsames kleines Lachen. »Ich fühle mich wie eine Närrin. Wie ein unerfahres Mädchen, das vor ihrem Herrn unruhig wird.«

»Und bist du das nicht?«

Sie seufzte. »Doch, Donal…« Sie brach ab, warf einen Seitenblick auf seine Nacktheit, die Augen dunkel vor Leidenschaft und Angst. Sie hob vorsichtig eine Hand und berührte das *Lir*gold an seinem Arm. »Nimmst du es niemals ab?«

»Selten. Es ist ein Teil von mir.« Er ließ sie das Gold berühren, und er wußte, daß diese Bewegung schon mehr als nur ein wenig Mut erforderte.

Ihre Finger erkundeten den Armreif. »Ich sehe Taj und Lorn in den Mustern«, sagte Aislinn. »Es ist eine ausgezeichnete Arbeit… ich habe viele noble Geschenke an meinen Vater gesehen, aber es war, glaube ich, nichts dabei, was so edel gewesen wäre wie Cheysuli*lir*gold.. Das Messer, das er trägt…«

»Es gehörte einst Finn. Sie haben die Messer getauscht, als sie den Schwur zwischen Gefolgsmann und Mujhar leisteten.«

»Den sie brachen.« Aislinn schüttelte leicht den Kopf. »Was ich über Finn weiß und was man mir über ihn *erzählt* hat, sind verschiedene Dinge. All jene Geschichten… und doch, er ist anders, als alle sagen. Es scheint seltsam, einen Mann zu kennen und dann zu erfahren, daß andere ihn während der Jahre, bevor ich geboren wurde, anders kannten.«

Donal dachte an seinen Vater. Er hatte von Alix, Finn, Carillon und anderen zahllose Geschichten über Duncan gehört. So viele dieser Geschichten hatten sich vor seiner Geburt abgespielt, sogar vor dem Zeitpunkt, als seine Mutter und sein Vater – nach Cheysuliart – geheiratet hatten. Viele Jahre lang hatte er die Geschichten gehütet, hatte sie in einem heiligen Schrein der Erinnerungen aufbewahrt und den Inhalt in Ehren gehalten. Und jetzt hatte Tynstar diesen Schrein zerschmettert und die Erinnerungen vernichtet.

»Ich erinnere mich daran, als du geboren wurdest.« Er konnte sich tatsächlich daran erinnern, wenn auch nicht sehr gut. Aber vielleicht war es an der Zeit, daß sie für die Zukunft ihre eigenen Erinnerungen schmiedeten. »Ganz Homana war im Freudentaumel, weil die Königin ein gesundes Kind geboren hatte.« Er sagte nicht, daß dieser Freudentaumel von Enttäuschung gedämpft worden war, denn Homana hätte einen Sohn gebraucht.

Ihre Finger waren von dem Gold zu der Haut seines Arms gewandert. Aber jetzt zog sie sie zurück. »Die *Königin.*« Aislinn verzog den Mund. »Wenn die Leute von der Königin sprechen, verbinden sie ihren Namen mit Tynstar, nicht mit Carillon, der sie geheiratet und zur Königin von Homana *gemacht* hat. *Nein*. Sie verbinden ihren Namen mit diesem elend gemeinen Ihlini!« Sie ballte die Hände verbittert zu Fäusten. »Ich wünschte … ich wünschte, er wäre tot! Ich wünschte, jemand würde ihn töten!«

»Eines Tages wird jemand es tun.« Sie schien nicht mehr durch seine Nacktheit eingeschüchtert. »Aislinn …«

Sie ließ ihn den Satz nicht beenden, sondern wandte sich statt dessen ganz zu ihm um. Zögernd streckte sie beide Hände aus und berührte seine Schultern, schloß ihre Finger um die Muskeln. »Ich will es. Ich will *dich* … ich habe dich schon *immer* gewollt.«

Donal tat, was er schon hatte tun wollen, seit er den Vorhang zum ersten Mal beiseite schob. Er versenkte seine Hände in ihrem Haar und zog sie näher an sich. Sorcha wich für ihn in diesem Augenblick in den Hintergrund, und seine Gegenwart war nur noch Aislinn.

»Götter …«, flüsterte sie an seinem Mund. »Niemand hat mir gesagt, daß ich *so* empfinden würde …«

»Wer hätte es dir sagen können?« fragte er. »Electra? Du siehst, was sie getan hat.«

»Meine Mutter ist eine Närrin …« Aislinn lag in seinen Armen und wand ihre Schultern aus der Kleidung frei, um ihre nackte Haut an seine zu pressen. »Meine Mutter …«

Er spürte ihren Körper unter seinen Händen jäh erstarren. »Aislinn …?« Aber noch während er ihren Namen aussprach, wußte er, was vor sich ging.

»Nein!« schrie sie. »Nein, *nein* …« Ein Schauder schüttelte ihren Körper. Donal sah, wie sich ihr Kopf zurückbog, zurück, bis ihre Kehle sich ihm offen darbot und ihr Haar sich über die zerwühlten Laken ergoß. Der aus ihrem Munde dringende Laut war eine Mischung aus Entsetzen und Wahnsinn.

»Nicht mehr!« zischte er. »Bei allen Göttern der Erstgeborenen, ich werde Electra *nicht* siegen lassen...!«

Eine körperliche Verbindung war nicht notwendig, aber er suchte sie dennoch. Er legte Aislinn, die völlig schlaff in seinen Armen lag, mit dem Rücken aufs Bett. Er kniete sich über sie und legte beide Hände um ihre zarten Schläfen. Er spürte den Herzschlag unter der Haut, an seinen Handflächen.

»Nicht dieses Mal«, sagte er grimmig. »Nicht *dieses* Mal, solindische Hexe...«

Aber was Electra geschaffen hatte, war nicht leicht zu zerstören. Donal traf auf Widerstand, als er einen Weg durch die Hindernisse in Aislinns Tiefen hinein suchte. Etwas wehrte sich gegen ihn, versuchte ihn zurückzuwerfen. Er errichtete sofort seine eigenen Schilde und ging zähneknirschend gegen die Heftigkeit von Electras Zauber an.

»Aislinn... *bekämpfe sie*... bekämpfe *Electra*... nicht mich!«

Aber Aislinn war zu stark im Zauber verloren. Sie griff ihn geistig und körperlich an, schwitzte und schrie bei ihren Bemühungen.

Er würde verlieren. Und indem er verlor, würde er auch Aislinn endgültig verlieren. Er konnte keine Möglichkeit für einen Sieg erkennen, wenn er nicht Aislinns Wohlergehen gefährden wollte.

Die Hexe hat tatsächlich eine besonders wirkungsvolle Falle errichtet... wenn sie mich darin nicht fängt, wird sie dennoch ihre Tochter darin fangen...

Und dann erkannte er, daß es *doch* eine Möglichkeit zum Sieg gab. Er setzte Aislinns Leben genauso aufs Spiel, wie Electra es aufs Spiel gesetzt hatte, aber wenn er es nicht versuchte, war sie kampflos verloren. Donal dachte, daß sie mehr wert war. Und so suchte er das Wesen des Gestaltwandels.

Er würde sich nicht vor den Augen des Mädchens verwandeln – das *wagte* er nicht, da das Electras Schlüssel zu allem war –, aber er konnte ein gewisses Maß der Spannung einsetzen, die für den Gestaltwandel erforderlich war, auch wenn es sowohl für Aislinn als auch für ihn gefährlich werden konnte. Es war erneut eine Frage des Gleichgewichts. In einer Lage wie dieser konnte er nur zu leicht zu weit gehen.

Donal berief die Kraft herauf und durchbrach, ohne das Mädchen vorzuwarnen, ihre geistigen Barrieren und zwang ihr seinen Willen auf.

Er hatte Carillon gesagt, daß es einer Vergewaltigung gleichkäme. Donal wußte nun, daß er mehr als geistige Gewalt anwandte, als er dem Mädchen seinen Willen aufzwang.

Und doch nahm Donal, noch während er darum kämpfte, Aislinn von ihrer Mutter und dem Ihlini zurückzugewinnen, verschwommen wahr, daß ein Teil von ihm die Notwendigkeit, Zwang anzuwenden, *verstand*. Ein Teil von ihm wußte, daß sowohl die körperliche als auch die geistige Befreiung nötig war, wenn er Erfüllung finden wollte. Bei einem Mann stand es außer Frage, daß es sich lediglich um eine geistige Vergewaltigung handelte. Die Erfüllung war niemals geschlechtlicher Art. Aber bei einer Frau, bei *Aislinn*, die er ohnehin begehrte, war die Erfüllung mit starkem Begehren verbunden.

War das schändlich? Er glaubte es nicht. Aber … würde er glauben, daß es *tatsächlich* so wäre, während er in der Macht des überwältigenden Verlangens verloren war?

Mensch, nicht Wolf … Mensch, nicht Falke … Und doch wußte er, während er näher auf den Rand zuglitt, daß es nicht schwierig sein würde, in eine der Gestalten zu schlüpfen. Es war ihm möglich, das Wesen nachzuahmen, das sein Vater gewesen war, weder das eine noch das andere, ein zwischen beidem gefangenes *Wesen.*

Er spürte einen wilden Zorn in sich aufwallen. Nicht auf Aislinn. Aber auf Electra. Auf Tynstar. Weil sie ein unschuldiges, verletzliches Mädchen als Köder benutzt hatten, um einen Cheysuli zu fangen. Weil sie diese häßlichen Umstände geschaffen hatten, die solche Gewalt notwendig machten.

Weil sie ihn, selbst in menschlicher Gestalt, in ein Tier verwandelt hatten.

Werden sie niemals aufhören? Werden sie niemals ihre Schändung menschlichen Lebens aufgeben?

Er hörte Aislinn weit entfernt aufschreien. So nahe am Rand, *zu* nahe am Rand. Er brachte sie mit dem einzigen Knebel zum Schweigen, den er zur Verfügung hatte: mit seinem Mund.

Aislinn, ich schwöre dir ... ich schwöre dir ... ich habe es niemals so gewollt ... Und bis zu ihrer Hochzeitsnacht hatte Donal nicht geglaubt, daß er es überhaupt wollte.

Jetzt wußte er, daß er es schon länger gewollt hatte, als er zugeben mochte. Er erinnerte sich deutlich an die junge Frau, die ihm auf der Kristallinsel entgegengetreten war: eine stolze, trotzige Prinzessin und später ein verletzliches, ängstliches Mädchen. Auch eine Meuchelmörderin, aber das war nur eine andere Facette ihres Wesens. Sie war weder die gefällige, geistlose Frau wie so viele Homanerinnen, noch die kalte, mächtige Zauberin, die Electra aus sich gemacht hatte. Aislinn war nur ... Aislinn. Und in dem Kampf gegen ihre Mutter suchte jeder von ihnen auf jede nur mögliche Art Befreiung.

Sul'harai. Er kannte das homanische Wort für diesen Begriff nicht. Er wußte nur, daß ihm diese Erfahrung durch Sorcha vertraut war. Das gleichzeitige Teilen der Magie ihrer Verbindung. Nichts Einseitiges. Das war für eine Frau schon leicht und für einen Mann noch leichter. Gleichzeitig. Und jetzt stellte er fest, daß er es genausosehr mit Aislinn erleben wollte.

»Ich *werde* siegen, Electra...« Und mit der Kraft des *Lir*bundes zerschmetterte Donal alle Barrieren Aislinns und hinterließ nur Leere, zerstreute ihren Widerstand wie bei einem Getreidesack, aus dem das Korn herausläuft.

Und als sie im Körper und Gefühl leer vor ihm lag, ersetzte er den von Electra eingepflanzten Abscheu durch ein drängendes Verlangen nach ihm.

Keine Vergewaltigung... keine Vergewaltigung, wenn sie mich so will, wie ich sie will...

Aber er erkannte, als sie unter seinen Händen und seinem Mund erwachte, daß die Bereitschaft genauso ein Fluch wie ein Segen war. Denn wenn es soweit käme, daß Aislinn sich jemals aus *echter* Zuneigung an ihn wenden würde, würde er es nicht erfahren.

Donal stand in der Dämmerung am Rande des Verlieses. Eine Fackel brüllte gegen die Stille in dem Gewölbe an. Licht ergoß sich über den cremefarbenen, von Gold durchzogenen Marmor, und die *Lirs* sprangen auf ihn zu.

Er schwankte. Schloß die Augen. *O Götter, was habe ich getan... was habe ich dem Mädchen angetan...?*

Die Fackel brüllte. Alles andere war still.

Bis auf sein schreiendes Gewissen.

Reue? Das und Schlimmeres. Und doch hieß er das Schuldgefühl, die Qual, das Entsetzen, das Elend, die seinen Magen verkehrten, willkommen. Es bedeutete, daß er immer noch ein Mensch war, keine Bestie, kein *Wesen*, das nahm und einfach nur Gefallen am Nehmen fand, ganz gleich *wie* es genommen oder wer verletzt wurde. Wenn sie erwachte, würde Aislinn sich nur an einen Teil dessen erinnern, was geschehen war, denn der Zwang wirkte auf diese Weise, aber *er* würde noch alles wissen. Er würde sich an alles erinnern.

Siehst du, was aus mir geworden ist?

Er starrte in die Leere hinab. Er suchte nicht den Tod,

nicht den Selbstmord, keine Art von Sühne, um für den Verlust seiner Seele zu bezahlen. Er verspürte nicht den Wunsch zu sterben, egal aus welchem Grund. Selbstmord war verboten, zu sehr war er Krieger, um daran zu denken, sich der Nachwelt zu verweigern. Aber er sehnte sich nach einer Möglichkeit, einen Teil seiner *Qual* mildern zu können.

»Mylord …?«

Donal fuhr am Rande der Leere stehend herum. Er fühlte sich plötzlich an das andere Mal erinnert, als er den Schoß der Erde besucht hatte und daran, wie jemand versuchte hatte, ihn in das Verlies zu stoßen. Die Erinnerung flammte auf, er wollte den Angreifer abwehren.

»Mylord!« Sefs Stimme, seine erschrockene Stimme. Die Erinnerung verblaßte. Donal sah den Jungen unmittelbar hinter der geöffneten Tür stehen. Seine seltsamen Augen waren weit vor Angst. »Ihr wollt nicht *springen …«*

»Nein.« Das Gewicht des Schoßes lag hinter ihm und drängte ihn, sich der *Jehana* zu überantworten. »Nein, Sef … ich will nicht springen.« Donal spürte Schweiß in seinen Achselhöhlen brennen, er roch den Geruch der Angst. Nein, er hatte nicht springen wollen, und dennoch war er nahe daran gewesen. »Was tust du hier?«

Er sagte es schärfer als beabsichtigt. Sefs Gesicht wurde schneeweiß. »Ich … konnte nicht schlafen. Bevin hatte ein Mädchen bei sich, und …«

Er brach verwirrt ab. Ein Zimmer mit Bevin zu teilen, bedeutete auch, es mit vielen Frauen zu teilen. »Ich … ging hinaus, um spazierenzugehen. Ich … ging zur Großen Halle, um den schlafenden Löwen zu betrachten.« Sein Gesicht bekam wieder etwas Farbe. »Ich sah in der Feuergrube eine Treppe, und so kam ich herab, um nachzusehen, wohin sie führte.« Er warf einen Seitenblick auf die Wände mit ihren hervorspringenden *Lirs*. »Welch ein Ort *ist* dies, Mylord?«

»Der Schoß der Erde.« Donal sah keinen Sinn darin, es geheim zu halten, nicht, da der Junge es jetzt schon selbst gesehen hatte. »Cheysuli haben ihn vor langer, langer Zeit geschaffen. Die Legenden sagen, daß ein Mann, der Mujhar werden wird, in den Schoß der Erde zurückkehren muß, um als König wiedergeboren zu werden.«

»Habt *Ihr* es getan?«

»Ob ich hineingegangen bin? Nein. Ich glaube, ich muß es nicht tun.« Er sprach nicht weiter. Für Carillon war die Wiedergeburt notwendig gewesen, für einen bei den Stämmen geborenen Mann mit den Gaben des Alten Blutes waren keine weiteren Einführungen nötig.

Sef sah sich in dem Gewölbe um. »So viele Tiere ... sie sehen ganz lebendig aus.«

»Sie sind nicht lebendig. Zumindest ... jetzt nicht.« Donal runzelte leicht die Stirn. Wer konnte sagen, daß die *Lirs* niemals lebendig gewesen waren? Vielleicht warteten sie nur darauf, daß die Erstgeborenen zurückkehrten, bevor sie aus dem Gestein hervorbrachen.

Donal erschauderte. Und Sef, der erneut das Verlies betrachtete, tat es ihm unwillkürlich nach. »Mylord ... dieser Ort ängstigt mich.«

»Dann sollten wir ihn zusammen verlassen. Es gibt hier nichts mehr für mich zu tun.« Donal nahm die Fackel aus der Halterung. »Komm mit, Sef. Ich glaube, es ist an der Zeit, daß du ein wenig Geographie lernst.«

»Mylord?« Sef starrte ihn an.

»Landkarten. Wenn du nicht schlafen kannst, dann betrachte Landkarten. Das ist besser als Bäume zu zählen.«

Er führte Sef aus dem Gewölbe heraus und die einhundertundzwei Stufen zur Großen Halle mit ihrem schlafenden Löwen wieder hinauf. Donal schloß die Platte und schob wieder Asche und Holzscheite über das Eisen, um es erneut zu verbergen. Dann führte er Sef in einen von Carillons Beratungsräumen. Donal steckte die Fackel in eine leere Halterung, suchte die richtige Landkarte heraus, breitete sie auf einem Tisch aus und entzündete eine dicke weiße Kerze. Dann berührte er einen blau schattierten Teil der Karte. »Dort. Das ist Solinde.«

»Das *alles*?« Sef stand neben dem Stuhl, auf dem Donal saß. Der Junge betrachtete gierig die Landkarte, die Hände hinter dem Rücken verschränkt, weil er Angst hatte, die wertvolle Tierhaut zu berühren.

»Das alles, ja.« Donals Finger umriß die blauen Grenzen des Reiches. »Hier liegt Lestra, siehst du ... die Stadt ist im Augenblick loyal, aber ein großer Teil des Adels ist es nicht ... diese Männer wollen das Bündnis zwischen Homana und Solinde sprengen, um das Land als ihr eigenes zu beanspruchen.«

»Aber ... wollen sie nicht auch Homana?«

Donal betrachtete den Jungen, während dieser sich über die Landkarte beugte. »*Tynstar* will Homana. Der Mujhar glaubt, daß der solindische Adel Homana nur zu gern außer Acht lassen würde, wenn sie Solinde wiederbekämen ... aber unter Tynstars Herrschaft ziehen sie den Krieg stillschweigend vor. Die Heere werden uns angreifen, während Tynstar, wie immer, aus gewisser Entfernung zusieht.«

»Dann ... ist Solinde nicht wirklich Euer Feind«, sagte Sef. »Es ist der Magier, nicht wahr?«

Donal seufzte und lächelte bitter. »Du stellst Fragen, die ich dir nicht beantworten kann. Es sind Fragen mit geschichtlichem Hintergrund, und da ich im Stamm geboren und aufgezogen wurde, weiß ich mehr über die Cheysuli als über die Homaner. Aber soviel kann ich dir sagen: Solinde hat unter Bellam jahrelang darum gekämpft, Homana einzunehmen. Bellam, der ein habsüchtiger Mann war, wollte Homana für sich selbst. Aber ich bezweifle nicht, daß Tynstar die Nachglut sehr vorsichtig entfacht hat, um sie für sich zu nutzen.«

Donal stützte sein Kinn müßig auf eine Handfläche. »Bellam ist jetzt tot, und Carillon regiert beide Reiche ... aber ich bezweifle, daß die Ihlini jemals ganz aufgeben werden. Sie werden uns stets im Nacken sitzen.«

Sef runzelte die Stirn und verzog angestrengt das Gesicht. »Wenn Ihr also ... den Dämon, Tynstar, töten würdet ... wären wir von diesem Krieg befreit?«

»Vielleicht nicht ganz, aber Tynstars Tod hätte zweifellos große Wirkung auf Solinde. Vielleicht würden die bisherigen Feinde, wenn er tot wäre, nach einiger Zeit einen dauerhaften Frieden schließen.«

Sef richtete sich aus seiner gebeugten Haltung auf. »Warum ... wird dann niemand zu ihm geschickt, um ihn zu töten?«

»Tynstar?« Ein verzerrtes Lächeln kroch um Donals Mund. »Wenn *das* möglich wäre, wäre es schon längst geschehen.«

»Aber ... er ist ein *Mensch*, nicht wahr? Ein Magier, ja ... aber ein Mensch. Kann er nicht wie andere sterben?«

Donal staunte über die Ernsthaftigkeit des Jungen. »Tynstar ist allerdings ein Mensch und kann zweifellos sterben. Aber er ist dem Tod schon dreihundert Jahre lang entkommen ... es wird niemals leicht geschehen können.«

Sef erblaßte. *»Dreihundert Jahre ...«*

»Er hat von Asar-Suti selbst die Gabe ewigen Lebens erhalten.«

»Götter ...« flüsterte Sef. »Wie sollen wir da jemals siegen?«

»Mit meiner Hilfe wird es kaum so schwierig werden.« Evan von Ellas, der durch die geöffnete Tür hereinschlenderte, grinste sie beide an. »Ich komme mit Euch.«

Donal starrte ihn entsetzt an. »Ich dachte, Ihr wärt nach Ellas zurückgekehrt! Nach dieser Wirtshausschlägerei ...«

»Diese Schlägerei?« fragte Evan lässig. »Ich habe in

einem Bordell schlimmere erlebt. Nein, ich bin nicht nach Ellas zurückgekehrt. Noch nicht. Ich möchte noch ein wenig hierbleiben.«

»Um mit in den Krieg zu ziehen.« Donal schüttelte den Kopf. »Eine dumme Art, seine Zeit zu verbringen, Evan. Ellas hat keinen Teil an dieser Sache. Wenn es einen Prinzen verlöre ...«

»Es hat noch andere Prinzen, wenn man Lachlans Söhne mitrechnet.« Die träumerischen Augen strahlten, während Evan gleichgültig die Achseln zuckte. »Ich habe weder Frau noch Söhne – von denen ich etwas wüßte –, um die ich mich kümmern müßte. Ich werde mit Euch kommen.«

Sef sprach, bevor Donal dazu kam. »Aber was würde der Kronprinz dazu sagen?«

»Lachlan?« Evan hob eine Augenbraue, obwohl er über Sefs Ansinnen ein wenig überrascht schien. Aber er antwortete Donal, nicht dem Jungen. »Lachlan weiß, daß er mich nicht abhalten kann, wenn ich mir etwas in den Kopf gesetzt habe.« Er grinste. »Ihr braucht meine Hilfe, Donal. Ihr könnt es genausogut zugeben.«

»Dies ist nicht Ellas' Krieg«, sagte Sef.

Donal sah den Jungen scharf an. Sef stand starr am Tisch und blickte seinerseits Evan an. Sein Kinn war hocherhoben, als bereite er sich auf einen Kampf vor. »Sef, dies sollte besser dem Prinzen von Ellas und mir überlassen bleiben. Du kannst gehen.«

Sef sah Evan einen Augenblick lang wild an und wandte sich dann jäh Donal zu. »Ja, Mylord. Aber ...« Er brach ab und zuckte die Achseln. »Ich möchte nur ... ich möchte nur mit Euch kommen.«

»Und du glaubst, daß ich dich nicht mitnehmen werde, wenn der Prinz von Ellas mitkommt?« Donal schüttelte den Kopf. »Sef, ich habe dir bereits versprochen, daß du mit mir in den Krieg ziehen darfst ... obwohl ich nicht verstehe, warum du das *wollen* solltest, genauso wenig, wie ich es bei *ihm* verstehe.« Sein Blick schloß Evan ein. »Du darfst mitkommen. Und *jetzt* … kannst du gehen.«

Sef verließ den Raum. Donal schüttelte den Kopf, und Evan, der dem Jungen nachsah, seufzte nur ein wenig und zuckte die Achseln. »Er verehrt Euch, Donal. Ich glaube, er würde sein Leben für Euch geben.«

»Solange er es nicht tun muß.« Donal betrachtete Evan und begann zu lächeln. Mit dem ellasischen Prinzen an seiner Seite spürte er ein Gewicht von seiner Seele weichen. Vor Evan konnte er der Mann sein, der er bisher selten hatte sein dürfen. »Ich denke, wir werden Solinde zeigen, wie zwei Prinzen ein Reich in die Knie zwingen können.«

Evan hob eine dunkle Augenbraue. »Wenn wir ein einzelnes Wirtshaus zerstören können, sollten wir mit einem ganzen Königreich sicherlich auch keine Schwierigkeiten haben.«

Kapitel Achtzehn

Das homanische Heer traf nur auf wenig Widerstand, als es schließlich über die westlichen Grenzen nach Solinde einmarschierte. Carillon bemühte sich, zwischen solindischen Kleinpächtern und Stadtbewohnern, die nicht mehr vom Kampf wollten, als zu überleben, während ihr Reich durch den Krieg verwüstet wurde, und jenen, die Tynstar unterstützten, zu unterscheiden. Ein großer Teil der Bewohner des Reichs dienten noch immer Carillon, wenn auch widerwillig. Dennoch war die Spannung, als sie die Grenze überschritten hatten, von Anfang an spürbar.

Die Cheysuli gingen – von ihren Rängen unabhängig – unter dem Oberbefehl ihres Stammesführers voran, der wiederum Carillon unterstand. Donal, der in den Nachwirkungen von Shaines *Qu'mahlin* aufgewachsen war, hatte nur einen mißgünstigen Frieden zwischen den beiden Rassen kennengelernt. Der Vorfall in dem Wirtshaus – vermischt mit Erinnerungen an seinen Empfang in Hondarth und die Antwort auf seine Hochzeit – hatten ihm klargemacht, daß die Wiederkehr seiner Rasse noch lange nicht beendet war.

Er stellte fest, daß die meisten der Krieger die Cheysuli nur zu bereitwillig anerkannten – die Rassen hatten zusammen für Carillons Inbesitznahme des Thrones gekämpft –, aber es herrschte Unbehagen in den Reihen. Carillon hielt den Frieden aufrecht – sowie Rowan, dessen homanische Art und Cheysuliaussehen ihn zu einem Mann keiner und auch beider Rassen machten.

Evan erwies sich als fröhlicher Gefährte für Donal. Sie stritten, debattierten und besprachen in der ganzen Gefühlsbreite alle möglichen Vorgehensweisen, aber sie erkannten stets den Bund wahrer Freundschaft an. Ein Bund, den Donal niemals zuvor kennengelernt hatte, da er stets zwischen seinem homanischen Rang und dem Kriegerstatus als Cheysuli gefangen gewesen war, aber er stellte jetzt fest, daß er diese Freundschaft sehr schätzte. Es war der Verbindung mit den *Lirs* nicht vergleichbar, aber dennoch sehr kostbar.

Nun, als er Carillon in dem karmesinroten Feldzelt des Mujhar am Tisch gegenübersaß, erkannte er, daß dieser geistig, wenn auch nicht körperlich, abwesend war. Carillon, der seine Mahlzeit beendet hatte, setzte sich auf seinem dreibeinigen Feldstuhl zurück. Eine Hand umfaßte den Silberkelch, mit seinem Lieblingswein gefüllt.

Es war Sommer, und die Luft sehr mild. Eine Abendbrise kräuselte den glänzenden Stoff des Zeltes. Das Licht der untergehenden Sonne kroch durch das Gewebe und verfärbte den Innenraum, so daß das Blutholz des Tisches und der Stühle in ein üppigeres Ocker-Bronze getaucht wurden. Das Silber schimmerte in dem Licht golden.

Donal roch den gebratenen Keiler, der inmitten des Lagers aufgespießt war. Er roch das Bouquet von Carillons Wein und einen schwach bitteren Geruch, den er den Kohlen in der Kohlenpfanne zuschrieb. Er roch das Aroma des Krieges, obwohl sie kaum jemandem im Kampf begegnet waren. Er roch Tod und Sinnlosigkeit und die Mühsal der Männer, die ihr Leben mit der Verteidigung eines Thrones verbrachten, den sie niemals sahen, eines Thrones, der eines Tages ihm gehören würde.

Carillon drehte seinen Kelch langsam auf dem Tisch. »Wo ist Evan heute abend? Ich habe euch beide eingeladen.«

Donal lächelte. »Du erinnerst dich an die Töchter des solindischen Kleinpächters, die sich gezwungen fühlten, uns zu folgen? Evan hat mehrere von ihnen bereitwillig gefunden, ihre Gunst mit ihm zu teilen. Er sendet sein Bedauern.«

Carillon lachte. »Ich bin froh, daß wenigstens einer von uns heute abend seine Sorgen in den Armen einer Frau vergessen kann.« Plötzlich richtete er sich auf seinem Stuhl auf. »Götter … ich habe es vergessen! Heute früh kam eine Nachricht für dich von Aislinn … ich habe sie beiseite gelegt und vergessen. Dort, in der kleinen Kiste bei meinem Bett.«

Donal rückte vom Tisch ab, stand auf und trat sofort zu der Teakholzkiste neben dem Bett. Darin fand er eine mit Wachs versiegelte Pergamentrolle, die den Stempel mit der homanischen Königskrone trug.

Er brach das Siegel auf. Er war sowohl besorgt als auch neugierig. In den zwei Monaten, seit das Heer den Einmarsch nach Solinde begonnen hatte, war noch keine Nachricht von Aislinn gekommen. Es hatte nur Schweigen zwischen ihnen geherrscht.

Donal las den Brief und starrte das Blatt dann blind an. »Sie ist … schwanger.«

Carillon stand langsam auf. »Ist sie sicher?«

»Es wurde bestätigt.« Donal atmete tief ein. »Nun, Mylord … ob gewaltsam oder nicht, es scheint gelungen zu sein.«

»Den Göttern sei Dank«, sagte Carillon inbrünstig. »So ist der Thron endlich gesichert.«

Donal schüttelte den Kopf. »Nur wenn das Kind ein Junge ist.«

»Du hast bereits einen Jungen gezeugt … ist es so töricht, zu glauben, daß vielleicht noch ein weiterer gezeugt wurde?« Dann wandte sich Carillon ab, um sich noch mehr Wein einzugießen, und wartete nicht auf eine Antwort, aber Donal hätte ohnehin nichts zu antworten gewußt.

Er beobachtete, wie Carillon trank. In letzter Zeit trank der Mujhar mehr und mehr, zweifellos um seine Schmerzen zu betäuben. Seine Gelenke schmerzten jetzt sogar schon in der trockenen Wärme eines solindischen Sommers.

Ich könnte es nicht ertragen, wußte Donal. *Ich schwöre … ich könnte es nicht ertragen … und er führt uns alle in den Kampf.*

Er betrachtete erneut den Brief, der mit zitternder Hand geschrieben war. Von Aislinn selbst, daran zweifelte er nicht. Ein Schreiber hätte es sorgfältiger gemacht.

Götter, was denkt sie … was denkt sie von mir? »Sie sagt, es gehe ihr gut«, erzählte er Carillon. »Aber … Erstgeburten sind oft schwer. Bei Sorcha …« Er brach jäh ab, denn er wußte, daß jetzt nicht die Zeit war, über seine *Meijha* zu sprechen. Dann wandte er sich ruckartig zu Carillon um. In letzter Zeit hatte ein durch gegenseitige Zuneigung und die Umstände gefestigter Bund zwischen ihnen beiden bestanden. Donal erinnerte sich, wie Carillon ihn eine Landkarte zu lesen gelehrt und ihm die Kämpfe erklärt hatte, die er mit Finn an seiner Seite bestritten hatte. Aber jetzt, da plötzlich der Geist Sorchas zwischen ihnen stand, spürte er die schwache, aber anwachsende Spannung, die ihren Bund verspotten wollte.

»Du haßt mich dafür, nicht wahr?« fragte Donal. »Weil ich Sorcha behalte, obwohl Aislinn meine *Cheysula* ist.«

Carillon trat zu einem der edlen Ledersessel und setzte sich langsam und vorsichtig hin. »Ich habe während der Jahre gelernt, viele Cheysulibräuche zu achten. Ich gebe zu, daß ich die meisten davon nicht verstehe, aber ich habe erfahren, welche Rechtschaffenheit deiner Rasse innewohnt. Obwohl ich es, wenn ich die Wahl hätte, vorziehen würde, wenn du deine *Meijha* – zugunsten meiner Tochter – aufgäbst, werde ich es nicht von dir verlangen.«

»Du hast meine Frage nicht beantwortet.«

Carillon lächelte. »Nein, das habe ich nicht getan.

Nun gut.« Er regte sich in seinem Sessel und trank noch mehr Wein, den hellen, süßen Wein mit dem säurereichen Bouquet, von dem Carillon niemand anderem abgab. »Ich hasse dich nicht, Donal. Ich habe mich an Electra gehalten, solange wir zusammen waren, weil ich keine andere Frau begehrte – sie würde jeden Mann zur Treue zwingen, gleichgültig welchen Geschmack er hat –, aber das bedeutet nicht, daß ich nicht verstehen könnte, daß du eine Frau heiratest und nebenbei noch eine andere Frau besitzt.« Er starrte in die Kohlen der Pfanne. »Außerdem wäre ich der *Letzte*, der darüber urteilen dürfte, daß ein Mann nur eine Frau begehrt und gleichzeitig für eine andere Frau sorgt. Die Götter wissen, daß ich deine Mutter nur zu sehr begehrt habe, selbst als wir beide mit anderen verbunden waren.« Qual lag in seiner Stimme, während er dies sagte, unendliche Qual. Er hatte die Nachricht von Alix' Tod kaum ertragen.

Donals Hand schloß sich krampfartig um das Pergament und zerknitterte es. »Meine *Jehana* …?«

Carillon wandte sich um. In seinen Augen lag Zurückhaltung. »Hat sie es dir niemals erzählt?«

»Meine *Jehana?*« Mehr konnte Donal nicht hervorbringen.

Carillon seufzte tief und rieb sich die Augen. »Eine alte Geschichte, Donal … Ich dachte, du müßtest es inzwischen sicherlich wissen.« Verkrümmte Finger strichen das Silberhaar aus seinem vom Schmerz gezeichneten Gesicht. »Götter … ich kann nicht glauben, daß sie *tot* ist. Nicht *Alix*. Nach allem, was sie mir bedeutet hat … nach allem, was sie getan hat …«

Und mein Jehan? wollte Donal fragen. *Du sagst nichts über meinen Jehan. Besteht sogar noch im Tode eine Rivalität?*

Laut sagte Donal: »Welche alte Geschichte, Mylord?«

Kurz darauf schüttelte Carillon den Kopf. »Ich habe niemals aufgehört, mich um sie zu sorgen, Donal, selbst dann nicht, nachdem sie deinen Vater geheiratet hatte. Selbst nicht, nachdem sie dich geboren hatte.« Er ließ den Wein in seinem Kelch kreisen. »Ich heiratete Electra. Und als diese Ehe beendet war, wandte ich mich erneut deiner Mutter zu.«

Besitzgier beeinträchtigte Donals Einfühlungsvermögen. »Sogar während sie Duncans *Cheysula* war …?«

»Nein.« Carillon sah ihn an. »Dein Vater war bereits *lirlos*. Tot… zumindest glaubten wir das.« Carillon furchte die Stirn ein wenig, und es schien, als könnte man daran seinen Kummer ermessen. »An dem Tag, an dem ich dich und deine Mutter zum Keep zurückbrachte, bat ich sie, mich zu heiraten. Ich wollte, daß sie die Königin würde.«

Meine Jehana, die Königin von Homana … Aber die Verwunderung hielt nicht an. »Sie wollte niemand anderen als meinen *Jehan*.« Er sagte dies ein wenig grausam, aber er fühlte sich durch Carillons Eingeständnis bedroht. So viele Jahre lang hatte er erfahren, wie tief seine Eltern einander geliebt hatten und wie tief Alix um Duncan getrauert hatte. Wenn er sich jetzt vorstellte, daß sie mit Carillon verheiratet gewesen sein könnte … »Nein«, sagte Donal. »Sie war eine Cheysuli.« Er dachte, daß dies genügte.

Carillon hob den Kopf und sah Donal ins Gesicht. Kein Zögern war in seiner Stimme zu hören, und auch kein Zartgefühl. Nur pure, reine Empfindung. »Dann wärest du mein Sohn geworden … genauso als wärest du mein eigener Sohn.«

Donal betrachtete das gealterte Gesicht, die durch Tynstars Magie hineingegrabenen Linien und Falten und Furchen. Er sah Sorge, Bedauern und Qual in diesem Gesicht, und eine fast unmenschliche Willenskraft, gepaart mit unerwarteter Verletzlichkeit. Donal atmete tief ein. »Das habe ich nicht gewußt, Mylord.«

Carillon lächelte. »Sie wollte mich nicht. Sie wollte keinen anderen Mann an Duncans Stelle setzen. Und daher heirateten wir nicht ...« Er brach kurz ab. Und als er weitersprach, geschah dies mit sorgfältiger Betonung, als wollte er die Gewalt seines Kummers nicht zeigen. Aber Donal hörte sie dennoch heraus. »Sie sind zusammen gestorben. Und du bist immer noch Duncans Sohn.«

»Mylord!« Eine drängende Stimme erklang außerhalb des Zeltes.

»Rowan ...« Carillon richtete sich in seinem Sessel auf. »Komm nur herein!«

Rowan zog den Zelteingang beiseite und schlüpfte ein kleines Stück hindurch, so daß der karmesinrote Stoff seine Schulter wie ein Umhang umgab. »Carillon ... Ihr solltet besser mitkommen. Es gibt etwas, was Ihr sehen müßt.«

Der Mujhar stieß sich mühsam aus dem Sessel hoch, trat sofort zu seinem Schwert und zog es aus der Scheide. Der schwarze Rubin glitzerte im Kerzenschein. Donal, der ihn jetzt erneut ansah, verspürte eine Schuld, weil er das Schwert noch nicht von Carillon angenommen hatte. Aber aus irgendeinem Grund *konnte* er es nicht annehmen.

»Komm mit.« Carillon trat mit Rowan aus dem Zelt heraus. Donal wartete auf seine *Lirs*, warf das zerknitterte Pergament hin und folgte Carillon und Rowan dann hinaus.

Vor dem Zelt runzelte Donal die Stirn. Etwas war ... verändert. Etwas war ... nicht richtig. Es lag eine Spannung in der Luft, ein Gefühl, das die Haare sich in seinem Nacken aufrichten ließ. Ein Kribbeln lief sein Rückgrat hinab.

Magie, erklang es von Taj, der über ihm durch die Dunkelheit flog.

Ihlini, stimmte Lorn ihm zu, während er neben Donals linkem Bein einherlief.

Das Licht war falsch – statt allmählich dunkelndem Zwielicht war es fast pechschwarz. Fackellicht beleuchtete das Lager, aber die Flammen schienen fast gelöscht, von der Dunkelheit verschluckt. Etwas dämpfte die Sicht, die Geräusche, die Gerüche, als läge das Lager unter einem Teppich verborgen.

Rowan führte sie westwärts zu einer Reihe sanfter Hügel, die es umgaben. Er deutete kurz auf den so tief am Himmel hängenden Mond in einem sternenlosen Himmel, und auch sein Gesicht war von Dunkelheit erfüllt. Eine dichte, zähe Dunkelheit in tiefstem Purpur.

Carillon blieb auf dem Kamm eines grasbewachsenen Hügels stehen, wo bereits ein anderer Mann mit seinem Wolf wartete. Die schlanken Grashalme schimmerten im Licht des ersterbenden Mondes leuchtend lavendelfarben.

»Ihlini«, sagte Finn.

Donal runzelte die Stirn. Girlanden dichten Nebels stiegen von den unteren Ebenen auf: ein wie im Sturm dampfender Sumpf. Ein ganz schwaches Zischen erklang, in der dichten Dunkelheit fast unhörbar. »Irgendeine Art von Zauber?«

»Eher eine Warnung… oder ein Gruß.« Carillons Hand lag an seinem Schwert. »Wer weiß, was Tynstar damit meint?«

Rowan, der neben ihm stand, runzelte die Stirn. »Wie kann er in Gegenwart so vieler Cheysuli Magie heraufbeschwören?«

Carillon ließ seinen Blick weiterschweifen, betrachtete die Lage des Landes und den Nebel, der es verhüllte. »Hier gibt es vor allem viermal so viele Homaner. Tynstar greift *sie* an.«

Finns Gesichtsausdruck wirkte in dem purpurfarbenen Mondlicht starr. »Selbst angesichts eines Cheysuli haben die Ihlini noch immer Rückgriff auf einfache Zauberkräfte. Solange so viele Homaner anwesend sind, braucht er sich um uns keine Sorgen zu machen. Er muß nur auf den Aberglauben der Homaner bauen, wie er es auch in der Vergangenheit getan hat.«

Lir, sagte Donal. *Ich wünschte, ihr könntet etwas tun.*

Nichts, antwortete Lorn. *Du kennst das Gesetz. Wir können die Ihlini nicht bekämpfen.*

Und doch bekämpfen die Ihlini uns.

Ich habe nicht gesagt, daß das Gesetz gerecht ist. Lorns Stimme klang spöttisch. *Ich weiß nur, daß wir von den Lirs ehren, was die Götter uns gegeben haben.*

Wenn ich *sterbe, seid auch du und Taj tot.*

Das ist der Preis.

Er ist zu hoch, erwiderte Donal. *Das solltet ihr den Göttern sagen.*

Warum sagst du es ihnen nicht selbst?

Bodennebel rollte heran. Innerhalb der lilafarbenen Girlanden blitzten winzige, tief purpurfarbene Funken auf, als tanzten Glühwürmchen im Nebel.

»Die Männer sind verständlicherweise … *besorgt*«, sagte Rowan betont.

»Sie haben Angst.« Finn hatte keine Zeit für Wortspielereien. »Wie Tynstar es beabsichtigt.«

Donal sah sich um. Hinter dem Rand des flachen Talkessels versammelte sich das ganze homanische Heer. Er hörte Flüstern und Murmeln und Fluchen, während der Nebelstrom über den Hügel und dann weiter hinab floß. Die gedämpfte Stille der Nacht war greifbar.

Donal erschauderte. *Lirs … nennt mich einen Feigling, aber dies alles gefällt mir überhaupt nicht.*

Taj schwebte noch immer in der Luft. *Dann sind wir alle Feiglinge.*

Carillon machte Rowan hastig ein Zeichen. »Geh und sprich mit den Hauptmännern. Ich will nicht, daß meine Leute vor Ihlini*zauber* fliehen.«

»Ja, Mylord, sofort.« Rowan eilte eifrig durch den wallenden Nebel davon.

»Donal? Donal?« Das war Evans Stimme. Der Ellasier erklomm gerade den Hügel. »Habt Ihr das gemeint, als Ihr mir von Ihlinimagie erzähltet?«

Donal wartete, bis Evan den Kamm des Hügels erreicht hatte. »So ähnlich«, antwortete er kurz. »Evan … das ist kein Spaß.«

Der ellasische Prinz runzelte die Stirn, während er über das verdunkelte Land hinwegschaute. »Nein«, sagte er kurz darauf. »Das ist es nicht. *Lodhi* … aber welch eine Verwicklung!«

Donal sah seinen Onkel besorgt an. »Du meinst, daß er uns keinen Schaden zufügen will, wenn er nur den Zauber verwendet?«

Finn schüttelte den Kopf. »Es ist nicht Tynstars Art, sich in einen Kampf einzulassen, bevor er die Köpfe der Männer mit Angst erfüllt hat.« Er verzog den Mund. »Was wäre besser, als zu siegen, bevor Blut vergossen wurde?«

»Das würde ihn niemals aufhalten«, antwortete Carillon. »Er wird alles Blut vergießen, das er vergießen muß.«

»Seht!« rief Evan.

Der Nebel teilte sich, wurde sauber zerschnitten, als wäre er mit einer Axt entzweigeschlagen worden. In der Wunde entsprang ein Springbrunnen purpurfarbener Flammen mit einem strahlenden Herz aus reinem unverdorbenen Weiß. Das aus dem Springbrunnen dringende Licht erfüllte die Umgebung mit Helligkeit und entblößte jedermanns Gesicht in einer Nacktheit, vor der es kein Entrinnen gab. Die Männer blinzelten und hoben die Arme, um ihre Augen zu schützen. Angepflockte Pferde schrien auf und versuchten auszubrechen. Angstschreie stiegen von der zusammengedrängten Menschenmenge auf.

Carillon fuhr zu ihnen allen herum und hob beruhigend eine Hand. »*Nein!* Es ist nur ein Ihlini*trugbild*. Fürchtet nicht, was nicht wirklich ist!«

Aber Donal betrachtete den flammenden Springbrunnen. Er brach auf und spie einen Klumpen sich windenden Feuers aus, das über das Gras kroch. Schwärze breitete sich rundherum aus. Was sie berührte, wurde davon vereinnahmt, und ebenso alles, was sich in der Nähe befand.

»Lodhi«, flüsterte Evan benommen.

Eine Schlange, dachte Donal. *Tynstars Schlange, die er gesandt hat, damit sie für ihn tötet ...*

»Carillon«, warnte Finn.

Der Mujhar wandte sich um. Zehn Fuß von ihnen allen entfernt, auf dem Kamm des Hügels, hielt die sich windende Schlange inne. Sie rollte sich zusammen, stieg auf und streckte sich dem Himmel entgegen. Sie wurde dicker, als sei sie gefüttert worden. Sie schwoll an, als sei sie trächtig.

Und dann brach der angeschwollene Leib auf, und die Schlange gebar einen Menschen.

Er war in einen purpurfarbenen, fast schwarzen Umhang gehüllt. Eine Silberspange schimmerte an einer Schulter, Silberohrringe blitzten an seinen Ohrläppchen auf, und eine Hand trug einen Ring. Aber die Augen, nicht der Schmuck, nahmen Donal mehr gefangen als alles andere, diese schwarzen, trügerischen Augen, eingelassen in die glatte Haut ewiger Jugend. Und das Lächeln, von einem schwarzsilbernen Bart eingerahmt, war ungewöhnlich süß.

Donal stand zum ersten Mal dem Mann gegenüber, der so viel getan hatte, um sein Leben zu zerstören, und er spürte, daß er Angst hatte.

Götter ... ich bin nicht geeignet für den Thron ... ich kann den Mann kaum ansehen ...

»Ich grüße Euch, Carillon.« Die Stimme klang herzlich und zugetan, ohne die Feindseligkeit, die Donal erwartet hätte. »Wir waren gleichwertige Feinde, Ihr und ich, aber ich bin jetzt fertig mit Euch. Die Zeit für Euren Tod ist gekommen.«

Donal schaute schnell zu Carillon. Er konnte sich nicht vorstellen, was *er* vielleicht sagen würde, wenn Tynstar zu ihm spräche. Aber Carillon war daran gewöhnt, diesem Mann gegenüberzustehen.

Der Mujhar lachte laut. »Tynstar, Ihr *Narr*… was läßt Euch glauben, daß Ihr *dieses* Mal Erfolg haben werdet? Seid Ihr nicht schon zuvor wiederholt gescheitert? Auch als wir uns vor fast sechzehn Jahren das letzte Mal trafen, konntet Ihr mein Leben nicht beenden. O ja, Ihr habt es *verkürzt*… aber ich lebe noch, um Eure Pläne zu vereiteln.«

Donal war mehr als erstaunt über Carillons Haltung *und* die Kühnheit seiner Antwort. Aber andererseits hatte der Mujhar jahrelang Zeit gehabt, seinen Mut zu sammeln.

Tynstar lächelte ehrlich amüsiert. »Ihr habt Euch wirklich gut gehütet. Die Cheysuli sind ihrem Mujhar stets dienlich.« Er sah Finn an, und dann Donal. »Aber jetzt wartet einer von ihren *eigenen* Leuten darauf, den Thron einzunehmen… und Ihr werdet nicht mehr gebraucht.«

Carillon schüttelte den Kopf. »Ihr werdet mir keine Angst vor den Kriegern einjagen, die mir so gut dienen. Ich bin nicht Shaine, Ihlini. Ich falle nicht auf solch durchsichtige Täuschungen wie diese herein.«

Die Flamme um Tynstar kräuselte sich, als winde sich die Schlange. »Shaine fiel auf seine eigenen Ängste und seinen Wahnsinn herein. Ihr werdet auf etwas anderes hereinfallen.« Licht schimmerte auf seinem Silberschmuck. »Carillon, Ihr habt Eure Rolle in der Prophezeiung zu Ende gespielt. Ihr seid jetzt zahnlos wie ein alter Löwe… unnütz und nur noch langweilig. Es gibt jetzt einen anderen, der der Prophezeiung dient, genauso wie sie ihm dient.« Er hob eine Hand und deutete auf sie. »Seht Ihr ihn? Ihr müßt nur den Krieger betrachten, der so ernsthaft und schweigend an Eurer Seite wacht.« Der Magier lächelte. »Endlich ein Mann, Donal… nicht mehr der Junge, den ich vor so vielen Jahren zu meinem eigenen machen wollte.«

Donal legte eine Hand an seine Kehle. Er konnte die Berührung des Eisenkragens und seine Verletzlichkeit spüren. Dann nahm er seine Hand fort. »Ihr seid ein Narr, wenn Ihr glaubt, daß ich mich gegen Carillon stellen werde.«

Tynstar lächelte. »Nein. Ich bin mir sehr wohl bewußt, daß es eine Narrheit wäre, das zu versuchen. Du bist nicht so gewandt, wie ich es mir wünschen würde. Nein, du wirst dich nicht gegen Carillon stellen ... aber du wirst es auch nicht tun müssen. Er wird innerhalb eines Jahres sterben.«

»Und der Thron?« fragte Carillon heiser.

»Er wird mir gehören«, sagte Tynstar einfach. »Wie es schon immer sein sollte.«

»Er wird mir gehören«, erwiderte Donal. »Der Löwenthron wird niemals einen Ihlini annehmen. Die Götter haben ihn für *uns* geschaffen.«

Tynstar in seinem purpurfarbenen Umhang und der strahlenden Flamme schüttelte nur den Kopf. »Euer *Shar Tahl* hat euren Stamm aufgegeben, Donal. Du kennst die Geschichten nicht.«

»Ku'reshtin!« fluchte Donal. *»Resh'ta-ni«*, gab Tynstar, der die Sprache fließend beherrschte, ruhig zurück.

Donal sah ihn an. Aber er sagte sich, daß jedermann die Alte Sprache lernen könnte – auch ein Ihlini –, wenn ausreichend Grund dafür bestand.

Tynstar machte beiläufig die Geste des *Tahlmorra*. »Ich sehe, ich werde euch unterweisen müssen, um euer erschreckendes Unwissen zu verringern.«

Finn lachte. »Eine amüsante Idee, Ihlini. *Ihr* wollt *uns* unterweisen?«

»Ich kenne die Wahrheit der Geschichten«, sagte Tynstar. »Und ich werde sie gern mit euch teilen.«

»Ich werde nicht zuhören«, belehrte Donal ihn einfach. »Glaubt Ihr, ich würde *Euren* Worten Glauben schenken?«

»Nimm sie mit dir zum Keep und frage euren *Shar Tahl*«, forderte Tynstar ihn heraus. »Dann beurteile, wer lügt. Und beurteile auch, wer die Wahrheit sagt.« Er hob

Ruhe gebietend eine Hand. »Habt ihr euch niemals gefragt, warum die Erstgeborenen Homana den Cheysuli überlassen haben? Habt ihr euch niemals gewundert, *wie* eine ganze Rasse aussterben konnte?«

»Ihr seid ein schlechter Lehrer«, sagte Carillon. »Ich denke, Ihr solltet besser gehen … oder tun, weshalb Ihr gekommen seid, damit wir diese Farce beenden können.«

»Ich komme, ich gehe … ich tue, was ich will.« Tynstar blieb ernst. »Hört mir gut zu, ihr alle … ich gebe euch Einblick in eine Wahrheit, die ihr noch niemals erfahren habt.« Er hob erneut die Hand und sah Donal an. »Ihr seid Cheysulikrieger … mit ein wenig homanischem Blut. Weil die Gestaltwandler der Prophezeiung der Erstgeborenen dienen, die sie ihnen gegeben haben, bevor die Rasse ausstarb. Wißt ihr warum?«

»Ein Vermächtnis«, antwortete Donal. »Wir sind die Kinder der Erstgeborenen …«

»… die die Kinder der Götter waren.« Die Flamme um Tynstar brannte jetzt heller, als antworte sie einem geheimen Befehl. »Aber seid ihr so stolz, so selbstgerecht, so *eingebildet* zu glauben, daß sie nicht noch andere gezeugt haben?«

Ein gedämpfter Laut entschlüpfte Donal. Er spürte Lorn neben sich erstarren.

»Was wollt Ihr damit *sagen* …« Aber Finn wurde unterbrochen.

»Sie haben noch eine zweite Rasse gezeugt«, sagte der Magier. »Sie haben die Ihlini gezeugt … die sich mit den Cheysuli vermischt haben.«

»Nein!« brach es gleichzeitig aus Finn und Donal hervor.

Ein Schaben. Gleitendes Metall. Ein Zischen, fast wie von der Schlange. Carillon zog sein Cheysulischwert.

Tynstar lachte. »Das kann mich nicht töten, Carillon. Habt Ihr es nicht schon zuvor damit versucht? Habt Ihr den geschwärzten Stein nicht gesehen?«

»Ja«, stimmte Carillon ihm ruhig zu, »und würdet Ihr ihn gern wieder sehen?« Bevor das Bild in den Flammen antworten konnte, wandte sich Carillon um und schob Donal das Schwert in die widerwilligen Hände. »Zeige ihn ihm. *Zeige ihm den geschwärzten Stein!*«

Donal hielt die geschliffene Klinge in einer Hand, hatte sie unter dem Heft ergriffen. Er konnte die Runen an seiner Handfläche spüren. Langsam hob er das Schwert und streckte es mit starrem Arm aus, als wolle er Übel von sich wenden. Das Schwert bot eine Silhouette vor der Flamme, eine Silhouette, der alle Farben außer der Schwärze der Nacht fehlten. Als habe Tynstar ihr alles Leben entzogen.

Aber dann wurde der Rubin strahlend karmesinrot und ließ den Hügel erglühen.

Der Nebel verschwand sofort. Der Rubin glühte, und während seine Magie den Ihlininebel fortbrannte, spürte Donal das Summen der Macht in seiner Hand. Er dachte zuerst, er würde das Schwert fallenlassen, weil er über die anwachsende Kraft so bestürzt war, aber er stellte fest, daß er es nicht tun konnte. Das Schwert entnahm aus ihm sein Leben, und er entnahm dem Schwert seine Kraft. Ein vollkommener Austausch von Macht.

Tynstars glattes Gesicht zeigte milde Überraschung, aber kaum Sorge. »Also findet Hales Schwert endlich seinen Meister. Ich habe befürchtet, daß das eines Tages geschehen würde. Ich dachte, ich könnte ihn vielleicht rechtzeitig aufhalten, als ich ihn im Wald tötete, aber offensichtlich ist es mir nicht gelungen.«

»*Ihr* habt ihn getötet!« Finn trat einen Schritt vor. »*Shaines Männer* haben meinen *Jehan* getötet …«

»Tatsächlich?« Tynstar lächelte. »Seid kein solcher Narr. Ich habe Hale ausgesucht, weil ich wußte, daß er die Saat in sich trug, die die Ihlinirasse vernichten konnte. Denkt Ihr, ich hätte ihn leben lassen können?« Er winkte anmutig und gleichgültig ab. »Ich wollte auch

Lindir töten, bevor sie das Kind gebären konnte, aber sie entkam mir und floh nach Homana-Mujhar. Also tötete ich Hale, nachdem ich seinen *Lir* getötet hatte und wollte das Schwert an mich nehmen. Aber er hatte es Shaine gegeben.« Dabei verwandelte sich sein wunderschönes, bärtiges Gesicht in ein bösartiges. »Ich hätte wissen müssen, daß es Alix' Kind sein würde, für das es gedacht war. Ich habe es in ihr gespürt, bevor sie mit Duncan schlief. Ich hätte auch sie töten sollen, als ich Duncans Falken tötete. Es hätte die Prophezeiung verhindert und mir den Ärger erspart, euch hier begegnen zu müssen.«

Donal senkte das Schwert. Der Rubin war ein wenig verblaßt, als wisse er, daß der größte Teil seiner Aufgabe vollbracht war. Nur Tynstar war geblieben, umgeben von seinem Kokon lebendiger Flammen. Der Nebel und die Schlange waren fort. »Ihr habt sie ohnehin getötet. Und meinen *Jehan* auch. Als Ihr ihn sandtet, uns eine Falle zu stellen.«

»Das war nicht meine Idee«, sagte Tynstar. »Das war der Vorschlag meines … *Lehrlings*.« Er lächelte. »War es keine gute Idee? Und fast erfolgreich.«

Donal atmete zitternd ein und erinnerte sich, wie seine Mutter und sein Vater gestorben waren. »Ich glaube Eurer *Lektion* nicht.«

Tynstar zuckte kaum merklich die Achseln. »Ich kenne eure Prophezeiung sehr gut, Donal. Ich habe bei ihrer *Erschaffung* mitgewirkt, einfach indem ich drei Jahrhunderte früher geboren bin. Ich verstehe viel besser als Ihr oder jeder andere Cheysuli, was ein *Tahlmorra* bedeutet, denn ich kenne die Götter länger als irgend jemand von euch.«

»Ihr wagt es, von *Göttern* zu sprechen, wo Ihr doch diesen Abschaum der Unterwelt verehrt?« fragte Carillon.

»Ich verehre nichts«, erwiderte Tynstar. »Ich *diene*, genauso wie Ihr zu dienen vorgebt. Der Sucher braucht solchen Unsinn wie Gehorsam und rituelle Loyalität nicht. Er *weiß*, was in der wahren Seele eines Menschen liegt.« Er berührte die Spange an seiner linken Schulter. »Ja, ich bin ein wesentlicher Bestandteil der gleichen Prophezeiung, die Donals Leben bestimmt ... aber ich diene ihr nicht. Ich versuche nur, ihre Macht zu brechen, bevor die Ihlini vernichtet sind.« Einen Augenblick lang war ein Hauch von Menschlichkeit in seinen Augen zu erkennen. »Versteht ihr nicht? Ich tue dies zur *Rettung meiner Rasse.*«

Niemand antwortete. Donal stand bei Finn, Evan und Carillon, während sich die *Lirs* in Schweigen hüllten. Er betrachtete den Ihlini. Das Schwert lag schwer in seiner Hand.

»Rettung.« Kurz darauf schüttelte Donal den Kopf. »Ich glaube Euch nicht. Wenn die Ihlini wirklich Kinder der Erstgeborenen wären, wären wir keine Todfeinde.«

»Frage die *Lirs*, warum sie niemals einen Ihlini angreifen«, schlug Tynstar vor.

Donal konnte ihm nicht antworten. Auch Taj und Lorn antworteten nicht.

Tynstar lächelte. »Du bist ein Träumer, Donal ... oder vielleicht einfach nur jung. Das Begreifen kommt mit dem Alter. Siehst du, wir Ihlini wünschten, mehr Gaben zu besitzen, als die Erstgeborenen uns gaben. Mehr ... Macht. Wir haben uns an die einzige Quelle gewandt, die sich um uns kümmern würde, nachdem die Erstgeborenen sich nicht gekümmert haben ...«

»... Asar-Suti«, beendete Carillon seinen Satz.

»Der Gott der Unterwelt, der die Dunkelheit erschaffen hat und darin lebt.« Das kam von Finn.

»Ja«, stimmte Tynstar ihm zu. »Tatsächlich ein großzügiger Herr. Er hat die Macht nicht begrenzt, die er jenen gab, die ihm zu dienen wünschten.« Sein Blick ruhte auf dem Schwert, das Donal noch immer locker in der Hand hielt. »Aber die Erstgeborenen versuchten uns zu vernichten, als sie von unserem Schwur, dem Sucher zu dienen, erfuhren. Da sie wußten, daß sie sterben würden, bevor diese Vernichtung vollendet werden könnte, gestalteten sie statt dessen eine Prophezeiung und überließen den Cheysuli die Vernichtung …«

»*Nein*«, sagte Donal.

Tynstar ließ die Unterbrechung nicht zu. »Sie flößten euch allen einen blinden Gehorsam ein, der eure Seelen sogar jetzt noch bindet. Sie gaben jedem Krieger ein Schicksal und nannten es *Tahlmorra,* um sicherzustellen, daß die Aufgabe erfüllt würde. Sie verwandelten euch in *Krieger der Götter,* die sich der Bewahrung und Erfüllung der Prophezeiung verschrieben, wie wir uns ihrem Untergang verschrieben. Denn diese Erfüllung bedeutet, wenn sie erst vollendet ist, die Auslöschung meiner Rasse.« Tynstars Stimme klang rauh. »Ein Ihlini*qu'mahlin,* Donal, von den Cheysuli in Gang gesetzt.«

Donal schüttelte den Kopf. »Die Prophezeiung sagt *nichts* über eine Auslöschung. Sie spricht von einem Mujhar allen Blutes, der vier kriegführende Reiche und zwei magische Völker vereinen wird. Ist *das* ein so furchtbares Schicksal?«

Tynstar lächelte kurz. »Es bedeutet eine Vermischung von Cheysuli- und Ihliniblut, Donal. Es bedeutet die Vereinnahmung unserer Rassen und ein Zusammenschmelzen der Macht. Keine Unabhängigkeit mehr. Keine … Trennung mehr. Die Ihlini und die Cheysuli werden aussterben. Sie werden jeder im Blut des anderen ertrinken.«

Götter … sagt mir, daß er sich irrt … Donal fühlte sich, als sei er sein ganzes Leben lang in Dunkelheit gewandelt. Blind. Taub. Stumm. Und doch konnte er jetzt sehen und hören und sprechen. Tynstar hatte ihm das Seh- und Hörvermögen gegeben: Tynstar hatte seine Zunge gelockert.

Aber er sprach nicht. Er hob das Schwert und schleuderte es dem Bild entgegen, als sei die Klinge ein Speer.

Der Rubin entflammte eine Spur rötlichen Feuers,

während das Schwert im Bogen auf Tynstars Feuersäule niedersank. Das Schwert fiel herab und schnitt das Feuer wie eine Sense. Eine beringte Hand schoß aufwärts und wehrte es ab. Es fiel mit der Spitze voran herab und blieb im Boden stecken. Dort stand es, in Flammen gehüllt, wie das Kopfstück eines Grabes.

»Nein …« Finn ergriff Donals Arm, als er blind losstürzen wollte.

»Warte …« flüsterte Carillon.

Der Rubin flackerte. Tynstar griff lächelnd abwärts und berührte mit einem Finger den Stein. Er flackerte erneut auf. Dann wurde er schwarz.

Tynstar lachte. »Soll ich ihn zu *meinem* machen? Ich muß nur meine Hand um das Heft schließen. Ich werde das Schwert in meine Hände nehmen und die schimmernde Klinge liebkosen … bis die Runen fortgewischt sind. Und dann wird Hales Schwert nichts anderes mehr sein als ein Schwert, für irgendeinen Mann gedacht, vielleicht sogar für einen gewöhnlichen Krieger.« Er griff danach, drohte lässig. Ein Finger berührte das Schwert, dann ein weiterer, die Handfläche glitt abwärts, um sich um das Heft zu legen.

»Nein«, schrie Donal.

Und dann, als Tynstar gerade die Hand um das Heft schließen wollte, flammte der Rubin erneut auf.

Der Ihlini schrie. Er riß die Hand sofort zurück. Donal hörte seinen zischenden Atem.

Aber er streckte die Hand erneut aus. Er hob sie an. Hielt inne. Dachte nach. Der Silberring blinkte in den magischen Flammen.

Tynstar malte eine Rune in die Luft und zerteilte die Dunkelheit.

Kapitel Neunzehn

Mylord ... *Mylord* ...« Hände ergriffen seine Schultern, drängten ihn aufzustehen. Donal, den Geschmack von Schmutz und Flammen im Mund, erkannte, daß es Sef war.

»Mylord ... *bitte* ... seid Ihr verletzt?«

Er dachte, daß er vielleicht tatsächlich verletzt sei. Sein Kopf war von einer von farbigem Licht gesäumten Dunkelheit erfüllt. Sefs Stimme klang weit entfernt, verschwommen, durch das Summen in Donals Ohren verzerrt. Sogar die Hände an seiner Kleidung schienen unwirklich.

»Mylord!« rief Sef verzweifelt. »Bitte ... steht *auf* ...«

Donal rollte sich langsam auf die Seite und stemmte sich dann hoch. Er lag auf einer Hüfte und war auf einen starren Arm aufgestützt. Er blinzelte gegen die Helligkeit in seinem Kopf an und versuchte, Sefs Gesicht zu sehen.

Plötzlich erinnerte er sich daran, was seinen gegenwärtigen Zustand verursacht hatte. Er fuhr herum und zog die Beine unter sich, als wollte er aufspringen. Er preßte gespreizte Finger auf den Boden. Die andere Hand zog das Langmesser an seinem Gürtel halb heraus.

Aber es war kein Feind da. Nur ein verkohlter Fleck rauchender Erde und das Schwert waren an der Stelle zu sehen, wo Tynstar gestanden hatte.

Das Schwert. Es stand noch immer aufrecht, wenn auch leicht geneigt. Es steckte in der Erde, aus der es seine Kraft bezog. Der Mond, der wieder klar und nicht mehr verdunkelt war, überflutete den Hügelkamm mit silbrigem Licht. Die runenversehene Klinge schimmerte mit unheimlicher Lumineszenz. Der in seine goldenen Zacken eingelassene Rubin bildete ein karmesinrotes Fanal in der Nacht.

»Mylord?« flüsterte Sef.

Donal kam aus seiner kauernden Haltung hervor. Er stand langsam auf und war sich einer schwachen, kribbelnden Taubheit in seinen Knochen bewußt. Aber er näherte sich nicht dem Schwert. Er suchte statt dessen die anderen.

Lorn stand nur zwei oder drei Schritte von ihm entfernt, die Beine gespreizt, während er sein Fell von Schmutz und Dreck freischüttelte. Taj zog in der Luft noch immer seine Kreise. Evan saß aufrecht, spuckte Staub aus und murmelte etwas von Lodhi und von Magiern. Finn stand gleichzeitig mit Donal auf. Er ging sofort zu Carillon und streckte ihm gerade in dem Augenblick eine Hand entgegen, als Rowan kam.

»Carillon …!« In dem dringenden Bedürfnis, sich Carillons Gesundheit zu versichern, stieß Rowan Finn fast mit der Schulter zur Seite. »Mylord?«

Finn wich nicht. Sein völliges Schweigen übertrug sich auf Rowan, der – nachdem er sich hilfreich zu Carillon hinabgebeugt hatte – verwirrt und ungeduldig zu ihm hochschaute.

Sie beobachteten beide, wie Carillon sich aufsetzte und seine Kleidung abklopfte. Donal bemerkte ihre besondere Ähnlichkeit. Das Mondlicht verwischte die Unterschiede ihrer Gesichter. Alle Cheysuli ähnelten einander, aber einige ähnelten einander mehr als andere.

Sie sind sich nicht nur im Aussehen ähnlich, dachte Donal. *Beide dienen dem Mujhar. Finn hat vielleicht seinen Rang als Carillons Gefolgsmann aufgegeben, aber er ist ihm noch immer treu ergeben.*

Er sah kurzzeitig in Rowans Augen Gier aufblitzen. Nein, er hatte Finns Platz nicht eingenommen, als der Schwur gebrochen wurde, niemand konnte das tun. Aber er hatte einen neuen Platz an Carillons Seite geschaffen, und Donal wußte, daß er unentbehrlich war. In Finns Anwesenheit würde es Rowan schwerfallen, nachzugeben.

»Helft mir hier hoch!« sagte Carillon gereizt und ergriff Rowans ausgestreckte Hand. Donal merkte, daß Finn erst ganz still blieb und dann einen Schritt zurücktrat.

Er gibt den Dienst erneut auf... Donal sah den Schmerz tief in Carillons Gesicht eingegraben. Er sah die angespannte Starre seines Gesichtsausdrucks und die feste Anspannung seines Kinns. Sein Gesicht war ascheverschmiert, genau wie Donals und das jedes anderen. Feuchtigkeit schimmerte auf Carillons Stirn, und Donal erkannte, daß es der Schweiß unerträglicher Schmerzen war.

Und doch erträgt er sie... Donal trat sofort zu ihm. »Mylord... Carillon... wie geht es dir?«

Rowans Gesichtsausdruck spiegelte seine Gier kurzzeitig wider. »Wie es ihm geht? *Seht* ihn Euch *an*, Donal! Wie würde es *Euch* nach dem, was Tynstar getan hat, gehen?«

»Das reicht«, brachte Carillon heiser hervor. Er stand fast aufrecht, als sie sich um ihn herumstellten, und ließ seinem Schmerz keine Gelegenheit, ihn völlig zu lähmen. Eine Hand ruhte fast beschwichtigend auf Rowans Schulter. Donal sah, daß die Sehnen an Carillons Hand stark hervortraten und erkannte, daß er die Schulter zur Unterstützung ergriffen hatte. »Tynstar ist... fort. Wir sollten auch gehen, von diesem Hügel herab und zu unseren Zelten. Morgen werden wir zweifellos von den Solindern auf die Probe gestellt.«

»Er wollte uns töten«, sagte Donal. »Wer weiß, ob er es nicht wieder versuchen wird.«

Carillons Augen spiegelten die Spuren der Anstrengung wider. »Das war kein Versuch, uns zu töten. Das war seine Art des Abschiednehmens. Er hätte zweifellos *versuchen* können, uns zu töten, aber das Schwert hat es verhindert.« Sein Gesicht verzerrte sich, während er das schimmernde Schwert betrachtete. »Hales Klinge beginnt, ihrem Meister zu dienen.«

Donal erschauderte. »Nein. Dieses Schwert gehört *dir*.«

Sef, der zwischen Donal und Evan stand, wandte den Kopf und sah hin. »*Dies* ist das magische Schwert?«

Donal betrachtete ihn scharf. »Was sagst du da, Sef?«

Der Junge zuckte die Achseln. »Ich ... ich habe gehört, daß es magisch sei. In Homana-Mujhar wird eine Geschichte erzählt, daß es Euer Schwert sein wird, wenn es ...«

»Das genügt!« Donal unterbrach ihn mit der barschen Cheysuligeste. »Du kannst deine Zeit besser verbringen, als damit, Geschichten zu lauschen. Lauf los, Sef ... geh zum Lager zurück. Gibt es dort nichts für dich zu tun?«

Der Junge errötete. Einen Augenblick war seine Lebhaftigkeit gedämpft, aber dann kehrte sie in vollem Ausmaß zurück. Er warf mit seinen seltsamen, unheimlichen Augen einen kurzen Blick auf den Mujhar und sah dann Donal an. »Aber es wird erzählt, das Schwert sei für *Euch* gefertigt worden.«

Donals Knochen kribbelten. Sein Kopf schmerzte. Er schaute mit Augen, die von Rauch und Flammen brannten, zu Sef. Er deutete auf das Schwert. »Dann geh und hole es, Sef, und erkenne, welchen Unsinn du redest.«

Sef schrak zurück. »Nein! *Ich* kann es nicht berühren!«

»Sei kein Narr, Sef.« Donal, der noch immer etwas verwirrt war, spürte, daß er seine Geduld verlor. »Was sollte dich davon abhalten, das Schwert zu berühren?«

»Es ... es könnte mich aufhalten.« Er zuckte die Achseln. »Irgendwie. Es *könnte* es vielleicht tun. Ihr könnt nicht wissen, ob es das nicht vielleicht *tatsächlich* tut.« Er betrachtete verstohlen das Schwert. »Es ist ein magisches Schwert, Mylord. Es ist nicht für einen Jungen wie *mich* gedacht.«

»Donal.« Carillons Stimme im Befehlston. »Hole das

Schwert selbst. Ich will mit Tynstar und seinen Tricks keine Zeit mehr verschwenden.«

Der Mujhar wandte sich ab. Mit Rowans Hilfe schritt er vom Kamm des versengten Hügels hinab und durch sein versammeltes Heer, während er beruhigend auf die Männer einsprach. Finn und Evan erschienen in Silhouetten vor dem nur vom Mondlicht erleuchteten Horizont. Lorn wartete ebenfalls, und auch Taj, der noch immer am Himmel schwebte.

Donal wandte sich von Sef ab, um das Schwert zu holen. Die Klinge war halb in der verkohlten Erde verborgen. Er griff hinab, umfaßte das Heft und zog daran.

Sofort spürte er das lebendige Summen in Knochen und Muskeln, das Versprechen von Macht und Stärke. *Götter … ist es das, was Carillon all diese Jahre bei Kräften gehalten hat, während sein Körper verfiel? Ein Schwert …?*

Er zog es aus der Erde heraus. Die Klinge war vollkommen sauber, unbefleckt von Asche oder Schmutz. Die Runen schienen sich auf dem Stahl zu winden.

Sefs blasses Gesicht wirkte in der silbrigen Dunkelheit fast durchscheinend. »Hales Schwert«, sagte er, »ist nicht für jemanden wie mich gedacht.«

»Dieses Schwert«, sagte Donal freimütig, »ist für jedermann gedacht, der es führen kann.«

»So?« Finns Stimme klang leicht spöttisch. »Hat es uns darum vor Tynstar beschützt?«

Evan schüttelte den Kopf. »In Ellas bleibt Magie auf solche Dinge wie einfache Tricks und Tränke oder auf die Harfenisten Lodhis beschränkt. Ihr habt Lachlans Macht erlebt. Aber … ich habe noch niemals *so* etwas erlebt.«

Donal schaute auf das Schwert hinab. Das Heft lag warm in seiner Hand. Der Rubin glühte hellrot. »Ich auch nicht.« Er konnte das Schwert nicht länger leugnen. Und so wandte er sich um und verließ den Hügel.

Das Zelt enthielt zwei Betten, zwei Stühle, einen Sessel und einen kleinen dreibeinigen Tisch. Dreifüßige Kohlenpfannen standen in zwei der Ecken. Der Stoff des Zeltes war hell safranfarben. Der auf den Seitenwänden tanzende Kerzenschein malte das Innere brennend golden, hell creme- und elfenbeinfarben. Es erinnerte Donal an den Schoß der Erde mit all seinen Marmor*lirs*.

Er saß im Sessel. Lorn lag neben ihm und schaute mit schläfrigem Blick in die dicken weißen Kerzen. Taj hockte unsicher auf der Lehne von Donals Sessel. Donal konnte das peinlich genau gehaltene Gleichgewicht des Falken spüren. Vor ihm stand der Tisch, und auf dem von Messerscharten übersäten Holz lag das Schwert. Der Rubin glühte nicht mehr, aber er war auch nicht schwarz. Er zeigte das üppige Blutrot eines Cheysulirubins, nicht mehr und nicht weniger ... und dennoch war er voller Bedeutung.

»Bei den Stämmen heißt es, daß ein von den Cheysuli gestaltetes Schwert ein Eigenleben entwickelt, wenn es seinen richtigen Herrn findet. Ich habe gehört, daß aufgrund all der Legenden weitere Schwerter für fremde Könige und Prinzen gestaltet wurden ... aber dieses ... *dieses* hat Hale für Shaine gemacht. Ich kenne die Geschichte. Shaine gab es Carillon, als er Prinz von Homana wurde ... es war viele Jahre lang seine Waffe. Es ist ein Teil der Erzählungen, die über ihn im Umlauf sind. Und jetzt überläßt er es mir und sagt, es sei meines ...«

Evan, der sich bequem auf einem Bett niedergelassen hatte, zuckte die Achseln. Er hielt einen Becher mit Wein in der Hand. »Vielleicht ist es so. Ist das so wichtig?«

»Ja. Cheysuli gebrauchen keine Schwerter.«

Evan schnaubte. »Warum werden sie dann *gestaltet?*«

»Wir tun es jetzt nicht mehr. Seit das *Qu'mahlin* befohlen wurde, fertigten wir keine Waffen mehr an, mit denen sich die Homaner hätten bewaffnen können.« Er runzelte die Stirn. »Wenn … *wenn* es stimmt, daß Hale dieses Schwert für mich gestaltet hat … *warum* hat er es getan? Ich bin ein Cheysuli.«

»Und auch zum Teil Homaner, nicht wahr?«

Donal regte sich in seinem Sessel und scheuchte damit den Falken auf. Taj rügte ihn sanft. »Ja«, sagte er grimmig. »Aber kein Teil von mir will dieses Schwert.«

»Und wenn Carillon es Euch überläßt?«

»Ich werde es nicht gebrauchen«, erklärte Donal. »Ich werde niemals damit kämpfen. Ich habe mein Messer, meinen Bogen … sogar die *Lir*gestalt. Warum sollte ich ein Schwert wollen?«

Evan lächelte. »Nur weil Ihr es nicht wollt, bedeutet das doch nicht, daß es nicht für Euch *gedacht* ist.«

Donal lächelte verzerrt. »Ihr klingt fast wie ein Krieger, der sein *Tahlmorra* bespricht.«

Evan trank etwas und richtete sich dann weiter auf. »Nun, jeder Mensch hat ein Schicksal. Einige Menschen gestalten ihres. Ich bin vielleicht kein Cheysuli, aber ich bin ein Sohn Lodhis … auch wenn es nicht so scheint.«

»Der Allvater«, sagte Donal. »Stimmt es, daß ihr Ellasier glaubt, er hätte euch *alle* gezeugt?«

»Nun, er hat nicht wirklich mit meiner Mutter geschlafen, wenn Ihr *das* meint.« Evan grinste und trank erneut einen Schluck Wein. »Aber ja, es stimmt. Er hat es getan. Versteht Ihr, Lodhi hat mit einer einzigen sterblichen Frau geschlafen, und aus dieser Verbindung entsprang Ellas.«

Donal, dessen Neugier versiegte, betrachtete erneut das Schwert. Er rieb sich abwesend das Kinn. »Dieses Schwert gehört Carillon …« Plötzlich stand er auf. Er riß das Schwert hoch und verließ das Zelt, wobei er Sefs bestürzte Frage überhörte, die der Junge stellte, während er sich von seiner Matte außerhalb des Zelteingangs erhob. Donal übersah jedermann, während er durch das Lager schritt. Er dachte nur an seine Aufgabe.

Carillons karmesinrotes Zelt stand abseits von den

anderen. Große hölzerne Stabfackeln waren rund um das Zelt in die Erde gesteckt worden und beleuchteten es. Schatten flackerten über den karmesinroten Stoff. Donal sah, daß keine Wächter aufgestellt worden waren.

Keine Wächter ...?

Und dann hörte er den bestürzten Schmerzensschrei des Mujhar.

Donal lief los. Er spürte, daß das Heft des Schwertes jetzt noch bequemer in seiner Hand lag. Seine Finger fanden Wulste, in die seine Knochen genau hineinpaßten, und der Platz daneben war für seine andere Hand gedacht. Das Metall fühlte sich warm und lebendig an. Er konnte die Macht aufkommen spüren. Sie durchströmte seinen Körper und breitete sich aus, um jeden Zentimeter seines Knochenmarks auszufüllen. Er *wollte* fast kämpfen.

Mit seiner freien Hand zog er den karmesinroten Zelteingang beiseite. Dieser fiel sofort wieder herab, sank unfehlbar auf das Heft und umhüllte das Gold. Er spürte, wie sich die Klinge hob, hob, unglaublich leicht in seinen Händen und doch auch vollkommen ausgewogen. Das Schwert war ein Teil seines Körpers, die Ergänzung seiner Hände, seiner Arme, seines Geistes ...

»Nein!« schrie er, als er den Mann sah, der sich über Carillons auf dem Bett liegenden Körper beugte.

Das Kerzenlicht wurde von der Klinge gespiegelt. Es traf den Mann mitten ins Gesicht, als er sich umwandte. Donal sah einen Hauch von Gold und Schwarz und Bronzefarben. Und Augen. Gelbe Augen, die Donal ebenfalls ansahen.

Das Schwert schwankte. Donals Arme sanken herab. Er ließ das Gewicht sinken, löste die linke Hand, so daß das Schwert locker in seiner rechten Hand lag. »Bei den Göttern, *Su'fali* ... Ich hätte dich töten können ...«

»Und du hättest es später gewiß bedauert.« Finn richtete sich auf. Seine Hände waren leer. Aber er stand neben Carillons Bett, und der Mujhar war zweifellos ohne Bewußtsein.

»Was tust du?« fragte Donal beunruhigt. »Was fehlt Carillon?« Er trat näher an das Bett heran, die Finger um das Schwertheft gekrampft. »Götter … er ist doch nicht *tot* …«

»Nein.« Finn betrachtete das gelöste Gesicht des Mujhar. »Nein, noch nicht.«

»Noch nicht?« Donal blieb neben dem Bett stehen, aber er sah Carillon nicht an. Er betrachtete statt dessen Finn. »Du meinst nicht …«

»… ich meine, daß er nur noch wenig Zeit hat«, sagte Finn tonlos. »Bist du blind, Donal, daß du sagen willst, du wüßtest das nicht?«

»Aber … er ist so stark …« Donal hob seine linke, leere Hand an und ließ sie wieder fallen. »Er *regiert* …«

»Es ist gestohlene Zeit«, sagte Finn, und seine Stimme war ein wenig rauher geworden. »Tynstar hat sie ihm genommen … ich habe sie zurückgestohlen. Ein wenig. Nicht genug. Aber – wie bei allen Dingen – muß auch hier der Preis bezahlt werden.« Er betrachtete Carillon. »Donal, bist du bereit, Mujhar zu werden?«

»Nein!« brach es sofort aus ihm heraus. »Nein, *Su'fali* – nein.«

»Hast du nichts von Carillon gelernt?«

Schließlich betrachtete Donal ebenfalls den Mann, der Homana regierte. Er sah die Flammen sein Gesicht überziehen und die schlaffe Haut. Er sah, daß jegliche Kraft fehlte, die seinen Körper gestärkt hatte. Der Bart war grau und dünn geworden, so daß die Kinnlinie gut sichtbar war. Das Haar verbarg die Zerbrechlichkeit seiner Schläfen nicht mehr, denn es war aus dem Gesicht zurückgewichen. Donal sah die durch das Alter verursachten Höhlungen, die hervorstehenden Venenstränge, den hervorspringenden Nasenknochen deutlich.

Aber nicht das Gesicht löste bei Donal Entsetzen aus. Das Leder war es, um Carillons nackten Körper gewickelt. Starres, verflochtenes Leder, das sein Rückgrat vollkommen gerade hielt, fast zu gerade. Riemen verliefen zu beiden Schultern. Die Lederarmschutze, die Donal immer nur für Stulpen gehalten hatte, die ein wenig Unterstützung boten, waren mit Metall verstärkt.

»Er ließ sie schon vor Jahren anfertigen, als die Krankheit sein Rückgrat und seine Schultern zu verkrümmen begann.« Finns Stimme klang ausdruckslos. »Das ermöglicht es ihm, die Ähnlichkeit mit einem Menschen anstatt mit einem zerstörten Baum zu bewahren. Es ermöglicht es ihm, das Schwert zu halten, das du gerade zurückgebracht hast.«

Er stirbt. Jetzt erkenne ich es… »Götter!« flüsterte Donal. »O *Su'fali*… sag, daß es nicht wahr ist.«

»Ich will dich nicht belügen.«

Donal spürte, wie sich sein Magen qualvoll zusammenzog und in seine Brust und Kehle aufstieg. »Kannst du *nichts* tun?«

»Ich habe es bereits getan.« Einen Augenblick klang seine Stimme unsicher, wenn sie auch fest blieb. »Ich habe ihm *Tetsu*wurzeln gegeben.«

Donal erbleichte. »*Wieviel?*«

Finn lächelte bitter. »Genug um etwas zu bewirken. Und es hat gewirkt. Es geht ihm seit der Hochzeit… besser.«

Donal spürte ein Frösteln. »*Su'fali*… die *Tetsu*wurzel ist tödlich.«

»Das Alter ebenfalls.« Finn betrachtete Carillons bewußtlosen Körper. »Es war seine Wahl, Donal. Ich habe ihn nicht dazu gezwungen. Ich habe das Mittel nicht heimlich in seinen Wein gegeben. Ich habe ihm einfach von *Tetsu* erzählt und was es für ihn tun könnte. Er sagte, er würde das Wagnis auf sich nehmen.«

»Wagnis? Es gibt kein Wagnis! *Tetsu* ist stets tödlich.« Donal machte erneut eine leere Geste. »Hast du jemals einen Menschen gesehen, der wieder davon gelassen hat, nachdem er es regelmäßig zu trinken begann? *Ich* nicht. Jeder Krieger, den es danach verlangt, hat es erst einmal genommen, dann ein zweites Mal, und nur zu bald gibt es kein Halten mehr, solange nicht, bis die Wurzel tötet. Bei den Göttern, *Su'fali*, du hast ihn dem Tod übergeben!«

»Ich habe einen Teil seiner Schmerzen gelindert«, erklärte Finn. »Ich konnte nicht mehr für ihn tun.«

Donal sah den Mujhar an. Aller Kummer wallte in ihm auf und ließ ihn sich hilflos fühlen. Carillon starb schneller, als es natürlich war. Tynstar hatte dafür gesorgt. Aber Finn hatte den Tod als letzten schmutzigen Dienst eines treuen Gefolgsmanns noch stärker beschleunigt.

»Wie lange noch?« flüsterte er.

»Einen Monat. Zwei. Vielleicht noch ein wenig länger.« Finn betrachtete seinen Freund. »Was Tynstar heute abend getan hat, hat einen großen Teil von Carillons Abwehrkräften zerstört. Er hatte den Willen, sich von der Krankheit oder den Wurzeln nicht unterkriegen zu lassen. Aber jetzt ... geht seine Zeit zu Ende.«

Donal versuchte den Druck in seiner Kehle hinunterzuschlucken. »Weiß ... weiß er es?«

»Er weiß es.«

Donal schaute hinab. Er konnte vor seinem Onkel nicht weinen, der dafür auch kein Verständnis haben würde. Statt dessen betrachtete er angestrengt das Schwert. Der Rubin glühte in seinen Händen, fing das Kerzenlicht ein. Der wilde Löwe schien sich auf dem Heft zu bewegen.

»Sage ihm nicht, daß ich es weiß«, bat er mit kaum hörbarer Stimme. »Sage ihm nicht, daß ich gekommen bin.« Er hielt Finn stumm die Klinge entgegen. »Sage ihm, daß ich einen Diener mit dem Schwert geschickt habe.«

Finn nahm die Waffe entgegen. *»Ja'hai«,* sagte er. *»Ja'hai, Cheysu, Mujhar.«*

»Noch nicht«, erwiderte Donal. »O nein … noch nicht. Nicht solange Carillon noch atmet.«

»Er wird noch eine Weile länger atmen«, sagte Finn, »aber eines Tages wird er damit aufhören. Und der Thron wird dein sein.«

»*Su'fali* … nicht.«

»Was nicht? Soll ich die Wahrheit nicht aussprechen?« Finn blieb ernst. »Du wirst ihn annehmen müssen, Donal. Du wurdest dafür geboren.«

Donal betrachtete noch einmal Carillon. Und dann wandte er sich ab.

Kapitel Zwanzig

Donal keuchte unter der Wucht der aufeinanderprallenden Körper. Der solindische Krieger drückte ihn stärker nieder, als er erwartet hatte. Er schlug zurück, indem er einen Unterarm gegen das Schwertheft des Mannes stieß und die Klinge damit abwehrte. Die Spitze des Schwertes zögerte, schwebte kurz in der Luft und kam dann auf seine Rippen zu. Er wich aus, drehte sich in der Hüfte und umfaßte das Langmesser in seiner rechten Hand fester.

Er stieß zu. Die Spitze traf auf den Leder- und Kettenpanzer und verfing sich in den verknüpften Eisenringen. Die Klinge kratzte daran entlang, ein Kreischen klirrenden Protests. Donal befreite sie und stieß erneut zu, jetzt aufwärts, unter den Arm des Solinders. Er wollte die ungeschützte Haut der Achselhöhle treffen.

Die Lücke … da!

Die Klinge glitt hinein. Er spürte sie auf Leder treffen, sich verlangsamen, dann tiefer in die Haut schneiden, wo es weniger Widerstand gab. Die gesamte Länge der Klinge sank hinein, und Donal drehte sich.

Der solindische Krieger schrie auf. Sein Schwert schwankte in seiner Hand und entfiel ihm dann ganz. Blut strömte, floß an seiner Seite hinab und färbte den Kettenpanzer rot. Donal spürte die warme Flüssigkeit über seine Hand und seinen Arm fließen und den Ellbogen hinabtropfen.

Als der Mann zusammenbrach, fiel auch das Messer herab. Das Heft entglitt Donals blutverschmierter Hand. Er beugte sich, um die Waffe wieder aufzunehmen. Als er das Heft erneut ergriff, hörte er Evans Warnruf.

»Donal! *Paßt auf das Schwert auf!*«

Er fiel auf ein Knie und duckte sich sofort. Das Pfeifen einer Klinge neben seinem Ohr bewies ihm, wie nahe er daran gewesen war, seinen Kopf zu verlieren. Durch eine Drehbewegung konnte er das Messer endlich freibekommen. Er fuhr auf einem Knie herum, kam zum Angriff hoch und glitt unter dem weit schwingenden Schwert hindurch. Er ergriff mit einer Hand das Gelenk des Kriegers, die andere stieß erneut mit dem Cheysulilangmesser zu.

Die Klinge traf wieder auf den Kettenpanzer. Donal versuchte sich, innerlich fluchend, zurückzuziehen und erneut zuzustoßen. Aber der Mann hob ein Knie, um es ihm in die Eingeweide zu rammen.

Donal drehte sich und fing den Stoß mit dem Oberschenkel ab. Er brummte, als die Wucht des Stoßes ihn fast umwarf. Er hielt grimmig stand und brachte dem Solinder einen tückischen Messerstreich bei. Der Schwertkämpfer hatte eine größere Reichweite, aber Donals Manöver kam für ihn zu überraschend. Er sprang sofort zurück und entließ Donal somit aus der Reichweite des Schwertes.

Donal wich zurück. Zuerst einen Schritt, dann einen weiteren. Und dann, als der Krieger sich bereitmachte, ihm zu folgen, drehte er das Messer in seiner Hand und schleuderte es dem Mann mit einer kurzen Bewegung seines Handgelenks entgegen, wodurch es durch den harten Lederkragen in die Haut eindrang.

Er wandte sich um. Evan hatte sich, wie er sah, um noch einen weiteren Krieger gekümmert. Das Feld war von Männern übersät: Homaner, Cheysuli, Solinder. Er erkannte die Stammesangehörigen an ihrem *Lir*gold und den gelben Augen. Die Homaner und Solinder konnte er nur durch die Wappen auf ihren Tuniken auseinanderhalten. Mitten im Kampf sah ein grimmig blutbeschmiertes Gesicht dem anderen sehr ähnlich.

Er sah aus dem Augenwinkel stumpfes Gold aufblitzen und Federn im Flug verschwimmen. Taj schnitt im

Sturzflug durch die Luft. Donal beobachtete, welches Ziel er sich wählte: den Schwertkämpfer, der Evan gegenüberstand. Der auf seine ellasische Beute versessene Solinder bemerkte den Vogel nicht. Taj schloß seine Krallen um die Lederhandschuhe und zerriß sie mit der darunterliegenden Haut und den Muskeln.

»Hah!« schrie Evan, während der Mann rückwärts stolperte und das Schwert seinen verletzten Händen entfiel. »Ich danke Euch, Donal!«

»Das war nicht mein Werk«, erwiderte Donal. Aber die Unterhaltung konnte nicht fortgeführt werden. Ein sterbender Solinder, der zu Donals Füßen fiel, führte einen letzten Schlag aus. Die Messerklinge blitzte im Nachmittagssonnenlicht auf, die Spitze durchstieß das Leder von Donals linkem Stiefel und durchschnitt die Haut bis auf den Knochen. Donal stolperte zurück und entwand sich dem Messer. Im gleichen Augenblick erkannte er, daß er den größten Teil seiner Beweglichkeit eingebüßt hatte.

Er sprang erneut zurück, um das verletzte Bein zu schonen. Flüche erfüllten seinen Geist – und Mund. Er biß die Zähne zusammen und hüpfte von dem sterbenden Mann fort.

Lir, erklang es von Lorn, der ihn seitlich stützte. *Lir, hole Hilfe.*

Noch nicht, antwortete er und überprüfte das Bein. *Ich kann noch immer recht gut stehen.*

Er steckte das blutige Messer in die Scheide zurück. Dann band er schnell seinen wuchtigen Cheysulibogen los, zog einen Pfeil aus dem Köcher und legte ihn ein, während er sein Ziel wählte. Aber gerade als er den Bogen anhob, bereit den Pfeil zu schießen, roch er den Gestank der Magie.

Tynstar ...? fragte er sich unbestimmt.

Aber es waren keine Anzeichen von Ihlini zu erkennen gewesen, seit der Kampf begonnen hatte.

Nebel. Streifenförmiger, lilafarbener Nebel trieb am

Boden entlang. Und dann verdickte sich der Nebel fast augenblicklich. Streckte sich aus. Verschlang das Feld.

Er konnte nichts mehr sehen. Seine Augen waren dunsterfüllt. Der Dunst roch schwer und süß und eklig und belegte seine Zunge. Er beugte sich nieder, um ihn auszuspucken. Feuchte übelriechende Arme schienen sich um seinen Hals zu legen und Finger in seine Ohren zu stecken. Er fror, fühlte sich naß und auf betäubende Art von dem Geruch geschwächt.

»Donal! *Lodhi* … es sind *Dämonen* …«

Das war Evans entsetzte Stimme. Donal wandte sich um, hinkte auf einem Bein voran und versuchte seinen Freund auszumachen. Aber der Dunst war wie Lehm und verklebte seine Augen. Sie brannten. Sie tränten. Er fluchte.

Lirs? Lirs …?

Hier. Lorns Stimme klang weit entfernt, vom Nebel verschluckt. *Lir … dies ist das Werk des Ihlini.*

Donal legte Pfeil und Bogen ab. Sie konnten ihm jetzt auch nicht mehr helfen. *Taj?* fragte er.

Über dir, antwortete der Falke. *Lir … der Nebel ist überall … ich kann den Himmel nicht sehen …*

»Evan!« rief Donal. *»Sagt mir, wo Ihr seid!«*

Es kam keine Antwort. Donal konnte in den Tiefen des schweren Nebels andere Stimmen hören, alle gedämpft, alle unverständlich. Aber der jeweilige Tonfall erklang nur zu deutlich. Es war Angst, Entsetzen, blindes, unvernünftiges Entsetzen.

»Evan!«

»Dämonen!« rief Evan. Und dann schrie der Ellasier auf.

Lirs, geht zu Evan, befahl Donal und hinkte durch den erstickenden Dunst voran.

Ich kann nicht einmal dich finden, erwiderte Lorn. Aber dann sprang der Wolf durch den Nebel, eine mächtige, rötliche Gestalt in allgegenwärtiger lilafarbener Umhüllung. *Lir, du hinkst.*

Ja, bestätigte Donal. Er fühlte sich mit der Wärme des Wolfes an seiner Seite sicherer. *Götter … wo ist Evan?*

Hier, sagte Taj. *Sieben Schritte nach rechts.*

Sieben Schritte. Donal hinkte voran. Er brauchte mehr als sieben Schritte, aber dann sah er den Körper mit dem Bauch nach unten auf dem Boden ausgestreckt daliegen.

»Evan!« Angst durchdrang ihn. Er fiel auf beide Knie, mißachtete den Schmerz in seinem Bein und legte eine Hand auf Evans Schulter.

Der ellasische Prinz stand krampfartig hustend auf. Seine blauen Augen lagen groß in einem blassen Gesicht und sein Mund war vor Angst weit geöffnet. Aber er hatte ein Messer in der Hand – und stieß fast damit zu.

Donal wich zurück, fiel auf den Boden. »Evan … *wartet* …«

Evan atmete rasselnd. Er stellte sich aufrecht, die Beine gespreizt, aber er schwankte. »Donal?« Er spähte unsicher zu ihm hin. »Lodhi … seid *Ihr* es?«

»Ja«, bestätigte Donal. Im Sitzen fühlte er sich wohler als im Stehen. »Von welchen Dämonen habt Ihr gesprochen?«

Das Messer zitterte ein wenig. »Da war einer. Es war einer da. Er kam aus dem Nebel auf mich zu … *Lodhi*! Welch ein entsetzliches, scheußlich *stinkendes* Etwas das war! Es hatte keinen Mund … keine Augen … ein schleimiges, verfaultes, verzerrtes, mit *Tentakeln* versehenes Etwas …« Evan erschauderte. »Es wickelte sich um meinen Kopf und hätte mich beinahe erstickt …« Er wandte den Kopf und spie auf den Boden. »*Lodhi* … ich kann das entsetzliche Wesen noch immer *schmecken!*«

»Aber jetzt ist es fort?« Donal hatte nichts gesehen. Er hielt es für wahrscheinlich, daß die Dämonen ein von dem Ihlini heraufbeschworenes Bild für Feinde darboten, die keine Cheysuli waren.

Evan atmete tief ein, um sich zu beruhigen. »Es ist fort. Ich dachte, als Ihr mich berührtet … ich dachte, es wäre zurückgekommen. Aber jetzt klärt sich der Nebel sogar.« Evan schaute zu Donal hinab. »Ihr seid verletzt.«

Donal betrachtete das zerrissene, blutige Leder seines Stiefels. »Ein Schnitt. Nicht mehr.«

Evan kniete sich hin, steckte sein Messer fort und schälte das Leder zurück. Ein tiefer, sauberer Schnitt war in der Haut über Donals Schienbein, nicht weit vom Knöchel entfernt, zu sehen. »Bis auf den Knochen und weiter. Ihr habt Glück, daß der Knochen noch heil ist.« Er streckte die Hand aus und ergriff Donals Ellbogen. »Steht auf. Ich werde Euch zum Zelt des Arztes bringen.«

Donal schaute sich um, rang um sein Gleichgewicht. »Der Kampf scheint zu Ende zu sein. Ich sehe, daß sich beide Seiten zurückziehen.«

»Aber ich wette, es hat keinen Sieg gegeben.« Evan stützte Donal beim Weitergehen. »Wie lange wird dieser solindische Wahnsinn noch anhalten?«

»Wir haben in zwei Monaten noch nichts erreicht«, sagte Donal. »Keine Seite hat gesiegt. Wer weiß, wie lange dies noch dauern wird?«

»Ja«, stimmte Evan ihm grimmig zu, während Lorn Donal folgte. »*Wir* haben die Cheysuli, aber die Solinder haben Tynstar und seine Günstlinge. Die Vorteile sind ausgewogen.«

Donal seufzte und stöhnte, als die Bewegung sein verletztes Bein schmerzte. »Wir *werden* siegen, Evan ... die Götter sind auf unserer Seite.«

Der Ellasier schnaubte. »Ja. Und zweifellos behaupten die Solinder dasselbe ... nur daß *ihre* Götter anders sind.«

Donal knirschte mit den Zähnen. »Wir sollten aufhören, über den Krieg zu reden.«

»Ja!« stimmte Evan ihm zu. »Warum sollten wir vom Krieg sprechen, wenn es *Frauen* auf der Welt gibt?«

Donal mußte trotz seiner Schmerzen lächeln.

Carillon kam herein, als der Heeresarzt den letzten seidenen Knoten der Stiche in Donals Bein zuzog. Donal selbst war zu sehr damit beschäftigt, die Zähne vor Schmerz zusammenzubeißen, um auf den Mujhar zu achten, aber er bemerkte zumindest, daß Carillon hereingekommen war.

»Es ist also nicht so schlimm?« fragte der Mujhar.

Der Arzt schüttelte den Kopf. »Wohl kaum, Mylord. Die Wunde wird ihn ein wenig hemmen, aber sie sollte recht gut verheilen.«

»Gut.« Carillons Körper sperrte den größten Teil des Sonnenlichts vom geöffneten Zelteingang aus. »Es hieß, du hättest fast dein Bein verloren.«

»Nein … obwohl es sich *jetzt* so anfühlt.« Donal sah den Arzt stirnrunzelnd an, während dieser feste Verbände um die Wade anlegte.

»Glaubt Ihr, Ihr werdet eine Krücke brauchen?« fragte Evan ein wenig spöttisch, aber auch besorgt.

Als das Bein verbunden war, schob Donal den Arzt mit gemurmeltem Dank beiseite. Dann blickte er zu Carillon hoch. »Mylord …«

Seine Worte verhallten. Er bemerkte erneut das voranschreitende Altern des Mujhar und wußte inzwischen ja auch, was Finn ihm angetan hatte. Und er wußte von Carillons Einverständnis, dies zuzulassen.

»Ja?« Carillon wartete.

»Nein«, murmelte Donal und schaute fort. »Es ist nichts.«

»Ein Bote!« rief eine Stimme. »Ein Bote für den Mujhar!«

Carillon wandte sich zum Eingang um. »Hier!«

Kurz darauf verbeugte sich ein junger Mann in königlicher Livree vor dem Mujhar. »Mylord … ich bringe Nachrichten für Euch und für den Prinz von Homana.«

Carillon nahm sie entgegen. Er war, genau wie Donal und Evan, offensichtlich erschöpft, und seine Kleidung war zerrissen und blutig. Die Hände waren von dem

Schmutz vom Schweiß und von dem gegerbten Leder, das die Schriftrollen umgab verfärbt, und Donal bemerkte erneut die Armschutze um seine Handgelenke.

»Dies ist deine.« Carillon reichte ihm eine der Schriftrollen.

Donal brach stirnrunzelnd das karmesinrote Siegel. Er las die zwei kurzen Zeilen und die Unterschrift und spürte dann, wie das Bett unter seinem Gewicht schwankte.

Er merkte plötzlich, daß Carillon wissen wollte, was geschehen war. Sein Gesicht mußte gezeigt haben, was er empfand. Als er dazu in der Lage war, schaute Donal auf und begegnete fragenden Blicken. »Aislinn, Mylord. Sie hat einen Sohn verloren.«

Eine Weile stand Carillon regungslos in der Sonne. Aber dann streckte er die Hand aus und nahm Donal das Pergament aus der Hand, wobei er es fast zerriß. Er las die Nachricht und schloß dann die Augen.

Langsam, ganz langsam, zerknüllte er sie mit einer Hand. Das Pergament knisterte in der Stille. Donal sah, wie sich die Finger krampfartig schlossen und wie die schwieligen, schmutzigen Hände das Aussehen des Todes annahmen.

Der Mujhar atmete geräuschvoll aus. Seine Augen waren von stiller Verzweiflung erfüllt, als er sie wieder öffnete. »Es tut mir leid«, sagte er schließlich. »Der Verlust eines ungeborenen Sohnes ...« Er beendete den Satz nicht.

Donal spürte, wie der entfernte Kummer wirklicher wurde. *Ein ungeborener Sohn ...* Es war schon einmal zuvor geschehen, als Sorcha ihr erstes Kind verloren hatte. Ian und Isolde waren sicher auf die Welt gekommen, und er war zufrieden gewesen. Er hatte geglaubt, Aislinn würde ihm ein gesundes Kind gebären. Er hatte einen Verlust nicht in Betracht gezogen. Er hatte nicht daran gedacht, was es bedeutete, einen Erben zu verlieren.

»Mylord ...« Donal brach ab und räusperte sich. »Mylord ... Aislinn sagt, sie habe sich erholt. Sie sagt, es ginge ihr recht gut.«

»Ja. Wofür ich den Göttern danke.« Carillon betrachtete die Schriftrolle. »Vielleicht ist diese auch von Aislinn ... vielleicht wollte sie noch mehr sagen ...« Er brach das Siegel, las die Nachricht und schaute sie dann alle blind an.

»Mylord ...?« Donal wollte fast aufspringen.

Carillon wandte sich von ihnen ab. Er trat in den geöffneten Zelteingang und rief nach Rowan. Bis der Hauptmann eintraf, sagte er überhaupt nichts, und was er dann sagte, klang völlig nüchtern. »Osric«, sagte er deutlich. »Osric von Atvia dringt über den Hafen von Hondarth ins Land ein.«

»Osric!« platzte Donal heraus.

Rowan beachtete ihn kaum. »Er will also nach Mujhara einmarschieren, während wir hier mit Tynstar unsere Zeit vergeuden.«

»Ja.« Carillon seufzte völlig erschöpft. »Wenn wir das eine beschützen wollen, setzen wir das andere aufs Spiel.«

»Es gibt keine andere Möglichkeit«, sagte Rowan tonlos. »Ihr müßt es tun, Mylord.«

Der Mujhar nickte. »Er wurde auf seinem Weg nach Mujhara einen Wochenmarsch von Hondarth entfernt aufgehalten ... unmittelbar diesseits der Sümpfe. Die einheimischen Truppen halten ihm noch stand, aber wie lange noch?«

Rowans Tunika war schmutzig und zerrissen. Der wilde Löwe hing in Fetzen. »Wir sind einen Monatsmarsch von Mujhara entfernt. Osric ist nur einen Wochenmarsch weit von der Stadt. Mylord ... wir müssen *jetzt* aufbrechen.«

»Und werden Solinde dann ganz verlieren.« Carillon knüllte die Nachricht grimmig zusammen. »Das ist vielleicht Tynstars Plan. Kannst du es nicht erkennen,

Rowan? Er schlägt Osric vor, daß der jetzige Zeitpunkt günstig wäre... die Atvianer segeln nach Hondarth, während wir hier mit Tynstar kämpfen. Da kein Heer ihn aufhalten wird, nimmt Osric Hondarth ein und marschiert nach Mujhara. Wenn er die wenigen einheimischen Truppen dort erst überwältigt hat, sind wir zwischen Tynstar und ihm selbst gefangen, eine Made zwischen zwei Steinen.« Er wandte sich zu Donal um. »Erkennst du, was wir tun müssen?«

Donal spürte die Leere in seinem Magen. »Wir müssen sie beide aufhalten... Tynstar genauso wie Osric.«

Evan runzelte die Stirn. »Mylord... wenn Ihr Eure Streitkräfte von Solindc nach Homana verlegtet, würdet ihr dieses Reich dann ganz verlieren?«

»Wenn Tynstar hierbliebe? Natürlich.« Carillon sah Donal an. »Sage mir, was wir tun sollen.«

Donal starrte auf den Erdboden des Krankenzelts. »Wir kämpfen an zwei Fronten, Mylord. Wir teilen das Heer auf.«

»Unsere einzige Chance, und eine verzweifelte noch dazu.« Carillon wandte sich wieder an Rowan. »Sprich mit den anderen Hauptmännern und auch mit den Stammesführern. Wir werden die Hälfte des Heeres hierlassen – ich möchte, daß die Cheysuli die Ihlini hier bekämpfen –, während wir anderen uns um Osric kümmern. Rowan, du wirst mit mir nach Mujhara kommen.« Er warf Donal einen ruhigen Blick zu. »Und du. Aber du wirst nur eine oder zwei Wochen in Mujhara bleiben und dann hierher zurückkehren, um das Heer zu befehligen.«

»Carillon... *nein*...« Das kam von Rowan, gerade als Donal die gleichen Worte aussprechen wollte. »Er hat weder Erfahrung in der Kriegsführung *noch* in der Führung der Männer. Laßt statt dessen *mich* hier.«

»Du kommst mit mir.« Sein Tonfall klang unbeugsam.

»Rowan hat recht.« Donal stieß sich vom Bett hoch und stand auf, wobei er es vermied, seine Schmerzen zu zeigen. »Was weiß ich darüber, wie man Männer im Krieg anführt?«

»Sie sind Veteranen.« Carillons Stimme klang rauh. »Diese Männer brauchen niemanden, der ihnen die Hand hält. Sie werden dich lehren, was du wissen mußt ... es ist an der Zeit, daß du lernst, was ein Krieger lernen muß, um zu überleben ... und auch, um andere am Leben zu erhalten.«

»Warum schickst du mich dann erst nach Mujhara?« fragte Donal. »Warum läßt du mich nicht gleich hier?«

»Weil Aislinn in Mujhara ist.« Carillons Gesicht blieb völlig ausdruckslos. »Es ist schwer, ein Kind zu empfangen, wenn Mann und Frau so weit voneinander entfernt sind.«

»*Bei den Göttern ...*« sagte Donal verzerrt. »Sie hat sich gerade erst erholt! Das ist nicht *anständig* ...«

»Im Krieg ist keine Zeit für Dinge wie *Anständigkeit*«, sagte Carillon offen. »Ich habe einen Erben, du nicht. Es ist unumgänglich, daß du einen Erben zeugst.« Er wandte sich erneut Rowan zu. »Sorge dafür, daß die Hälfte meines Heers am Morgen abmarschbereit ist.«

»Ja, Mylord Mujhar.« Rowan trat zur Seite, als Carillon an ihm vorbeiging.

»Er ist verrückt geworden«, sagte Donal heiser. »Bei den Göttern ... ich glaube, er *ist* ...«

Rowan runzelte die Stirn. »Warum ist es verrückt, zu versuchen, Homana zu halten ... und der Prophezeiung zu dienen?«

»Auf *diese* Art ...?«

»Wenn es nötig ist.« Rowan blieb ernst. »Seid morgen früh zum Abmarsch bereit.«

Die an Solinde angrenzenden Gebiete besaßen nicht die fremdartige Schönheit Homanas. Das Land war flach und eben, und verkümmerte Bäume durchbrachen kaum die gerade Linie des Horizonts. Auf Donal wirkte es, als würde es sich in die Ewigkeit erstrecken.

Ein karger, trostloser Ort … für die Ihlini geeignet.

Er und Carillon ritten dem nach Homana ziehenden Heer ein Stück voraus. Nicht weit, nur gerade außer Sicht, obwohl Rowan Einspruch dagegen erhoben hatte, daß sie keine Eskorte mitnahmen, aber Carillon hatte sich durchgesetzt.

Der Mujhar ritt schweigend voran. Donal, der ihn von der Seite beobachtete, sah, wie die Morgensonne sich in den Silbersträhnen seines Haars spiegelte. Er trug nur wenig Schmuck: einen Ring und eine Kragenspange aus Gold mit Smaragden. Seine Kleidung war sehr einfach: ein Kettenpanzer über einer Halsberge aus gegerbtem Leder, eine schwarze Hose, hohe Stiefel, mit schmalen Stahlrippen verstärkte Armschutze.

Götter, welch ein Mann er ist … und noch immer ein Krieger … hätte ich ihn doch nur gekannt, bevor Tynstar ihm seine Jugend stahl …

Und was werden sie von dir sagen? fragte Taj, der müßig in der Luft schwebte.

Von mir? Donal zog eine Grimasse. *Daß ich Carillon niemals das Wasser reichen könnte.*

Würdest du das wirklich wollen? fragte Lorn, der neben dem Hengst einherlief. *Hat er nicht seinen eigenen Weg in der Welt beschritten … genau wie du selbst es tun wirst?*

Ja. Donal seufzte. *Ich werde rechtzeitig erfahren, was sie sagen. Und vielleicht werden sie nach allem recht behalten.*

Carillon zügelte sein Pferd auf dem Kamm eines Hügels. Er saß stillschweigend da und schaute ostwärts nach Homana. Donal wartete neben ihm ab und hörte das Summen einer Biene in der Luft.

»Ich danke dir, daß du mit mir hierhergekommen bist«, sagte Carillon schließlich. »Du hättest es mir verweigern können.«

»Es *dir* verweigern?«

Carillon rieb sich nachdenklich den Bart. »Ja. Du hättest es mir verweigern können, Donal. Ich habe dir deine Freiheit nicht *ganz* genommen … es scheint nur so.«

Der kastanienbraune Hengst stampfte auf, um eine lästige Fliege einzuschüchtern. Staub stieg auf. Donal roch den stechenden Geruch frisch geknickten Steppengrases. Er stieß sein Pferd wie abwesend mit der Ferse an, rügte den Hengst sanft und drängte ihn stillzustehen. »Es ist … schwer, dir etwas zu verweigern.«

»Und das wollte ich auch.« Carillon schaute ostwärts. »Aber ich kann dir nicht mehr vorschreiben, was du sein sollst, was du sagen sollst, wie du dich verhalten sollst. Ich kann dir keine Fesseln mehr anlegen.« Schließlich sah er Donal an. »Ich habe dich hierhergebracht, um dich um Verzeihung zu bitten.«

Donal starrte ihn stirnrunzelnd an. »Du willst mich um Verzeihung bitten …?«

»Ja«, sagte Carillon leise. »Duncan hat mir einen Klumpen ungeformtes Metall hinterlassen, und ich habe alles getan, ein Schwert daraus zu schmieden … und auch, es meinem Geschmack nach zu härten, denn ich wußte, welches Gewicht und welche Ausgewogenheit es haben sollte. Aber ich bin kein Waffenmeister, und ich habe vielleicht unbeabsichtigt Fehler in den Stahl eingearbeitet.« Er verzog spöttisch den Mund. »Jetzt, nachdem ich die Klinge fast sechzehn Jahre lang in der Scheide ließ, will ich sie stimmen.«

»Mylord …«

»Es tut mir leid, Donal. Ich könnte dir zahllose Gründe für das nennen, was aus mir geworden ist – und für das, was ich dir angetan habe –, aber das alles ist für mich nicht mehr wichtig. Für mich ist … vieles nicht mehr wichtig.« Er runzelte die Stirn. Donal hörte den verzweifelten Unterton in seiner Stimme. »Es tut mir leid. Es tut mir leid. Für dich … für Aislinn … für das Kind, das daraus entstehen muß.« Er betrachtete seine verkrümmten Hände, die den vorderen Sattelbaum umklammerten. »Ich habe gestern abend gesagt, im Krieg sei keine Zeit für Anständigkeit. Vielleicht habe ich es auch so gemeint, aber es stimmt nicht. Der

Krieg ist vielleicht schmutzig, aber er ist auch notwendig. Ebenso wie die Anständigkeit notwendig ist, wenn du dir einen Rest Menschlichkeit bewahren willst.« Seine blaßblauen Augen begegneten Donals Blick und hielten ihn fest. »Meine Kriege sind fast vorüber. Du wirst sie für mich ausfechten und vielleicht auch für dich selbst. Ich bete darum, daß du es mit der von mir verleugneten Anständigkeit tun wirst... und mit der Menschlichkeit, die du brauchst.«

»Ru'shalla-tu«, sagte Donal mit belegter Stimme. *Ich bete zu den Göttern, daß es so sein möge.*

Carillon lächelte zögerlich. *»Ja'hai,* Donal. *Cheysuli i'halla shansu.«*

Dann streckte Donal den Arm aus. Sie gaben sich die Hände und hielten sie in festem Cheysuligriff. »Angenommen«, sagte er. »Möge auch *dir* Cheysulifriede beschieden sein.«

Schließlich löste Carillon den Griff. »Wir sollten besser zum Heer zurückkehren. Rowan wird sich Sorgen machen.«

»Was er auch tun sollte«, stimmte ihm eine geschmeidige Stimme zu. »Habe ich Euch beide allein erwischt?«

Donal riß sein Pferd im gleichen Augenblick herum wie Carillon. Vor ihnen auf dem Boden stand Tynstar. Und Electra war bei ihm.

Sie lachte. »Wir haben sie überrascht.«

Tynstar lächelte. »Ich glaube, wir haben ihnen die Sprache verschlagen.«

»Nein«, sagte Carillon. »Das wohl kaum. Aber ich bin *tatsächlich* überrascht, daß Ihr hier zu uns kommt. Das Heer ist nicht so weit entfernt.«

»Was ich vorhabe, wird nicht viel Zeit in Anspruch nehmen«, sagte Tynstar. »Abgesehen davon, wann war ein Heer jemals in der Lage, *mich* aufzuhalten?«

Electras kühle graue Augen beobachteten Donal. Er spürte die Macht ihres Blicks. »Du wolltest Carillon, und jetzt haben wir auch noch den Jungen. Wirst du ihn mir überlassen, mein Liebling?«

Donal spürte ein Frösteln sein Rückgrat hinablaufen. Eine Vorahnung stieg in ihm auf. *Lirs …*

Was können wir tun? fragte Lorn bekümmert.

Taj kreiste aufgeregt. *Es ist Gesetz, Lir, unser Gesetz, von den Göttern gegeben. Wir greifen den Ihlini nicht an.*

Weil wir verwandt sind? Donal fragte sich zum ersten Mal, ob Tynstars Lügen nach allem doch einen Teil Wahrheit enthalten könnten. *Haltet ihr das Gesetz deshalb ein?*

Weder Falke noch Wolf antworteten.

Tynstar lächelte süßlich. »Wenn du ihn willst, Electra, werde ich ihn dir überlassen, sobald ich mit Carillon fertig bin.«

Donal richtete sich im Sattel auf. »Wenn Ihr glaubt, daß ich untätig zuschauen werde, wie Ihr Carillon angreift, seid Ihr tatsächlich ein Narr.«

»Kein Narr«, antwortete Tynstar. »Nur … geduldig.« Er hob eine freie Hand. »Im Augenblick wünsche ich deine Einmischung nicht.«

Der Ihlini schnippte mit einem Finger. Ein Schlag warf Donal von seinem Pferd ins Nichts. Er schwebte, körperlos und ohne Geist, empfand nur Angst und Hilflosigkeit und einen seltsam wilden Kummer. Dann landete er auf dem Boden und alle Gefühle der Leichtigkeit wurden vollkommen aus seinem Kopf und aller Atem aus seinen Lungen gepreßt.

Er richtete sich mühsam auf einen Ellbogen auf, versuchte wieder zu Atem zu kommen und sah das Bild vor sich zum Leben erwachen. Taj zog Kreise und schrie wie rasend, Lorn warf den Kopf zurück und heulte verzweifelt.

Donals Bein pochte. Er biß sich auf die Unterlippe, versuchte aufzustehen und stellte fest, daß er am Boden festgehalten wurde. Er konnte sich überhaupt nicht bewegen.

»Ihr habt Osric nach Hondarth geschickt«, warf Carillon Tynstar vor.

»Ich nehme Homana so ein, wie ich kann«, stimmte der Magier ihm zu. »Würdet Ihr es nicht genauso machen? Ihr habt erfahren, wie es ist, unbarmherzig zu sein, um zu bekommen, was man will.«

Carillon schaute zu Donal zurück. In seinen Augen war kurzzeitig Unentschlossenheit und Sorge zu erkennen. Aber die Unentschlossenheit schwand. Donal sah ihn lächeln …

… und seinem Hengst die Sporen geben.

Carillon ritt auf Tynstar zu. Der unberittene Ihlini wurde zur Beute eines galoppierenden Pferdes. Er wurde zur Beute des vom Mujhar gezogenen Schwertes.

Aber er hob nur träge eine Hand und zerteilte die Luft mit einer Flamme.

Carillon wurde durch die Erschütterung aus dem Sattel geworfen. Donal sah, wie der Mujhar auf dem Boden aufschlug. Das Schwert entfiel seinen Händen.

Eine weitere Geste ließ einen Blitz aus dem Himmel schießen. Er versengte den Boden um Carillons ausgebreitet daliegenden Körper und bespritzte ihn mit Schmutz.

»Langsam«, sagte Electra. »Er soll merken, daß er stirbt.«

»Alter Mann«, sagte Tynstar, »soll ich dich von deiner Qual befreien?«

Carillon richtete sich mühsam auf die Knie auf. Donal sah, wie sein Körper zitterte, wie sich seine Brust völlig erschöpft hob. Staub bedeckte sein Gesicht, und ein Teil seines Bartes war verbrannt.

Er sank in sich zusammen. Und dabei berührten seine Hände den Boden. Er spreizte die Finger. Die Ellbogen erstarrten. Er stützte sich mit dem letzten Rest seiner schwindenden Kraft auf.

Götter … bat Donal, *laßt es nicht so enden!*

Die Kraft verließ Carillons Körper, er beugte sich vor …

… aber er fiel nicht. Statt dessen riß er das Messer aus seinem Gürtel und schleuderte es durch die Luft.

»Nein!« schrie Electra.

Das Messer bohrte sich in Tynstars Brust.

Carillon lachte. »Wer stirbt heute, Ihlini? Ich … oder *Ihr?«*

Tynstar umklammerte mit der rechten Hand das Heft. Ein zischender Atemstoß drang zwischen seinen Lippen hervor. »Sucher …« sagte er. »Sucher … ich rufe den Sucher an …«

»Was ist los?« fragte Carillon, der noch immer auf dem Boden kniete. »Beginnen Eure Kräfte zu schwinden? Ruft Ihr Euren Gott an?«

»Sucher …« zischte Carillon. »Ich rufe den Sucher an …«

»Vor einem Cheysulikrieger?« Carillon stand schwankend auf. »Ich denke, die Anrufung wird mißlingen.«

Tynstar stieß seine rechte Hand hoch in die Luft. Die Finger zitterten. »Asar-Suti!« rief er. *»Ich rufe dich zu mir!«*

Carillon wartete nicht ab. Er warf sich vorwärts und ließ sich neben dem vergessenen Schwert fallen. Er rollte schnell herum, stieß seinen schwächer werdenden Körper wieder hoch und richtete die Klinge zu einem heimtückischen, sensenähnlichen Schwung aus.

Electra schrie. Tynstars aufwärts gerichtete Hand sank schlaff herab. Er stand noch eine Weile aufrecht und knickte dann in den Knien ein.

Aber sein Kopf traf vor seinem Körper auf dem Boden auf.

Der Schrei erklang immer weiter. Er schnitt durch Donals Kopf hindurch wie eine Klinge und endete dann. Plötzlich.

Electra schaute nur.

Donal stand langsam auf. Er betrachtete den abgetrennten Hals. Der Schlag war sehr sauber ausgeführt, ohne überflüssige Anstrengung.

Blut, dickes, klebriges Blut drang langsam aus dem Stumpf. Aber es war nicht rot, sondern tiefschwarz.

Carillon wandte sich zu Donal um. »Wie geht es dir?«

»Er hat mir keinen Schaden zugefügt, aber ... *Carillon, sieh dir Electra an ...*«

Der Mujhar fuhr herum. Aber Electra machte keinerlei Anstalten anzugreifen. Statt dessen schritt sie unsicher auf den enthaupteten Körper zu und kniete sich daneben.

Weißblondes Haar ergoß sich über ihre Brüste und sank auf das Blut herab. Langsam verdunkelte die Schwärze die glänzenden Strähnen und verfärbte die helle Fliederfarbe ihres Gewandes.

»Electra.« Carillon trat langsam auf seine Frau zu. »Electra ... er ist tot.«

Sie beugte sich vor. Sie klagte. Sie legte ihre Hände auf die blutigen Schultern des Körpers. Sie führte sie mit morbider Zärtlichkeit über den Rumpf abwärts.

Sie riß das Messer aus der Brust ...

... und stand auf, fuhr herum, zielte auf Carillons Bauch ...

... um sich gerade noch rechtzeitig auf Carillons wartendem Schwert aufzuspießen.

»Solche Schönheit ...« flüsterte er mit gequälter, hilfloser Stimme.

Das Messer entfiel ihrer Hand. Die Knie knickten ein. Sie sank nieder, und Carillon fing sie auf.

Er zog vorsichtig die Klinge aus ihrem Körper. Er legte das Schwert auf den Boden. Dann schloß er die Lider ihrer blaßgrauen Augen und glättete die seidenen Röcke. Er faltete ihre Hände, die noch immer von Tynstars Blut befleckt waren, unter den Brüsten. Er strich ihr das wunderschöne, halb schwarze, halb blonde Haar aus dem makellosen Gesicht.

Carillon kniete sich hin. Donal sah, wie das Blut sich unter Electras gefalteten Händen ausbreitete. Schwarz. Schwarz und dick und klebrig.

Jetzt da Tynstar tot ist … da Electra tot ist … ist Aislinn nun endlich frei?

Der Mujhar stand auf. Er nahm das Schwert erneut an sich. Er wandte sich zu seinem Erben um. »Du mußt zurückgehen. Kehre zum Lager zurück. Ich muß weiterziehen, um Osric zu bezwingen … Ich werde meiner Tochter dein Bedauern übermitteln.«

Donal starrte ihn an. »Aber … ich dachte, du wolltest, daß ich zu ihr gehe.«

»Ich habe mich geirrt.« Er betrachtete den Körper seiner Frau. »Sie muß einst eine Frau gewesen sein. Eine Frau … keine Hexe.« Er steckte langsam sein Schwert in die Scheide. Er ergriff Donals Schulter und drückte sie fest, als wäre er wieder jung. »Geht, Mylord. Erringt Solinde für mich zurück.«

Donal wandte sich ab. Er stieg auf seinen kastanienbraunen Hengst und legte sein pochendes Bein bequem in den Steigbügel. Taj hockte auf dem vorderen Sattelbaum, Lorn stand neben ihm. Er wandte sich westwärts, dem Lager zu, das so viele Meilen hinter ihnen lag. Und als er zu Carillon zurückschaute, sah er ihn über den Körper seiner Frau und den des Ihlini gebeugt stehen.

Als beklage er sie beide …

Kapitel Einundzwanzig

Sefs seltsame Augen waren schreckgeweitet. »Der Dämon ist *tot?*«

Donal saß auf dem Rand des Bettes und versuchte seinen Stiefel auszuziehen, ohne dem verletzten Bein noch mehr Schmerzen zuzufügen. Sef stand stocksteif vor seinem Herrn und half ihm nicht.

»Ja.« Donal ergriff den Stiefel an der Ferse und an der Spitze und zog daran, wobei er die Zähne zusammenbiß. »Endlich sind wir von Tynstars Intrigen befreit... vielleicht wird dieser Krieg dadurch früher enden, als wir erwartet hatten.« Sein Fuß bewegte sich im Stiefel. Er zog fester und stöhnte dabei vor Anstrengung. »Sef... hilf mir. Und hör auf mich anzustarren wie ein Fisch.«

Sefs sonst geschickte Hände ergriffen den Stiefel unbeholfen und zogen ihn ab. »Aber *Ihr* habt ihn nicht getötet...?«

»Nein. Der Mujhar hat es getan.« Donal betastete stirnrunzelnd das verbundene Bein. »Und Electra hat sich selbst getötet. Wenn sie Carillon nicht zu töten versucht hätte, wäre sie nicht gestorben.« Er bewegte versuchsweise die Zehen. »So sind wir sie beide losgeworden.«

»Und jetzt?« fragte Sef. »Was geschieht mit all den anderen Ihlini... mit denjenigen, die hier noch immer kämpfen?«

»Die Rasse ist weiterhin mächtig«, belehrte Donal ihn. »Sie alle beanspruchen einen Anteil an den dunklen Künsten. Aber wenn Tynstar sie nicht mehr anführt, werden wir wohl weniger Schwierigkeiten mit ihnen haben. Carillon hat der Schlange den Kopf abgeschlagen… vielleicht werden jetzt alle die kleinen Schlängchen verwirrt umherkriechen und nicht wissen, wie sie zuschlagen sollen.« Er streckte sich vorsichtig auf seinem Bett aus. »*Ru'shalla-tu.*«

Sef trat an den Tisch, um einen Becher Wein einzugießen, wandte dann den Kopf und schaute über die Schulter zu Donal. »Was meint Ihr damit?«

»*Möge es so sein.* Ein Spruch der Alten Sprache.« Donal rieb mit dem Handballen über seine Stirn. »Götter, aber wenn ich an den Anblick von Tynstars Kopf denke…« Er schloß die Augen und beschwor den Anblick erneut herauf. »Und all das schwarze Blut…«

Sef fuhr herum und verschüttete fast den Wein. »Schwarzes Blut! Tynstars Blut war *schwarz?*«

»Schwarz und dick und schwer.« Donal richtete sich auf einen Arm auf und nahm den Becher mit Wein entgegen. »Electras Blut ebenfalls…« Er verzog das Gesicht. »Das genügt, um einem Menschen Alpträume zu verschaffen.« Plötzlich betrachtete er Sef mit seinem blassen Gesicht und den großen Augen genauer. »Götter, es tut mir leid. Ich hätte nicht so offen sprechen sollen.«

Sef zuckte die Achseln. »Nein. Nein, es ist besser, wenn ich die Wahrheit kenne…« Er zuckte erneut die Achseln, als wollte er die Gänsehaut vertreiben. »Aber… was wird jetzt geschehen? Hier… mit uns?«

Donal nahm einen Schluck Wein. »Wir werden weiterkämpfen. Der Mujhar und sein Teil des Heeres werden Osric aufzuhalten versuchen, bevor er Mujhara erreicht. Und wir müssen hier dem solindisch-ihlinischen Aufstand ein Ende setzen.«

»Also… werden wir hierbleiben, bis dieser Krieg vorüber ist… und *dann* nach Homana zurückkehren?«

Donal nickte, während er den Wein hinunterschluckte. »Ja. Carillon hat mir eine Aufgabe übertragen. Ich soll diese Männer anführen, während *er* sich dem Atvianer stellt.«

»Dann … weiß Osric noch nicht, daß der Dämon getötet wurde.« Sef runzelte die Stirn. »Nicht wahr?«

»Das stimmt. Vielleicht wird das Carillons Feldzug dienlich sein … er wird Osric in dem Wissen angreifen, daß der Magier tot ist, während Osric mit Tynstars Hilfe rechnet.« Donal lächelte. »Das gibt eine Überraschung für den Atvianer … eine Überraschung, die unserer Sache zugute kommen sollte.«

Sefs Stimme klang zögerlich. »Dann … ist *das* Politik?«

Donal lachte. »Eher ein Kriegsplan. Aber nur zu häufig scheint beides das gleiche zu sein.«

Es wurde dämmerig in dem Zelt. Die Nacht war hereingebrochen, Kerzen leuchteten das safranfarbene Innere des Zeltes aus und färbten es hell ockerfarben und dumpf golden. Evan hatte sich zurückgezogen, um die Zeit mit einer seiner Frauen zu verbringen, und der größte Teil des Lagers feierte Tynstars Untergang. Donal hatte die Nachricht ganz ruhig weitergegeben und sich dann zurückgezogen, um sein pochendes Bein ruhigzustellen.

»Ich möchte mich ausruhen, Sef. Wenn du hinausgehen und mit den anderen Jungen feiern willst, dann amüsiere dich.«

»Vielen Dank.« Sef war ein wenig gewachsen, seit er in Donals Dienst eingetreten war, aber noch immer dünn, noch immer fast zart. Die Ärmel seiner Tunika und seines Hemdes waren jetzt wieder zu kurz, die knochigen Handgelenke standen hervor.

Donal lächelte. *Schon wieder neue Kleider.* »Du kannst gehen, Sef. Ich werde dich erst morgen früh wieder brauchen.«

Der Junge grinste. »Ich werde etwas Apfelwein trinken, Mylord. Ich werde einen Toast auf den Sieg über Tynstar ausbringen!«

»Nun geh.« Donal winkte mit der Hand, und der Junge lief aus dem Zelt.

Donal trank seinen Wein. Er blickte in die Schatten und dachte darüber nach, wie es dazu gekommen war, daß er das Opfer dieser Umstände wurde. Vor fast vierundzwanzig Jahren war einem Krieger und seiner Frau ein Kind geboren worden. Weder die Eltern noch das Kind waren frei. Die Götter hatten es für richtig erachtet, ihnen allen ein anderes Schicksal zukommen zu lassen.

Taj hockte auf der Rückenlehne des Sessels. Er gab leise, hohe Töne von sich, putzte seine Federn und war sich Donals Gegenwart kaum bewußt. Lorn lag auf dem Boden neben dem Bett, auf dem rauhen Untergrund zusammengerollt, die Schnauze von seiner rötlichen Schwanzspitze bedeckt. Er zuckte, und Donal wußte, daß er träumte.

Donal seufzte. Er streckte sich, um den Becher mit Wein auf den Tisch zu stellen, und legte sich dann auf das Bett zurück, den Kopf auf die unter seinem Nacken verschränkten Arme gebettet. Er schloß die Augen und schlief ein.

Er träumte. Er sah einen Palast und ein Podest und eine Frau auf dem Podest. Sie war wunderschön. Sie war tödlich. Sie hatte die Macht, seine Seele zu verzerren.

Neben ihr stand ein Mann. Er trug einen schwarzen Umhang, und an seiner Seite hing ein Silberschwert. In seiner ausgestreckten Hand glühte eine lilafarbene Rune. Sie tanzte. Kaum merklich. Verführerisch. Sie versprach vieles.

Hinter ihnen kam ein Mädchen heran. Halb Frau, halb Kind, gefangen zwischen Kindheit und Erwachsensein. Sie war ebenso schön wie ihre Mutter, aber ihre Schönheit war noch unvollkommen. Sie war stark wie ihr Vater, aber ohne Willen wurde diese Kraft geschwächt.

»Donal«, sagte jemand. *»Donal, du mußt mitkommen.«*

Er runzelte die Stirn. Keiner der Münder hatte sich bewegt. Die Rune tanzte noch immer in der Hand des Magiers.

»Donal ... *steh auf* ...«

Eine Hand legte sich auf seine Schulter, und er war plötzlich wach. *Wach* ... der Traum war verbannt. Er blinzelte Evan benommen an und bemerkte, daß die träumerischen Augen von ernster Sorge erfüllt waren.

Donal beugte sich sofort herab, hob seinen Stiefel auf und zog ihn mühsam an. Evan wartete schweigend und mit ernstem Gesichtsausdruck. Es war keinerlei Heiterkeit auf seinem Gesicht zu erkennen.

Donal erhob sich und unterdrückte einen Schmerzenslaut. »Wollt Ihr es mir lieber zeigen oder erzählen?«

»Zeigen«, sagte Evan. »Worte könnten es nicht beschreiben.«

Lirs, rief Donal, und sie verließen das Zelt mit ihm.

Evan führte ihn durch das Lager zu einer Höhlung in den Hügeln, die die geduckt stehenden Zelte umgab. Es war nicht weit, aber doch ein gutes Stück von den Freudenfeuern und den versammelten Kriegern entfernt, die noch immer Carillons Sieg über Tynstar feierten.

Die Nacht war kühl. Das Licht hatte sich verändert, die Dämmerung nahte. Er hatte länger geschlafen als beabsichtigt.

Er sah drei Männer am Rand der Höhlung stehen. Zwei homanische Wächter und einen Cheysuli.

Finn wandte sich um, als Donal mit Evan herankam. Sein Gesicht war, wie die der anderen, ernst und angespannt. Aber noch mehr war in seinen Augen zu erkennen. Etwas, das von einer zerstörten Hoffnung erzählte.

Er streckte eine Hand aus und gebot Donal Einhalt. »Es wird dir Kummer bereiten.«

Beide Wächter hielten brennende Fackeln in Händen. Das Licht zischte, flackerte und verbreitete nur mangelhafte Beleuchtung. Donal sah in der Höhlung auf dem Boden kauernde Umrisse, die in makabrem Todestanz seltsam verstreut lagen. Weit ausgebreitete Arme und Beine, schlaffe, fragend geöffnete Hände, von Überraschung und Entsetzen behaftete Gesichter, weit geöffnete, gen Himmel starrende Augen.

Sie waren alle noch Jungen.

Einer der Wächter regte sich. »Mylord … die anderen wollten sie nicht an den Feuern haben. Sie sagten, das sei nur etwas für Männer, nichts für Jungen. Und so kamen sie hierher, um für sich allein zu feiern.«

Donal zählte die Körper und konnte vierzehn voneinander unterscheiden. Vierzehn Jungen, die Nachrichten zwischen den Hauptmännern ausgetauscht und sich um ihre adligen Herren gekümmert hatten.

Wie Sef es getan hatte.

Er wandte ruckartig den Kopf und sah Finn an. »Ist er auch hier?«

Finn deutete stumm auf einen der ausgebreiteten Körper. Er war zum größten Teil von einem anderen Körper verdeckt.

Donal trat hinzu und kniete sich hin. Das flackernde Fackellicht zeigte ihm umschattete und geisterhafte Gesichter, schlaffe, kindliche Münder. Er schob den anderen Körper sanft von Sefs Beinen und winkte dann einen der Wächter herüber.

Das Fackellicht war gnadenlos. Sefs Kopf war leicht verdreht, so daß das Gesicht abgewandt lag. Aber sein Hals lag frei, und der Schnitt in seiner Kehle war deutlich zu sehen. Er erstreckte sich von einem Ohr zum anderen. Der Boden war von seinem Blut durchtränkt.

Rotes Blut, dachte Donal. *Nicht diese schwarze Ihlinijauche …* »Vierzehn Jungen«, sagte er laut. »Sicherlich muß wenigstens *einer* von ihnen die Solinder kommen gehört haben.«

»Das war das Werk von Ihlini«, belehrte Finn ihn grimmig.

Donals Kopf fuhr herum. »Bist du sicher? Das sieht für mich nach Räubern aus.«

»So soll es auch scheinen. Aber siehst du das?« Finn hielt ihm etwas hin.

Donal nahm es stirnrunzelnd aus den Händen seines Onkels entgegen. Es war ein Stein, ein runder, matt grauer Stein mit einer schwarzen Ader darin.

»Ein Ihliniwachstein«, erklärte Finn ihm. »Von den anderen vier getrennt, ist er wertlos. Aber er zeigt uns, wessen Werk dies war.«

»Fallengelassen?« Donal ließ den Stein in seiner Hand umherrollen. »Er wurde benutzt, um sie hilflos zu machen ... um ihre Schreie zu ersticken ...« Er betrachtete erneut Sef. Neben einem gebeugten Knie lag ein schlaffer Weinschlauch. Donal roch daran. Wein, kein Apfelwein ... die Jungen hatten die Männer nachzuahmen versucht.

Vorsichtig schloß Donal die starren, seltsam gefärbten Augen. Er erinnerte sich, daß Carillon Electra denselben Dienst erwiesen hatte. Und dann wallte solcher Kummer in ihm auf, daß er fast vor den anderen zusammenbrach. »Götter ...« würgte er »... warum mußten es *Jungen* sein ...?«

»Weil sie wußten, was das für uns bedeuten würde.« Finn berührte Donals starre Schulter. »Ich weiß, was er dir bedeutet hat. Es tut mir leid, was geschehen ist.«

»Was er *mir* bedeutet hat?« Donal sah zu seinem Onkel hoch. »Was ist mit dir? Was ist, wenn er *tatsächlich* dein Sohn ... oder anderweitig mit dir verwandt war? Was *dann, Su'fali*?«

Die Narbe zuckte einmal. »Das ändert nichts«, sagte Finn tonlos. »Der Junge ist tot.«

»Tot«, wiederholte Donal. Er berührte sanft Sefs rechtes Handgelenk. Er spürte das fedrige Armband. Er erinnerte sich, daß es ein Zauber gegen Magie hatte sein sollen.

Gegen *Cheysuli*magie.

Donal löste geschickt den Knoten des Armbands auf der Unterseite des kühlen, schlaffen Handgelenks. Er nahm das Band und steckte es in seine Gürteltasche.

Nicht stark genug, sagte er zu dem ermordeten Jungen.

War ich *nicht Schutz genug gegen die von dir gefürchtete Magie?*

Und als er dann erneut die vierzehn Körper betrachtete, wußte er, daß sein Schutz nicht genügt hatte.

Donal erhob sich steif. Er konnte Finn nicht ansehen. »Wir müssen sie begraben.«

Der andere Wächter neigte den Kopf. »Mylord … ich werde dafür sorgen.« Die Fackel hinterließ eine Rauchspur, als der Homaner davonging.

Teil II

Kapitel Eins

Donal starrte aus dem geöffneten Eingang seines safranfarbenen Zeltes finster in die nasse Nacht hinaus. Es war später Abend, kurz nach dem Abendessen. Es war kalt. Der Sommer war vorbei, der Herbst hereingebrochen. In Solinde regnete es im Herbst. Er langweilte sich, war rastlos und verdrießlich und wünschte sich von Herzen, Carillon hätte jemand anderem die Leitung seines Heers übertragen.

Er führte es jetzt seit zwei Monaten an. Gelegentlich kam Nachricht von Carillon, daß Osric von Atvia sie auf den Ebenen zwischen Hondarth und Mujhara noch immer bedrängte. Noch schlimmer war, daß eine sofortige Entscheidung unwahrscheinlich schien. Osric war, laut Carillons Aussage, ein überlegener Kriegsherr. Die beiden Heere waren völlig festgefahren.

Donal seufzte und wandte sich von der regnerischen Dunkelheit ab, um Evan zuzusehen, der mit einem kleinen Holzkästchen beschäftigt war. Es enthielt Elfenbeinwürfel und dünne holzgeschnitzte Stäbe. Die Homaner nannten es das Glücksspiel. Es gab zwei Spielvarianten: ein einfaches Würfelspiel für phantasielose Spieler und die schwierige Ausführung mit den Runenstäben, die Prophezeiungen ermöglichte.

Ich habe die Prophezeiungen satt. Soll Evan Seher spielen … ich habe genug anderes, um das ich mich kümmern muß.

Der ellasische Prinz war sowohl mit den Würfeln als auch mit den Stäben unvergleichlich geschickt. Würfel und Stäbe fielen wiederholt zu seinen Gunsten, aber Donal wußte dennoch, daß er nicht betrog. Das Spiel selbst stammte nicht von Evan, er hatte es bei einer Wette von einem homanischen Krieger gewonnen.

Evan ließ das Kästchen klappern. »Kommt, Mylord von Homana … laßt uns sehen, was Euer Schicksal für Euch bereithält.«

Donal lächelte bitter. »Seid Ihr es müde, mir mein Geld abzunehmen? Wollt Ihr mir jetzt auch noch mein Schicksal stehlen?«

Evan hob gespielt entrüstet die dunklen Brauen und legte eine Hand auf sein Herz. »*Ich*, Mylord? Ihr mißtraut mir? Aber hier … ich werde es Euch zeigen … *ich* werde die Würfel und die Stäbe auswerfen und Euch sagen, was ich sehe.«

Donal schaute müßig zu, während Evan die Runenstäbe und Würfel besang und sie in ihrem Kästchen klappern ließ. Er verspürte nur noch größere Langeweile.

Solinde war in letzter Zeit friedlich gewesen. Die Ihlini schienen, vielleicht durch Tynstars Tod betäubt, ruhig geworden. Auch die Solinder griffen nicht an. Das letzte Lager war schon seit drei Wochen sicher. Möglicherweise war der Aufstand vorüber, möglicherweise wollten die Solinder die Homaner aber auch zu einem vorzeitigen Abzug bewegen. Und so wartete das Kriegsheer ab.

Evan verstreute die Würfel und Runenstäbe auf dem Holztisch. Das Elfenbein klapperte, die Runenstäbe rollten ein Stück und blieben dann liegen. Evan runzelte angestrengt die Stirn. »Ha!« rief er plötzlich. »Das Glück ist Euch hold, Mylord. Seht Ihr hier die Rune, die den *Wanderer* kennzeichnet? Und hier den Würfel für Veränderungen? Das bedeutet, daß Ihr Euch innerhalb von zwei Tagen auf eine Reise voller Abenteuer und Entdeckungen begeben werdet … seht Ihr hier? *Narr* und *Scharlatan*.« Evan grinste schelmisch. »Es geht auch um eine *Frau*, Donal … seht Ihr diese Rune hier?«

»Ich sehe die Unsinnigkeit des Müßiggangs«, erwiderte Donal. Bevor Evan etwas sagen konnte, nahm er die Würfel und Runenstäbe auf, ließ sie aber nicht in das Kästchen fallen, sondern streute sie erneut auf dem Tisch aus. »Da. Lest sie jetzt für mich.«

Evan betrachtete das Muster. Kurz darauf hob er den Kopf und blickte Donal ins Gesicht. »Ihr macht Euch über das Spiel lustig, mein Freund. Das ist nicht klug. Was Ihr jetzt seht, ist ein unverfälschtes Schicksal.«

Donal schnaubte. »Mir wurde schon vor langer Zeit ein *Schicksal* versprochen, Ellasier ... allen Cheysuli wird eines versprochen. Nun lest mir mein Schicksal.«

Evan betrachtete erneut die ausgestreuten Würfel und Runenstäbe. Er berührte keinen davon, deutete aber auf die wichtigsten Zeichen. »Dort. Eine kleinere Rune, die die *Jugend* veranschaulicht. Aber zusammen mit einer größeren Rune, *dort* ...« er deutete auf eine andere Rune an dem gleichen Stab »... ist es der *Magier*, Donal, und damit eine sehr mächtige Rune.«

Donal nickte, wobei er noch immer lächelte. »Sprecht weiter, Seher.«

Evans gewöhnlich träumerischer Gesichtsausdruck war geschwunden. »Hier ... dies ist der *Gefangene*. Dieser Würfel kennzeichnet verbrachte Zeit ... Monate. Und hier ist eine weitere größere Rune ... sie meint den *Henker*.« Er sah Donal erneut an. »Verbunden mit dem, was ich zuvor für Euch ausgestreut habe, ist es ein mächtiges Schicksal.«

»Und?« Donal wartete.

Evan seufzte. »Der *Wanderer* bedeutet: Ihr werdet eine Reise unternehmen. *Scharlatan und Narr* bedeuten: Ihr werdet jenen begegnen, die mehr sind, als sie scheinen. Die Bedeutung der *Frau* ist offensichtlich ... vielleicht ist sie auch der *Magier*. Und am Ende der Reise stehen Gefangenschaft und der mögliche Tod ... dort befindet sich ein *Henker*.« Evan machte eine Geste. »Da, mein Freund, habt Ihr Euer Schicksal.«

»Ein ausgefülltes Schicksal«, sagte Donal leichthin. »Ihr nutzt den Augenblick, Evan.«

»Ich nutze *nichts* ...« begann Evan, aber seine Worte

wurden von einem Aufschrei außerhalb des Zeltes erstickt. Donal hörte, wie sein Name gerufen wurde.

Er wandte sich sofort zum Zelteingang. Von der Öffnung eingerahmt, stand dort ein Mann mit Umhang und Kapuze, der kaum vom Regen und von der Dunkelheit zu unterscheiden war. »Mylord.« Die Stimme wurde angehoben, um den strömenden Regen zu übertönen. Mit einer Hand schob der Mann die Kapuze zurück, und die Schatten verlagerten sich.

»Rowan! Komm herein.« Donal trat sofort zur Seite und winkte den Hauptmann zu sich. »Nachricht von Carillon?«

Rowan trat an ihm vorbei ins Zelt. Regen lief den verschmutzten Umhang hinab und tropfte auf den festgetretenen Boden. Er schob ihn von den Schultern zurück. Darunter trug er einen Ketten- und Lederpanzer, und seine zerknitterte, karmesinrote Tunika war blutig und schmutzig. Die Kohlenpfanne warf rauhe Schatten über sein Gesicht und machte so seine Erschöpfung deutlich.

»Mylord«, sagte er tonlos. »Carillon ist tot.«

Donal starrte ihn an. Einen Augenblick lang empfand er nichts, als seien die Worte nur sinnlose Silben gewesen. Aber dann fügten sie sich zu einem Satz zusammen, den er verstand. Entsetzen stieg in seiner Seele auf. »Carillon ...« flüsterte er.

Rowan griff in seine Gürteltasche. Er entnahm ihr einen Gegenstand und legte ihn auf den Tisch. Die Blutflecke schimmerten im Kerzenschein dunkelrot.

Ein Ring. Ein goldener Ring mit einem schwarzen Stein, und in den Stein war der wilde Löwe von Homana eingeritzt.

Rowan beugte den Kopf. Sein Haar war von Silberfäden durchzogen. Und dann kniete er sich mit einer Unbeholfenheit, die seinen Kummer und seine äußerste Erschöpfung verdeutlichte, auf den Boden. »Mylord«, sagte er. »Ihr seid jetzt der Mujhar von Homana.«

Donal blickte zu ihm hinab. Rowan kniete steif und mit gebeugtem Kopf da. Der nasse Umhang schmiegte sich an seinen Körper an und verfing sich an seinen Sporen. Er war naß, naß und müde, und seiner Stimme war tiefster Schmerz anzuhören.

Donal schloß die Augen. Er sah Carillon hinter seinen Lidern, wie er ihn zuletzt gesehen hatte ... über die Körper Tynstars und Electras gebeugt, wohl wissend, daß auch er noch im Verlauf dieses Jahres sterben würde.

Er wußte es. Er wußte es ... ich *wußte es ebenfalls ... und dennoch bin ich unvorbereitet.*

Er sah Rowan leeren Blickes an. Nein. Es war nicht richtig. Alles war falsch. Er war nicht derjenige, für den die Huldigung gedacht war. »Steh auf«, sagte er mit schwankender Stimme. »Du sollst nicht vor *mir* knien.«

Rowan hob den Kopf. »Ich knie vor dem Mujhar.«

Die Worte klangen wieder verwirrt. Er hörte sie, aber er konnte sie nicht begreifen. Er schüttelte zögernd den Kopf. »*Carillon* ist dein Mujhar.«

Der Gesichtsausdruck des älteren Mannes änderte sich nicht. Es war eine Maske, eine ausdruckslose, erschöpfte Maske, die verbarg, was er empfand. »Ihr seid jetzt an seiner Stelle, Mylord. Und ich muß meine Treue zeigen.«

»Steh auf!« rief Donal. »Das tust du absichtlich!« Seine Stimme brach. Er schwieg. Er spürte, wie sein Körper zitterte. Und dann, erst dann, sah er die Tränen in Rowans Augen.

Er hätte sich beinahe abgewandt. Er konnte den Kummer des Mannes nicht sehen, um nicht selbst von Kummer überwältigt zu werden. Statt dessen starrte er blind auf den Ring.

Jetzt ist er für mich gedacht. Er betrachtete seine rechte Hand. An seinem Zeigefinger steckte der Rubinsiegelring des Prinzen von Homana. Er gehörte nicht mehr ihm. Er mußte ihn durch den anderen Ring ersetzen. *Götter ... ich bin es nicht wert.*

»Donal.« Das war Evans sanfte Stimme. »Donal… wollt Ihr ihn die ganze Nacht knien lassen?«

Donal wandte ruckartig den Kopf. Er sah, daß die sonnengebräunte Haut des Hauptmanns blasser geworden war. Sie war fest über kräftig hervorstehende Knochen gespannt und vom Licht umschattet. Rowan wirkte fast alt.

Er hat soviel verloren… Donal beugte sich herab. Er ergriff Rowans linken Arm und hob ihn hoch. »Glaubst du, ich würde dich nicht bei mir behalten?« Seine Stimme klang jetzt fester. »Glaubst du, ich würde dich *entlassen?*«

»Ich bin Carillons Gefolgsmann«, sagte Rowan deutlich. »Ich kann niemals der Gefolgsmann eines anderen Herrn sein.«

Donal antwortete nicht sofort. Seine Stimme versagte, und es fehlten ihm die Worte. Er hatte es schon immer gewußt. Rowan war Carillons Gefolgsmann, wie er selbst behauptet hatte. Rowan hatte seinem Herrn länger gedient, als Donal auf der Welt war. Er hatte sein Leben vollkommen Carillon geweiht. Und jetzt war diese Aufgabe beendet.

Er wird mir niemals dienen. Ich bin für ihn nur ein Lückenbüßer und nicht geeignet, den Löwenthron zu besteigen. Ich kann niemals Carillons Platz einnehmen.

Er betrachtete den älteren Mann. »Du wirst mir doch sicherlich helfen. Ich werde keine leichte Aufgabe zu erfüllen haben.«

»Seine Aufgabe war auch nicht leicht.« Die Tränen in Rowans Augen trockneten. Sein Gesicht wurde wieder zu einer Maske.

Götter… er wird mich niemals anerkennen. Donal betrachtete erneut den Ring. Er fühlte sich leer und erfüllt zugleich. Leer im Geiste, weil Carillon gegangen war und erfüllt von dem Kummer, den diese Tatsache mit sich brachte. »Rowan«, sagte er leise. »Ich werde deine Hilfe brauchen.«

Der andere Cheysuli atmete tief und zitternd ein. »Vor Jahren hat Carillon mir als Belohnung für treue Dienste ein Anwesen geschenkt. Ich habe es die ganzen Jahre, die ich in Homana-Mujhar geblieben bin, für mich verwalten lassen … aber ich hatte die Absicht, den königlichen Dienst zu quittieren, wenn der jetzige Zeitpunkt käme.«

»Quittieren.« Donal begann sich zu sorgen. »Glaubt Ihr, ich könnte dies allein schaffen?«

»Ich bezweifle, daß Ihr es überhaupt schaffen könnt.« Seine Stimme klang ungebeugt, wodurch die Worte noch grausamer klangen.

»O *Götter*«, sagte Donal. »Haßt du mich so sehr?«

»Ich hasse Euch überhaupt nicht.« Weder Tonfall noch Gesichtsausdruck änderten sich. »Ihr seid nicht … Carillon. Das ist alles. Das ist nicht gerecht, ich weiß … aber andererseits, was ist gerecht, nicht wahr? Ihr werdet von den Homanern abgelehnt, weil Carillon Euch zu seinem Erben gemacht hat. O ja … sie beginnen die Prophezeiung zu bejahen, doch sie würden sie lieber erst *später* annehmen. Aber für Euch ist die Zeit jetzt gekommen.« Rowan seufzte und schloß kurz die Augen. »Es gibt fremde Reiche, die die Nachfolge mit Sorge und Ablehnung betrachten: *Sie müssen sich mit einem Mann auseinandersetzen, der seine Gestalt verändert.* Und natürlich gibt es die Cheysuli, die Euch als etwas ansehen, was einer Verkörperung aller alten Götter gleichkommt. Wie kann ich einen Mann hassen, der so vereinnahmt wird wie *Ihr?*«

Vereinnahmt … ja, das wurde er, oder das würde er werden. Der Löwenthron würde einen veränderten Mann entlassen.

Angst verengte seine Kehle. »Rowan … *ich werde deine Hilfe brauchen.*«

Kurz darauf nickte Rowan. »Und ich werde dafür sorgen, daß Ihr Hilfe bekommt.«

Donal wandte sich zum Tisch um und goß einen Becher Wein ein. Er bot ihn Rowan an. »Hier. Du brauchst etwas zu essen und Ruhe. Aber jetzt … magst du mir erzählen, wie es war? Vermutlich war es ein schmerzloses Ende.«

Rowan nahm den Wein entgegen und betrachtete ihn scharf. »Schmerzlos? Sein *Tod?*«

Donal machte eine leere Geste. »Mir wurde gesagt, daß die Wurzeln … sanft wirken, daß ein Mann letztlich im Schlaf davongleitet. Ich hatte gehofft, daß es für Carillon so sein würde.«

Rowan starrte ihn an, der Wein war vergessen. »Wurzeln? Was meint Ihr damit?« Dann sank sein Kinn herab. »Meint Ihr *Tetsu*wurzeln?«

»Ja«, antwortete Donal. Und dann entsetzt: »Wußtest du das nicht? Ich dachte, er hätte dir alles erzählt?«

Alle Farbe wich aus Rowans Gesicht. »Götter … war es *das?* Ich wußte, daß er Schmerzen hatte … daß die Krankheit seine Knochen fraß. Aber nicht einmal … *niemals* hätte ich gedacht, daß er auf ein Mittel wie *Tetsu* zurückgreifen würde.« Seine Maske war gefallen. Sein Gesicht zeigte Bestürzung. »Aber woher hat er es bekommen? Es ist Cheysulisache und wird vor den Homanern geheimgehalten.« Er sah Donal fragend an. »Wie konnte er von *Tetsu* wissen, und wer hat es ihm gegeben?«

Donal biß die Kiefer zusammen. »Finn hat es ihm gegeben.«

Rowan sah ihn entsetzt an. *»Finn!«* Er hielt den Atem an. »Ja … *so mußte es sein!* Es mußte Finn überlassen bleiben, Carillon Gift zu verabreichen!«

»Gegen die Schmerzen«, widersprach Donal. »Er sagte, Carillon habe es so gewollt.«

»Und so stahl er ihm noch mehr Zeit!« sagte Rowan verbittert. »Hat er ihm auch gesagt, was das Gift ihm antun würde? Hat Finn ihm gesagt, daß er auch den letzten Rest Zeit verlieren würde, der ihm noch geblieben war?« Er fuchtelte mit den Händen verärgert durch die Luft.

Donals Finger gruben sich in seine Handflächen, so daß die Nägel sich in die Haut bohrten. »Ich bin sicher, daß Finn ihm alles das gesagt hat. Er ist kein Mörder, Rowan.«

»Er war auch schon das … und schlimmeres.« Rowans Stimme klang hart, die Worte kamen abgehackt. »Die meisten der Geschichten über ihn sind wahr.«

Donal spürte ebenfalls eine aufkeimende Verärgerung. »Finn war dem Mujhar treu ergeben! Was er getan hat, hat er getan, weil Carillon es wollte. Du wagst mir gegenüber anzudeuten, daß Finn seinen Tod *wollte?*«

Rowan schloß die Augen. »Nein … nein … ich … das tue ich nicht. Nein. Vergebt mir, ich bin nicht ich selbst. Aber … die *Tetsu*wurzel? *Warum?*«

»Er hatte Schmerzen«, antwortete Donal. »Hast nicht sogar *du* mir das nur allzu oft erzählt?«

Das Gesicht des Älteren wirkte im Kerzenschein hager. Rowan fuhr sich mit einer Hand über das Gesicht und rieb sich die müden Augen. »Götter … er wollte bis zum Schluß regieren … er wollte sich nicht dem Wahnsinn überantworten … ja, ich verstehe es. Ein Mann wie Carillon würde eher *Tetsu* nehmen und lieber kürzer, dafür aber angenehmer leben. Das war seine Art.« Er lachte plötzlich hohl und spöttisch auf. »Und dann war es nach allem Osric, der ihm das Leben nahm.«

Aller Atem entwich Donals Körper. »Osric! *Osric?*«

Rowan nickte. »Vor drei Wochen zogen wir in den Kampf gegen Osric. Und damit war es getan. Wir hatten den Tag gewonnen. Wir mußten nur noch unsere Toten und Verwundeten einsammeln.« Er atmete schwer. »Ich habe ihn gesehen. Carillon saß auf einem Hügelkamm auf seinem Pferd. Er … schaute nur. Schaute über das Schlachtfeld hinweg, als wir hinausgingen, um unsere Toten einzusammeln. Ich sah ihn dort sitzen und beobachten … ich fragte mich, warum er so still war. Jetzt glaube ich, daß es vielleicht die Wurzel war. Sie … beeinflußt die Wahrnehmungen eines Menschen.« Er zog die Brauen kummervoll zusammen. »Ich ... sah ihn fallen.«

»Fallen ...«

Rowan nickte heftig. »Er fiel.« Die Worte strömten aus ihm heraus. »Er fiel vor die Hufe seines Pferdes. Einen Augenblick konnte ich nicht verstehen – Carillon würde niemals vom Pferd fallen! –, und dann bemerkte ich den Pfeil in seiner Brust.« Er brach ab. »Ich war ... zu weit entfernt ... *zu weit* ... ich konnte ihn nicht mehr rechtzeitig erreichen. Aber ... ich sah den atvianischen Bogenschützen ... ich sah ihn zu meinem Herrn hinaufreiten. Während ich zum Hügel hinüberlief, sah ich ihn bei meinem Mujhar niederknien. Ich schrie – *Götter, und wie ich schrie!* –, aber der Bogenschütze hörte mich nicht. Und als ich meinen Herrn erreichte, war der Atvianer fort.«

Stille. Donal hörte das Zischen des Regens. Das Wasser lief am Zelt herab und platschte auf den Boden. »Noch mehr?« fragte er bekümmert.

Tränen liefen ungehindert Rowans Cheysuligesicht hinab. »Er wußte, daß es vorbei war«, sagte er. »Er sagte, ich sollte mir nicht die Mühe machen, einen Arzt zu rufen. Er sagte ... er sagte, er wünschte, Finn wäre bei ihm oder Duncan, damit sie ihm die Schmerzen nehmen könnten.« Seine Stimme schwankte kurz. »Er sagte mir, Osric selbst sei es gewesen ... der atvianische Bogenschütze sei Osric gewesen ... daß er sich Carillon bekannt gemacht habe, als er sich neben ihn kniete. Und dann ... dann sagte er, daß ich Euch das Schwert bringen sollte, weil Ihr es jetzt annehmen würdet.«

»Das Schwert ...« wiederholte Donal. »Götter ... jetzt ist es *tatsächlich* meines.«

Rowans Gesicht war grau. »Mylord ... Osric hat das Schwert.«

»Osric!«

»Ich konnte es Carillon nicht sagen«, flüsterte Rowan erschöpft. »Der Atvianer hatte es mitgenommen.«

Donal erinnerte sich an den Übungskampf mit Carillon vor so vielen Monaten – als sie entdeckt hatten, daß die Klinge in seiner Hand ihren wahren Herrn erkannte, daß es überhaupt nicht Carillons Schwert war, auch wenn es ihm treu gedient hatte, daß es für einen anderen Mann bestimmt war.

Donal schaute zu Rowan hinab. »Dann werde ich es zurückholen müssen.«

Rowans Stimme zitterte. »Ich habe ihm fünfundzwanzig Jahre lang gedient.« Er sprach mit trockener Nüchternheit, als könne er dadurch seinen Kummer verbergen. »Ich war zwölf Jahre alt, als ich in seine Dienste eintrat. Wußtet Ihr das? Zwölf Jahre. Er war selbst erst achtzehn, aber er stand so weit über mir, daß ich ihn durch die Helligkeit seines Geistes kaum sehen konnte. Und er sorgte dafür, daß ich sicher war... er sorgte dafür, daß ich gerettet wurde, während er selbst in Eisen gelegt blieb.« Er lächelte bittersüß. »Damals schwor ich, ihm nach besten Kräften zu dienen. Selbst als er und Finn auf der Flucht waren, tat ich, was ich konnte, um ihm zu dienen. Ich erhielt seine Erinnerung lebendig.« Sein Lächeln schwand. »Und als er nach Hause kam, nahm er mich in seinen Dienst... mein *Tahlmorra*, wenn man so will...« Er lächelte nicht mehr. »Und jetzt ist *das* geschehen.« Er zerbrach den Silberbecher in seiner Hand fast. »Dieser Dienst wurde durch Osrics Pfeil beendet.«

Und dieser Pfeil macht mich zum König... Donal wandte sich von Rowan ab. Er konnte es nicht ertragen, sein Gesicht zu sehen.

Er sah den Ring, noch immer von Carillons Blut befleckt, auf dem Tisch liegen, der jetzt *sein* Ring war. Langsam und mit furchtbarer Anspannung zog er den Ring an seinem Zeigefinger ab und legte ihn neben den anderen. Der Ring seines Sohnes, wenn Aislinn jemals einen gebären würde.

Und ich bete zu den Göttern, daß sie es tun wird... ich

brauche einen Erben, wenn ich Mujhar sein soll. Sein inneres Lächeln war von Spott verzerrt.

Donal nahm den schweren schwarzen Ring mit dem eingeritzten wilden Löwen auf. Vorsichtig steckte er ihn an seinen nackten Zeigefinger und spürte, wie sich die Haut dem Metall anpaßte.

Er wandte sich zu Evan um. »Sorgt dafür, daß der Hauptmann etwas zu essen und Ruhe bekommt. Dann sucht Finn und sagt ihm, daß er hier auf mich warten soll. Ich werde zu ihm kommen, sobald ich kann.«

»Aber ... wie lange soll er warten?«

»Bis ich zurückkomme.« Er ging, ohne seinen Umhang umzulegen, in den Regen hinaus.

Er lief. Er dachte, das könne seinen Schmerz lindern. Aber es vertiefte ihn nur. Er spürte diesen Schmerz seinen Körper erfüllen, bis er sich am liebsten übergeben hätte. Aber er war leer. Er war bis auf Kummer und Angst leer.

Er lief ...

... und als er stehenblieb, geschah dies, weil er wußte, was er zu tun hatte. Weil seine Lungen brannten und sein Bauch schmerzte und seine Seele in seiner Brust geschrumpft war. Es war nichts geblieben außer Atemlosigkeit und Sorge – und ein wilder, wilder Zorn.

Er stand auf einem steilen Abhang. Das Tal und das Lager lagen unter ihm. Der Himmel war wolkenverhangen, weder Mond noch Sterne leuchteten gegen die Dunkelheit an.

Er ballte seine rechte Faust und spürte den schweren Ring in seine Finger schneiden. »Ihr nehmt sie mir alle«, sagte er laut. »Meinen *Jehan*, meine *Jehana* ... den Jungen ... und jetzt auch noch Carillon. Ihr nehmt sie mir *alle* ... und ihr bürdet mir dies zu früh auf!«

Glaubst du, du seist es nicht wert? fragte Taj, der im diesigen Nieselregen seine Kreise zog.

Ich bin *unwürdig.*

Du bist ein Cheysulikrieger. Du bist dieses allen würdig.

Lorns Stimme klang unbeugsam. Sie ähnelte Carillons.

Donal schüttelte den Kopf. »Ich habe Angst«, sagte er deutlich. »Versteht ihr das? *Angst.* Weil ich nicht so regieren kann, wie er regiert hat. Ich kann nicht Carillon sein. Ich kann seinen Platz nicht einnehmen!«

Lorns Augen schimmerten. *Du sollst seinen Platz nicht einnehmen. Du sollst den Platz neu gestalten.*

Taj zog seine Kreise enger. *Er hat der Prophezeiung im Leben wie im Tode gedient.*

»Er war Homaner, kein Cheysuli. Warum mußte *er* das Wagnis auf sich nehmen?«

Ein Leben ohne Wagnis ist ein leeres Leben, erwiderte Lorn. *Ein Leben, das nicht für etwas so großartiges wie die Prophezeiung der Erstgeborenen aufs Spiel gesetzt wird, ist überhaupt kein Leben.*

»Und meines?« fragte Donal. »Wie wird mein Leben sein?«

Lorn drängte sich gegen sein Bein. *Warum läßt du dir nicht von dem Ellasier dein Schicksal legen?*

Donal lachte bitter auf.

Taj kam näher heran. *Wer weiß, ob er sich irren wird?*

Donal schaute über die vom Regen durchnäßten Ebenen hinweg. Er sah die zuckenden Funken nur widerwillig brennender Feuerstellen unter Stoffregenschutzen. Sein Heer – *sein* Heer – breitete sich über das Land aus wie ein schweigender Strom.

Und es war an der Zeit, daß er zu ihm zurückkehrte.

Als er sein Zelt betrat, fand er es bis auf Finn leer vor. Einen Augenblick dachte er, sein Onkel wüßte vielleicht noch nicht, was geschehen war, aber dann durchschaute er die angespannte Ruhe des anderen.

Das narbige Gesicht schien vollkommen ausdruckslos. Aber Zorn und Kummer waren aus seiner Haltung so deutlich herauszulesen, daß es Donal wie ein Schlag traf.

Donal atmete langsam und beruhigend ein. »Ich ziehe morgen früh nach Homana.«

Finn, der halb in den Schatten verborgen blieb, regte sich nicht. »Du hast hier ein Heer.«

Die Nüchternheit seines Tonfalls erschreckte Donal. Ihre Blicke kreuzten sich. Dann winkte Donal mit einer Hand ab. »Solinde ist jetzt ruhig. Ich werde nach Homana gehen.«

»Warum?« fragte Finn.

Regen rann aus Donals durchweichter Lederkleidung und ergoß sich auf den Boden. »Du warst fast zehn Jahre lang sein Gefolgsmann. Du hast in den Kriegen, in denen Homana von Bellams Tyrannei zurückgewonnen wurde, Cheysuli *und* Homaner befehligt. Ich brauche dich, um dieses Heer zu befehligen, während ich mein Schwert nach Hause hole.«

Finn lächelte bitter. »Die Homaner werden niemals einen Cheysuli als Befehlshaber dulden.«

»Sie haben auch *mich* während dieser letzten Monate geduldet!«

»Auf Carillons Geheiß.«

»Was ist mit Rowan?«

»Auf Carillons Geheiß!«

Donal hob seine rechte Hand ins Licht, so daß der Ring deutlich zu sehen war. »*Auf Geheiß ihres Mujhar* werden sie dich sicherlich als vorübergehenden Befehlshaber annehmen.«

Finn trat vorwärts, bis er nicht mehr weiter als zwei Schritte von Donal entfernt stand. Er atmete durch zusammengebissene Zähne zischend aus, während er sagte: »*Ich* werde nach Homana gehen und die atvianische Schlange töten. *Ich* werde ihm das Leben nehmen. Nicht du. *Ich* schulde ihm seinen Tod!«

»Tatsächlich?« Donal hielt seinem Blick stand. »Du hast doch einmal gesagt, ich müßte meinen eigenen Weg gehen. Das habe ich jerzt getan. Du wirst hierbleiben und das Heer befehligen, *wie du es früher für Carillon getan hast,* und ich werde nach Homana gehen.«

Finn zeigte die Zähne. »*Ich* schulde ihm diesen Tod!«

»Ich«, sagte Donal, »ich bin sein Erbe. Ich werde es tun. Osric wird durch meine Hand sterben, und ich werde das Schwert wieder nach Hause bringen.«

Finn spie etwas in der Alten Sprache aus, so daß sich die Haare in Donals Nacken aufrichteten. Er spürte alle Farbe aus seinem Gesicht weichen. »Du beleidigst mich?« fragte er und hörte das Schwanken in seiner Stimme. Er bemühte sich, sie ruhig zu halten. »Wir sind miteinander verwandt, *Su'fali!* Ich habe dich mein Leben lang für deine Weisheit, deine Stärke und deine Macht verehrt, und jetzt *beleidigst* du mich ...«

»Ja!« fauchte Finn. »Und ich werde es wieder tun, wenn du mir dies verweigerst.«

»Ich bin dein Mujhar!« Donals Stimme war rauh, denn es hatte ihn große Anstrengung gekostet, diesen Ruf auszustoßen. »Wenn *du* mich hierin enttäuschst, glaubst du, daß mich die *Homaner* dann noch anerkennen werden?«

Finns Hand krampfte sich um sein Messer. »Ich will nur das Leben eines *einzigen atvianischen Herrchens* ...«

»Shansu, Su'fali«, sagte Donal ruhig. »Glaubst du nicht, daß ich mindestens genauso trauere wie du?«

Die Narbe auf Finns dunklem Gesicht verzog sich. Einen Augenblick lang war solcher Kummer und solche Qual in seinen Augen zu sehen, daß Donal fürchtete, er könnte wahnsinnig werden. Aber Finn hielt seine Gefühle im Zaum.

Als er wieder dazu in der Lage war, atmete er langsam ein und ließ den Atem dann vorsichtig wieder entweichen. »Duncan würde sagen, daß ich ein Narr bin ... zu meinem eigenen Schaden zu ungestüm ... er hat mich so oft gebremst ... und vielleicht ist es so am besten.« Finns Stimme klang heiser. »Vielleicht bin ich zu ungestüm. Vielleicht muß ich mir bewußt in Erinnerung rufen, welch guten Dienst er mir erwiesen hat, und zulassen, daß sein Sohn mir denselben Dienst erweist.« Er seufzte verhalten. »Ich vermute ... solange Osric überhaupt getötet wird ... ist es unwichtig, wer es tut.«

Donal streckte seine Arme aus und wartete, und schließlich nahm Finn die Umarmung an, die ihren Bund erneut besiegelte. »Osric wird getötet werden«, sagte Donal deutlich. »Das verspreche ich dir.«

Kapitel Zwei

Es erinnerte ihn ein wenig an den Schoß der Erde. Die Wände waren mit Marmorarbeiten verziert, aber der Stein war hellrosa und die Gestalten stellten keine *Lirs,* sondern Menschen dar: das Grabmal der Könige.

Skulpturen und Marmorsärge erfüllten das schattige Gewölbe. Donal stand im halb geöffneten Eingang und betrachtete die stillen Toten darin. Es war eine homanische Eigenart, dem glatten Stein die Ähnlichkeit der Toten zu geben. Es war auch eine homanische Eigenart, sie abgeschieden zu halten. Ebenso, sie im Innern Homana-Mujhars, das ein Cheysuliort war, alle zusammen aufzubewahren. Donal empfand diesen Brauch als verabscheuungswürdig.

Aislinn befand sich in dem Gewölbe. Sie war allein und ahnte nichts von seiner Anwesenheit. Sie trauerte allein. Nur eine der Kerzenhalterungen an den Wänden war bestückt, wodurch die Verzierungen und Skulpturen stark hervortraten. Die Beleuchtung betonte die düstere Stille des Mausoleums. Aber Aislinn schien es nichts auszumachen. Sie hielt eine Kerze über einen einfachen, ungeschmückten Marmorsarg.

Donal betrat das Gewölbe. Seine Schritte hallten laut wider. Aislinn fuhr keuchend herum und ließ die Kerze auf den Sarg fallen. Sie rollte davon, erlosch dann und verspritzte heißes Wachs auf dem Stein. Der Geruch von duftendem Bienenwachs stieg Donal in die Nase.

»Donal!« keuchte Aislinn, eine Hand in ihrem Gewand verborgen.

Er trat mit einer dicken Kerze in der Hand weiter in das Gewölbe hinein. Die Flamme flackerte und spuckte, während er voranging, und warf seltsame Schatten über das angespannte Gesicht vor ihm. Er sah das Schimmern von Tränen und die Furchen bitteren Kummers.

»Sie haben ihn hierhergebracht?« fragte er. »Warum hierher? Warum nicht über die Erde, in Freiheit?«

Ihre Augen wirkten in dem gedämpften Licht schwarz. »Hier ... hier kommen alle Könige hin.«

»Auch Shaine?«

»Sh ... Shaine?« Sie sah ihn überrascht an, als könne sie nicht glauben, daß er angesichts des Todes ihres Vaters über jetzt so unwichtige Menschen sprach. »Nein. Als Bellam den Palast einnahm, war Shaine bereits tot. Er wurde nicht ehrenvoll bestattet. Bellam hat über seinen Körper verfügt. Niemand weiß, wo seine Gebeine liegen.«

»Gut«, sagte er ruhig. »Shaine hat keine Ehre verdient.«

»Donal ...!«

Er sah sie offen an. »Shaine war ein Wahnsinniger und ein Narr. Carillon verdient bessere Gesellschaft.«

Sie wandte sich von ihm ab und wieder dem Marmorsarg zu. Sie legte die Hände flach auf den ungeschmückten Sargdeckel. Die Finger waren gespreizt. Sie beugte den Kopf, und Donal sah, wie ihre Schultern bebten. »Ich habe ihn gesehen«, flüsterte sie. »Ich habe ihn *gesehen*. Sie sagten mir, ich müßte ihn ansehen, während sie ihn für die Beerdigung vorbereiteten, damit niemand behaupten könnte, der Mujhar lebe noch, um das auszunützen.«

Er hörte den Unterton des mit Qual vermischten Entsetzens. »Aber das tut er«, belehrte Donal sie. »Der Mujhar lebt *tatsächlich* noch.«

Sie fuhr herum und preßte ihren Rücken gegen den Sarg. *»Was ...«*

Er unterbrach ihre Frage. »Ich bin Carillons Erbe, Aislinn ... *Ich* bin jetzt der Mujhar von Homana.«

Alle Farbe wich aus ihrem Gesicht, aber ihre Stimme

klang überraschend gefaßt. »Du verschwendest keine Zeit.«

»Ich habe keine Zeit.« Das Kerzenlicht spielte auf dem Rot ihres schweren Haarzopfs und verwandelte ihn in Gold. »Wenn ich jetzt zögerte, könnte der Krieg sehr leicht verloren werden. Es ist keine Zeit für den müßigen Ausdruck königlichen Grams. Nicht einmal für Carillon.«

»Warum bist du dann *hierher*gekommen?« Sie trug ein Gewand aus tiefblauem Samt. Es glitt von einer Schulter herab und offenbarte das Leinen ihres Nachtgewandes. Er hatte gedacht, einige Zeit allein in dem Gewölbe verbringen zu können, da er sehr spät gekommen war, aber Aislinn sah nicht so aus, als hätte sie überhaupt geschlafen.

»Ich bin hergekommen, um nach dir zu sehen«, antwortete er ihr, »und um mich von Carillon zu verabschieden.«

Tränen schimmerten in ihren Augen. »Es geht mir einigermaßen gut… für eine Frau, die sowohl den ungeborenen Sohn als auch den Vater verloren hat.«

Er wollte zu ihr gehen, sie in seine Arme nehmen und ihr den Trost geben, den sie brauchte. Aber er hatte Angst. Cheysuli ehrten die Toten mit hoher Achtung und Feierlichkeit, und die Totenklage einer Frau war verabscheuungswürdig. Er wagte seine eigene schwache Kontrolle nicht aufzugeben, um Aislinns Bedürfnissen entgegenzukommen.

»Ich bin allein«, sagte sie. »Ich habe niemanden auf der Welt.«

Er verhielt sich ganz still. Er spürte Schmerz in seiner Brust aufwallen und dann in seine Kehle steigen. Er merkte, daß er kaum atmen konnte.

Langsam stellte er seine Kerze auf dem Sarg ab. Dann berührte er ihre Fingerspitzen. Als er ihr Zittern spürte, wußte er, daß er verloren war.

Aislinn warf sich ihm in die Arme. Sie klammerte sich

an ihn, aber sie brach nicht zusammen. Sie weinte leise, mit einer Art Würde, die er nicht erwartet hatte. Das machte den Augenblick noch quälender.

»Wie lange bleibst du?« fragte sie schließlich, als die Tränen auf ihren Wangen getrocknet waren.

»Ich bleibe nicht«, antwortete er. »Ich muß zum Keep weiterziehen.«

Aislinn erstarrte. »Du gehst zu *ihr?*«

»Ja, Sorcha ist dort«, gab er zu. »Aber auch meine Kinder sind dort.«

Sie trat von ihm zurück – aus seinen Armen. »Dann ... wirst du nicht die Nacht mit mir verbringen?« Er sah, wie sie den Stoff ihres Gewandes zwischen ihren Fingern drehte. »Du ... vernachlässigst die Pflichten eines Ehemannes?«

»Aislinn«, sagte er freundlich, »du erinnerst dich sicher an das letzte Mal. Bist du für solch eine Stunde schon wieder bereit?«

»Ich glaube ... ich glaube, das wird nicht nötig sein.« Sie errötete. »Ich glaube, du wirst mich als willige Frau erleben, und nicht als Wahnsinnige.«

Er betrachtete sie. Es stimmte, daß größerer Ernst aus ihren Augen sprach. Bis auf eine natürliche Verlegenheit und Schüchternheit schien die Angst, die sie zuvor gezeigt hatte, verschwunden zu sein.

Vielleicht ist sie jetzt – jetzt, wo Tynstar und Electra tot sind – ganz von der Verbindung befreit.

Kurz darauf schüttelte er den Kopf. »Aislinn ... es tut mir leid. Aber heute nacht habe ich keine Zeit. Ich muß zum Keep ziehen, und dann werde ich mich dem Heer anschließen. Ich habe jemandem den Tod zu geben.«

»Osric?«

Er nickte.

»Das dachte ich mir. Nun dann, ich werde dich nicht halten. Ich kann dich nicht dafür tadeln, daß du den Tod meines Vaters rächen willst.« Sie wandte sich um und griff nach der Kerze. »Willst du mit mir zu Abend essen? Du siehst müde aus. Danach werde ich dich nicht mehr aufhalten.«

Sie führte ihn schwermütig aus dem Gewölbe heraus.

Er aß. Er trank. Er erzählte ihr, was er über die Kämpfe in Solinde wußte. Sie hörte aufmerksam zu, und er stellte fest, daß sie in den Monaten, seit er sie verlassen hatte, reifer geworden war. Sogar ihr Gesicht schien sich verändert zu haben. Sie hatte abgenommen, so daß er die Linien ihrer Knochen genauso deutlich sehen konnte, wie er sie bei Electra gesehen hatte. Sie war nicht mehr die junge Frau, die noch erwachsen werden wollte. Das Kind empfangen und dann verloren zu haben, hatte viel dazu beigetragen, ihre Kindheit zu verbannen.

Sie waren allein. Die *Lirs* befanden sich in seinen Gemächern, in einem anderen Flügel des Hauses. Sie aßen in Aislinns Räumen zu Abend, und sie hatte die Diener entlassen und gesagt, sie würden sich allein um alles kümmern.

Jetzt setzte sie ihren Becher ab und betrachtete ihn genauer. »Du siehst so erschöpft aus, Donal.«

Er stützte sich auf einen Ellbogen auf. »Ich kam den ganzen Weg von Solinde. Es ist falsch, die *Lir*gestalt so lange beizubehalten, ohne sich gründlich auszuruhen, aber ... ich hatte das Gefühl, daß die Umstände dieses Opfer rechtfertigten.« Er nahm einen Schluck aus seinem Weinbecher. »Das ist teilweise der Grund, warum ich durcheinander bin. Wenn ich in dem Gewölbe grausam zu dir war, dann entschuldige ich mich dafür.«

»Du bist unglücklich.« Sie goß ihm Wein nach. »Ich erkenne es. Es hat lange gedauert, bis du deine Erbschaft antreten konntest, und jetzt, da der Thron tatsächlich dir gehört, gefällt dir der Gedanke nicht.«

»Ich habe den Thron niemals gewollt«, sagte er müde. »Das habe ich dir schon einmal gesagt. Aber ... Carillon brauchte einen Erben, und ich habe einen oder zwei Tropfen königliches Blut in mir.«

»Mehr als einen Tropfen«, erwiderte sie. »Auch wenn du dein Cheysuliblut sehr hervorhebst ... du hast auch homanisches Blut in dir. Und was den Erben betrifft, so sollten wir selbst einige erschaffen.« Sie warf ihm einen Seitenblick aus ihren langlidrigen Augen zu. »Meinst du nicht?«

Er lächelte. »Ich stimme dir zu. Und wenn ich diesen Krieg hinter mir habe, werde ich dafür mein bestes tun ...«

»Wird der Krieg sehr lange dauern?« Sie runzelte die Stirn.

Donal kratzte sich nachdenklich das Augenlid. »Osric hat sich auf den Ebenen unmittelbar nördlich der Sümpfe verschanzt. Mujhara ist nicht wirklich *bedroht* ... aber es könnte bedroht werden, wenn wir nicht weiterziehen, um ihn aufzuhalten. Solange unsere Kräfte aufgeteilt sind, können wir wenig tun. Carillon wollte ihn dauerhaft zurückstoßen ... und jetzt ist dies meine Aufgabe.«

Sie griff über den Tisch und hielt seine Hand fest, bevor er sie zurückziehen konnte. »Donal ... bleibe heute nacht bei mir. Warte noch einen oder zwei Tage.«

Ihre Haut fühlte sich an seiner Haut warm an. »Ich habe dir gesagt, warum das unmöglich ist. Und du hast zugestimmt, daß du mich nicht aufhalten wolltest.«

»Ich habe gelogen.« Ihr Haarzopf hatte sich gelöst, so daß das helle Haar um ihr Gesicht hing. Sie löste die Bänder geschickt ganz, bis das Haar völlig frei herabfiel. Das Gewand glitt von ihren Schultern. Durch den dünnen Stoff ihres Nachtgewandes konnte er die Umrisse ihrer Brüste erkennen.

»Aislinn«, sagte er. »Das reicht.«

»Nein.« Sie stand auf, indem sie sich auf den Tisch aufstützte. Sie schüttelte ihr Haar zurück und lächelte. »Ich bin frei, Donal. Keine Ihlinimagie mehr. Ich kann sein, wie du mich haben willst.«

Er war nicht gleichgültig – ihr gegenüber. Aber durch

seine ständige Vorsicht und seine jetzige Zielstrebigkeit glaubte er, sie zurückweisen zu können. »Aislinn, bitte hab *Geduld*. Unsere Zeit wird kommen.«

Sie umrundete langsam den Tisch und stellte sich hinter ihn. Ihre Hände legten sich auf seinen Nacken. »Diese Zeit ist *jetzt* gekommen.«

»Aislinn ...«

»Glaubst du, ich meine es nicht ernst?« Sie beugte sich vor und drängte sich an seinen starren Rücken. Ihr Haar hing über seine Schultern herab. »Dies ist kein Spiel. Dies ist meine *Vergeltung*.« Sie ergriff jäh zwei Handvoll seines Haars. *»Weißt du, wie es war?«* fragte sie. »Kannst du dir *vorstellen*, wie es war? Kannst du *verstehen*, was es bedeutet, diese äußerste Hilflosigkeit zu erfahren, die du bei mir verursacht hast?«

Er ergriff ihre Hände und erhob sich, trat vom Stuhl fort an die Seite des Tisches. »Aislinn ... das ist Unsinn ...«

»Tatsächlich?« Ihre Handgelenke waren in seinen Händen gefangen. »*Ich* nenne es Vergeltung.«

Er schüttelte verwirrt den Kopf. »Aislinn ... bist du verrückt ...?«

»Du wirst heute nacht bei mir bleiben.« Er sah die Eindringlichkeit in ihren klaren grauen Augen. »Ich möchte, daß du weißt, wie es ist. *Ich will, daß du die Hilflosigkeit empfindest,* die ich empfunden habe, wohl wissend, daß ich *nichts tun* konnte!«

Er schwankte. Ein Schaudern durchlief seinen Körper. Die Zunge fühlte sich in seinem Mund dick an. »Aislinn ... was hast du getan?«

»Ich habe die Macht gesucht, wo ich sie bekommen konnte.« Ihre langlidrigen Augen waren geweitet und wachsam. »Ihr habt viel Wein getrunken, Mylord. Ihr seid müde. Ihr braucht Ruhe. Und wenn ein Ehemann stur ist, muß eine Ehefrau ihre Möglichkeiten wahrnehmen.«

»Bei den Göttern ... *du bist die Tochter deiner* Jehana ...«

»Ich bin, was ich sein muß.« Ihr Bild verschwamm vor seinen Augen. Sie zog sich zurück. Er folgte ihr, versuchte, ihre Hand zu ergreifen, um sie festzuhalten.

Sie sagte nichts, als er auf das Bett fiel. Er kämpfte darum, sich aufzurichten, klammerte sich an den geschnitzten Betthimmel und die schweren Vorhänge. Seine Hand zog die seidenen Falten herab.

»Du *wirst* erfahren, wie es ist«, sagte sie mit harter, spröder Stimme. »Ich will, daß du *spürst*, wie es ist. Ich will ...«

Aber er hörte nicht mehr, was sie noch wollte.

Er träumte von Sorcha. Und suchte an ihrem geschmeidigen Körper Trost.

Donal setzte sich im Bett kerzengerade auf, so schnell zu vollem Erwachen gelangt, daß das Herz in seiner Brust sprang und sein Kopf pochte. Er dachte, er wäre vielleicht krank.

Er betrachtete die Frau wie blind. Er schluckte zweimal und bemerkte den schlechten Geschmack auf seiner Zunge. »Aislinn, *was hast du getan*?«

Sie wandte sich vom Bauch auf den Rücken. Sie räkelte sich träge und zog dann die seidenen Bettlaken geziert hoch, um ihre Nacktheit zu bedecken. »Ich habe dir deinen Willen genommen.«

Er rieb sich mit einer Hand über das Gesicht und versuchte die kribbelnde Taubheit zu vertreiben. Sein Körper sagte ihm, daß er in dieser Nacht mit einer Frau geschlafen hatte, aber sein Geist erinnerte sich an nichts. »Ich hatte nicht vor, die Nacht mit dir ... ich hatte zum Keep und dann weiter zum Heer ziehen wollen.«

»Ich weiß.« Aislinns Lächeln erinnerte ihn an Electras Lächeln. »Wie ist es, Mylord, sich so hilflos zu fühlen?«

Er fluchte heftig und sprang aus dem Bett, umklammerte aber dann haltsuchend einen der Bettpfosten. »Hexe. Du bist nicht besser als deine *Jehana* ...«

»Wir wollen nicht von ihr sprechen.« Aislinn setzte

sich im Bett auf und wickelte sich fest in die Laken. »Ich habe dich nicht *behext*, Donal... Ich habe dir nur etwas in den Wein gegeben.«

Er setzte sich benommen auf die Bettkante. »Aber... warum hast du mich nicht einfach *getötet?* Die Götter wissen, daß du es früher schon versucht hast. Es sei denn, du hast jetzt, da Electra und Tynstar tot sind, einen anderen Plan.«

»Plan?« Aislinn runzelte die Stirn. »Was meinst du damit? Warum sollte ich dich zu töten versuchen? Was meinst du damit, daß ich es schon früher versucht hätte?«

Er sah sie finster an. »In Hondarth, Aislinn. Erinnerst du dich nicht. Das ist ein schönes Beispiel.«

Sie errötete und führte eine Hand ruckartig zum Mund. »Aber *das* war das Werk meiner Mutter!«

»Und letzte Nacht war es dein Werk.« Er rieb sich erneut den Kopf und unterdrückte ein schmerzerfülltes Stöhnen.

Sie rückte näher an ihn heran, kniete sich neben ihn. »Ich wollte nicht, daß du dich schlecht fühlst. Aber du hast mehr Wein als sonst getrunken... du hast mehr von dem Mittel bekommen, als ich dir verabreichen wollte.« Ihre Hand, die sie nach seiner Schulter ausgestreckt hatte, sank herab. »Bei den Göttern, Donal! Was erwartest du von mir? Beim letzten Mal hast du mir mit deiner Magie den Willen genommen und mich gezwungen, mit dir zu schlafen. Ich wollte nur, daß du weißt, wie das war! Kannst du mir das vorwerfen? Und... und... wir brauchen wirklich einen Erben. Wir können solche Notwendigkeiten nicht beiseite schieben.«

»Wir können.« *Und wir werden es jetzt tun.*

»Wir *können* es *nicht*. Glaubst du, ich kenne meine Pflichten nicht?« Sie funkelte ihn an. »Ihr geht zu Eurer Gespielin, Mylord... was soll ich *sonst* tun, wenn ich einen Sohn brauche?«

»Aislinn...«

»Ich will ein Kind«, sagte sie mit verzweifelter Würde. »Als Ersatz für den Sohn, den ich verloren habe.«

Er öffnete den Mund zu einer harten Antwort, schloß ihn dann aber wieder. Er hatte niemals darüber nachgedacht, was es bedeutete, eine Frau zu sein und nur darauf zu warten, Söhne als Erben für einen Thron zu gebären. Und in Aislinns Fall war es zwingend, daß sie sie bald gebar... jetzt, da Carillon tot war, war es noch zwingender als zuvor geworden.

Er sank aufs Bett und betrachtete sie, ihre hellen Augen und ihr blasses Gesicht. Sie hatte viel von der Schönheit ihrer Mutter und den ganzen Stolz ihres Vaters geerbt.

Er stand langsam vom Bett auf und zog sich an. Er schwieg, bis er fertig war, und ging dann zur Tür. »Vielleicht muß eine Frau etwas tun, was sie verabscheut, weil es erforderlich ist... aber ich kann es dir nicht *vergeben*. Nicht mehr, als du mir vergeben hast.«

»Ich will keine *Vergebung!*« Sie kniete sich hin. »Wenn du dich nicht überwinden kannst, mir Söhne zu schenken, werde ich tun, was ich tun muß.« Ihre Stimme zitterte vor Tränen. »Geh zu deiner Gespielin zurück, Donal... geh zu deiner Gestaltwandlerhure zurück!«

Er mußte sich beherrschen, um nicht den Raum zu durchschreiten und seine Hände an ihre Kehle zu legen. »Du hast mich zu lange aufgehalten«, sagte er kurz angebunden. »Jetzt muß ich sofort zum Heer reiten, ohne am Keep haltzumachen.« Er betrachtete ihr zorniges Gesicht und spürte, wie auch seine Verärgerung zunahm. »Du solltest besser hoffen, daß aus dieser Farce ein Sohn hervorgeht... denn du wirst keine weiteren Kinder von mir bekommen.«

Ihr Zorn schwand. »Aber... Homana braucht einen *Erben!*«

»Ich habe bereits einen Sohn.«

Aislinn kletterte aus dem Bett. Sie stand vollkommen

nackt vor ihm, aber ihr Zorn war erneut erwacht. »Du würdest *ihr* Kind nicht zum Prinzen von Homana ernennen!«

»Was sollte ich sonst tun, wenn es kein anderes Kind gibt?«

Sie ballte die Fäuste. »Das Homanische Konzil würde *niemals* einen Bastard von deiner Cheysulihure anerkennen«, sagte sie tonlos. »Niemals.«

Donal lächelte grimmig. »Ich bin der Mujhar. Sie werden letztendlich tun, was ich ihnen sage.«

Aislinn starrte ihn an. Aber die Art ihres Zorns hatte sich gewandelt. Ihre Tränen waren ausgetrocknet. Er sah eine neue Wachsamkeit in ihren Augen, ihrer Einschätzung nach eine kühle Vorsicht.

Sie lächelte Electras Lächeln.

Donal nahm ein Pferd aus Homana-Mujhar, denn er wußte, daß er zu müde sein würde, um sofort in den Kampf zu ziehen, wenn er in *Lir*gestalt zum Heer zöge. Er schickte Taj zum Keep weiter, um Sorcha zu benachrichtigen, daß er nun doch nicht nach Hause käme. Er freute sich nicht auf den Streit, der unweigerlich folgen würde, wenn sie sich *später tatsächlich* träfen. Sie würde behaupten, die Homaner würden ihn von seinem Cheysulierbe ablenken. Und er dachte, daß sie damit vielleicht sogar recht hätte.

Als der flinke Vogel verschwand, spürte Donal leises Bedauern. Er fühlte sich ohne Taj halb nackt. Ein Teil von ihm fehlte und würde auch noch eine Weile länger fehlen, denn er hatte Taj befohlen, anschließend zum Heer vorauszufliegen. Dennoch hatte er mehr Glück als andere Krieger. Er würde nicht mehr Falkengestalt annehmen können, solange er über solche Entfernungen von Taj getrennt war, aber seine Verbindung zu Lorn blieb bestehen.

Donal zügelte sein Pferd, als der Wald dichter wurde. Der Fußweg verengte sich zu kaum mehr als einem

Pfad, aber der Boden war von Hufabdrücken übersät. Zweige schlugen gegen seinen Kopf, und er ermüdete beim Kampf gegen die herabhängenden Ranken.

Lorn, der voraustrottete, schaute über eine Schulter zurück. *Fang mich, wenn du kannst.* Ein Schlagen mit seinem Schweif ... und er war fort.

Der Wolf war in den Wäldern Homanas zu Hause, das Pferd aber nicht. Dennoch ließ Donal es auf einen Versuch ankommen.

Er beugte sich tief über den Sattel, klammerte sich mit den Beinen am Pferdeleib fest, während er das Tier mit den Fersen schneller vorantrieb. Er ritt schnell, verlagerte sein Gewicht, ließ dem Kastanienbraunen die Zügel, die fliegende Mähne peitschte ihm ins Gesicht, und er schmeckte das brennende Salz des Pferdehaars.

Lir ... Lir ... Lir ...

Lorns gequälter Schrei schnitt durch Donals Geist, als der Pfad vor dem Pferd in eine Grube abfiel. Er fühlte die Gewichtslosigkeit und plötzliche Angst.

Donal warf sich aus Sattel und Steigbügeln.

Er konnte mit einer Hand eine krumm gewachsene, eingegrabene Wurzel ergreifen. Dann fiel er mit der verkrümmten und peitschenähnlichen Wurzel in der Hand drei Fuß tiefer, bevor er ruckartig zum Halten kam. Er spürte die Muskeln einer Schulter reißen.

Er hing vollkommen still da, die Augen gegen den Schmerz fest geschlossen, während er die andere Hand ausstreckte. Als er die Wurzel fest ergriffen hatte, zog er sich hoch und nahm so das Gewicht von seiner verletzten Schulter. Schweiß lief ihm das Gesicht hinab, als er sich aus seiner Verbindung mit Lorn zu lösen versuchte, denn der Schmerz des Wolfes verstärkte seinen eigenen Schmerz noch. Taj war zu weit entfernt, er konnte nicht hoffen, aus der Grube heraus*fliegen* zu können.

Er schwang sich vorsichtig gegen die Erdwand der Grube und klammerte sich mit beiden Händen fest. Er versuchte, langsam hochzuklettern, eine Handbreit um die andere, während sich seine Zehen in die abbröckelnden Seitenwände gruben. Er stieg Zentimeter um Zentimeter hinauf, zog sich zum Rand hoch. Eine Weile schwebte er frei, sammelte seine Kräfte, machte dann eine ruckartige Aufwärtsbewegung und klammerte sich an das Wurzelgewirr oberhalb der Grube.

Er stöhnte vor Anstrengung. Er schmeckte den salzigkupferartigen Geschmack von Blut an seinen Zähnen. Er roch den Schweiß seiner Bemühungen und den üblen Geruch zunehmender Angst. Die Verbindung zu Lorn hallte mit der Heftigkeit der Schmerzen in ihm wider. Aber er zog sich dennoch über den Rand der Grube hinauf und fiel dann zu Boden.

Er hustete. Der Atem pfiff in seiner Kehle. Sein Bauch hob und senkte sich heftig, während er Luft zu bekommen versuchte. *Lorn!* rief er schweigend und erhielt keine Antwort über die Verbindung. Nur Schmerz. Schmerz und Leere.

Donal richtete sich mühsam auf die Knie auf und versorgte seine schmerzende Schulter. Er zwang sich benommen aufzustehen und stolperte auf die Bäume zu, versuchte dem dünnen Verbindungsfaden zu seinem *Lir* zu folgen.

... binde einen Lir fest, und ein Cheysuli ist festgebunden ... verletze einen Lir, und ein Cheysuli ist verletzt ... fange einen Lir, und ein Cheysuli ist gefangen ...

Die Litanei lärmte in seinem Schädel. Sein *Jehan* hatte es ihm einmal mit Worten erklärt, für einen Jungen geeignet, der seine *Lirs* zu früh bekommen hatte, früher als jeder andere. Er hatte diese Sätze niemals vergessen.

Er sank gegen einen Baum, seine wunde Brust und die schmerzende Schulter zitterten. Er stolperte weiter, dem verzweifelten Drang seines Körpers folgend.

Lir ... Lir ... Lir ...

Er stolperte, fiel auf Hände und Knie.

Eine Gestalt trat aus den Bäumen hervor und stellte

sich vor ihn. Donal, der vom Schmerz halb blind war, sah zuerst die Stiefel und blickte dann langsam hoch.

Er sah eine schlanke Gestalt in dunkler, unauffälliger Kleidung. Blasse, zarte Hände. Und jene Hände umklammerten das Schwert mit dem wilden Löwen auf dem Heft.

Donal hob den Kopf. Er sah das glatte, jugendliche Gesicht, die verschiedenfarbigen Augen.

Sef lächelte. »Mylord Mujhar, das trifft sich gut. Obwohl Ihr im Augenblick zerschlagen scheint.«

»Du … du bist *tot* …«

»Tatsächlich? Nein. Das war ein anderer Junge. Aber ich freue mich, daß die Täuschung gehalten hat. Ich habe einen meiner Wachsteine verloren, versteht Ihr?«

Donal keuchte. »*Du* bist ein Ihlini …?«

»Mein Name ist Strahan«, sagte er, »nicht Sef. Ich bin der Sohn von Tynstar und Electra.«

Donal setzte sich zurück. »Electra hat jenes Kind *verloren!* In Hondarth … auf dem Weg zur Kristallinsel … mein *Jehan* sagte, sie habe das Kind *verloren* …«

Sef – Strahan – lächelte. »Sie wollte, daß er das dachte. Aber wenn man Electra von Solinde ist und treue Frauen um sich hat … kann man viele Geheimnisse bewahren … man kann viele Täuschungen aufrecht erhalten.«

»Nicht vor einem Cheysuli.«

»Seht mich an, Mujhar. Und sagt, ob ich lüge.«

Donal betrachtete ihn. Der Junge schien ihm nicht mehr demütig und unschuldig. Er sah die Wahrheit. Er lächelte das reine, verführerische Lächeln seines Vaters, mit all der strahlenden Schönheit seiner Mutter.

Donal griff mit der linken Hand nach seinem Messer, wohl wissend, daß sein rechter Arm zu taub und wund war, um diese Aufgabe erfüllen zu können. Aber der Junge legte die Spitze des Schwertes an seine Kehle, und Donal rührte sich nicht mehr.

»Ich halte Euren Wolf gefangen, Krieger, und daher

halte ich auch Euch gefangen. Wenn Ihr ihn lebend wiedersehen wollt, dürft Ihr mich nicht aufhalten.«

Donal spie Blut von seinen zerbissenen Lippen. »*Du* warst das im Schoß der Erde. *Du* warst es all diese Male.«

»Natürlich. *Ich* habe meiner Mutter das Gift gegeben, damit sie der Gefangenschaft entfliehen konnte. *Ich* habe den Homaner angeheuert, der Euch in der Halle angegriffen hat, wohl wissend, daß er scheitern würde. Ich wollte, daß Ihr Angst bekamt. Ich wollte, daß Ihr unsicher wurdet. Ich wollte Euch auf einem für die Cheysuli besonderen Platz sehen, damit ich Euch dort töten könnte.«

»Nicht Aislinn«, sagte Donal. »Und … auch nicht *Bronwyn*.«

Strahan lächelte. »Nicht Aislinn. Nicht Bronwyn … *dieses* Mal.« Das Lächeln wurde breiter. »Wie ist es, wenn man weiß, daß Frau und Schwester mit dem Feind verwandt sind? Sie sind es, vergeßt das nicht. Aislinn durch ihre Mutter und Bronwyn durch ihren Vater. Wie ist es, *Cheysuli*, wenn man weiß, daß man mit einem Ihlini verwandt ist?«

Er wiederholt Tynstars Worte … Donal schluckte schwer und betrachtete das mit Runen versehene Schwert. In Sefs – *Strahans* – Händen wirkte die Waffe riesig. Der Rubin hatte fast die Größe seiner Faust. »Wie bist du an Carillons Schwert gekommen?«

»Carillons? Oder Eures?« Strahan lachte. »Osric hat es mir gebracht. Ich hatte mich ihm zu dem Zeitpunkt schon angeschlossen – nach meinem ›Tod‹ – und ich habe darum gebeten. Als Beweis dafür, daß der Mörder meiner Mutter und meines Vaters tot war.« Wilder Zorn und gewaltiger Haß brannten tief in den ungleichen Augen. »Er hätte Carillon *tatsächlich* mir überlassen sollen. Er hätte mich ihn *tatsächlich* töten lassen sollen. *Ich* hätte ihm einen weitaus passenderen Tod zugewiesen.« Sein Lächeln glich dem seines Vaters. »Wundert Ihr

Euch, warum ich das Schwert jetzt berühre? Fragt Ihr Euch, wie ich das tun *kann*? Wegen Euch, *Mylord* ... Ihr habt Eure Pflichten so sehr vernachlässigt. O ja, dieses Schwert kennt Euch ... ein wenig. Aber Ihr habt das Ritual nicht zu Ende geführt. Ihr habt es nicht lange genug in Eurem Besitz behalten, daß es Feindeshand erkennt, wenn sie sich darumlegt. Es hat mich auf dem Hügelkamm erkannt ... hat mich als das erkannt, was ich war ... aber Ihr habt es zu lange nicht mehr berührt. Und ohne das Ritual ist die Macht geschrumpft.«

Niemand hat mir etwas von einem Ritual gesagt ... Aber Donal schüttelte den Kopf. »*Ich* hätte dich erkennen sollen. Durch meine *Lirs* ... ein Ihlini wird immer erkannt.«

»Nein«, sagte Strahan sanft. »Nicht solange ich das fedrige Armband trug.«

Donals linke Hand fuhr sofort zu seiner Gürteltasche. Aber er versuchte sie nicht zu öffnen.

Der Junge lachte. »Seht es Euch an, Donal. Seht, was mir so gut geholfen hat.«

Ohne es zu wollen, öffnete Donal die Tasche und nahm das fedrige Armband heraus. Er betrachtete es stumm. Solch ein einfacher Gegenstand. Ein schmales Band aus geflochtenen Federn: Schwarz und Gold und Braun.

Er begegnete Strahans Blick. »Wie konnte *dies* meine *Lirs* aufhalten?«

»Die Federn stammen von dem Falken Eures Vaters.«

Donal atmete keuchend aus. Er betrachtete blind die Federn in seiner Hand und erinnerte sich, wie er seinen Vater im Arm gehalten hatte. *Weshalb habe ich es nicht gewußt ...?*

»Ein Zeichen, aber ein mächtiges Zeichen«, erklärte der Junge freundlich. »Mein Vater hat den Körper des Falken an sich genommen. Und dann nahm er Duncan zu sich. Mit ihnen beiden, dem toten *Lir* und dem lebendigen Krieger, hat mein Vater einen mächtigen Zauber geschaffen. Er hat meine Gestalt verborgen. Er erlaubte mir, zu Euch zu kommen. Er ließ sogar Finn sich fragen, ob ich ein *Verwandter* sei!« Strahan lachte. »Und er machte es mir leicht, in den Palast einzudringen.«

Ich habe dies behalten, um mich an Sefs Mörder zu erinnern … aber ich habe mich damit selbst ans Messer geliefert. Er sah wieder zu dem Jungen hoch. »Was hast du mit mir vor?«

»Ich will Euch zu einem *Spielzeug* machen«, sagte Strahan. »So wie ich es mit Eurem Vater tat.«

Kapitel Drei

Die Erinnerungen führten in seinem Kopf einen Krieg.

Er erinnerte sich seit seiner Kindheit an den Vater, als Duncan Stammesführer und noch für andere Leute als nur für seinen Sohn verantwortlich gewesen war. Aber er hatte sich dennoch Zeit für seinen Sohn genommen und ihn gelehrt, was er ihn lehren konnte.

Er erinnerte sich an Duncan in seinem Wahnsinn, mit leeren Augen und verkrümmten Händen.

Er erinnerte sich an den Tag, als sein Vater ihn zum ersten Mal mit zur Jagd genommen hatte, um ihm alles über das Verfolgen und Töten zur Erhaltung des Stammes beizubringen, was er darüber wissen mußte.

Er erinnerte sich daran, daß Duncan um ihre Hilfe gebeten hatte, darum gebeten hatte, wieder geheilt, wieder ein Mensch zu werden.

Er erinnerte sich daran, daß seine Mutter dafür gesorgt hatte, seinen Vater in seiner Erinnerung lebendig zu erhalten, als Duncan gestorben war, weil Erinnerungen nur zu oft schwanden.

Er erinnerte sich daran, wie Alix sie alle gerettet hatte, indem sie sich selbst geopfert hatte.

Aber hauptsächlich erinnerte er sich daran, wie sein Vater in seinen Armen gestorben war, in dem Wissen, ein Spielzeug in den Händen von Tynstars Sohn gewesen zu sein.

Und Donal wußte, daß das auch für *ihn* galt.

Nein! schrie er. *Ich … bin …*

»… nicht!«

Er wachte ruckartig auf. Er hörte seinen Atem in den Grenzen seines Gefängnisses keuchen. Das Echo seines Schreis. Den Klang von schwerem Eisen, das an seinen

Handgelenken und Fußknöcheln rasselte und ihn an die Schlafkoje auf dem Schiff fesselte.

O Götter … Er erinnerte sich jetzt an *alles*. Wie Strahan ihn gefangengenommen und in Eisen geschlagen und Lorn dazu mißbraucht hatte, Donal zu einem zahmen, sich gut benehmenden Gefangenen zu machen.

»Eines müßt Ihr mir erklären.« Die Stimme des Jungen. Donal öffnete die Augen. »Eines müßt Ihr mir erklären, Donal … warum war es so leicht?« Strahan stand im Raum, unmittelbar hinter der Tür. Er trug eine dunkelblaue Tunika und eine Hose aus feinster Wolle, die von einem mit Silber verzierten Ledergürtel gehalten wurde.

Donal schluckte. Er hatte nicht die Absicht, Strahan zu antworten, zumal seine Kehle sehr trocken war.

»Mein Vater hat mich mein ganzes Leben lang gelehrt, daß die Cheysuli nur mit großen Anstrengungen gefangengenommen werden könnten … und doch seid Ihr mir leicht in die Hände gefallen und unternahmt nichts, um Euch zu befreien.« Schwarze Brauen zogen sich über verhangenen Augen zusammen. »Ist dies ein Beispiel für die Macht des *Lir*bundes? Ich habe gehört, wie zerstörerisch er sein kann … daß ein Krieger sein Leben aufgibt, wenn das Leben seines *Lir* verwirkt ist … aber Lorn ist noch nicht *tot*. Nur … *gefangen*.«

Strahan äußerte sich zu der Gefangennahme nicht weiter, aber Donal wußte sehr wohl, was der Wolf erlitten hatte. Er konnte es in sich selbst spüren, während er angekettet in der Koje lag. Schwäche. Hunger. Verwirrung. Großer Durst. Fieber. Und wenn Lorn litt, litt auch er. Und das würde *weiterhin* so sein, bis der Wolf frei war und er sich wieder erholt hatte.

Der Junge trat näher an die Koje heran. »Ich habe mehr von Euch erwartet. In den ganzen Monaten, die wir zusammen verbracht haben, habt Ihr in mir den Glauben geschürt, Ihr wärt ein Krieger. Aber ich sehe keinen Krieger. Ich sehe nur einen *Mann* … einen *menschlichen* Mann, der in meiner Falle gefangen ist.« Er kam noch einen Schritt näher. »*Wo ist der Falke, Donal?*«

Donal hörte die Veränderung in Strahans Stimme. Er war nur ein Junge, aber ein Junge mit Zugriff auf alle geheimnisvollen Künste der Unterwelt. Das ließ ihn alt erscheinen, obwohl er jung war. Es ließ ihn als Mann erscheinen, obwohl er kein Mann war.

Er ist kein Narr ... und ich wage nicht, ihn als solchen zu behandeln. »Taj ist tot.« Seine Stimme war nur ein Krächzen.

Strahan lachte. »Erwartet Ihr, daß ich *das* glaube? Ich *weiß*, was dieser Tod zur Folge hätte, Donal. Ich weiß von dem Wahnsinn.«

»Taj ist tot.«

»Unterschätzt mich nicht!« Strahans Gesicht rötete sich stark. »Ich werde es Euch bildlich vor Augen führen, *Mylord*. Nehmen wir einmal an, der Falke ist tatsächlich tot. Da Ihr noch den Wolf habt, braucht Ihr Euch um das Todesritual nicht zu sorgen. Ihr seid von der Verantwortung frei. Aber ich halte Lorn gefangen. Lorn ist ... krank. Der Wolf ist nicht mehr er selbst. Und obwohl Ihr auch nicht mehr wirklich *Ihr selbst* seid, würde ich doch kaum behaupten, Ihr wärt wahnsinnig.« Strahan schüttelte den Kopf. »Wenn Taj wirklich tot und Lorn so nahe am Tode wäre, wäret Ihr nicht mehr bei Verstand.«

»Welche Lügen hat Tynstar dir erzählt?«

»Überhaupt keine Lügen«, sagte der Junge freundlich. »Es ist mir bekannt, daß ein *lirloser* Cheysuli, der am Leben bleibt, auch seinen letzten Rest Verstand verliert. Aber da Eure Rasse so stolz, so stark, so *eingebildet* ist, könnt Ihr nicht ertragen zu sehen, wie ein Krieger zusammen mit seinem *Lir* wahnsinnig wird. Und so habt Ihr einen feierlichen Brauch geschaffen, den verherrlichten Selbstmord.« Strahan lächelte. »O ja, ich weiß über das Verbot Bescheid. Ein Cheysuli würde sich niemals wirklich zu einem Selbstmord herablassen. Aber was sonst tut ein Krieger, wenn sein *Lir* tot ist? Er übergibt sich der Macht, welche auch immer ihn töten wird.«

»Nein ...«

»*Ja*. Ich weiß es, Donal. Habt Ihr vergessen, daß ich Euren Vater gefangengehalten habe?«

Donal zerrte an seinen Ketten. »Geh mir aus den Augen!«

»Nein.«

»Er war kein ... *Spielzeug* ... er war ein Mensch ... ein *Mann* ... du hast den Krieger nicht besiegt! Und darum hast du auch den Menschen nicht besiegt! Du hast meinen *Jehan* nicht besiegt ...«

»O das glaube ich aber doch.« Strahan sah Donal an. Ein leiser Unterton des Verstehens hatte sich in seinen Tonfall eingeschlichen. »Und indem ich das tat, habe ich, glaube ich, auch *Euch* besiegt ...«

»Er war ein *Mensch* ... kein Tier, kein Vogel, kein *Ding* ...« Donal atmete tief durch. »Er war Duncan von den Cheysuli, aus der Linie der Alten Mujhars ... zu der Zeit, als der Löwe von Homana noch *uns* gehörte ...«

Strahan schaute zu ihm herab. »Uns«, wiederholte er. »Ja. Das hat mein Vater mich auch gelehrt ... daß der Löwe uns allen gehört hat.«

»*Nein!*« Donal biß sich auf die Lippe. *Nicht mehr ... ich sollte diesem Jungen nicht noch mehr Worte gönnen, die er verdrehen kann ...* »Der Löwe hat immer uns gehört. Den *Cheysuli* ... niemals den Ihlini. Tynstar hat eine Geschichte erfunden ...«

»Tynstar hat *nichts* erfunden«, erwiderte Strahan. »Mein Vater hat die Wahrheit gesagt.«

»Die alten Götter werden dich besiegen«, sagte Donal schwach. »Es sind nur Lügen in deinem Kopf.«

»Und nur Wahrheit auf meiner Zunge.« Strahan stand neben der Koje. »Selbst *wenn* mein Vater gelogen hat, glaubt Ihr, er hätte jemals ohne Grund behauptet, mit Euch verwandt zu sein? Hätte er einen Makel so bereitwillig zugegeben, wenn es nicht nötig gewesen wäre?«

»Makel.« Donal spie fast aus. »Cheysuliblut wäre seine gnädige Rettung gewesen.«

Strahan grinste gehässig. »Dann betrachtet uns als so gut wie *gerettet*, Mylord. Betrachtet uns als begnadet.«

»Ku'reshtin«, fluchte Donal schwach, aber der Junge hatte den Raum bereits verlassen.

Er wußte nicht, wo Lorn war. Er war auf einem Schiff und in schweres Eisen gekettet aufgewacht, halb bewußtlos von dem Ansturm der Macht, die Strahan gegen ihn gerichtet hatte. Er wußte, daß Lorn noch lebte, denn die Verbindung bestand noch. Sein Altes Blut verlieh ihm die Fähigkeit mit seinem *Lir* zu sprechen, auch wenn ein Ihlini anwesend war, aber er konnte den Schmerz des Wolfes nicht durchdringen. Er war, mehr oder weniger, allein. Dennoch schaltete er sich auf der Suche nach Taj wieder in die Verbindung ein, obwohl er wußte, daß der Falke wahrscheinlich zu weit entfernt war, um seinen Ruf zu hören. Aber er wußte auch, daß es einen Versuch wert war. Da Taj frei war, hatte er eine Chance. Der Falke konnte die anderen alarmieren und vor Strahans Absichten warnen.

Aber Taj antwortete nicht. Donal konnte sich nur noch aus der Verbindung lösen und hoffen, daß Lorn sich rechtzeitig erholen würde.

Er hing in seinen Ketten, und der Schweiß troff auf die dünne Decke seiner Koje.

Donal wurde unter strenger Bewachung an Deck gebracht. Er blinzelte gegen das Sonnenlicht an und fiel beinahe hin. Die Gefangenschaft in den Eisenketten hatte seine Muskeln steif und seine Wahrnehmungen langsamer werden lassen. Er fing sich an der Heckreling ab und zog sich wieder hoch. Dann erkannte er, wohin Strahan ihn gebracht hatte.

Bei den Göttern … glaubt er, er kann die Kristallinsel halten? Dies ist ein Cheysuli*ort!*

Der Nebel umwölkte die Insel noch immer und legte sich auch um das Schiff und auf Donals pelzbesetzte Lederkleidung. Er schaute an den Docks vorbei zum Strand und sah den feinen weißen Sand und dahinter die Wälder.

Strahan stand neben ihm. Er war in einen karmesinroten, ebenfalls pelzgesäumten Umhang gehüllt, der von derselben Kostbarkeit war, wie Donal sie in Homana-Mujhar gesehen hatte. »Als wir das letzte Mal hier waren, habt Ihr mich als Diener in dem Glauben hierhergebracht, einen heimatlosen Waisen vor den Schlechtigkeiten der Straße zu retten.« Er lachte. »All mein Geschwätz von Dämonen … all mein Geschwätz von Angst! Genug, um Euch für meine Zwecke einzuspannen.« Er deutete auf die Insel. »Ich habe diese Insel zu der meinen gemacht. Atvianer und Ihlini dienen mir. Das paßt, nicht wahr, nachdem Ihr mir so beredt erzählt habt, daß die Erstgeborenen von hier kamen?« Seine seltsamen Augen waren fest auf Donals Gesicht gerichtet. »Wie ist es, Krieger, zu wissen, daß ich hieraus einen Ihliniort gemacht habe?«

Donal, der sich mit gefesselten Händen grimmig an die Reling klammerte, antwortete nicht. In seinem Geist führten das, was er sah, und das, was er wußte, einen Kampf miteinander, denn vor ihm stand ein schlanker, hübscher Junge, der erst noch ein Mann werden mußte und doch schon alle aufkommende Macht der Ihlini für sich beanspruchte.

Tynstar hat mehr als drei Jahrhunderte mit dem Erlernen seiner Künste verbracht. Strahan ist ein Junge … jene Jahrhunderte liegen noch vor ihm. Wie wird er in ein- oder zweihundert Jahren sein?

Die atvianischen Wächter führten ihn vom Schiff herab. Dann stand Donal schweigend auf dem Dock und beobachtete Strahan, der das Abladen befehligte. Er versuchte, ein Glimmen zu erkennen, irgendeinen Hinweis darauf, daß die Götter beobachteten, was Strahan tat, aber es war nichts zu sehen. Der Wind brachte keinen Funken mit sich.

Strahan wandte sich ihm zu und lachte. »Wo sind Eure alten Götter *jetzt*, Gestaltwandler? Wie konnte dies geschehen?« Silber glitzerte in seinen Ohren. Er war nicht mehr der Bengel, sondern statt dessen ein gut gekleideter junger Mann, der edle Stoffe und glänzenden Schmuck trug.

Es war sinnlos, sich zu wehren und Strahan unnütze Drohungen oder Versprechungen anzubieten. Wenn Lorn sich erholte, gab es für Donal eine Möglichkeit zur Flucht. Wenn Taj endlich seinen Suchruf hörte, konnte der Falke Finn und auch die anderen warnen. Aber keines von beidem schien möglich.

»Euer Wolf, Donal.«

Er fuhr herum und trat dabei unfreiwillig einen Schritt vor. Er sah einen Lattenverschlag, einen hölzernen Lattenverschlag, der vom Schiff auf das darunterliegende Dock über eine Planke hinabgerollt wurde. Er hörte ein gedämpftes Jaulen.

Der Schmerz schnitt durch seinen Geist. *Was hat Strahan getan? Lorn … was hat er dir angetan?*

Wächter hielten ihn zurück. Er konnte dem Wolf nicht helfen. Er konnte nur verworrene Bitten flüstern, aber er ließ sie Strahan nicht hören.

Der Junge machte eine Geste. »Laßt ihn frei. Ich will, daß er erfährt, was es heißt, einem sterbenden *Lir* gegenüberzustehen.«

Donal riß sich los und stolperte zu der Kiste hinüber. Er fiel auf die Knie und versuchte, mit seinen starren Fingern durch die einzige schmale Öffnung zu gelangen, die dem Wolf Luft verschaffte. Er berührte eine verkrustete Nase.

Lorn! Du darfst nicht aufgeben!

Die Antwort des Wolfs klang sehr schwach. *Kein Wasser … keine Nahrung … wenig Luft …*

Du darfst nicht sterben … Lorn, ich bitte *dich …*

Du hast noch einen Lir, antwortete Lorn schwach. *Du wirst nicht* lirlos *sein. Du wirst das Todesritual nicht vollziehen müssen.*

Donal versuchte seine Finger tiefer in die Öffnung zu schieben, aber das Holz drückte ihm die Haut zusammen. *Lorn … ich werde dich nicht sterben lassen …*

Es ist besser so. Ich werde schwächer. Wäre ich ein ungeweihter Wolf aus dem Rudel, würden die anderen mich töten, um sich selbst zu schützen. Die verkrustete Nase preßte sich kurz gegen seine eingequetschten Finger. *Lir … es gibt noch einen anderen Grund.*

Es gibt keinen Grund, der es wert wäre aufzugeben! sagte Donal verärgert. *Bist du wahnsinnig geworden? Ich* brauche *dich!*

So wie ich schwächer werde, so wirst auch du schwächer, belehrte Lorn ihn. *Leugne es nicht … ich kann es über die Verbindung spüren. Wenn du wegen mir an Kraft verlierst, wird der Ihlini seinen Sieg bekommen.*

Donal konnte es nicht leugnen. In den Tagen, seit Strahan sie beide gefangengenommen hatte, hatte er gespürt, wie seine Kräfte ständig nachgelassen hatten. Eine nagende Schwäche hatte seinen Geist befallen. Solange Lorn von seinen Verletzungen und der Gefangenschaft so krank war, blieb auch Donal davon beeinträchtigt.

Lir … ich werde es nicht zulassen, daß du stirbst.

»Kommt mit«, sagte Strahan. »Ihr solltet jetzt Euer Quartier kennenlernen.«

Hände auf seinem Arm zogen Donal von dem Verschlag fort. Er schlug und trat mit gefesselten Händen und stiefelbekleideten Füßen zornig um sich, versuchte zu treffen, was er konnte, aber die Wächter waren gut vorbereitet. Er schlug erneut zu und erstarrte dann, als er ein leises, schmerzerfülltes Jaulen von Lorn hörte.

Lir …?

Er wandte sich um. Er sah das Schwert in Strahans Händen. Die Spitze der Klinge drang durch die schmale

Öffnung in den Verschlag ein. »Tut, was ich sage«, befahl Strahan. »Begleitet meine Diener.«

»Und wenn er stirbt?« forderte Donal ihn heraus. »Wie willst du mich dann zum Gehorsam zwingen?«

»Wenn er stirbt, dann stirbt auch Euer Wille.« Strahan lächelte. »Ihr werdet noch eine Weile länger leben, weil es noch immer den Falken gibt, aber wenn ich mit Euch fertig bin, wird der Wahnsinn für Euch ein *Segen* sein.«

Einer der Atvianer deutete in die Luft. »Mylord ... *seht!*«

Ein schneller Falke strich durch die Luft auf das Schiff zu. Er kreiste genau über ihnen und schoß dann auf das Dock zu, während er seine Erregung herausschrie.

Taj! rief Donal über die Verbindung. *Zieh weiter! Suche Finn und die Cheysuli. Sage ihnen, daß Tynstars Balg mich gefangenhält ... der Junge, den wir für Sef gehalten haben ...*

»Beim Sucher, es ist der Falke!« rief Strahan. »Ich werde sie *beide* töten.«

»Taj«, schrie Donal. »Zieh weiter!«

Strahan trat zwei Schritte auf Donal zu und legte die Spitze des Schwertes an sein Rückgrat an. »Ich kenne Euch. Ich kenne Euer Erbe. Ihr seid Alix' Sohn, nicht wahr? Und sie hatte das Alte Blut. Wollt Ihr gestaltwandeln? Tut es nicht, oder ich werde Euch hier töten.«

»Tötet mich, und Ihr verliert Euren zahmen Mujhar.« Donal täuschte ein Lächeln vor.

»Ich habe vor, Euch eines Tages zu ersetzen«, erklärte Strahan. »Es kann eher geschehen, als Ihr glaubt.« Er hob eine Hand. Das Schwert in der anderen Hand schwankte, neigte sich abwärts, zu schwer, als daß er es noch hätte aufrecht halten können. Die Spitze bohrte sich in das Holz des Docks.

Die Finger erstarrten und wurden jäh gespreizt. Ein blendender Strom strahlenden Lichts strömte aus den Fingerspitzen, zutiefst purpurfarben, von Funken durchzogen. Ein Echo der Macht, die Donal schon an Tynstar erlebt hatte.

Er zielt auf Taj... Donal griff den Ihlini, mit Handschellen und Ketten zuschlagend, an. Er durchschlug den Feuerstrom von Strahans Fingern und spürte ihn auf seiner Haut funkeln und brennen und karmesinrote Striemen verursachen. Dann erstarb das Feuer plötzlich, denn der Junge lag keuchend und mit blauem Gesicht unter Donals Gewicht und seinen zudrückenden Fingern.

Hände ergriffen ihn, rissen ihn von dem Jungen zurück. Donal schwankte zum Rand des Docks, als sie ihn roh fortstießen. Er sah, daß Taj noch immer ungehindert aufs Festland zuflog und seufzte vor Erleichterung.

Strahan erhob sich unsicher. Das Schwert lag auf dem Dock, aber er achtete nicht darauf. »Das wird eine Strafe nach sich ziehen«, versprach er heiser. »Das wird Euch noch leid tun.«

Er stieß beide Arme hoch in die Luft, als flehe er eine Gottheit an. Donal, der sich daran erinnerte, wie Tynstar Asar-Suti anzurufen versucht hatte, dachte, daß Strahan dasselbe vorhätte. Er sah, wie sich die Luft um seine blassen Hände verdunkelte. Rauch wallte aus dem Nebel auf. Er hüllte die Hände in Flammen.

Strahan lachte. »Würdet Ihr gern meinen *Lir* kennenlernen?«

Donal überlief eine Gänsehaut. »Die Ihlini *haben* keine *Lirs*...«

»Nein? Nun, vielleicht ist sie nicht wirklich ein *Lir*... aber sie ist aus demselben Blut und denselben Knochen gemacht.« Karmesinrote Funken schossen aus dem Rauch hervor, der sich um seine Hände wand. »Sie kommt aus der Unterwelt, von dem Gate Asar-Sutis. Und sie ist so ein reizender, reizender Dämon...« Die Flamme und der Rauch zerstoben. »Soll ich sie für Euch herbeifliegen lassen?«

Der schwarze Rauch und die Flamme nahmen Gestalt an. Donal sah Klauen, Schwingen, einen bösartig geschwungenen Schnabel. Und zwei goldene Augen, die ihn mit heimtückischer Eindringlichkeit beobachteten.

»Sakti ...« zischte Strahan, »... *hole* mir den Falken.«

Donal fuhr herum. *»Flieg!«* schrie er Taj zu.

Der Falke sank herab und tauchte weg, schoß vor dem Jagdfalken davon, aber Sakti war unbarmherzig. Sie gewann an Höhe, holte Taj ein, schlug mit scharfen Krallen zu.

»Taj ... *flieg!*«

Taj flog, aber der Dämonfalke flog schneller. Sakti stieg auf, schoß herab, schlug mit gebogenen Krallen zu. Eine der Krallen durchbohrte Tajs Brust.

»Taj!« schrie Donal.

Der Falke fiel vom Himmel.

Taj ...

... Taj ...

Taj?

Er schwebte. Er träumte. Er schrie. Er wußte, daß er halb wahnsinnig war.

Lir ...

... Lir ...

Lir?

Er schlief. Er erwachte. Er schrie.

Er konnte nichts dagegen tun.

»Wanderer«, sagte Evan, »du wirst dich zu einer Reise einschiffen.« Der Würfel und die Runenstäbe fielen, klapperten auf dem Holz ...

»... Narr und Scharlatan: jene, die nicht sind, was sie scheinen ...«

... Jugend ...

... Gefangenschaft ...

... Henker ...

... Warum läßt du den Ellasier nicht dein Schicksal würfeln?

... Wer weiß, ob er sich irrt? ...
... Ob er sich irrt ...
Ob er sich irrt.

Er schlief.
Er träumte.
Er schwebte.

Euer Shar Tahl hat Euren Stamm im Stich gelassen. Du weißt nichts von den Geschichten ...
... Sie haben auch noch eine zweite Rasse gezeugt ...
... Sie haben die Ihlini gezeugt ...
... die sich mit den Cheysuli verbunden haben ...

Er erwachte schreiend. *Nein.* Aber es war niemand da, der ihn hätte hören können.

Er vergaß für lange Zeit, wer er war oder warum Strahan ihn gefangenhielt. Und dann erinnerte er sich.
Er erinnerte sich, *warum.*

Er war allein. Er war in ein Zimmer eingesperrt, das ein weiches Bett, eine Bank, einen Tisch und hohe, schmale Fenster aufwies, die den Nebel und die gedämpften Sonnenstrahlen hereinließen. Seine Handgelenke waren noch immer von Eisen umschlossen, aber er hatte die Freiheit des Raumes.
Freiheit.
Er mußte fast lachen.

Er konnte Lorn nicht erreichen. Es bestand eine Schranke in der Verbindung, aber nicht diese vollkommene Leere, die Lorns Tod angezeigt hätte. Der Wolf lebte, aber Donal konnte ihn nicht erreichen.

Er versuchte, die Tage zu zählen, indem er mit seiner Gürtelschnalle Runen in den Bettpfosten ritzte, aber er wußte, daß er nicht mehr begriff, was geschah. Das Licht stimmte nicht. Der Nebel schloß die Sonne aus. Er konnte die Jahreszeit und die Tageszeit nicht mehr bestimmen.

Aber es war kalt. Eine Kohlenpfanne genügte nicht mehr.

* * *

Er aß.

Er trank.

Er war völlig allein.

Die Tür krachte auf. Donal fuhr herum.

Strahan stand im Raum …

… zusammen mit Finn und Evan.

Der Junge lachte. »Ich bin erfreut, Euch wiedervereinigen zu können, jetzt, da ich Euch alle gefangengenommen habe.«

Donal atmete geräuschvoll ein, während er Finn anstarrte. »Er … hat … *dich* gefangengenommen?«

»Evan und ich sind zu deiner Rettung hierhergekommen.« Seine Stimme klang verzerrt und mißbilligend.

Der Ellasier grinste. »Ihr könntet uns zumindest danken.«

»*Warum?*« fragte Donal. »Wie konntet ihr *allein* hierherkommen …«

»Es schien die beste Möglichkeit zu sein.« Finn und Evan fühlten sich anscheinend recht wohl. Sie waren unverletzt und sicherlich nicht allzu entsetzt über die Anwesenheit von Tynstars Sohn.

Donal sah Evan an. »Was wird Hochkönig Rhodri sagen, wenn er erfährt, daß sein jüngster Sohn von Strahan gefangengenommen wurde?«

»Er wird wahrscheinlich sagen, daß ich ein Narr sei und somit kein Verlust«, sagte Evan leichthin. »Vielleicht bin ich ein Narr, und vielleicht ist es wirklich kein Verlust … aber ich wollte einem Freund helfen.«

Donal streckte die Hände aus und führte die schweren Handschellen vor. »*Wie?*« fragte er. »Indem Ihr Ihlinieisen tragt?«

Die Wunde auf Finns Wange verzog sich, als er lachte. »Ich stelle fest, daß die lange Gefangenschaft deine Stimmung nicht verbessert hat.«

Donal betrachtete ihn. Er spürte, wie sein Mund trocken wurde. »Wie lange?« fragte er. »Wie lange bin ich schon hier?«

Er bekam zunächst keine Antwort. Und dann lachte Strahan auf. »Habt Ihr Euer Zeitgefühl verloren? Habt Ihr nicht bemerkt, daß sich die Jahreszeit geändert hat? Es ist gelungen ... *es ist gelungen* ... ich habe Euch *alles* vergessen lassen, sogar die Jahreszeit!«

Donal erinnerte sich daran, daß er Markierungen in den Bettpfosten geritzt hatte, um eine zeitliche Ordnung aufrecht zu erhalten. Aber eines Tages hatte er damit aufgehört. Und dann war die Zeit verlorengegangen, *er* war verlorengegangen, und jetzt konnte er sich nicht erinnern, wie lange Strahan ihn schon gefangenhielt.

Götter ... beginnt so der Wahnsinn?

»Es ist *gelungen!*« triumphierte Strahan. »Erinnert Ihr Euch nicht an all die vielen Male, als Ihr mich batet, Euch Euren Namen zu nennen? Als Ihr mich um poliertes Silber batet, damit Ihr Euch sehen könntet? Ihr glaubtet, ein Jagdfalke zu sein ... ein *Jagdfalke,* kein Falke. Habt Ihr Euren Vater nachgeahmt?«

»Sechs Monate«, flüsterte Donal entsetzt.

»Der Winter kam und ging«, sagte Finn sanft. »Donal ... laß es gut sein.«

Er betrachtete seine Hände. Nur Hände. Die Finger waren Finger, keine Krallen. Aber er erinnerte sich daran – schwach. Er erinnerte sich, daß er befürchtet hatte, er könnte im Schlaf gestaltwandeln. Als Strahan ihn mit seiner Macht aufgezogen hatte. *Bei den Göttern ... ich glaube, wir sind* alle *wahnsinnig geworden ...*

Er betrachtete Finn und Evan. »Ihr seid Narren.«

Seine Stimme klang ungebeugt. »Narren, ihr beide ... ihr habt Homana Tynstars Sohn übergeben.«

»Das glaube ich nicht«, antwortete Finn. »Sieh mal, der Junge ist nur ein Junge ... er lernt seine Macht erst noch. Er ist vielleicht Tynstars Sohn, aber kann er sein Volk anführen? Er ist jung. *Jung* ... und Jugend scheitert stets an Ungemach, bevor das höchste Ziel erreicht ist.« Er wandte sich zu Strahan um. »Hast du geglaubt, wir wären dir *wirklich* in die Hände gefallen, als wir sicherstellten, daß du uns gefangennehmen würdest?«

Strahan errötete. »Was wollt Ihr damit sagen?« fragte er. *»Was wollt Ihr damit sagen?«*

»Daß es für uns Zeit wird zu gehen.«

»Das *könnt* Ihr nicht! Ich hindere Euch daran! Ihr seid meine Gefangenen!«

Finns Hand steckte in seiner Gürteltasche. »Es ist Zeit für uns zu gehen.«

Der Junge streckte die Hand aus. An seinen Fingerspitzen tanzte eine hellrote Rune. »Ich bin Tynstars Sohn. *Ich bin der Ihlini!*«

»Und du hast einen deiner Wachsteine verloren.« Finn hielt ihn hoch, damit alle ihn sehen konnten: ein kleiner runder Stein von mattem Grau mit einem schwarzen Streifen darin. »Junge«, sagte Finn, »weißt du genug, um Angst zu haben?«

Das war zweifellos der Fall. Strahan wich zurück, klammerte sich an das karmesinrote Gewand, das er über dunkelgrauem Winterleder trug. Sein schmales Gesicht wurde bleich und dann fleckig rot. Die Rune erlosch in seiner Hand.

Finn lächelte. »Ich vermute, daß du die anderen vier Steine nicht bei dir trägst?«

Strahan wandte sich um und lief davon.

»Ich habe offensichtlich recht.« Finn steckte den Stein wieder in seine Gürteltasche. »Ich glaube, es ist Zeit zu gehen, bevor er die restlichen Steine holt.«

Donal starrte seinen Onkel an. »Warum? Was würde geschehen, wenn er das täte?«

»Alle Wachsteine zusammen verstärken seine Macht. Getrennt können sie gegen den Magier eingesetzt werden, der sie geschaffen hat.« Finn deutete auf die Tür. »Wenn du zögerst, werde ich denken, daß du bleiben *willst*.«

»Ich brauche Lorn.«

»Wir werden ihn finden.« Finn ging ihm voran hinaus.

Sie liefen einen Gang hinab. »Was ist mit den anderen Ihlini?« fragte Evan.

»Sie sterben, wie andere Menschen auch.« Finn führte sie eine Treppe hinab und durch einen luftigen Raum hindurch. »Ihr habt ein Messer, Ellasier ... sicherlich könnt Ihr auch damit umgehen.«

Sie gingen weiter. Immer weiter hinab ins Innere des Palastes.

»Su'fali!« schrie Donal. »Ich kann ihn erreichen ... *dort* ... Lorn ist dort!« Er deutete auf eine schmale Holztür, die halb hinter einem Wandbehang verborgen war.

Finn zog den Wandbehang beiseite und riß die unverschlossene Tür auf. »Storr«, sagte er zufrieden. Der Wolf hielt einen Wächter in Schach.

»Lorn?« fragte Donal.

»Vermutlich dort hindurch.« Finn deutete auf eine zweite Tür. »Und jetzt, Ihlini ... glückliche Reise zu deinem Gott ...«

Donals Ketten klirrten, als er die Tür mit der Schulter aufbrach. Er stolperte in den Raum, zog den Kopf ein und fiel fast über seinen *Lir*.

»Lorn!« Er sank neben dem Wolf auf die Knie.

Lorn lag in schmutzigem Stroh auf der Seite. Von dem sichtbaren Auge war nur das Weiße zu sehen. Die Zunge hing, trocken und verkrustet, aus seiner Schnauze. Aber er atmete. Kaum sichtbar, aber er atmete.

Donal berührte das stumpfe glanzlose Fell. *Lir … ich werde nicht zulassen, daß du stirbst … ich* befehle *dir zu leben …*

Er spürte ein schwaches Aufflackern ganz am Rande der brüchigen Verbindung. *Aber die Lirs geben den Cheysuli die Befehle.*

Finger verkrampften sich und gruben sich dann tiefer in das Fell. Er spürte Lorns hervorstehende Rippen. *Wirst du leben?*

Du brauchst mich noch.

Donal schwankte vor Erleichterung, beugte sich dann herab und legte sein Gesicht an Lorns Schulter. *Ich könnte es nicht ertragen, wenn du stürbest.* Dann lächelte er zu seinem Onkel hinauf. »Ich glaube, er wird gesund werden.«

Finn kniete sich ebenfalls hin und nahm den Wolf auf die Arme. »Ich werde ihn nehmen. Du bist nicht viel stärker als er.« Er stand auf und machte Evan mit dem Kopf ein Zeichen. »Sorgt dafür, daß er Schritt halten kann, Ellasier. Wir haben zuviel Mühsal auf uns genommen, um ihn jetzt so leicht zu verlieren.«

Evan grinste und ergriff Donals Arm. »Kommt mit, Mylord … wir müssen uns ein Boot stehlen.«

Kapitel Vier

Sie kamen ungehindert und unbeschadet aus dem Palast – indem Evan drei Wächter tötete –, aber die hohen, weißen Außenmauern erwiesen sich als größere Gegner als die Menschen. Die verschlossenen und bewachten Tore verweigerten ihnen die Flucht genauso leicht, wie sie ihnen das Eindringen erschwert hatten.

Sie tauchten in die Dunkelheit der tiefschwarzen Nacht, verbargen sich in den Schatten und im Bewuchs. Finn kümmerte sich um Lorn, während Evan auf die Wächter achtete. Donal kniete an der Mauer und fuhr sich mit einem zitternden Unterarm durch schweißfeuchtes Haar, sich wohl über die Tatsache im klaren, daß die sechs Monate Gefangenschaft ihm sein Geschick und seine Schnelligkeit geraubt hatten. Er senkte den Kopf auf ein angezogenes Knie, versuchte, wieder zu Atem zu kommen und spürte das harte, kalte Eisen der Handschellen Strahans um seine Arme.

Götter … hat Carillon es auch so empfunden, als er atvianisches Eisen trug? Er erschauderte innerlich. *Es ist die vollkommene Erniedrigung.*

»Donal …?« Das war Evan, der sich neben ihn kauerte. Eine Hand berührte Donals lederbekleidete Schulter.

Donal hob den Kopf. »Es geht mir recht gut, Evan … Ihr braucht Euch nicht um mich zu sorgen.«

Evan lachte weich und zog seine Hand zurück. »Ohne mich, mein stolzer Mujhar, wärt Ihr vielleicht immer noch Strahans Gefangener. Erhalte ich keinen Dank von Euch?«

Donal lächelte in die Dunkelheit. »Würde ein Prinz

Bezahlung für die, einem Prinzen erwiesene Hilfe annehmen?«

»Mujhar«, verbesserte Evan ihn. »Ja, vielleicht... wenn er sie bei einem Glücksspiel gewänne.« Ein Schatten zog über das Gesicht des Ellasiers und verbarg seine Augen und Nase, aber nicht seinen flinken Mund. Er grinste. »Vielleicht gibt es noch eine bessere Entlohnung. Ich habe bei Euren Hochzeitsfeierlichkeiten eine junge Frau bewundert. Wenn Ihr bei ihr ein gutes Wort für mich einlegen könntet, wäre das vielleicht Bezahlung genug.«

»Welche Frau meint Ihr?« fragte Donal trocken. »Ich kann mich nicht an sie alle erinnern.«

»Ihr sagtet, Ihr Name sei Meghan.«

Die Ketten klirrten, als Donal Evan scharf ansah. »Habt Ihr es vergessen? Ich habe Euch auch gesagt, wer sie gezeugt hat.« Er deutete auf Finn, der nicht weit von ihnen entfernt kauerte. »Sagt *ihm*, daß Ihr seine Tochter besser kennenlernen wollt.«

»Wenn Ihr bei *ihm* ein gutes Wort für mich einlegen würdet...«

»Ich glaube, er kennt Euch besser als die meisten.« Aber die Heiterkeit schwand schnell dahin. Donal ging zu seinem Wolf hinüber und kniete sich neben ihn. *Lorn?*

Ich bin noch nicht tot, Lir.

Donal lächelte. Dann schaute er zu Finn auf. »Er muß gut geheilt werden.«

»Und das wird auch geschehen... aber nicht ausgerechnet hier.«

Donal spähte durch das Gebüsch an der Mauer. Er kaute wie abwesend an einem abgebrochenen Daumennagel. »Wir können die Mauern kaum mit einem verletzten Wolf erklimmen...«

»Sie erklimmen? Warum fliegen wir nicht darüber hinweg?«

Donal betrachtete ihn scharf. »Taj ist... verloren. Ich habe keinen Zugriff auf die Falkengestalt.«

»Nein?« Finns Mundwinkel sanken herab, während er den Kopf schüttelte. »Kannst du nicht einmal mehr deinen eigenen Sinnen trauen, Donal? Oder deinem eigenen *Verstand*. Wäre Taj wirklich verloren, wie hätten Evan und ich dich dann finden sollen?«

»Aber… ich dachte, ihr hättet anders erfahren, daß Strahan hierhergekommen war…«

»Wie?« Finns Stimme hatte einen verächtlichen Unterton. »Bin ich allwissend? Hat Evan die Runenstäbe ausgestreut? Und wie sollten wir wissen, daß der Junge Tynstars Nachkomme ist?« Er schüttelte grimmig den Kopf. »Die Gefangenschaft hat deinen Verstand genausowenig verbessert wie deine Stimmung.«

Donal beugte sich vor und versuchte, die Ketten nicht klirren zu lassen. »Ich habe es *gesehen, Su'fali!* Strahan hat einen Dämonenvogel von Asar-Suti heraufbeschworen, und sie hat Taj getötet. Ich sah ihn herabfallen!«

»Der Jagdfalke hat ihn verletzt, ja, und er ist herabgefallen. Aber er wurde nicht getötet.« Finn deutete mit dem Kopf auf die Mauer. »Glaubst du, das sei Strahans Jagdfalke? Oder ist es vielleicht eher ein gewöhnlicher Falke?«

Donals Kopf fuhr herum. Jetzt, da Finn es ihm zeigte, konnte er den Vogel erkennen. Aber nur als einen Umriß in den Schatten. Es war kein Licht da, das dem Vogel Name oder Farbe gegeben hätte.

Hoffnung und Sehnsucht wallten in Donals Brust auf. »Taj?«

Ich bin hier, sagte der Falke. *Warum zögerst du, Lir? Kommst du mit, oder bleibst du?*

»Leijhana tu'sai«, murmelte er hörbar als Dankgebet an die Götter. Dann, wieder über die Verbindung hinweg: *Finn sagt, ich muß über die Mauern fliegen.*

Das hast du schon früher getan.

Donal lachte traurig in sich hinein. *Ich bin müde, Lir… diese Gefangenschaft war nicht leicht zu ertragen.*

Warum läßt du sie dann nicht hinter dir?

Donal schüttelte enttäuscht den Kopf. *Wie viele Wächter sind noch da, Taj? Sind es Ihlini oder Atvianer?* Wenn sie Ihlini waren, hatte er keinen Zugriff auf die *Lir*gestalt. Und Taj konnte ihm bei einem Angriff nicht helfen.

Sechs Atvianer.

»Sechs«, sagte Donal verdrießlich. »Und ich bin nur einer ...«

»Tatsächlich?« fragte Finn. »Ich dachte, du wärst ein Cheysuli.«

Donal blickte ihn stirnrunzelnd an und wandte sich dann an Evan. »Ihr müßt etwas für mich tun. Wenn ein Krieger *Lir*gestalt annimmt, verändert sich auch das, was er berührt. Es wäre mir lieber, ich müßte die Handschellen *nicht* mit mir nehmen. Ihr solltet sie festhalten, und wenn ich mich von einem Menschen in einen Falken verwandle, müßt ihr sie von meinen Schwingen abziehen. Könnt Ihr das tun?«

Evan zuckte die Achseln. »Es klingt nicht besonders schwierig.«

Donal lächelte. »Und wenn der Wandel auch *Euch* einbezieht?«

Die blauen Augen des Ellasiers weiteten sich ein wenig. »*Könnte* das geschehen?«

»Wer weiß?« Donal streckte grinsend seine mit Handschellen gefesselten Arme aus. »Haltet sie fest, Evan, und wir werden es herausfinden.«

Der Ellasier zögerte kurz, streckte dann die Hände aus und schloß sie um die schweren Ketten an Donals Handgelenken und Knöcheln. Donal, der sich sitzend aufgerichtet hatte, atmete tief ein und schloß die Augen. Der Gestaltwandel erforderte äußerste Anspannung, und in letzter Zeit war ihm der Gedanke ein wenig fremd geworden.

Er spürte den Frieden in sich eindringen und ihn mit einem großartigen Wohlgefühl erfüllen. Aller Schmerz und alle Qual der letzten sechs Monate zerschmolzen zu nichts. Er war in Frieden mit sich selbst, und er streckte sich vom Mittelpunkt dieser Ruhe aus, um die Macht zu berühren, die ihm die Gabe des Gestaltwandels schenkte.

Donal fror. In dem Augenblick, als er die Macht anrührte und sie aus der Erde in seine Haut und Knochen einströmen fühlte, dachte er an das *Wesen*, das sein Vater gewesen war. Und er konnte es nicht ertragen.

»Donal!« Finns Stimme klang seltsam erschreckt. »Donal ... *geh den einen oder den anderen Weg ...*«

Also war er *tatsächlich* ein Halbwesen. Sogar Finn bemerkte den Unterschied.

Er streckte sich hilfesuchend nach seinem Falken aus. *Taj?*

Vertrau mir. Vertrau dir selbst. Was Strahan getan hat, war Ihliniwerk und entstammte nicht der guten reinen Erdmagie. Glaubst du, daß dir die Götter die Magie verweigern, wenn du *darum bittest?*

Nein. Und er streckte sich erneut aus, ließ sich von der Macht vollkommen umhüllen und flog los, während die Handschellen und Ketten klirrend auf den Boden fielen.

Zwei Falken sanken aus der Dunkelheit auf die Wächter herab, schlugen mit tödlichen Krallen und gebogenen, scharfen Schnäbeln zu. Sie waren nicht groß, nicht so gefährlich wie Adler oder angreifende Jagdfalken, aber in der Dunkelheit – und wenn es unerwartet kommt – kann sich auch ein kleineres Tier als sehr mächtig erweisen.

Männer schrien und fielen auf die Knie, während sie mit den Armen nach den Vögeln schlugen. Während drei von ihnen auf dem Bauch im Staub landeten und ihre blutenden Gesichter umklammert hielten, zogen drei andere ihre Schwerter und stachen wild auf die angreifenden Falken ein. Einer der Vögel suchte in den Bäumen Zuflucht. Der andere flog auf den Boden und verwandelte sich in einen Mensch.

Eine Klinge senkte sich, denn die Hand, die sie hielt, verkrampfte sich vor Angst. Die Spitze bohrte sich in den Staub. Donal trat näher heran und brach dem Mann mit einem einzigen Schlag das Genick, nahm dann das Schwert auf und wandte sich dem zweiten Mann zu.

Er lächelte. *Leijhana tu'sai,* Carillon ... die Kunst ist immerhin nicht umsonst gewesen ...

Er fuhr zu einem Mann herum, der seinen ungeschützten Rücken hatte angreifen wollen. Er schwang das Schwert, spürte, wie die Klinge durch Leder und Stoff schnitt, dann tiefer glitt, Rippen spaltete und Fleisch zerteilte. Aber er trug trotz der Nachtkälte keine Handschuhe, und der Schwall warmen Blutes machte den Griff um das Schwert rutschig. Es entglitt seinen Händen, und als der Mann zu Boden sank, riß er das Schwert mit sich.

Der letzte Wächter griff ihn an, als er sich ohne Messer, Schwert oder Bogen umwandte. Donal hob langsam die Arme und spreizte die Hände in der Luft. Er sah das Schwert im Fackellicht nahe der Mauer schwach aufblitzen. Er sprang zurück, stolperte fast über den Körper des toten Mannes und sprang dann erneut zurück.

Lir ... begann er.

Ich komme, erwiderte Taj. *Jetzt brauchst du doch meine Hilfe.*

Der Falke strich aus dem Baum herab und bohrte seine Krallen in die des Wächters. Er fluchte erschreckt und ließ das Schwert fallen. Taj drehte ab, aber währenddessen zog der Wächter sein Langmesser.

Donal behielt die Messerklinge im Auge. Aber der Wächter war kein Narr. Er schwang seinen anderen Arm und schlug Donal ins Gesicht. Der Kettenpanzer schnitt hinein und verletzte seine Wange. Donal fluchte heftig und riß den Kopf zurück. Das Messer zielte auf seinen Bauch, während er das kettenbepanzerte Handgelenk festhielt.

Der Atvianer schleuderte ihn gegen das Tor. Der linke Arm glitt aufwärts, um Donals Kehle zu zerdrücken.

Den Göttern sei Dank, daß er kein Ihlini ist ... Donal

nahm sofort *Lir*gestalt an, und der Wächter stolperte gegen das Tor. Donal schoß aufwärts, sank dann wieder herab und nahm erneut menschliche Gestalt an.

Der Atvianer stürzte mit seinem Messer vorwärts. Donal glitt leichtfüßig zur Seite. Er fing den Arm des Mannes ab und schlug ihn auf seinen Oberschenkel.

Er fing das Messer auf, als es den verkrampften Fingern entfiel. Er ließ den Mann zu Boden sinken …

… er fuhr herum …

… er warf …

… das Messer blieb im ungeschützten Nacken des Atvianers stecken.

Noch drei … Donal wandte sich um, war bereit, aber die Atvianer bedeuteten keine Bedrohung mehr für ihn. Alle drei lagen auf dem Bauch im Staub, die Hände vor ihre blutenden Gesichter erhoben. Ein Mann hatte beide Augen verloren, die andern beiden bluteten stark aus Mund und Nase.

Alle drei riefen ihre Götter und Strahan mitleiderregend um Hilfe an. Und den Mann, der ihnen gegenüberstand.

Donal wandte sich ab. Er stieß grimmig einen Flügel des großen Tors auf, während er nach Finn und Evan pfiff. Sie kamen heran, begleitet von Storr, und Finn trug Lorn auf seinen starken Armen.

»Sechs«, bemerkte Finn, während er an Donal vorbei in die Dunkelheit trat. »Und nur ein Krieger.«

»Ich habe nur drei getötet«, erwiderte Donal.

»Aha«, sagte Evan und nickte, während er vorüberglitt. »Das schmälert Eure Leistung ein wenig.«

Donal verließ das Tor und folgte ihnen zum Dock. »Welches Boot nehmen wir?« fragte er.

»Das nächste!« antwortete Evan.

Sie liefen …

… und Strahans schwarzer Falke brach donnernd aus der Dunkelheit hervor.

Donal wurde auf die Knie geschleudert, als sich das

gewaltige Gewicht in seinen Rücken und seine Schultern bohrte. Die Krallen schlossen sich. Leder riß auf, ebenso Fleisch und Muskeln.

Er bog sich durch, richtete sich in dem Bemühen auf, den Jagdfalken mit seinen Händen zu packen. Schmerz durchzuckte seinen Körper, bis er dachte, er müßte schreien. Aber seine Finger konnten den Vogel nicht berühren.

Evan stieß mit seinem Messer zu. Aber Sakti stieg aufwärts, entging der Klinge mit einem Schlag ihrer mächtigen Schwingen. Sie schrie, wirbelte herum, stieß herab. Krallen schlugen an Evans verzweifelter Abwehr vorbei und bohrten sich erneut in Donals Rücken. Sie schleuderte ihn aufs Gesicht.

Donal war halb blind vor Schmerz. Er schmeckte Blut, da er sich auf die Zunge gebissen hatte. Sein Gesicht wurde in Sand und Muscheln gedrückt, seine Hände gruben sich in fein gemahlenen Sand. *»Su'fali!«* schrie er. Er mußte Sand und Muscheln kauen, als Saktis Gewicht sein Gesicht erneut in den Strand drückte. »Bei den Göttern, *Su'fali* … halte diesen Dämonenvogel auf …«

»Kein Kriegsbogen!« wütete Finn. »Hätte ich doch nur meinen Bogen …!«

»Tut etwas!« schrie Evan und schlug auf den Jagdfalken ein. »Lodhi! Wie können wir dieses Wesen aufhalten …?«

Finn setzte Lorn auf dem Strand ab. Er suchte hastig Steine zusammen. Er nahm die wenigen, die er fand, in beide Hände und sah dann nach dem Jagdfalken. Sie kreiste über ihren Köpfen, schwebte scheinbar müßig über ihnen. Ihre Schreie schienen die lautgewordene Bösartigkeit.

Finn schleuderte die Steine nacheinander auf den Jagdfalken. Er zielte gut, aber Sakti war zu schnell. Strahans ausgeborgter Dämon begann mit ihnen allen zu spielen.

Donal richtete sich mühsam auf und biß sich dabei

auf die Lippen, um nicht vor Schmerz zu schreien. Rücken und Schultern brannten, aber er richtete sich dennoch auf die Knie auf. »Sie… will uns aufhalten… für Strahan…« sagte er atemlos. »Wir dürfen sie nicht beachten… wir müssen weitergehen… von hier fortkommen…«

»Wie?« fragte Evan. »Dieses *Wesen* ist mehr als nur ein Jagdfalke!«

»Ein Dämon…« keuchte Donal. »Strahan hat sie vom Gott der Unterwelt herbeigerufen…«

Sakti wirbelte heran. Aber ihr Ziel war jetzt Evan.

Der Atem keuchte in seiner Brust, als der Jagdfalke mit geschlossenen Krallen gegen seine Rippen prallte und ihn zu Boden warf. Aber jetzt war Finn vorbereitet. Er wartete ab, bis sie aufstieg und sich bereitmachte, erneut hinabzustoßen, und als sie ihre Schwingen einklappte, zog er sein Messer und schleuderte es ihr entgegen.

Die Klinge schimmerte im Mondlicht. Sie flog aufwärts auf den Jagdfalken zu. Sakti schrie und wich aus. Aber ein Fuß schoß hervor, griff zu und faßte das Heft. Die Schwingen schlossen sich erneut und sie schoß herab. Jetzt griff sie Finn an.

Er ließ sich zu Boden fallen und rollte zur Seite, als der Jagdfalke auf ihn zukam. Eine Kralle kratzte über seine Schulter und zerriß das pelzgesäumte Leder. Aber sie ließ das Messer los, und als sie sich aufschwang, um erneut herabzustoßen, sprang Finn auf und ergriff das herabfallende Heft.

Sakti stieg auf, die Schwingen vor den Sternen ausgebreitet. Finn wartete ab. Und als sie ihre Schwingen schloß, schleuderte er ihr das Messer erneut entgegen.

Taj schoß aus der Dunkelheit gezielt auf den Jagdfalken zu. Saktis Größe ließ den Falken zwergenhaft wirken, aber Taj wich nicht aus. Er flog auf sie zu und brachte sie aus ihrer Bahn und auf die des heranfliegenden Messers.

Die Klinge traf Saktis Brust. Sie schrie und schrie und fiel herab. Aber ihre Krallen waren noch immer ausgestreckt.

Donal hatte den Kopf in den Nacken gelegt, um in den Himmel hinaufzusehen, und schrie jetzt auf, als sich die Krallen seitlich in seinen Hals bohrten. Saktis Gewicht warf ihn auf den Rücken. Die Krallen bohrten sich noch tiefer in seine Haut.

Er umklammerte seinen Hals und versuchte zu entkommen. Sakti zitterte und wurde still, aber sogar der Tod konnte die klammernden Krallen nicht lösen. Evan brach sie schließlich heraus und legte eine Hand fest auf die Wunde an Donals Hals.

»*Lodhi!* Wie er blutet!«

»Er verblutet, wenn wir es nicht verhindern.« Finn preßte Evans Hand noch fester auf die Wunde. »Ihr müßt sie geschlossen halten ... ich werde Lorn nehmen ... Ellasier, hebt ihn *auf!* Wir müssen ihn in den Wald bringen.«

Donal war beinahe bewußtlos. Er spürte, wie Evan ihn hochzog, aber seine Glieder wollten ihm nicht gehorchen. Er dachte, es wäre leichter und weitaus schmerzloser, wenn er einfach auf dem Strand mit dem kühlen Sand unter seinem schmerzenden Körper liegenblieb.

»Steht auf ... *steht auf ...*« keuchte Evan. »*Lodhi,* Donal ... wollt Ihr verbluten?«

Evans Hand war fest auf Donals Hals gepreßt. Der Druck schmerzte. Donal hob seine Hand, um die Finger des Ellasiers fortzuziehen, aber Evan widerstand dem schwachen Versuch.

»Finn ... könnt Ihr ihn nicht bezwingen? Könnt Ihr nicht ein wenig Eurer Magie anwenden?«

»Nicht hier, und nicht ich. Es sind zu viele Ihlini in der Nähe. *Donal* hätte vielleicht die Fähigkeit ...« seine Stimme war brüchig »... *tragt* ihn, wenn es sein muß!«

Evan zog ihn vom Boden hoch. Donal stolperte,

schwankte, fiel erneut fast hin. Sein Hals schmerzte. »Götter ...« sagte er rauh, »... *Götter ...*«

»Bringt ihn mit«, sagte Finn heiser und trug Lorn vom Strand in den Wald.

Schmerz ...

Er schwankte. Evan hielt ihn fest. Er stolperte. Evan hinderte ihn am Fallen. Er übergab sich fast. Evan hielt ihn nur noch fester und ermutigte ihn mit Worten so gut er konnte. Aber es waren zumeist ellasische Worte.

... Schmerz ...

Seine linke Schulter war vom warmen Blut naß. Es durchdrang seine Lederkleidung und durchfeuchtete den Pelzbesatz, bis er es in kleinen Bächen seinen Arm hinablaufen spürte. Es tropfte von seinen Fingern auf den Waldboden und auf seine Stiefel.

... so starker Schmerz ... Schmerz und Blut ...

Er schwankte erneut. Aber Evan hielt ihn fest und murmelte weiterhin ellasische Ermutigungsworte.

»Hier!« rief Finn, der sich in den Schatten unter den Bäumen verborgen hielt. »Beeilt Euch, Ellasier ...«

Evan beeilte sich. Donal konnte sich nicht beeilen. Aber schließlich betraten sie durch die Bäume eine Lichtung und sahen die eingestürzte Ruine.

Finn kam ohne Lorn aus dem zerstörten Eingang hervor und half Evan, Donal zu tragen. »Wir sollten ihn hineinbringen. Es ist kalt und feucht dort drinnen – es bietet zwar nicht viel Schutz –, aber vielleicht vergißt Strahan, daß es diesen Ort gibt.«

»Was *ist* das?« fragte Evan.

Donal, der halb getragen und halb gezogen wurde, betrachtete die Umgebung durch seine zu Schlitzen verengten Augen. Er sah wirr durcheinandergewürfelte, graugrüne Steine, die größer als ausgewachsene Menschen und wie zufällig in einem Halbkreis angeordnet waren. Zwischen ihnen lag träge Dunkelheit, worin ihre Ebenmäßigkeit und die vollendete Ausgestaltung ihrer

Ränder verschwand. Sie gähnten weit auseinander, wie das Gebiß eines Menschen, dem die meisten Zähne fehlten.

»Diese Stelle wurde von den Erstgeborenen einst als Ort der Verehrung genutzt«, sagte Finn grimmig, während er seinen Neffen weiter hineintrug. »Einige dieser Orte gibt es in entlegenen Winkeln Homanas noch … aber ich bezweifle nicht, daß dies der erste und älteste ist. Vielleicht wird er uns vor dem Jungen beschützen. Hier … hier sollten wir ihn niederlassen, an der Mauer.«

Donal stöhnte, als sie ihn auf dem kalten, feuchten Boden absetzten. Das Gestein fühlte sich an seinem zerfetzten Rücken hart und grausam an.

»Entzündet ein Feuer«, befahl Finn Evan.

»Womit?« fragte Evan. »Ich habe keinen Feuerstein.«

Finn griff in seine Gürteltasche. »Hier. Gebraucht Euer Messer und Euren Verstand. Dies dient als Feuerstein.«

Evan fing den Feuerstein auf, den Finn ihm zuwarf. »Könnt Ihr nicht Eure Heilkräfte nutzen?«

»Ich bin nur ein Mensch. Ich habe nicht die Kraft, eine so tiefe Wunde zu schließen. Und Ihr seid nicht Euer *Rujholli* mit seiner magischen Harfe.«

Evan wandte sich um und ging hinaus. Als er wiederkam, brachte er Holzstücke und abgebrochene Zweige mit und stapelte sie sorgfältig auf. Funken flogen aus dem Feuerstein, als er das Messer darauf rieb, aber keiner entzündete das Holz.

»Prinzchen.« Der verunstaltete Titel wurde, von Finn benutzt, zu einer Beleidigung. »Ihr seid wohl in Rhodris Hallen zu sanft aufgezogen worden.«

Evan schwieg, aber Donal konnte die grimmig angespannte Linie seines Mundes sehen. Finn kniete sich neben seinen Neffen, versuchte mit einer Hand, den Blutstrom zu stoppen und beobachtete ungeduldig, wie Evan den Feuerstein bearbeitete.

»Su'fali ...« Donals Stimme war kaum mehr als ein gebrochenes Flüstern. »Hast du Carillon so behandelt?«

Finn schaute zu ihm hinab. Seine gelben Augen wirkten in der Dunkelheit der Kapelle schwarz. Durch das zerbrochene Balkenwerk schien Sternenlicht herein, aber nicht genug, um den Ort wirklich zu beleuchten. »Wenn er es benötigte«, sagte er schließlich. Donal sah das bittere Lächeln. »Und das war meist der Fall.«

Schließlich fing das Holz Feuer und begann zu glimmen. Vorsichtig fachte Evan es zu einer Flamme an, legte weiteres Holz auf und hielt dann die Messerklinge ins Feuer.

»Geduld, Donal«, sagte Finn weich. *»Shansu, Shansu ...* ich werde den Jungen nicht gewinnen lassen.«

Noch immer drang Blut unter Finns fester Hand hervor.

Donal spürte Schwäche und Gleichgültigkeit seinen Körper und seinen Geist durchdringen. Wenn er schlafen könnte, würde der Schmerz vergehen ...

»Donal!« sagte Finn scharf. »Vergißt du deinen *Lir?* Er braucht deine Hilfe. Wenn die Wunde geschlossen ist, werden wir ihn heilen. Aber ich brauche dich dafür ... gib jetzt nicht auf!«

Donal griff plötzlich nach Lorn, aber sein eigener Schmerz und Lorns Schwäche errichteten in der Verbindung eine Schranke. Er konnte die Anwesenheit des Wolfs spüren – oder war es Storr? –, aber mehr nicht. Taj war ebenfalls unerreichbar für ihn.

Evan seufzte und rieb sich mit einem Arm die Augen. Die Messerklinge glühte an der Spitze karmesinrot. Die Hitze breitete sich langsam auf dem Metall aus. Als sie das Heft erreicht hatte, zog Evan sein pelzbesetztes Wams aus, faltete es zusammen und legte es als Schutz um das Messerheft. Er nahm es aus dem Feuer und trug es zu Finn.

Donal, der beim Anblick der glühenden, gegen die

Dunkelheit antanzenden Klinge erstarrte, öffnete abwehrend den Mund.

Finn nickte. »Ich werde meine Hand fortnehmen. Ihr müßt die Wunde schnell ausbrennen. Ich kann ihn vielleicht nicht festhalten.«

»Ja«, sagte Evan heiser. »Es tut mir leid, Donal ...«

Finn nahm seine Hand fort. Erneut wallte Blut auf und ergoß sich über Donals Brust. Aber Finn ergriff seine Schultern und drückte seinen Rücken gegen die Mauer. »*Jetzt* ...«

Das Blut zischte, als die Klinge herabsank. Die Körperflüssigkeiten verdampften, die Haut wurde zusammengebrannt. Donals Körper verkrampfte sich und bog sich durch wie bei einem Mann, der sich in den Klauen des Todes befindet. Finn hielt ihn fest, sprach auf ihn ein, aber Donal hörte nichts. Er wurde lebendigen Leibes vom Schmerz aufgefressen.

»Das genügt«, sagte Finn. Er ergriff das Leder von Donals Winterhemd. »Steh auf! Lorn braucht dich!«

Donal umklammerte mit einer Hand die ausgebrannte Wunde und zog sie dann ruckartig wieder zurück, als der Schmerz erneut aufbrach. »Götter ... habt Ihr mich *umgebracht?*«

»Steh auf«, wiederholte Finn. »Willst du deinen *Lir* im Stich lassen?«

Der Verstand kehrte allmählich zurück. Donal hockte sich mit Finns Hilfe auf die Knie. An Lorns Seite schloß er die Augen und wartete darauf, daß die Schwäche verging. Dann legte er die Hände auf das trockene, starre Fell. »Hilf mir, *Su'fali* ... ich habe nicht die Kraft, es allein zu tun.«

»Ich auch nicht.« Finns Stimme klang ungewöhnlich sanft. »Laß dich gehen, Donal. Übergib dich der Erde.«

Donal senkte den Kopf. Die zusammengezogene Narbe an seinem Hals glühte, als würde sie erneut ausgebrannt. Donal schloß die Augen.

Ich muß mich überlassen ... ich muß mich der Erde überge-

ben. Aber … was soll ich tun, wenn die Erde mich nicht wieder hergeben will, sobald die Heilung beendet ist?

Aber er konnte nicht auf eine Antwort warten, die es, wie er wußte, ohnehin nicht geben würde. Statt dessen versenkte er seinen Sinn in die Wärme der Erde und suchte in der Dunkelheit Finns Gegenwart. Er fand sie. Sie vereinten sich sofort und suchten dann die Heilmagie.

Eine Quelle, die vom Untergrund heraufsprudelte. Sie strömte. Sie kapselte ihre Geister ein, überprüfte sie, erkannte ihre Not und floß zum Wolf weiter. Sie verströmte, badete ihn in ihrer Kraft, bis die Wunden geheilt waren und sein Geist erneut hell erstrahlte. Und dann strömte sie davon.

»Geschafft«, murmelte Donal. »Siehst du, wie er schläft?«

»Geschafft«, stimmte Finn ihm zu. »*Shansu*, Donal … jetzt bist du an der Reihe.«

Donal öffnete den Mund zu einer Antwort. Aber er konnte nichts hervorbringen, nicht einmal einen letzter Seufzer. Er spürte, wie er zur Seite sank, und kämpfte dagegen an, denn er wußte, daß ihm der Sturz Schmerzen verursachen würde, aber sein Körper gehorchte ihm nicht.

Er spürte, wie Finn ihn auffing, und dann sank er in einen so tiefen Schlaf, wie er ihn niemals zuvor erlebt hatte.

Kapitel Fünf

Donal erwachte mit Schmerzen. Hals und Schultern brannten, und der Schmerz zog sich auch den Rücken hinab. Er fühlte sich, als hätte ihm jemand bei lebendigem Leibe die Haut abgezogen und die Knochen in den Ruinen dem Verfall preisgegeben.

Er lag vollkommen still, noch immer an die Wärme von Lorns fellbewachsenem Körper geschmiegt. Er spürte, wie sich Lorns Flanke regelmäßig hob und senkte, hörte das leise Pochen seines Herzens. Er lag erleichtert da, erschöpft zwar, aber glücklich. Er war von Strahan befreit, und der Wolf würde sich wieder vollkommen erholen.

Er schob sich langsam in eine sitzende Stellung hoch. Er stöhnte wider Willen. Die verletzte Haut und die Muskeln protestierten. Er tastete mit einer Hand vorsichtig nach seinen Verletzungen und stellte fest, daß jemand die Krallenwunden an Rücken und Schultern verbunden hatte. Wahrscheinlich hatte Finn es getan ... und zwar mit Evans Samtwams. Er fühlte sich furchtbar schwach und zerschlagen.

Er runzelte die Stirn und versuchte, eine klare Sicht zu gewinnen. Er sah graugrüne Steine in wirrem Kreis um sie herum angeordnet. Einige Steine standen aufrecht, Wächter in der Dunkelheit, andere neigten sich zu ihren Nachbarn, einige wenige lagen auf dem Boden. Zerbrochenes Balkenwerk lag im Mittelraum der Kapelle. Ein zerstörter Altar stand weit von dem Feuer entfernt, das Evan entzündet hatte.

Finn kauerte sich an die Feuerstelle. »Nun?«

Donal wandte vorsichtig den Kopf. Die Haut spannte. Er berührte in der Halsbeuge eine zusammengezogene

Narbe von der Größe der halben Handlänge eines Menschen. »Du hast mich verpfuscht, *Su'fali.*«

»Wir haben dein Gesicht nicht berührt«, erwiderte Finn. »Wenn die Spuren des Kampfes verheilt sind, wird Sorcha dich zweifellos genauso gutaussehend finden wie vorher.«

Donal runzelte die Stirn.

Finn stand auf und streckte sich. Nebel zog in die Kapelle hinein, und Tau bildete Perlen auf den Steinen. »Ich werde uns etwas zu essen holen. Ich werde nicht weiterziehen, ehe mein Bauch nicht wieder gefüllt ist.«

»Das gilt für uns alle«, stellte Donal fest. »Wenn Evan genauso hungrig ist wie *ich*, dann brauchen wir ein umfangreiches Frühstück.«

Finn lockerte das homanische Messer in seiner Scheide. Donal, der das schwere Heft mit seinem wilden, königlichen Löwen betrachtete, dachte erneut darüber nach, wie bitter es für Finn sein mußte, Carillon tot zu wissen.

So viele Jahre lang ist es seine Aufgabe gewesen, ihn am Leben zu erhalten ... und doch hat er am Ende seinen Tod unterstützt.

Finn sah zu Evan hinüber, der zusammengerollt auf einem Haufen Blätter lag. »Der Ellasier schläft wie ein Toter«, sagte er boshaft und verließ dann mit Storr an seiner Seite die Kapelle.

»Ich schlafe nicht und bin auch nicht tot.« Evan rollte sich herum und setzte sich auf. »Ich habe nur versucht, mich aufzuwärmen.«

»Dann kommt ans Feuer.« Donal trat ebenfalls heran, wenn auch langsam, und legte weiteres Holz auf die Flammen.

Evan stand auf, reckte sich, um Nacken und Rückgrat lockern, trat dann ans Feuer und kauerte sich hin. »Was macht Finn?«

»Er jagt unser Frühstück.« Donal sah, daß Evans Bart gewachsen war und am Kinn dunkle Stoppeln bildete.

Er kratzte daran, verzog das Gesicht, und Donal dankte den Göttern dafür, daß sie den Cheysuli keinen Bartwuchs beschert hatten. *Viel zuviel Aufwand, ihn jeden Morgen abnehmen zu müssen.* Die Veränderung seines ellasischen Freundes erheiterte ihn. Evans sonst untadelige Erscheinung war einem entschiedenen Wandel unterzogen worden. Er wirkte schmutzig und schmierig, und seine Kleidung war dreckig und zerrissen.

Evan hielt seine Hände über die Flammen. Die Finger waren zerkratzt, die Nägel abgebrochen. Es war nicht viel von dem Prinzen übriggeblieben, der zu Donals Hochzeit gekommen war. »Es tut mir leid, daß Ihr solche Schmerzen aushalten mußtet«, sagte Evan und betrachtete die hellrote Strieme an Donals Hals. »Finn sagte, es wäre die einzige Möglichkeit gewesen.«

»Es war die einzige Möglichkeit.« Donal faßte nicht nach der schorfigen Narbe. »Aber ich verstehe nicht, warum Ihr nicht einfach den Rest meines Halses auch noch abgetrennt habt.«

Evan verzog den Mund. »Ich habe ernsthaft darüber nachgedacht ... aber ich dachte, Homana wollte seinen neuen Mujhar vielleicht sehen. Es hat ihn noch nicht gesehen, wißt Ihr ... Strahan hat Euch zu bald entführt. Es gibt Gerüchte, daß Ihr tot seid.«

»Und wenn ich tot wäre?« Donal sah ihn offen an. »Ihr seid der Sohn eines Königs und wißt über solche Dinge Bescheid. Was würde in Ellas geschehen, wenn der Hochkönig getötet würde?«

Evan zuckte die Achseln. »Lachlan würde zum neuen Hochkönig ernannt. Es würde keinen großen Tumult unter den Untertanen geben – habt Ihr vergessen, daß Rhodri so viele Söhne hat? Und Lachlan selbst besitzt auch zwei – oder inzwischen vielleicht sogar drei. Es würde eine unbemerkte Weitergabe des Thrones von einem Mann zum nächsten stattfinden.«

Donal schaute ins Feuer. »Nicht hier. Nein, nicht hier. Ohne mich gehörte Homana wieder den Homanern.« Er biß sich einen Hautfetzen von seinem Daumen ab. »Vielleicht geschieht dies alles darum.«

Evan runzelte die Stirn und legte weiteres Holz auf. »Was meint Ihr damit? Dies ist Strahans Werk.«

»Strahans, ja … aber wessen noch? Es könnten auch die Homaner dahinterstecken. Sie sind nicht alle mit Carillons Erben einverstanden.« Er stand zum ersten Mal auf, nahm alle seine Sinne zusammen und sah sich um. »Götter … dieser Ort … läßt einen Mann demütig werden.«

Er ging langsam in der Kapelle umher, betrachtete die übereinandergefallenen Steine, das zerbrochene Balkenwerk, den eingestürzten Altar und die von Weinranken erstickten Grundmauern genauer. Die Sonne ging gerade auf, aber nur eine ganz schwache Ahnung von Orange durchdrang den Nebel. Es überzog den Ort mit Bronze und Gold.

Donal bahnte sich seinen Weg durch den Schutt zum Altar. Er stand wie zufällig seitwärts geneigt und wurde durch einen weiteren Stein gestützt. Seine Grundmauern waren zerstört. Aber an der Vorderseite des Altars waren Runen zu erkennen, die mit Flechten überzogen und von der Feuchtigkeit mit der Zeit beschädigt waren.

Er beugte sich hinab und kratzte mit einem abgebrochenen Nagel an den Runen. Er runzelte nachdenklich die Stirn. Und dann, als er einen Teil der Inschrift entziffern konnte, stieß er einen unfreiwilligen Laut aus.

Evan trat vom Feuer fort. »Was ist los?«

»Kein Wunder, daß wir letzte Nacht nicht von Strahan oder seinen Günstlingen gestört wurden. Dies ist ein geweihter Ort.«

»Finn sagte, es sei eine Kapelle.«

»Es *war* eine Kapelle. Schaut Euch die Inschrift an … seht Ihr, wie sie den Altar umgibt?« Er deutete auf die anderen Steine. »Jeder Stein trägt eine Inschrift. Da bin ich sicher, obwohl die Zeit die Runen verborgen hat.

Seht Ihr hier? *Diese* Runen ... seht Ihr, wie tief sie in den Stein geritzt wurden?« Er tippte mit seinem abgebrochenen Nagel darauf. »Dieser Ort bietet jedermann mit Cheysuliblut oder dem Blut der Erstgeborenen Schutz. Eine heilige Stätte, Evan. Selbst die Ihlini können uns hier nichts anhaben.«

Tajs Schrei schnitt durch den Nebel wie eine Sense.

Donal fuhr herum und spürte, wie der Schorf auf seinen Wunden aufbrach. »Evan ... *kommt mit!*«

Er lief los. Er spürte das Feuer an seinem Hals und in Rücken und Schultern brennen, aber er beachtete es nicht. Er lief weiter.

Dornen drangen in seine Haut und in die Lederkleidung ein, während er mit der Kraft seiner Angst über umgestürzte Bäume und Steine sprang. Er hörte Evan hinter sich herankommen und über die Dornbüsche fluchen, aber Donal hatte keine Zeit für Flüche, nur für Gebete.

Er brach aus dem dichten Unterholz auf eine kleine Lichtung durch. Er blieb stehen. Er blieb so plötzlich stehen, daß Evan von hinten in ihn hineinrannte. Aber er antwortete nicht auf Evans verwirrte Frage. Er konnte nicht antworten. Er konnte überhaupt nicht sprechen.

Finn lag rücklings auf der Lichtung. Seine Glieder lagen in einer häßlichen Parodie seiner sonst fließenden Anmut ausgebreitet. Er starrte in den verhangenen Himmel hinauf, und Blut lief ihm aus dem Mund.

Das Schwert stand aus seinen Rippen hervor wie eine königliche Standarte. Das Heft war golden und wie ein Löwe gestaltet. Der in den Knauf eingelassene Stein schimmerte unheilvoll schwarz.

Su'fali ... Langsam, ruckartig ging Donal über die Lichtung, bis er neben Finn stand. Er kniete sich hin, offensichtlich von Entsetzen und Schmerz und einem gewaltig aufkeimenden Kummer überwältigt. *»Su'fali!«* schrie er.

Finns linke Hand lag lose um die Klinge, und die Finger waren blutbefleckt. Seine pelzbesetzte Lederkleidung war bereits vom Blut durchtränkt.

Als wäre das Schwert in seinen Körper hineingewunden worden… Donal spürte den wilden Kummer hervorbrechen. Er fluchte leise in der Alten Sprache, immer wieder, mit allem Schmerz und Zorn.

Finns Mund zauberte ein kleines Lächeln hervor. »Immerhin hast du endlich genug der Alten Sprache gelernt, um *das* auszudrücken.«

»Su'fali… Su'fali… was kann ich tun?

»Sei nicht bekümmert, Junge. Es ist der Tod eines Kriegers.«

»Wer?« Donal hörte, daß seine Stimme zitterte. »Wer hat dir das angetan?«

»Der Junge. Aus Vergeltung, sagte er, für den Verlust seines *Jehan* und seiner *Jehana.*« Finn verzog unter starken Schmerzen kurz das Gesicht, und die Wunde auf seiner Wange verzog sich.

»Er… wollte das Schwert zurückhaben, als er mit mir fertig war. Er versuchte es zurückzunehmen. Aber… ich bin Hales Sohn, und vielleicht kannte mich dieses Schwert… die Magie kam, die Schwertmagie… Strahan wurde in dem Augenblick abgewehrt, als er die Hände um das Heft legte…« Die Muskeln an seinem Kinn traten hervor. »Er wollte auch dich, *Harani*… er wollte dich mit dem Schwert töten, das Hale für dich gestaltete… um beweisen zu können, daß die Legende log…«

»Sage nichts mehr«, bat Donal. »Verschwende nicht deine letzte Kraft…«

»Er sagte, du hättest das Schwert immer wieder verleugnet und die Magie dadurch geschwächt… aber *er* war bereit, es zu beanspruchen…« Ein schmaler Blutfaden lief über Finns Lippen. »Du mußt es anerkennen, *Harani.* Das Schwert gehört dir.« Er schluckte schwer. »Es fängt an… es fängt erneut an… mit wieder einer anderen Generation…«

»Sage nichts«, befahl Donal verzweifelt. »Schweig, *Su'fali* ... ich werde die Magie heraufbeschwören.«

»Du kannst nichts tun«, sagte Finn noch deutlich, aber schon wie aus weiter Ferne. »Laß meinen Geist ziehen, wenn ich tot bin. Du kennst den Brauch, Donal, den Ritus für einen im Kampf gefallenen Krieger.«

»Ja.« Das Wort kratzte in Donals anschwellender Kehle.

Finger zogen die schimmernde Klinge nach und hinterließen Blutspuren. »Strahan wollte dich verletzen, indem er mich tötete, aber er hat dir das Schwert zurückgegeben, das ihn letztlich besiegen wird. Das ist die Gerechtigkeit der Götter.«

Gerechtigkeit? Nein, ich glaube nicht, nicht wenn mein Su'fali *dadurch getötet wird ...*

»Sage, daß du es annehmen wirst ...« Finns Stimme war kaum noch ein Flüstern. »Sage, daß du es nehmen und Osric von Atvia damit besiegen wirst ... um Carillons Tod zu rächen ...«

»Was ist mit *deinem* Tod ...?« rief Donal.

»Mein Tod ist unwichtig. Es war schon immer mein *Tahlmorra,* im Dienste des Mujhar zu sterben. Und ... ich habe beiden gedient ...« Er schloß kurz die Augen, als der Schmerz sein Gesicht verkrampfte. »Donal ...«

»Ja?«

Finn kämpfte um seine letzte Kraft.

»Du hast Carillon niemals ... niemals verstanden ... seine Gründe, warum er die Dinge auf die Art gehandhabt hat, wie er es tat. O ich weiß ... du bist jung, und der Jugend fehlt Mitgefühl und Verständnis ... aber ... er hat das, was getan werden mußte, auf die beste Art getan, die er kannte.« Wieder verzog er vor Schmerz das Gesicht. »Ich ... war nicht immer seiner Meinung ... aber ich kann die Ergebnisse nicht in Frage stellen. Er hat Homana aus den Flammen des Krieges und der Unterdrückung befreit und es wieder geheilt. Er hat unserer Rasse die Freiheit wiedergegeben ...«

»Su'fali …« bat Donal »… sprich nicht *jetzt* von Carillon …«

»Sollte ich nicht? Aber du bist ihm so ähnlich, Donal … wenn ich von ihm spreche, spreche ich von dir.« Finn lächelte schwach. »Es gibt natürlich gewisse Unterschiede … aber du beanspruchst denselben Stolz und die Kraft und Entschlossenheit. Ich bete zu den Göttern, daß du sie genausogut nutzen wirst, wie er es getan hat.«

Donal schluckte schmerzhaft. »Ich schwöre … ich werde für Osrics Tod sorgen.«

Finn faßte nach Donals Hand. Der sonst feste Griff war jetzt geschwächt, wie das zögernde Zugreifen eines Kindes. »Ich … ich gehe nicht in den Tod, ohne meinen Dienst erfüllt zu haben … dem Jungen … dem Jungen fehlt ein Ohr …«

»Su'fali …«

Die blutige Hand schloß sich fest um Donals Haut. »Ich hinterlasse Homana dir, Junge … antworte deinem *Tahlmorra.*«

Donal konnte nicht sprechen.

Finns Augen waren fast geschlossen. »Ich möchte dich … um noch etwas bitten …«

Donal schloß ebenfalls die Augen.

»Beanspruche das Schwert«, flüsterte Finn. »Mache es von diesem Augenblick an zu deinem Schwert.«

»Su'fali …«

»Tu, was ich dir sage.« Die Stimme war kaum noch vernehmbar. »Ich bin der Stammesführer der Cheysuli … Du bist vielleicht der Mujhar, aber du bist auch noch immer ein Krieger des Stammes.«

Donal erhob sich mühsam. Er stand über dem sterbenden Mann. »*Su'fali* … es ist mir eine Ehre.«

»Ja'hai, Cheysu, Mujhar«, flüsterte Finn. *»Cheysuli i'halla shansu.«*

»Ich nehme es an.« Die homanischen Worte schmerzten in seiner Kehle. »*Shansu, Su'fali.* Friede.«

Donal streckte beide Hände aus und berührte das Heft. Der Rubin schimmerte hellrot auf. Er schloß seine Hände mit steifen Fingern unsicher um das Schwert.

Und zog daran.

»Ja'hai-na«, flüsterte Finn, während Blut aus seinem Körper floß. »O Alix ... du wärst so stolz auf deinen Sohn ...«

Donal stand über dem toten Krieger, Hales Schwert fest in einer Hand. Er spürte das leise Wehklagen langsam in seiner Seele aufsteigen. Er wagte es nicht laut werden zu lassen ... das tat man nicht ... es hätte die Ehrenkodizes seines Stammes entehrt. Aber als sich sein Gesicht vor Schmerz verzog, wünschte er, er wäre wieder ein kleines unwissendes Kind, das seine Angst und seine Qual herausschreien durfte.

Als er wieder dazu in der Lage war, löste er seinen Blick vom Gesicht des Kriegers und starrte blind zu Evan hinüber. Tränen liefen sein Gesicht herab. »Ich bin König«, sagte er heiser. »Mujhar von Homana und Solinde. Und ich würde alles das hergeben, *wenn ich ihn dafür zurückbekommen könnte.*«

Evans Gesicht war starr und bleich, während er langsam in eine bestimmte Richtung deutete.

Donal wandte sich um. Er ließ das Schwert sofort fallen, als er Storr sah. Storr, der schweigend bei einer weit verzweigten Eiche stand.

Donal fiel auf die Knie und nahm Finns geliebten *Lir* in die Arme. *Wolf, O Wolf ... er ist tot ... sie alle werden mir genommen ...*

Du bist nicht allein, sagte Storr sanft, aber mit erschreckend hohler Stimme. *Du hast deine Lirs ... den Ellasier ... Rowan ... die Frauen, die sich so um dich sorgen.*

Donal preßte sein Gesicht in das Silberfell. *Aber ich verliere sie, einen nach dem anderen ... ich verliere sie alle ... meinen Jehan und meine Jehana ... Carillon ... Finn ... und jetzt dich ...*

Und eines Tages wirst du noch mehr verlieren.

Donal wich zurück. Storr war weiser als jeder andere, den er kannte. *Du hast Schmerzen,* sagte er erschreckt, als er sah, wie schwer der Wolf atmete.

Das ist unwichtig. Es ist Zeit für mich zu gehen.

Du wirst sterben, wenn ich dich nicht heile!

Du kannst keinen zerschlagenen Lirbund heilen. Der Wolf preßte seine Schnauze gegen Donals Arm. *Ich bin zu alt. Meine Zeit ist aufgebraucht. Und ... ich will nicht mehr leben, jetzt, da mein Lir tot ist.*

Storr ... warte ... laß mich nicht allein ...

Die Magie ist zu Ende, Verwandter meines Lir ... es ist Zeit für mich zu gehen.

Donal schloß die Augen. *Ich werde dich furchtbar vermissen, alter Wolf.*

Nicht mehr, als ich dich vermissen werde. Storrs Stimme klang bittersüß. *Ich hatte großen Anteil an deiner Erziehung.*

Donal lächelte. Er fuhr noch einmal mit sanfter Hand durch Storrs Fell, streichelte die graue Schnauze und wußte, daß er ihn nicht aufhalten konnte. *Ich werde mich um ihn kümmern, Storr. Ich werde mich um deinen Lir kümmern, wie er es verdient hat.*

Er verdient Ehre ... Der Wolf seufzte schwer und abgehackt – der Klang aufgebrauchten Lebens. *Er hat sich um vieles verdient gemacht.*

»Gute Reise, alter Wolf«, flüsterte Donal.

Und in seinen Armen war nur noch Staub.

Kapitel Sechs

In einer mondlosen Nacht stahlen Donal und Evan ein Boot und segelten nach Hondarth, wo sie ihre schweren Stiefel auszogen, in der Nähe der Docks über Bord glitten und den Rest des Weges schwammen, um die atvianische Flotte nicht zu warnen. Lorn schwamm kräftig neben ihnen her, er hatte sich offensichtlich wieder vollkommen erholt, wenn er auch noch ein wenig dünn war. Taj flog über ihnen und wartete dann auf der Kaimauer auf sie.

Sie stiegen im Schutz eines dunklen Nachthimmels aus dem Hafenbecken heraus, wrangen sich das Wasser aus der Kleidung und eilten auf ein Wirtshaus an der Küste zu. Donal umklammerte das Schwert mit der linken Hand, denn er hatte keine Möglichkeit es einzustecken. Die Klinge schimmerte im spärlichen Fackellicht. Der Rubin, der in Strahans Händen schwarz gewesen war, glühte bei seiner Berührung blutrot.

»Ich vertraue Euch mein Leben an«, flüsterte Evan, während sie in die Schatten einer Gasse nahe dem Wirtshaus glitten.

Donal runzelte die Stirn und warf ihm einen neugierigen Blick zu. »Mir? Und was ist mit Euch selbst? Habt Ihr nicht stets behauptet, ein heldenhafter Kämpfer zu sein?«

»O ja, das bin ich, das bin ich … aber sicherlich nicht so vollendet wie *Ihr*. Immerhin habt Ihr Wolf und Falke und die Fähigkeit gestaltzuwandeln … und was habe ich?« Er grinste. »Und Ihr tragt dieses magische Schwert.«

Donal schaute auf das Schwert hinab. Er dachte, daß es vielleicht *tatsächlich* verzaubert war. Er erinnerte sich daran, wie es sie vor Tynstar beschützt hatte, daß es sich in seinen Händen wie ein lebendes Wesen angefühlt hatte, als er seinen Onkel beinahe enthauptet hätte.

Er schloß kurz die Augen. *Su'fali, O Su'fali ...*

Ein Geräusch. Er öffnete die Augen ruckartig. Er sah zwei Männer auf ihrem Weg zum Wirtshaus in der Dunkelheit vorübergehen. Donal betrachtete seine bloßen Füße und wackelte mit den eiskalten Zehen. »Ich könnte ein Paar Stiefel gebrauchen. Meine Füße werden diesen Mißbrauch leid.«

Evan grinste. »Sollen wir diese beiden Seeleute also von ihren Stiefeln befreien?«

»Ja. Aber leise ... *leise*.«

Sie liefen leichtfüßig durch die Dunkelheit der Gasse. Kurz darauf zogen sie zwei bewußtlose Körper in die Schatten, erleichterten sie um ihre abgetragenen, mit Fischöl beschmierten Stiefel und zogen sie selbst an.«

Donal stöhnte. »Zu klein.«

»Meine reichen ... und nein, ich werde nicht mit Euch tauschen.« Evan wischte sich mit dem Unterarm über sein schmutziges Gesicht. »Was tun wir jetzt, Mujhar?«

Donal kaute an einem abgebrochenen Fingernagel. »Mit der Aneignung dieser Stiefel bin ich bereits zum Dieb geworden ... ich glaube, ich werde mein Schicksal noch verschlimmern und auch noch ein Pferd stehlen.«

»Nein«, sagte Evan. »Diese Pferde haben sich von ihren Pflöcken losgerissen. Wir suchen nur ihre Besitzer.«

»Aha.« Donal lächelte. »Und wo *könnten* wir nach diesen Besitzern suchen?«

»Vielleicht beim Heer«, sagte Evan nachdenklich. »Rowan ist dort ... zweifellos könnte er zwei weitere Pferde gebrauchen.«

»Und zwei weitere Männer ...?« Donal trat leise zu den beiden vor dem Wirtshaus angebundenen Pferden. Er band ein Tier los und reichte Evan die Zügel, dann nahm er das andere für sich selbst.

Die Hufe klapperten auf den Pflastersteinen. Donal biß die Zähne zusammen, fluchte und wünschte, er könnte die Hufeisen irgendwie dämpfen. Aber schließlich erreichten sie eine weitere tiefdunkle Nische im Straßengewirr der Küstenhäuser. Sie stiegen auf und eilten gen Norden.

»Ich hätte sie *Euch* stehlen lassen sollen«, sagte Donal. »Ihr braucht ein Pferd. Ich kann immer noch *fliegen.*«

»Der Beweis für einen wahren König liegt in seiner Menschlichkeit.«

Donal höhnte. »Welchen Unsinn redet Ihr da?«

»Ein Mann, der andere regieren will, muß lernen, sie so zu behandeln, wie er selbst behandelt werden möchte.«

Donal lachte. »Solche Weisheit von einem abtrünnigen Prinzen!«

»Nun, mein Vater sagte solche Dinge. Rhodri wird manchmal etwas schwülstig.« Evan zupfte an dem zerrissenen Leinenhemd, das noch immer naß und verschmiert war. »Ich fürchte, ich sehe nicht mehr aus wie ein Prinz, Mylord Mujhar ... genausowenig wie Ihr wie ein König ausseht.«

Donal nahm das alte, an seinem Sattel befestigte Schwert aus der Scheide. Es war kaum seinen Namen wert. Wahrscheinlich hatte der Seemann es im Hafen nur zum äußeren Schein getragen. Er beugte sich aus dem Sattel und ließ es in einen Abfluß fallen.

Vorsichtig ließ er das Cheysulischwert in die Scheide gleiten und befestigte es. Die alte Lederscheide war zu kurz, die Klinge stand eine Handbreit über den Rand hervor, aber es würde gehen. »Ich bin noch kein König«, sagte er wie abwesend und rückte das Schwert zurecht.

»Ihr seid Mujhar. Der Unterschied liegt nur im Namen.«

»Zuerst muß ich Osric töten.« Donal wünschte, er hätte einen Umhang gegen die Kälte. Der Winter war fast vorüber und der Frühling in Sicht, aber die Nächte waren noch immer ziemlich kalt. »Nur dann werde ich es wert sein, den Löwenthron an Carillons Stelle einzunehmen.«

»Nun«, sagte Evan, »ich denke, das ist es wert. Und ich glaube, Ihr werdet Erfolg haben.«

Donal lächelte grimmig und ritt weiter, eine Hand auf dem glühenden Auge des Mujhar. Neben ihm lief der rötliche Wolf, und über ihm flog der Falke.

Sie ritten vorsichtig am Rande der atvianischen Gebiete entlang, bis sie das homanische Heer fanden, das sich auf einer weiten Ebene niedergelassen hatte. Es war offensichtlich, daß dies der Schauplatz wiederholter Kämpfe gewesen war. Der Boden war zu feinem, hellen Staub aufgewühlt worden, es wuchs kein Gras mehr, keinerlei Bewuchs war zu erkennen, wohl aber der Geruch von Tod.

Donal glitt durch die homanischen Linien wie ein Geist, und Evan hielt sich dicht hinter ihm. Er sprach leise mit den Wächtern, die ihn anriefen. Als sie deutlich erkannten, wer es war, fielen die Männer auf die Knie und schworen Treue. Es gemahnte eindrucksvoll an Carillons Tod. Donal, der die aus ganzem Herzen gebotenen Treueschwüre annahm, spürte dennoch das Gewicht der Last, die jeglichen Stolz, den er sonst vielleicht bei diesem Empfang empfunden hätte, zunichte machte.

Rowans scharlachrotes Zelt stand abseits von den anderen auf einem Hügelhang, der die Ebene überschaute. Der Mond war nicht zu sehen, aber Donal konnte die kleinen Feuer von Osrics Lager auf der anderen Seite des Feldes erkennen.

Er stieg ab, vergaß das Schwert an seinem Sattel, und übergab die Zügel einem Jungen, der schüchtern den Kopf senkte. Er erinnerte Donal mit seinen schwarzen Haaren an Sef.

Bis er sich auch daran erinnerte, wer – und was – Sef tatsächlich war.

Lorn ließ sich vor dem Zelteingang nieder. Taj kauerte auf der obersten Querstange des Zeltes. Donal atmete tief ein und zog den Zelteingang beiseite.

Rowan schaute von der Landkarte auf, die er gerade betrachtet hatte. Schwarze Brauen wurden zusammengezogen. Der unangekündigte Eindringling verwirrte ihn offenbar. Aber dann, als er Donal im Kerzenschein deutlich erkennen konnte, sank sein Kinn herab. Die Landkarte rollte sich selbständig auf. »Donal! Wir hatten schon befürchtet, Ihr wärt tot.«

»Nein.«

Rowan schüttelte den Kopf. »Vor einem Monat bekamen wir Nachricht von Finn, bevor er und Evan zu Eurer Befreiung eilten. Aber … wir hatten schon geglaubt, der Versuch sei fehlgeschlagen.« Rowans Blick wurde schärfer, als er die in Donals Hals gebrannte Strieme sah. »Bei den Göttern! Was ist *das?*«

»Ein Andenken an den Jungen.« Donal betrat das Zelt ganz, während Evan hinter ihm herankam. »Wie geht es dem Heer?«

Rowan bedeutete ihnen, sich zu setzen und zog auch einen Stuhl für sich selbst heran. »Recht gut. Wir gehen nicht weiter voran, aber Osric ebenfalls nicht. Er ist ein meisterhafter Feldherr. Er hat nicht so viele Leute zur Verfügung wie wir, aber er weiß, wie er diese wenigen zu seinen Gunsten einsetzen kann. Es ist eine lange, sehr langwierige Angelegenheit, Mylord. Und jetzt … zögert er. Als warte er auf etwas.«

»Er wartet auf mich«, sagte Donal.

Evan, der am Eingang stehengeblieben war, trat jetzt vor. Er legte das ungeschützte Schwert geräuschvoll auf dem Tisch ab und kreuzte die Arme. »Er wartet *darauf.*«

Rowan starrte die Klinge an. »Carillons Schwert! Ihr habt es zurückbekommen!«

»Ich sagte, daß ich das tun würde«, bemerkte Donal grimmig. »Osric hatte es Strahan gegeben.«

»Und Ihr habt es von dem Jungen zurückgeholt …«

Donal schaute fort. »Nein.« Seine Stimme zitterte ein wenig. Langsam streckte er die Hand aus und berührte die mit Runen versehene Klinge. »Nein … ich habe es nicht *geholt*. Strahan … hat es unbeabsichtigt zurückgelassen.«

Rowan atmete scharf ein. »Also habt Ihr ihn getötet?«

»Nein.« Donal konnte ihn kaum ansehen. »Er hat es zurückgelassen, weil es nicht ihm gehört, sondern mir. Er hat es zurückgelassen, weil Finn dafür gesorgt hat, daß er es zurückließ. Mein *Su'fali* …« Donal brach jäh ab. Als er wieder dazu in der Lage war, begegnete er Rowans abwartendem Blick. »Er … wurde getötet, Rowan … es war das von seinem eigenen *Jehan* gestaltete Schwert.«

»Finn …« Rowan stockte der Atem. »Nicht *Finn* …« bat er. »Nein. O … nein … *nein* …«

Donal konnte Rowan nicht antworten, also gab er ihm nur Schweigen.

Eine Weile später glitt Rowan unbeholfen von seinem Stuhl und kniete sich in den Staub des Zeltbodens. »Vergebt mir, Mylord«, flüsterte er. »Ich habe Euch nicht die angemessene Ehre erwiesen, als Ihr hereinkamt.«

Donal betrachtete den gebeugten Kopf des Hauptmanns. Sie waren anscheinend schon immer uneins gewesen. Rowan diente Carillon, nicht seinem Erben, und dieser Dienst hatte ihn Donals kleinen Aufständen gegenüber unduldsam gemacht. Aber Carillon war tot. Und jetzt auch Finn. So war niemand mehr für ihn übriggeblieben.

Außer mir. Donal beugte sich herab und ergriff Rowans Schulter. »Ich habe gesagt, ich möchte nicht, daß Ihr vor mir kniet.«

»Es ist vorbei.«

»Nicht heute nacht, Rowan … ich brauche Eure Hilfe.«

Rowan stand auf. »Und ich habe gesagt, daß Ihr sie bekommen werdet.«

Donal versuchte den Schmerz in seinem Rücken nicht zu beachten. Finn hatte keine Zeit mehr gehabt, die Krallenwunden zu heilen. »Ich bin der Mujhar«, sagte er. »Ein Cheysuli … aber ich bin für diesen Posten nicht geeignet.«

Rowan, der sich gerade umgewandt hatte, um drei Becher Wein einzugießen, runzelte die Stirn. »Warum sagt Ihr das?«

»Die Prophezeiung spricht von einem Mann *allen Blutes*, der vier kriegführende Reiche vereinen soll. In meinen Adern fließt das Blut von *zwei* Rassen … nicht von vier.«

»Vier Reiche«, sagte Rowan nachdenklich und goß die Becher voll. »Solinde und Homana natürlich … wir standen mit Solinde anscheinend schon immer im Krieg. Und Atvia könnte das dritte Reich sein. Aber … welches Reich ist das vierte?«

»Ellas?« Donal wandte sich zu Evan um.

Der Ellasier setzte sich auf einen Stuhl nahe dem Eingang. »Ich glaube nicht. Ellas hat niemals übermäßig viel gekämpft. Und *niemals* gegen Homana oder die anderen Reiche, die Ihr genannt habt. Nein … wenn wir kämpfen, kämpfen wir gegen die Steppenbewohner … und gelegentlich gegen Falia und Caledon.« Er zuckte die Achseln. »Darum heiraten wir so häufig deren Prinzessinnen … um für eine Weile Bündnisse zu schließen.«

»Dann bleibt noch Erinn.« Rowan verteilte den Wein. »Erinn von den Idrianischen Inseln. Es ist nicht wesentlich größer als Atvia … aber wir haben niemals gegen Erinn gekämpft.«

Donal runzelte die Stirn. »Shaines erste *Cheysula* stammte aus Erinn. Diejenige, die Lindir geboren hat, meine homanische Großmutter.«

»Aber seitdem hatten wir nichts mehr mit Erinn zu tun.« Rowan deutete auf die Karte, die er betrachtet hatte. »Es gab keinen Grund dafür. Erinn und Atvia kämpfen bei jedem Jahreszeitenwechsel gegeneinander wie zwei Rüden um einen Knochen – es hat etwas mit einem Titel und vermeintlichen Beleidigungen zu tun –, aber *Homana* war niemals darin verwickelt.«

Evan zuckte die Achseln und streckte seine Beine aus, so daß seine gestohlenen Stiefel sichtbar wurden. »Vielleicht ist das der Schlüssel. Vielleicht bekämpft Erinn Atvia, und Atvia bekämpft Homana, während Homana Solinde gekämpft.« Er hielt eine Faust hoch und öffnete dann einen Finger nach dem anderen, während er die Namen nannte. »Homana ... Solinde ... Atvia ... Erinn. Vier Reiche.«

»Aber ... ich stamme nicht von allen ab.« Donal schüttelte den Kopf. »Ich bin nicht der in der Prophezeiung genannte Mann.«

Rowan runzelte leicht die Stirn. »Vielleicht wird Euer Sohn es sein.«

Donal verzog das Gesicht. »Ich halte es für ganz und gar unwahrscheinlich, daß Ian jemals als mein Erbe anerkannt werden würde. Er ist ein Bastard, und das Homanische Konzil ...«

»Ich spreche nicht von Ian«, sagte Rowan ruhig. »Aislinn ist schwanger.«

Donal stieß einen Laut aus. »*Aislinn ...*«

Rowan nickte. »Das Kind soll in zwei Monaten geboren werden. Wir beten darum, daß es ohne Schwierigkeiten geschehen kann.«

Götter ... sie hat gesiegt ... jene Nacht, in der sie mich betäubt hat ... Donal schloß die Augen. *Wenn sie Strahan dient, wird dieses Kind eine Entstellung sein!*

»Donal, es gibt noch mehr zu sagen.« Rowans Stimme klang ausdruckslos. »Es betrifft Eure *Meijha* und die Kinder.«

Donal öffnete ruckartig die Augen. »Was meint Ihr?«

Rowan atmete tief durch. »Aislinn ... hat Sorcha nach Homana-Mujhar gerufen. Ich weiß nicht, worüber sie gesprochen haben ... aber nicht lange nachdem verkündet wurde, daß die Königin ein Kind erwartet, nahm Sorcha die Kinder und verließ den Keep.«

»*Verließ* …« Donal sprang auf. »Aislinn hat *sie fortgeschickt* …?«

»Es geht ihnen gut, Donal.« Rowan sagte es scharf. »Es geht ihnen gut. Aislinn wollte ihnen keinen Schaden zufügen. Aber Sorcha hat die Kinder genommen und ist über den Blauzahnfluß hinauf in die Nördlichen Einöden gezogen.«

»Zu dem anderen Keep …?« Donal stellte seinen Becher so hart ab, daß der Wein überschwappte und sich über den Tisch ergoß. »Ich kann nicht glauben, daß sie das getan hat … nicht *Aislinn* … sondern …« Sein Entschluß erhärtete sich, als er sich daran erinnerte, wie sie *ihn* hereingelegt hatte. »Ich schwöre … wenn sie das aus Boshaftigkeit oder um Strahan zu dienen getan hat, werde ich mit ihr tun, was Carillon mit ihrer *Jehana* tat. Ich werde sie von hier *fort*schicken …«

»Donal.« Rowan unterbrach ihn mitten im Schwung. »Ihr ist nichts geschehen und den Kindern auch nicht.«

»Sorcha würde das niemals tun«, sagte Donal tonlos. »Sie würde mich niemals verlassen. Sie würde niemals die Kinder fortbringen.«

Rowan zuckte mit offensichtlichem Unbehagen die Achseln. »Wer weiß, was zwischen Aislinn und Sorcha geschehen ist? Wahrscheinlich haben sie über Euch gesprochen. Sorcha würde Euch niemals aufgeben. Aber Aislinn würde das auch nicht tun.« Er schüttelte den Kopf. »Aislinn niemals. Sie ist ihrem Vater zu ähnlich.«

»Aber sie ist schwanger«, sagte Evan beiläufig. »Meine Mutter hat zwölf Kinder geboren. Ich erinnere mich daran, wie sie mit einigen meiner Schwestern umgesprungen ist. Schwangere Frauen haben manchmal … merkwürdige Vorstellungen.«

»Es ist mir gleichgültig, ob Aislinn *merkwürdige Vorstellungen* hat! Ich werde nicht zulassen, daß sie meiner *Meijha* oder meinen Kindern das antut.« Er tauchte einen Zeigefinger in den Wein und tippte dann damit auf die Landkarte. »Ich werde Osric besiegen … ich werde diesen Krieg *gewinnen* … und dann werde ich sie nach Hause holen.«

»Wie?« fragte Rowan. »Wir bekämpfen Osric schon über ein halbes Jahr lang. Unser halbes Heer steht in Solinde. Osric versorgt seine Männer von Hondarth aus. Wollt Ihr vorschlagen, diesen Krieg morgen zu beenden?«

Donal hörte den verächtlichen Unterton in Rowans Stimme. Er konnte es ihm nicht vorwerfen. Zweifellos fiel es Rowan schwer, einem anderen, jüngeren Herrn zu dienen, der weniger Kriegserfahrung als er *selbst* hatte. Es war ein bittersüßer Dienst.

Wie ein alter Hund, der von einem noch älteren, geliebten Herrn getrennt wird. Donal seufzte. »Nicht morgen. Ich schlage vor, den Krieg heute nacht zu beenden.«

Rowan lachte. Aber es war ein bitteres Lachen. *»Wie?«* wiederholte er.

»Ich werde als Cheysuli zu ihm gehen … und ihn als ein König bekämpfen.« Donals Blick ruhte auf dem Schwert.

Evan schnaubte. »Wir wollt Ihr durch die Linien gelangen?«

»Nicht durch die Linien, Evan … über sie hinweg … als Falke.«

Evan sagte nichts mehr. Sein Schweigen wog schwer. Er runzelte die Stirn, trank seinen Wein und saß starr da.

»Wann?« fragte Rowan.

Zumindest versucht er mich nicht davon abzuhalten … »Später, wenn es vollkommen dunkel ist. Und wenn ich dieses Schwert wahrhaftig zu meinem gemacht habe.«

Rowan atmete vorsichtig ein. »Tut, was Ihr tun müßt. Ich werde nicht mit den Göttern streiten. Aber Donal … Ihr habt keinen Erben.«

Donal strich über die flachen Runen in dem schimmernden Metall, zog die abgebrochenen Fingernägel über die Schneiden. »Ich kann keinen Lebendigen benennen. Aber ... sollte mir etwas zustoßen und Aislinn einen Sohn gebären, dann soll er der Mujhar werden.«

»Zum *Henker*«, sagte Evan plötzlich. »Vielleicht hat die Rune den Jungen dazu bestimmt, Finn zu töten. Und vielleicht bestimmt sie Euch dazu, Osric von Atvia zu töten.«

»Das ist unwichtig«, sagte Donal ruhig. »Ich werde dennoch für seinen Tod sorgen.«

Er stand mit seinen *Lirs* auf dem Schlachtfeld. Hinter ihm erstreckten sich die endlosen Meilen Homanas und darauf das homanische Heer. *Sein* Heer. Und vor ihm, sich deutlich vor dem dunklen Horizont abzeichnend, lag der massive atvianische Kriegsgegner.

Der Mond wirkte in der Schwärze der Nacht wie perlmuttartiges, gebogenes Silber. Aber er konnte durch das Licht des Rubins genug erkennen.

Donal hatte zunächst befürchtet, daß das Glühen des Steins ihn verraten würde. Aber was von dem Stein um ihn herum beleuchtet wurde, war für die Atvianer und die Homaner offensichtlich gleichermaßen unsichtbar, da niemand kam und ihn daraufhin befragte.

Oder aber die beiden Heere halten es für etwas Unbedeutendes. Donal lächelte. Der Rubin – und das Schwert – waren jedoch kaum unbedeutend. Er glaubte daran.

Das Schwert lag ungeschützt in seinen Händen. Das Metall schimmerte im Mondlicht silbern. Ein hellweißes Silber, in das hervorragend gearbeitete Runen eingelassen waren. O ja, er konnte sie lesen. Er konnte lesen, was dort geschrieben stand. Was Hale dort für ihn festgehalten hatte.

Ja'hai, bu'lasa. Homana Tahlmorra ru'maii.

Donal mußte beinahe lachen. Wie er davongelaufen war. Wie er dem Schwert den Rücken gewandt hatte.

Wie er sich wiederholt geweigert hatte, ein für ihn allein bestimmtes Geschenk anzunehmen.

»Ja'hai, bu'lasa. Homana Tahlmorra ru'maii.« Donal sprach die Worte laut aus. Zuerst in der Alten Sprache und dann in der Sprache der Homaner. *»Nimm es an, Enkel. Im Namen von Homanas Tahlmorra.«*

Er atmete heftig aus. Und dann beugte er sich langsam hinab und kniete sich auf den Boden. Er setzte die Spitze der Klinge auf den puderfeinen Staub und drückte dann auf das Kreuzstück des Schwertes, um es in die Erde zu treiben. Als er es losließ, blieb das Schwert von allein stehen.

»Lirs«, sagte er laut. »Ich kenne die richtigen Worte nicht. Ich kenne das Ritual nicht.«

Ein Ritual ist das, was du daraus machst, sagte Lorn.

Taj flog herab und ließ sich auf dem Kreuzstück nieder. *Gebrauche die Worte, die du wählst, und sie werden genügen.*

Donal benetzte die Lippen. Die Anspannung verkrampfte seinen Magen. Wenn dies erledigt wäre, würde er Osric von Atvia gegenübertreten müssen. Aber auch wenn er bereit war, diese Aufgabe zu übernehmen, war er nicht sicher, daß er sie tatsächlich ausführen konnte.

Er atmete ein und hielt den Atem dann an. Er schloß langsam beide Hände unmittelbar unter dem Heft um die Klinge. Unter Tajs Krallen. Und dann führte er, all seinen Mut zusammennehmend, beide Hände ruckartig abwärts, abwärts, bis sie den Boden berührten, und er spürte den Schmerz in seinen Handflächen.

»Ja'hai-na!« rief er. *»Ja'hai-na, Homana Tahlmorra ru'maii!* Ich nehme das Schwert im Namen von Homanas *Tahlmorra* an!«

Er setzte sich zurück. Er öffnete steif die Finger und sah das Blut hervorströmen, sah es durch seine Finger die Handgelenke hinabrinnen und auf den Boden tropfen.

Seine Arme zitterten. Der Schmerz lief seine Unterarme entlang bis in die Ellbogen und stieg dann bis hinauf zu den Schultern. Der Schock machte ihn elend. »*Ja'hai-na*«, keuchte er. »Ich habe es angenommen.«

Das Blut floß noch immer aus seinen Händen auf den Boden. Er sah, wie die Blutstropfen fast augenblicklich aufgesaugt wurden, als hätte das Schlachtfeld noch nicht genug Menschenblut bekommen. Und doch konnte er es riechen. Er konnte den Gestank des Krieges riechen, den Gestank vermodernder Körper. Alle waren verbrannt oder beerdigt worden, aber er konnte den Gestank noch immer riechen.

»Noch mehr?« fragte er. »Willst du das, Homana?«

Aber die Erde antwortete ihm nicht.

Donal betrachtete das Schwert. Die Runen wurden von seinem Blut rot. Und der Rubin schien im Vergleich dazu stumpf.

Langsam streckte er die Hände aus. Er schloß sie beide um den Knauf und schirmte den Rubin vom Licht des jungfräulichen Mondes ab. Und dann schloß er die Augen und löste sich von dem Wissen, wer er war.

Er mußte wissen, *was* er war.

...er war wieder ein Junge, so klein, und hörte seinem Vater zu. Hörte dem Mann zu, der der Stammesführer der Cheysuli und weiser als jeder andere außer dem Shar Tahl war, der alle Geschichten bewahrte.

»Du bist ein Cheysulikrieger, ein Kind der Erstgeborenen und von den Göttern geliebt. Du bist einer unter vielen, ein Mann, der mehr als ein Mann ist, ein Krieger, der mehr als nur dem Krieg dient, sondern auch den Göttern und der Prophezeiung. In dir liegt der Same dieser Prophezeiung, der jetzt noch ruht, aber auf den Tag wartet, an dem du endlich erwachen und das Tahlmorra eines Königreichs verstehen wirst. Nicht das eines Jungen, sondern das eines Mannes, eines Stammes. Und eines Königreichs, dessen König du sein wirst. Du *wirst sein, was fast vierhundert Jahre lang nie-*

mand mehr gewesen ist: ein Cheysulimujhar von Homana. Der Mann in der Prophezeiung.«

Donal öffnete die Augen. Er nahm seine Hände von dem Schwert fort. Der blutgebadete Rubin glühte heller denn je. Und als er seine Handflächen betrachtete, sah er, daß die Wunden geheilt waren.

Donal fand Osric von Atvia schließlich in einem großen schwarzen, von rauchenden Fackeln umgebenen Zelt versteckt. Er war allein. Er saß an einem Tisch und brütete über seinen Landkarten, um einen neuen Plan zu entwickeln. Vier Kohlenpfannen und zwei große Kerzenhalter beleuchteten das Innere des Zeltes. Das Licht wurde von dem rötlichen, von einem einfachen goldenen Diadem gehaltenen Haar gespiegelt. Es schimmerte, während er die Landkarte mit einer dickfingrigen Hand wie abwesend glättete. Seine breiten Schultern warfen seltsame Schatten auf den Zeltstoff hinter ihm: Schwarz auf Schwarz. Er kratzte sich müßig den schweren, von der Sonne goldgefärbten Bart.

Er war nicht alt. Vielleicht dreißig oder eines oder zwei Jahre älter – ein abgehärteter Krieger auf seinem Höhepunkt. Donal wußte, daß er schweren Bedingungen gegenüberstand, aber er würde ihnen nicht ausweichen.

Er trat mit dem Schwert in der Hand in das schimmernde Licht und lächelte. Osric, der beim ersten leisen Geräusch aufblickte, erstarrte. Seine blauen Augen weiteten sich zusehends und verengten sich dann wieder. Sonst zeigte er keinerlei Anzeichen von Erschrecken oder Angst. Er schien eher verwirrt als alles andere.

Dann sah er das Schwert. Er stieß sich langsam hoch. »Ihr seid Donal.« Er sprach Homanisch mit deutlichem Akzent.

»Ich bin der Mujhar.«

»Wie seid Ihr zu diesem Schwert gekommen?«

Donal beobachtete ihn. »Ihr habt es Carillon abgenommen. Ich habe es von dem Jungen zurückgeholt.«

»Strahan hat es Euch gegeben?«

»Gewissermaßen.«

Osric war groß und wuchtig wie ein Baum. Donal erinnerte sich an Carillons Beschreibung Keoughs, Osrics Großvater, und dachte, daß dieser Mann ihm ähneln müßte. Er wußte, daß Osric ihm körperlich erheblich überlegen und auch die Reichweite seiner Arme größer und er selber zweifellos im Nachteil sein würde, wenn es zu einem Schwertkampf auf Leben und Tod käme.

»Strahan hat Euch gefangengehalten, wie ich gehört habe.«

»Ich wurde befreit. Und ich habe das Schwert mit mir genommen.« Er hielt inne. »Es gehört *mir*, Osric. Mein Großvater hat es für mich gemacht.«

Osrics blaue Augen glitzerten. Er war so lebendig, daß Donal die in dem Mann pulsierende Kraft spüren konnte. »Ich habe gehört, daß dieses Schwert Magie besitzen soll. Gestaltwandlermagie.« Die blauen Augen senkten sich zu dem Schwert und hoben sich dann wieder zu Donals Gesicht. »Also war Hale Euer Großvater?«

»Ja. Ihr seht, ich bin kein emporgekommener Krieger, der nach einem Thron greifen will. Ich habe ein gesetzmäßiges Recht darauf, Osric. Ich habe Blut in mir, das bis zu den alten Mujhars und den Cheysulimujhars vor ihnen zurückgeht.«

»*Ich* habe das Recht der Eroberung«, sagte Osric. Und dann: »Wie seid Ihr durch meine Linien hindurchgelangt?«

»Ich bin darüber hinweggeflogen.«

»Ihr seid *geflogen*?«

Donal lächelte. »Ich bin ein Falke, wenn es sein muß … oder ein Wolf, wann immer ich will.« Er zog den Zelteingang beiseite. Lorn betrat lautlos das Zelt. »Ihr habt Euch einen schlechten Feind erwählt«, belehrte

Donal den Atvianer. »Wir Cheysuli sitzen nicht müßig daneben, während Ihr Euch unserer Heimat bemächtigt.«

Osric betrachtete Lorn. »Mein Großvater ist durch einen Wolf gestorben«, sagte er zögernd. »Es war in Homana… in Homana-Mujhar. Es war eine Laune… die Laune eines *Wolfs*. Er hat nicht mit Zähnen oder Krallen getötet… er hat getötet, indem er Angst einflößte.«

Donal lachte laut. »Dieser Wolf, *Ku'reshtin*, war meine Mutter.«

Osric verzog kurz den Mund. »Egal. Ich kenne die Wahrheit über Euch. Haltet dieses Schwert in Händen, wenn Ihr wollt… ich kenne die Wahrheit. Die Cheysuli können nicht mit dem Schwert umgehen. Es macht mir nichts aus, Homanas Gestaltwandlermujhar zu töten, aber ich würde einen passenderen Gegner vorziehen.«

Donal zuckte die Achseln. »Carillon hat mich den Schwertkampf gelehrt. Beurteilt mein Können nach dem Ruf meines Lehrmeisters.«

Osrics Augen verengten sich. »Carillon ist tot. *Ich* habe ihn getötet… wie er selbst es einst vorausgesagt hat.« Er lächelte plötzlich, als Donal ihn anstarrte. »Wußtet Ihr das nicht? Ja… Carillon hat unsere Begegnung vorausgesagt. Er hat es meinem Bruder Alaric gesagt, als ich ihn vor ungefähr sechzehn Jahren zu ihm schickte.« Er lachte. »Carillon sagte – wenn ich mich recht erinnere –, daß einer von uns sterben würde, wenn wir uns jemals auf dem Schlachtfeld gegenüberstünden.« Er beobachtete Donal genau. »Carillons Ruf? Ich glaube, er wird überschätzt. Und was den Euren betrifft, so sollten wir jetzt dafür sorgen.« Er wandte sich um. Er nahm sein Breitschwert vom Bett auf, wandte sich blitzschnell wieder zu Donal und griff ihn an.

Das Heft ruhte bequem in Donals Händen. Er spürte die Wärme des Metalls. Das seltsam vibrierende *Leben* erwachte erneut.

Osric war ein Meisterschwertkämpfer, wie Donal sehr schnell erkannte. Der atvianische Körper verlieh ihm sowohl eine ausgezeichnete Reichweite als auch Kraft, beeinträchtigte aber seine Wendigkeit. Donal war schneller als Osric.

Er duckte sich unter zwei pfeifenden Streichen hindurch, die die Luft neben seinem Kopf durchschnitten. Er spürte ihren Luftzug in seinem Haar. Noch duckte er sich unter den Angriffen weg, ließ sich noch nicht mit dem Mann ein. *Ich bin kein Schwertkämpfer, auch wenn ich ihm gegenüber damit geprahlt habe… ich muß noch zuviel lernen…*

Osric brauchte keine Lektionen. Mit einem gewaltigen Streich seines Breitschwertes zerschmetterte er die Ecke des Tisches und lachte laut, als Donal eilig zurückstolperte. Zähne schimmerten in dem von der Sonne goldgefärbten Bart, während er die Klinge erneut anhob und Donal mit der Schwertspitze neckte. »Ihr gehört mir, Narr. Homana fällt, wenn *Ihr* fallt.«

Donal sprang zurück, als Osrics Klinge nahe seinen Rippen aufblitzte. Er stolperte über eine Kohlenpfanne und warf sie um. Er rollte sich wieder auf die Füße, während er mit seiner Klinge einen weiteren Streich Osrics abwehrte. Kohlen verbrannten ihm die Beine und Füße und versengten das Leder seiner Stiefel, aber er achtete nicht mehr darauf, als Osric angriff.

»Homana hat Euch auch ohne mich mehr als ein halbes Jahr lang standgehalten«, erklärte Donal, der ständig in Bewegung war. »Was läßt Euch glauben, daß das Reich fallen wird, wenn *ich* falle?«

»So enden Schlachten üblicherweise, in die Könige verstrickt sind.« Osric schlug erneut zu, und Donal duckte sich wieder unter dem Streich hinweg. »Krieger brauchen Führung, vorzugsweise königliche Führung. Und wenn man einen König besiegt, ist auch sein Heer besiegt.« Osric änderte seine Haltung. Das Schwert wirkte in seinen gewaltigen Händen winzig. »Atvia ist nur ein kleines Land. Und ich habe die Insel satt. Ein Reich von der Größe Homanas wird mir genügen.«

Donal wich zurück. »Und nach Homana... Was kommt dann? Solinde? Euer gegenwärtiger Verbündeter?«

Zähne schimmerten in Osrics Bart. »Es ist noch zu früh, darüber zu sprechen, Cheysuli.«

Das Schwert schien in Donals Händen zu summen. Er spürte, wie es sich gegen sein geringes Können wehrte, als sei es von seinem Unvermögen enttäuscht. Donal biß die Zähne zusammen und versuchte standzuhalten, während Osric ihn niederkämpfen wollte.

Er wich immer weiter zurück. Der Tisch drückte sich in sein Rückgrat. Donal warf sich auf den Tisch, um herumzurollen und wieder Stand zu gewinnen, aber Osrics Schwert war ihm im Weg. Und dann lag es an seiner Kehle.

»Es stimmt«, sagte Osric. »Die Cheysuli können nicht mit dem Schwert umgehen.«

Der Rubin flammte auf und schuf einen Strahlenkranz um sie beide. Osric schrie, wich zurück, und die Augen traten ihm fast aus den Höhlen. Sein eigenes Schwert erzitterte in seinen Händen, aber er war zu sehr Krieger, um der Angst so leicht nachzugeben.

Donal stieß sich vom Tisch ab. Osric senkte sein Schwert. Die Klingen schlugen zusammen. Die gewaltige Kraft des Atvianers bezwang Donal erneut. Sein verletzter Rücken wurde wieder gegen das Holz gepreßt.

Der Strahlenkranz brannte weiter. Er überzog Osrics Gesicht mit blutrotem Licht, bis seine blauen Augen sich ihlinipurpurfarben färbten.

Donal spürte die Taubheit in seinen Händen, spürte das Schwert an ihnen kleben, als sei es ein Teil seines Körpers. Die Runen glühten die ganze Klinge entlang weiß... er schwang das Schwert...

...Osrics Schwert brach in einen Regen schimmernden Metalls auf.

Er stand da, mit nichts als einem nutzlosen Heft in Händen. Sein Mund war weit geöffnet: eine Grabhöhle in rotgoldenem Haar.

Donal, der noch immer flach auf dem Tisch lag, spürte, wie ihn das Schwert hob, fühlte die Macht von der Schulter bis in die Fingerspitzen seinen Arm durchdringen. Er wurde hochgehoben. Er stieß zu. Die Klinge versenkte sich in Osrics Bauch.

Das ist für Carillon. Und das ist für meinen Su'fali.

Kapitel Sieben

Donal nahm vor Rowans Zelt wieder menschliche Gestalt an. Als er den Zelteingang aufzog, traf er auf Evan. »Osric?« fragte Evan.

»Atvia hat keinen Herrscher mehr.« Er konnte noch immer einen Rest von Wärme und Lebendigkeit in dem Schwert spüren. Der Rubin glühte an seiner Hand rot.

»Gut.« Evan hatte sich rasiert und frische, seinem Rang angemessene Kleidung angezogen. Die gestohlenen Stiefel waren durch edleres Schuhwerk ersetzt worden. »Seid Ihr unverletzt?«

»Wie Ihr sehen könnt.« Aber Donal wußte, daß Evan ihn nicht deutlich erkennen konnte. An Augen- und Mundwinkeln bemerkte man seine Anspannung, während er wie selbstverständlich sprach, ohne über seine Worte nachzudenken. »Evan … was ist los?«

Evan trat beiseite und winkte Donal schwach herein. Seine Hand schabte über den Stoff, als er den Eingang wieder herabfallen ließ. »In der ersten Morgendämmerung, als Ihr noch in Osrics Lager wart, kam ein Bote.«

Das Zelt war leer. Das Bettzeug auf Rowans Bett war zerwühlt. Ein halb gefüllter Weinbecher stand neben einem Stapel Landkarten auf dem Tisch. Eine Fliege summte um dessen Rand herum.

Donal setzte sich ein wenig gebeugt auf einen Stuhl. Er legte die Klinge über seine Oberschenkel und betastete das Heft mit dem wilden Löwen. »Die Nachricht war für mich?«

»Nein. Für mich.« Evan runzelte leicht die Stirn. Er wirkte fast verwirrt. »Mein Bruder ist … Hochkönig.«

Donal sah ihn scharf an. »Rhodri …?«

»Ist an einem plötzlichen Fieber gestorben.« Evan

fuhr sich mit einer Hand durch sein dunkelbraunes Haar. »Es hat ihn so schnell hinweggerafft ... die Ärzte konnten nichts tun.«

Donal stand wieder auf. Er verstand den verwirrten Kummer in Evans Augen jetzt, da Finn ihm fehlte, besser als zuvor. Er streckte die Hand aus und ergriff kurz Evans Arm. »Es tut mir leid. Reitet Ihr sofort nach Ellas?«

Nach einem kurzen Augenblick des Zögerns schüttelte Evan den Kopf. »Das hätte ich getan. Sofort, natürlich ... ich wäre nach Hause gereist und hätte meinen Respekt gezollt. Aber ... Lachlan sagte, ich solle es lassen. Er stellt mir frei, hierzubleiben.« Er zuckte kaum merklich die Achseln. »Er sagt ... er sagt, ganz Ellas wüßte, wie ich meinen Vater geehrt hätte, und jetzt soll ich die Wünsche des neuen Hochkönigs ehren.« Seine Augen waren voller Kummer und Teilnahmslosigkeit, sein Halt war ihm genommen worden. »Er sagt, ich müßte bei Euch bleiben.«

Donal betrachtete seinen Freund. Seine Empfindungen waren arm, als hätte Finns Tod ihn der Fähigkeit zu trauern beraubt, aber er verstand, was Evan fühlte. *Er hat gerade erst entdeckt, wieviel ihm sein* Jehan *bedeutet hat, wie er ja auch nur gelegentlich über ihre Beziehung gesprochen hat.* Donal setzte sich wieder. »Warum sollte Lachlan wollen, daß Ihr hierbleibt? Ich bin mehr als erfreut über Eure Gesellschaft, aber vielleicht wäre es besser, Ihr würdet nach Hause reisen.«

Evans Mund verzog sich. »Er hat von Carillons Tod gehört. Aus Sorge und aus dem Wunsch, Homana zu erhalten, sendet er fünftausend Mann hierher.« Evan lächelte. »Die Königliche Ellasische Wache ... die, wie ich weiß, schon früher einmal nach Homana geschickt wurde, als Carillon Hilfe brauchte. Aus Hochachtung vor Carillons Andenken möchte Lachlan sicherstellen, daß Homana nicht fällt. Aber ... ich glaube, es ist noch mehr daran, obwohl er das nicht gesagt hat. Ich glaube, er fürchtet auch um Ellas. Wenn Osric Homana einnimmt, besteht die Möglichkeit, daß er sich innerhalb der nächsten Jahre auch nach Ellas wendet. Warum sollte er das nicht jetzt verhindern, indem er Homana Hilfe schickt? Er konnte es nicht früher tun – mein Vater hatte es vorgezogen, sich aus Homanas Schwierigkeiten herauszuhalten –, aber jetzt ist er Hochkönig. Er kann tun, was er will.«

Donal seufzte und betrachtete nachdenklich das Schwert. »Welche Gründe auch immer Lachlan hat... seine Geste ist mehr als willkommen.«

Evan nickte. »Rhodri war ein würdiger König. Ellas liebte ihn. Aber es liebt auch Lachlan, den Taugenichts, den Priester und Prinzen, der drei Jahre lang als Harfenist umhergewandert und mit einem vertriebenen homanischen Herrn geritten ist, der sein Reich zurückgewinnen wollte. Er wird ein wertvoller Verbündeter sein, Donal.«

Donal kratzte sich nachdenklich die Stirn unter dem dichten schwarzen Haar, das ihm fast in die Augen hing. »Fünftausend Mann sind vielleicht mehr als genug, um diese Schlacht zu einer Entscheidung zu führen. Es sei denn, daß Osrics Tod schon genügt. Vielleicht ist Lachlans Geschenk gar nicht nötig. Aber ich muß Rowan dennoch die Aufsicht über die homanischen Truppen übertragen, während Ihr die Ellasier anführen werdet.« Er runzelte die Stirn. »Das würde mir Zeit verschaffen, über den Blauzahnfluß zu gelangen.«

»Ihr wollt noch immer gehen?«

»Ja. Und ich werde Sorcha und die Kinder nach Hause bringen... nach Hause – nach Homana-Mujhar.«

Evan stieß einen leisen Pfiff aus. »Das ist nicht klug, Donal. Aislinn ist bereits eifersüchtig... Eure Gespielin und die Bastarde unter demselben Dach unterzubringen, ist vielleicht nicht das Beste.«

»Das ist mir gleich.« Donal schaute von seinem Schwert auf. »Ich kann Aislinns Gründe für das, was sie getan hat, verstehen. Aber es gibt noch anderes, das ich berücksichtigen muß. Sie ist Electras Tochter. Das bedeutet, daß ich sie niemals ohne Mißtrauen betrachten kann – hat sie mir nicht genug Grund dazu gegeben? –, denn es ist möglich, daß sie ein gewisses Maß der Macht ihrer *Jehana* hat. Soweit ich weiß, überwiegt das solindische Blut in ihr das homanische.«

»Sie trägt ein Kind, Donal. Vielleicht einen Sohn und Erben für Homana.«

Donal lachte. »Ich habe nicht die Absicht, sie zu *töten*, Evan! Ich will sie auch nicht schlagen. Ich möchte Sorcha und die Kinder nur dahin bringen, wo ich sie in Sicherheit weiß.«

Evan schüttelte den Kopf. »Bringt sie nicht in Aislinns Nähe unter, Donal… sie ist nur eifersüchtig. Wenn sie ihr Kind geboren hat, wird sie Sorchas Kinder nicht mehr so sehr ablehnen.«

Donal schüttelte den Kopf. »Für einen Mann, der weder Kinder noch eine *Cheysula* hat, wißt Ihr viel über beides.«

»Ich habe fünf Schwestern«, erwiderte Evan, »und – nicht zuletzt – vierzehn Nichten und Neffen. Vielleicht inzwischen sogar mehr… meine Schwestern gebären wie die Kaninchen. Ich spreche aus Erfahrung, Donal.«

Donal seufzte. »Nun, ich werde dennoch zum Nördlichen Keep ziehen und mich um meine *Meijha* und die Kinder kümmern. Und *dann* werde ich mich um Aislinn kümmern.«

Rowan gab ihm eine neue Scheide und einen Gürtel für das Schwert, da Carillons vermutlich im atvianischen Lager verlorengegangen waren… es sei denn, Strahan hatte sie noch immer. Aber die neuen Gegenstände gefielen Donal. Sie bestanden aus glattem dunklen Leder, das auf weichen Glanz poliert und von oben bis unten mit Cheysulirunen versehen war.

Donal ließ das Schwert hineingleiten, bis das Heft auf

dem Rand auftraf. Er schaute zu Rowan. »Deine Arbeit?«

Rowans kantiges Gesicht war ernst. »Ja. Mein Blut bricht letztlich durch. Ich besitze die Cheysuligaben.«

Donal sah ihn überrascht an. »Dann bekennst du dich endlich offen zu deinem Erbe.«

Rowan errötete, wodurch die Sonnenbräune noch dunkler wirkte, was das Gelb seiner Augen betonte. »Ich brauchte es schon viele Jahre lang nicht mehr zu verleugnen«, sagte er mit ruhiger Würde. »Seit ich Carillon die Wahrheit gestanden habe.«

Er wird alles in seinem Leben nach Carillons Maßstäben beurteilen. Donal seufzte und versuchte sich das wenige in Erinnerung zu rufen, was er über Taktgefühl wußte. »Ich weiß, daß du niemals einen *Lir* besessen hast, aber du *bist* ein Cheysuli. Du hättest dich genausogut einem Stamm anschließen können anstatt den Homanern, als du alt genug warst, die Wahrheit zu erkennen.«

Rowan schüttelte den Kopf. »Ich habe mich den Homanern nicht angeschlossen, Donal. Ich wurde als Homaner *aufgezogen*. O ja ... ich weiß, was ich *innerlich* war, aber wie konnte ich gegen die homanischen Gewohnheiten ankämpfen, die mir zur zweiten Natur geworden waren? Ein Kind wird zu dem, was aus ihm gemacht wird ... und so wurde ich zu einem Homaner.«

Donal betrachtete stirnrunzelnd die runenversehene Klinge. »Wir sind so verschieden. Die Rassen. So ... weit voneinander entfernt. Wir sind verschiedene Menschen. Und ich glaube, man kann nicht beiden angehören.«

»Man kann.« Rowan lächelte. »Eines Tages werdet Ihr das vielleicht verstehen. Vielleicht verstehen *müssen*. Ihr selbst seid weniger Cheysuli als *ich*, wenn man vom Blutanteil spricht ... und doch seid Ihr derjenige, der behauptet, die Rassen seien verschieden.« Er schüttelte den Kopf. »Ihr erkennt natürlich, daß die Cheysulirasse nicht ewig Bestand haben wird, auch wenn Homana erneut einen Cheysulimujhar hat. Wir werden von der Wahrheit der Prophezeiung verschlungen werden.«

Donal betrachete ihn eingehend. Diese seltsamen Worte waren eine Wiederholung dessen, was Tynstar gesagt und was Strahan noch einmal betont hatte. Und das gefiel Donal nicht. Er empfand es als *Bedrohung*. »Wir haben in Tausenden von Jahren nichts verloren. Wir beanspruchen noch immer die *Lirs* und alles, was zum Bund gehört. Die heilende Erdmagie, die Macht, zwingen zu können...«

»Ja.« Rowan unterbrach ihn ruhig. »Aber habt Ihr jemals darüber nachgedacht, daß wenig Platz für die Cheysuli bleiben wird, wenn das Ziel der Prophezeiung erreicht ist und die Erstgeborenen wieder zum Leben erwachen?«

»Es wird in Homana *immer* Cheysuli geben.« Donals Tonfall ließ keinen Raum für andere Vermutungen. »Du bist vielleicht als Homaner aufgezogen worden, aber nicht als solcher *geboren*. Hast nicht du die Runen in das Leder dieser Scheide eingearbeitet?«

»Einige Dinge vergißt ein Mensch niemals.« Rowan betrachtete seine Arbeit. »Ich erinnere mich, daß mein *Jehan* – als ich noch ganz klein war – diese Runen mit einem Stück Kohle auf eine gebleichte Hirschhaut gemalt hat. Es begeisterte mich. Ich konnte stundenlang vor dem Zelt sitzen und zusehen, wie seine Hand die Runen malte... Magie erschuf. Und die Geburtslinien, als der *Shar Tahl* mir die meinen zeigte.« Er lächelte bei der Erinnerung. »Ich entsinne mich aller Runen. Und so setzte ich die Prophezeiung und die Runen zusammen und übertrug alles auf das Leder.«

Donal beobachtete, wie sich Rowans Gesichtsausdruck veränderte. In diesem Augenblick fühlte er sich dem Mann näher denn je. Jetzt war Rowan Cheysuli, und Donal konnte ihn verstehen. »An was erinnerst du dich noch?«

Das Lächeln verblaßte. »Ich erinnere mich an den Tag,

an dem die Männer des Mujhar auf meine Familie stießen. Ich erinnere mich daran, wie sie sie alle töteten, sogar meine kleine *Rujholla*. Ich erinnere mich sehr gut an das alles, obwohl ich es jahrelang geleugnet habe.«

»Weil deine neue Verwandtschaft dir niemals sagte, daß du ein Cheysuli wärst.«

»Sie haben es niemals erfahren.« Rowan zuckte die Achseln. »Sie waren Ellasier, die nach Homana kamen, um ein neues Leben zu beginnen. Sie fanden einen kleinen Jungen, der benommen durch den Wald lief, unfähig zu sprechen aus Angst vor dem, was er gesehen hatte, und sie nahmen ihn als ihr eigenes Kind an. Sie waren … gute Menschen.«

»Aber sie waren keine Cheysuli.«

»Ihr seid auch nur *zur Hälfte* Cheysuli«, erwiderte Rowan. »Wenn ich Euch ansehe, Donal, sehe und höre ich einen Cheysulikrieger, denn das ist es, was Ihr den Menschen zeigen wollt. Ihr habt alle charakteristischen Merkmale der Cheysuli – einschließlich dieses heiklen Stolzes – und tragt diesen Stempel sicherlich. Aber Ihr seid durch Alix auch Homaner. Und dadurch sollte dieser Stolz gezügelt werden. Werdet nicht *so* sehr Cheysuli, daß Ihr die Leute nicht mehr versteht, die Ihr regieren werdet.«

Donals Finger schlossen sich um die Lederscheide. »Ich … ich hätte lieber nur Cheysuliblut in meinen Adern.«

»Aber so ist es nicht. Ihr habt auch homanisches Blut. Sonst wärt Ihr nicht Teil der Prophezeiung.« Rowan seufzte und schüttelte den Kopf. »Ihr seid das, was Eure Mutter und Euer Vater aus Euch gemacht haben. Duncan war ganz Cheysuli und Alix hat – aus dem Wunsch heraus, den Ehemann, den sie verloren hatte, lebendig zu erhalten – getan, was sie konnte, um Euch zu einem wiedergeborenen Duncan zu machen. Das ist … nicht notwendigerweise falsch. Ich könnte mir schlechtere Krieger als Vorbild vorstellen … einschließlich Finns.«

Rowan machte eine ruhegebietende Geste, als Donal widersprechen wollte. »Finn war das, zu dem die Prophezeiung ihn hat werden lassen. Er war das, was Carillon viele Jahre lang gebraucht hat. Aber … die Menschen verändern sich. Sie werden älter, sie reifen. Carillon brauchte ihn nicht mehr. Und Ihr braucht ihn jetzt auch nicht mehr.«

Donal schüttelte in heftigem Widerspruch den Kopf. »Ich brauche meinen *Su'fali* sehr. Ich muß noch soviel lernen.«

»Ihr werdet es lernen. Aber zunächst müßt Ihr den homanischen Anteil in Euch genauso anzunehmen lernen wie den Cheysulianteil.«

Donal hob die Klinge. »Trage ich jetzt nicht *dies?* Welcher Cheysuli hat jemals ein Schwert getragen … außer dir vielleicht?«

»Es ist ein Anfang«, stimmte Rowan ihm zu.

»Es ist *mehr* als ein Anfang«, murmelte Donal. »Es ist eine Verwandlung des Alten.«

»Vielleicht ist es notwendig.« Rowan lächelte. »Ihr seid seit vierhundert Jahren der erste Cheysulimujhar auf dem Löwenthron. *Das* ist Wandlung.«

Donal nickte nachdenklich. Dann seufzte er und sah zu Rowan hoch. »Ich möchte, daß du etwas für mich tust.«

Der Hauptmann zuckte die Achseln. »Ich werde tun, was ich kann.«

»Gewinne diesen Krieg. Gewinne diesen götterverfluchten Krieg, damit ich meine Regentschaft in Frieden beginnen kann.«

Donal ritt durch Homana nordwärts, umging Mujhara ganz, bis er den Blauzahnfluß erreichte. Er zügelte sein Pferd am Südufer und blickte auf den Fluß. Er hatte den Blauzahn vor sechzehn Jahren zuletzt gesehen, als Tynstars Ihlinidiener ihn zum Molonpaß gebracht hatten, um nach Solinde hineinzugelangen. Er und Alix hatten als Gefangene nach Valgaard gebracht werden sollen, aber er war mit Tajs und Lorns Hilfe entkommen, indem sie seine Fähigkeit, *Lir*gestalt annehmen zu können, gestärkt hatten. Alix hatte es nicht geschafft. Er hatte seine Mutter zurückgelassen und hatte den großen Strom auf seiner Flucht nach Homana-Mujhar überquert.

Damals war es weitaus kälter gewesen, kurz nach dem Winter. Jetzt war es Frühling, und das Wasser strömte schnell, von Eis und Schneematsch unbehindert. Er betrachtete die Holzfähre auf der anderen Seite des Flusses und fragte sich, ob er darauf warten oder den Fluß auf Cheysuliart überqueren sollte.

Taj, der auf einem nahegelegenen Baum kauerte, betrachtete ihn mit einem glänzenden, dunklen Auge. *Erinnerst du dich daran, Lir?*

Ich erinnere mich.

Damals hast du den Luftweg gewählt. Wirst du es wieder tun?

Donal wandte sich um und blickte auf der Suche nach Lorn über die Schulter. Kurz darauf brach der rötliche Wolf durch das das dichte Unterholz am Ufer.

Nein … ich werde fahren. Ich werde Sorcha und die Kinder bei mir haben.

Lorn schüttelte sich den Staub aus dem Fell. *Dann muß ich diesen Fluß durchschwimmen, es sei denn, du bestichst den Fährmann, mich auch mitzunehmen.*

Der Fährmann nahm Donals Gold eifrig entgegen, nachdem er mit dem hölzernen Schiff angelegt hatte. Er warf einen abschätzenden Blick auf den Wolf, betrachtete Donal eingehend und winkte sie dann an Bord. Donal führte das Pferd auf die dicken Holzplanken und wartete darauf, daß Lorn ihm folgte.

Der Mann legte ab und begann, langwierig die Fähre über den breiten Fluß zurückzuziehen. Aber das hinderte ihn nicht, Donal zu beobachten und sich zu unterhalten.

Er räusperte sich, spie über die Schiffsseite hinweg ins

Wasser und wandte dann ruckartig den Kopf. »Will Euch ja nich' beleidigen, aber es is' nur so, daß ich neugierig bin. Ihr seid 'n Halbling, ne?«

»Halbling?« Donal war wegen des rauhen nördlichen Tons verwirrt. Die Sprache schien dem Homanischen kaum ähnlich.

»Halbling. Ja. Guckt Euch an. Eure Hautfarbe is' Cheysuli, aber hab' nie einen gesehen, der sich so anzieht wie Ihr. Die tragen Leder und Gold. Seid Ihrs also nur halb?«

Donal erkannte bestürzt, daß ihn die homanische Kleidung, die Rowan ihm nach seiner Flucht vor Strahan gegeben hatte, seiner eigenen Gestalt beraubte. Er hatte das zerrissene und verschmutzte Leder abgelegt und durch eine schwarze Hose für Krieger, ein Leinenhemd und ein edles braunes Samtwams ersetzt, das das Gold an seinen Armen verbarg. Und sein Haar, das schon zu lange nicht mehr gekürzt worden war, versteckte den Ohrring.

Er betrachtete den Fährmann grübelnd. »Was würdet Ihr tun, wenn ich sagte, daß ich ganz und gar Cheysuli bin?«

Der Mann lachte, räusperte sich erneut und spie wieder über den Rand der Fähre ins Wasser.

»Nichts, wirklich. Bin nur neugierig, Herr. Aber Ihr seht nich' wie die andern aus. Hab' noch nie einen mit'm *Schwert* gesehen.«

Donals Hand sank auf das schwere Heft. Er schloß die Finger darum. »Ein neuer Brauch.«

»Seid 'ne wilde Rasse, Herr. Hab' viele davon hier gesehen, wollten nach Süden, zur Stadt des Mujhar.« Aufmerksamkeit flammte in den braunen Augen des Mannes auf. »Wart Ihr in Mujhara, Herr?«

Donal lächelte. »Ja.«

»Isses so groß, wie sie sagen?«

»Größer.«

»Habt Ihr 'n Palast gesehen, Homana-Mujhar?« Seine

Aussprache – und mehrere fehlende Zähne – ließen die Silben zusammenfließen, bis sie fast unverständlich wurden.

»Ja, ich habe ihn gesehen.«

»Werdet bestimmt sagen, daß er größer is', als ich mir vorstellen kann?«

Donal tätschelte seinem Pferd die Nase. »Ja, stimmt.«

»Und is' er so, wie behauptet wird?«

»Wer … der Mujhar?« Donal zuckte die Achseln. »Erzählt mir, was man über ihn sagt.«

Der Fährmann zog hart an den Seilen. Sein mausbraunes Haar war lang und einfach mit einem Lederband zurückgebunden. Er trug rauhe Wollkleidung und schwere Stiefel. An Rücken und Schultern war das Spiel sehniger Muskeln zu sehen, während er gegen die Strömung anzog. »Sie sagen, Carillon hat sich 'n Richtigen ausgesucht. Einen Mann, um den sogar die 'lini 'n Bogen machen.«

Donal lächelte verzerrt. »Ich dachte, die Ihlini fürchten niemanden.«

Der Mann sah ihn an. »Hab' nich' gesagt, daß sie ihn *fürchten*. Die 'lini fürchten wahrscheinlich wirklich niemand. Aber ich beförder' hier ob'n Passagiere von allen Ländern und Rassen, und ich sage, ich hab' 'n paar 'linihexer über diese Bestie von Fluß gebracht.« Er zuckte die Achseln. »Man lehnt gutes Gold nich' ab.«

Donal blickte über den sanft fließenden Strom zur anderen Seite hinüber. Er zitterte leicht, als der kalte Wind von den gefrorenen Gipfeln des Molonpasses herüberwehte, die zwar mehrere Meilen vom Fluß entfernt, aber doch nahe genug standen, um ihn auf einer Seite zu umschließen. »Ich hätte gedacht«, sagte er leichthin, »daß Ihlinimagier keine *Fähre* brauchten, um diesen Fluß zu überqueren.«

Der Fährmann lachte. »Ja, das *hättet* Ihr gedacht … aber sie sin' nich' geflogen. Nich' mehr als Ihr, Herr.«

Donal lächelte. »Aber ich kann fliegen.«

»Fliegen?« Der Mann schüttelte den Kopf. »Ihr macht Witze.«

»Nein.«

Der Mann betrachtete ihn näher. »Warum nehmt Ihr dann meine Fähre?«

Donal lachte. »Ich fliege nicht *immer*. Außerdem werde ich auf dem Rückweg Gesellschaft haben.« Er betrachtete den Mann einen Augenblick genau. »Fürchtet Ihr Euch vor mir, Fährmann?«

»Hab' von Eurer Magie gehört. Hab' keine Angst, aber Respekt davor.«

»Respekt und Furcht sind zwei verschiedene Dinge.« Donal lehnte sich müßig gegen die Reling. »Ihr habt einen Cheysulimujhar. Fürchtet Ihr ihn?«

»Ich hab' nur Angst davor, was das bedeuten könnte.« Der Fährmann hob den Kopf und sah Donal offen an. »Die Legenden sagen, daß früher die Gestaltwandler Homana beherrscht und für Männer meiner Rasse aufgegeben haben. Jetzt habt Ihrs zurück. Kein Wunder, daß sich ehrliche Homaner fragen, was das alles bedeuten soll.«

»Kein Homaner hat etwas zu befürchten«, belehrte Donal ihn. »Der Mujhar will in diesem Reich Frieden haben.«

»Das muß ich erst selbst sehn.«

»Das werdet Ihr.« Donal deutete zum Ufer. »Wir sind fast da.«

Der Mann warf einen schnellen Blick zum Ufer, zog am Bremsseil und brachte die Fähre sanft zum Halten. Donal führte das Pferd an Land und stieg auf. Während er auf Lorn wartete, merkte er, daß der Fährmann ihn mit einer Mischung aus Neugier und Mißtrauen beobachtete. Donal winkte kurz mit der Hand und führte sein Pferd dann auf den nördlichsten Weg.

Der Keep lag in den gezackten Ausläufern der Berge. Er wurde, wie die meisten Keeps, von hohen Steinmauern geschützt, die sich die Hügel hinauf- und wieder hinabzogen und so alle Zelte umgaben. Sie bestanden aus rauhen, graublauen, fast indigofarbenen Steinen, an die seine Augen nicht so gewöhnt waren wie an das warme Graugrün der Mauern des Südlichen Keep. In den Nördlichen Einöden waren viele Dinge anders.

Er ritt zum Eingang des Keep und hielt schließlich inne. Drei Krieger bewachten den Zugang. Sogar jetzt, fast zwanzig Jahre nachdem Carillon das *Qu'mahlin* beendet hatte, wußten die Stämme es besser, als daß sie einem einreitenden Fremden getraut hätten... das galt sogar für jemanden, der ein Cheysuli zu sein schien.

Einer der Krieger trat von der Mauer vor. Seine gelben Augen maßen Donal schneidend, bemerkten die charakteristischen Cheysuligesichtszüge, bemerkten auch die homanische Kleidung. Er begrüßte Donal ruhig und höflich auf die übliche Art, aber Donal sah die versteckte Verachtung in seinen Augen.

Götter ... er sieht keinen Krieger ... er sieht einen Cheysuli, in der Stadt aufgewachsen ... Dieser Gedanke ließ ihn fast zusammenzucken.

»Ich bin Kaer«, sagte der Krieger. »Habt Ihr in unserem Keep etwas zu erledigen?«

Nicht ganz das Begrüßungsritual zweier gleichgestellter Krieger... nun, ich kann nichts Besseres erwarten. Nicht solange all mein Gold verborgen ist, und auch trotz *der Lirs* nicht. Donal sah auf Kaer hinab. »Ich habe etwas bei meiner Familie zu erledigen, die hier Schutz gesucht hat. Sorcha, meine *Meijha,* und unsere Kinder, Ian und Isolde. Ich bin Donal, der Sohn von Duncan.«

Kaers Gesichtsausdruck veränderte sich sofort. Er machte schnell eine kaum sichtbare Handbewegung, die das Eingeständnis seiner Unhöflichkeit anzeigte. Selten gab ein Krieger das vor einem anderen Krieger zu, da die Cheysuli gewöhnlich höflich waren, weshalb auch niemals eine Entschuldigung ausgesprochen wurde. Die Geste genügte.

»Mylord Mujhar.« Er streckte die Hand aus, um die Zügel des Hengstes zu ergreifen. »Ich werde Euch sofort zum Stammesführer bringen.«

Es war angemessen, daß ein Gast des Keeps zunächst mit dem Stammesführer zusammentraf. Donal wollte Sorcha und die Kinder unbedingt sehen, aber er zwang sich zur Geduld, während er abstieg, Kaer die Zügel seines Pferdes übergab und mit ihm durch den Keep auf ein rostfarbenes Zelt zuging. Auf eine Seite des Zeltes war eine gelbe Bergkatze gemalt.

Kaer hielt inne, bat um Einlaß, bekam ihn gewährt und zog den Zelteingang zur Seite. Er sprach schnell mit jemandem im Zelt. Kurz darauf wandte er sich um und bedeutete Donal hineinzutreten. Dann verschwand er mit dem Pferd. Donal sah Taj auf der obersten Querstange des Zeltes sitzen. Lorn legte sich neben den Zelteingang und tauschte Begrüßungen mit der geschmeidigen, lohfarbenen Bergkatze aus, die dort auf einem Teppich ausgestreckt lag.

Donal trat ein. Ein Cheysuli saß mit gekreuzten Beinen vor dem kleinen Zeltfeuer, aber er stand behende auf, als sein Gast durch den Eingang glitt. Er lächelte. »Willkommen bei uns. Wenn Ihr Hunger habt, werdet Ihr speisen dürfen. Wenn Ihr müde seid, werdet Ihr Euch in Sicherheit ausruhen können.«

Donal spürte kurz Wehmut und Bedauern. So viele Male hatte er als Junge seinen Vater diese Worte zu einem Fremden sagen hören, den er im Keep willkommen geheißen hatte. Und dann Finn. Und jetzt wurden sie zu ihm gesprochen.

»Cheysuli i'halla shansu«, erwiderte er. »Ich bin Donal, Sohn von Duncan und Alix. Meine *Meijha*, Sorcha, hält sich hier auf.«

Die gelben Augen zuckten und taxierten ihn dann ganz genau, wobei das Gesicht des Kriegers ausdruckslos blieb. Blitzartig erkannte Donal, daß er von seiner eigenen Rasse härter beurteilt wurde als von den Homanern. Die Cheysuli hatten vier Jahrhunderte lang darauf gewartet, daß ein Mann aus ihren eigenen Reihen den Löwenthron wieder einnehmen würde.

Inzwischen ist es geschehen, aber sie kennen mich nicht so gut, wie sie es gern würden.

Der Stammesführer nickte. »Ich bin Tarn.« Er streckte die Hand aus und umfaßte als Willkommensgruß Donals Arm. Dann deutete er auf das dicke, braune Bärenfell, das am Feuer ausgebreitet lag. Donal setzte sich darauf und nahm den Becher Honigmet aus Tarns Händen entgegen. »Ich habe von dem Krieg gehört, den Ihr gegen Osric von Atvia führt.« Tarn goß sich ebenfalls einen Becher voll und trank.

Donal nickte und nippte an seinem Getränk. Der Met war warm und süffig. Er hatte in letzter Zeit zu häufig Wein getrunken und stellte jetzt fest, daß ihm der übliche Trank seiner Rasse gefehlt hatte. »Wir haben Krieger meines Stammes in Solinde zurückgelassen, aber ich glaube, daß der Aufstand erstirbt. Osric ist jetzt tot, und wir werden bald zusätzliche fünftausend Krieger von Ellas zur Verfügung haben. Der Krieg sollte bald vorüber sein.« Er fragte nicht, warum Tarn nicht auch seine Krieger gesandt hatte. Dafür war jetzt nicht der Augenblick.

Tarn nickte. »Wir leben hier ziemlich abgeschieden, aber wir hören so manches. So zum Beispiel die Nachricht von Tynstars Tod … und von der zunehmenden Macht seines Sohnes.«

Donal seufzte leise. »Strahan ist noch ein Junge, aber er ist schon mächtig. Er hat viel von seinem *Jehan* gelernt. Ich bin sicher, daß Valgaard schon bald wieder bewohnt sein wird … wenn das nicht längst der Fall ist.«

»Darüber haben wir nichts gehört.« Tarn stellte seinen Becher ab. »Ihr seid gekommen, um Eure Familie zu besuchen.«

Donal war erleichtert, daß das allgemeine Gespräch beendet war. »Ja. Und um Euch dafür zu danken, daß Ihr sie aufgenommen habt. Aber jetzt werde ich sie mit mir nach Hause nehmen.«

»Ich... glaube nicht. Nicht sie alle.« Tarns Stimme klang unbewegt. »Donal... ich habe schlechte Nachrichten für Euch... sogar erschreckende Nachrichten. Ich wünschte, es wäre anders...« Er brach ab, sagte es dann aber frei heraus: »Sorcha hat sich das Leben genommen.«

Donal ließ den Becher fallen. Er fiel kopfüber auf seine Knie, heißer Alkohol ergoß sich über seine Hose und sickerte bis auf seine Haut durch. Aber er spürte nichts. Nichts außer vollkommenem Entsetzen.

»Sorcha?« flüsterte er. »*Sorcha...?*«

Tarn nickte. »Ich habe einen Boten nach Homana-Mujhar gesandt, weil ich nicht wußte, wo Ihr Euch aufhieltet.«

Donal sah den Mann blind an. »Ich war... ich war...« Er brach ab. Er konnte kein weiteres Wort mehr hervorbringen. Er konnte nur das verschwommene Gesicht vor seinen brennenden Augen anstarren.

»*Shansu*«, sagte Tarn mitfühlend. »Es bekümmert mich, meinem Mujhar solche Nachrichten mitteilen zu müssen.«

»Selbstmord...« flüsterte Donal. »O... Götter... *nein*... sie hat sich den Zugang zur Nachwelt verwirkt...«

»Ja.« Tarn zeigte Donal nicht, daß er seinen Kummer bemerkte.

»Aber... *warum*? Warum sollte Sorcha so etwas *tun?*«

Tarn mied seinen Blick. »Die Frauen kamen zu mir und erzählten, was Sorcha gesagt hat, bevor sie das Unaussprechliche tat. Es war... Kummer und Zorn, Verlust, der Verlust des Kriegers, mit dem sie ihr Leben geteilt hatte.«

»Sie hatte mich nicht *verloren*...«

»Es war Zorn, großer Zorn. Sie hat ihnen erzählt, daß

die Königin sie hierhergeschickt habe, Eure *Meijha* verbannt habe, damit Ihr sie nicht mehr zu sehen bekämet.« Tarn hielt seine Stimme möglichst sachlich. Er wollte weder Richter noch Schiedsmann sein, nur Wortführer dessen, was geschehen war. »Sie erzählte ihnen, daß sie Euch an die Homaner und an die Königin Homanas verloren hätte, daß Ihr Eurem gesamten Cheysulierbe den Rücken gekehrt hättet.«

»Aislinn hat sie hierhergeschickt ...«

»Das wurde uns gesagt. Sorcha und Eure Kinder wurden hierher verbannt und sollten sich niemals wieder südlich des Blauzahn blicken lassen.«

»Aber ... *Selbstmord* ...« Er konnte sich nicht vorstellen, wie die Frau das Unaussprechliche hatte tun können.

»Sorcha war ... halb verrückt vor Kummer und Zorn. Ich sprach mit ihr, als sie hierherkam. Donal ... sie konnte das Leben ohne Euch nicht ertragen. Es war schon schlimm genug für sie, Euch teilen zu müssen, sagte sie. Sie konnte es nicht ertragen, Euch ganz zu verlieren. Nicht an die *Homaner*. Und so hat sie alles Blut aus ihren Adern fließen lassen.«

Donal starrte blind auf den feuchten Alkoholfleck auf seiner Hose. *Sie hat einmal gesagt, daß sie das tun wollte, daß sie sich von dem homanischen Makel befreien wollte ... o Götter ... Aislinn ist nicht besser als ihre Jehana ...* Er schloß die Augen. *Was soll ich tun?*

»Es tut mir leid.« Tarn sagte es sanft, sanfter als Donal erwartet hätte. Sorcha verdiente nach der Denkungsart eines Stammesführers kein Mitgefühl. Sie hat getan, was niemals getan werden durfte. »Was werdet Ihr tun, Mylord?«

Donal war nicht überrascht, mit seinem Rang angesprochen zu werden. Zu einer anderen Zeit hätte er vielleicht eine Bemerkung darüber gemacht, denn die Cheysuli sprachen einen anderen Mann selten mit seinem Rang an, und Krieger taten dies nur gegenüber den *Shar Tahls* und den Stammesführern.

Aber jetzt liegen die Dinge anders. Er sah Tarn ausdruckslos an. »Ich möchte meine Kinder sehen.«

»Sofort. Wartet hier ... ich werde sie herschicken.« Tarn erhob sich, verließ das Zelt und sprach leise mit jemandem. Als der Zelteingang wieder zur Seite gezogen wurde, sah Donal seinen Sohn.

Ian kam schweigend herein und verhielt sich auf ernsthafte Art angemessen. Er wartete auf eine Aufforderung, bevor er noch näher herankam. Er war jetzt vier Jahre alt, und der Cheysulistolz schien bereits in seinem ganzen schlanken Körper, von dem angehobenen Kinn bis zu den geraden Schultern, erkennbar. Er trug ein Winterwams und hohe Gamaschen.

Ich frage mich ... wird er seinen Lir ebenso früh finden wie ich ...?

Dann kam eine Frau mit Isolde herein und er verbannte alle anderen Gedanken aus seinem Geist. Er nahm der Frau das Mädchen aus den Armen. Als sie wieder fortging, saß er mit seinen Kindern allein in dem Zelt.

Er setzte Isolde auf seinen Schoß und lehnte sie gegen seine Brust. Sie war jetzt gerade etwas über ein Jahr alt. Er erkannte ein wenig erschreckt, daß er zuviel Zeit verloren hatte. Seit Isoldes Geburt hatte er geheiratet, war in den Krieg gezogen, war sechs Monate in Gefangenschaft gewesen ... zuviel, zuviel Zeit. Er faßte ihren Kopf und das Seidenhaar mit einer Hand und spürte Kummer und Zorn in sich aufwallen.

O Götter ... o Götter ... warum tut ihr Kindern das an? Warum nehmt ihr so viele Menschen zu euch? Nehmt sie mir ... und jetzt auch meinen Kindern. Warum tut ihr uns das an?

So hielt er Isolde mit geschlossenen Augen an seine Brust gepreßt und streichelte sanft ihre wuscheligen rabenschwarzen Locken. Er fühlte sich selbst wie ein Kind, das dringend Trost brauchte ... aber seine *Jehana* und seine *Meijha* waren tot.

Sogar Finn, der seinen Kummer vielleicht verhöhnt hätte – obwohl er ihn besser verstanden hätte als die meisten anderen – konnte ihm jetzt nicht helfen.

Donal atmete zitternd ein. Er betrachtete über Isoldes Kopf hinweg das Gesicht seines Sohnes und sah dort den gleichen Kampf. Ian hatte Angst, war verwirrt und verloren. Er brauchte dringend etwas leicht verständliches.

Nicht anders als ich … »Sie hat euch geliebt.« Donal wußte genau, daß er mit den Cheysulibräuchen brach, wenn er Gefühle auch nur erwähnte, aber das war ihm jetzt gleichgültig. Jetzt lagen die Dinge anders … er trug ein Schwert an seiner Seite. »Sie hat euch geliebt … und ich liebe euch auch.«

Tränen schossen in die weit geöffneten gelben Augen. Ian biß sich zitternd auf die Unterlippe, trat vor und kniete sich neben seinen Vater. Er schob seine rechte Hand zögernd in den breiten Schwertgürtel um Donals Taille, die andere Hand wischte hastig die herabrollenden Tränen fort.

»Jehan«, begann er mit kleiner weicher Stimme, »wohin werden wir jetzt gehen?«

Donal legte einen Arm um Ians schmale Schultern. Isolde, die sich zufrieden wie ein Kätzchen an ihn kuschelte, kratzte an dem Gewebe seines Samtwamses. »Wir werden dorthin gehen, wo ihr zu Hause seid.«

Ian strahlte. »Zu dem anderen Keep?«

Donal blickte in die flehenden Augen seines Sohnes und erkannte mit plötzlich aufsteigender Übelkeit, daß ein Cheysulikeep niemals wieder das Zuhause für eines seiner Kinder sein konnte. Seine Geburtslinie – und auch ihre – würde nur noch die ummauerten Paläste von Königen als Zuhause kennen.

Es fängt bereits an. Er drückte die Schultern des Jungen. »Ian, ihr werdet zum Keep gehen und eure Stammesgefährten sehen so oft ihr wollt. Aber ich werde euch bei mir behalten.«

Ians Finger verkrampften sich um den Gürtel. »Wird sie zurückkommen?« flüsterte er. »Unsere *Jehana?*«

»Nein«, belehrte Donal ihn. »Eure *Jehana* wird niemals zurückkommen.«

Das stille Gesicht seines Sohnes verzog sich und er weinte.

Kapitel Acht

Drei Wochen später ritt Donal im hellen kühlen Licht des frühen Morgens durch die Tore Homana-Mujhars. Er hielt Isolde in einem Arm und führte den Hengst mit der anderen Hand. Ian kauerte hinter ihm auf dem breiten, glatten Pferderücken und umklammerte den Schwertgürtel seines Vaters.

Donal war todmüde. Er hatte Tarns Angebot abgelehnt, eine Eskorte mit einer Kinderfrau mitzuschicken. Seltsam eigensinnig empfand er es als besser, sich *selbst* um die Kinder zu kümmern, die seine *Meijha* ihm geboren hatte. Und so war er mit ihnen und seinen *Lirs* allein losgeritten und wußte auch, daß es so am besten war.

Er brachte den Hengst an den zum gebogenen Eingang hinaufführenden Marmorstufen zum Halten. Burschen kamen aus den Ställen herbeigeeilt und wetteiferten darum, das Pferd versorgen zu dürfen. Sie rangen miteinander um die lauteste Begrüßung, wurden aber nur zu bald still, als Donal nicht antwortete.

Er schwang ein Bein über den Hals des Hengstes und drehte sich im Sattel, um seinen Sohn nicht hinunterzustoßen. Isolde hielt er an seine Brust gepreßt. Er lehnte sich gegen den Sattel und bot dann Ian seinen Arm. Der Junge glitt ebenfalls vom Pferd herab und umklammerte dabei die Hand seines Vaters.

Donal schloß kurz die Augen. Er nahm erneut alle ihm noch verbliebene Kraft zusammen. Dann befahl er, sein Pferd fortzubringen, und wandte sich den Stufen zu.

»Jehan …« Das war Ian, der dichter an Donal herantrat. »Ist dies Homana-Mujhar?«

»Ja.« Seine Stimme klang tonlos, leblos, er war zu müde, um ihr eine andere Betonung zu geben. »Komm mit hinauf, Ian … du kannst den Palast später bewundern.«

Er bemerkte die Diener kaum, die sich verbeugten oder knicksten. Er sah nur endlose Gänge und Marmorsäulen. Und dann sah er seine Schwester.

Sie lief auf ihn zu. Sie hatte ihre Röcke mit beiden Händen ergriffen und fast bis zu den Knien hochgezogen, während sie den Gang entlangeilte. »Donal … ist es *wahr?«* Sie blieb kurz vor ihm atemlos stehen. »Er sagte, Sorcha sei *tot* … er sagte, er sei von jenseits des Blauzahn gekommen …«

Das schwarze Haar hing ihr bis auf die Schultern. Donal fand, daß sie wahrhaft erschreckt wirkte. Nun, das war wohl auch der Fall, denn sie und Sorcha hatten sich sehr nahegestanden. Aber er dachte an Strahan, während er sie ansah. Er erinnerte sich daran, wie eng ihr Blut miteinander verbunden war.

Genauso wie Aislinn damit verbunden ist. Er legte eine Hand auf Ians Kopf. Dann rief er eine der Dienerinnen nach vorn. »Nimm die Kinder mit. Sorge dafür, daß sie etwas zu essen bekommen und sich ausruhen können. Sie sind müde. Es war eine harte Reise.«

Zu seinen *Lirs* sagte er: *Eilt zu meinen Räumen und wartet dort.*

»Donal …« begann Bronwyn, aber er bedeutete ihr zu schweigen, während die Frau knickste und ihm Isolde dann aus den Armen nahm.

»Geh mit ihr, Ian. Achtest du darauf, daß deine *Rujholla* auch mitgeht?« Ohne das Gewicht auf seinen Armen fühlte er sich leer. Isolde begann zu weinen. »Ian, tu, was ich dir gesagt habe. Und kümmere dich um deine *Rujholla*.« Er schob Ian sanft in Richtung der Frau und wandte sich dann seiner Schwester zu. »Wo ist Aislinn?«

Bronwyn streckte die Hand aus und ergriff den Samt seines Wamses. »Donal … ist es wahr?«

»Wo ist Aislinn?«

Sie sah verwirrt und ungläubig zu ihm hoch. »Kannst du mir nicht zuerst meine Frage beantworten? Der Krieger kam mit schrecklichen Nachrichten über die Todesart Sorchas aus dem Norden hier herab … kannst du nicht einmal mir davon erzählen?«

»Sie ist tot«, brachte er zischend zwischen zusammengebissenen Zähnen hervor. »*Sage mir, wo Aislinn ist!*« Er schob sie absichtlich zur Seite und begann den Gang hinabzulaufen.

»Donal … *warte* …« Bronwyn eilte hinter ihm her. »Donal … sie *ruht sich aus* …«

»Hält sie sich in ihren Räumen auf?«

Bronwyn ergriff seinen Arm und versuchte ihn zurückzuhalten. »Ja, natürlich … sie ermüdet schnell, jetzt, wo die Geburt nur noch einen Monat auf sich warten läßt … *Rujho* … warte … du bist gerade erst zurückgekommen, und ich habe gehört, daß Strahan dich gefangengehalten hat. Donal … *warte* …«

Er schob sie erneut beiseite.

»Donal«, rief Bronwyn, »was willst du *tun* …?«

Er wußte es nicht. Er dachte, Aislinn könnte ihm vielleicht die Antwort geben.

Er betrat schweigend ihre Räume, verursachte kein Geräusch. Er schloß die Tür. Aislinn schaute auf, erblickte ihn, und Entsetzen trat in ihre Augen.

»Donal! *Donal* …« Sie richtete sich im Bett weiter auf, schob die Satinkissen zurecht. »Donal … *warte* …«

Er schwieg noch immer. Er durchschritt den Raum, trat ans Bett, stand dann da und blickte auf sie hinab. Sie wirkte so jung, so *hilflos* …

… und so vollkommen bereit, Sorcha in den Tod zu treiben.

»D-Donal …!«

»Soll ich mir die Mühe machen, mir deine Lügen anzuhören?«

Sie zitterte. Ihre Lippen waren bleich. »Ich wußte … *ich wußte* … als der Bote kam, wußte ich, was du denken würdest …«

»Du hast sie dorthin *geschickt*. Du hast sie aus ihrem Zuhause verbannt.« Er sah, wie ihr angespannter Bauch gegen den Stoff ihres Nachtgewandes drückte. »Hast du gedacht, es würde ihr nichts ausmachen, ihr *Heim*, ebenso wie mich, zu verlieren?«

»Donal … ich habe sie nicht *geschickt!* Sie ging aus eigenem Antrieb.«

»Willst du behaupten, du hättest dich nicht mit ihr getroffen?«

»Wir haben uns getroffen. Wir *haben uns getroffen* … ich rief sie in den Palast. Aber ich habe sie niemals fortgeschickt. Ich habe sie nur *gewarnt* …«

»*Weshalb* hast du sie gewarnt?«

»Ich habe ihr gesagt, daß ich dich niemals aufgeben würde.« Tränen liefen ungebremst Aislinns Gesicht hinab. »O Götter, ich habe nur gesagt, daß ich gegen sie um dich kämpfen würde. Ich habe sie *niemals* fortgeschickt. Donal … ich *schwöre* dir …«

Er beugte sich über sie und drückte ihre Schultern in die Kissen. »… schwöre nichts! Laß es mich selbst herausfinden.«

Ihr Mund bildete seinen Namen in einem Entsetzensschrei, aber da war er schon in ihren Geist eingedrungen.

Er spürte den Schreck über die Verbindung durch ihren Körper vibrieren. Ihr Kopf lag in die Kissen zurückgedrückt, aber ihre Augen waren nicht geschlossen. Sie starrte zu den Planken der Dachbalken empor, blind, mit bewußtlos leeren Augen.

Schwach, ganz schwach hörte er den Einspruch von seinen weit entfernten *Lirs*, die sehr genau wußten, was er tat. Und er achtete absichtlich nicht darauf.

… Hindernisse …

Schwach. Kaum ausreichend, das Wort zu rechtfertigen. Es gab keinen Widerstand wie früher, keinerlei Bemühen, sein Eindringen zu verhindern. Er stieß gegen ihre Schranken und spürte sie fallen. Er spürte sie einstürzen wie eine Sandburg.

... Angst ...

Damit konnte er leicht umgehen. Zum ersten Mal in seinem Leben versuchte er nicht, sie zu beruhigen. Er versuchte die Angst nicht aus ihrem Geist zu verbannen. Statt dessen verstärkte er sie noch, indem er sie sehen ließ, was er vermochte.

Aislinn stöhnte.

... eine Regung in ihrem Geist ...

Donal lächelte grimmig.

... Rückzug ...

Verfolgung.

Er erlaubte seinem Sinn, den ihren ausfindig zu machen, ihn auf ihren Willen einwirken zu lassen, bis sie sich umwandte und vor ihm davonlief. In seinen Armen, schlaff und zuckend, war sie hilflos. Und in ihrem Geist, gejagt von seinem Willen, war sie noch hilfloser.

Aislinn stöhnte. Sie verkrampfte sich einmal und wurde dann still.

Vorsicht vor der Verbindungsfalle, selbst jetzt noch ... Er bewaffnete sich schnell mit allem ihm verfügbaren Können, das er in sich sammelte. Er sammelte sich, sammelte sich, bis er das Gewebe aus Hinterlist durchdringen konnte ...

... und dann stellte er fest, daß es keines gab.

Er zog sich einen Augenblick zurück. Dann berührte er ihren Geist erneut, prüfte ihn vorsichtig. Er erinnerte sich daran, wie er schon früher mit *etwas* Verbindung aufgenommen hatte, etwas, das ihn zum schnellstmöglichen Rückzug bewegt hatte. Aber dieses Mal war da nichts. Kein Schatten einer Verbindung. Keine Spur irgendeiner Einmischung. Aislinn war einfach *Aislinn*.

... und reine Unschuld ...

Dann berührte er ihre Empfindungen. Es war hauptsächlich Angst. Aber er erwischte auch die letzten, verblassenden Spuren von Liebe und Vertrauen, als wüßte sie, sogar in dem Augenblick, in dem er sie bezwang, daß er sie niemals verletzen würde.

Aber ich habe sie verletzt!

Donal zog sich sofort zurück. Er fiel aus ihrem Geist in seinen eigenen zurück und war sich gewiß, daß er ihr Willen und Verstand geraubt hatte. Es war schlimmer, weitaus schlimmer als das, was Finn bei seiner Überprüfung getan hatte. Dieses Mal war es viel mehr gewesen.

»Aislinn!« Seine Hände hielten noch immer ihre Schultern. Sie hing schlaff in seinen Armen. Aber ihre Augen waren geöffnet. Und leer.

»Aislinn … *komm zurück* …« Er schüttelte sie. *O Götter … was habe ich ihr angetan?*

Er hörte undeutlich Stimmen vor der Tür. Bronwyn, die von ihm wissen wollte, ob alles in Ordnung sei. Aber er konnte sich die Zeit für eine Antwort nicht nehmen.

Er zog Aislinn an seine Brust, hielt sie gepreßt wie ein Kind. »Aislinn … *Aislinn* … O Götter, hörst du mich? Aislinn … *ich habe mich geirrt* …«

Ihr Bauch bewegte sich. Er spürte es. Ihr Bauch verkrampfte sich an seinem. Entsetzt erkannte er, daß er eine vorzeitige Geburt bewirkt hatte.

Vorsichtig, ganz vorsichtig legte er sie aufs Bett zurück. Ihre Augen blickten noch immer leer zu den Dachbalken empor. Donal spürte Galle in seinen Mund aufsteigen, wandte sich um und wollte dem Raum entfliehen.

Bronwyn stand im geöffneten Eingang, eine Hand auf den Mund gepreßt. Hinter ihr warteten mehrere andere Leute, deren Gesichter er kannte, aber nicht die dazugehörigen Namen.

Er blieb stehen. Er sah sie an. Und dann, als Aislinn

vor Schmerz aufschrie, drängte er durch sie hindurch und lief davon.

... und lief, bis er durch die gehämmerten Silbertüren hindurchgelangt war und fast in die Große Halle stolperte.

Sie war leer. Sonnenlicht fiel durch die bunten Glasfenster und bildete deren Schatten auf dem Boden ab, alles Erzählungen von homanischem, überliefertem Wissen. Das und Cheysuligeschichte. Aber Donal nahm das alles kaum wahr.

Statt dessen sah er den Löwen. Er kauerte auf dem Podest, als pirsche er sich, in hohem Gras verborgen, an ihn heran. Aber es war kein Gras da, nur das kalte Herz rötlichen Gesteins und das elfenbeinfarbene, von Goldadern durchzogene Marmorpodest. Der Löwe war braun und gold. Er ruhte, gefangen im alten Holz. Aber Donal konnte ihn fast winken sehen.

Er schritt langsam die Länge der Halle ab. Er war von Zierden aus der Vergangenheit umgeben, Überbleibseln, die andere Menschen behalten hatten, um sich daran zu erinnern, was sie einst gewesen waren... von ihren Frauen geknüpfte Wandteppiche, die ihre Glanzleistungen der Kraft und des Ruhms darstellten, hoch oben an den Steinmauern aufgehängte Waffen, von vergessenem Blut dunkel gefärbt, Banner, deren einige zu düsterer Einfarbigkeit verblaßt waren, Andenken an früheste Kriege. Aber selbst ohne sie, selbst ohne die Banner und Waffen und Wandteppiche und die glänzend strahlenden Fenster gab es noch ein weiteres Denkmal für die Menschen, die früher gelebt hatten.

Und es heißt Homana-Mujhar.

Donal blieb vor dem Podest stehen. In dem dämmerigen, rötlichen Licht des frühen Morgens betrachtete er den Löwen. Und fühlte sich alt. Alt und *im Irrtum.*

Er setzte sich hin. Aber nicht auf den Thron. Statt dessen wandte er dem schweigenden Löwen den Rücken zu. Er ließ sich auf dem Podest nieder. Er starrte in die

Feuergrube, in der sich jetzt keine Kohlen oder Holzstücke befanden.

Er dachte daran, seine Gemächer aufzusuchen, aber er konnte seinen *Lirs* nicht gegenübertreten. Taj und Lorn würden ihn sogar schweigend an die Wahrheit erinnern. Und so setzte er sich der Schuld allein aus.

Seine Augen brannten. Seine Kehle fühlte sich rauh an. Auf seiner Brust lastete das Gewicht dessen, was er getan hatte. Er wartete darauf, daß jemand käme.

… um mir zu sagen, daß sie tot ist …

Aber er hatte nicht Evan erwartet.

Er hörte die Schritte. Er schaute nicht auf. Er starrte blind auf den Stoff seiner Hose, der sich über seinen hochgezogenen Knien spannte. Er saß da, die Ellbogen im Schoß aufgestützt, die Hände zwischen den Oberschenkeln herabbaumelnd, und das Haar fiel ihm ins Gesicht.

Evan schritt die Halle hinab, bis er das Podest erreicht hatte. Nach kurzem Zögern setzte er sich zu Donal auf den glatten, kühlen Marmor. »Kann ich irgend etwas für Euch tun?«

»Nein.« Er erkannte seine eigene Stimme kaum wieder. »Ich glaube, *ich* habe genug getan.«

Evan seufzte. Einen ganz kurzen Augenblick war die gemeinsam geteilte Stille fast ein Trost, denn er konnte vergessen. »Ich bin vor einer Woche angekommen. Ich brauchte nicht mehr zu bleiben … der Krieg gegen Atvia war vorüber.« Er setzte sich auf dem Stein zurecht. »Ihr habt ihnen den Kampfgeist genommen, indem Ihr Osric tötetet. Zwei Tage nach Eurer Abreise sandten die Atvianer einen Boten in unser Lager, der ihre Kapitulation überbrachte.«

»Das ist immerhin etwas.« Donal fuhr sich mit einer Hand durchs Haar und strich es sich aus dem Gesicht. »Evan …«

»Ich glaube, Alaric wird ebenfalls seine Treue anbieten«, fuhr Evan fort, »aber … er ist zu Hause in Atvia und kämpft wegen eines albernen, prahlerischen Titels – ›Herr der Idrianischen Inseln‹ – gegen Shea von Erinn.« Seine Stimme hatte einen verächtlichen Unterton. »Ich glaube dennoch, daß er kommen wird. Ich glaube, er wird um ein Bündnis bitten.« Er setzte sich erneut auf dem Podest zurecht. »Rowan ist nach Solinde weitergezogen. Der Aufstand dort ist aber fast beendet. Er sollte in einem oder zwei Monaten zu Hause sein und Nachricht von einem weiteren Sieg bringen. Ich weiß nicht, warum diese Narren noch immer kämpfen ... Sie haben Tynstars Hilfe jetzt nicht mehr. Ihre Lage ist nicht besser als zuvor. Sie sollten aufgeben.«

»Sie wollen Freiheit von Homana gewinnen«, sagte Donal gleichgültig. »Ich könnte mich vielleicht dazu überreden lassen, sie ihnen zu gewähren ... aber Carillon hat das Reich gewonnen, und ich kann nicht aufgeben, was er erobert hat. Nicht wenn ich den Homanern ihre Zufriedenheit erhalten will.« Er seufzte. »Wenn ich sicher sein könnte, daß Solinde niemals wieder in Homana einmarschierte ...« Er schüttelte den Kopf. »Aber dessen kann ich nicht gewiß sein. Noch nicht. Vielleicht ... eines Tages.«

»Vielleicht. Nach weiteren Kriegen.«

Donal dachte an die Schlachten, die er gesehen hatte. Er dachte daran, wie er Osric als Vergeltung für Carillons Tod – und weil Finn ihn darum gebeten hatte – tötete. Er war stolz gewesen zu wissen, daß er die ihm von seinem Onkel aufgetragene Aufgabe erfüllt hatte. Jetzt, da er auf kühlem harten Marmor saß und der Löwe hinter ihm kauerte, konnte er nur an die junge Frau denken, Carillons Tochter, die er beinahe getötet hatte.

Er schloß die Augen. »Ihr wißt, was ich getan habe.«

»Ich weiß, was Ihr getan habt.«

»Und werdet Ihr mich dafür verfluchen? Ich weiß, daß die anderen es tun werden. Die Homaner ...« Er brach ab. »Götter ... sie haben jedes Recht dazu. Ich habe beinahe ihre Königin getötet. Und wenn ich ausgesprochenes Glück habe, wird dies nicht der Anfang eines Krieges sein.«

»Ja«, stimmte Evan ihm zu. Dann, sanft: »Wie konntet Ihr das von ihr glauben, Donal? Aislinn ist nicht der Feind.«

»Nicht der Feind, nein, das Opfer. Sorchas Opfer, genauso wie Sorcha selbst ein Opfer war.« Er barg seinen Kopf in den Händen. »O Götter … wie konnte ich das glauben? Sorcha … fort … und das ließ Aislinn so schuldig scheinen!«

»Sie muß sehr unglücklich gewesen sein. Euch so sehr zu lieben und Euch doch auch so sehr zu hassen …«

»*Mich* hassen?« Donal hob ruckartig den Kopf. »Sie hat *Aislinn* gehaßt, und die Homaner.«

»Und Euch. Weil Ihr sie, wie kurz auch immer, verlassen hattet.« Evan schüttelte den Kopf. »Ich habe sie niemals kennengelernt. Ich kann nicht viel über sie sagen, außer, daß es Frauen gibt – und Männer –, deren Zuneigung zur Besessenheit wird.«

»Sie sagte, ich würde mich von den Stämmen abwenden, von unseren Gebräuchen – und statt dessen die homanische Lebensart wählen.«

»Und das habt Ihr getan.« Evan hob Ruhe gebietend eine Hand. »Nein, *ich* weiß, daß Ihr es nicht wirklich getan habt … aber wahrscheinlich schien es ihr so. Ihr wart monatelang fort. Ihr heiratetet Aislinn und zogt dann in den Krieg. Ihr kehrtet gerade lange genug zurück, um Eure homanische Frau zu schwängern und wurdet dann von dem Ihlini gefangengenommen. Sorcha hat Aislinn getroffen, wie Rowan mir sagte, und es war zweifellos eine … *hitzige* Begegnung. Aislinn besitzt einen mächtigen Stolz. Sorcha dachte gewiß, daß sie Euch für immer verloren hätte, und noch dazu an die *Homaner*. Und so ging sie in der Absicht fort, sich das Leben zu nehmen, aber auch, es so aussehen zu lassen, als hätte Aislinn sie dazu getrieben.«

»Und hat damit Erfolg gehabt.« Er vergrub die Finger in seinem Haar. »Evan…« Er brach ab. Meghan hatte die Halle betreten.

»Donal?« Ihr Ruf hallte vom Holz wider. »Donal?«

Sie bringt Nachricht von Aislinn… Donal schloß die Augen. »Ja?« sagte er. »Meghan… ich bin hier.«

Sie nahm ihre Röcke auf und eilte auf das Podest zu. »Donal… du hast einen Sohn!«

Er starrte sie an, als sie ziemlich atemlos bei ihnen beiden ankam. Die Götter wußten, wie lange sie nach ihm gesucht hatte. »Einen Sohn?«

Das lohfarbene Haar fiel ihr über die Schultern. »Einen gesunden Sohn, Donal. Sie hat dir einen Erben geschenkt.«

Er spürte die Schuld in sich aufsteigen und seinen Leib durchbohren. »Aislinn?« fragte er heiser.

Meghan fuhr sich mit einer Hand durch ihr glänzendes Haar. »Sie ist… sehr schwach. Donal… du solltest besser zu ihr gehen.«

Er fror, er fühlte sich kalt und leer, allem entzogen außer dem Wissen um seine Schuld. Er stand langsam auf. »Ja… ich werde zu ihr gehen.«

Als er seine Frau schließlich ansah, fand er ein Kind im Bett liegen, ein Kind, dessen wunderschönes Haar sich in üppiger roter Unordnung über die Kissen breitete. Ihre helle Haut war durch das Kranksein wächsern und noch weißer geworden. Die Wimpern mit den Goldspitzen lagen auf dunklen Ringen unter den Augen. Die Bettdecken waren bis unter ihr Kinn gezogen, aber ein Arm lag darüber, und die blauen Adern konnte er unter der hellen Haut erkennen.

O Götter, was habe ich ihr angetan? Wie konntet ihr mich das tun lassen? Aber er wußte, noch während er die Frage stellte, daß es eine ungerechte Frage war. Er durfte nur sich selbst die Schuld dafür geben.

Donal setzte sich auf den Rand ihres Bettes. Er war

allein mit ihr, da er ihre Frauen hinausgeschickt hatte, und jetzt wollte er nur, daß sie ihn aus ihren großen, grauen, glänzenden Augen ansah.

Electras Augen ... Er schüttelte jäh den Kopf. *Nein, ihre* eigenen *Augen. Ich werde damit aufhören, Electras Machenschaften auf ihre unschuldige Tochter zu übertragen.*

Er strich ihr das feine Haar aus dem Gesicht, und zog die geschwungene Linie ihrer Augenbrauen und die kühle Seide ihrer Augenlider nach. »Aislinn«, sagte er. »Sie ist alles, was ich jemals wollte. Ein Cheysulikrieger kann so viele Frauen nehmen, wie er will, vorausgesetzt, daß die Frauen es ebenso wollen, aber für mich ... für mich hat es immer nur Sorcha gegeben. Schon seit wir Kinder waren.« Er blickte auf ihr blasses, stilles Gesicht hinab. »Du bist selbst noch so jung ... du kannst nicht wissen, wie es ist, jemanden von Kindheit an zu lieben ...« Er brach ab. *Bei allen Göttern! Ich tue ihr erneut unrecht, wie ich ihr schon die ganze Zeit unrecht getan habe. Ich brüste mich mit dem Wissen, daß ich Sorcha all diese Jahre lang geliebt habe ... und dabei war ich genauso jung, wie Aislinn es jetzt ist, als ich erkannte, was Sorcha mir bedeutete. Sie gebar mir ein Kind, als sie nicht viel jünger war als Aislinn. Götter ... ich war solch ein selbstsüchtiger Unmensch ...*

Er nahm ihre Hand in die seine. Dann glitt er langsam von dem Bett herab, kniete sich daneben und lehnte die Stirn an die seidene Bettdecke.

Er sandte den Ruf tief in die Erde und betete darum, daß die Magie ihm antworten würde, obwohl er sie bereits mißbraucht hatte. Er konnte sich keinen weiteren Fehler erlauben. Nicht wenn ihr Leben auf dem Spiel stand.

Donal entschwebte. Er spürte die dünne, angespannte Kraft der Erde. Er demütigte sich vor ihr, indem er seine Schuld offen eingestand. Er verbarg nicht, was er getan hatte. Er öffnete sich der Allwissenheit der Erde und ließ sie erkennen, welch ein Mensch er war.

Und schließlich, als er schon geglaubt hatte, sie würde nicht antworten, floß die Macht aus der Erde herauf und badete Aislinn in ihrer Magie.

Als Aislinn erwachte, wobei sie sich unter den Decken regte wie ein mürrisches Kind, ließ er ihre Finger los und erhob sich. Er streckte seine Hand aus und ergriff den nächsten Bettpfosten, um sich festzuhalten. Er war benommen und verwirrt. Er hätte die Heilung nicht allein durchführen sollen. Er hatte sich in der überwältigenden Macht der Magie fast selbst verloren, und er zitterte noch immer von dem Wissen darum. Aber er hatte das Gefühl, daß es das Wagnis wert gewesen war. Nach dem, was er ihr *an*getan hatte, war es an der Zeit gewesen, etwas *für* sie zu tun.

Aber Aislinn sah erstaunt zu ihm hoch. »Nein«, flüsterte sie erschreckt. »O Götter ... *nein* ...«

»Es heilt«, sagte er heiser. »Alles heilt. Ich verspreche dir, daß ...«

»Du versprichst *mir* etwas? Du willst mich töten!« Ihre Augen waren schwarz vor Angst. »Wie du mich schon *früher* zu töten versucht hast ...«

»Nein.« Er sagte es so deutlich wie möglich, aber sein Mund gehorchte ihm nicht. Er spürte, wie seine Knie nachgaben, und klammerte sich verzweifelt an den Bettpfosten, aber dann glitt er langsam zu Boden. »Ich habe versucht ... ich habe nur versucht, die Wahrheit zu erfahren ... Ich hätte dich *nicht* getötet ... Ich schwöre ...«

Aislinn sah ihn an wie ein vom Jäger in die Enge getriebenes Reh. Das rotgoldene Haar fiel ihr über die Schultern, und ihr Mund zitterte. »Ich habe dich geliebt«, sagte sie. »Ich habe dich mein ganzes Leben lang geliebt. Aber ... du hattest bereits *sie*.« Sie errötete. »Ich wollte dich, Donal ... schon seit ich ein Kind war. Und ... ich wollte dir Kinder gebären, so viele ich konnte ... aber selbst *das* hatte sie dir bereits gegeben!« Eine zitternde Hand legte sich über ihren Mund, als wollte sie die Worte zurückhalten, aber sie ließ sie dennoch laut werden. »Es war kein Geschenk mehr übrig, das ich dir hätte machen können, was *sie* dir nicht bereits gemacht hatte... *überhaupt kein Geschenk*... O *ja*, ich wollte, daß sie geht... *ich wollte, daß sie von hier fortgeht!* Aber ich *schwöre*, ich habe sie nicht fortgeschickt. Donal, das habe ich *nicht* getan!«

»Ich weiß.« Er hielt sich an dem Pfosten fest. »Ich weiß es, Aislinn...«

»Was hast du mir angetan?« Tränen liefen ihr Gesicht hinab. *»Was hast du mir angetan?«*

»Ich habe dich geheilt«, murmelte er, »ich habe dich nur geheilt. Ich will, daß du wieder zu Kräften kommst.«

Sie erschauderte heftig. »Warum? Damit du mich fortschicken kannst, wie mein Vater meine Mutter fortgeschickt hat?«

Donal spürte, wie seine letzten Kräfte schwanden. All der wilde Kummer, den er zu unterdrücken versucht hatte, wallte in seiner Brust auf, bis er beinahe daran erstickte. Er krampfte seine Hände in die seidenen Decken, hielt sie mit Fäusten fest, an denen die Knöchel weiß hervorstanden, und weinte. »Ich habe niemanden.« Die Worte drangen zischend durch eine vom Kummer fast verschlossene Kehle. *»Mir ist niemand mehr geblieben...«* er schloß die Augen »...außer dir.«

Aislinn schwieg.

»Tahlmorra«, sagte er mit belegter Stimme. »Das alles...« Und er lehnte sein Gesicht erneut gegen die Bettdecke und kniete vor ihr, ein Bittsteller der Götter.

Aislinn atmete hörbar. *»Erwartest du Vergebung?«*

Er hörte die Wildheit in ihrer Stimme. »Nein«, sagte er, aber das Wort wurde durch die Bettdecken gedämpft.

»Was willst du *dann* von mir?«

Er hob den Kopf und betrachtete ihr Gesicht. Die totenblasse Haut ihrer Wangen hatte sich durch ihre Verärgerung gerötet. Ihre durch die Erregung dunkler gewordenen Augen glitzerten unheilvoll.

»Ich will, daß du lebst«, sagte er schlicht. »Ich will nicht mehr von dir als das.«

»Warum? Damit du mich erneut verletzen kannst?« Ihre Hand zitterte, als sie ihre Brust berührte. »Damit du mein Herz erneut verletzen kannst?«

Ihr gebrochener, immer noch verletzlicher Tonfall zerstörte die letzten Schranken, die er gegen die Gefühle errichtet hatte. »Was kann ich dir versprechen?« fragte er verzweifelt. »Welche Worte willst du von mir hören? Nach allem, was ich dir angetan habe, erwartest du da, daß ich mich im Handumdrehen ändere?« Er schmeckte Bitterkeit. »Willst du, daß ich bitte? Ich werde es tun.«

»Du willst *mich* bitten?« Sie starrte ihn an.

Er schloß die Augen. »Sage mir, was du willst.«

Sie schluckte schwer. »Einst ... wollte ich deine Liebe. Aber dieser Wunsch war zu vermessen ... du hattest sie ihr gegeben.« Tränen liefen ihr Gesicht herab. Eine zitternde Hand versuchte das Beben ihres Mundes zu verbergen. »Ich ... ich wollte nur eine Chance ... eine *Chance* zu erfahren, was es war ...«

Er konnte ihr nicht antworten. Er konnte nur die Augen schließen und seinen Kopf wieder auf das Bett sinken lassen.

»Du liebst mich nicht.« Sie sprach es sehr deutlich aus.

Er betrachtete sie genau und fürchtete, es könnte ihr wieder schlechter gehen. Er sah Röte auf ihrem Gesicht und Verwirrung in ihren Augen.

»Du liebst mich nicht«, wiederholte sie mit verwunderter Stimme, »aber du *brauchst* mich. *Du* brauchst *mich.*«

Er atmete geräuschvoll aus. »Ich brauche dich«, gab er zu. »Bei allen Göttern, es ist *wahr.*«

Aislinn sah ihn lange an, und vielerlei Empfindungen

kämpften auf ihrem Gesicht. Er sah Zorn und Schmerz und Kummer und Bedauern, aber er sah auch etwas anderes. Etwas *wie Besitzgier*.

»Nun«, sagte sie mit eigenartig deutlichem Triumph in der Stimme, »vielleicht genügt das.«

Kapitel Neun

Evan hob seinen Becher. »Auf Niall, den Prinzen von Homana, vier Wochen alt und ein kräftiger Bursche.«

Donal lächelte. Er hob seinen Becher, stieß ihn gegen Evans und trank dann einen Schluck.

Sie saßen mit ihren Bechern in Donals Sonnenraum. Licht drang durch die Fenster herein. Evan saß bequem und tief in einem Sessel. Donal ruhte auf einem Eisbärenfell, und Lorn lag neben ihm. Taj hockte auf einer Stuhllehne.

Evan legte seine Füße auf einen dreibeinigen Stuhl. »Was werdet Ihr wegen Strahan unternehmen?«

Donal blickte stirnrunzelnd in seinen Weinbecher. »Was *kann* ich tun? Er ist ein Ihlini… er hat jede Freiheit, die er sich nimmt.«

»Könntet Ihr nicht eine Falle für ihn errichten?«

»Er hat sich in die Unterwelt zurückgezogen. Es gibt keine Nachricht von ihm. Er könnte inzwischen in Valgaard sein, hoch oben im Molongebirge. Er könnte in Solinde sein, geschützt von jenen, die noch immer den Ihlini dienen. Er könnte fast überall sein, Evan… ich kann nichts tun außer abwarten.« *Und die Götter wissen, daß ich das tun werde, ganz gleich wie lange es dauert.*

Evan seufzte und ließ seinen Wein kreisen. »Ich weiß, ich weiß… aber es scheint so sinnlos, nichts zu tun. Ihr wißt, daß er alles in seiner Macht Stehende tun wird, um Euch von Eurem Thron zu vertreiben.«

»Er ist ein Junge«, sagte Donal. »Ich lasse weder seine Macht noch sein Erbe unberücksichtigt… aber er *ist* ein Junge. Ich halte es für wahrscheinlich, daß er abwarten wird, bis er älter ist, alt genug, um bei anderen Menschen Vertrauen zu finden. O er wird die Ihlini allein mit der Kraft seines Blutes anführen … aber wie viele andere werden ihm folgen? Ich glaube, er wird Geduld haben müssen.«

»Donal?« Das war Aislinn, die im geöffneten Eingang stand. »Gerade ist ein Bote mit einer Nachricht von Alaric von Atvia angekommen. Es scheint, daß er sich in Mujhara aufhält und dich sehen will.«

Donal stemmte sich hoch. »Alaric ist *hier?*«

Evan nickte. »Ich sagte Euch, daß er kommen würde, nicht wahr? Wenn er auch nur einen Funken Verstand hat, wird er Euch die Treue anbieten.«

Aislinn, die ihr Haar geflochten und mit einem Silberband gebunden trug, zog den hellgrünen Umhang fester um ihre Schultern. »Sollen wir sein Gepäck in den Palast bringen lassen?«

Donal nickte stirnrunzelnd. »Ja. Es würde den Anstand verletzen, wenn wir ihn in einem Gasthaus unterbrächten. Ja, schicke Diener nach seinem Gepäck. Götter! Ich brauche ein Bad!«

Evan lachte. »Soll er Euch doch so sehen, wie Ihr seid.«

Donal trank seinen restlichen Wein und warf Evan einen verdrießlichen Blick zu. »Das soll er … aber ich möchte ihm auch zeigen, wie höflich ich sein kann … ich kann *alles* sein.« Er wandte sich zum Gehen. »Aislinn … laß Torvald frische Kleidung bereitlegen.«

»Ja«, sagte sie. »Cheysuli- oder homanische Kleidung?«

Er blieb im Eingang stehen. Sie sah ihn offen an und zeigte keinerlei Angst. Was nach dem Heilungsvorgang zwischen ihnen vorgegangen war, hatte sie in eine andere Frau verwandelt.

In eine Frau, die ich nicht kenne. »Was würdest *du* für passender halten, um einen Mann zu empfangen, der einst ein Feind war?«

Aislinn lächelte. »Die Gestaltwandlerkleidung, Mylord. Wie könnt Ihr nur etwas anderes in Erwägung ziehen?«

Donal empfing Alaric, behaglich auf dem Löwenthron sitzend, in der großen Halle. Er hatte blau gefärbte Cheysulilederkleidung und ein goldenes Halsgeschmeide angelegt, das zu seinem schweren Gürtel paßte. Alaric würde er zweifellos als ein ungehobelter Barbar erscheinen. Was genau die gewünschte Wirkung war.

So daß ich ihn in Sorglosigkeit wiegen kann? Donal lächelte.

Alaric war seinem Bruder gar nicht ähnlich. Er war durchschnittlicher groß, und Haare und Augen waren dunkelbraun. Er kleidete sich gut, aber auf herkömmliche Art, mit schwarzer Hose und Samtwams, ohne jeglichen Schmuck außer einem Silberring mit einem schwarzen Stein an einer Hand und einer schmalen Amtskette – ebenfalls aus Silber – um die Schultern. Er wurde von fünf atvianischen Adligen begleitet, die alle reicher gekleidet waren als er selbst, aber keiner von ihnen beanspruchte die uneingeschränkte Befehlsgewalt, die Alaric sogar im Schweigen innehatte.

Donal rief sich die üblichen Begrüßungen in Erinnerung, die er gelernt hatte. Aber er verwarf sie alle. Er lehnte Alaric sofort ab. Und er lehnte die Diplomatie noch mehr ab.

Er wartete.

Alaric stand vor dem Podest. Er neigte den Kopf ein wenig. »Mylord ... ich bin gekommen, um Euch meine Treue ... und ein Bündnis anzubieten.«

»Warum?« fragte Donal.

Alaric runzelte kurz die Stirn, und zog dabei seine gewölbten Augenbrauen zusammen. Aber er behielt seinen nichtssagend kühlen Gesichtsausdruck bei. »Offen gesagt, Mylord, habt Ihr mein Reich überwältigt. Mein Bruder wurde getötet, und ich bin jetzt an seiner Stelle Herr über Atvia ... aber ich erkenne die Tugend, unsere

Niederlage einzugestehen. Ihr habt … Eure Rechte als König ziemlich wirkungsvoll bewiesen.«

Donal betrachtete ihn abschätzend. »Tatsächlich? Genug um Euch für immer von unseren Grenzen fernzuhalten? Oder nur solange, bis Ihr wieder ein Heer erheben könnt?«

Ein Muskel in Alarics glattrasiertem Gesicht zuckte. »Ein König bietet einem anderen erst dann seine Treue an, wenn er sie auch halten will, Mylord.«

»Üblicherweise.« Donal entspannte sich auf dem Löwenthron. »Nicht *immer*, aber …« Er winkte ab. »Genug davon. Ihr bietet Eure Treue an, die Ihr mir *schuldet*, und ein Bündnis, das *Ihr* zweifellos nötiger habt als ich.«

Alaric biß die Zähne zusammen. »Ja, Mylord … das bezweifle ich genausowenig wie Ihr.«

Donal betrachtete ihn. Er wußte sofort, daß Alaric mehr als nur ein fähiger Krieger war. Er war auch ein kluger Feldherr. Ein Diplomat. Er würde viel aufgeben, um noch mehr zu gewinnen. *Aber was will er? Und was wird er aufgeben, um etwas zu bekommen?* Er machte eine müßige Geste. »Ihr seid schon einmal hierhergekommen, zu Carillon, nachdem er Thorne, Euren *Jehan*, getötet hatte. Damals sagtet Ihr, Atvia würde keinem fremden König die Treue anbieten.«

Alaric neigte den Kopf. »Damals war ich ein Junge. Jetzt bin ich ein Mann – und an meines Bruders Statt König –, und ich muß das tun, was das Beste für mein Reich ist.«

»Eure Treue werde ich annehmen – Ihr könnt sie mir jetzt kaum noch verweigern –, aber über das Bündnis muß ich nachdenken. Was bietet Ihr mir an?«

Alaric machte eine sprechende Geste. »Mein Bruder ist gestorben, ohne Erben zu hinterlassen. Er hatte zwei Söhne, die aber beide an einem Fieber gestorben sind. Ich selbst bin unverheiratet und ohne rechtmäßige Erben. Was ich Homana anzubieten habe, ganz einfach:

bin ich selbst. Und einen bindenden Frieden zwischen unseren Reichen, wenn Kinder aus dieser Verbindung hervorgehen.«

Donal runzelte die Stirn. »Ihr wollt eine homanische Frau heiraten?«

»Nein. Ich will Eure Schwester heiraten.«

Donals Hände krampften sich um die Krallenlehnen des Thrones. »Ihr wollt *Bronwyn* heiraten?«

»Ja, Mylord. Wenn das ihr Name ist.« Alaric blieb ernst.

Götter … das kann er nicht meinen! Aber er wußte, daß dem doch so war. Als er wieder dazu in der Lage war, stellte er nur eine einzige Frage. »Warum?«

Alaric lächelte kaum merklich. »Mylord, das sagte ich bereits … um den Frieden zwischen unseren Reichen zu sichern.«

»Was *noch?* Wir können Frieden schließen, ohne daß ich meine *Rujholla* mit Euch verheirate.«

»Vielleicht.« Alarics Stimme klang nachlässig. »Vielleicht aber auch nicht. Aber betrachtet die Angelegenheit doch so, wenn Ihr wollt: Eine Prinzessin von Homana – obwohl sie eine Cheysuli ist – wird mit dem Herrn über Atvia verheiratet. Aus dieser Verbindung werden – wenn die Götter sie segnen – Kinder entstehen. Söhne natürlich. Und der älteste Sohn wird mein Nachfolger, wenn ich sterbe.« Alaric gestikulierte müßig. »Er wäre Euer Neffe, Mylord Mujhar … und niemals ein Feind. Wie könnte man den Frieden zwischen unseren Reichen besser sichern?«

»Und wieviel besser stünde es für Euch, da Ihr dann Ansprüche auf den Löwenthron erheben könntet!« Donal schlug mit der Faust auf die Armlehne des Throns. »Haltet mich nicht für einen Narren, Atvianer … ich bin kein Höfling mit seidiger Zunge und geölten Handflächen, aber – *bei den Göttern!* – ich bin auch nicht blind. Ihr wollt Frieden zwischen unseren Reichen? Dann haltet Eure Heere von meinen Grenzen fern!«

Alarics dunkelbraune Augen glitzerten, aber nur ein wenig. Er hatte sich in der Gewalt. »Aber natürlich, Mylord ... das war auch meine Absicht. Und dennoch ... es schien solch eine geeignete Art, unsere Reiche miteinander zu verbinden. Und was *meinen* Wunsch, den Löwenthron zu beanspruchen, betrifft, so leugne ich, diesen Wunsch zu verspüren. Natürlich nicht. Habt Ihr keinen rechtmäßigen Erben?«

Donal lächelte dünn. »Doch, Mylord, den habe ich.«

»Dann ist die Erbfolge Eures Hauses gewiß gesichert.« Alaric lächelte. »Ich biete dieses Bündnis an, weil ich die Erbfolge *meines* Hauses sichern möchte. Und mehr nicht.«

»Nicht mehr?«

»Vielleicht noch, um Unterstützung gegen Shea von Erinn zu erhalten.«

Donal setzte sich wieder zurück, schmiegte seinen Rücken an die karmesinrote Rückenlehne. »Welche Schwierigkeiten habt Ihr mit Shea?«

»Er hat sich den Titel meines Bruders angeeignet: Herr der Idrianischen Inseln. Es war der Titel meines Vaters. Und der Titel *seines* Vaters. Shea hat ihn beansprucht, als Osric starb.« Alaric zuckte die Achseln. »Ich will ihn zurückhaben.«

Donal runzelte die Stirn. »Mit homanischer Hilfe? Warum sollte ich sie Euch gewähren? Homana hat keine Schwierigkeiten mit Erinn.«

»Nein. Und ich möchte auch gar keine zwischen Euch beiden schaffen.« Alaric breitete die Hände aus. »Allein schon die Nachricht von dieser Heirat würde Shea hinter die Mauern Kilores zurückweichen lassen und ihn von meinen Stränden fernhalten, bis ich mein geschwächtes Heer neu gruppiert habe ... geschwächt durch den Tod meines Bruders. Ich möchte keine Männer von Euch erbitten, Mylord, nur den *Anschein* von Unterstützung. Das wäre mehr als ausreichend.«

Donal blickte stirnrunzelnd auf die Spitzen seiner weichen Lederschuhe. »Ich kann keinen einzigen vernünftigen Grund dafür erkennen, dem zuzustimmen. Es bringt Homana nichts ein. Ihr sagt, es würde uns den Frieden sichern, aber den sollten wir auch so haben. Wir haben Euch besiegt.«

Alaric zuckte die Achseln. »Und vielleicht den atvianischen Thron errungen. Euer Neffe wird mein Erbe sein. Es wird Cheysuliprinzen in Atvia geben.«

Donal zuckte die Achseln. »Ich bin nicht so sicher, daß das einen Nutzen hätte ...« Er brach jäh ab. Sein Magen stülpte sich um. *Bei den Göttern ... es ist die Prophezeiung ... sogar aus dem Mund des Feindes!* Er sah Alaric entsetzt an. *Vier kriegführende Reiche ...*

Er schmiegte sich tiefer in den Thronsessel, um dem Atvianer sein Erschrecken nicht zu zeigen. Das Muster lag so deutlich vor ihm, als hätte Evan selbst es ausgeworfen. *Wenn ich Bronwyn mit ihm verheirate, wird ihr Sohn den Thron erhalten. Ein Cheysuli in Atvia. Der der Prophezeiung ein weiteres Reich hinzufügt. Bei den Göttern, es* wird *wahr werden!*

Bronwyn in Atvia. Nein, das konnte er nicht sehen. Sie würde dem niemals zustimmen. Die Cheysuli betrieben keinen Tauschhandel mit ihren Frauen und benutzten sie auch nicht, um Bündnisse zu besiegeln.

Und doch, die Dinge änderten sich. So viele Dinge *mußten* sich ändern. Seine eigene Mutter hatte ihm erzählt, wie Finn sie von den Homanern geraubt hatte, weil die Cheysuli jahrelang homanische Frauen rauben mußten, um den Stamm wieder zu stärken. Diese Vorstellung war ihm fremd, aber nicht fremder als der Gedanke daran, seine Schwester mit Alaric zu verheiraten.

Wenn ich es tue ... wenn ich es tue ... Bronwyn würde mir das niemals vergeben ...

Alaric beobachtete ihn noch immer schweigend und vollkommen höflich – und wartete auf eine Antwort. Er wirkte wie eine sprungbereite Katze, anmutig in seiner

Bereitschaft. Donal mochte ihn nicht. Er mochte ihn überhaupt nicht.

Ich soll meine Rujholla diesem Ku'reshtin von Atvia geben?

Und doch, wenn er es nicht tat und es ein Teil der Prophezeiung war …

Ich werde das nicht jetzt entscheiden. Es besteht kein Grund, es jetzt *zu entscheiden …* Er atmete bemüht ruhig. Und dann, als er sich gerade darauf vorbereitete, Alaric diplomatisch einen Grund für die Verzögerung der Antwort zu nennen, erkannte er mit blendender Klarheit, daß diese Hochzeit niemals stattfinden konnte. Selbst wenn die Prophezeiung es forderte.

Donal setzte sich langsam zurück. »Ihr seid Gäste Homanas«, sagte er gleichmütig. *»Cheysuli i'halla shansu.«* Aber er wußte, daß er es nicht wirklich meinte.

Alaric beobachtete stirnrunzelnd, wie Donal sich anschickte aufzustehen. »Mylord … Eure Antwort? Darf ich erfahren, wann Ihr sie mir gebt?«

Donal stand auf. »Ich gebe sie Euch jetzt«, sagte er. »Meine *Rujholla* wird niemals heiraten.«

Bronwyn, die er in Aislinns Sonnenraum vorfand, beobachtete schweigend, wie er alle anderen außer ihr aus dem Raum schickte. Sie stand vor einem offenen Fenster, und das Licht fiel auf ihre Schultern. Sie trug ein einfaches indigofarbenes Gewand, das mit ineinander übergehenden Blättern, mit Silberfäden gestickt, verziert war. Er betrachtete sie schweigend und fragte sich, wann eigentlich sie erwachsen geworden war. Er hatte es nicht bemerkt. Er erinnerte sich deutlich an ihr kindliches Lachen bei seiner Hochzeit, an ihre ausgelassene Art im Keep. Jetzt war sie eine Frau. Erst sechzehn Jahre alt und also noch jung, aber in ihren Augen war eine neue Reife und in ihren Bewegungen eine neue Anmut zu erkennen.

Er bedeutete ihr, sich zu setzen, und setzte sich dann

ebenfalls hin. »Ein Mann ist hier«, sagte er. »Er ist nach Homana-Mujhar gekommen, weil er die *Rujholla* des Mujhar heiraten will.«

Sie errötete. »Er will *mich* heiraten?«

»Ja. Er bietet dir die Möglichkeit an, Königin zu werden.«

»Königin!« Bronwyn war offensichtlich entsetzt. »Wer sollte sich wünschen, daß *ich* seine Königin wäre?«

»Alaric von Atvia.«

Bronwyn sprang auf. *»Alaric von Atvia!«*

Donal erhob sich zögernd. Er hörte das Entsetzen in ihrer Stimme. *Zumindest kann ich ihr das ersparen.* »Bronwyn ... Bronwyn, du mußt ihn nicht heiraten. Das verspreche ich dir. Glaube nicht, daß ich dich fortschicken will.«

Sie schloß die Augen. Ein erleichtertes Seufzen entwich ihrem Mund. »Den Göttern sei Dank ... *den Göttern sei Dank* ... ich dachte, es könnte sich um eine staatsmännische Angelegenheit handeln ...« Sie erschauderte. »Es ist gefährlich, die *Rujholla* des Mujhar zu sein.«

»Es *wäre* eine staatsmännische Angelegenheit«, erklärte Donal ihr. »Alaric bietet Homana ein Bündnis an. Es wäre auch eine dynastische Angelegenheit, da zwei Reiche verbunden würden.«

Sie verstand ihn vollkommen. »Es ... scheint vernünftig ... zwei Reiche miteinander zu verbinden.« Ihre Stimme klang sehr dünn.

»Bronwyn, du hast nichts zu befürchten. Es kann keine königliche Heirat geben. Es kann überhaupt keine Heirat geben.«

»Nicht mit Alaric.« Die Erleichterung ließ ihre Stimme wieder lebendiger werden. »Aber eines Tages ...«

»Nein.« Er sagte es ganz nüchtern und in dem Wunsch, es hinter sich zu bringen. »Bronwyn, du wirst niemals heiraten können.«

Sie starrte ihn an. »Bist du wahnsinnig geworden?

Natürlich werde ich heiraten! Was sollte mich davon abhalten?«

»Ich würde dich davon abhalten.« Es klang tonlos. »Ich habe keine andere Wahl.«

Sie lachte. Ihre Stimme klang ungläubig und verblüfft. »Du bist *tatsächlich* wahnsinnig geworden, Donal… *was willst du damit sagen?*«

Er streckte die Hände aus und ergriff ihre Schultern. »Es ist wegen des Blutes, das du in dir trägst. Ich kann dich niemals heiraten lassen. Du darfst keine Kinder gebären.«

Sie erstarrte unter seinen Händen. Er spürte das krampfartige Erschauern, das ihre Glieder erzittern ließ. Sie entzog sich seinem Griff. »Du bist verrückt… du bist *verrückt*… wie kannst du so etwas sagen? Wie kannst du mir das sagen?« Sie schüttelte zögernd den Kopf. »Glaubst du, meine Kinder würden den Thron bedrohen? Bei den Göttern, Donal… ich bin deine *Rujholla!* Unsere *Jehana* hat uns beide geboren! Unser *Jehan* …«

»… hat nur mich gezeugt.« Er sah, wie sich ihr Gesicht verkrampfte. »Götter, Bronwyn, ich wünschte, ich könnte dir das ersparen. Ich wünschte, es wäre nicht wahr. Aber… wenn du sagst, ich fürchtete, daß deine Kinder den Thron bedrohen könnten… dann könntest du damit recht haben. Ich darf meine Augen vor dieser Möglichkeit nicht verschließen.«

Ihr Blick war fest auf sein Gesicht gerichtet. »Du sagtest… du sagtest, wir haben nicht denselben *Jehan* …«

»Nein. Du wurdest von einem anderen Mann gezeugt.«

»Von *wem?*« fragte sie. »Götter, *Rujho,* ich bitte dich, wer bin ich…«

Er spürte, wie sich seine Kehle verengte. »Du bist *Tynstars Tochter.*«

Stille. Bronwyn starrte ihn an. Er konnte den Blick nicht abwenden.

»Oh…«, sagte sie. »Oh… oh… *nein* …«

»Doch«, belehrte er sie sanft und streckte die Hand aus, um sie festzuhalten. »Bronwyn, du bist noch immer meine *Rujholla*, noch immer die Tochter unserer *Jehana*. Du bist fast zur Hälfte eine Cheysuli und mit dem Stamm verwandt. Es ändert nichts. Es ändert nichts.«

»Es ändert *alles*.« Ihr fehlten die Worte.

»Nein, Bronwyn, das tut es nicht. Glaubst du, ich würde dich fortschicken? Wir teilen zuviel gleiches Blut …«

»… zuviel *vergossenes* Blut.« Sie sah leeren Blickes zu ihm hoch. »Warum hat es mir nie jemand gesagt?«

»Es gab keinen Grund dafür. Du wurdest als Cheysuli aufgezogen … man hoffte, daß du niemals Anzeichen von Tynstars Macht zeigen würdest. Und dem war auch nicht so – es sei denn, du hättest sie absichtlich verborgen gehalten.«

Sie berührte zitternd die Stelle über ihrem Herzen. »Ich habe mich stets als Cheysuli gefühlt … als Cheysuli und als Homanerin.«

»Du bist beides. Du bist es. Aber … es sind auch Ihlinianteile in dir.«

»*Wie?*«

Donal setzte sich wieder. »Du hast gehört, daß Tynstar unsere *Jehana* nach Valgaard entführt hat. Ich war damals noch ein Kind. Er wollte mich auch haben, aber ich konnte ihm entkommen.« Er sah auf ihre zitternden Hände hinab, die sie fest im Schoß verkrampft hatte. »Er hat unsere *Jehana* gefangengehalten. Und während sie dort war …«

»… hat er sie vergewaltigt?« Bronwyn erschauderte. »Götter, o Götter … ich fühle mich so *schmutzig* …«

»Nein!« Er ergriff ihre Hände. »Es hat nichts mit dir zu tun.«

»Aber ich *fühle* mich nicht wie eine Ihlini!« rief sie. »Woher willst du wissen, daß das wahr ist?«

Er streckte seine Arme aus, während sie vom Stuhl glitt und sich auf den Boden kniete. Er barg ihren Kopf an seiner Schulter, als wäre sie Isolde, die besonderen Trostes bedurfte. Einen Arm legte er um ihre Schultern. Er hielt sie fest und wußte, daß er ihren Kummer niemals teilen konnte.

Einer Frau zu sagen, daß sie niemals ein Kind gebären darf… Er schloß die Augen. Er flüsterte Sinnloses.

Bronwyn klammerte sich an sein Lederwams. »Ich fange an zu verstehen… all die Male, als ich eine Schranke zwischen uns spürte… etwas, was uns voneinander fernhält. Das war der Grund, nicht wahr? Das Wissen, daß ich Tynstars Tochter bin?«

»O *Rujholla,* ich würde alles tun, um dir diesen Kummer zu nehmen.«

»*Jehana* hat es mir niemals gesagt. Sie hat es mir *niemals* gesagt…«

»Sie hat es niemandem gesagt. Nur wenige von uns wußten es, und keiner von uns hat es jemand anderem gesagt.«

»Warum hast du mich leben lassen?« Die Frage war kaum zu hören.

»Bronwyn! O *Götter,* Bronwyn… glaubst du, wir wollten dich *jemals* tot sehen? Wofür hältst du uns?«

»Ihr seid Cheysuli. Und… ich bin der Feind.«

»Kein Feind. *Kein Feind!*« Und doch erinnerte er sich an all die Male, als er sie voller Zweifel beobachtet und die Schuld in seiner Seele gespürt hatte. Nicht absichtlich ein *Feind.*

»Aber du wirst mich niemals heiraten lassen.« Tränen drängten erneut herauf. »Mißtraust du mir so sehr? Glaubst du, ich würde gegen dich kämpfen? Glaubst du, ich würde jemals dem Jungen helfen, der unseren *Su'fali* getötet hat?« Bronwyn schüttelte den Kopf. »Götter, Donal… so etwas würde ich *niemals* tun! Das weißt du. Wir sind miteinander verwandt. Wir teilen das gleiche Blut.«

»Auch du und Strahan teilt das gleiche Blut.« Er schüttelte den Kopf. »Es ist nicht so, daß ich *dir* nicht vertraue … ich habe nur Angst davor, wie deine Macht benutzt werden könnte – von einem anderen, nicht einmal von dir.«

»Macht!« Sie schüttelte den Kopf. »Ich *habe* keine Macht, Donal. Ich würde es wissen. Ich schwöre dir … ich würde es wissen. Es ist nichts in mir. Glaubst du, ich würde es nicht spüren?«

»Bronwyn …«

»Dann prüfe mich.« Sie stand auf und stellte sich vor ihn hin. »*Prüfe* mich, Donal! Finde heraus, ob Macht vorhanden ist.«

Er schüttelte den Kopf. »Bronwyn, das könnte ich nicht tun …«

»Du hast auch Aislinn geprüft!« fauchte sie.

»*Und* sie beinahe getötet! Götter, Bronwyn, *sei vernünftig!* Glaubst du, ich wollte dich verletzen?«

»Du verletzt mich jetzt«, sagte sie. »Du sagst mir, ich könne nicht heiraten, ich könne keine Kinder gebären … du nennst mich Tynstars Tochter. Wie kann ich damit leben? Du hast mein Leben verödet!«

Er konnte nicht antworten. Er hatte keine Antwort für sie bereit.

»Donal«, sagte sie, »ich bitte dich.«

Er verschränkte seine Finger in den ihren und zog sie auf die Knie und den Teppich hinab. Er sah ihr in die Augen. »Wenn ich dies tue … wenn ich dich prüfe und erfahre, daß du eine Ihlini bist … mußt du mir versprechen, niemals zu heiraten, niemals ein Kind zu gebären.«

Bronwyn schloß die Augen. »*Ja'hai-na*«, sagte sie. »Angenommen.«

Zögernd teilte er den Vorhang ihres Geistes. Er glitt hindurch, wobei er die Fäden des Bewußtseins seiner Schwester kaum berührte. Er konnte nicht sagen, was sie fühlte. Er selbst empfand eine plötzliche und unerwartete Gemeinschaft, die ihn fast aus der Verbindung schleuderte. Bei Aislinn war es anders gewesen, da sie ihn nur widerwillig empfangen hatte. Was er ihr angetan hatte, unterschied sich nicht sehr von einer Vergewaltigung. Aber Bronwyn verstand. Bronwyn wünschte seine Anwesenheit. Sie hieß ihn gern willkommen, aber er spürte ein wenig Angst. Sie war nicht sicher, was er finden würde.

Sanft. Sanft. Er ließ keine Spuren seines Eingriffs zurück.

Die Schranken fielen.

Er sah im Netzwerk ihres Geistes die so tief verborgenen Verbindungen inneren Wissens. Er ließ sein eigenes Bewußtsein sich ausbreiten, die Verbindungen vorsichtig berühren. Er fürchtete keine Falle bei seiner Schwester, aber es war möglich, daß die Ihlini mit Wachkräften geboren wurden. Daß sie ohne es zu merken versuchen würde ihn zurückzuweisen.

Aber sie tat es nicht. Er spürte nur vollständige Annahme, ein Vertrauen, das ihn fast überwältigte. Sie hatte gesehen, was er Aislinn angetan hatte, und doch fürchtete sie für sich selbst nicht das gleiche.

Sanft ließ er sein Bewußtsein ausgreifen. Und ihr eigenes drängte zu ihm herauf.

Muster verbanden sich. Verschmolzen. Verknoteten sich. Alles gelangte an seinen Platz.

Er wußte ohne den geringsten Zweifel, daß Duncan sie beide gezeugt hatte.

Bronwyn brach zusammen. Er fing sie an seiner Brust auf und erhob sich, wobei er sie stützte. Er sprach leise ihren Namen aus, bis sie die Augen öffnete. Sie war benommen und offensichtlich verwirrt. Aber ihre Augen gewannen bereits wieder an Klarheit.

»*Rujho?*«

Er umarmte sie so fest er es wagte. »*Rujho*, ja … es ist nichts von den Ihlini in dir.« Er spürte Tränen in sich aufsteigen. *All diese Jahre, all diese Jahre … o Rujholla, wie unrecht wir alle dir getan haben …*

Bronwyns Lachen war kaum lauter als ein Flüstern. »Es war es wert, *Rujho* … oh, das war es wert! Zu wissen, daß ich nicht die Tochter dieses Dämons bin!« Sie umarmte ihn, lachte an seiner Brust. Aber dann erstarrte sie in seinen Armen. »Götter… *o Götter*… da war der Junge. *Er* hat mir die Wahrheit gesagt…«

Donal wich zurück. »Bronwyn…«

Sie hatte eine Hand über ihren Mund gelegt. »Er sagte… oh, ich erinnere mich so gut daran! Wir saßen außerhalb des Zelts unseres *Su'fali*, als er Aislinn prüfte. Er zeigte mir jene Runen… er forderte mich auf, meine eigenen zu versuchen…« Sie atmete schwer. »Nichts davon war nötig! Sef hat mir die Antwort schon *damals* gegeben.«

»Sef! Welche Antwort konnte *er* geben…« Und dann erinnerte auch er sich daran. Wie er sie im Staub hatte knien und fremdartige Runen zeichnen sehen.

Bronwyn nickte. »Etwas, was er gesagt hat, hat keinen Sinn ergeben. Ich dachte mir nichts dabei. Aber… er sagte, ich wäre nicht die, die ich zu sein glaubte.« Sie runzelte die Stirn und schüttelte den Kopf. »Es ergab keinen Sinn: *Du bist nicht die Frau, für die dein Bruder dich hält.*« Sie umklammerte seine Schultern. »O Götter, Donal… er wußte es… er *wußte*, daß ich keine Ihlini war!«

»Er hat dich geprüft.« Die Worte schmeckten in seinem Mund bitter. »Genauso wie Finn Aislinn geprüft hat, hat Strahan dich geprüft.«

Bronwyn erschauderte. »Wie konnte ich nur so dumm sein…?«

»Nicht dümmer als wir anderen alle.« Donal löste seine Arme von ihr und wandte sie zur Tür um. »Ich bin nicht weniger froh als du, daß dies alles endlich geklärt ist. Aber wir haben jetzt keine Zeit mehr dafür, wir beide nicht. Bade dich und zieh dich so an, wie es sich für eine Prinzessin gehört, Bronwyn… wir bewirten den Atvianer heute abend.«

Bronwyn verzog das Gesicht. »Könnte ich nicht behaupten, krank zu sein? Ich würde diesem Mann, der glaubte, ich würde ihn heiraten, lieber nicht begegnen.«

»Laß ihn *dich* sehen … damit er weiß, was er verloren hat.«

Sie lachte. Dann runzelte sie die Stirn. »Aber ich habe nichts anzuziehen!«

Donal seufzte nur.

Kapitel Zehn

Donal bemerkte Alarics Erstaunen, als dieser zum ersten Mal Bronwyns ansichtig wurde.

Er hatte sich zweifellos darauf eingestellt, eine barbarische Cheysulifrau zu umwerben, die kaum die Feinheiten der Werbung verstand. Statt dessen sah er eine wunderschöne junge Frau in kupferfarbener Seide, das schwere Haar mit Gold zu einer Masse glänzend geflochtener Zöpfe auf dem Kopf aufgesteckt. Granate glitzerten an Ohren und Hals, und ein ebenso verzierter Gürtel aus winzigen Glöckchen fiel über ihre schweren Röcke herab.

Donal erkannte, während er sie beobachtete, daß sie genau wußte, was sie tat. Er lächelte. *Spielt meine kleine Rujholla die Rolle der Frau? Nun … vielleicht sollte sie das wirklich tun. Sie ist kein Kind mehr.*

Bronwyn saß während des Fests in der Großen Halle neben Alaric. Donal beobachtete sie beide und stellte fest, daß Alaric das Geheimnis seiner Partnerin sehr schnell durchschaut hatte. Er umwarb sie nicht, wie er es gewiß vorgehabt hatte, sondern sprach statt dessen höflich und verhalten mit ihr. Aber er konnte Bronwyn nicht erobern.

Das ganze Fest über verhielten sich Alaric und seine Landsmänner zu den homanischen Adligen uneingeschränkt höflich. Nirgends war ein Zeichen von Feindseligkeit oder Unmut zu erkennen. Auch gab es keinerlei Anzeichen dafür, daß die Atvianer sich für die Besiegten hielten. Sie antworteten schnell und gekonnt und sprachen von Vereinigung. Donal bemerkte immer häufiger, wie Mitglieder des Homanischen Konzils zunächst Alaric und dann Bronwyn betrachteten. Er bemerkte immer häufiger ihre Nachdenklichkeit.

Sie werden die Frage stellen, dachte er. *O ja, sie werden die Frage stellen ... und ich werde ihnen nicht antworten können.*

Und als die Mahlzeit beendet war und die Mitglieder des Konzils in einem angrenzenden Vorzimmer mit Donal zusammentrafen, stellten sie die Frage tatsächlich.

Donal hörte ihnen zu. Er hörte die Gründe für und gegen eine Verbindung. Einige Mitglieder sagten, Atvia sei zu weit entfernt, zu unbekannt, der Mujhar könne das politische Geschehen dort niemals genau überwachen. Andere meinten, die Verbindung würde die beiden Reiche vereinen, wie auch Carillons Heirat mit Electra für die Zeit ihrer Dauer Homana und Solinde vereint hatte ... bis auf einige wenige Aufstände, die sich gegen jene Heirat erhoben hatten.

Aber erst ein älterer Mann, Vallis, der frühere Berater Shaines selbst, sprach wirklich deutliche Worte. »Viele von uns, Mylord Mujhar, wissen, daß wir hier sind, um den Göttern zu dienen. Cheysuligötter, homanische Götter ... es ist nicht wirklich wichtig, mit welchen Namen wir sie benennen. Es ist nur wichtig, daß wir ihnen dienen.« Er war in den Achtzigern und gebrechlich, mit dünner weicher Stimme und noch feinerem Haar. Seine Schädeldecke schien rötlich gefärbt. Nur ein ganz schmaler Kranz flaumig weißen Haars wand sich um seine Ohren. »Obwohl es stimmt, daß wir als Homaner uns nicht der Prophezeiung der Erstgeborenen verschreiben, erkennen wir doch ihr Dasein an. Wir lassen sie nicht unberücksichtigt ... oder *sollten* sie zumindest nicht unberücksichtigt lassen.« Er sah jeden der Männer mit feuchten, blaßblauen Augen an. »Vor der Verfolgung haben Cheysuli und Homaner untereinander geheiratet. Ihr selbst, Mylord, tragt das Blut beider Rassen in Euch. Und besagt diese Prophezeiung nicht, daß es so weitergeführt werden sollte?«

Donal stimmte ihm vorsichtig zu.

Vallis nickte. »Ich bin der Meinung, daß Ihr der Erfüllung dieser Prophezeiung einen Schritt näher kommt, wenn Ihr Eure Schwester mit Alaric von Atvia verheiratet.«

»Dessen bin ich mir bewußt.« Donal hielt seine Stimme sehr ruhig, um nichts von seinen persönlichen Gedanken zu offenbaren. »Sprecht weiter, Vallis.«

Der alte Mann stützte sich auf seinen Stuhl. Adernstränge standen unter seiner Haut hervor. »Prinz Niall trägt das Blut von Homana und Solinde und auch Cheysuliblut in sich. Wenn Ihr Eure Schwester mit Alaric verheiratet und sie ihm eine Tochter gebärt, könnte diese Tochter beizeiten mit dem Prinzen von Homana vermählt werden.«

Donal runzelte die Stirn. »Und wenn sie ihm statt dessen einen Sohn gebärt?«

Vallis zuckte die schmalen Schultern. »Zweifellos werdet Ihr und die Königin bis *dahin* genügend Töchter haben, die Ihr mit jedem anderen Königshaus vermählen könnt.«

Er spürte ihre Blicke auf sich ruhen. Er trat langsam an ein Fenster und blickte hinaus, obwohl er in der Dunkelheit nur wenig erkennen konnte. Dann wandte er sich wieder zu ihnen um. »Bronwyn wünscht diese Heirat nicht.«

Einige der anderen lächelten. Einige Gesichter drückten sogar Überraschung aus. Er wußte, daß seine Feststellung für sie keinen Sinn ergab. Homaner verheirateten ihre Töchter mit den Männern, die ihrem Rang oder Reichtum am ehesten förderlich waren.

Wie ein Pferdehandel. Er schüttelte den Kopf. »Bronwyn wünscht diese Heirat nicht.«

Sie erkannten die Worte als seine Antwort an. Soweit hatten sie ihn kennengelernt, seit er der Mujhar war. Und so verließen sie einer nach dem anderen den Vorraum und gingen in die Halle zurück. Nur Vallis blieb.

»Mylord«, sagte er, »ich weiß, daß Ihr Eure Schwester schätzt. Stellt mich nicht mit den anderen gleich. Ich bin ein alter, alter Mann... ich habe miterlebt, wie Shaine die Cheysuli erhoben und sie dann vernichtet hat... ich kenne Eure Bräuche gut. Bronwyn ist keine Zuchtstute. Sie ist kein Mutterschaf. Sie ist keine Lieblingshündin. Sie ist eine Frau, eine Cheysulifrau... aber sie ist auch Teil der Prophezeiung.« Der alte Mann streckte langsam eine zitternde Hand aus, die Handfläche nach oben gerichtet, die Finger weit gespreizt. *»Tahlmorra lujhala mei wiccan, Cheysu.«*

Donal wandte sich um, verließ den Raum und kehrte in die Halle zurück.

Evan kam mit zwei Bechern in den Händen auf ihn zu. Er hielt Donal einen der Becher entgegen. »So ernst, Donal... haben sie Euch in die Ecke gedrängt und gezwungen, ihrem Geschwätz zuzuhören?«

Donal lächelte grimmig, während er den Weinbecher entgegennahm. »Ihr kennt die höfischen Gebräuche recht gut.«

Evan lachte. »In Ellas ist es nicht anders! Nur die Sprache ist eine andere.« Aber dann erstarb sein Lachen. »Ich muß gehen, Donal. Es ist an der Zeit, daß ich nach Ellas zurückkehre.«

Der Wein schmeckte schal. »Evan! Schon so bald?«

»Bald?« Evan sah ihn an. »Ich bin schon fast ein Jahr hier.«

»Bleibt noch ein weiteres Jahr.«

Er schüttelte den Kopf. »Ich kann nicht. Es ist an der Zeit, daß ich nach Hause zurückkehre. Es gibt in Ellas einiges für mich zu tun.«

Donal trank seinen Becher leer, gab ihn einem vorbeigehenden Diener und nahm sich statt dessen einen neuen. Auf der anderen Seite der Halle sah er seine

Schwester, die mit Aislinn und Meghan lachte. »Habt Ihr Meghan schon gesagt, daß Ihr gehen wollt?«

Evan verzog traurig den Mund. »Nein. Ich mag keine Tränen auf meinem Samtwams.«

»Tränen von *Meghan?*« Donal schüttelte den Kopf. »Sie ist stärker als Ihr glaubt.«

»O ja, stark … wenn Ihr Eigensinn als Stärke bezeichnen wollt.« Evan blickte stirnrunzelnd in seinen Weinbecher. »Nein, keine Tränen von Meghan. Aber vielleicht wünsche ich mir mehr Entgegenkommen.«

»Ich habe Euch gewarnt«, belehrte Donal ihn. »Sie ist nicht für irgendeinen Mann bestimmt. Nicht einmal für Evan von Ellas … wenn er nicht mehr als eine Nacht in ihrem Bett will.«

»Oh, aber er will mehr.« Evan fuhr mit dem Rand des Bechers über seine Unterlippe. »Lodhi beschütze mich … aber ich habe sie aufgefordert, mit mir nach Hause zu gehen.«

»Nach *Ellas?*« Donal sah Evan überrascht an. »Dachtet Ihr wirklich, sie würde kommen?«

»Ich … hatte es gehofft.« Evan zuckte die Achseln. »Es war sinnlos. Sie hat es abgelehnt.«

Donal sah die Traurigkeit in den träumerischen Augen des Ellasiers. Und es sah Evan gar nicht ähnlich, etwas anderes als nur leichte Bekümmerung zu zeigen, wenn eine Frau ihn ablehnte. Sehr oft geschah es nicht, und im allgemeinen fand er dann eine andere, die ihm genausogut gefiel. Aber Meghan war anders. Und Donal erkannte, daß sich Evan dessen bewußt war.

Er lächelte. »Es tut mir leid. Sie ist vielleicht eine Cheysuli, aber sie trägt auch homanisches Blut in sich. Da sie in der letzten Zeit so viel mit Aislinn zusammen war, empfindet sie Männern gegenüber jetzt vielleicht eher auf homanische Art.«

»Weil sie nicht meine Gespielin werden wollte?« Evan schüttelte den Kopf. »Aber ich habe sie gebeten, mich zu heiraten.«

»Ihr?«

»Ja«, sagte Evan betrübt. »Aber es war Zeitverschwendung.«

Donal seufzte. »Es tut mir leid. Ich wußte nicht, daß es schon so weit ging.«

»O das war auch nicht der Fall. Aber ich dachte, es wäre die einzige Möglichkeit, sie dazu zu bringen, mit mir zu schlafen.« Evan grinste. »Anders als alle anderen, hat sie mir nicht geglaubt, daß ich es ernst meine.«

Donal lachte und vergoß fast seinen Wein. »Ihr Narr! Habt Ihr vergessen, daß sie Finns Tochter ist? Sie wird einen Mann nur zu *ihren* Bedingungen nehmen, wenn sie überhaupt einen nimmt.«

Evan hob seinen Becher. »Auf Meghan«, sagte er. »Und auf den Krieger, der sie gezeugt hat.«

Donal hob ebenfalls seinen Becher. Und dann sagte er Evan plötzlich, er solle nicht gehen. »Was kann ich ohne Euch tun?«

»Lernen, Homana ohne meinen schlechten Rat zu regieren.« Evan schüttelte den Kopf. »Meine Zeit hier ist vorüber. Es tut mir leid … aber ich muß gehen.«

»Wann?«

»Wahrscheinlich morgen früh. Oder vielleicht am Nachmittag, wenn ich nach dieser Feier zu starke Kopfschmerzen bekomme. Aber ich muß gehen.«

Donal streckte die Hand aus und umfaßte seinen Arm. »Ich möchte Euch schon im voraus eine gute Reise und viel Glück wünschen. Und … ich wünschte, ich müßte Euch nicht verlieren.«

»Genausowenig wie Carillon Lachlan verlieren wollte.« Evan grinste. »Aber ich bin nicht so sehr durch Verantwortlichkeiten gebunden wie mein Bruder, und ich denke, ich werde zurückkommen. Zumindest um Meghan noch ein- oder zweimal in Verlegenheit zu bringen.«

Donal ließ Evans Arm los und warf einen Blick durch die Halle. Alaric hielt sich noch immer in Bronwyns

Nähe auf. *Und hofft zweifellos, daß sie ihn mag. Aber warum will er sie? Was erwartet er, was sie ihm einbringen soll? Frieden mit Homana? Unterstützung für die Inselkriege? Götter … ich wünschte, ich könnte diesen Mann verstehen.*

Aber er konnte es nicht. Er trank weiter Faliawein. »Ihr habt natürlich davon gehört, daß Alaric Bronwyn heiraten möchte.«

Evans Stimme klang verzerrt. »Wer hat das inzwischen nicht gehört. Aber … da sie Ihliniblut hat, mögt Ihr die Verbindung nicht zulassen.«

»Sie hat kein Ihliniblut. Ich habe sie heute geprüft.«

»Keines!« Evan wandte sich ihm abrupt zu. »Überhaupt keines?«

»Sie ist vollkommen meine *Rujholla*, Evan. Sie ist Duncans Tochter.«

Der Ellasier schüttelte den Kopf und runzelte verwirrt die Stirn. »Dann … wenn Ihr sie die ganze Zeit schon hättet prüfen können, warum habt Ihr so lange damit gewartet?«

»Weil es nicht ohne ihr Wissen, ohne ihre Bereitschaft hätte geschehen können.« Donal seufzte. »Unsere *Jehana* war der Grund. Sie wollte Bronwyn in Frieden lassen. Sie wollte keine schlummernden Kräfte wecken *oder* Bronwyn Kummer bereiten. Und so … blieb sie unwissend.«

Evans blaue Augen betrachteten das Mädchen angestrengt, während sie mit ihren beiden Verwandten lachte. »Dann … würde nichts dieser Hochzeit im Weg stehen.«

»Nein«, sagte Donal. »Nichts steht dieser Hochzeit im Weg.«

Evan betrachtete ihn eingehend. »Lodhi! Ihr *wollt* Alarics Bitte nachkommen!«

Donal schloß die Finger um den schweren Becher. »Mein ganzes Leben lang wurde mir beigebracht, daß ich Entscheidungen zu treffen haben würde. Entscheidungen, die ich hassen würde. Ich wußte es … aber es ist so einfach, dieses Wissen beiseite zu schieben.« Er hörte die Unsicherheit in seiner Stimme und bemühte sich darum, ihr Festigkeit zu geben. »Ich erinnere mich all der Male, als ich Carillon wegen seiner Entscheidungen einen Narr schimpfen wollte … besonders wegen der Entscheidungen, die er *für mich* getroffen hat. Und jetzt … jetzt wird es an *Bronwyn* sein, mich zu fragen, was ich tue, und wie ich es – im Namen aller Götter – überhaupt *in Erwägung ziehen* kann.«

»Ich verstehe Eure Beweggründe«, sagte Evan. »Als Prinz kann ich kaum *miß*verstehen, warum Ihr so handelt. Aber … ich beneide Euch nicht.«

»Nein«, stimmte Donal ihm zu. »Aber zu viele andere Menschen tun es.«

Donal trat vor. Er wartete, bis sein Schweigen auch alle anderen zum Schweigen brachte. Und dann winkte er Alaric nach vorn. »Heute abend, in dieser Halle, feiern wir Euch zu Ehren, Mylord von Atvia. Heute abend heißen wir Euch willkommen und wünschen Euch gute Gesundheit. Aber Ihr kamt zu einem bestimmten Zweck hierher. Ihr kamt, um uns Eure Treue anzubieten.« Donal erwiderte Alarics wachsamem Blick. Er lächelte nicht. »Dann bietet sie uns an, Mylord. Hier in dieser Halle, vor uns allen.«

Alarics Lippen trennten sich. Donal sah das kurze Zucken eines Muskels an seinem Kinn. Aber er kniete sich hin. Er kniete sich anmutig hin, so daß es kein Akt der Unterwerfung, sondern ein Zeichen der ruhigen Bereitschaft war, alles für sein Reich zu opfern.

Donal zog das Cheysulischwert aus der Scheide. Der Rubin glühte im Knauf, während er die Klinge zu Alarics Gesicht hob. »Schwört«, sagte er, »bei allen Euren Göttern.«

Alaric beugte sich vor. Er legte seine Lippen an die runenverzierte Klinge und gab ihr den Treuekuß. »Ich schwöre bei allen Göttern von Atvia, bei meinem Rang und meiner Geburt, daß ich ein Vasall Donals von Homana bin. Mein Schwert, mein Leben gehören ihm. Ich verspreche dies in gutem Glauben. Ich werde diesen Schwur nur im Tode brechen. Mein Lehnsherr … wollt Ihr mich annehmen?«

Alaric würde *tatsächlich* eher sterben, als einen so bindenden Schwur zu brechen … es sei denn, er wäre verschlagen genug, bewußt Geburtsrecht und königliche Glaubenssätze aufzugeben. Donal glaubte nicht, daß der Atvianer seine Stellung so leichtfertig riskieren würde.

»Ich nehme Euren Schwur an und betrachte ihn als bindend«, bestätigte er. »Erhebt Euch, Mylord von Atvia.«

Alaric erhob sich. Sein tiefer Blick wich nicht von Donals Gesicht. Er wartete.

Donal ließ das Schwert wieder in die Scheide gleiten. »Bei meinem Recht als Mujhar von Homana gehe ich bereitwillig das Bündnis mit diesem Mann ein. Laßt alle Welt wissen, daß Frieden zwischen unseren Reichen herrscht.« Er atmete ruhesuchend ein. »Bei meinem Recht als Mujhar von Homana gebe ich diesem Mann meine bereitwillige Zustimmung, daß sein Treueschwur mit einer Heirat besiegelt werde. Er hat mich um die Hand meiner Schwester gebeten.«

Er hörte deutlich Bronwyns Keuchen. »Donal! Donal … *nein!* Du hast gesagt, ich müßte ihn nicht heiraten!« Sie drängte sich durch die Menge und stellte sich ihm inmitten der Halle entgegen. Sie sah Alaric nicht an. »Du hast gesagt …«

»Das habe ich gesagt.« Er sprach härter als beabsichtigt. »Ich habe es gesagt, ja. Aber jetzt muß diese Ehe dennoch geschlossen werden.«

»Mylord.« Das war Alaric, liebenswürdig und still erfreut. »Mylord, Ihr ehrt mich.«

»Ich ehre nicht Euch. Ich ehre die Prophezeiung.« Er würde die Wahrheit nicht verschweigen, auch wenn sie noch so hart war. Er würde seine offene Abneigung gegen diesen Mann nicht verbergen. »Nur *darum*, Mylord von Atvia, willige ich in diese Heirat ein. Aber es werden Vereinbarungen getroffen werden müssen.«

Alaric neigte den Kopf und spreizte die Hände. »Nennt sie mir, Mylord.«

»Sollte Bronwyn Euch einen Sohn und Erben gebären, so wird jegliche Tochter, die die Königin von Homana *mir* gebärt, mit ihm vermählt werden, um die Nachfolge zu sichern.« Er blieb ernst. »Sollte Bronwyn Euch eine *Tochter* gebären, so wird diese Tochter nach Homana kommen und Niall, den Prinzen von Homana heiraten.«

Alaric lächelte heimlich triumphierend. »Ja, Mylord, ich bin einverstanden.«

»Ku'reshtin!« schrie Bronwyn. »Du bist nicht mein *Rujholli!*«

»Holt einen Priester«, befahl Donal einem Diener.

»Wie kannst du mir das antun?«

Er betrachtete ihr verärgertes Gesicht. »Für die Prophezeiung werde ich alles tun.«

Es geschah schnell, zu schnell. Der Priester wurde herbeigebracht. Die Zeremonie wurde vor allen Anwesenden und unter lautem Protest Bronwyns abgehalten. Ihr Protest war so laut, daß Donal bezweifelte, daß irgend jemand sonst die Schwüre hören konnte. Es schien Alaric nicht wichtig zu sein. Er lächelte ein kühles, zufriedenes Lächeln. Aber der Priester – noch dazu ein homanischer Priester – fühlte sich durch ihre Worte angegriffen.

Schließlich schritt Donal ein und ergriff ihren Ellbogen. *»Rujholla«*, sagte er ruhig, »mit deinem Theater nährst du nur den Glauben, daß wir kaum mehr als Bestien sind.«

»Theater!« Sie starrte ihn durch tränennasse bernsteinfarbene Augen an. »Ich werde noch mehr *Theater* als *jetzt* machen, wenn ich die Gelegenheit dazu bekomme. Ich will das alles nicht!«

»Es ist getan«, belehrte er sie. »Du bist die Frau von Alaric von Atvia.«

»Und ich verspreche dir eine glänzende Feier, wenn wir Rondule erreicht haben werden«, sagte Alaric ruhig.

»Ich will nichts mit *Feiern* zu tun haben! Ich will nichts mit *Euch* zu tun haben. Ich will *nichts* von alledem, hört Ihr? Und ich will nichts mehr mit meinem *Rujholli* zu tun haben, der den Cheysulibräuchen den Rücken kehrt!«

»Bronwyn ...«

»Genau das *tust* du!« schrie sie. »Du verkaufst mich an einen Fremden, nur um ein *Bündnis* zu schließen ...«

»Bronwyn, du schändest den Namen deiner *Jehana* mit deinem Benehmen.«

»*Du* schändest ihn ebenfalls, Donal.« Bronwyn schloß einen Augenblick die Augen und biß die Zähne so fest zusammen, daß die Muskeln an ihrem Kinn hervortraten. »Ich schwöre dir, ich *schwöre* dir, ich werde dir alle Gaben zeigen, die ich zur Verfügung habe, wenn ich die Gelegenheit dazu bekomme. Ich werde dir *zeigen*, was das Alte Blut bedeutet ...«

»Das Alte Blut«, sann Alaric stirnrunzelnd. »Ich habe Gerüchte darüber gehört ... das Mädchen hat das Alte Blut, sagt Ihr?«

»*Das Mädchen* ist jetzt Eure *Cheysula*, Mylord von Atvia, und Eure Königin. Gesteht ihr ihren angemessenen Rang zu«, sagte Donal fest. »Und ja, sie hat das Alte Blut. Warum? Erweckt diese Tatsache in Euch den Wunsch, diese Heirat genausoschnell zu beenden, wie sie geschlossen wurde?«

»Gar nicht«, sagte Alaric glatt. »Ich nehme die Cheysuli mit allen ihren Künsten an. Ich muß es tun. Es ist möglich, daß meine Kinder die Gaben ihrer Mutter erben ...«

»Es wird keine Kinder *geben*«, sagte Bronwyn verbittert. »Dafür werde ich sorgen ...«

»Das genügt«, sagte Donal sanft. »Sonst werden alle unsere Gäste mit raunenden Vermutungen über deine beabsichtigte Hexerei von hier fortgehen.«

»Laß sie doch. *Laß sie doch.* Glaubst du, es kümmert mich?« Und dann schlug sie ihm, bevor er sich rühren konnte, mit der flachen Hand ins Gesicht. »Ich sage mich von dir los. *Ich sage mich von dir los.* Du bist nicht mehr mein *Rujholli!*«

Donal schloß vor Schmerz und Erniedrigung die Augen. Dann wirbelte er herum und sah sie alle an. »*Geht!*« schrie er. »Könnt ihr nicht erkennen, daß die Feier vorüber ist?«

Blind beobachtete er ihren Weggang. Bronwyn. Alaric. Sogar Aislinn, Meghan, Evan. Und dann war die Halle leer bis auf einen einzigen Mann.

Sein Haar war zerzaust. Sein Gesicht war schmutzig. Seine Kleidung ebenfalls. Schlamm klebte an seinen Stiefeln. Er trug kein Leder, kein Gold, keine *Lirs* waren an seiner Seite. Aber als er seinem Mujhar gegenüberstand, wußte Donal, daß er ein Cheysuli war.

»Also ist die Farce beendet.«

»Rowan ...« Er brach ab. Die Zeit zur Verteidigung war vorüber. »Es ist vollbracht.«

Rowan lächelte. »Ich bin gekommen, um Nachricht von einem letzten Sieg in Solinde zu überbringen. Statt dessen habe ich selbst Neuigkeiten erfahren, während ich mir meinen Weg durch Horden von abreisenden Gästen bahnte: Der Mujhar von Homana hat seine *Rujholla* mit Alaric von Atvia vermählt.«

»Für die Prophezeiung.« Die Worte klangen teilnahmslos.

»Natürlich. *Alles* geschieht für die Prophezeiung.« Rowan lachte, und dann erstarb sein Lachen. »Aber ich frage mich ... was würde *Alix* sagen, wenn sie erführe, daß ihre Tochter einem Tauschhandel zum Opfer gefallen ist ...«

Donal zuckte zusammen. »Wir sprechen nicht von meiner *Jehana! Ich* habe dies beschlossen!«

»O ja, das habt Ihr. Und jetzt müßt Ihr damit leben.«

Donal wollte sich abwenden. Aber er tat es nicht. Auch dafür war es zu spät. Er war der Mujhar. Er mußte sich wie ein Mujhar verhalten. »Ich werde damit leben.«

»Soll ich annehmen, daß das Homanische Konzil diese Verbindung ebenfalls wünscht?«

»Ja. Und daß es überaus beredt dafür eingetreten ist.« Donal blickte in den Becher in seiner Hand hinab. Er hatte vergessen zu trinken. Der Geruch des Weins erfüllte seine Nase und seinen Kopf.

»So schnell gebt Ihr den Wünschen der Homaner nach. Glaubt Ihr, daß das Stammeskonzil auch zugestimmt hätte?«

Allmählich wurde er ärgerlich. »Ich habe dies für Homana getan… für Homana *und* für die Prophezeiung! Ein Sohn Bronwyns wird eines Tages den atvianischen Thron einnehmen.«

Rowan verengte die Augen. Winzige Fältchen breiteten sich über seine Wangen aus. »Sorgt Ihr Euch *so sehr* um das Königtum?«

»Ja«, antwortete Donal barsch. »Wollt Ihr mir sagen, das sei *falsch?* Hat Hale mir nicht genau das hinterlassen, als er ein Schwert gestaltete und eine Tochter des Mujhar zur *Meijha* nahm?«

Rowan schloß langsam die Augen. »Ach, Götter… ach, Götter… Ihr habt es endlich angenommen… nach so vielen Jahren.« Er öffnete die Augen und lächelte ein bittersüßes Lächeln. »Carillon pflegte sich verzweifelt zu fragen, ob Ihr den Preis jemals erkennen würdet. Das Vermächtnis. Und ein Mann, der niemals den *Preis* des Königtums erkennt, ist auch niemals ein wirklicher König.«

»Carillon hat sich verzweifelt gefragt…« Der Schmerz war schlimmer als erwartet. »Und Ihr auch?«

»Manchmal.« Rowan lächelte jetzt ein wenig breiter,

aber seine Stimme klang noch immer spöttisch. »Versteht Ihr *jetzt*, was es für andere bedeutet? Versteht Ihr jetzt, was es für *Euch* bedeutet?«

»Ihr billigt meine Entscheidung nicht.« Aber er wollte, daß Rowan sie billigte. Er brauchte *jemandes* Billigung.

»Es ist nicht an mir, sie zu billigen oder nicht zu billigen.«

Schließlich gab Donal auf und wandte sich dem Löwen zu. »Erkenne ich, was es für andere bedeutet?« rief er. »*Ja*, ich erkenne, was es für andere bedeutet! Für Carillon war es zweifellos genauso. Und jetzt – erst *jetzt* – verstehe ich, warum ein Mann seine Geburt verflucht, nur um den Forderungen seines Eintritts in die Welt zu entkommen.« Er atmete zitternd ein. »Bronwyns Kinder werden uns eine neue Blutlinie bringen. *Ich tue, was ich tun muß.*«

Er erwartete eine Antwort von Rowan. Als diese nicht erfolgte, wandte sich Donal um. Und stellte fest, daß er allein war.

Er sehnte sich nach seiner *Meijha*. Er sehnte sich nach seiner Mutter. Er sehnte sich nach seinem Vater, seinem Onkel, seinen *Lirs*. Er sehnte sich nach seiner *Rujholla*. Und er konnte niemanden von ihnen bei sich haben, weil er dies allein durchstehen mußte.

Donal wandte sich wieder um und betrachtete die Halle. Er sah die schwach beleuchteten Fenster, die Banner, die Wandteppiche, die Waffen. Den Löwen auf dem Podest.

Er schritt langsam die Länge der Halle entlang. Er stellte sich vor den Thron. Er spürte allen Schmerz und Kummer und alle Angst in seine Brust und Kehle aufsteigen. Er konnte es nicht ertragen. Er dachte, er würde vor Zorn und Enttäuschung bersten.

Bevor er über seine Handlungen nachdenken konnte, schleuderte er den Weinbecher gegen das uralte Holz. »*Alle* sind fort!« rief er. »*Alle* habt ihr mir genommen.

Ihr habt mir sogar meinen Stolz genommen, sogar den Stolz auf mein *Erbe*, weil ich Regent sein muß, bevor ich Cheysuli sein darf. Weil ich ein Mann sein muß, bevor ich ein Krieger sein darf. Und weil ich ein Löwe sein muß, bevor ich ein Mann sein darf. *Der Löwe von Homana.*«

Der Wein ergoß sich über den Thron und befleckte das karmesinrote Polster. Der Löwe blutete. Oder er weinte. Donal konnte den Unterschied nicht erkennen.

Er legte eine Hand auf das Heft seines Schwertes und zog es aus der von Rowan gefertigten Scheide. Er hörte den Stahlgesang, als es herausglitt, das Zischen, als es rasselnd freikam.

Er hielt es an der Klinge, unter dem Kreuzstück fest. Er betrachtete das Heft aus sandig brennenden Augen und sah, wie die Waffe in seiner zitternden Hand erbebte.

Gold. Solides Gold mit den Zeichen der Menschenhände darauf. Die gebogenen Zacken, die den Rubin hielten, das strahlende Auge des Mujhar, die Offenbarung seiner Seele.

Und der Löwe. Der königlich wilde Löwe.

Donal lachte. Es war ein bitterer Ton der Erkenntnis, der nutzlose Klang eines Mannes, der sich von seinen bisherigen und zukünftigen Handlungen gefangen wußte.

Er lachte, und sein Kummer erfüllte die Halle.

»Ich bin Donal«, sagte er, als die Echos verklungen waren. »Einfach ... Donal. Sohn eines Mannes und einer Frau. Den Cheysuli geboren und ein gehorsames Kind der Prophezeiung. Aber ... nur einmal ... *nur einmal* ... wünschte ich dem allen den Rücken kehren und nichts anderes sein zu können als ein *Mensch!*« Sein herausfordernder Blick wanderte vom Schwertheft zu dem kauernden Löwen, der auf dem Podest aufragte. Und dann schloß er plötzlich die Augen.

Ich wünschte, Carillon wäre hier.

Kurz darauf wandte er sich zum Gehen. Er hielt inne. Aislinn stand mit dem Kind in den Armen im Eingang.

Sie wartete.

Donal steckte das Schwert in die Scheide zurück und trat zu seiner Frau und seinem Sohn.

Terry Pratchett

Kultig, witzig, geistreich – »Terry Pratchett ist der Douglas Adams der Fantasy.«
The Guardian

Der Zauberhut
Die Farben der Magie
Zwei Scheibenweltromane
23/117

Trucker/Wühler/Flügel
Die Nomen-Trilogie – ungekürzt!
23/129

Das Licht der Phantasie
06/4583

Das Erbe des Zauberers
06/4584

Die dunkle Seite der Sonne
06/4639

Gevatter Tod
06/4706

Der Zauberhut
06/4715

Pyramiden
06/4764

Wachen! Wachen!
06/4805

Macbest
06/4863

Die Farben der Magie
06/4912

Eric
06/4953

Trucker
06/4970

Wühler
06/4971

Flügel
06/4972

Die Scheibenwelt
2 Romane in einem Band
06/5123

Die Teppichvölker
06/5124

Heyne-Taschenbücher